雪夜来客

Snowy Night Visitors

裴彦贵 —— 主编

江苏凤凰文艺出版社
JIANGSU PHOENIX LITERATURE AND
ART PUBLISHING

图书在版编目（CIP）数据

雪夜来客 / 裴彦贵主编. —南京：江苏凤凰文艺出版社，2022.10
ISBN 978-7-5594-7198-7

Ⅰ.①雪… Ⅱ.①裴… Ⅲ.①小小说-小说集-中国-当代 Ⅳ.①I247.82

中国版本图书馆CIP数据核字（2022）第183874号

雪夜来客

裴彦贵 主编

责任编辑	梁雪波
装帧设计	王 灿
责任印制	刘 巍
出版发行	江苏凤凰文艺出版社
	南京市中央路165号，邮编：210009
网 址	http://www.jswenyi.com
印 刷	南京玉河印刷厂
开 本	710毫米×1000毫米 1/16
印 张	31.25
字 数	665千字
版 次	2022年10月第1版
印 次	2022年10月第1次印刷
书 号	ISBN 978-7-5594-7198-7
定 价	68.00元

江苏凤凰文艺版图书凡印刷、装订错误，可向出版社调换，联系电话 025-83280257

"今世缘·国缘"全国推理小小说大赛组委会

名誉主任：顾祥悦　裴贞祥
主　　任：裴彦贵　张曙光
副 主 任：陆应铸　邓洪卫　赵　明
成　　员：徐建兵　程宏如　陈　根　刘张华　包雅玮
　　　　　陈义海　管国颂　徐社文　曹文芳　范　进

获奖作品集编辑部

主　　编：裴彦贵
副 主 编：邓洪卫　史忠林
编　　辑：徐　清　梁彩云

"今世缘·国缘"全国推理小小说大赛评委

顾建平　《小说选刊》副主编
杨晓敏　小小说文体倡导者
秦　俑　《小小说选刊》《百花园》主编
张　琳　《安徽文学》资深编辑
裴彦贵　盐城市逻辑学会会长
陆应铸　盐城市文联副主席、作家协会副主席
邓洪卫　盐城市作家协会副主席

"今世缘·国缘"全国推理小小说大赛获奖作品名单

特等奖

(空缺)

一等奖

1.《张根据》,作者:于博(黑龙江)

2.《秘密行动》,作者:吴万群(江苏)

二等奖

1.《张全有饭馆》,作者:杜飞(北京)

2.《骨语》,作者:徐向林(江苏)

3.《寻找罗威纳》,作者:张中杰(河南)

三等奖

1.《白桦林影》,作者:佟国清(辽宁)

2.《新来的房客》,作者:陈国江(江苏)

3.《失密》,作者:王培静(北京)

4.《嫌疑患者》,作者:牛林(河南)

5.《同学们,我们一起来推理》,作者:刘建超(河南)

6.《分身》,作者:赵杨君(福建)

优秀奖

(名单略)

序 言

杨晓敏

"今世缘·国缘"全国推理小小说大赛完美收官,喧嚣数月的尘埃在小小说的天空中飞扬飘荡,终于渐次落定。主办方追求完美,不吝人力财力物力,将这次参赛获奖作品结集出版,并邀我作序,推辞再三,盛情难却。作为评委之一,我有幸见证了这场盛事,颇有些感慨,就讲几句心得吧。

这是一次老朋友的再度携手。本世纪初的前十年,我曾两度去过盐城。第一次到的是响水,参加"邓洪卫小小说研讨会",在会上,我结识了时任响水县委宣传部部长裴彦贵先生。裴部长为人既谦和儒雅,又热情大方,虽为官从政,但没有一点架子,尤其对本地作者更是爱护扶持有加,给我留下深刻印象。那次大家相聚愉快,既讨论了文学,还领略了当地风光,我们冒雨观赏了在洪卫小说中常常出现的"响水河"(灌河),烟雨朦胧,水天一色,让我久久难忘。三年后,洪卫调到盐城工作,我又去了一次,相聚甚欢。此后十几年,我没再去过盐城,也没去过响水。是这次大赛又勾起我尘封的往事,照亮了记忆深处的那条大河。才知道此次大赛的发起人、主办者裴彦贵先生,也已从县政协主席任上退休数年,"退而不休",任盐城市逻辑学会会长。学会每年都有精彩活动,推理小小说大赛是今年的大动作,用心良苦。此次赛事,让我们老朋友再度携手,为做好一件事情共同努力。多么美好的事!虽青丝变白发,身心皆沧桑,但激情不减,壮心不已。

这是一次跨领域的真诚拥抱。据我所知,逻辑学是一门研究人的抽象思维的主要形式和基本规律的科学;推理则是人们日常生活和工作中最常用的思维形式,也是逻辑学研究的重点内容。而小小说被称为文学的轻骑兵,为读者喜闻乐见。主办方别出心裁,匠心独运,将逻辑推理与小小说结合起来,逻辑与小小说拥抱联姻,似乎前所未有,这是一个创举。"今世缘·国缘"全国推理小小说大赛,旨在促进逻辑知识在我国的普及应用,推动推理小说创作繁荣,提升广大爱好者文学欣赏水平和逻辑思维能力,为地方治理体系和治理能力现代化建设以及为培养市民逻辑思维能力服务,让逻辑更加融入生活,让推理更加广泛运用。对于一次文学征文来说,命题新颖,饶有趣味,寓教于乐,足见征文单位的用心,其意义不可谓不大。

这是一次有心人的精心策划。数十年来,我为小小说事业奔走呼号,排除一切阻力，策划活动，设立奖项，编撰图书，培养作家，辛苦自不待言，个中滋味有几人能知？但我一直没有放弃，越是艰难险阻，越是勇毅前行。作为一个市的逻辑学会，一个民间团体，人员都是兼职，经费全靠募集，本可以孑孑无名，做些表面文章，混混了事。但裴先生却极其认真，要搞这样一场全国性的赛事，其中涉及方方面面，人力物力财力，缺一不可；沟通协调，更是千头万绪，一着不慎，全盘皆空，吃力不讨好，也未可知。裴先生知难而上，不仅要搞，还要搞好、搞大；不仅要评出奖项，发奖金、证书，还要结集出书。我由衷敬佩，这是一个想做事、敢做事的人，一时竟有惺惺相惜之感。令人欣慰的是，功夫不负有心人。大赛通知一经发出，得到各方积极响应。各地来稿千余篇，奇人异事，内容丰瞻，多有构思精巧，曲径通幽的妙文，内容不乏警世通言，启迪心智的佳品，数篇获奖作品，蔚为大观。

下面，该跟朋友们谈一谈具体作品了。

《张根据》《秘密行动》获奖属实至名归。上世纪七十年代末、八十年代初，人们习惯于把警察称为公安。张根据的职务全称叫公安助理，负责一个公社的治安工作。运用智慧把几个鸡蛋两把韭菜一只鸡的公案处理得明明白白，或许还有更琐碎的事情需要他明断一二，这便是张根据的工作日常。是非明辨酝酿胸中，小善积而为大善，久之自然会为国家为人民所牢记。后来张根据的儿子成为一名光荣的人民警察，英雄后继有人。家园风景好，千千万万个张根据是守护者。此文正气凛然，格调颇高。《秘密行动》来稿于响水县，大河泱泱，溪流潺潺，风声雨声读书声，声声入耳，家事国事天下事，事事关心。红尘男女，总有那么一些人，误入藕花深处。《秘密行动》中聪明的妻子，轻松化解了一场婚姻危机，把自己所爱的人找回到了自己身边。圆梦驿站，是丈夫寻求婚外情的驿站，也是妻子保卫婚姻的驿站——"我看得很清楚，老公是含着感动而又羞涩的泪花喝下这杯不是罚酒的罚酒"。

这世上不存在完美的谋杀案，罪犯所实施的每一步必然会留下痕迹，也会留下意外与破绽。《骨语》中，丽苑谋杀案在新入警的凌凯严密的推理下，骨头会说话，一一展现了谋杀案的来龙去脉。有人含冤而死，必有人伸张正义。《寻找罗威纳》是一场智慧的较量。审讯者李剑，部队侦察员出身，转业到地方后干了十年刑警，由于屡破大案要案被调入检察院从事反贪工作，最后服从调动到新成立的市纪委监委。坐在被审讯椅子上的谭泉，从部队上一名训犬员一直干到团长，转业后干过十年武装部政委，再到县长、书记。罗威纳是谭泉所养的一只具有勇气和力量的猎犬，李剑通过寻找这只狗，抽丝剥茧，最终取得物证，让贪赃枉法者伏法。两强相遇勇者胜，勇者相遇智者胜。而好的文章，仅题目，就能让人屏息凝神。

西南边陲，接近缅甸，张全有饭馆里，韭菜炒虾仁和莴笋炒鸡蛋可以理解成"救我啊"。一起发生于缅北的诈骗案,以找工作的名义拉拢受害者,强制没收手机和身份证,拍裸照,勒索加恐吓。离境之后,便集中起来搞电话网络诈骗,稍一反抗就是鞭打、烟烫、切手指。文章开篇就牢牢地吸引住读者。作为受害者的父亲,"人老了,总要离孩子近一点,哪怕见不着,近一点也好。"此语一出,即让人泪目。这是两个毫无经验的新手,紧张兮兮的眼神飘忽不定,被押解的姑娘也披头散发。几个人随便走在大街上,就贴满了"我们是坏人,我们要做坏事"的标签——沉重之下亦有诙谐的笔触。让人意料不到的是,新手之一竟是老张的儿子,他的半截手指让人触目惊心。父亲抓住儿子送给警察,本来是件让人难过的事,但却莫名让人有如释重负之感。警察老李说:"老张,孩子得进去一阵子,好在也有个着落了。我估计……你也该离开了吧?"老张说:"我打算把饭馆好好装修一下,重新开业,那天你得来。"《张全有饭馆》至此虽然已落下帷幕,却也是另一段正义传奇的开始。

中国人民的抗日战争是二战的重要组成部分,中国战场是二战的主战场之一。中国人民抗日战争,是中华民族历史上最伟大的卫国战争。《白桦林影》讲述的是马宇带领他的队员扮成马贩子端掉了鬼子的中心炮楼,缴获了一张军事地图和十几根金条,敌人组建了一支特别攻击队进行追击、围剿这支规模不大的抗联队伍,马宇带着队伍在茂密的白桦林里与鬼子周旋的故事。在躲避敌人的路上,却一直与男扮女装的敌人在一起,人物神秘,故事跌宕,叫贵生的队员壮烈牺牲时,境界全出。《分身》是电视台监制芊芊策划的一场海岛死亡事件真人秀,没想到却有人借助这个节目上演了真正的谋杀。一瓶被人调包过的,根本无效的万托林,暴露了一位丈夫出轨、欠债和图谋妻子死亡保险金的罪恶内心。这一切全被民宿里的隐藏摄像头录下。辽阔的海湾,细腻的沙滩,翻修的古镇,地道的美食,作者用"我"的视角冷静地观察分析推理,于海岛中呈现出一篇谁是猎人谁是猎物的精彩之作。一只红嘴、黄尾,两扇白翅膀的鸟儿,出现在2182年天文学家鲁一贤的窗口。两年后,鲁一贤在国外的一家期刊上看到一篇研究成果报告,竟和他的研究成果基本一致……随着现代科技的发展,窃密手段也随之花样翻新。《失密》的教训是惨痛的,个人学术损失尚小,而国家秘密如果出现"失密",会严重损害国家的安全和利益。保守国家秘密是每个公民应尽的义务。《同学们,我们一起来推理》,根据提供的已知信息,进行判断,推理得出结论,同学们乐此不疲,初步培养孩子们通过生动有趣的简单事例,全面思考问题的意识,体验推理的过程,掌握推理的方法。

医者仁心,大医精诚,《嫌疑患者》通过医院保卫处处长金钟的视觉以及魏民生医师父亲的怪异举动和言谈,通过一个个疑问的产生、一个个疑问的被推理、被破解，成功塑造了一位医术医风医德都具备的好医生魏民生。而魏医生努力为患者解除病痛，是为了报答北京医疗队王芳教授对他的救命之恩。传递感恩，是对行过善举的人的肯定，亦是对其精神的发扬与传承。成人之美是中华民族的传统美德，最常见，最朴素，《新来的房客》里，成人之美来自于"我"的观察、思考、逻辑推理，成就了一个三口之家的重新团圆，"他们需要的是一个桥，我就是给他们搭个桥而已。"

这些作品创意迭出，不落俗套、各有千秋，无论叙事还是设置情节，在故事发展中，大都能紧扣"逻辑与推理"的要素，在"悬念与判断"上下功夫，融生活哲理与人生价值于一体，又能把义心撒播人间，让义行传递天下，在理趣里温暖人心，实属难得。另有《不翼而飞的货款》《沙盗》《灰橛子》《捕快鲁一》《怪才刘门》《刻在墓碑上的名字》等篇什，也多有可圈可点之处。

入门须正，立志须高，祝逻辑推理之斑斓色彩，成为文学创作的一道亮丽景观。

（杨晓敏，豫北获嘉人，当代作家、评论家，小小说文体倡导者）

以推理为名的日常书写和传奇演绎

——"今世缘·国缘"全国推理小小说大赛获奖作品点评

邓洪卫

"今世缘·国缘"全国推理小小说大赛在各方关注下终于尘埃落定,各大奖项各归其主。作为评委之一,我感到非常高兴。应裴会长要求,我对获奖作品做一个点评,虽自感才力不逮,但也不敢抗命,只得斗胆试讲一二。

本次大赛的参赛作品总体数量可观,质量相对齐整。通过层层筛选,而且是隐去作者信息评选,反复讨论,才确定出一、二、三等奖共11篇作品,评选相对客观公正。但从1000多篇来稿中海量遴选,工作量不可谓不大,遗珠之憾在所难免。前11篇获奖作品,可以说凝聚了创作者的心血,体现了评委们的良苦用心,是本次大赛的重要收获,或许会引发推理小小说的热潮,能大力推动逻辑生活化、社会化,也未可知。11篇作品虽不说篇篇珠玑,但也各有特点。我从五个方面做一个交流。

获奖作品给我们贡献了一些立得住的典型人物。《张根据》里的张根据,作为基层警察,是多么地敬业,按现在的热词来说,是全心全意为群众办实事,解决群众的急难愁盼问题,作者花大篇幅来写了几个案例,都是鸡毛蒜皮的小事,凸显了底层人物的智慧,作者对他的牺牲只是云淡风轻一笔带过,最后儿子的出场只有一句话,却将故事推向高潮,血脉流淌不息,精神传承永远,令人潸然泪下。《张全有饭馆》里的张全有,是那样地执着坚忍,为寻找儿子长年在西南小镇开饭馆,出奇不意的结尾为整篇文章增色,一个平凡而伟大的父亲形象跃然纸上,清晰可见。《新来的房客》中的"我",是那样的幽默机智、热情善良,通过逻辑推理,把房客的身份猜个八九不离十,又巧妙设计,成功地挽回了一个家庭。真是一个活脱脱的民间智多星呀。

获奖作品给我们贡献了一些传得开的精彩故事。故事是小说的主体,一个精彩的故事,让小说增色添彩,为成功地塑造小说人物提供了保障。徐向林的《骨语》、张中杰的《寻找罗威纳》、王培静的《失密》、佟国清的《白桦林影》等,给我们讲述了一个个精彩的故事。《骨语》的凌凯通过现场重构的方式,理清千头万绪,意想不到地在团絮中找出生物痕迹,令人拍案叫绝;《寻找罗威纳》中用名犬罗威纳作为作案工具,可称天衣无缝,办案人员慧眼破局,"魔高一尺,道高一丈";《白桦林影》写的是发生在伟大的抗战中的一场智慧与勇力的生死决斗;《失密》把故事设定在未来的2182年,本身就充满悬疑,一只小鸟能做出大文章,以巧取胜,简捷明快。这些故事都是意料之外、情理之中,层层推理,抽丝剥茧,于迷雾中揭开了真相,于不断反转中把故事的传奇演绎到极致,真是令人叹为观止。

获奖作品给我们贡献了一些留得下的生动细节。细节是小说的生命,细节的真实,决定了小说的真实。多年以后,我们已经忘记了小说的情节,但会想起某一处细节。《张根据》中,多次重复运用"根据"一词,"根据你刚才说的情况""根据我判断""根据我勘察",在读者的会心一笑中完成了人物个性化塑造,最后儿子说"根据我是您的儿子,我考上了警察学校"又让人生出无限酸楚,深深地打动了读者的内心。我们以后可能会不记得小说讲了什么,但看到"根据"一词,可能会想到有这样一篇小说,有这样一个言则称"根据"的人。《张全有饭馆》里那拿烟的手指头明显短了一截,但是焦黄、粗壮,香烟在手里像拿着一根牙签,多么形象生动、真实可感。

获奖作品给我们贡献了一些用得着的生活智慧。到什么山唱什么歌,见什么人说什么话。我们这次大赛以推理为名,选出的作品无不体现推理,真正是一场"推理"的盛宴。传奇故事给我们感官上的刺激,生活中的推理更加提升我们理性的认知度。我们从中学到了知识,增长了智慧,提升了境界。吴万群的《秘密行动》声势浩大,惊险曲折,源于生活高于生活,展示了女人的智慧和婚姻之道。他的获奖是主办方对响水作家的总体认可和鼓励,史忠林、柳灿红、陈万星、王万华、杨帆等人在此次大赛都有不俗的表现,希望他们今后能多出精品力作。《新来的房客》处处散发着浓郁的生活气息,是把民间智慧运用到生活中的典范之作;方言的巧妙运用,让小说更加真实,缜密的逻辑推理都是建立在对生活的细致观察的基础之上,让人信服。《同学们,我们一起来推理》是一堂生动的推理课,视角独特,循循善诱,让推理走进课堂,让逻辑更加可及。

获奖作品给我们贡献了一些理得顺的叙事逻辑。这一批小说,叙事相对成熟。因为是推理小说,叙事逻辑更加密织可靠。处处都有铺垫,处处都有暗示。《新来的房客》中,上来就对房客进行一段生动的描写:原来是个40多岁的女人,中等个子,身材偏瘦,却很结实,面容俊秀。穿着红底黑格子春秋衫,黑色的大脚裤,平跟布鞋。头发不长,拢在脑后,马尾巴似的。脸色是日晒的浅棕色。身边跟着个洋气的十来岁小女孩。此后的情节推动,都是起于这段描述。思路清晰,环环入扣。《嫌疑患者》中医院保卫处长金钟对老汉从误解到理解,从假相到真相,自有一套说得通的逻辑,贴近民生热点,能普遍引起共鸣。

值得一提的是:获奖作品中,有一些优秀奖,并不输于前11名,但因为综合考量平衡,放在优秀奖里,非常遗憾,从另一个方面也体现了风格。在此不多赘述。我相信,本次大赛的作用并不是推出这几篇获奖作品,更大的意义在于,让逻辑更加融入生活,让推理更加广泛运用。逻辑推理,会成为我们在一起时讨论的热门话题,比如,你们听了我的评点,会说:"根据推理,你的评点水分太多,都是废话。"我们打牌掼蛋的时候,会说:"根据你出的牌推理,你的手里已经没有炸子了,我可以大胆出牌。"我们喝酒的时候,会说:"根据你喝酒的表情推理,你的酒杯里不是酒,是水!"

愿逻辑更加深入人心,愿推理之花处处开放。

谢谢大家!

(邓洪卫,盐城市作家协会副主席)

目 录

第一辑 探案集

张根据	于博（黑龙江）/ 003
骨语	徐向林（江苏）/ 005
死亡时间	杨帆（江苏）/ 007
中毒	何秀华（江苏）/ 010
沙盗	吴卫华（河北）/ 012
冰凳	孙毛伟（江苏）/ 014
怪才刘门	任喜录（河南）/ 016
声波里的密码	唐树华（江苏）/ 019
刻在墓碑上的名字	王明新（山东）/ 021
河坡上的独轮车	张国军（江苏）/ 023
茶	卢静（广东）/ 025
狗是知道的	胡锋（新疆）/ 028
五〇四谋杀案	李小庆（山东）/ 030
逻辑是最公平的尺子	李媛媛（贵州）/ 033
真假嫌犯	乔正芳（山东）/ 036
凶手	沈海清（浙江）/ 038
盲区	蒋玉巧（广东）/ 041
谁是凶手	李惠（安徽）/ 043
手帕	程先利（山东）/ 045
锁定侦破	李凤成（辽宁）/ 047
雪夜来客	王植（辽宁）/ 049
购物袋里的秘密	佟惠军（辽宁）/ 052
捉贼	夏文兵（上海）/ 054
"恐龙化石"迷案	张雨倩（湖北）/ 056

谁是凶手	舒仕明(四川)	/ 058
5 的留言	范浩波(浙江)	/ 060
谁是真凶	梁亚平(广东)	/ 063
画中人	李潇琨(山东)	/ 065
被开除的养鸽人	杨　明(辽宁)	/ 067
鞋　印	程厚华(江西)	/ 069
照不到脸上的月光	刘洪波(贵州)	/ 071
一枚暗黑色纽扣	宋　睿(陕西)	/ 073
苦　果	张　怡(上海)	/ 076
谁打开了保险柜	付振强(北京)	/ 079
盗墓贼	马仁杰(安徽)	/ 081
小侦探	俞　勇(江苏)	/ 083
意　外	张甫军(新疆)	/ 086
教授之死	曾正伟(甘肃)	/ 088
月芽山庄旅馆谜案	常大利(辽宁)	/ 091
密　楼	王亚男(河北)	/ 093
心　死	吴宝华(浙江)	/ 096
口音杀人	刘　平(四川)	/ 099
潘警官，我好像认识你	詹雪征(广东)	/ 101
魔　术	徐高杨(江苏)	/ 104
新郎之死	朱乃洲(江苏)	/ 106
无源之毒	朱绪跃(江苏)	/ 109
古籍迷案	许　媛(广东)	/ 111

第二辑　清风记

寻找罗威纳	张中杰(河南)	/ 117
谁是举报人	王建祥(江苏)	/ 119
这是什么逻辑	陈　鑫(贵州)	/ 121
加进来的微友	路　芬(江苏)	/ 123
两瓶酒	夏文兵(江苏)	/ 126
鹦鹉的心病	覃会珺(广西)	/ 128
黄　雀	毕经纬(山东)	/ 130

电　话	…………………………………………	黄　青(安徽) / 132
孤　勇	…………………………………………	马雪华(江苏) / 134
送　礼	…………………………………………	王志国(吉林) / 137
送　礼	…………………………………………	房中喜(江苏) / 139
生死押运	…………………………………………	丁运时(湖北) / 142
一尊玉佛	…………………………………………	赵一伟(河南) / 145
悬疑背后	…………………………………………	刘大为(天津) / 148
逻辑和细节	…………………………………………	邓　焕(广西) / 151
出卖朋友	…………………………………………	许尚明(江苏) / 153
应该如此	…………………………………………	李炳荣(四川) / 155

第三辑　职场风

失　密	…………………………………………	王培静(北京) / 159
分　身	…………………………………………	赵杨君(福建) / 161
隐　私	…………………………………………	王中霞(江苏) / 164
谁是告密者	…………………………………………	柳灿红(江苏) / 168
红　包	…………………………………………	林爱华(江苏) / 170
身　份	…………………………………………	贝卓健(广东) / 173
生命的痕迹	…………………………………………	陈晋铉(甘肃) / 175
会"飞"的神鸟	…………………………………………	汪　媛(江苏) / 177
冰上太极	…………………………………………	李国明(山东) / 180
地下仓库的响声	…………………………………………	倪　娜(德国) / 182
局长请我吃饭	…………………………………………	毕玉娟(山东) / 184
钓	…………………………………………	汪学猛(安徽) / 186
打招呼	…………………………………………	薛　斌(安徽) / 189

第四辑　婚恋曲

秘密行动	…………………………………………	吴万群(江苏) / 193
新来的房客	…………………………………………	陈国江(江苏) / 196
迟　到	…………………………………………	邵建华(江苏) / 198
丢失的梯子	…………………………………………	辛秋敏(北美) / 201

砍　柴	相裕亭（江苏）	/ 204
充电宝	顾　舟（江苏）	/ 207
拖鞋之谜	汪树明（江苏）	/ 209
玉观音	周太科（四川）	/ 211
查无此人	周玉玲（安徽）	/ 213
缺一不可	庞宇嘉（上海）	/ 215
胎　记	李慧文（重庆）	/ 218
噩梦逃脱	况芯艺（四川）	/ 220
逻先生和逻小姐	施从耍（江苏）	/ 223
香　烟	胡　艳（湖南）	/ 226
旁　证	邹　谷（重庆）	/ 228
谁的作用	秦景棉（北京）	/ 231
路　灯	李　健（江苏）	/ 233
圆桌之上	周思昆（云南）	/ 236
娘说你知道	施永杰（河南）	/ 238
天道尚左	刘正权（湖北）	/ 240
牛　缘	王洪戈（北京）	/ 242
嫁妆的秘密	黄宗慈（重庆）	/ 245
小　偷	李占梅（河北）	/ 246
一桩谋杀案疑似嫌疑人的讯问笔录	丁迎新（安徽）	/ 248
洞	孙　华（江苏）	/ 250
早　恋	庄素娟（江苏）	/ 253
夜半脚步声	周海亮（山东）	/ 255
失眠者	高火花（河北）	/ 257
一个嘈杂的雨夜	刘俏含（北京）	/ 259
镜子里的微笑	姚　智（吉林）	/ 261
四线索	王文楷（河南）	/ 264
推理真相	刘万里（陕西）	/ 267
丢失的手表	郑俊甫（河南）	/ 269
鲜花送给谁	赵俊武（云南）	/ 272
变与不变	黄红松（贵州）	/ 273
第四天	刘艳华（河南）	/ 275
阿尔兹海默症	赵悠燕（浙江）	/ 277

心上的罗加	黄艳辉(湖南)	/ 279
不速之客	李广芹(江苏)	/ 281

第五辑　世象观

张全有饭馆	杜　飞(北京)	/ 285
嫌疑患者	牛　林(河南)	/ 288
同学们,我们一起来推理	刘建超(河南)	/ 291
第101个红包	王万华(江苏)	/ 294
舞　祭	史忠林(江苏)	/ 296
真　相	殷昌树(江苏)	/ 298
盖　章	解小玲(江苏)	/ 301
谁剐了你的车	李春霞(内蒙古)	/ 303
追赃物	费桂松(江苏)	/ 306
悬　案	王　爽(吉林)	/ 309
HK64769130	陈万星(江苏)	/ 312
抓捕泄密人	任怀远(安徽)	/ 315
灰橛子	钱青彦(河南)	/ 318
谋杀李三	张建春(安徽)	/ 320
配　合	陈拉丁(江苏)	/ 322
捕鼠笼	龚茂林(浙江)	/ 325
啄木鸟与枫树	刘琛琛(湖北)	/ 328
你想干什么	张迎春(广东)	/ 331
左邻右舍	李士民(河南)	/ 333
审　狗	陈学超(安徽)	/ 335
这口罩谁扔的	李新光(广东)	/ 337
乘警破案	高延萍(四川)	/ 339
我向狗狗赔不是	何志宽(江苏)	/ 341
以毒攻毒	龚传伟(安徽)	/ 343
绿灯迷案	陈顶云(山东)	/ 345
失窃事件	刘坤煜(山东)	/ 348
本　心	李慧奇(江苏)	/ 350
梦境轮回	罗雅兰(上海)	/ 352

一枚硬币	孟祥东(河北) / 355
抓蚊子	魏建华(广东) / 357
山村纵火案	李泽绵(辽宁) / 359
一瓶红高粱	王凤英(山东) / 362
面　具	李岱蔚(吉林) / 364
鸟语者	尚庆学(江苏) / 366
放　羊	谭斌强(陕西) / 368
被盗刷的校园卡	周翔宇(浙江) / 370
要命的遗嘱	曾淑娟(湖南) / 373
母亲的嗜好	方赛群(浙江) / 375
名侦探的推理	晁光永(浙江) / 377
神秘的蓝色火苗	蔡雪梅(江苏) / 380
我有邻居叫阿雄	廖伟华(湖南) / 382
面条儿	陈慧君(山东) / 384
我是来杀你的	崔　立(上海) / 386
夏天冷飕飕	范长水(四川) / 388
聪明的老太	汤礼春(湖北) / 389
杀死S先生	倪　伟(云南) / 390
真　相	朱爱军(江苏) / 392
无法触及的真相	黄镜涵(重庆) / 394
枪炮与玫瑰	王施施(浙江) / 397
智　斗	伍维平(广西) / 399
戏　剧	马知遇(重庆) / 402
幸福列车	闫中原(青海) / 404
我让你推理	王福军(江苏) / 406
无法判断时间的死亡	李嘉若(广东) / 408
解　密	王小宁(河南) / 410
镜像星球	陈淮贵(浙江) / 412
因果转运	汪为洪(江苏) / 415

第六辑　烽火情

白桦林影	佟国清(辽宁) / 421

破　绽	蒙福森(广西)	/ 423
鞋印无诈	郑玉超(江苏)	/ 426
桃之夭夭	孙玉秀(辽宁)	/ 429
闹钟在行动	许正文(北京)	/ 431
卧　虎	陈　星(湖南)	/ 433
连环计	蒋玲(黑龙江)	/ 435
鬼　脸	余显斌(陕西)	/ 437
夜壶情	胡明(内蒙古)	/ 440

第七辑　旧事录

沈万均收租	赵　斌(江苏)	/ 445
枯井女尸	唐张新(江苏)	/ 447
不翼而飞的货款	薛培政(河南)	/ 449
将错就错	周德新(江苏)	/ 452
泓阳十二做知县	李立泰(山东)	/ 454
捕快鲁一	揭方晓(江西)	/ 457
消失的凶器	刘　峰(河南)	/ 460
旅店奇情	王　峰(湖北)	/ 463
破　译	李富(内蒙古)	/ 465
大师的背影	王伟峰(河南)	/ 467
隐形之凶	何煜梅(广西)	/ 470
离奇盗案	刘剑飞(安徽)	/ 473
梅花图	秦　悦(陕西)	/ 476
黄雀在后	刘　桐(辽宁)	/ 478

后　记	裴彦贵	/ 481

第一辑 | 探案集

张根据

于 博(黑龙江)

张根据是一个人的绰号,他原名叫张春玉。因为他的职业,因为他说话经常冠以"根据"二字,因为张根据和张春玉有点谐音,久而久之,人们便叫他"张根据"了,似乎把他的真名忘记了。

张根据是个警察。20世纪70年代末80年代初,人们习惯于把警察称为公安。张根据的职务全称叫公安助理,负责一个公社的治安工作。他个子不高,梳个平头,显得精明干练,骑着一个大金鹿牌自行车,腰里别把手枪。有了这把枪,张根据一下子威风了许多。

张根据风风火火地来到二佐村,把自行车支好,就喊供销社高经理把鸡蛋拿来。治保主任王大军手快,把四枚鸡蛋递到他面前。张根据仔细打量一番,又逐个拿起掂了掂,放在耳边摇晃一下,说道:"根据我刚才的观察和判断,我对这几个鸡蛋有了起码的了解。现在需要去和当事人见面。"于是,张根据推上自行车,让王大军带路,来到了李春梅家。

李春梅眼睛红肿,显然哭得十分厉害,但丝毫不影响她的漂亮。听说公社的公安来了,李春梅红着脸,眼泪汪汪地说:"早晨李明要买本子和笔,我忙着,就叫他自己去鸡窝拿鸡蛋去供销社,谁知道刘大嫂说我偷她家鸡蛋了,冤枉人哪,我要偷,天打五雷轰,不得好死。"张根据又问了许多情况,最后微笑着说:"根据你刚才说的情况,我们要进一步深入调查。放心,我们不会冤枉人的,真的假不了,假的真不了。"

刘大嫂和张根据很熟,因为刘大哥是二佐大队的书记,工作上常来往。听完张根据说话,刘大嫂嘴一撇:"她这个狐狸精能承认?"张根据说:"大嫂,你根据什么说人家是狐狸精呢?"刘大嫂一下子来气了,声音明显提高:"你没见她见到你大哥那样,没笑硬笑,不安好心。"张根据劝道:"大嫂,你多心了,刘大哥为社员操心费力,理当受到尊敬。我问一下,你根据什么认定李春梅偷了你家的鸡蛋?"刘大嫂又是一撇嘴:"我们两家挨着,一抬腿就够着鸡窝了。老话说得好,贼偷方便。一早我就看李小子拿着鸡蛋走了。我家小鸡咯咯打鸣,我去捡鸡蛋却没有,这么快,不是她还能是谁?"张根据笑了,他说:"嫂子你放心,我一定破案。根据我判断,事情不是想象的那么简单。老话说得好,屈死旁人笑死贼。对了,我看看你家鸡窝。"说完,张根据出了门,在刘大嫂家的鸡窝看了很长时间。

出了刘大嫂家,张根据对村民进行了细致耐心的走访,又找到李明问了情况,心里有了谱。正好刘支书从县里开会回来,张根据和他单独交换了意见。张根据说他根据走访调查,加上对鸡窝旁脚印的观察,认定李春梅不可能偷支书家鸡蛋。

"刘支书,根据我对鸡蛋的观察辨别,有两个鸡蛋确实不是李春梅家的。这四个鸡蛋不是一个小鸡下的,有两个明显大,有一个应该是双黄。根据我观察,李春梅家的小鸡瘦,你家的小鸡胖,母大子肥,蛋自然就有区别。你家鸡窝只有去李春梅家院子的一趟来回的鞋印,鞋号也大,和李春梅不是一码的。社员都一致认为李春梅人品好,不可能干这种事。他们说嫂子总怀疑李春梅勾引你,我想是不是嫂子使坏,想搞臭……"

张根据说到这里停住了,刘支书接过话茬:"你说的有道理。我也认为李春梅不会偷鸡蛋。另外,你大嫂完全能干出栽赃陷害的事。放心,我回去把这事整明白。"

后来,这件事水落石出。刘大嫂故意把自家的鸡蛋塞进了李春梅家的鸡窝,但是由于没有造成什么后果,李春梅也不追究,这件事最终以刘大嫂向李春梅道歉作为了结。

这年冬天,张根据还破了二佐一个丢小鸡的案子。

庄稼上场后,二佐村连续有两家丢了小鸡。张根据到了现场查看,他宣布:"根据我的勘查,这是黄皮子(东北土话,即黄鼠狼)干的,大家把鸡窝门和小窗户封闭严实就没事了。"大家按照张根据的建议,都把鸡窝加固了,但这天晚上王铁刚家还是丢了一只鸡。不过,当天晚上,案子也破了。原来,是看场院的刘二、吴胖小子他们几个人偷的,在场院烧吃了。

张根据故意放出烟雾弹,让偷鸡者麻痹,以为没事,大着胆子再偷。张根据则潜伏在村口,跟着偷鸡的刘二、吴胖小子,直至人赃俱获。张根据说:"我根据小鸡没地方卖,谁家炖了那香味得飘一个屯子判断,最有可能是屯外人干的。我就想到了看场院的。"大伙对他的根据很服气。

更有意思的是,有一次一户人家的韭菜丢了,张根据拎着水壶让大家挨个漱口,结果,十几壶水没了,案子也破了。因为一个人的嘴里漱出了韭菜,而他家的园子还没种韭菜。张根据说他根据社员基本上不刷牙这条才想到这个破案招法。

时间一长,大家都叫他神探。张根据不好意思,说就破点鸡毛蒜皮的案子,担当不起。

后来,在一次抓捕犯罪嫌疑人的时候,张根据光荣牺牲了。张根据的爱人扑倒在他的身上,大叫一声"你根据啥呀就撇下我们娘俩呀",那声音让在场的每一个人都落下了眼泪。那时,张根据的儿子才11岁。

十年以后,一个阳光明媚的早晨,张根据的墓前,一个英俊的小伙子大声地说:"张根据同志,根据我是您的儿子,我考上了警察学校。"

恰好一阵风来,张根据这三个字在空中久久回荡。

骨　语

徐向林（江苏）

　　发生在3年前的"丽苑谋杀案"，曾轰动了整个阳城。

　　被害者刘芸40多岁，一人独居在丽苑小区。一天深夜，刘芸家中着了火，大火吞噬了房间，消防救援队赶到现场灭了火后，发现刘芸已被烧死在床上，室内弥漫着一股难闻的焦糊味。

　　刑警队长赵海巍带着新入警不久的凌凯出警，经仔细勘验，案发现场厨房的煤气罐开着，门窗紧闭，现场没有发现凶杀的痕迹。

　　一般来说，纵火案的勘查比较复杂，大火在被扑灭的过程中，会对现场造成较大的破坏。刑警老马在对现场勘验后，认为这是一起意外事故，他推理刘芸生前忘了关煤气就上床休息，煤气渗出后，刘芸先是煤气中毒导致昏迷，而后煤气爆燃引发火灾，她也不幸被烧死。

　　"煤气只有碰上明火才会爆燃，明火在哪儿？"凌凯问。

　　没等老马答复，赵海巍指着客厅里的神台道："明火在这儿。"

　　神台上摆着一个小香炉，香炉里积满了香灰。赵海巍也从刘芸的邻居口中得知，刘芸有个习惯，每天睡前、起床前都会敬一炷香。因此，他推断明火就出自这个小香炉。

　　一切看来顺理成章，可凌凯总感觉有点不对劲。他再次走进卧室勘查。不一会儿，他叫了起来："赵队，快来看，这不是意外，而是凶杀案！"

　　赵海巍、老马闻声走进卧室。凌凯指着遗骸道："死者脖颈有一处细小的裂纹，除了外力作用受损外，大火是烧不出来的。"赵海巍与老马已经多次勘验过遗骸，但谁都没注意到死者脖颈上的裂痕，这也难怪，死者脖颈处的皮肉差不多烧光了，皮肉油脂粘在骨头上，凌凯用小毛刷细心地刷掉那层油脂，才发现一处只有一根头发丝大小的裂纹。

　　凌凯据此大胆推论："死者生前先被人用绳索勒住了脖颈，窒息致死后，凶手再精心布置了现场。"

　　老马问："假如死者生前脖颈就受过伤呢？还有，凶手的痕迹在哪儿？"

　　凌凯指着被烧成一团团黑色团絮的棉被道："凶手的痕迹应该就在这堆团絮中。"

　　凌凯的推理得到赵海巍的认同，他让现场勘查的刑警一人拿一把细筛子，用筛子筛着床上的团絮。主要是把灰烬筛去，留下较大的团絮，然后再在团絮中找痕迹。5个多小时后，终于有了新发现——在一团棉絮灰中检出了生物痕迹。检验后发现,这生物痕迹是人体肌肤组织,经与刘芸的DNA进行比对,这人体肌肤组织不是刘芸的!

随后,凌凯又对刘芸被烧焦的两只手掌进行现场勘查,发现她右手食指上的指甲脱落了。指甲是耐火材料,不易被火烧毁,而且刘芸其余指甲相对齐全,凌凯据此推理:凶手用绳索套住刘芸的脖颈,刘芸在挣扎中,右手抓破了凶手的手背,指甲缝里留下了凶手的生物痕迹,凶手也意识到了这一点,于是在作案后采取非常残忍的手段,拔掉了刘芸留有生物痕迹的指甲。

"指甲都被拔掉了,凶手的生物痕迹怎么会在团絮中呢?"老马不解地问。

凌凯通过现场重构的方式,还原了凶手的作案过程:刘芸在挣扎时,出于求生的本能,她的两手会来回舞动,就如溺水者一样,哪怕水面上空无一物,也会拼命地去乱抓。刘芸抓伤凶手的手背时,因为性命攸关,力气肯定用到了极限,凶手的手背应该伤得不轻,其中有一些生物痕迹,比如微小的血迹、皮肤组织就会掉落到被子上,而凶手当时只注意到留在她指甲缝里的痕迹,百密一疏,忽略了被面上的痕迹,所以才能从被烧焦的棉花团絮中找到痕迹。

果然,根据凌凯提供的生物痕迹物证,通过摸排,这起案子迅速告破。原来,刘芸生前有一个叫黄晟的表妹夫。这黄晟好逸恶劳,终日游手好闲,而且经常打骂刘芸的表妹,刘芸不忍看着表妹跟着黄晟受苦,生前多次劝告表妹和黄晟离婚。黄晟对她怀恨在心,甚至起了杀心,他经过精心策划,准备制造刘芸死于火灾的假象。

那天深夜,黄晟偷偷潜入刘芸家中,先是蹑手蹑脚在客厅的神台上点燃一炷香,准备以此作为引爆煤气的明火。就在他进厨房准备开煤气时,卧室里熟睡的刘芸翻了一个身,弄出的动静引起了黄晟的警觉:要是大火惊醒了刘芸,她逃掉咋办?黄晟于是解下自己脚上的鞋带,潜到刘芸的床边,将鞋带套到刘芸的脖颈上,想一举勒死刘芸。

被鞋带勒住的刘芸猛地惊醒,拼命挣扎中,她的手指甲划伤了黄晟的手背,但她无论如何挣扎,哪是黄晟的对手,挣扎了一阵后就含恨窒息而亡。黄晟确认刘芸死后,用抹布细心地将他留下的痕迹一一抹去,随后发现自己右手手背上受了伤,他担心刘芸的指甲里存有他的生物痕迹,于是找来一把镊钳,硬生生地拔掉了刘芸存有他皮肉组织的指甲,将指甲扔在刘芸的手指边,这样警方在勘验现场时,也会以为是大火将刘芸的指甲烧得脱落。

做完这一切,黄晟这才去厨房开了煤气,而后悄悄离开。没走多远,刘芸家中"嘭"的一声起火了,看着滚滚浓烟,黄晟脸上露出了狰狞的笑容。他自认为整个作案过程天衣无缝,然而法网恢恢,疏而不漏,黄晟很快就落了网。

这起案子若不是凌凯发现线索,至少,不会这么快就被侦破。刑警队的同事都夸凌凯,说他能听见骨头在说话。

死亡时间

杨　帆（江苏）

刑警大队长陆军凭直觉知道凶手是谁，但他没有证据，也无法建构严密的逻辑推理。案子拖了一个多月没有进展。他决定上省城请教他的老师——教他刑侦逻辑学的杨教授。

案情是这样的：

9月4日下午4点，在郊区的一栋别墅里发现房主死在床上。头部中枪，脑浆迸裂。现场无搏斗痕迹和指纹、脚印。死者叫许哲，42岁，是司法局的财务科长。一人独居，是个同性恋者。陆军判断：凶手是死者的熟人，有很强的反侦查能力。

第二天，省厅法医中心魏主任带领专家组来鉴定，给出的结论是死亡时间是在当天中午12点到下午3点之间。

死者的别墅和周边道路均没有摄像头。掌握的证据不能指明破案方向，所以要侦破此案还需进一步的调查取证。

司法局有人反映，他们分管后勤的潘伟副局长和许哲的关系不好，上个月两人曾吵过架。

陆军来到新搬迁的司法局，找潘局长了解情况，因为潘伟是副科级干部，所以他要亲自出马。新司法局硬件设施一流，作为县级司法局，这已经是天花板级别的了。

潘局长坦诚地说：我和许科长关系不好，是因为我多次劝他不要搞同性恋，他却一直记恨我。

陆军问：4号那天您做了什么，请您详细地叙述一下，先说上午。

潘伟笑笑说：那天是周六，我9点起床，然后一个人骑自行车到东明湖转悠了两个小时，接着就去了品香阁吃饭打牌。

陆大队问：有人能证明您到东明湖吗？

潘伟皱皱眉头说：这个还真没有人能证明。我儿子在省城读高中，老婆一直陪读。如果东明湖有摄像头的话，就可能看到我。

陆大队又问：那天中午和下午您做了什么？您别介意，我们也是奉命调查。

潘伟诚恳地说：您放心，这道理我懂。那天中午我约司机小王，以及律师管理科的李科长和赵科长到品香阁小聚，11点50分我到品香阁吃饭喝酒，饭后掼蛋，直到下午4点半才回家，到家我就睡觉了。

陆军离开司法局后，随即找相关人员核实，所有人都证明潘伟所言不虚，同时证明潘伟中途没有离开过饭店。调取东明湖的摄像头，镜头里确实出现了潘伟。

对潘伟深入调查，陆军发现：潘伟夫妻不和，他在省城买了房子，包养了小三。平时吃喝住行均非常高调，消费和工资严重不符。

一个是分管后勤的副局长，一个是财务科科长。在司法局整体搬迁的过程中，会不会合伙牟利？会不会因分赃不均而杀人？

陆大队悄悄地请审计部门查司法局的账，并亲自传唤了承包工程的老板，遗憾的是均无漏洞。

凭直觉，陆军认为潘伟有重大嫌疑，但潘伟有强大的不在场证据——在死亡时间里，潘伟正在品香阁吃饭打牌。

杨教授听完陆军的叙述，思索片刻说：这个案件有四种可能。一是许哲根本不是潘伟杀的。二是潘伟有个长得很像的孪生兄弟。三是凶手把尸体放到大冰柜里冷冻两小时以上，从而导致法医给定的死亡时间延迟。四是法医故意让死亡时间延迟。后面的两种可能均用错误的死亡时间佐证潘伟不可能杀人。

杨教授呷一口茶接着说：第一种可能先放着。我们逐个来分析下面的三种可能。潘伟有孪生兄弟吗？

陆军摇摇头表示没有，他调查过潘伟的家庭情况。

杨教授问：死者家里有大冰柜吗？

陆军说：这个我记得，死者家里冰箱是立式的，很小，装不下人。

杨教授说：那么第三种可能排除，因为凶手不会把尸体运到别处冷冻。第四种可能是法医故意延迟死亡时间。

陆军问：您是说潘伟有可能在12点前就把许哲给杀了？

杨教授说：是的，潘伟在12点前就把许哲杀了，然后到品香阁打牌吃饭，制造他不在杀人现场的证据。

陆军问：法医专家组都是省厅法医中心的权威，他们有什么理由要帮助潘伟？

杨教授说：问题就出在这里，如果第四种可能成立，则魏主任和潘伟必有关联。

陆军说：我们没有想到这一层，所以我们不知道魏主任和潘伟有没有关系。

杨教授说：你立即回去调查，第一调查他们以前的社会交往，和他们一年来的经济交往。第二调查法医专家组做结论时的情况。如果魏某人和潘伟有交往，如果专家组的结论是魏某人的个人主张，如果这两种情况同时存在，则凶手大概率是潘伟。因为从数理逻辑上说，社会上赶巧同时发生的事是小概率事件。

杨教授在陆军告别时嘱咐：如果第四种可能不成立的话，你们就要考虑潘伟的雇凶杀人，和小偷的盗窃杀人。

陆军请示省厅调查二人的关系，不久有了结果：他们是南方政法大学的同学，潘伟学法律，魏主任学法医，两人住过一宿舍。

调查法医专家组成员说当时大家都认为死亡时间定在11点到2点更合理，但魏主任坚持把死亡时间定在12点到3点。因为分歧不大，所以大家就签字了。

破案后，据潘伟交代，他杀许哲的原因是许哲侵吞了1000万元工程回扣款中的 300 万。潘伟是 11 点 20 分下手的。

　　提审的时候潘伟问陆军：是不是我给魏主任的 30 万元酬劳用的是银行转账被你们查到了，这才让你们怀疑死亡时间有误？

　　陆军说：我们根本没有查你的银行转账，是强大的逻辑推理，让我们对死亡时间产生了怀疑。

中　毒

何秀华（江苏）

　　早上 7 点多钟，人民医院急诊室收治了一个昏迷的女孩，女孩是育才学校初中部的住校学生，名字叫林丽，12 岁。

　　育才学校是当地知名的民办学校，实行小班制管理，班级人数是普通学校的四分之一，教学条件好，师资力量强，生活标准高，就是学费比较昂贵。来这里的学生，一般都是父母不方便照顾，或者是经济条件比较好的富家子弟。学校实行全封闭管理，社会上的人不可以进入校区，学生也不能走出校园，更不能自己在校外购买食品、药品和生活用品。每 2 个月放 4 天假，如果没有自家车接送，学校会有专门的校车护送到家。

　　值班医生吴岚，一边给孩子开头部 CT、血常规、肝肾功能、全套血液生化等急诊检查单，一边询问孩子的发病情况。

　　陈述病史的是孩子的班主任李老师。今天早上，起床铃响起来的时候林丽没醒，其他同学洗漱完毕大声叫她，仍然没有回应，就走到床边去推推她，这时候发现林丽翻着白眼，立马喊来生活老师和班主任老师，然后在学校的保安和后勤科人员的协助下，赶紧把孩子送到医院。对于小时候有没有基础疾病，李老师也不清楚，说已经联系孩子的家长，他们正在赶来的路上。

　　正说话间，孩子的父母赶到了医院，因为忙于打理自己的家族企业，夫妻俩没时间照顾孩子，就把她送到这个全封闭的贵族学校。林丽的妈妈说，孩子饮食习惯比较好，从不挑食，除了偶尔小感冒，身体一直相当健康。暑假过后，来到学校还不到一个月，就出了这么大的事情，看着独女宝贝意识不清，呼吸微弱，鼻子插着氧气管，心都碎了。

　　急诊检查的结果很快出来了，CT 扫描颅脑没有器质性病变，心电图、超声波、血液检查也没有异常指标，根据孩子急性起病，意识不清，肌张力下降，辅助检查没有器质性改变等特征，医生初步怀疑孩子可能是中毒。

　　孩子的父亲一听，二话不说，立马报警。

　　警察走访班主任李老师，说林丽是他们班的班长，品学兼优，活泼开朗，昨天晚上 8 点 40 分下晚自习的时候，林丽把教室整理妥当，熄了灯，锁了门，笑容满面地跟李老师打了招呼，然后离开教学楼。

　　生活老师说：她负责管理林丽这个宿舍快一学年了，林丽在宿舍人缘很好，爱讲故事会唱歌，遇事有同理心，会关心人，她还没处理过林丽和舍友之间的任何矛盾。昨天晚上，林丽她们宿舍的几个人，洗漱完毕熄灯时间是 21 点 30 分。

警察从两位老师的叙述中，基本排除孩子厌世服毒的可能。

那么会不会是食物中毒？

警察来到学校食堂，厨房干净整洁，大厨们正在准备午餐，检查食材都很新鲜，生熟分开。监控视频显示，昨天晚餐开饭时间是 17 点 30 分，林丽和大家一起用餐，吃的饭菜是一样，没有异常情况。

走访林丽同桌同学，说晚饭之后，她们自由活动一会儿，就回到教室上晚自习，林丽一晚上都在做练习题，没听她说肚子疼，也没有发现她有恶心呕吐情况，下晚自习的时候，还讲了一个小笑话，精神抖擞的。

这时，从医院传来不幸的消息，主治医生下达了病危通知书，孩子病情恶化，不能自主呼吸，病人转入 ICU 重症监护室，紧急进行气管插管，使用呼吸机加压给氧进行人工辅助呼吸。

医院组织各科主任联合大会诊研究对策，还邀请解放军总医院的专家教授进行网上远程会诊，最后结论：高度疑似"肉毒杆菌中毒"。肉毒杆菌全称肉毒梭状芽孢杆菌，在厌氧环境中，可产生一种强烈的外毒素即肉毒毒素，是目前公认的最毒的毒素。肉毒毒素中毒后，主要通过与外周神经系统运动神经元突触前膜受体结合，阻止神经介质乙酰胆碱的释放，阻断胆碱能神经传导的生理功能，引起全身肌肉松弛性麻痹，呼吸肌麻痹是引起患者死亡的主要原因。专家提示：容易引发肉毒杆菌产生毒素的食品有香肠、火腿和 pH＞4.6 的低酸性罐头食品等，要求仔细排查一下，看看患儿有没有食用这些食品。

根据医生的提示，警察调取了学校小卖部的监控视频，真的有突破性发现：昨天下晚自习后，林丽于 20 点 50 分，在小卖部购买了一份热狗火腿肠，付款后一边吃一边走出小卖部。

明确诊断肉毒杆菌中毒后，需要使用特效解毒药抗肉毒杆菌毒素血清，这种药因为平时根本用不着，所以医药公司和医院都不储备，询问省级各大医院也没有，而这种药在全国，也只有兰州生产。

一场争分夺秒的生死大营救开始了，省卫健委、省公安厅同时和甘肃省对接，通过航空公司把救命药物空运到附近的机场，正在等待的警察拿到药品后，一路警笛长鸣，带着生的希望，风驰电掣赶回患儿身边。

经过漫长的两天两夜精心救治，孩子终于恢复了自主呼吸，慢慢睁开沉睡的眼睛……

沙 盗

吴卫华（河北）

  早上，金发褐眼的独行者买合木提，牵着两头骆驼离开了靠沙漠最近的村庄，向南仅走两公里就进入了黄沙漫漫的罗布泊，骆驼背上装载着足够他吃喝七八天的馕和水，还有一些包裹严实的工具，六天后他会准时从罗布泊深处回来。村庄里除了买合木提少数几个人经常出入罗布泊，绝大多数人终生没有远离过这片黄沙围绕的小小绿洲。

  骑在驼背上的买合木提，会跟捡珍贵矿石的皮卡、旅行探险的车队相遇，在车辙纵横其实混乱的地带，买合木提才不屑一顾那些看似有迹可循的方向标识，他知道那只是在沙海的边缘徘徊罢了，他要去的地方是离村庄一二百公里的罗布泊腹地。有些雅丹地貌，地上跑的再现代的交通工具也过不去，只有换乘骆驼代步才能进入。

  无人区罗布泊内有沙漠、戈壁滩、盐碱壳，虽说是实验原子弹的军事禁地，但进去的路除了贯穿罗布泊的325省道，这也是因为国投罗钾公司在罗布泊中心才修的，其他野路太多了。买合木提深睛尖鼻，话少胆大，出入罗布泊就像串门远亲。每当买合木提牵着两头骆驼风尘仆仆地从沙漠中回来，村庄里看见他的人，就会发现骆驼上装载了许多包裹严实的东西，买合木提说是捡的托帕石。有个绰号"沙狼"的外地人，常来找买合木提做生意，车来车往也不知道交易些什么。

  这次，买合木提从沙漠回来时，人和骆驼的身上除了一层细沙，什么也没有带回来。过了两天，沙狼开着一辆加长越野车来了，他们在屋里商讨了很长时间，买合木提坐上越野车，跟沙狼出村庄驶进沙漠里去了。

  罗布泊恶风毒日，地貌诡异。傍晚时越野车下了中国最烂最荒凉的325省道，想绕过前面的检查站。半小时后车载导航失灵，明明应该向东，指示线却指向了落日。梳着寸头一脸悍相的沙狼骂说："真他妈的诡异！"

  买合木提冷漠着粗糙脸皮："我带你安全走出罗布泊后咱们钱货两清。按我的路线就会绕过检查站。一般人乱闯罗布泊可是违法的，检查站罚款，部队逮人。"

  越野车在寸草不生的盐壳地上颠簸到天完全漆黑，沙狼焦躁了："伸手不见五指，你怎么指路？"

  买合木提说："向前只管开。"

  沙狼完全没有方向感了，他焦躁得头上冒虚汗，突然看见左边不远处有一排灯光亮着，立即冲灯光开去。买合木提急忙拦阻："那是部队设的红柳检查站，不能过去。"

沙狼像溺水人看到了稻草:"不走省道咱俩就会迷路丢命!"

越野车很快到了检查站,两个佩戴着枪的军人从房子里出来拦下车。站长年纪不大,却满脸严肃眼神犀利:"私自进来的?"

沙狼交不出有关申请进入罗布泊同意的证明,只能点头哈腰地说好话:"捡石头的。"

站长让沙狼和买合木提拿出身份证跟手机,检查手机上有没有关于罗布泊的相片和文字,罗布泊禁止拍照外传。身份证和手机没有问题,站长看看加长越野车,拿着大号手电筒钻进车里检查,里面顺放着三层厚厚的泡沫箱,上面一层泡沫箱里装着稀有矿石。站长要搬开上面的泡沫箱,沙狼忙掏出厚厚一沓钞票递过去:"领导辛苦了,我们认罚。"站长疑心地看看沙狼,推开递过来的钞票,冷峻地说:"不要妨碍公务。"

把上面的矿石搬开,有一箱车里放不下,只好弄下车去。下面两层近两米长的泡沫箱外面缠满了胶带,打开后里面充满了白色的石膏,已经凝固成了一个长方体。沙狼解释说:"我一个朋友是搞石刻艺术的,我这两箱石膏是带给他的。"站长左看右看没看出石膏有什么问题,就板着脸罚款后准备放行。

道闸杆还没有完全升起,沙狼开车就要走,地上的矿石箱也没往车里搬。站长看见丢弃的矿石箱一激灵,紧急叫停:"站住!"这时道闸重新落了下来。沙狼从车窗探出头:"怎么了?"站长口气冷硬:"扣车检查。"

沙狼和买合木提被扣留几个小时后,地方的公安来了,他们仔细检查了长石膏块,小心敲碎石膏后,里面竟然包裹着两具保存完好的古代干尸!在铁证下,沙狼和买合木提只得如实说出盗挖古尸的经过。

买合木提是个沙盗,专门在沙漠里盗挖古墓,罗布泊深处有著名的楼兰古城遗址,四周散布许多古墓。买合木提这次在罗布泊里盗挖开了一个距今1800多年的魏晋时期的夫妻合葬墓,因为罗布泊是世界上著名的干旱中心,干尸保存得栩栩如生,这样的干尸盗卖到外国博物馆,至少能卖到一百万元。买合木提用骆驼把两具干尸带到沙漠边缘,不敢进村,就埋在沙子下,然后联系文物贩子沙狼取货。沙狼惯用石膏包裹的办法,有许多文物就是被他这样走私出去的。

罗布泊内盗墓猖狂,楼兰保护站根本无力应对从四面八方进去的盗墓贼,情况往往是这边的白骨才掩埋好,那边的白骨又被翻刨出来。红柳检查站站长对沙狼不带石膏粉却带石膏块给朋友本就生疑,见他不要地上的矿石箱开车就走,更怀疑他这么急着离开,绝不是单纯进罗布泊捡矿石的,车上肯定有价值不菲的违禁文物。

冰 凳

孙毛伟（江苏）

鑫通公司发生的离奇死亡案是由市刑警队的老王和小王二人负责侦办的。老王是资深警官，有30多年的办案经验；年轻侦查员小王是他的徒弟。二人接到任务后即赶赴现场调查取证。

死者叫李后军，是鑫通公司的财务经理。现场就在公司一楼李后军的办公室。二王赶到现场时，死者仍像根冰棍似的挂在屋中间天花板的吊扇铁钩上。看上去像是自杀，但可疑的是尸身脚底距地面35厘米的样子，可脚下却没有被踢倒的凳子这类供死者自缢踩踏的东西。

二人在对尸体及周边环境进行一番拍照勘查后，老王拍了拍小王的肩膀说，这几天我还有点事，这个案子由你来办。给你五天时间能结案吗？小王知道师父是要考考他，他还没有独立办过案，正想崭露锋芒，一听老王这话，便夸张地挺了挺身子说，保证完成任务。

此后老王就不太露面，偶尔漫不经心地去办案现场看看，也不说什么，有时问小王几句无关痛痒的话。

小王清楚，这个案子的关键是要搞清死者是自杀还是他杀，如果是他杀，凶手又是谁。小王从死者脖子上的索扣分析，像是自杀，但也不排除被人勒死后挂上去的可能，最可疑的是死者脚下并无踩踏之物。因而小王倾向于他杀。

他对死者周围的人进行调查，死者生前家庭生活正常，夫妻关系较好，可以排除情杀。死者性格内向，较少与人深交，但也没有与人结仇。唯一和他有过节的是公司副总经理刘铭。据死者妻子董梅说，丈夫和刘铭一直有矛盾，曾举报过刘铭的受贿问题。刘铭也曾扬言要报复李后军。

小王正面询问过刘铭案发时的去向，他先是说在云龙湖散步，后又说在家看电视，都没有人证明。小王还在移动公司查询到案发前一小时刘铭给李后军打过电话。小王问刘时刘显得有些慌张，矢口否认，在小王出示证据后，才承认打过电话，是为了银行贷款的事。小王还向纪检机关了解到李后军确实举报过刘铭。

经过几天的侦办，案情的脉络在小王的脑海里渐渐清晰。第五天一早他就找到老王底气十足地说，可以结案了。老王眉头一展说，好啊！说说吧。小王说，此案是他杀。凶手就是刘铭。他有杀人动机，他和死者有矛盾，被死者举报，他怀恨在心，是报复杀人。案发那天他打电话约李后军去办公室谈事，谈话间他乘李不备，绕到背后用事先准备的绳索套在李的脖子上猛勒——刘铭人高马大，制伏身材瘦小的李后军并不困难。勒死李后，把尸体挂在天花板的铁钩上制造李自杀的假象。他建议立即拘捕审问刘铭，案情即可真相大白。

老王问：就这些？小王答，暂时就这些。老王皱了下眉说，那我问你，刘铭既然伪造自杀现场，为什么不在死者脚下放个踢倒的凳子什么的，这一点，再傻的罪犯也不会忽略吧。另外刘铭确有受贿问题，但金额并不大，纪检机关已经处理过，他至于为这点事杀人吗？

小王张口结舌，一时说不出话来。他见师父狡黠地一笑，知道他已经成竹在胸，便说，师父你就别卖关子了，快揭谜底吧。

老王点上一支烟，悠悠地说，你的侦查方向一开始就错了。李后军是自杀，是畏罪自杀。我让公司查了李后军的账，查出今年李先后挪用了公司120万元用于炒股。李是股票高手，他本以为挪用点资金炒股盈利后再归还。可今年股票行情不好，120万几乎血本无归。眼看要年终审计了，他填不上账上的窟窿，走投无路，只好选择自杀。

小王问，那尸体脚下悬空的35厘米怎么解释，难道他能蹦起来把自己挂到天花板上？老王点头说，对！这就是本案最大的疑点。照常理，人自缢时脚下一定要踩到凳子或其他什么东西上的。可这里没有。老王猛吸了一口烟说，这正是李后军设计的一个骗局。案发后，我们第一次来现场时，你注意到没有，室外天气很冷，屋内开着空调很暖和，而且湿气很重，窗玻璃上结了厚厚一层霜，地上也湿了一片。我到院子里，看到花园旁有几个花盆，花盆中的水冻成了实心的冰。还有一个打破的花盆碎片。问题就出在这个破花盆上，我把这个花盆碎片拼接还原，量了一下，差不多就是35厘米高。我又搜集了尸体下面散落的土屑和花盆碎片中土屑对照，是同一种土。现在你明白了吧？

小王叫起来：冰凳。老王说，对！是冰凳。李后军自缢时就是站在这个冰凳上。到早晨，冰凳自然融化得无影无踪了。案发那天上午，我查过，李后军曾给刘铭打过电话。我估计电话的内容是要告诉刘什么事，引诱刘铭晚上给他打电话，造成那晚是刘铭电话约他出来的假象，把怀疑的目标指向刘铭。

小王又有些不明白了：李后军为什么要嫁祸刘铭呢？老王说，其实他并不一定非要嫁祸刘铭，嫁祸谁都行，他只是想让人相信他是他杀而不是自杀。而公司里只有他和刘铭有宿怨，嫁祸刘铭更容易让人相信罢了。

那他伪造他杀的目的是什么呢？小王很疑惑，死都死了，就是他杀又有什么意义呢？老王说，当然有这么一种东西，如果是他杀，他死后家人就可以获得，而如果是自杀，他家人就得不到。小王猛捶了下桌子叫道：保险金！老王说，对！就是保险金。我到保险公司查过，近几个月李后军买了保额200多万的人身保险。我们国家的保险合同上都有这么一条规定：如被保险人自杀身亡，保险金不予赔付。为了让家人拿到保险金，他必须是他杀。

小王对老王的分析佩服得五体投地，连声感叹，姜还是老的辣啊！老王笑着问，现在可以结案了吗？小王红着脸笑了。

怪才刘门

任喜录（河南）

刑警队长对刘门既恨又爱。

因由是刘门对一般案件不感兴趣，分析案情时总想打盹。气得队长曾经大骂，你不是刘门是刘闷，一个标准的"闷葫芦"。可一旦碰上无头案，他就来了精神。队长不希望有这样的案件，可这样的人却不能没有。

刘门有个嗜好，爱看《狄公案》，值夜班时能看一宿，反正他有打盹的时间。同事叫他夜猫子，他说，夜猫子别名叫鸱鸮，就叫我鸱鸮吧，显得有文化。

这天，一位自称王婆的老太太来报案，说儿子被媳妇逼得跳了河。

接案民警记下了申述概要：王婆的儿子与儿媳不和，常常闹得鸡飞狗跳。王婆独门独户，五间拐角平房，她住了两间，儿子住了三间。王婆去女儿家住了个把月。回来不见儿子，问儿媳李秀。回答说，去外地进货了。儿子开有山货店，外出是常事，王婆没有在意。三天后，王婆已经睡下，听见儿子房门响了一声，稍后即听到李秀高声骂道：鬼娃子，有本事别回来。接着就是叽里咣啷一阵乱响，李秀尖叫：狗东西，你敢打我，姑奶奶也不是吃素的。儿子却与平时不同，没有一点声息。她怕闹出人命，急忙穿衣出门，因见月光被大树遮住，就拉开屋檐下昏黄的灯泡，叫儿子别闹了。几分钟后，儿子开了门，满脸是血，一声不响地出了大门。儿媳两手血，哭喊着追了出去。王婆不放心，也跟在后面。她家离河沿不足百米，一天前刚涨了水。王婆距河沿还有三四十米，就听见儿媳大喊：啊呀，鬼娃子跳河啦。王婆跑到河边，啥也没看见，只有儿媳大呼小叫。王婆赶紧回村喊人救命，十几个人打捞了半宿加一个白天，连个人影也没见着。

刑警队长看了申述笔录，即带人到王家勘查现场。李秀已回娘家，其室内却收拾得干干净净，未发现任何线索，只在门把手上提取了少许血迹。不料这仅有的一点物证，却让警方陷入迷雾之中。经化验，那血迹根本不是人的，而是几种鱼的混合血素。

队长看了一眼正挠头的刘门，说：该你兴奋了吧。

刘门咧了咧嘴：有点，但也不敢打保票。

队长瞪了他一眼：少来，这案子要是破不了，全年的绩效工资都没你的份儿。

刘门只能去找王婆，了解其儿子婚前婚后的详细情况。王婆说：儿子因为脾气暴，谈了几个对象都没成。去年才经媒人撮合成了亲，没想到反被儿媳送了命。

刘门找媒婆核实，媒婆说，邻村有个小伙叫余有，比王家儿子小两岁，都是中等个，瘦不啦叽的。余有跟李秀青梅竹马，可李家父母不松口，就请媒婆说和。李秀娘说,只要他能拿出 10 万块彩礼就行,少一个子儿都不成。余有父母双亡,平日靠在河里捞几条鱼卖,除去日常开销也就剩仨瓜俩枣,哪能拿出 10 万块。她知道没戏,就把李秀介绍给了王家。王家小子虽说脾气不好,但能干,10 万块钱在他家就是小菜一碟,没费周折就成了亲。

媒婆的一个"鱼"字触动了刘门的神经,但只略微笑了笑。等媒婆说完,才漫不经心地说:他就不能干点别的?河水不深,可石头多,下网很难捞上鱼。

媒婆撇撇嘴:你才不知,这小子许是水獭托生的,水浅时,在洇水湾抓鲶鱼,只要看见踪迹,一个都逃不掉。他最拿手的是浑水摸鱼,发了大水,一个猛子扎下去,出水时,手里准抠着一条大鱼。三里五村没有不佩服的。

河边,一个青年挑着小船,正避开较大的石头往岸上走。

这小船有年头了,两个五尺宽六尺长,木匣一样的船舱,前后由两根木棍连接,中间有二尺宽的空档,供人行走。桐木板做的,不重,用钩子挂上木棍,挑起就走了。

刘门根据媒婆描述的身材,觉得应该是余有,就在路口等着。近了问:你叫余有?

青年望了刘门一眼,答是。

刘门说:你放下,问你点事。

你是什么人?余有警觉地问。

刘门掏出证件伸向余有。余有看到"人民警察"四字,脸色有些泛白,马上放下小船。

你知道王家小伙的事吗?刘门问。

你是说前两天跳河的那个吗?余有的声音微微发颤。

看来你知道。

这不奇怪,上下村都知道。

刘门边绕着小船转,边说:这小船,少见。

早年,附近打鱼人都用这种船,如今全朽掉了,就我还用着。余有说着坐于左方船后的小舱盖。

刘门揭开右边的小舱盖,里边放有一团渔网:哦,还有工具箱,不错。能让我看看你坐的那个吗?

都一样,没啥看的。

那好,你回家吧,我再到河沿看看。说完走向河边。

余有挑起小船往家走。相隔 50 米之后,刘门掏出对讲机,小声说:鹞子注意,我是鸥鹧,狐狸向你走去,请注意他途中的举动。

刘门将两件没有干透的衣服抖开让王婆看:你认识这两件衣服吗?

王婆一见,立马号啕大哭:这不是我儿子的衣服吗?你们在哪儿找到的……

警方立刻行动,将余有和李秀抓获,并分别进行了审讯,但二人均呼冤枉。

刘门对李秀笑道:既然你不肯交代,就由我来讲一下你们的作案经过。10 天前,你伙同余有把丈夫杀害,你婆婆回来后,为了断此案,你二人又自导自演了一出戏,让婆婆看……"

李秀没有听完就瘫在椅子上,之后就交代了全部犯罪经过。警方根据她的供述,在王家房后挖出一具中度腐烂的男尸。

声波里的密码

唐树华(江苏)

"啊……"楼上传来一波声嘶力竭的嘶吼。

魏石魁和姜计冲上去,眼前的场景惨不忍睹,魏石魁的妻子躺在血泊之中。手腕鲜血直流,染红了洁白的床单。

魏石魁抱住妻子双肩大喊:"林林,你怎么了?"

姜计手指靠近林林的鼻孔:"唉,呼吸没了。"又摸摸左手说:"脉搏也没了。"魏石魁大声号啕:"兄弟啊,这个咋办哪。"

咋办?面对眼前的惨状,姜计一时也惊慌失措,愁云密布,诧异满腹。走过几十年的刑侦之路,都是处变不惊,可是,今天怎么了?好像身陷囹圄的感觉。

临近下班,接到老战友魏石魁的电话说去他家小酌两杯。

姜计和魏石魁一起转业,选择了去公安局干起来老本行。魏石魁拿了60多万元安家费,创办了制药厂,当了董事长。

小别墅。酒没过三巡,菜没品五味,就听到楼上凄惨的尖叫。

魏石魁拿起手机给大舅哥报丧。死者娘家七大姑八大姨来了几十口,哭哭啼啼。大姨娘噙着泪水说:"魏石魁你真不是个东西,你发财了就喜新厌旧,在外面拈花惹草,还要找小女人,肯定是你害了妹妹。"娘家人打了110。

侦查了半个多月,几乎无实质性进展。娘家人又是上访,又是在市政府门前拉横幅,要求追查凶手。官媒与许多自媒体追踪采访,市民纷纷猜测,事件进一步升温发酵。

魏石魁是著名企业家,财税贡献大户,钱多了,就像花红蜜甜招蝴蝶啊,不断有美女投怀送抱,绯闻也不断流出。

夜色好像被浓墨涂了一样。市公安局局长室却灯火通明。局长单独找到姜计:"老伙计啊,这件事非常棘手,你怎么看哪?"

"局长,我是当事人,又和老魏是战友,我请求回避。"

"这不是回避的问题,魏石魁口口声声说是自杀,而娘家人一口咬定是他杀。我们一定要弄个水落石出,对社会有个交代呀!不然你也不好交代啊。"

市局高局长一番谈话,弄得姜计心里如翻江倒海,震震颤颤。一边是好战友、好哥们儿;一边是情,一边是义,一边是法。此时他进退维谷,弄不好自己也会裹进去。转而一想,是党叫我吃这碗刑侦饭的,我不能违背党的意志和法律原则啊。他终于痛下决心,提起达摩克利斯之剑重新回到岗位。

蹊跷的酒席,前后境况,一个个谜团在他眼前浮过。死者"啊"的一声尖叫,很不一般。刑警队长在部队是潜水艇似的侦查兵,对声波研究造诣颇深。凭他敏锐的嗅觉判断,从声波、音色上听,那天楼上发出的声音带有丝丝电流声,短促、卡顿。女人声音频率比较高,但从电器里发出的更高,这和濒临死亡的人心理是不符的。等他和魏石魁冲上二楼以后,两个举动引起他的怀疑。一是魏在哭的时候有两次瞟了身为刑警队长的姜计;二是他去了一趟洗手间,隐隐约约拿着一个红色的东西,估摸是一只老年人用的随身听。如果是这样与常理不符,董事长家属正值不惑之年,时尚、高端,像她这个年龄应该用蓝牙的无线耳机收听音乐,听听段子,怎么会用这个老年机呢?

在研判会上,他袒露了这一情况。侦破组同意他的看法,立即奔赴封控的董事长别墅,结果在抽水马桶储水罐里找到了一只红色的老年随身听。经过技术部门的处理复原,听到了"啊"的一声的录音。经过姜计的辨别,的确是那天中午"死者"从楼上发出的声音。

刑警大队会议室里一片欢腾,终于找到了证据。

经过请示市委和政协领导,他们立即传唤了魏石魁。

审讯室。

"魏石魁,随身听里的声音是怎么回事?"姜计问。

"我不知道啊。"魏石魁答。

"老魏,那天中午楼上传来的声音就是从这个盒子里发出的。""不是,姜计你是现场听到的,怎么会是录音机里的呢?"

"经过我们提取你爱人前一天手机的通话声波分析,盒子里的声音根本不是你爱人的。真人声音通过录音机会发生变声,波长变短、频率变窄。通过放音设备高低音又发生变化。我们网络警察海量搜索,大数据云计算,找到了你下载的同样录音。老魏赶快交代吧。"姜计说。真是魔高一尺道高一丈啊。

在铁的事实面前,魏石魁低下头,瘫痪在审讯桌上。

原来,魏石魁和新招的公关部经理芳芳好上了。芳芳是名牌大学研究生,高挑个子,如柳临风,妩媚动人,口齿伶俐,讨人喜欢,是魏石魁在省城招聘会上认识的。但那只是单相思,人家根本看不上这个肥胖的中年人。在频繁的进攻下,芳芳提出一个条件:你必须离婚娶我。魏石魁本身有一个校花的女同学老婆,根本舍不得,可是不离就得不到芳心。鱼和熊掌不可兼得,他下决心离婚。可是,老婆偏偏宁愿在一棵大树上吊死——坚决不离。

两人吵了一宿谁也没妥协,魏石魁一把卡住老婆脖子,本想吓吓她,没承想下手太重,女人香消玉殒。自己成了杀人犯,多年经营的财富帝国将落入他手,不甘心哪。

这时,他制造了"自杀"假象。于是,他买来了随身听,下载了电视剧女人"啊"的声音。杀了两只小野鸡,放了一碗血,制造了假现场。

实指望拉老战友入局,目的是让他做证更有说服力,结果事与愿违,搬起石头砸了自己的脚。

刻在墓碑上的名字

王明新（山东）

对于那次去桃花沟煤矿，老所长曹宽回来后讳莫如深，好像保守着一个巨大的秘密。事情的起因是这样的：18年前，他们这个派出所辖区内发生一起重大杀人抢劫案，两个农民去县城赶会卖羊，因为路程远回来的时候有点晚了，说晚其实也就是天刚刚黑下来。他们卖了羊，一路说说笑笑，兴致勃勃地往前走，路过一片玉米地的时候，突然遭到两个人的棍棒袭击，两个卖羊农民全被打死，钱被抢走。第二天，一个叫刘强的到派出所自首，供出另一个人叫刘洪。据刘强交代，他们要的是钱，并不想让受害者死，当时因为过于紧张，失控了才发生了那样的不幸。因为死了人，他太害怕了才自首的。

刘洪在逃，一直没有归案。

刘洪有个姐姐，已经出嫁，刘洪出逃后家里只剩下刘洪父母两个老人。对于这桩悬案，曹宽一直没放手，每年他都要带着民警小马多次去刘洪家走访，看望两位老人，问问刘洪有没什么消息。据刘洪的父母说，自刘洪出逃后从没与家里联系过，走访邻居得到的答案也大致如此。大约是两年前，刘洪的父亲突然来到派出所，送来一张刘洪的死亡证明，证明说刘洪在陕北一个叫桃花沟的煤矿挖煤时发生矿难身亡。第二天曹宽就去了陕北。派出所总共三个人，除所长曹宽外，还有一位是女同志，剩下的就是小马了。小马要与曹宽一块儿去，曹宽以经费紧张为由拒绝了。对于这次陕北之行，曹宽回来后只字未提。

下午，曹宽带着小马来到镇上的墓碑作坊，因为刘洪的父亲去世了。刘洪父亲的墓碑已经刻好，在"先父刘良昆之墓"一行字下面，依次是刘洪和刘洪姐姐姐夫的名字，再下面是刘洪两个外甥的名字。出了墓碑作坊，曹宽给刘洪的母亲打电话，电话接通，曹宽先表达了哀悼之情，让刘洪的母亲节哀顺变，然后问刘洪的父亲什么时候下葬，届时他要送老人一程。年年家访，曹宽早已与刘洪的家人成了熟人。镇上有一片公墓，是一片山林，人死了火化后大都安置在公墓里。

刘洪父亲下葬那天，曹宽带着小马去了公墓，刘洪父亲的骨灰安放下后，他们一起向刘洪的亡父鞠了三个躬，然后就回来了。

按照民间风俗，人死七天后，要举行一次大的祭奠活动，俗称"过头七"。刘洪父亲"头七"这天，曹宽让小马换上便服与他一起去公墓。小马说，一个死亡逃犯的家属，下葬的时候我们已经去了，够意思了，"头七"就算了吧。曹宽说，现在还不到你说了算的时候，小马就闭了嘴。小马其实不小，30多岁了，老所长曹宽面临退休，小马是接任者。

除了刘洪家的亲戚外,村里人也来了不少,曹宽与小马随着众人参与了全部祭奠过程。半上午的时候活动结束,人们开始下山。曹宽快步走到一个40岁左右的男子跟前,让他留步,然后掏出警官证问他:你就是刘洪吧?男子乖乖地点了点头。这一切发生得太突然了,小马还没反应过来,刘洪已经被曹宽铐了起来。

这之后,曹宽才公开了那次去桃花沟煤矿的"秘密":桃花沟煤矿是个不合法的小煤矿,刘洪的确在那个矿上打过工。矿难发生后,矿主潜逃,工人很快也作鸟兽散了,至于那次矿难死了几个人,死者是谁,没人说得清楚。这些信息是曹宽在煤矿附近的当地农民那里打听到的,因此他对刘洪的死存疑。

曹宽说,果然这家伙还活得好好的,不容小马打断他,曹宽继续说,后来刘洪的父亲去世,我打电话告诉刘洪的母亲去参加葬礼,目的是为了麻痹刘洪。他父亲的葬礼我们去了,"过头七"的时候,我们没打电话通知,他肯定以为我们不会再去,而他没能参加父亲的葬礼,"过头七"必定要去。

但是,刘洪有死亡证明,你去桃花沟调查也没查出结果,怎么断定刘洪一定还活着呢?小马迫不及待地抓住机会说。

曹宽说,按照当地风俗,立碑人如果死了刻在墓碑上的名字要用黑框框起来,那天我们去看刘洪父亲的墓碑,刘洪的名字并没有黑框,所以我断定刘洪不仅没死,而且与家里有联系。至于那张死亡证明,可能正是刘洪本人搞的鬼把戏。

河坡上的独轮车

张国军(江苏)

安小泉两口,承包一辆出租车,在城里对班跑出租,照顾儿子读书。农忙季节回家收割栽种,几亩农田收成不错,单单二亩多地稻子,秋天就收了将近3000斤。两口商议,趁星期天儿子不上学,回趟老家,留下口粮,把其余的水稻卖掉,摊在屋里时间长会返潮。

星期天一家三口的心情和阳光一样灿烂,吃过午饭,女的开车,男的陪儿子坐在后面座位上,一路欢声笑语,从国道拐上农村公路,老家房屋近在眼前。

悠扬的手机铃声响了,人未到家晚饭就有人安排好了,安小泉美滋滋地打趣着来电。"喂,你是安小泉吗?你家稻子被偷了,你赶快报警。"邻居大嫂李贞美的电话,瞬间打破了一家欢乐的气氛。他随即拨打了110。

咦!她家住在东头,离我们家有大半里路,怎么晓得我们家稻子被偷的呢?安小泉感到有点蹊跷。

李贞美是个孝女,昨天母亲住院她去探望,晚上在医院陪母亲一宿,吃过中饭就急匆匆地赶回家起山芋。公交车到村口她下了车,往家的农村公路上,连个说话的人都没有。路边光秃秃的河坡上,一辆独轮车孤零零地倒在那里,李贞美看看独轮车架还是八成新,车轮的轮胎是新的,车轮边的车架上还有毛笔写的字母。这独轮车可是我们农村人的运输工具,用起来灵活方便,一时半会儿还淘汰不了,扔掉怪可惜。李贞美想了想,先推回家再说。

到家她就喊做作业的儿子看看字母是什么字。

儿子说:"是安小泉。"

啊!安小泉在城里开出租车,独轮车怎么跑河坡上去的呢?

李贞美急忙告诉丈夫马老五,她拾了安小泉家的独轮车,安小泉家是空房户,可能东西被人偷了。都是邻居,亲望亲好,邻望邻好,让他把独轮车推着,和自己一起上安小泉家去看看。

马老五做梦都没有想到,安小泉家的独轮车会被自己的老婆拾回家,更没有料到老婆还让他去安小泉家看看。心中的不悦写满了一脸乌云,五口吸完了一支烟,才推着独轮车跟在老婆后面。安小泉家门虚掩着,李贞美手一拉门开了,地上到处是稻粒子、蛇皮口袋。不得了,遭贼了,李贞美一边喊人,一边打电话给安小泉。

不一会儿两辆警车鸣着警笛呼啸而来,安小泉一家三口的车子也到了门口。这时候李贞美不知什么原因突然感到非常害怕,总把小偷与马老五联系在一起。结婚十几年,虽说40岁的马老五一贯小气、贪财,不过他也没偷过人家东西呀。她就昨晚没在家,按理说马老五也不会瞒着她干坏事的,可是她心里老扑通扑通的跳得慌。

马老五见警察走了过来,像弹簧似的从独轮车上蹦了起来,连忙向警察敬烟,警察客气地摆摆手。他指着独轮车告诉警察,这独轮车是老婆在河坡上拾到的。他旁边的这位就是报警的房主安小泉。他还主动地帮助警察拉起警戒线,招呼看热闹的邻居离警戒线远点,不要影响警察办案,自己则有意无意地朝警察身边跑,问问警察需不需要喝水,抓到小偷能判几年。

20年前的江海县农村,农民一季稻子被偷得干干净净也算是大事了,大河镇派出所非常重视,还把刑警都请来了。

警察看着坐北朝南的三间瓦房,檐口四五米高,前檐两个大窗户已用三合板封死,左右邻居相隔不过五米,门前邻居也仅有十来米远,后面是小河。

大铁门没有被撬,室内上首房和下首房的房门锁得好好的。人是怎么进屋的,稻子又是怎么运走的,是庄上熟人作案,还是流窜犯团伙作案?

一连串的疑问,警察在寻找答案。

房子的四周,警察来回不停地转,这边看看,那边望望,看来看去,后檐东墙角,离房子五六十厘米距离的大白杨树,有帮助窃贼作案的嫌疑。警察退后几步向房上一望,树比屋脊已高出了六七米。警察微微一笑,随即进屋,打开上首房房门,朝房顶一望,房顶已开了天窗。

派出所秦所长现场向村主任和群众介绍了案情。经现场勘查和群众反映,这是一起惯犯团伙入室盗窃案,不排除熟人做内应。作案人员,至少两到三人,而且胆大心细,年轻力壮,有专业作案工具。

案件发生在凌晨左右,盗窃犯进入现场后,没有撬门撬窗,是防止动静过大被邻居发现。于是就选择爬树上房,揭瓦,切割柴笆,用备好的软梯或绳子进入室内。

一人入室后,另一人返回地面,入室的人开门接应,一起动手,用口袋装、独轮车推和自备的运输工具,在40分钟左右的时间里疯狂地将稻子盗窃一空,然后扔掉独轮车绝尘而去。

马老五听着听着,拿了瓶矿泉水想送给秦所长,一脚踩在冬瓜皮上,摔了个仰八叉,卷起的裤脚散开,里面的稻粒撒了一地。秦所长一个箭步冲过去就势铐住,你朝哪儿跑!

茶

卢　静（广东）

"他死了。"

"呃？嗯。"站在阳台的他从口袋摸出一根烟。

"你好像不怎么在乎？明明之前一直问老乡们谁能替你解决麻烦。"

"他是怎么死的？"

"我给他伪装成上吊自杀了，"男人对着黑暗中的火光说，"好了，快把剩下的钱给我吧，警察快发现他了。"

"唉，三年了，"他呼出一口烟，"我终于让这个害死我老婆的人去死了。"

他熄灭烟，走回来，坐在一张茶几后。

"坐会儿吧，"他示意男人前面有一张凳子，"警察不会发现得这么快的。"

男人沉默着没动。

"你还有用，"他看穿了男人的怀疑，"我能保证你离开这里的时候是完好无损的。"

"还有我的钱。"男人补充了一句。

他又点了一根烟，没有理男人，开始讲自己的故事："那年我还是一个出外打工的小年轻，一年回不了几趟家，老婆总是安慰我说，等过两年拆迁了，我们就能团聚了，我也能创业实现梦想。"

男人没有说话。

"我每次回家给她带了好东西，她都不舍得用，天啊，如果可以的话，我真想拿现在的一切换回她，哪怕五分钟也好。"

男人看着他已经出现泪痕的脸，最终还是坐下了。

他倒了一杯茶给男人。

"可后来我没有等到拆迁通知书，你知道我等到了什么吗？"他看着对方，"是邻居下午打来的电话。"

"你好像说过她是自杀的。"

"是的，"他抹了一下眼泪，"自杀的，用家里的绳子上吊死的。"

男人盯着他，手里转动着茶杯。

"但我不信，我回去看了，所以我不信。"

"你看到了什么？"

"茶叶。"

"茶叶？"

"对,茶叶的包装口打开了。"

"那不是很正常吗?说不定她口渴喝掉了。"男人对递过来的茶更加厌恶。

"不,你错了,农村人只有接待贵客时才用茶叶,平时自己喝都是白开水,"他眼里尽是悲凉,"何况那是我带回来的,她不舍得……"

"如果这样的话,警察没有查出吗?"

"我回去看过了,杯子都被洗干净,放消毒柜了。"

"哦……"

"但这样就有了新的破绽。"

"嗯?"

"说明凶手很熟悉我家,如果不提前算好消毒柜的烘干和散热的时间,贸然动手很容易被人发现。"

"嗯……所以你才怀疑上那个人?那么说他经常出入你家?"

他听出了男人不怀好意的猜测,喝了一口变凉的茶。

"我不觉得我老婆和他有什么,她死的时候,衣服上还沾着田里的泥巴,见情人好歹会收拾干净。"

男人不再说话了。

"而下午,乡下人一般不会回家,还在田里。"

"说不定是中午作案的呢?"

"不会的,"他摇摇头,"中午很多人回家吃饭午睡,那个时候凶手过去很惹眼。"

他看着男人手里转动的茶。

"茶、下午、泥巴,说明她是和哪位贵客约定了,急冲冲往家里赶,"想到当时的画面,他鼻子有些发酸,"普通农人喝不惯茶,所以……"

男人终于不再转动茶杯了。"那个人家里像是挺有钱的,他应该是当年你们村比较有钱的一户吧。"

他没有回答。

"当时发生了什么,我就不知道了,到底是蓄谋已久不成功还是羞愧上吊,"他深吸一口气,"这些已经不重要了,重要的是他害死了我老婆。"

男人点点头,伸出手。"你的经历很令人同情,但你该把钱给我了。"

他盯着男人伸过来的手,笑了一下。"我事后和警察说有人害死我老婆,警察说查过了,经常出入我家的人都有不在场证明。"

"你什么意思?"

"那个人有帮凶。"他站起来,直视男人,"一个负责摸清她的生活规律,一个去作案。"

男人收回了手,摸上系在腰后面的刀。

"世上的事可真奇妙,大概那个人也想不到他也是上吊死的。"

"那件事和我无关!我只是老乡叫来给你帮忙的。"

他静静地看着男人。

"我知道了,你对我有用,我不会杀你的,你走吧。"
男人疑惑地看着他。
他走回阳台,双手撑在栏杆上背对着男人。
"我已经不想再继续下去了……你走吧,钱过几天就到账。"
男人收回放在刀上的手,离开了他家。
第二天,当男人快速收拾好行李,准备离开宾馆的时候,房门打开了。
是警察。
"昨天有人被毒死了,而且卡里一大笔钱也不见了,楼下有个目击者说你是最后一个进大楼的。"
他被毒死了?
男人急着辩解:"不、我没有,我没有去见他。"
警察拉住他的两只手:"没关系,茶杯上有指纹,和我们回去核对一下就好了。"
"轰"的一声,男人感觉自己的脑袋要炸了。

狗是知道的

胡　锋（新疆）

　　大柳河镇的吴石槽村，地处偏远而幽静。
　　这天傍晚，家住在村东头的李老太突然在自己家大门口大喊起来："哪个挨千刀的，把俺家的鸡蛋偷走了。"声音从村东头传到了村西头。
　　李老太火爆脾气是出了名的，上个月，她家不见了一只大公鸡，李老太足足在家门口骂了一上午，结果大公鸡傍晚自己回来了。
　　村里监控坏了有一天了，驻村干部刘志新在村委会忙着调试监控设备，他依稀听到从外面传来的叫骂声。
　　"怎么回事？小王，我们出去看看。"刘志新和小王很快来到了李老太家。不大的院子里已经围有5个人，有左边邻居陈婶和她8岁的儿子，右边邻居张大爷，前面邻居吴大壮。李老太家周围的邻居全来了。
　　李老太站在院子中间，花白的长头发掩盖不住一脸的怒气，一直叨叨不停："哪个挨千刀的，把俺家的鸡蛋偷走了。"刘志新上前关切地问："李大妈，怎么回事呀？"
　　"每天傍晚我都去鸡窝捡鸡蛋，每天都有三四个鸡蛋。今天却一个鸡蛋都没有。"
　　鸡窝在大门后面，刘志新走到鸡窝前，几只大母鸡身体肥硕，精神抖擞。他又顺便把大门里里外外仔细看了一遍。确定鸡蛋是被偷走了，而不是陈婶所说的今天鸡可能没有下蛋。
　　刘志新说："鸡蛋的确是被偷走的。"院子里4个邻居都有了偷鸡蛋的嫌疑。
　　"陈婶，是不是你拿的？"李老太上前质问。陈婶连忙摆手说："不是我，不是我。"
　　刘志新瞄了陈婶一眼说："鸡蛋不是她拿的。"李老太不解。刘志新说："鸡窝的门只有1米左右宽，陈婶身体肥胖，挺着个大肚子，身体钻不进鸡窝，手够不着鸡蛋。"
　　大家把目光投向了陈婶8岁的儿子。"强强，是不是你拿了鸡蛋？"陈婶问。刘志新沉思几秒后说："也不是强强。如果强强偷鸡蛋，只需要翻过两家的院墙跳进来就行。偷鸡蛋的人是从大门进来的。"
　　大家嫌疑的目光投向了张大爷，左腿的残疾是张大爷永远抹不去的痛，20世纪70年代，年轻的张大爷偷了公社的几袋稻谷，那个年代偷东西可是大事，被公社抓住后，一顿殴打，落下了左腿的残疾。
　　"我进门时看见张大爷走路时左手一直扶在腰间，拖着左腿走路，说明他不能弯腰，进鸡窝需要弯一下腰，对于一个腿脚有残疾的人，这个动作是不容易办到的。"张大爷听完刘志新的推理,连连点点头。

最后的嫌疑不约而同地落到了吴大壮身上,他身体瘦小,以前也在村里干过偷鸡摸狗的事。李老太家的小黄狗向吴大壮又连续叫了几声,吴大壮身体向后退了几步,小黄狗叫得更凶了。人们开始质问起吴大壮来。

"你们稍微等一下,我出去打个电话。"两分钟后,刘志新重新进入院子。吴大壮被几个人围着,李老太更是冲上前,抓住吴大壮衣领:"兔崽子,敢偷我家的鸡蛋,快交出来。""李奶奶,真不是我偷的。"

僵持几分钟后,院子外面突然进来数名荷枪实弹的特警,众人一愣,偷几个鸡蛋的小事,也不至于惊动荷枪实弹的特警吧。刘志新对警队王队长耳语几句。

王队长一脸严肃地说:"所有人先退到院外,我们要抓真正的偷鸡蛋贼了。"

数十名特警围住了院中的地窖:"里面的人听着,你被包围了,赶紧缴械投降。"

站在院子外的人群才注意到院子角落里有个地窖,就是吴大壮站的位置。

不一会儿,地窖盖子被慢慢移开,一把一尺长的锋利砍刀扔了出来,从里面爬出一个瘦矮个男人。特警们立即涌上将他按在地上,戴上手铐蒙上头套,带上了警车。

王队长紧紧握住刘志新的手:"真的谢谢你呀!"

警车呼啸着离开了,留给村民们一脸的疑惑,这到底是怎么回事?

刘志新被众人围住,抿了一口李老太亲手泡的茶后,慢慢推理出了真正的偷鸡蛋贼。

"我最后也怀疑是吴大壮,突然想起大门沿里面,右边留有一排撬痕,是左手拿长利器的人从外面撬开大门的。吴大壮是杀猪匠,他用的是右手。如果是他,撬痕应该留在大门内部左侧。"

大家一回想,吴大壮的确是用右手。

陈婶问:"你怎么知道地窖藏有人呢?"

刘志新笑着说:"多亏了李奶奶家的小黄狗呀,它不停向吴大壮叫,吴大壮向后退,我看见了地窖被盖得严严实实。现在是春季温度升高,地窖一般都不会盖严实,会留缝隙,为了透气。小黄狗和吴大壮很熟悉,见面是不叫的。小黄狗之所以一直向吴大壮叫,其实它是向地窖里的陌生人叫。"

大家想想自家的地窖,是这么回事,不停地点头。

停了数秒后,刘志新接着说:"前几天县城发生了重大抢劫案,但是嫌疑人逃脱了。公安局发了协查通告,嫌疑人就是左撇子,带有砍刀。所有这些线索,我推理出地窖极可能藏有犯罪嫌疑人。"

"所以你悄悄给公安局打了电话。"一直没有说话的张大爷开口了。

"我之所以等警察来,是因为知道犯罪嫌疑人有砍刀,怕乡亲们受到伤害。"刘志新补充道。

地窖里果然一地的鸡蛋壳。

"那是犯罪嫌疑人饥不择食了。"刘志新笑了,众人也笑了。

夕阳最后的余晖洒满了院子每个角落。

五〇四谋杀案

李小庆（山东）

"啊！"

一声凄厉的尖叫从长虹小区 A 楼 504 室传来。

发出尖叫的是李丽，她刚下夜班回家，发现丈夫死在家中，室内一片狼藉。

警笛声刺破了阴雨绵绵之夜。

被害人王伟是被绳索勒死，尽管抽屉、物柜都被翻过，但值钱的物品没有丢失，凶手是想做出入室盗窃的假象。

504 室内，刺眼的灯光辉映着布冷警长那副冷峻瘦削的面孔，他鹰隼般的眼睛在室内巡视。现场，没有留下凶手的脚印、指纹、毛发，但在王伟的衣领里，布冷警长发现了几根短碎的绳索碎屑。

经化验，该绳索为白棕绳，柔软、轻便、飘浮性很强，多为船舶所用，凶手应该是船员，或者曾经当过船员。可是在偌大的城市里搜查有过类似从业经历的人，无异于大海捞针。

布冷警长调取了监控，监控上显示一个身穿外卖服装、腿有点瘸、中等身材的人，从 A 楼离开。警方逐个排查本市的外卖人员，但无一符合要求。

案件调查毫无头绪。

布冷警官只好从王伟的社会关系入手。

"你老公得罪过什么人吗？"

说这话时，布冷警长不动声色，圆形眼镜片射着冷冽的寒光。

"我老公老实本分，人缘很好。"

"凶手没有盗取财物，那只有情杀和仇杀。要知道，鬼不会无缘无故上门！"

布冷警长细长的眼睛如同两把温暖的匕首。

"这、这、这……"

李丽欲言又止，继而捂脸呜呜大哭起来。

"8 年前，王伟开车撞死一个小女孩，当时没有监控，他就肇事逃逸。后来，小女孩的家人报案，但因为没有确凿的证据，我们没负任何责任。"

布冷警长调取了当年这一桩案件，报案人叫包丘。

来到包丘家，包丘正在家做饭，腿脚轻便、干活麻利，一只白色的小猫咪在打盹儿。

"8年前,你报过案。"

"是的,为了我死去的妹妹。可没有证据,只能放过那个畜生。"

"你多恨他?"

"恨不能杀他。"

"你是说前几天王伟的谋杀案跟你没关系?"

"我在梦中杀了他无数回,但我必须恪守一个遵纪守法好公民的责任和义务。"

"可是,我们在你家里搜出了一盘白棕绳,与案发现场的绳子碎屑一致。"

"用这种绳子的人不止我一个,何况我有充足的不在场证明。"

"不在场证明?"

"案发那晚,我在厂子里上夜班,一直干到第二天倒班。"

布冷警长与车间主任碰头,的确,那晚包丘一直在闷头干活。工友都可以做证。

案件调查陷入僵局。

"王局长,您的字越来越有王羲之的风范了。"

后勤处的小张找局长签字,局长在签字处笔走龙蛇后,嘿嘿而笑:"真有那么像、那么神吗?"

"真有!如果不仔细辨认,简直跟王羲之的一模一样。"

听到对话,布冷警长的眼睛放出了睿智的光。

他调取了包丘的家庭成员关系。看完后,嘴角微微扬起来。

他再次回到案发现场,对现场又进行了一次细密的搜索,得到了意外的收获。

"咱们又见面了。"

"但我并不希望见到你,警长大人。"

"因为破解了你的不在场证明?"

"什么?不可能!"

包丘语态强硬,但眼睛却掠过一丝不易被人察觉的恐惧。

"案发那晚,你乔装成外卖员,敲开王伟家的门,用绳索勒死了他。然后又翻箱倒柜,制造成入室盗窃的假象。之后,你从正门离开,刻意跛脚,目的就是误导警方。为了制造不在场证明,你让你的双胞胎弟弟包岭替你到工厂上夜班,因为你俩长得极为相似,当时车间主任及工友都忙于工作,也就没有发现端倪。"

"布冷警长,你的想象力果然精彩。但一切只是你的猜测,你必须拿出证据。"

"证据在这儿!"

布冷警长晃动着证据袋里的几根猫毛。

"在现场,我用吸毛器吸取了这几根猫毛。你万万没想到,你身上的猫毛会掉落吧。只要核对一下,自见分晓。"

包丘的眼睛如同决堤之坝，任凭泪水汹涌而出。

"王伟这畜生，不，禽兽不如的家伙，撞死了我妹妹，竟然连句道歉都没有。当年，我妹妹才12岁，花儿一般的年纪，如果活到现在，她应该上大学、谈恋爱、做美丽的梦。是王伟，毁了我妹妹的一切，也毁了我的心、我的灵魂。他必须付出应有的代价。"

"可是，我们有法律。"

"法律？难道法律就能根除阳光下的罪恶吗?！不！不！"

布冷做着结案报告。

"布冷警长，化验显示，案发现场的那几根猫毛与包丘家的不一致。"

布冷警长的眼睛瞪如铜铃。

"还有，案发那晚，包丘的工厂要续劳动合同，上夜班的工人都按了手印。经核对，那指纹就是包丘的，不是包岭的。也就是说……"

布冷警长就势打住。

"你从一开始就在包庇你弟弟。"

"你在说什么，听不懂。"

"事实上，案发那晚你的确有不在场证明，凶手根本不是你。"

"是我，都是我一个人干的。"

"我自小在孤儿院长大，没有父母，没有兄妹，体会不到爱的温暖。你，让我体会到爱的力量多么伟大。"布冷警长依旧语气冰冷，但眼睛却莹莹可鉴。

"我失去了一个妹妹，不能再失去一个弟弟。我无能、无力，什么都不是。"

包丘那个跛脚的弟弟包岭主动自首。

"哥，你要照顾好自己，顺便帮我把喵喵（小猫）养大。"

哥俩的哭声，传遍了整个刑警队。

布冷警长俯首、瞑目、低吟。

这个世界会好吗？

会吗?！

逻辑是最公平的尺子

李媛媛（贵州）

在 G 市的 110 接警中心，传来急促的铃声："警官，不好了，有人被车轧死了……"

"您好，这里是 G 市 110，请告诉具体地址！"

"在……在白金大道的西侧的岔路上。"

接警后，钟李牧带着协警火速赶到现场。这时大概已经是晚上 9 点了，位于阳光区的白金大道是一条刚修好的路，许多设施还没有移交，但是由于地理位置的优势，这条路已经开始使用。报警人是张丽，显然这一幕让她受惊不小，她丈夫一边安抚妻子，一边回忆着整个目击过程。原来他们住在附近，吃过晚饭后出门遛弯，然后就看到了倒地的死者。

张丽还提供了一个重要的信息，在她报警时，一辆银色面包车疾驰而过，很快轧过躺在地上的男子……肇事车辆早已不见踪影。

钟李牧带着协警将现场保护起来，按照惯例做笔录、拍照、测量、通知法医，联系辖区派出所调取出事地点监控。碰巧监控今天坏了，正在报修。这时有人来派出所自首，来者却不是张丽夫妇看到的那辆面包车，投案的车辆是白色的。钟李牧心想这下复杂了，张丽夫妇看见的是一辆银色的车，现在却来一辆白色的车，而且白色车车主声称，轧过死者时，死者已经倒地，也就是说，在这两辆车之外还有车轧过死者，究竟之前发生了什么？钟李牧在大脑中迅速用逻辑知识开始了推理。首先，运用同一律确定肇事时间。由于事发地的监控坏了，因此肇事时间的确定主要以法医尸检的死亡时间和邻近卡口的监控综合进行确认，尸检结果是死者死亡 2 小时以内，死亡时间初步可以确定在晚上 7 点到 9 点，目前可以确定的肇事车辆有目击者看见的银色车辆，自首的白色车辆。经过排查最后锁定了一辆黑色车最接近死者死亡时间，初步确定三辆车都轧过死者。其次，运用矛盾律，确定案件性质。经过对肇事车辆驾驶员身份的排查，并与死者是否有社会交集的外围摸排，确定此案性质为交通肇事。最后，运用侦查假说、选言推理进行责任划分。假设第一经过车辆（黑车）、第二经过车辆（白车）、第三经过车辆（银车）。以下参考因素均使用不相容选言推理进行论证。

1. 从肇事顺序

要么黑车责任大，要么白车责任大

先碾压死者的责任大

<u>黑车先于白车碾压</u>

黑车责任大

要么白车责任大,要么银车责任大

先碾压死者的责任大

<u>白车先于银车碾压</u>

白车责任大

所以,黑车责任大

2. 从构成逃逸行为

黑车碾压死者,没有停车查看,开车离开,构成逃逸行为;白车碾压死者,没有停车查看,开车离开,构成逃逸行为(但有自首情节);银车碾压死者,没有停车查看,开车离开,构成逃逸行为。

要么黑车责任大,要么白车责任大

有逃逸行为的,先碾压死者责任大

<u>黑车有逃逸行为,先碾压死者</u>

黑车责任大

要么白车责任大,要么银车责任大

有逃逸行为的,没有自首情节的责任大

<u>银车有逃逸行为,没有自首情节</u>

银车责任大

要么黑车责任大,要么银车责任大

先轧到死者,有逃逸行为,没有自首情节的责任大

<u>黑车最先碾压死者,有逃逸行为,没有自首情节</u>

黑车责任大

所以,黑车责任大

3. 从肇事因果关系

黑车碾压死者,死者从正常到倒地;白车碾压死者,已经倒地;银车碾压死者,已经倒地。

要么黑车责任大,要么白车责任大

从正常到倒地的责任大

<u>黑车让死者从正常到倒地</u>

黑车责任大

要么黑车责任大,要么银车责任大

从正常到倒地的责任大

<u>黑车让死者从正常到倒地</u>

黑车责任大

所以,黑车责任大

4. 从介入因素

交通肇事后,肇事车辆没有及时下车查看,没有搬离死者和警示后方车辆是本

案中非常重要的一个介入因素。

要么黑车责任大,要么白车责任大
先致死者倒地,没有搬离死者,警示后方责任大
<u>黑车先致死者倒地,没有搬离死者、警示后车</u>
黑车责任大
要么黑车责任大,要么银车责任大
先致死者倒地,没有搬离死者、警示后方责任大
<u>黑车先致死者倒地,没有搬离死者、警示后车</u>
黑车责任大
所以,黑车责任大

5. 从致命因素

经法医尸检结果结合车轮花纹技术比对,银车车轮花纹比对吻合,并且轧过死者肝脾,造成大量腹腔内失血,是致命碾压。

要么黑车责任大,要么白车责任大
先致死者倒地,致命碾压责任大
<u>黑车先致死者倒地,虽不是致命碾压</u>
黑车责任大
要么黑车责任大,要么银车责任大
先致死者倒地,致命碾压责任大
<u>银车虽未先致死者倒地,但是致命碾压</u>
银车责任大
所以,银车责任大

综合以上5个因素,4个结果为黑车,1个结果为银车,致命因素是此案关键。所以,有致命因素为责任最大是银车;无致命因素,但是第一碾压和具有逃逸行为责任第二是黑车;无致命因素,不是第一碾压且有自首情节为责任第三是白车。钟李牧运用逻辑知识科学地确定了肇事时间、案件性质、驾驶员责任,对这个案件起不可估量的作用。倘若一概而论、等量齐观,对于死者甚至每一名驾驶员都是非常不公平的。

钟李牧意味深长地感叹,在大数据时代,侦查手段日新月异,依赖科技让案件办理的效率也大大提高,从侦查破案的长远来看,科技手段只是辅助,根植于侦查员大脑中丰富的逻辑知识、缜密的侦查思维,才是打击犯罪的应有之义。

真假嫌犯

乔正芳（山东）

正月初五，海城的人们还沉浸在过年的欢乐中，市区分局突然接到报案，居住在辖区内的一单身女孩吴某某在家中被歹徒入室强暴了……

案情刻不容缓。负责此案的刑警赵子奇急忙带领两个同事赶往现场查看：这是个二十世纪八九十年代的老旧小区，远离马路和商业区，位置比较偏僻，外来人员不大容易注意到。罪犯是从窗子爬进来的，根据作案的路线来看，罪犯对周围环境比较熟悉，初步推断是常住人口的可能性比较大。

赵子奇接着去医院询问受害人。吴某某身心受到很大伤害，情绪极不稳定。在医生的细心看护和警察的安抚下，慢慢平静下来。她向赵子奇诉说当时的情况以及凶手的相貌特征：高个儿、短发、本地口音，眼球有点朝外凸，一脸横肉。赵子奇根据这些特征很快画出了嫌犯的肖像，吴某某一看吓得脸色煞白浑身哆嗦，说是他，就是他！

海城市不算大，按图索骥很快就抓到了嫌犯——一个从事家装的工人，叫刘奎。面对着天兵天将般的刑警，刘奎大呼冤枉，他说初四那天晚上，他和两个朋友在宾馆打扑克，一直到凌晨4点多才散，其间他并没有离开过。而案件是发生在凌晨1点多钟，他根本没有作案时间。赵子奇传唤另两个人询问，回答完全一致。没办法，只能放人。

案子陷入了僵局。赵子奇看着素描肖像沉思着，难道还有和刘奎长得一模一样的人吗？

他仔细查阅着户籍资料：刘奎，男，生于1979年，三岁丧父，母改嫁。他母亲改嫁去了哪里，什么情况？这是条重要线索。赵子奇急忙派人去刘奎所在的街道居委会调查并走访了几位老邻居和刘奎的亲戚，得知刘母改嫁去了吉林某市，并生有一子一女。

赵子奇急忙联系吉林警方，并调出刘奎同母异父弟弟的户籍资料和照片。照片打开，赵子奇禁不住一阵激动——这也太像了吧？费小海，男，生于1984年，比刘奎小五岁。更巧合的是，这个名叫费小海的人年前已来到本市，并在刘奎家住过数日。而就在今天上午，这个费小海却悄悄地坐上了离开滨海的火车。情况十分紧急，赵子奇马上联系铁路警察配合抓捕。

费小海被抓来了，可他却一脸蒙相，说自己什么违法的事也没干，凭什么要用这种方式抓捕他？

赵子奇派人接来受害人指认。可受害人仔细看了看后竟摇摇头，说皮肤和口音都不对。那凶手到底是谁呢？赵子奇陷入了沉思。这时，受害人忽然想起来，她说凶手左手臂上有一只蝙蝠刺青。赵子奇抓过费小海的胳膊一看，并没有。

赵子奇皱了皱眉头，果断再次传唤刘奎。赵子奇掀开刘奎的袖子，左胳膊处赫然露出一只青蝙蝠。

刘奎故伎重演大呼冤枉，并咬牙发誓那晚他哪里也没去，一直和两个朋友一起打扑克到凌晨4点多。赵子奇冷冷地打量着他，刘奎右耳前一小块划痕点亮了赵子奇的目光，他又仔细看了看刘奎的双手，右手掌上隐隐现出两道处理过的抓痕。

赵子奇翘翘嘴角笑了，再狡猾的狐狸也逃不过猎鹰的目光。他吩咐先将刘奎带到一边，他要单独和费小海谈话。

他给费小海倒了杯水，说，听说你是为了给母亲治病才来滨海筹钱的，看来你是个孝子。你若不配合我们查案，我会马上通知你家中的老母。费小海一听，慌了，他说警察同志，我配合，我讲实话。

原来，那晚刘奎约了另外两个人在老市区的一家小宾馆喝酒吃饭打扑克，一直打到半夜近12点，他借故上厕所，这时事先约好的费小海已经等在外面了，他们互相换了衣服，刘奎只说自己有单生意不想让这两人知道，要费小海冒充他演演戏。费小海拿了刘奎给的钱，就答应帮他应付一会儿。费小海进得屋来，推说自己喝多了头晕要躺一会儿，另两个人也没注意换了人，哼哼哈哈地说随你随你。

费小海盖着被子装模作样睡了近两个小时，才起来去撒尿，和赶回来的刘奎再换了回来。

案情基本明了了，赵子奇一拍桌子，马上提审刘奎！面对着铁一般的事实，刘奎不得不承认了。

原来，那刘奎曾在吴某某所居住的小区搞过装修，被经过的吴某某迷住，便有意无意打听，当他得知吴某某长期一个人居住时，便心生歹意。恰好费小海来了，他看着有求于他又和他长得极像的费小海，心生一计……

刘奎以为自己聪明绝顶，这样李代桃僵以假乱真，只要费小海不说，自己又有不在场的人证，警察永远无法破案。不承想遇上了火眼金睛的刑警赵子奇，案子很快就破了。

消息传出来，海城的人们无不赞叹：咱们的刑警破案真的好神速呀！

凶　手

沈海清（浙江）

一

天达公司总经理金明死了，死在距离警长沈一剑不到一米的地方。

二

沈一剑和金明是高中同学。高中毕业后，沈一剑报考了公安学校，金明读了财经。毕业后，金明进了一家私营企业——天达公司，因为人机敏，办事认真，成了财务主管。后来，天达公司的总经理白大发把独生女儿白丽丽嫁给了他。婚后，小两口倒也恩爱，后来，白大发年纪大了，就把公司交给了金明打理。再后来，隐隐约约传出了金明在外面拈花惹草的事，据说，金明还把大笔资金转到了外面。为此，白丽丽曾和金明大吵过几次。

三

5月5日，是金明的40岁生日，往年生日，白丽丽都要为他办一次隆重的生日舞会，邀请亲朋好友和一些业务上有来往的客人参加。因为这一年来白丽丽和金明多次磕磕碰碰，还几次大吵大闹，金明就不想办什么生日舞会了，谁知白丽丽却坚持要办，她说："年年都办的，今年为什么不办？"

最后，定下来舞会照办，但规模小一点。

因为这一次人不多，所以舞会在金明别墅的大客厅里举办，除了几位至亲，其他只有十多位客人，金明的老同学、神探沈一剑当然也在邀请之列。

晚上8点，舞会开始，随着欢快的音乐，大家尽兴地跳了一会儿舞，10点钟，大家便坐下来休息。白丽丽招呼大家喝饮料吃水果，她指着桌子上一大盘苹果，说："大家随便吧！"

这些苹果都很大，紫红紫红的，很惹人喜欢。但主人没动手，大家当然不好意思动手。

白丽丽拿起一个苹果，亲昵地说："这么大个，我可吃不了，噢，金明，我和你分一个！"说着，从手包里拿出一把小水果刀，又招呼大家说："吃吧，千万别客气！"说着，把苹果一分为二，就和金明一人半个，津津有味地吃起来。

四

当音乐声再次响起,大家又开始了新一轮的舞蹈。

白丽丽走到沈一剑身边,笑道:"沈警长,我听说你是我们市公安局的舞王,能和我跳一支吗?"

沈一剑连忙起身,伸出手,笑道:"荣幸。"

两人便翩翩起舞。白丽丽道:"沈警长,你可是有名的神探啊,什么时候和我说说你破案的神奇经历啊?"

沈一剑道:"破案并不像人们想象的那样神奇,有时候是靠偶然,有时候是靠想象……"

"什么,偶然和想象……也能破案?"

忽然,一阵骚乱,有人叫道:"金总摔倒了!"

原来,金明在和一位姑娘跳舞,正跳得投入,忽然,金明一阵抽搐,重重地倒在了地上。

白丽丽甩开沈一剑,扑上前,一把扶住金明,叫道:"金明,你怎么啦?"

金明眼睛睁得很大,他盯着白丽丽,张嘴想说什么,但什么也没有说出来,便无力地垂下了头。

沈一剑一搭金明的脉搏,已没了声息。他连忙打了120,又给助手张小刚打了电话,让他赶到现场。

五

看着哭得伤心至极的白丽丽,沈一剑回忆进入客厅的每一个细节。

7点35分,沈一剑驱车到金明的别墅门口,停好车,和出来迎他的金明同时进入客厅,因为要跳舞,客厅的一些家具已经清空,朝南靠窗的桌上整齐地摆放着饮料水果,桌子边的楠木架上有一只两尺见方的玻璃缸,玻璃缸里养着十多条长两寸左右的金鱼,奇特的是鱼缸里还养着一只色彩斑斓的虾,深绿色的背,赤红色的尾和足,沈一剑认识这种虾,学名为雀尾螳螂虾,是一种肉食性的大虾,为了便于捕食,它居然进化出了非常强劲的两只大螯,可以说是"铁拳铜臂",它能够轻易地撬开贝类动物的外壳。当然这不仅仅体现在力量上,它的出击速度同样可怕,能够在五十分之一秒内,把两只大螯弹射出去,时速达到80千米,这样的速度比子弹还要快,正是因为速度过快,瞬间出击产生的摩擦力引起的高温能够在水中冒出电火花。

沈一剑知道,这种生性凶猛的虾,如果饱着肚子就没什么事,一旦肚子饿了,就会袭击鱼类,甚至同类。见沈一剑看着鱼缸,金明笑道:"这是白丽丽养的,但她每天都会准时投食喂饱虾,所以不用担心金鱼会受到攻击。"

8点钟,舞会开始,10点,大家休息,白丽丽把一个苹果一分为二,和金明一人一半。吃掉水果后,10点20分,舞会重新开始,金明和一个姑娘跳舞,白丽丽邀请自己跳舞,20分钟后,金明倒地死亡。

从时间来推断,金明应该是吃了水果中的毒,但一个水果两个人同时分吃,为什么白丽丽没事呢?

这时,鱼缸里忽然一阵骚动,水花沸腾,也许是白丽丽忘了给虾喂食,那只雀尾螳螂虾开始追逐金鱼,只见一双大螯闪电般出击,一条红白相间的金鱼被钳住,虽然拼命挣扎,但无济于事。

看着凶狠的雀尾螳螂虾,沉思中的沈一剑下意识地拿起桌上的一把小水果刀,瞅准时机,一下刺中了雀尾螳螂虾的背部,雀尾螳螂虾漂亮的身躯挣扎着,就在这一瞬间,沈一剑吓了一跳,只见刚才还在飞速游动想摆脱雀尾螳螂虾追逐的十多条金鱼,竟然肚皮朝天,都死了。

六

沈一剑猛然醒悟。

白丽丽被逮捕,审讯时,她问沈一剑:"苹果有毒,但我和金明同时吃了苹果,你怎么确定是我杀了金明?"

"你把毒涂在刀的一边,切开苹果,于是苹果一边有毒,另一边则无毒!"

"这就是你说的破案靠想象?"

"当然,还要靠偶然!"

盲　区

蒋玉巧(广东)

晚上11点52分,警局接到路人报警,城区仙人路距仙人阁小区100米的转弯区发生一起车祸。

郝队长和小王立刻赶到出事地点,被撞的是一位40岁左右的妇女,已经没有生命迹象,肇事司机已逃之夭夭。

受害人叫梅丽,一家公司的经理。她工作之余只有一个爱好,每天下班后,如没有应酬就直奔麻将馆,晚上12点左右回家,雷打不动。麻将馆距小区约600米,出小区100米转弯,直走500米就到了。梅丽习惯来回走路,呼吸新鲜空气,欣赏夜景,一举两得。

郝队长叫郝仁,从事侦破近20年,人称福尔摩斯,再难破的案子,到了他的手上,侦破只是时间问题。

郝队长查看现场,拐弯区左右都有监控,偏偏发生车祸的地方,刚好是盲区。蓄意谋杀还是巧合?

经过调查,郝队长锁定两个嫌疑对象。一是梅丽的老公。刚结婚那几年,老公常劝梅丽少打麻将,多陪陪孩子,梅丽理也不理。老公为了孩子忍了十几年,终于忍不下去,前不久提出离婚。梅丽不同意,还说想离婚除非她死了。二是梅丽的秘书。梅丽最讨厌下属无故迟到。半个月前,秘书睡过了头,迟到5分钟左右,梅丽扣了秘书当月的考勤奖金,并警告若有下次,直接走人。秘书非常生气,有一次喝醉酒,扬言要报复。

事发的当天晚上,梅丽的老公请一帮朋友吃饭,饭后又去了卡拉OK唱歌。10点至12点这个时间段,他给母亲打过一次电话,时长2分钟左右;因肠胃不舒服,上过一次卫生间,时长20分钟左右;监控显示他一直没离开卡拉OK。梅丽的秘书声称下班后一直待在家里玩手机,哪儿也没去,因没有证人,无从考证。

郝队长拘传了秘书。可秘书一口咬定,他真的哪儿也没去。他虽有作案的时间,但没有证据证明他就是杀手,24小时后不得不放他回家。

郝队长再次来到出事地点,监控盲区,梅丽回家的必经之路,雷打不动的时间,这一切真的太过巧合,按照常情来推理,应该是蓄意谋杀。作案凶手老谋深算,把警察带进了盲区。到底谁是凶手呢?

细细推敲,秘书是凶手的可能性不大:一是秘书不会为了区区几百元的考勤奖,蠢到拿前程甚至生命做赌注;二是事情已经过去了半个月,事后俩人没再发生矛盾冲突,就算有怨气,也早该散了。

梅丽的老公虽有作案的动机,却没有作案的时间。

郝队长把整个案情在大脑里回放,发现忽视了一个细节,梅丽的老公在卡拉OK因肠胃不舒服,去过一次卫生间,时长约20分钟。肠胃早不舒服,晚不舒服,这个点上不舒服,是不是太巧了?他马上着手调查,同办公室的同事证明,梅丽的老公近段时间确实肠胃不舒服,每次去卫生间时间都较长,经常看见他在办公室吃药。

案情再度陷入迷茫之中。

警局初步断定梅丽的死,纯属偶然的车祸所致,可郝队长不认同,咬定是蓄谋已久的谋杀案。没有证据,不能单凭逻辑推理来结案。郝队长请求再给他一周的时间,他一定会找到证据,将凶手绳之以法。

明天是最后一天,郝队长食之无味,晚饭后走出小区,信步来到大街上,不知不觉来到梅丽老公唱歌的卡拉OK,无意中发现卡拉OK有一个后门,直接通到大街上。他初步计算,从后门开车到出事地点,来回最多15分钟。作案后,5分钟足够从容回到房间。

郝队长非常兴奋,立刻查看梅丽老公当晚去过的卫生间,翻过窗户,真的有一条通道直达后门,可惜的是后门没有摄像头。又一个盲区!据卡拉OK的经理反映,梅丽的老公头天晚上订了房间,一再嘱咐非这个房间不可。

郝队长立刻跟局长汇报,梅丽老公请客吃饭,指定房间唱K,肠胃不舒服,就是精心策划的一场阴谋。局长要郝队长提供证据,郝队长捶打着自己的大腿:该死的盲区!

第二天,郝队长不得不同意梅丽的死以正常车祸结案。晚上10点左右,郝队长突然接到一位女孩的电话,指证梅丽的老公就是杀人凶手,作案过程和郝队长的推理如出一辙。

女孩是梅丽老公的女朋友,当晚梅丽的老公请女孩吃饭,喝得有些高的时候,说出了谋杀梅丽的真相。

谁是凶手

李 惠（安徽）

夜已过半，雨还在哗啦哗啦下个不停。一座简陋的平房前，昏黄的灯光透过窗户在雨中摇曳不定。屋子里的电视还开着，或许主人的耳朵不太好使，声音开得很大。

老王撑着雨伞站在门口，他看了看手表，犹豫了一会儿，还是敲了敲门，开门的是一个看起来很柔弱的漂亮女人。

"不好意思，这么晚还打扰你，我是你的邻居，你可以叫我老王，我就住在你家的隔壁。"

"哦，你好，我叫安娜。"

"你是新来的吧？"

"是的，我们一个星期前才搬到这儿。"

"那个，你老公在家吧？我有个事情想咨询一下，可以让我进去说话吗？你看这雨越下越大了。"说着，他收起了雨伞。

"嗯……好吧，进来吧。"

老王一进屋，就毫无素质地坐到沙发上，并点起了一支烟："我说，你可以把电视声音调小一些吗？这里的墙很薄，声音直接传到我的卧室，你知道现在几点了，吵得我根本睡不着觉。"

安娜略显歉意："非常对不起，是因为我老公不在家，我一个人在家有些害怕。"

"这样啊，你老公这么晚还不回来，放心你一个人在家吗？"

"他工作比较特殊，经常要出差，这次出差可能要到下周才能回来。"

"噢，对了，那个蓝色本田是你的吗？"

"是的，怎么啦？"

"你的车堵在我家门口，我回来都没地儿停车了。"

"那真的很抱歉，可能是我老公把车停错了地方。"

"听你这口音，你不是本地人吧？"

"我是湖南人，到这里上的大学，毕业后就在这里找了份工作。"

这时老王瞥了一眼客厅墙上挂着的结婚照，问："这是你的结婚照？"

"是的，我和我老公在山景别墅那边拍的。"

"可这女的一点都不像你啊，好像比你长得漂亮多了。"

"呵呵，那就是我，只是拍照时化了妆。"

"我明白了。瞧我这记性，我找你们好像还有一件事情，可我一时又想不起来了……"

　　这时,电视报道了一则消息:近日,在本市发生了数起入室抢劫杀人案,被害者多为独自在家的年轻女性。凶手为男性,身高176厘米左右,体态偏胖,疑似患有精神疾病,杀人手段极其残忍。此犯至今逍遥法外,请独居的年轻女性注意安全,不要轻易为陌生人开门。

　　气氛一下变得紧张起来,安娜手中的茶杯也不自觉掉落地上。老王首先打破沉默:"哈,有趣的新闻,你害怕吗?"安娜浑身发抖,声音打战:"不会是你吧?"老王逐渐靠近,轻声安慰道:"不,当然不是我,报道上说的那人是个胖子。不用害怕,我不是坏人,就算坏人来了也不怕,让我来保护你。"说着,他揽住了安娜的肩膀。"那是最好不过了,可是……"安娜还准备说什么,突然被敲晕了过去。

　　就在这个时候,"咚咚咚……"响起了一阵急促的敲门声。老王急忙把软绵的安娜拖到里间,突见里间还直挺挺躺着一个女人,死状极惨,但脸部还算完整,可以看出来她是客厅婚纱照上的女人。

　　"安娜,在吗?我那边已经搞定了,你快开门。哼,妈的,这老天疯了吗?下这么大的雨。安娜,安娜,快点开门啊!"

　　房间里的空气很凝固,这时,电视又播出案情的最新动态:经警方初步确认,最近发生的多起入室杀人案,凶手系一男一女……请市民朋友们注意防范。

　　老王顺手关了电视,取出随身携带的防身器械,这才轻轻打开了门。

手　帕

程先利（山东）

　　何从用手指钩住窗沿待了一会儿,然后运了一下力气,倏地蹿了上去,迅速进到房内。他自己也纳闷,快四十的人了,还有这把贼力气。白天的时候,他曾来这里观察过,借助外墙排水管,可以很容易地进入这个房间。现在已是深夜两点,屋内一片黑暗。他屏住呼吸待了一会儿,然后借着远处路灯的光线,看清了屋里的一切。这是一个低档宾馆二楼的标准间,房间的陈设和其他标准间没有什么区别。床上躺着他曾非常熟悉的身体,还微微地打着鼾。他心里不由得赞叹起自己的胆量,白天的时候,他是这个不足40万人口小县城里受人尊敬的老板,他是县里招商引资的成果之一,他把他和床上躺着的这个女人共同贪污的1000万人民币投在了这个县,理所当然,他就是被人尊敬的座上宾,平时的何从是一个极少把喜怒哀乐写在脸上的人,谁也搞不清楚他整天在想些什么。

　　他轻声咳嗽了一声,床上的那个女人如诈尸般坐了起来,刚要喊叫,何从说了句,是我。床上坐着的那个女人才松弛下来,得意地说,想明白了,你把属于我的钱给我,我绝对在你面前消失。

　　她正在滔滔不绝地说着话的时候,何从从后腰拔出一把做工精细的蒙古匕首,几乎没有任何停顿动作就朝她刺去。她嘴巴里说出的半截话留在了空气中。这一刻他曾想到过去她在自己身子下面发出的那快乐的呻吟,那时他感到她是美丽无比的天仙,现在她在他眼里是如此地丑陋不堪。何从把尸体拖进卫生间,想来想去,然后拧开水龙头,强大的水流哗啦啦顷刻流满了卫生间。然后他掏出随身携带的手帕,把有可能留下指纹的地方认真地擦拭了一遍,又像刚才来时那样从窗口溜走了。

　　何从丝毫不觉得良心不安。这也是没有办法的事情,是她逼人太甚。她当时只不过是那个国有纺织厂的会计,自己作为老总对她照顾得很周到了,也给她许多钱了,她还是贪得无厌没完没了地索要,最可气的是和她在一起总共做了十多次爱,竟然谈婚论嫁,不止一次要挟他说,她有足够的证据让他坐牢。回想起刚才匕首进入胸膛时她脸上惊愕的表情,他笑了,他实在不觉得有什么可以自我谴责的地方,为了自己的安全和幸福,她必须得死,除此别无选择。至于杀她的方式,何从也很自鸣得意。她是从几千里之外的外省来找他的,在这里举目无亲,他有意安排她住进这个不引人注意的小旅馆,谁能怀疑他这个举止稳重的大老板会做出杀人不眨眼的勾当来?他曾想过雇用黑社会干掉她,可那样毕竟会留下隐患,还是自己亲自出马安全。他走的都是狭小的街道,漆黑一团,阒无人迹。他走进自己居住的小区,直到掏出钥匙打开房门,都没有碰到一个人。

开灯前把厚厚的窗帘放下,先掏出匕首放在桌子上。这时他突然像遭到电击般呆呆地立在屋子中央,好长时间才缓过神来。他的手帕丢了,这真是可怕的事情,因为这只手帕许多人都认识,在公开场合他与手帕总是形影不离,在自己厂里开大会,他也把它放在桌角。语言贫乏或者遇到尴尬的处境,借擦拭额头思考对策,这是他的习惯性动作。此时此刻手帕丢了。她的尸体又浮现在他的脑海里,他怔怔地站在房间中央,煞白的脸上汗珠直冒,心里乱糟糟的。不行,要把它找回来。他喃喃自语着,又慌里慌张地走上了黑漆漆的街道。这一趟出去可真像是一场噩梦。

他到达目的地,向窗口爬去,每爬一步都哆嗦不停,全然没有刚才的敏捷和灵活。房间里还是那样漆黑一团。

这时屋外突然警笛鸣叫,灯光闪烁,一片嘈杂。何从好像听到了自己神经断裂的声音,木头一样立在床前,不知所措。屋门被撞开,几个警察愣了片刻,把他铐了起来,并把他带到了值班室。

警察和服务员的谈话使他明白了事情的经过,原来卫生间的水流出来,又溢到走廊里,服务员打开房间发现了躺在血泊里的她,随即拨打了110。他刚进入房间警察就来到了。人生就是由无数个偶然组成的,偶然性就是命运。何从牙疼似的吸了一口气,万分悔恨自己的莽撞。

一位老警察通过手机向上级汇报了情况,然后把何从带上了警车。这时何从反倒镇静了,他说,我先回家取件衣服可以吗?有你们跟着,不会出什么事的。几个警察交换了一下眼神,点了点头。

何从步履沉重地走到自己房间的楼层,这时他突然发现,自动声控灯光照射下的门口,他的那块手帕静静地躺在那里。他的身体像发疟疾那样狠狠地抖了一下,倒在了地上。

锁定侦破

李凤成（辽宁）

我回到老家必到千祥寺。现在的千祥寺香火旺盛，祭拜的人是络绎不绝，寺里有不少僧人，诵经声也是不绝于耳，一片兴盛的景象。我来到寺里必到正面大殿，去看大佛脚边一尊雕刻精美栩栩如生的木雕佛像。看到这尊佛像我就会想起30多年前，我跟这尊佛像的渊源。

那时我在县公安局刑侦队当副队长，有一天接到千祥寺报案，大殿里的木雕佛像不见了。我们刑侦队和县文管所的人，急忙去了城边的千祥寺。看管寺院的人说，他每天都到寺里打扫卫生查看各个殿里的情况。今天当他打开大殿门锁到殿里打扫卫生时，发现木雕佛像不见了，就赶紧跑到县文管所报案。我带刑侦队员到大殿查看，先提取了大殿里的脚印，然后检查各个窗户，里边的插销都完好，窗户外面也没有撬过的痕迹，大殿门也是完好的，没有任何撬开的痕迹。询问看寺人说，他像每天一样正常打开大殿的锁进去，也没发现门和锁有问题。我检查了，锁一点儿问题也没有，看来盗窃文物分子是打开门锁进去的，出来又把门锁锁上，盗窃分子是咋进来的寺院，又从哪儿出去的？我们赶紧搜查院墙，院里院外院墙经反复地勘查也没发现有翻墙的迹象，更没发现墙外有脚印等痕迹。难道寺院大门的锁也是打开的，盗走佛像又把寺门锁上？

两把门锁都被打开，看来是个开锁高手，推理锁定是开锁的盗贼。摸排调查有犯罪记录的小偷，开锁偷过自行车的两个小偷都不具备作案时间，还有一个开锁入室盗窃犯正在监狱服刑。我们判断盗窃分子肯定是打开两道门锁进去的，是不是门锁有什么问题？两把锁经过技术鉴定，没有任何问题，还证实两把锁根本没有被人为地用开锁工具打开过。一段时间也没有佛像的任何迹象，最后推定监守自盗的可能性更大，还有证据是大殿里提取的脚印也与看寺人的旧胶鞋吻合。原来的侦破找错了方向，开始秘密调查看寺人，以前和最近也没发现他与文物贩子有过来往。文管所的人也不相信是监守自盗，此人工作尽职尽责，寺院从没出任何问题。我询问了看寺人，这个老实人赌咒发誓自己绝不会盗窃佛像。联系各地公安局，也没有佛像倒卖的迹象，一时间案子无解。

上级文物部门也知道此案，并查有关记载了解到，此木雕佛像是明代文物，极为珍贵。为防止流失海外，省公安厅也下达命令限期侦破此案。我们刑侦队的压力很大，一时也不知道从何侦破。我到我退休的师父家里把案子说了。我师父思索一会儿说问题还是出在锁上，师父就给我讲了一个有关锁的故事。我豁然开朗，回去马上询问看寺人，他说了一个重要细节：大殿的门锁时间长了淋雨，锁生锈不好开了,新锁是出事之前大概一个月时在县五金商店买的。我到文管所会计处找到买锁报销的单据,确实是出事前不到一个月买的锁。这样的大锁普通人家一般都不用,买锁的不会太多。我拿着锁到县五金商店,卖锁的售货员查看记录,在出事的前6天确实有人买走一把同样的大锁。我问买锁的人长得啥样,时间这么长了每天来买锁的人又很多,她记不住,只回忆起应该是个男人,长什么样真不记得了。我告诉她好好想此人长得啥样,过两天我再来。我正要走出门时,售货员把我叫回去,说她想起来了,那个买锁人试锁、开锁时此人拿锁的手应该是左手,一个手指头缺了一节,是哪个手指头记不清了。

这个线索太重要了,我回去查找缺一节手指、有盗窃前科人的档案。老人告诉我,缺一节手指的盗窃犯,真有一个是右手,可他不是开锁的盗窃犯,是盗窃电缆电线的,已经被判刑。经过调查,此人是镇里的农民,已经出狱半年多,和母亲住在一起,母亲前段时间去世,也没有发现他还有盗窃行为。他以前也不是盗窃文物的案犯,盗窃电缆电线没有什么盗窃技术含量,就是胆大妄为,走访调查也没发现他出狱后与文物贩子有来往。毕竟他有买锁嫌疑,叫来询问,他否认自己到五金商店买过大锁。

佛像被盗案子无进展,上级又紧追破案,经过分析推理,缺一节手指出监的人还是嫌疑最大。我主张到他家里搜查,说不定能搜出那两把锁。批准搜查后,把他传唤到公安局后,我带着人到他家里搜查。没找到重点搜查的锁,却有了惊人的收获,在他家柴火垛玉米秸秆捆里居然搜到了被盗的大殿木雕佛像。赃物就藏在他家,他只得承认佛像是他盗窃的。他交代:监狱服刑人员、他的"师父"告诉他,盗窃文物能挣大钱,还告诉他有了文物可去找一个文物贩子,此人可以把文物偷运到香港再卖到国外。他还交代了盗窃换锁经过,这也是在监狱跟犯人学的。

他小时候就知道千祥寺大殿里的木雕佛像,留意观察好了看寺人的每天进寺院规律。当天上午,他看寺人打开院门的锁头,就把锁头挂到门鼻子上,随后进院内打扫卫生。看到看寺人进院,他到门口把门锁摘下换上自己的同样的锁挂到门鼻子上。他在门边躲藏着,看见看寺人开大殿的门锁,把锁挂到门鼻子上进到大殿里后,他快速去用自己的锁换下那把同样的锁后离开。当天晚间,他拿着钥匙先打开了寺院门锁起,进院到大殿,打开大殿门锁,盗出木雕佛像。出来后又用原来的两把锁锁上大殿门和寺院大门。这和我师父讲的换锁的故事一模一样。

雪夜来客

王 植（辽宁）

门铃声响起,可视对讲里是一个中年男人,他看上去不到30岁的年纪,衣着勉强算整齐,胡子没花心思打理,显得有些邋遢,漫天飞雪的寒夜中,他不断试图掸去衣服上的雪花,这让他看上去有些焦躁不安。

"请问李先生在家吗?"中年男人说,"我是刘鹏,约好今晚8点见面的。"

说起这次会面,简直有些匪夷所思,刘鹏一开始只是在豆瓣推理小组里给我发私信,说他看了我发布的推理文章,希望我能帮他解决心里的谜团。在他不断的恭维之下,我禁不住糖衣炮弹的攻击,竟然同意他到家里来聊聊。

就这样,两个大男人现在尴尬地坐在餐桌两头,我给他倒了一杯热茶,他礼节性地喝了一小口,就把头转向窗外,开始倾诉藏在回忆中的疑惑。

"那天晚上也下着雪,嗯,比今晚要大得多,我带着妹妹小婷,还有发小赵欢一起到了郊外民宿,准备住上一夜,第二天一早就上山去滑雪。

"那是一楼的两室两厅民宅,地处偏僻,夜里无处可去,我们三人就一直在客厅聊天喝酒,大概喝到夜里9点多,酒还有,但是大家喝不下去了,加上白天旅途的疲劳,就准备休息了。

"两间卧室各有一张双人床,我和赵欢一间,小婷住在对面屋,我当时还提醒她一定反锁好房门,有事就招呼我们,然后就回屋睡觉了。

"半夜时分,我被赵欢推醒,问我几点了,我看了下手机,已经夜里11点了。赵欢说外面有动静,我听了半天,除了风雪声,啥也没听到,就骂他疑神疑鬼。卫生间在客厅里,既然已经醒了,我索性就出门到客厅上了厕所,对面小婷的房间很安静。赵欢说他还是有点害怕,非要把床从靠墙推到门的位置,这样完全把门堵死,外边的人就进不来,里边的人也出不去,我懒得动弹,可实在拗不过他,就跟他一起推了床,然后关灯睡觉。直到第二天早上7点多,我醒来时,门都是被床从里面顶死的状态。"

"我迟迟等不到小婷起床,结果发现她房间没人,屋里各处都找不见她,等到我们去楼门外寻找时,"刘鹏顿了顿,"才发现小婷穿着睡衣,已经冻死了。"

"警察勘查了现场,因为一直在下雪,没找到可疑的痕迹。尸检确定的死亡时间是凌晨2点到4点之间,警方认为小婷自己走出房间,回到客厅又喝了不少酒,然后走出楼道,冻死在楼门外,是自杀或者是在醉酒状态下发生意外。

"我没有照顾好小婷,非常自责,接下来的一个月,每天用酒精麻醉自己,直到现在才鼓起勇气收拾小婷的遗物,结果发现了赵欢送给小婷的礼物。我真笨,一直没发现他们之间有感情纠葛,也许他是凶手。可我无论如何也想不通,赵欢是怎么杀人的?"

"有意思,"我赶紧解释,"我是指不在场证据有趣,我很同情小婷的遭遇。"

"那天晚上我虽然喝了酒,但没有喝醉,所以赵欢能轻易把我叫醒,从夜里11点到第二天早上7点这段时间,我俩谁都不可能在对方不知道的情况下离开房间。"

"准确地说,是你认为的夜里11点到第二天早上7点这段时间。"

"啊?"

"你现在用的是当时的手机吗?"

"嗯。"

"能给我看看吗?"

刘鹏把苹果手机通过面容解锁,递给了我。

我简单操作了几下,又把手机还给了他。

刘鹏接过手机,大惊失色。

"赵欢完全有可能在你睡着之后,溜出房间,骗小婷出来继续喝酒,直到把小婷灌醉,再把人挪到门外冻死,然后他悄悄回到屋里,时间已经过了凌晨2点,他拿着你的手机,对着你的脸解锁,在手机通用设置里,把手机时间回调到前一天晚上11点,然后把你叫醒,故意提醒你看时间,再用床从里面顶住门,等你再次入睡,他用同样办法,把时间改回自动设置时间,这样你就成了他案发时间不在场的证人。"

看着目瞪口呆的刘鹏,我冷静地建议他立即报警。

刘鹏魂不守舍地离开了,我如释重负,站起身伸了个懒腰,然后踱着步绕着房间走了两圈,回想起自己刚才的推理,我感到颇为自信。

我回到餐桌,准备收拾茶杯,突然发现桌上有个手机,刚才有茶杯挡着,我没有注意到,一定是刘鹏忘记带走了。我计算了一下他离开的时间,估计已经出了小区,追不上了。

手机铃声突然响起,我看了一眼,显示是陌生号码来电。我没有接听,把手机放回桌上,它响了足足一分钟才停止。

没过几秒钟,电话又响了起来。

我犹豫了一下,心想也许是刘鹏借别人电话打过来寻找手机的,于是按下了接听键:"喂?"

"嗯?"

听对方声音,不是刘鹏,他也听出声音不对,稍显迟疑。

我赶紧主动解释:"你是要找刘鹏吧,他把手机落在我家里了,你如果有其他方式能联系到他,可以提醒他回来取手机。"

这时门铃声响起:"等等,先不要挂断电话,也许是他回来了。"我把手机放回到桌面,转身走到门口,可视对讲屏幕里出现的果然是刘鹏,他站在门口表情尴尬:"对不起,我把手机忘在桌上了。"

"是的,我也刚发现。"我按了开门按钮,顺手把家里的门也打开,"门开了,你进屋来取吧。"

我转过身,回到桌前,拿起电话说:"刘鹏回来取手机了,你马上就能和他通话了。"

"什么?"电话那头的声音,带着非常困惑的语气,"我拨的是赵欢的号码,我才是刘鹏呀!"

我听见,身后传来门被推开的声音。

购物袋里的秘密

佟惠军（辽宁）

11月6日上午9时，河北云山市刑警队队长欧阳喻晓赶到案发现场。这里是京哈高速公路162公里处小姑家桥下方的一块空地，周边是附近村民种植的大片苹果园。全身赤裸的女尸横卧在荒草丛中。死者身高大约1.58米，身材凹凸有致，头部紧裹着一个六种颜色金丝绒拼接的购物袋。

"根据尸斑颜色和尸体僵硬程度初步推断，死亡时间在昨日午后5点到7点之间，"法医肖然将勒在死者脖颈上的带子死结打开，只见死者大约25岁，容貌姣好，头部有多处凹陷伤口，"这明显是被钝器重击致死。"

欧阳喻晓点点头，说："从发型、面部残妆、指甲和趾甲都做过美甲来看，死者应该生活在城市，对容貌细节非常重视。"

刑警小刘指着尸体不远处的石头说："队长，我刚才勘查周边环境时没有发现可疑的车轮痕迹，但在这儿却发现一处血迹。"

欧阳喻晓走过去，见血迹呈飞溅状。他皱起眉头，抬头看了看高速公路上疾驰的汽车，说："尸体应该是从高处抛落下来的。小刘，你去公路上看看，如果抛尸的话会留下痕迹。"

"遵令！"小刘促狭地打个立正，"队长，死者身上没有任何可以证明身份的证据，我们连她是谁都不知道，这案子可咋查啊？"

正说话间，刑警小赵跑过来对欧阳说："家住附近的果农反映，昨天下午5点多路过现场时尸体还没出现。"

"看来凶手是在昨天傍晚将被害人杀害，然后趁天黑移尸，再将尸体从高速公路上抛下来的，"欧阳道，"小刘，你负责排查从昨晚10点到今晨5点这个路段的监控录像，争取找到可疑车辆；肖然，你抓紧解剖尸体，看看能否通过DNA找到被害人的信息；小赵，你去趟物证科，让他们重点查验这个购物袋。后天下午4点开会，把各自调查的情况碰一碰，再确定下一步的侦破方向。"

8日下午4点，欧阳喻晓指着会议室投影屏幕上的裸尸开门见山道："大家都说说各自调查的情况。"

小刘先开了口："昨天我在勘查高速公路时发现，小姑家桥上面的公路护栏上有少量血迹，看来队长的推断是正确的。可京哈高速公路贯穿六省，全长1209公里，案发当天经过高速口的过往车辆一万余辆，我没发现什么线索。"

肖然说："在死者指甲缝里，我提取到疑凶的血液样本。将它和死者的DNA都通过y染色体类型进行配型比对，结果显示，死者是出生在江浙一带的汉族人，而疑犯却是典型的锡伯族血统,难道是凶手流窜作案?还有一件怪事,一般说,女尸赤裸意味着曾被性侵,可死者无论生前还是死后,都没有发生过性行为。"

小赵说:"物证科对购物袋的面料进行化验比对,发现这种金丝绒产自浙江的巴江县。我与那边的厂家取得联系,有个私企老板说,这批面料是他们厂生产的,批发给江西抚州和四川绵阳的两个成衣制造厂,还给我提供了购买厂家的信息。物证科从购物袋底部的纤维中,提取到馅料类的食品汤汁……"

肖然插嘴道:"看来死者生前吃过烧卖。我在她的肠胃里发现了牛肉和圆葱的残留物。"

欧阳喻晓看了肖然一眼。肖然吐了吐舌头。

"队长,我和抚州的成衣厂已取得联系,明天就去那里调查。"小赵补充道。

欧阳喻晓赞许地点点头:"从购物袋的针脚上看,明显是手工缝制的。能有这么多颜色的边角余料并拼接得如此美观,可见缝制它的人应该从事和制衣有关的工作。这个人必将是找到凶手或被害人的突破口。再有,凶手为什么要将购物袋套在死者头上呢?我推测有熟人作案的可能。明天小刘继续排查可疑车辆,我和小赵跑趟抚州。"

第二天中午,欧阳和小赵赶到抚州制衣厂。欧阳向厂长和党组书记说明了来意,小赵拿出装在证物袋里的购物袋和死者头部复原照片递给厂长。

厂长戴上老花镜仔细看了看购物袋和照片,又把它们递给书记,说:"这批布料是去年厂里采购来加工市面流行的金丝绒套装的,但这袋子是谁做的,我可真不知道。照片上的女人我倒是认识,她是四车间主任程英的妹妹程娇。"

书记在旁点头称是。欧阳喻晓和小赵对望一眼,会心地笑了。

厂长介绍说,程英是浙江人。10多年前,她带着妹妹跟丈夫史可远回到抚州。那时,史可远做服装生意赚了不少钱,后来不知怎么改行开起饭店,据说赔了钱。程娇比程英小10岁,以前经常来厂里找她姐,自打前年当上幼师就不来了。

欧阳皱着的眉头舒展开了,下一步侦破方案呼之欲出。通过DNA排查死者身边的嫌疑人,警方很快锁定了凶手。

审讯室。欧阳问耷拉着脑袋的嫌犯:"史可远,说吧,你是怎么杀害程娇的?"

"那……那天,我做了一锅烧卖给程娇送去。本来想讨好她,让她跟我亲热时卖力点。谁知还没等办事,她就提出让我还钱。我哄她说,等她找到对象,我一定连本带利把钱还她。可她说我骗她,还骂我就是个吃软饭的。"史可远的声音明显提高了,"警官,你说这是人话吗?当年要不是我,她和她姐还在山沟里刨地呢。我不就管她借3万吗?可我在她身上花的钱何止10万啊。没有我她能当上幼师吗?她太没良心了!我一气之下操起窗台上的铁锤砸了她脑袋两下。她拼命反抗,还卡我脖子,我随手用装烧卖的袋子套住她脑袋,用力把她砸死了。趁天黑我把她塞进后备厢,在高速上跑了6个小时才抛尸,没想到还是被你们逮到了。"

捉　贼

夏文兵（上海）

　　1984年入秋的第一场雨，断断续续下了一夜。
　　天刚蒙蒙亮，寂静的贾村立刻炸开了锅。村代销店夜里被贼偷了。
　　在那交通还不方便、物资也不丰富的年代，乡村代销店是镇供销社在各村设的销售网点。村民的生活用品和生产物资基本都可以在代销店买到，除非家中办大事，否则村内人不会坐船去镇上采买。
　　贾村代销店和村部、卫生室在一起，是村内一座旧仓库改建的。周边离最近的农户家也有几百米远。
　　负责这个代销店的是老贾和小刘。他俩白天一起在店里，晚上轮流睡在店内值班。昨夜是小刘当班。白天他儿子小虎有点发热，媳妇到卫生室开了点药，吃了烧退了。吃好晚饭，小刘刚准备去店内，儿子又开始发热，他媳妇有点担心。他只好在家跟媳妇两人轮流哄，折腾到半夜儿子才退烧睡熟。他看外面下雨了，就偷懒没去店内。以前有时他晚上当班，半夜会悄悄溜回家，一直也没事。
　　睡到天蒙蒙亮，小刘觉得心中有点不踏实，就去店内看看。一看傻眼了，真出事了，连忙回村里叫人并报警。
　　派出所副所长张明亲自带人来到现场。老贾、小刘和治保主任都蹲在门口。小刘不停地叹息、自责。张明问他们损失大概有多少？治保主任说怕破坏现场，他们一直守在店门口，还没敢进店。
　　张明先在店四周查看了一下，又向老贾和小刘了解了一下情况。他肯定地说，这是熟人作案。
　　又问小刘，他儿子昨天发热有谁知道？
　　治保主任说："代销店、卫生室平时就是村民俱乐部。农闲时，大伙没事就爱聚在这里聊天。当时医生告诉小刘媳妇，小孩感冒发烧会有反复，特别是夜里可能会发热，叫她不要担心。当时在场的人还不少。"
　　张明看了看门上方开的气窗，判定是两人作案，一人身材瘦小，一人身材高大。高个子托小个子从外面钻气窗进去，并在外面放风。张明又进店查看，柜台上有一个脚印，因为夜里下雨，留下的印迹十分清楚，应该是一双新的胶底鞋。脚印是贼盗窃好后，踩着柜台翻窗出来时留下的。奇怪的是这个脚印中间清晰，四周模糊，应该是鞋不合脚，没有踩实。张明叫人仔细拍照、尺量、记录。又到处看看。等都查看好了，才叫老贾和小刘进来，叫他们看看究竟少了什么？
　　老贾和小刘进店后，先去内间的仓库兼卧室查看。一会儿出来打开柜台边放钱的抽屉,抽屉内的钱都没有了。再核对货架上的商品,最后对张明说:"张副所长,还好。我们每晚会把当天营业款,整理好放在仓库隐蔽的地方,那些钱没丢。抽屉内的钱并不多,大概就 100 多元,另外香烟少了几条,酒少了几瓶,总价值大概 1000 元左右。"

张明抬头看到货架顶上,有用纸包着的黄色胶底鞋,连忙叫小刘拿一双给他。他看了看胶鞋底部花纹,又对照柜台上留下的脚印,花纹完全一样。他比画了一下大小,连忙问小刘:"你看看,41 码的鞋有没有丢?"

"农村人爱穿自家做的布鞋。这种胶底鞋,一年也卖不了几双。41 码算大码,买的人更少。我们只进了一双。前几天,刚被大牛买走。我还说他,人高脚也大,幸亏进货带了一双大码的,要不然只能跑镇上买了。您怀疑是大牛?他可是老实人。"老贾说。

"从留下的脚印看,很吻合。先去大牛家看看。"张明说完,让治保主任带他去大牛家。

他们很快就回到店里,大牛被一起带走。

临走前,张明叫老贾、小刘和治保主任逢人就说,被窃现金 3000 元,烟酒若干,并且要尽快让村内所有人都知道。

三人一脸蒙。心中暗想,这张副所长也是糊涂官。这样就算结案了吗?还夸大案值,不是在害大牛吗?

几天后,村民二狗和瘦猴酒后斗殴,谁也劝不住,互相都打破了头。治保主任怕事情闹大,就报了警。

张明很快带人赶来,大牛也跟着一起回来了。

张明上下打量着二狗和瘦猴。二狗大块头,瘦猴瘦小个。别看瘦猴人小,还挺灵活,打斗中二狗没有占多少便宜。

张明看着瘦猴,又仔细看看他的小脚,厉声说:"你这小身板爬高翻窗没有问题吧?"

他又看看二狗说:"你俩是为钱打架吧?瘦猴私吞了 2000 多,少分你这么多钱,不往死内揍咋能行?"

张明派人分别到两人家中去查。他拉着大牛的手对大家说:"大牛兄弟没有问题。他买了双新鞋,穿了一次就被偷了。上次跟我走,是我请他到我家帮了几天忙,可没有让他白帮忙哦,我是付工钱的。"大牛憨厚地点头。

在二狗和瘦猴家中搜到代销店丢失的烟和酒,还在瘦猴家搜到一双 41 码的胶底鞋。张明叫瘦猴脚上的鞋不脱,直接套那双胶底鞋,刚好合适。

两贼见状只好一五一十地招了。

"恐龙化石"迷案

张雨倩（湖北）

市恐龙博物馆派出所的民警老陈午休时接到报案,说是辖区有户人家被盗,他匆匆赶到现场——社区 123 号,这套房业主并未居住,而是出租给附近恐龙博物馆作为员工宿舍,现在住着博物馆的同事大李、小王、小张、小孙、小胡,一共五个人,且都是单身汉。

原来,本市的恐龙博物馆非常著名,有"东方龙宫"之称,是目前世界上收藏和展示侏罗纪恐龙化石最多的地方,被世人誉为"史前圣地"。

因为这天下午有个大型展览,上午午饭前,大李代表宿舍五个人领取了博物馆珍藏的一小块巴掌大的极其珍贵罕见的恐龙牙齿的化石,锁在宿舍的抽屉里,准备中午人聚齐了,下午上班时一起去他们负责的展区布展。当然,这显然是违反规定的,但毕竟临近午饭时间,大家都要在食堂去吃饭,去得晚了,就只剩下残羹剩饭。以前为了方便,也这么干过,从来没出过什么问题,毕竟这几个人都知根知底,谁也骗不了谁。

可是午饭后,五人聚齐。临到上班的点,打开紧锁的抽屉,大李才发现化石不翼而飞了。小王证实,中午时他和大李吃完饭后一起回到宿舍,他亲眼看到大李将装有化石的袋子放进抽屉并上锁,此后他一直和大李待在一起,且根本就没有出宿舍门;后来,大李开抽屉时才发现没有锁,袋子里空空荡荡,化石不知去向,于是当即报案。此时,大李呆坐着说不出个所以然,其他三人一一交代了各自的行踪去向,似乎都很正常,无非是吃完饭后回到宿舍休息,也没有出去过,但也都无法证明自己没有嫌疑。

老陈不动声色地勘查了现场,门窗完好无损,抽屉也没有撬动过的痕迹,看来"内盗"的可能性极大。他仔仔细细地搜查了整个宿舍,化石还是没有踪迹。他又分别盘问了几个人,暂时也找不到头绪,便皱紧眉头说:"我们博物馆安全建设搞得好,一向非常安全,这种事还是头一回发生,如果是一时失误找不到了,事后又发现化石完好无损,那还罢了,否则就是大案要案,恐怕各位都脱不了干系,希望你们再仔细想想,有线索立即报告。宿舍现场不要乱动,你们也不要离开,等到下午我再来。"

下午,老陈带着一个人进屋来了:"大家全在啊,很好!介绍一下,这位是市局下来检查工作的刘警官,我把他请来破案——本市著名的那桩银行失窃案,就是他给破的。""哦!"大家显然给镇住了,纷纷投去钦佩的目光,要知道那可是一桩复杂神秘的大案,《都市晚报》曾详细报道过,称他为"刘神探"呢。

刘警官身着便服,戴着眼镜,略为矜持地笑了笑。"老陈说有桩案子让我帮忙。化石被盗了,其实这很简单嘛,我推理作案者大概就在你们中间!"他炯炯有神的目光环顾了一周,缓缓地说,"我正好带了指纹破译器,只须提取每个人的指纹,与抽屉拉手附近和袋子上的指纹作对照,真相即可大白。"老陈赶紧补充:"银行那案子破案的关键就在于指纹。希望大家考虑清楚,自己说出来最好。"

宿舍的五个人狐疑地对视了一眼,集体保持着沉默。"好,那就开始吧!"刘警官从包里取出个黑色金属匣子,小心翼翼地在失窃的抽屉上下忙碌了一阵。"好,指纹已提取,下面请各位按手印,我们通过机器一一核对,结果立即就出来了。"他又拿出个印泥盒子,让大家在一张白纸上按手印。小王等四人依次照办了,最后,刘警官示意大李也按。大李嗫嚅着:"我也要按啊!""当然,如果袋子上除了你的指纹,还有其他人指纹,你就没事了。但是假如涉案部位只有你的指纹,那恐怕你就是唯一的犯罪嫌疑人了。""啊!"大李惊呼一声,抱着头缩成一团。

老陈何等精明,早看出端倪:"大李,现在老实交代还来得及!"大李终于扛不住,在大家的惊讶声中点点头,随即失声痛哭。小王还疑惑不解:"我明明看到他将化石放进去的,后来他又没有作案时间,怎么会……"老陈道:"其实他领取了化石以后就立即从袋子里取出并藏匿起来,放在宿舍之外的某个地方。回到宿舍后,他放进抽屉的极可能是个空袋子,而且故意没将锁锁牢,造成一种锁被人打开盗走的假象,以消除自己的嫌疑,对不对?"

大李沮丧地回答:"是啊。唉,本来还以为天衣无缝的,我不是马上要结婚了吗?可是又没钱,这次寻思着可以把化石倒卖一大笔钱,谁知遇到刘神探,这指纹测试我是怎么也过不了关啊!"

"哈哈哈……"老陈与刘警官闻听相对大笑,道出了实情——哪里有什么刘警官,他不过是老陈的一个研究逻辑学的同学,根本就没有什么指纹破译器,也根本用不着那么复杂。他们不过是布置了这个简单的局,以求迅速破案。根据逻辑推理,他们确定犯罪嫌疑人肯定在宿舍的五个人之中,且肯定过不了这一关,于是轻松破案。作贼心虚,顺藤摸瓜——这才是破案的关键!

谁是凶手

舒仕明（四川）

　　赵天乐和妻子王英买了套二手房，并决定在搬进去之前好好装修一下。这可苦了邻居，特别是楼下的那家住户，男主人张兵有午睡的习惯，自从楼上开始装修以来，他的午觉从来没睡好过。

　　这天中午，楼上装修的声响特别大，躺在床上的张兵忍无可忍，冲上楼和王英理论，差一点大打出手，幸亏周围邻居出来劝阻，也恰好小区物业的两个修理工来给张兵修空调，才平息了事端。

　　当天下午五点过，警察突然来到张兵办公室，对他反复询问，尤其问中午和王英之间闹矛盾的事。张兵不高兴道："这个王英真是小题大做，这么点儿事，竟惊动警察。"可警察却严肃地对他说："王英已被杀害，就在你家楼底，后脑勺被钝器击中，人倒在你家楼底施工挖出来的一个坑里，死亡时间为中午 2 点 30 分左右，因为她家的装修工都说王英是接近 2 点 30 分下的楼，她丈夫赵天乐在一家灯具店等她，结果走到楼下就被害了，直到 4 点才被人发现。"

　　"什么？"张兵惊呆了。待反应过来，他忙对警察道："我绝对没杀害她，虽然中午我上楼和她发生摩擦，但没必要为这点小事杀害她呀！况且今天中午 2 点钟修好空调后，由于楼上装修的噪音太大，老婆又约来了几个人打麻将，无法休息，我就和两个修理工一起出门上单位了，此后一直待在办公室里，不信你们可以问那两个修理工和我的同事。"警方在证实张兵确实没有作案时间后，又找到他的老婆了解情况，她说："由于天气热，丈夫走后，我和几个朋友在家里开着空调打麻将，连门也没出，你们可以去问问我那几个朋友。"这样，张兵的老婆也被排除了。

　　案件陷入僵局。两天后，死者王英的丈夫赵天乐打电话给警方说："我发现小区里有个年轻女子背的包很像我老婆的，上面有两只蝴蝶……"警方很兴奋，忙根据赵天乐提供的线索，找到那名年轻女子。

　　不料女子说："昨天是我的生日，这包是我丈夫何平买来送我的礼物。"警方找到何平，问他那包的来历，开始他还一口咬定是买的，后来听警察说很像死者的包时，他赶忙如实交代是在自家楼下捡到的。

　　原来，何平一直许诺在妻子生日那天送给她礼物，可是临近妻子的生日时，他却打牌输了个精光。怎么办呢？那天他去上班时，却在自家楼下捡到一个包，里面有少许钱，特别是那包很新，很好看，显然是刚买的，何平心头一喜，决定把捡来的包作为生日礼物送给妻子……最终，何平也被排除了。

　　警方继续在周围又进行拉网式的搜索，终于在案发旁边花坛里的一个老鼠洞口发现一把大扳手,上面还有血迹,扳手的柄上缠满了黑胶布。

经检测,扳手上的血迹果真是死者王英的,这下凶器找到了。警方同时在扳手上发现了四个人的指纹,并进行了取样。然后,两名警察带着扳手去王英所在的小区,一个居民见了说:"哎呀,这不是张兵家的扳手吗?"警察问他怎么知道?他说:"我就住在张兵家对门,经常去向他借扳手等工具来用,前几天我去借时,他在那些工具上都缠上黑胶布,说是拿在手上防滑。"

两个警察敲门进入张兵家,问是不是他家的扳手,张兵惊讶道:"是我家的呀!一直都放在我床下的工具箱里,怎么到你们手上了?"警察告诉他:"就是这把扳手杀害了王英!""怎么可能啊!"张兵急得汗水直冒。他老婆提醒道:"那天修空调时,两个修理工没带扳手,我就将床下箱子里的扳手给了他们。"这下张兵想起来了,忙说:"对、对、对,有这回事,这扳手可能被那两个修理工带走了,没还给我们。"

于是,警方分别对两个修理工和张兵夫妇提取指纹进行检测,结果发现扳手上四个人的指纹印正是他们的。也就是说,凶手应该在他们四个人当中。张兵夫妇已被排除,那么凶手最有可能是两个修理工了。可调查的结果却令警方大失所望,两个修理工离开张兵家后,便直接去了小区内的另一户人家修理空调,由于那家人的空调损坏严重,他们一直在那儿修理了一个多小时,根本不具备作案时间。同时,两个修理工也否认带走了张兵家的那个大扳手,他们在第二家修理空调时,也因为没有扳手,还叫那家人去借呢!

这就怪了,经验丰富的刑侦队长在王英被害的现场反复查看,当他抬头看到八楼上张兵家悬挂的空调机时,突然得出了一个大胆的推论:王英是被放在张兵家空调机上的扳手掉下来砸死的!面对大家惊奇的目光,刑侦队长进一步解释说:"两个修理工在修好空调后,将扳手遗忘在了空调机上。然后,随着空调机的运行所产生的抖动力,扳手一点点地移动,当王英到达楼底时,扳手恰好被抖落了下来,砸在她的后脑勺上。王英头部受到重击倒向旁边的坑里,手上的包也被扔了出去,同时扳手弹到了旁边的花坛里……不多会儿,何平去上班,捡到了王英的包。而那个带血的扳手,被老鼠当作食物搬到了'家门口'……"刑侦队长进一步推断说:"由于这几天没下雨,张兵家的空调机上又积有灰尘,如果我没猜错的话,空调机上面还有扳手移动的划痕,恰好扳手上缠的胶布会让划痕更加明显。"当警察来到张兵家,对悬挂在外的空调机进行检查时,果然发现了扳手移动的划痕。至此,案情终于真相大白。

5 的留言

范浩波（浙江）

问题篇

"死者严忠峰,50岁,生物学教授。"林静拨开警戒线进入案发现场,下属一边递过手套一边介绍道。

阳台上的遗体已被搬走,只留下白色胶带圈出的人形。10多个只装着土的花盆沿栏摆放,洁白的瓷砖上落了一层细黑的土灰。

"法医怎么说?"夏天的阳光非常灼热,但林静心里却很冷静。

"死因是心脏被刺破导致的大出血,死亡时间在昨晚6点到8点之间。现场是这个阳台,瓷砖、花盆和栏杆等多处都有鲁米诺反应。我们从死者的人际关系入手,很快找到了最具动机的两名嫌疑人。"

林静接过笔录迅速阅读起来。武霏雨,历史系助教,曾多次被死者骚扰。她在昨晚六七点有非常明确的不在场证明。另一位嫌疑人是研究生江珂兰,已经在严忠峰的手下延毕多年。她刚好与武霏雨相反,有昨晚七八点的不在场证明。

"虽然现场的指纹都被擦掉了,但我们在死者右手指缝下方,发现了一个被盖住的血字——'5'。"

"这是,严忠峰的死亡留言?"林静问道。

"没错,我们对血字进行了笔迹分析,确认为严忠峰所写。所以现在大家认为武霏雨嫌疑最大。我们推测,严忠峰在死前想留下凶手的名字,但他意识到这个名字写起来太复杂,而自己力气已经不多了,便写下了'武'的谐音'5'。"

林静摇头："太奇怪了。心脏被刺伤者会在几秒钟内死亡,所以死者几乎是在被刺后马上就写下了血字。问题是,既然凶手有时间清理现场,不太可能注意不到严忠峰写下了死亡留言。何况血字是被手指而不是掌心盖住,应该并不难发现。"

"是啊,如果凶手是武霏雨,很难解释她为什么不把这个血字一并处理掉。"下属翻动着现场照片,"哦,还有一点,死者左手食指和拇指捏着口袋里的手机一角,不知道是想打电话求救,还是有其他重要意味。"

林静不置可否地咕哝一声,然后紧锁眉头扫视着现场："有没有觉得,这瓷砖上的土灰太多了?"不等下属回应,她又半跪在地,从土灰中找到一根毛茸茸的白须。

"这是……根吗?"

"对,由于埋在土灰中,脱水程度很轻,还很新鲜。"林静又凝视着花盆里盛放的土,"应该是不久前,有人把盆里的植物全拔了。这个过程中,部分泥土和根须被带出来掉在了地上。"

"不仅不擦掉死亡留言,还特地把阳台上的植物全部拔走?"下属挠挠头,"我越来越不明白了。"

"不过,我好像有点明白了。"林静神秘一笑,然后对下属吩咐道,"给死者家属打个电话,问他们一个问题——阳台上原来种的是什么。"

下属愣了愣,然后重重点头。很快,他打完电话,把结果汇报给林静:"阳台上原来种了茉莉、牵牛、绣球和桔梗。"

林静满意地笑了:"这么一来,凶手就是……"

解答篇

"江珂兰!"林静抛出结论,然后开始了分析,"心智正常的犯人,不会在现场做多余的事情。所以把阳台上的植物都拔走,一定有什么特别的意义。"

"难道是,为了盗走名贵品种?"

"凶手的拔法很粗鲁,不少根须都被扯断带出来,所以她的目的不是盗走名贵品种。"林静否定了下属的推测,"最合理的解释是,这些植物上,留下了会暴露凶手身份的证据!"

"证据?是凶手被某株植物刺伤了,在上面留下了自己的血液?"

"不,这里并没有月季仙人掌之类的带刺植物,也没有长芦苇那种会割伤手指的锋利叶子。不过,你已经很接近答案了。"林静摘下手套拿出手机,找到合适的搜索结果,然后字正腔圆地把它念了出来,"牵牛花,也叫朝颜花,意指它白天开花、晚上闭合。"

"朝颜花!"下属一拍脑袋。

"根据阳台上有多处鲁米诺反应可知,凶手杀害死者时把血溅得到处都是,所以牵牛花一定也被溅到不少。因为牵牛花是白天开花、晚上闭合的,夏天一般是六点多日落,所以六七点它可能还在开放,而七八点时已经闭合了。如果只有花瓣外面溅到血滴,不管是六七点有机会行凶的江珂兰,还是七八点有机会行凶的武霏雨,都可能造成这种情况,所以不用担心自己会暴露。但如果花瓣内面也出现了血滴,就说明行凶时段是六七点,这时江珂兰就会留个心眼把牵牛花拔掉,防止自己暴露。作为生物系学子,她自然很熟悉牵牛花习性。"

"凶手把花瓣内面溅到血的那几朵摘掉就好了,何必把整株都拔掉呢?"

"我想应该是她行凶时牵牛花正开着,而当她注意到花瓣内有血滴时,很多花已经闭合了。她不可能把每个'喇叭'都拆开看有没有血,直接摘掉所有'喇叭'也不行,这样会在枝头留下花被摘掉的痕迹,而且阳台上的四种花都是这个季节盛开的,只有牵牛花没开会很奇怪。所以她索性把所有花草都拔了,干扰现场采证。"林静答道。

"至于'5'这个死亡留言,我认为是这样的:当时凶手还在现场,直接写名字一定会被她擦掉。什么样的留言才可能不被凶手擦掉呢?他飞速运转大脑,想到江珂兰名字的首拼,刚好是年龄较大的人惯用的九键输入法里,'5'对应的三个字母。而江珂兰这个年轻人可能没用过按键机、惯用二十六键输入法,还以为写下血字'5'的死者老糊涂了。对她来说这正好可以把罪名嫁祸给武霏雨,简直求之不得,所以江珂兰可能不会擦掉留言。结果死者赌对了,血字最终没被擦掉。而他的左手同时捏着手机,正偷偷暗示着这个留言与手机有关。"

谁是真凶

梁亚平（广东）

上午8点30分，我局接到报警电话，说桃园三号有凶杀案。警情就是命令，我和张副队用最快速度赶到案发现场。

死者外号叫秀才，生得斯文、儒雅，是个毒贩子嫌疑犯。我们几次收到线索去抓他，都扑了个空，他好像有千里眼、顺风耳，每次不是让他像泥鳅一样溜走，就是被他提前转移了罪证。

秀才胸口右侧被刺了三刀，刀柄没有留下凶手指纹。门锁完好。保险柜打开，里面财物被洗劫一空。院子里有几个一深一浅的脚印。经过了解，秀才酗酒，经常家暴，妻子离婚，孩子跟妻子生活。

我问还在低头寻找证据的张副队：你怎么看？

张副队站起来，指着现场留下的证据做推理：昨夜凌晨将近2点雨停，脚印还十分清晰，可见被害人是雨停之后被杀，否则雨水会冲走脚印；从现场看，没有打斗痕迹，可见凶手是趁受害人睡着或没留意时下手；门锁完好，可见凶手懂得开锁技术或者是熟人；三刀致命，凶手是一个十分凶残的歹徒；保险柜应该是凶手杀死被害人之后，再劫走保险柜里的钱物；脚印一深一浅，说明凶手应该是一个跛子；42码皮鞋，凶手的个子大约在一米七到一米八之间。杀人动机，可能是仇杀，也可能是劫财害命。

张副队是个老牌刑警，办案经验丰富，只要凶手留下一点蛛丝马迹，张副队就会推理出来。我们开始排查具备几个条件的人：与受害人是熟人或是仇人，懂得开锁技术，有前科，跛子，个子一米七到一米八。

经过排查，李铁拐走进我们的视线。李铁拐原名叫李涛，个子一米七六，由于打架斗殴，腿被人打瘸了，人称李铁拐。李铁拐上个月刚出狱。据线人说，李铁拐与秀才有仇，李铁拐曾经下狠话，出狱后一定要找秀才报仇。李铁拐父亲是锁匠，他只要有一根铁丝，无论什么锁到他手上都能打开。

我们从李铁拐门口的沙井、排污管道里捞出皮鞋碎片。李铁拐开始死不承认，还做出比窦娥还冤的样子。

我对张副队说，你推理还原他作案动机和真相，看他还有什么可说。

张副队说：你与被害人有仇，一直想找机会杀了他，3月24号晚上，电闪雷鸣，你认为机会来了。凌晨2点左右，你悄悄开锁进屋，对着床上的被害人刺了三刀。杀死被害人后，你又拿钥匙打开了保险柜，卷走了保险柜里的钱物。你以为擦掉了指纹，没有留下任何证据，可是天网恢恢，在铁证面前，你还有什么可说！

我们只用几天时间,就破了杀人案,我和张副队得到上级的表扬。下班,我对张副队说,我们去喝一杯,庆祝一下。

酒席上,我意外发现张副队是左撇子。我说,有人说左撇子的人聪明,果然没错,张副队你思维缜密,这么快就破了案,我敬你一杯!张副队说,开车不喝酒,我不能知法犯法。

就在我们高兴地庆祝案件告破的时候,一个电话打进我手机,我开了免提,电话那头说:陈队长,我是秀才被杀案的报警人松鼠,杀死秀才的不是李铁拐,是另有其人。

不是李铁拐?不可能,证据确凿,不是他是谁,你有证据吗?我问。

我目睹了凶手从秀才家出来,还拍了照,就是有点模糊。

松鼠是个吸毒人员,真名叫亚松,曾经被我们抓去戒毒所强制戒毒,出来后做我的线人,队里很多人都知道。我对张副队说:如果松鼠说的是真的,就是他又开始吸毒,那天晚上毒瘾发作,想去找秀才买毒品,刚好被他看见凶手作案的一幕。

为啥他当时不报警?张副队问。

他不想被人知道他还吸毒呗。我猜测道。

我俩喝到晚上10点,张副队送我回家,下车时,我说,明天上班去松鼠家取证。

谁也想不到,当天晚上就抓到了凶手,凶手居然是张副队!

张副队送我回家后,我打电话让两个值班警察和我一起去松鼠家潜伏。23点10分,张副队摸进松鼠家,被我们逮个正着。

戴着手铐的张副队,做梦也想不到我什么时候开始怀疑他,他目光充满疑惑,问我是怎么怀疑到他的。

我说:得到线索,秀才几次贩毒,我们去抓人,都有人通风报信,我就怀疑我们警队里有他的保护伞。扫黑除恶,你怕有朝一日秀才被抓,牵连到你,这就是你杀死秀才的动机;你知道李铁拐出狱,而且之前曾经扬言要杀死秀才,你就嫁祸给他;你杀死秀才,制造一深一浅瘸子走路的脚印,是想达到嫁祸的目的;你偷走了李铁拐放在门口的皮鞋,作案后又绞碎丢弃在李铁拐门口的沙井里,是让李铁拐做你的替罪羊。可是你忽略了一点,秀才的伤口都在右胸,而且刀口向右内侧倾斜,只有左撇子才这样用刀,而李铁拐不是。

张副队说:你怀疑我是凶手,喝庆功酒,是你有意想让我放松警惕;你让线人松鼠打电话,说他手上有证据,是想打草惊蛇;你开免提,有意让我听到,是想引蛇出洞;如果我是凶手,当晚一定会去销毁证据,咱俩分手后,你就带人潜伏在松鼠家,是想守株待兔,瓮中捉鳖。可是你判断错了,我不是凶手,我是知道松鼠手上有证据后,怕凶手也知道松鼠手上有证据,杀人毁证,我就连夜赶来取证……

张副队的话还未说完,我们又收到线索,有人看见秀才的儿子那天晚上回家……

画中人

李潇琨（山东）

"吊灯砸在了他身上，几乎是当场毙命。"

女人听到了这个消息，在审讯室里掩面哭泣。

女人的丈夫此刻正在隔壁接受审讯，他和朋友于20号结伴出游，3天后他回到家里，只看到房内父亲早就冰冷的尸体。如今的他因自己的晚归而陷入深深的自责之中，可一切都太迟了。

他拿出一张纸来，这是前不久老人收到的威胁信，对方隐晦地提到自己掌握了公司运作的把柄，要求用200万作为封口费。

"你知道有关这个把柄的事情吗？"

男人摇摇头。

尉临和同事目送审讯结束的两人离开后，便着手调查威胁信上提到的账户。

"勒索不成反而杀人，未免也太慌乱了。"尉临看着闪烁的电脑屏幕不禁发问。

同事无视了这个问题，说："那边出结果了，这是个盗用的账户，户主已经过世了。"

尉临想了想，问："你觉得他们两个有没有可能犯案？"

"男方有充分不在场证明，已经查到他的航班信息，女方这段时间也一直住在朋友家里，有很多人能做证。"

"案发现场的照片在哪儿？"

"后面袋子里。"同事说完转过椅子，去查死者的公司信息了。

尉临把照片罗列开来，他的目光停留其中的一张上。照片中房间内没有任何家具，吊灯已经被移走，老人被绑着手脚倒在地上，衬衫背部有烧焦的痕迹，周围地上有几滴凝固的蜡油。死亡时间推测为20号夜间。

现场办案人员拍下了两面墙上的画作，其中不乏世界级的名画，就数量来看大概率都是赝作，这些画用精美的棕色画框装裱，只有其中几幅使用的是黑色画框。

他又看向吊灯的照片，吊灯的制作工艺十分精细，它整体呈圆锥状，由下至上分为三层，底层六个烛台，第二层是三个，顶层则熔接可开合的镀金圆球，圆球内部中空，上端留有小孔，可以放置其他装饰品；金球两侧延伸出的链子在小孔上方汇集，熔炼进中空灯柱的下端，灯柱顶部有圆孔，可以悬挂在天花板的钩子上，如今灯柱前端已经断裂，看上去是人为截断的。

尉临拍了拍同事的肩，问："灯柱里有什么发现吗？"

"有些许布料烧焦的碎屑，跟死者穿的衬衫成分相同。"

尉临确信了自己的想法,但他还不明白杀人动机。

"这家公司名字真奇怪啊,"同事移动着鼠标,继续说,"怪不得,原来是用英文名的首字母拼起来的。"

尉临联想到那个房间不寻常的现象,恍然大悟。看来老人自己也明白,自己早晚都会死于非命。

他查阅了相关资料后,终于得到了一个完整的讯息。他当即吩咐警员去调查死者家中的鞋和鞋柜。果然在鞋柜的木板里面找到了分装成小包的毒品。

破案后,同事和尉临在洗手池边攀谈。

"在球里放根蜡烛,烧断布料后灯就会掉下来,接着由第一发现人进行回收,两个人的不在场证明全都推翻了,我怎么就没想到呢!"同事感叹道。

他洗了把脸,又问:"你是怎么知道毒品在鞋柜里的?别拿厚度搪塞我,它也不过比常规的厚那么一点。"

尉临看向墙上歪斜的挂画,说:"案发现场用黑色相框裱的那些画,分别是《午餐前的祈祷》《冬猎》《奥菲利亚》和《阿卡迪亚的牧人》,它们的首字母按顺序排列就是 shoe,也就是鞋,我能想到还是多亏了你的提醒。"

同事听得忘了关水龙头,尉临替他拧好。

老人想要让染指罪恶的家人回心转意,他仁慈的犹豫却让恐惧变为现实,如果当初能够下定决心践行法律,也许故事就不会以悲惨的死亡作为结尾。

"能够拼出这个单词的画尚有很多,他的选择不会是偶然。"尉临说着,将挂画扶正,上面画的是一株观音柳。

被开除的养鸽人

杨　明（辽宁）

邢泽和秦武从前是警校的同学，毕业后邢泽被分配到了省会的铁路车站派出所，秦武分配到了另一座县城的公安局，在缉毒队当干警。这次，秦武来省会出差，顺便来车站候车室民警值勤点看看老同学。邢泽一见秦武好不高兴，寒暄了几句，邢泽又该例行巡视了，秦武说，闲着也是闲着，走，我也跟你转转。

候车大厅熙熙攘攘，二人从一名歪在座位上盹睡的中年男人身边经过时，那男人刚好醒了，左右看看邢泽和秦武，拿起矿泉水瓶喝了一口，又歪头睡去。

他看我干吗？秦武脑子里打了个旋，一般来讲，心里没事的人看到穿警服的是不会特别注意的。秦武边想边下意识地回了下头。

你在看那个爱养鸟的通勤工人吗？邢泽说。

什么？秦武吓一跳，下巴微微甩一甩，用喉音说：你说他是个爱养鸟的通勤工人。

我的观察力上学时你就知道的。邢泽眼望别处，也耳语般。

秦武把邢泽拉开几步，边继续用眼角余光监视着那中年人，边向邢泽说了个情况。

秦武他们队抓了个吸白粉的，小伙子是个辍学初中生，还不满17岁，在迪厅里学会了这一口。一审讯，交代白粉都是他父亲帮他买的。运毒的方式有些新，也是他父亲发明出来的。这位父亲原来是个铁路工人，多年前因为违法判刑被开除了公职，之后就以养鸽为生，养信鸽，也养肉鸽，就是给烧烤店提供鸽源。当父亲知道儿子也已步其后尘，小小年纪不学好，甚至变本加厉地染了毒，气得要命又无可奈何，更不忍心看儿子毒瘾一来就要死要活的熊样。好在儿子涉毒时间不长毒瘾未深，需求量还不特别大。又怕自己为子购毒事发重陷囹圄，就别出心裁，每次外出购毒都是他坐火车在地上跑，信鸽在天上飞，飞到异地的鸽友家里，他购粉后用锡纸包好，固定在套在鸽腿上的鸽环里，放鸽飞回。缉毒队员去小伙子家中抓捕，却扑了个空，其父已多日未在，去向不明。缉毒队留人日夜蹲守。这虽然不是什么大案要案，但它不只涉毒，还有别的麻烦，看似不大却烦人。据小伙子交代，有那么两次，他父亲放归的毒鸽并没有飞回来，直到现在仍杳如黄鹤。秦武不得不断定，毒鸽基本上已经遇害了，烧烤店老板们有重大作案嫌疑。据查，有的烧烤摊店私下雇佣飞禽杀手，专门捕猎信鸽充当食材。食客只贪口福，老板光想发财，糊里糊涂的毒鸽一旦烤熟让人吃了，吃烧烤几乎没有不喝酒的，酒是促挥发的东西，酒上加毒雪上加霜，会造成什么后果？还好，秦武出差前，各烧烤摊店还未发现异常。

邢泽听完了,微笑一下说,我只看出他是个养鸟的,没想到是鸽子,只看出他是跑过通勤的工人,没想到还是铁路职工,曾经还算我的同行嘛。又问秦武,案情通报啥的带来了没有?有没有嫌疑人的照片?秦武摇头,没带,我出差不是为这事来的,而且据掌握这老小子有点反侦查意识,不爱留影,协查通报上的照片还是多年前他刚被开除时的,就是他现在站在我面前,我都不见得认出他来。邢泽一摆手,走,过去盘盘他。

邢泽好容易才拍醒装睡的中年人,拿过他的矿泉水拧开瓶盖闻了闻,扭头对秦武说,不出所料,百分之百一点都不掺假的矿泉水。"请你起来,配合工作,跟我们走一趟。"

真就是他。

当邢泽从那中年人身旁经过时,看到他随身物品不多,人歪在座位上,脚脱了鞋放在一只十公斤装的白色塑料桶上,邢泽说那会儿他是真睡,看样子挺乏,睡得连脚把桶盖蹬掉了都不知道,我一眼就看见那桶里装得满满当当的是小米。他既然是候车的,那就是从本地往外走,下车的旅客谁会不尽快离站跑到候车室睡觉?那他这个桶装小米就有的研究了,要是从农村或小城探亲来省会,带个土特产啥的倒合乎情理,哪有从省会往农村捎粮食的?所以他这个小米不可能是给人吃的,更何况,谁家人吃的粮食会把臭脚丫子往上放?这小米很可能就是专在花鸟市场上买的,喂鸟的,而且鸟也不是什么好鸟,大路货。拿宠物当人生寄托的人对宠物比他爹妈儿女更尊贵,更舍不得臭脚熏他的祖宗。秦武问,你根据什么判断出他是个通勤职工的呢?邢泽说,就是从他下一个动作上,拿起瓶子喝水,这一喝就喝出毛病来了。秦武说那有啥毛病,谁不喝水,喝水就是通勤职工?农民工不也一样喝水吗?你看他那个穿着打扮不更像一个农民工吗?邢泽说,穿着打扮像,举止不像。我前两年借调到列车乘警队工作过一段时间,发现有些通勤职工在车上喝水的动作有些奇怪,一了解,明白了。企业规章制度明文规定:严禁职工班前和在岗时饮酒。有的人酒瘾大控制不住,就把酒灌在空水瓶里随身带着,趁人不备就摸出来抿一口,抿完赶紧随手把瓶盖拧紧,怕跑味。时间长了他们就形成了习惯,有时明明是真渴了,在列车售货员那买的货真价实的矿泉水,也拧开瓶盖抿一口咂咂嘴巴随手拧紧瓶盖,这哪是喝水啊,这不条件反射了吗?你说,农民工哪会玩那些猫腻?刚才那位,就是那么喝的,当然了,你说他有点反侦查意识,跟这也有关吧,受过打击处理的人,时时小心处处防备,心里有鬼就会神经质,成惊弓之鸟了。

还惊弓之歌(鸽)呢,秦武说,你小子,说得比唱得都好听,一肚子鬼圈圈,比鬼还鬼。

那还用说,邢泽说,抓鬼的人嘛。

鞋　印

程厚华（江西）

县公安局接到长山大队打来的电话，他们村发生了盗窃案。局长叫来了刑警队长，让刑警队派人去。

刑警队长一听，头就大了，他知道，这案子难破，因为现场肯定遭到破坏。每次农村发生案件，等他们赶去，现场已经遭到严重破坏，很难找到案犯留在现场的痕迹。农村人都喜欢看热闹，又没有保护现场的意识。

刑警队长带着两个手下，开着摩托车去了长山大队。

到了现场，正如他所料，现场破坏得一塌糊涂。这是一起入室盗窃案。大队会计昨天刚从信用社取了600块钱，是准备今天付给大队打井人的工钱。那两个打井人是安徽人，这时还坐在大队部等工钱。

没办法，现场还得要看，希望有个地方能留下作案人的一点痕迹，虽说这很渺茫，可还得仔细勘查现场。

很显然，作案人是从窗户上爬进来的，那个小小的窗户上的一根木条子断了，新鲜的断痕可以证明。队长走近窗户，上下左右，观看了一番。

刑警队长转身叫过大队书记，问，这个窗户今天没人爬过吧？！

没有。大队书记说。

你肯定？

大队书记想了想，说，叫会计过来，问问他早上有没有人爬过。

会计叫了来。刑警队长问，你发现钱被盗之后，这个窗户有人爬过吗？

没有。

你确定？刑警队长威严地盯着会计。

会计想了想，说，确定。

好。刑警队长高兴地说，这是整个现场留下的唯一线索，一只鞋印。

刑警队长叫过那个挎着相机的刑警，使了个眼色，让他多拍几张窗户的照片，特别是那个鞋印。

照片拍好了，刑警队长对那个刑警说，你回队里，把相片洗出来，洗清楚一些，特别是那张鞋印，要把鞋底花纹洗出来。等相片洗出来，这案子也就破了。

那个刑警开着摩托车回去了。

刑警队长又叫过大队书记问，会计去取钱，有几个人知道？

大队书记说，不多，也就三四个人知道。

都有哪些人？

有我，大队长，治保主任，还有会计。

好，把他们叫来，我要单独询问他们。刑警队长说，就从你开始吧！

行。

你昨晚去了哪儿，跟谁在一起。一一说清楚。刑警队长说。

昨天从大队部跟他们分开后，去了我堂弟家，跟他喝酒，一直喝到 11 点多。我有点醉了，还是我堂弟和村里的木根一块送我回来的。然后就睡了。喝酒的事你可以去问我堂弟和木根。在家里睡只能问我女人。

我当然会问他们。你去把家里的鞋子都拿来。我们要比对鞋底花纹。刑警队长说。

好，我去拿鞋。大队书记说。

刑警队长又把那几个人叫来问话，问的都是同样的问题。临了，都要他们把家里的鞋子都拿来。

天还没亮，敲门声把大队书记惊醒。大队书记揉着眼，一叠声地说，别敲了，别敲了，来了，来了。

打开门，只见刑警队长站在门外。第一句话就是，案子破了，人也抓了。

这么快。大队书记不相信地说，是谁？

会计。

不会吧？怎么可能呢？

你怀疑我说假话？刑警队长问。

没有，你是怎么做到的？

我白天不是说窗台上有鞋印吗，又叫你们把鞋子都拿来。晚上，我们把那屋子锁了，人躲在窗子附近，就看是哪个人会来。

你怎么就想到这一出。大队书记盯着刑警队长说。

当我第一眼看见那窗子时，就想用窗子做文章。刑警队长说，现场破坏得太厉害，我们无从下手。

唉，村书记叹了口气说，真没想到，他居然会做这种事。他可是当了多年的会计，从没算错过账。

知人知面不知心。

不对呀。大队书记望着刑警队长说，我白天看过那窗户，根本就没有什么鞋印。

是没有，我故意说有，并且说相片能洗出鞋底纹路。就是要让那人怕。怕了他就会怀疑，怀疑了就会想去看。

似乎是这个道理。大队书记说，还是你们公安有办法。

也是瞎猫撞上死耗子。

你们可不瞎，心里明镜似的。大队书记感慨地说。

照不到脸上的月光

刘洪波(贵州)

徐若剑目测了一下,土坎高约 2 米,自己站的位置距案发地点近 20 米。他稍微抬了抬头,看着空中的月亮道:"庄四狗是怎么说的?"

"庄四狗说他是为了找白天掉在地里的镰刀,才来地里的。"萧筱指着前面的地,组织了一下语言:"这块地就是庄四狗的,他白天的确在这里收小麦,所以,这个说法也还站得住脚。"

"案件发生就是这个时间段?"徐若剑看了看身后。

萧筱扫了一眼手机上的时间:"应该还早几分钟。"

徐若剑"嗯"了一声,扭身顺着土坎往回走,萧筱连忙跟了上去。

回到派出所萧筱的办公室,徐若剑问道:"刚才的那条小路是通往案发地唯一的路?"

"是的。"萧筱回答道,"只能从杨洼村这一条路过去,其他 3 个方向都到不了案发地。"

"从你们记录的材料上看,庄四狗在案发前从杨洼村走向案发地方向,约一个小时后从该路返回,有两个人证。"

"是的。杨洼村的村民冯彩霞和许翠兰看到庄四狗从村里去了案发地方向,约一小时后慌慌张张提着镰刀返回村里,这两人好奇,也顺着小路走到了案发地,发现龙大友死在庄四狗的地里,于是跑到派出所报了案。"萧筱道,"我们在路上也提取到了庄四狗的足迹,通过模拟比对,是庄四狗在案发时间段留下的;另外,从庄四狗家里也找到了作为凶器的镰刀,上面血迹还在,只是还没有来得及送到市局去比对。"

徐若剑放下手里的材料,看着萧筱问道:"庄四狗是怎样解释的呢?"

"庄四狗开始还想隐瞒,我们出示了镰刀足迹证据和证人证言后指出,他行经的方向与时间和龙大友被害时间、地点重合,因此,庄四狗才老老实实供出他确实看到了案发的经过。"萧筱请徐若剑坐到沙发上,倒了一杯热水递给徐若剑,随后也在旁边坐下,"据庄四狗说,他当晚是去找白天掉在地里的镰刀,刚走到土埂上就看到龙大友在地里与邻村的谢鹏争吵,突然谢鹏捡起庄四狗白天掉在地里的镰刀砍向龙大友,连砍几刀后龙大友倒了下去,而谢鹏扔掉镰刀跑了。庄四狗后来过去看了看,发现龙大友好像死了,心里害怕,忙拾起镰刀就悄悄地回家了。"

徐若剑想了想问道:"这 3 个人之间有没有什么恩怨?"

"有,可以说这 3 个人之间积怨颇深。"萧筱点点头道,"说起来还真有点狗血。谢鹏的老婆是通过撬龙大友的墙角得来的;龙大友去年因口角,烧了庄四狗即将成熟的玉米；庄四狗和谢鹏曾经是同班同学，上学时经常被谢鹏欺负；前年庄四狗在地里试图猥亵谢鹏的老婆，被谢鹏发现，两人打了一架，而后庄四狗被拘留了3天。"

"镰刀上没有提取到指纹？"徐若剑喝了口水。

"没有。"萧筱皱了皱眉头，"按庄四狗所说，谢鹏杀了龙大友根本不可能去处理镰刀柄上的指纹，而庄四狗既无必要又不可能去处理镰刀柄上的指纹，可是这镰刀柄上就是没有指纹；我对此也是百思不得其解。"

"没什么好奇怪的。"徐若剑笑了笑，"因为庄四狗在说谎，如果我的推断没有问题，那么可以确定，庄四狗就是凶手。"

"怎么说？"萧筱愣了一下，"老师，你赶紧给我说说。"

"杀人栽赃、一石二鸟，这庄四狗还不算太笨，不过也不聪明，漏洞还是很明显的。"徐若剑起身道，"走，连夜突审。"

萧筱也赶紧起身出门，叫来一个民警吩咐了几句，随后领着徐若剑进了审讯室。

徐若剑和萧筱坐下不一会儿，民警便带进来一个壮汉。这个壮汉面对徐若剑和萧筱坐下，略微紧张地看了看徐若剑那陌生的面孔，眼光有些躲闪。

"姓名、职业？"徐若剑一边示意民警打开审讯室的录音录像设备，一边问。

"庄四狗，农、农民。"壮汉微低了一下头，似乎不敢对视徐若剑的目光。

一连串的常规问答之后，徐若剑语气逐渐加重："你说你看到是谢鹏砍死了龙大友？"

"是、是的。"庄四狗低声回答道。

"你凭什么认定凶手就是谢鹏？"徐若剑的声音里似乎带有一丝威严。

"我、我看见的。"庄四狗振作了一下精神，"我看到了谢鹏的脸。"

"你看到谢鹏的脸是正面还是侧面？"徐若剑问道，"晚上你也能看清楚，会不会认错人？"

"那天晚上月亮很好，我趴在土坎上，谢鹏正好面对着我，我看到了他的正面。"庄四狗突然间好像放松下来，"哦，对了，谢鹏左下巴有一块胎记，我看得很清楚，绝对不会认错。"

"你在撒谎。"徐若剑怒斥道，"案发时，月亮刚刚升起，按你在土埂边、谢鹏在地里的位置，月亮正好照在你的脸上，如果谢鹏面对你，那么就必然背对月亮，月光根本照不到谢鹏的脸上，你怎么可能看清谢鹏的脸，甚至还能看到他下巴上的胎记？好，假设你记错了，谢鹏实际上是对着月亮，那么他必然就背对着你，你也看不到他的脸，更不要说他下巴上的胎记了。"

庄四狗闻言顿时面如土色："我、我……是……"

"说吧，老实交代才是你唯一的出路。"徐若剑锐利的目光若利剑般刺向庄四狗。

"我、我……"庄四狗突然歇斯底里起来，"老子就是要杀了他，龙大友这个狗东西，竟然趁我外出打工搞了我的女人，老子要杀了他。谢鹏这个狗东西从小就欺负我，老子也要杀了他。狗东西……狗东西……"

一枚暗黑色纽扣

宋　睿（陕西）

"小宋,那是什么？"

老彭指着护栏下,远处堤坡上一簇茅草对我说。

我翻过湖堤上那道齐胸高的不锈钢护栏,拽着我们事先准备的绳索,顺着老彭手指的方向,在陡峭的堤坡上的草丛中一拨拉,一枚圆圆的纽扣露出草丛。

那是枚暗黑色的树脂纽扣,乌黝黝的,在阳光里闪着明晃晃的光。我想,刚才就是因为扣面的闪光,引起了老彭的注意。天知道,它是什么时候从哪个人身上掉到这里的。

拽着绳索上了岸,翻过护栏,我将纽扣递给老彭。老彭将纽扣举在眼前,端详了一阵,然后将它装进了衣兜。接下来,老彭点着一支烟,和我并肩站在护栏前,默默望着面前的凤鸣湖出神。

初春的凤鸣湖,波光潋滟,湖对岸的柳树已透出朦胧绿意。凤鸣湖是我们县城一道著名的风景,约三里多长,一里多宽,像一弯沁绿色的翡翠,将我们县城分隔成湖北的老城区和湖南的开发区。凤鸣湖上有座供行人往来的木质桥,我们县城人一直称作木桥。此刻,望着波光粼粼的湖水,我忽然觉得,这里刚刚发生的震惊整座县城的"凤鸣湖浮尸案",恍然若梦。

昨天清晨6点多,有位晨练的老头在湖堤上跑步时,发现护栏下的水面上漂着一具尸体。尸体很快被打捞上来,有人辨认出,溺水者是县医院名叫罗小梅的护士。还不到中午,"凤鸣湖浮尸案"的消息就飘满县城的大街小巷,不仅仅因为罗小梅是位芳龄只有26岁的年轻护士,更重要的,是因为罗小梅是我们县城世嘉集团老总罗云霄的女儿。

自杀,抢劫杀人,抑或报复谋杀？一时间,县城里议论纷纷,谣言满天飞。

这是我进县公安局刑侦大队碰上的第一个案件,老彭是我们专案组的头儿。几天来,我们勘查案发现场,寻找目击者,调查死者家属、同事,寻找着与"凤鸣湖浮尸案"有关的蛛丝马迹。

罗小梅住在湖北湖畔佳苑小区。这是我们县城一幢高档住宅区,因为毗邻凤鸣湖,房价高得吓人,罗小梅能住这里,肯定因为她是世嘉集团老总罗云霄的女儿。但我们从罗小梅同事那里了解到,去年国庆节罗小梅和江浩结婚时,罗云霄并不同意女儿嫁给江浩,据说婚礼上都没看见罗云霄人影。

我和老彭走进湖畔佳苑小区,按响门铃,门开了,一个身材颀长、清瘦英俊的小伙站在我们面前。我认出,他就是江浩。

看见我们,江浩神色略微有些慌张,领我们进了客厅,他的脸上就恢复了昨天我所看到的苍白、阴郁神情。江浩坐在茶几对面,我刚开口问到罗小梅出事那晚的情况,江浩抽泣了一声,说:"如果……如果那晚我不去厂里……替同事顶班……或许小梅就不会出事。"

接下来,在江浩哽咽的讲述中,我听出来了——罗小梅是县医院住院部的护士,出事那晚,她值前夜班,夜晚1点钟下班。江浩是湖南宝丰化工厂倒班工,那几天一直上白班,罗小梅夜晚下班时,他总要去医院接送,沿湖北堤岸上走,十来分钟就到湖畔佳苑小区。可罗小梅出事那晚,江浩有个同事家里有事,让他顶一个后夜班,结果那晚罗小梅就发生了意外。化工厂后夜班,一直是夜晚12点钟上班。

老彭坐在我身边,始终一声不吭,见我在记着问讯笔录,老彭朝我和江浩说:"小宋,你和小江先谈,我去阳台抽支烟。"说罢,拿起茶几上的烟灰缸,去了阳台。

客厅连着阳台,站在阳台上,凤鸣湖尽收眼底。阳台上的晾衣架上挂着只风铃,我能听见风铃发出的"丁零"声。风铃旁,挂着几件晾晒的衣物。老彭这个老烟枪,站在阳台晾衣架下,开始吞云吐雾。

10多天后,"凤鸣湖浮尸案"破案了,杀害罗小梅的凶手不是别人,正是她的丈夫江浩!

当然,这一切都是老彭的功劳。

傍晚,我约老彭去湖边餐馆吃饭,想让老彭给我讲讲他发现凶手的详细经过。

给老彭倒上一杯茶,我就问:"彭队长凭什么确定凶手就是江浩?"

老彭抿口茶水,说:"那枚纽扣。"

见我发愣,老彭点上一支烟,说:"小宋记得咱们在湖边捡到的那枚纽扣吧,那天在江浩家里,我在阳台上发现一件男式西服上正少了一枚纽扣,而剩下的两枚纽扣,与咱们在湖边捡的一模一样。"

吐出一口烟,老彭继续说:"当然,单凭一枚纽扣还不能完全确定凶手就是江浩。按江浩所说,他12点钟上班、罗小梅1点钟下班的话,他完全没有作案时间。可我通过调查发现,江浩在化工厂供水岗位上班,他接班后必须去工厂外面的泵房开阀门,泵房里有个小门,出了小门就是湖上的木桥。小门平时锁着,只有供水岗位的工人有钥匙。由此可以假设,江浩如果开了泵房阀门,出了小门,不到10分钟就可以顺木桥走到湖北堤岸上,埋伏在罗小梅回家的路上,作完案后,又从木桥返回湖南,再从小门里回到工厂,整个过程绝对不超过30分钟。"

接着,老彭说:"更重要一点是,我找到了江浩的行凶工具,泵房开阀门的扳手,而罗小梅尸检时,发现后脑勺有钝器击打伤痕。"

我如坠云里雾里,有些困惑地问老彭:"江浩为什么要杀害罗小梅?"

老彭苦笑一声,说:"赌博。江浩家境一般,当初与罗小梅结婚,罗云霄根本不同意。可江浩帅气英俊,给人印象不错,罗云霄勉勉强强就同意了。结婚后,江浩感觉到自卑,他开始以为,这完全是因为自己没钱的缘故,他以为有了钱,就可以在罗小梅、罗云霄面前挺起腰杆。江浩迷上了赌博,第一次输钱罗小梅知道后替江浩还了。可后来江浩愈陷愈深,听说在外欠了十几万赌债,罗小梅提出离婚,江浩因此起了歹心……"

讲到这儿,老彭沉默了下来,抬眼望着窗外。

窗外,天空墨云翻滚,天色猛然阴暗了下来,眼看着一场雨就要来了。

忽然,我听见老彭像是自言自语说:"其实,这个世界上最黑暗最深不可测的,永远是人心!"

苦 果

张　怡（上海）

"那个于琳琳，证件照这么好看，真人差得有点远。"

新人小秦已经连加了好几天班，此刻一边狼吞虎咽地吃午餐，一边和法医楚姐聊最新的案子。

楚姐惋惜地点点头："相由心生，年纪轻轻的只能在家带孩子，可不就有点苦相。"

小秦摇头："我看不工作对她是个好事，她那人有点傻。"

"可我记得她学历不错啊？"

"学历好是另一码事。她要是行，赵立成为什么不让她工作？"

"那可不好说，有的男人是这样的，喜欢用这种方式操控女人。"自己也有个女儿的楚姐意味深长地笑笑，"她结婚也有快四年了吧，变成这样也难怪。"

小秦怔了下："不至于吧。"

楚姐又把话题转了回去："你不是还怀疑她杀了她老公？"

"这人傻和杀人又不冲突。"小秦开始掰手指，"你看，验尸报告里，赵立成是中毒死的。那天晚上他 7 点 46 分到家，于琳琳和保姆已经吃完饭了。保姆在小卧室里哄孩子，于琳琳在厨房给他热饭，他 8 点钟吃的，之后马上就心脏麻痹，于琳琳叫了救护车，已经来不及了。可他白天在外面跑生意跑了一天，从大概 3 点起连口水都没来得及喝，洋地黄只可能下在晚饭里，我们也确实检测到了微量残留。那除了于琳琳还有谁？保姆也没动机啊。"

"保姆没有动机，"楚姐若有所思，"那于琳琳呢？她没有收入，娘家条件又差，还有 2 岁孩子要养，赵立成死了她有什么好处？"

"好处可大着呢。她前几年靠赵立成养着，可今年他生意不行了，欠了债。"他神秘地压低了声音，"你猜怎么着？昨天刚查到，赵立成上个月刚买了保险，死亡保险金有一百万，受益人就是于琳琳。"小秦得意地扬眉，"他一死，保险一赔，欠的债也没了，一百万也够养孩子了。只是于琳琳把这事想简单了，医院没信她心脏病发的说法，直接报了警。"

楚姐不置可否："你们头儿也是这么想的？"

小秦一下子又蔫了："没，头儿说要看证据。药物的来源还不知道，要继续挖。"

说到这里，一只大手拍在小秦肩膀上，他的头儿，老王单手捧着饭盒坐在了他身边。

"王哥，嫂子给带饭了？"楚姐笑嘻嘻地问。

"唉,别提了,这几天血压有点高,老婆又不让吃盐了。"老王苦着脸往嘴里扒拉饭,含含糊糊地说,"在聊案子?"

"对,就是赵立成的案子,是不是该提审于琳琳了?"

"总得手上有点货才好审嘛。"老王瞄着小秦,"我们是当警察的,得看证据,不能靠给人看相。这不,刚打来的电话,保险不是只有赵立成买了,于琳琳也参保了,受益人是赵立成。而且,于琳琳这份买得更早。"

"障眼法!"小秦眼睛发亮,"于琳琳也没有这么傻嘛。"

老王似笑非笑:"障眼法这说法有门儿,但应该不是于琳琳搞的。"

"怎么说?"楚姐好奇。

"赵立成上个月联系了个干过医疗销售的哥们儿,托他买了两样东西,还要最隐秘的渠道,一个就是洋地黄,另一个你猜是什么?"

小秦皱起了眉:"洋地黄是赵立成买的?于琳琳要的?另一个是她锁在抽屉里的保健胶囊?可那不是在本地药店就能买?"

"那个胶囊是她自己买的,就在这个月一号,药店的监控里有她。"

"那还有什么?"

老王几口吞下最后一点饭,才不紧不慢道:"你想想,你那些推断,用在赵立成身上是不是也同样成立?"

"他把洋地黄放在其中一个胶囊里,等着于琳琳哪天吃掉,说她心脏病犯了,就能拿保险金还债。"小秦脸色严肃起来,"那药怎么跑赵立成肚子里了?"

"螳螂捕蝉,黄雀在后吧。"

楚姐摇摇头:"我觉得可能没这么复杂。那个于琳琳,可能真的什么也不知道。"她轻轻冷笑了一声:"赵立成可算是搬起石头砸自己的脚。"

再次审讯的时候,小秦忍不住多看了几眼于琳琳。她比上次更苍白了些,憔悴的面色和眼角的细纹完全遮蔽了她五官的明艳。大概注意到了他的视线,于琳琳微微佝偻着身体,像是要把自己尽可能缩小。

她习惯性地低头沉默着,老王问她一句,她怯怯地答一句。

"赵立成买保险的事你知道吧?"

"知道。"

"他为什么突然要买?"

"他说,买了之后,可以报销医药费。"

"你就答应了?"

"嗯,我本来不想签,我只是生完孩子有点虚,容易累。保险费也不便宜,不值得。"

"那怎么又签了?"

"老赵非说我不懂,要我听他的就行。"

"那这个你认不认得?"老王拿出一张照片,是一个全是英文的药瓶。

"嗯,是老赵给我买的,有助睡眠,说是托朋友从国外带的。"

"哪个朋友？"

"我没问，他的朋友我都不认识。"

"这里面一共有 30 个胶囊，一天一个，现在还剩 11 个，但是你抽屉里还有一瓶国产的同款保健品，也是绿色胶囊，少了 11 个。你不是已经有了一瓶了，同一种药两瓶一起吃？"

于琳琳咬着嘴唇："我，我是看那个外国胶囊实在太贵了。我天天在家白吃白喝的，这不是浪费吗？但老赵每天早上都监督我吃这个药，我就买了个长得差不多的。"

老王与小秦对视一眼："那这个瓶里的胶囊到哪儿去了？"

"是老赵，他这几个月忙得不得了，晚上经常翻来覆去地睡不着。我想着钱得用到刀刃上，就说把胶囊给他吃，他又死活不肯。我尝着这胶囊没什么味道，就每天晚饭的时候，把里面的药粉倒进他的碗里。感觉吃了药他的睡眠质量好了不少，我就一直这么做了。"

谁打开了保险柜

付振强（北京）

那年我还在厂里，突然有一天大家都在传一条消息，厂财务室的保险柜被盗了。因为厂里封锁了消息，谁也不知道究竟丢了多少钱，但从厂里一下开进来三辆警车的架势看，这次的损失相当惨重。

办案民警一下车马上分成了两个组开展工作。一组去中控室调监控，一组留在现场调查取证。调监控的一组很快就回来了，原来中控室的监控已经坏了两天，他们去的时候正好看见工人正在维修。现场取证的一组则勘验了财务室，结果发现门窗完好无损，窗台也无踩踏留下的印记。保险柜的柜门虚掩着，但门锁同样完好无损并无任何撬凿的痕迹。办案民警经过初步勘查取证，基本排除了外部人员流窜作案的可能，于是把破案的重点放在了与财务室有关的内部人员身上。

财务室一共有科长老田、会计大乔、小庞、小樊和出纳小芳五名人员，她们先前都有做出纳的经历，过去也都掌管过保险柜的钥匙，理论上都具有作案的可能。但科长老田正在外地学习，出纳小芳此时正生病在家休养，她俩首先被排除了嫌疑。而最先发现保险柜被盗的是会计小樊，她也是第一个抓起电话向领导报告这一情况的人，顺理成章地成了第三个被排除嫌疑对象的人。

讯问的重点自然就落在了会计大乔和小庞的身上。据大乔自己讲："我确实是第一个来到财务室的，但并没有发现保险柜的柜门虚掩着，后来就锁了门去食堂吃早饭了。吃饭的时候是和预算室的花姐坐的一桌，花姐可以为我做证，她还夹了我一个馄饨吃呢！"大乔连说带比画，有点急赤白脸。

"花姐这个旁证只能证明你去吃了早点，却无法证明你一人在财务室时做了什么！"办案民警只是笑了笑，并没有说出什么。接下来接受讯问的是会计小庞，她说自己推门进屋的时候，财务室并没有其他人，她同样也没发现保险柜有什么异样。后来撂下书包她就去了卫生间，她有早起方便的习惯。"哦，我还遇见了医务室的柳大夫，她还给我推荐了一款洗面奶呢。"办案民警同样未置可否，只是在笔录上注明了这样一行字：该人在财务室同样有单独停留的时间。

因为办案组里有人提出了不同意见，会计小樊又被重新纳进了调查范围。理由是她虽然发现了保险柜被盗，但无法排除自身作案的可能，万一她要是"贼喊捉贼"呢？

谈话工作结束后，办案人员觉得这案子有点棘手。因为一圈讯问下来，办案组发现案情并没有他们想象的那么简单。三人看似都有作案时间，但作案动机却都不明显。通过交谈三人都能对答如流，神态上也无异常反应。领导就说这案子不妨先放一放,回去以后整理个三人的日常表现,同时也多留意观察一下她们最近有无反常举动,比如突然大手大脚了,花钱如流水啥的!

结果汇总上来的材料让办案民警看了更挠头了,大乔工作积极,业务过硬,组织正把她列为后备干部培养,她应该不会拿自己的政治前途开玩笑。小庞平素就很节俭,案发前后并无异常表现。倒是小樊讲吃讲穿,花钱从不节制,但是人家小樊家境本就殷实,起根儿花钱就冲。三人的表现均无可指摘,也没有漏洞能成为破案的线索,案件侦破一度陷入了僵局。可就在大家一筹莫展的时候,从办案组那边传来消息,盗窃保险柜的人抓到了。嫌疑人既不是大乔,也不是小庞和小樊,被带走的却是财务室的出纳小芳。

原来,案件侦破陷入僵局后,办案组及时调整了思路,改变了侦破方向。他们发现中控室的监控设备一直都运转正常,怎么早不坏晚不坏单单就在案发的这两天出现故障了呢?于是顺藤摸瓜,最终发现是负责中控室的李工在监控设备上动了手脚……

原来李工和出纳小芳是藏得很深的情人关系。

盗墓贼

马仁杰（安徽）

　　城父古墓被盗，村民王有城第一时间报的警。

　　城父是一个有着3600多年历史的古镇，古迹众多，曾居住过两个小国君。城父古墓被盗恰在亳州药博会期间。今年的药博会共邀请了全国1000多家药企参展，安保任务重，局里抽调警力负责药博会安保，盗墓分子难道知道此时基层警力薄弱？局里成立了专案组，召开案情研判分析会，大家一致认为这是一起有当地人参与的团伙作案。

　　王有城又向专案组民警反映情况，说古墓被盗前有个打扮时髦的女人来城父用手机各处拍过视频，并提供了她乘坐的车牌号。专案组民警从车管所调取了车辆信息，很快找到那辆车的车主。李红武……本地人。据车主李红武回忆包车的女人姓何，住在天豪大酒店……专案组民警通过调取天豪大酒店登记的住宿信息，查实此人叫何雪莉，H省L市人。她去城父坐的就是李红武的车……李红武反映她是短视频网红，有很多爆款视频，她的拍摄素材定位名胜古迹。李红武说："我以为她拍的视频发出去可以为咱亳州宣传……她包我的车一天1000元……"

　　何雪莉进入警方视线，她来城父拍摄视频，两天后古墓就被盗了。据李红武回忆，何雪莉在车上曾给亳州一个药企老板打过电话，那药企老板资助过她。何雪莉包车、住酒店、吃饭等都是一笔不小的开支。当地人有了……专案组民警充分利用"天网"视频监控系统调取了何雪莉的活动轨迹……何雪莉那天上午到城父拍摄相关古迹的视频，下午在市里拍摄亳州景点视频，晚上住进天豪大酒店没出来过。专案组民警调取了何雪莉的通话记录，她的手机没有与外界频繁联系，正如李红武反映的，她确实给亳州本地一个很有名气的药企老板打过电话。侦破方向明确了，专案组民警决定先不打草惊蛇，对这个药企老板秘密侦查，寻找突破时机。专案组民警调查发现这个药企老板爱好收藏，家里有许多古董……办案人员很兴奋……进一步调查发现该老板在古墓被盗前就带企业员工去外地了。

　　"还能是天上来的盗墓贼？"组长使劲在烟灰缸摁灭一根烟，对办案民警说。正当专案组民警一筹莫展时，王有城再次向专案组民警反映情况，他显得很急迫，说最近有多个"形迹可疑"的人来城父古镇……专案组民警通过走访附近群众，了解到近来确实有几个外地陌生人来过。

　　专案组民警走访了解到，报案人王有城对城父历史研究较深，曾写过一篇有关春秋时期城父遗址考证的文章，呼吁相关部门加强对城父古镇的保护，但他是个农民，并没有引起重视。

那些古砖很迷惑人,文物部门最终确认不是古墓。专案组民警再次走访群众,有个老人反映那是王有城家废弃多年的红薯窖,古砖是村里坍塌的古庙留下的,被王有城家捡走了。城父派出所因王有城报假案决定对他行政拘留。一场雨后那红薯窖塌了,在它2米开外的地方露出一座古墓。

王有城发现近来有"形迹可疑"的人频繁进入城父古镇,有不祥之兆。他就是一个深爱城父古迹的农民,能咋办?为了引起警方重视他想起了自家废弃多年的红薯窖,才有了开头一幕。

小侦探

俞 勇（江苏）

　　1995年，当时我就读于昆城当地一所中学，班主任是个年轻的数学老师，叫周乐，人如其名，感觉像个无忧的孩子，经常教我们要乐观地生活，他的女友是本校的一名会计师，年轻漂亮，叫崔雪。他们俩让人感觉并不是很般配，周乐老实厚道，而崔雪时尚前卫，也不知道当时是怎么在一起的。当时学校的两幢教学楼并列前后，再后面两幢并排的四层楼，作为办公室和教室宿舍。除了周乐和崔雪，还有几名教师住宿，分别在两幢楼的三楼，隔了差不多50米，开着窗就能看见对方了。楼后面就是围墙了，为了防止盗贼，墙上用碎玻璃混插进了水泥中，墙外是一片田野。

　　有一天刚上学，学校就像炸开了锅。我们的班主任周乐跳楼自杀死了。听说是前一晚从天台跳下去的，过程正好被对面宿舍的女老师看到了，负责案子的是个年轻的警察，接手开始询问调查案情。

　　同学都议论一个对生活充满信心的人，没遇到什么挫折，怎会跳楼自杀？事情恐怕不是那么简单，我当即决定去办公室了解情况，警察正好在询问，语文老师李梅、物理老师高亮、门卫老张、崔雪都在。

　　"当时我和崔雪在宿舍吃饭，崔雪先看到他跳楼的。"李梅告诉警察。

　　"真没想到他竟然那么傻。"崔雪脸上还留着泪痕。

　　"当时确定只有他一个人吗？你们是怎么发现的？"警察问。

　　"绝对只有他一个人，当时崔雪叫了一声后我看见他从楼顶跳了下来，后来我们急忙叫了门卫老张，过去就看见周老师躺在血泊中了。"

　　"高老师，当时他们宿舍楼就他一个人吗？"

　　"是的，我和其他老师都出去吃晚饭了。周老师情绪不好，所以没出去。不过……"

　　"不过什么？"

　　"不过他死之前倒是有人找他，还上了他们三楼的宿舍。"

　　"谁？"。

　　"应该是我一个朋友。"崔雪答。

　　"你的朋友？"

　　"是的，叫秦锋，最近周乐跟我闹矛盾，秦锋想帮我去跟他聊聊。不过他是在周乐跳楼前就离开的。"

　　"是的，这个我可以证明。"门卫老张说道。

　　我当时在边上听着，总觉得哪里不对。怎么那么巧呢，秦锋一走周老师就跳楼了,我思量着。为什么偏偏那么巧,在跳的一瞬间正好被崔雪看到了呢?

随后我跟着警察到周老师的宿舍查看。

"周老师最近有什么不对的地方吗?"警察来到宿舍后问。

"没有啊,一切很正常啊,他只说心情不好,最多跟崔雪闹点小别扭嘛,怎么会?"高老师有些难过。

警察开始搜查房间,大概是找遗书之类的。我来到阳台,这是个小阳台,栏杆比较低。突然我发现阳台角落里有个白色的烟头。

"高老师,周老师抽这种白色过滤嘴的香烟吗?"我拿过烟头。

"没有吧。"

"噢。或许是那个秦锋的吧。"

"把烟头给我,这是证物。"

"好的。"我把烟头交给警察。

现在看来秦锋到过阳台,我想警察应该也会找到他,只是如果是他杀周老师的话,一来时间不对,二来房间里也没有发生争斗的痕迹,而且留下烟头这么重要的证据,要么是对自己的手法太自信了,要么是实在外行。问题最关键的地方是老张说周老师跳楼发生在秦锋离开学校之后,那基本排出了他杀的可能。

我带着种种疑问爬到了楼顶,楼顶阳台很空旷,什么也没有,我来到栏杆边。这个阳台可以看到很多地方,包括墙外的一片田野,连对面女教师宿舍窗帘上的图案都能隐约看清楚。突然我在栏杆上发现了一些稻草,觉得很可疑,立即下楼了。

宿舍楼下,地上的血迹已经处理过了,但似乎并不是很完全,还能依稀看见。周老师坠楼的地方离围墙大概有5米,就在围墙边上我又发现了稻草,不禁想起了四楼阳台上的稻草,这让我有些惊讶,是谁把这些稻草带到学校的呢?四楼天台平时没什么人去,怎么会在那里发现了同样的稻草呢?难道这只是没有联系的两个相同的物件吗?太奇怪了。

我立即跑到了学校围墙的外面查看,围墙大概两米,上面嵌着碎玻璃,果然,我发现有个地方用土垒高了,连忙跑过去,他应该就是从这爬进去的。不对?上面的玻璃没有一点被破坏的痕迹,但我找到了一片衣服的碎屑。而且正如所料,在脚底下有几根稻草。我顿时明白了。

"周老师是被杀的,凶手就是崔雪和秦锋。"警察正要离开的时候,我及时拦住了。

"这位同学,这种事情不能乱说的。"

"我已经破解了他们的杀人手法,无非就是障眼法。"此时我看到边上的崔雪脸色煞白。

"张爷爷,你看到秦锋进学校的时候他手里是不是拿了大袋子?"我问。

"你怎么知道?"

"那就对了,因为他袋子里装的就是跳下楼的周老师,不过是假的。"我说完后在场的人都震惊地看着我。

"昨晚秦锋趁其他老师都出去吃饭，进入周老师宿舍，然后把周老师叫到阳台说话，趁他不注意把他推下了楼，当时并没有人发现。之后秦锋迅速来到四楼天台，把准备好的稻草人架到天台边，固定好，用绳子绑着，然后将绳子一端扔到校围墙外，之后走出学校来到围墙外，拉动绳子，此时稻草人从四楼掉下，这个过程崔雪和李老师正好开窗看到，但是当时天已黑，之后看到周老师的尸体，在崔雪的引导下，李老师自然以为周老师就是从四楼跳楼自杀的，秦锋在墙外用绳把稻草人又拉了出去。我说的对吧，崔会计？"

此时的崔雪已经无力地坐到地上。

意　外

张甫军（新疆）

凌晨 3 点钟左右，连星星都睡了。一高一矮的两个警察却敲响了二楼一家住户的门，敲门声并不大，但在这个寒冷又静谧的凌晨，就显得极为突兀和刺耳。

谁呀？房间里立即传来了回应声，随之从门缝里透出客厅的灯光。两个警察相互看了对方一眼，还没等他们应声，门咿呀就开了。

开门的是位中年男子，身穿一套睡衣，上衣的扣子扣错了一颗，头发有些潮湿，周身散发着刚洗完澡的味道。他打着哈欠，用一只手挡在嘴上，瞧见是警察，先是一愣，然后慌忙说，警察同志啊……快进屋来吧，外面冷。

两个警察进了门，扫视了一圈客厅，客厅干净整洁，似乎是刚打扫过，透着一股湿拖把上才有的腥味，他们在沙发上坐了下来。中年男子也很自然地坐在沙发的另一边，旋即又打了一个大大的哈欠，像是一夜没睡似的。

您好，我们是派出所的，实在抱歉这么晚上门打扰，我们刚接到一个报警电话，所以过来向您了解一些情况，那个报警电话是关于……矮个子警察说到这儿停下来，他一边把警帽脱下来，解开棉警服的扣子，一边歉意地说，哦，抱歉，请您不要介意，因为您房间的暖气实在是太热了。

哦，没关系。中年男子似乎早有准备，迫不及待地说，你们是不是想了解，我家对面那栋楼的二楼住户被杀的事情？我可什么都不知道，我从昨晚下班到现在就一直在家，哪儿也没去过。

这话让两名警察同时微微一震，那个高个子警察突然想说什么，却被矮个子警察不被察觉地制止了。矮个子警察磕磕巴巴地说，对面二楼?！呃……对，那真是件不幸的事，呃，我们也是刚从现场回来，那画面真是让人触目惊心……呃，所以，我们想了解一下，当时您有没有听到或者看到什么异常情况？

异常情况？中年男人很认真地思考了一会儿，说，那我就不清楚了，因为我们两栋楼隔着一段距离，即便他们家发生什么事，我也不会发现有什么异常的。

您确定吗？矮个子警察起身，一边用余光注视着中年男人，一边走到客厅的窗前。他将脸贴在玻璃上，望向对面。也许是因为时间太早，四五十米距离的对面楼上一片漆黑，什么也看不到，他问道，比如打斗声、怪叫声，或者是猫狗一类的叫声也没听到吗？

我确定，我睡得比较早，直到你们敲门，我才被吵醒的。

嗯？您是说您在我们来之前一直在睡觉？矮个子警察不紧不慢地问道。

是的，要不然呢？深更半夜，除非是夜猫子才不睡觉！

矮个子警察不紧不慢地哦了一声,突然叫道,咦,对面二楼好像有人?

高个子警察闻声赶忙从沙发上跳起来,三两步跨到窗前。

怎么可能?!矮个子警察的话让中年男人猛然惊得从沙发上弹起来,但突然意识到哪里不对,他又坐了下来,坦然自若地说,哦,那样的话也太吓人了吧。

中年男人的举动被矮个子警察通过玻璃的反光看得一清二楚,他嘴角微微一翘说,哦,可能是我眼花了。说着,便离开窗台,走到中年男人跟前,幽幽地问,你确定那家人已经死了吗?

什么?我听不懂你在说什么,人被杀了当然死了,难道还会诈尸吗?中年男人不自然地笑着说,目光闪烁,鬓角泛着汗光。

你们家确实太热了……矮个子警察说着,将手上的笔记本合上放进口袋里,扣上警服的扣子,重新戴好警帽,说,好了,先生,今天谢谢您的配合。说着,他将左手伸向中年男人,那样子好像是准备告别了。

不必客气,配合警察是我们居民应尽的义务。中年男人笑容可掬地从沙发上站起来,慌忙把手伸过去,说,实在不好意思,没有给你们提供有价值的线索。

怎么会呢?您说的每一句话都很有价值!矮个子警察说着话,却神不知鬼不觉地给中年男人戴上了手铐。此时,高个子警察也已站在中年男人的身边,虎视眈眈。

你们这是干什么?中年男人一边挣扎,一边愤怒地说,我又不是凶手!

少安毋躁,先生!不管您是不是凶手,都有很大的嫌疑,只有辛苦您跟我们走一趟了。

你们放开我!我没有杀人!中年男人有些气急败坏。

请您冷静一点,先生。矮个子警察不慌不忙地解释道,其实,我们来之前,接到的是一个关于狗叫扰民的报警电话,并不是什么凶杀案。但意外又幸运的是,我们弄错了楼栋号,还有一个不善于撒谎的你,不然,我们可能将面对一个毫无头绪又毫无准备的凶案现场!

教授之死

曾正伟（甘肃）

雨后的早晨，任斌驾车去大阳山考古。车到大阳沟，坐在副驾位置上的方岚突然盯着前方惊叫了一声。任斌放眼望去，只见前方的红崖上竟然悬吊着一个人……

来到近前，任斌不禁瞪大了眼睛。原来，吊着的人竟然是自己的同事王凡教授。只见王凡的脖子上拴着一根硕粗的绳子，绳子绷得紧紧的。任斌见状，一时不知所措。过了好一阵，他才想起打电话报警。

一小时后，警官柳春带着两名助手来了。任斌介绍说："我是赢湖大学人文学院的院长任斌。"

柳春平静地看他一眼，说道："介绍一下情况吧！"

"最近，大阳山不是发现了一处汉代古墓群嘛，我俩都是从事考古研究的，就想去看看。然而，就在我们途经红崖时，却发现王凡教授被吊死在这里。"

"对了，王凡是我丈夫。"方岚补充道。

"这么说，你和领导进山去考古，却发现自己丈夫死在这里，是这个意思吗？"柳春问。

"是的。"

"那王凡是几点出门的？"

"这我无可奉告，因为我们分居多年，形同陌路，只是没办离婚手续而已。"

"那你们之间究竟发生了什么，以至于长期分居，却不离婚？"

"我能不能不回答这个问题？反正，他知道我们今早要进山。"

柳春没想到，面对警察，这个女人竟会如此从容："这样吧，小李和方教授留在山下，小郭和任院长跟我上山看看！"

小路上，只有一双脚印。显然，这是王凡留下的。来到山顶，三人不禁惊呆了。只见一个石柱耸立在山上，石柱上绕着一根麻绳，绳子的一端伸向了崖下。小郭拍照的工夫，柳春发现地上共有三双旅游鞋印，两男一女，其中一双是王凡的。

勘查时，他们在后山找到了一只男式旅游鞋。这只鞋印和现场的脚印很吻合，只是鞋帮上被钻了四个小洞。看到鞋子，任斌的汗就出来了："这是我的鞋。奇怪，它怎么会出现在这里？"

柳春看他一眼，打开了对讲机："小李，能听见吗？我们往下放尸体了，请注意接应。"

说完，柳春就将警绳拴在麻绳上。他和小郭拽住警绳，让任斌割断了绕在石柱上的麻绳……

下山后,柳春发现王凡的衣领上有根长发。于是,他小心翼翼地用镊子把头发夹入了一个塑料袋里。

回城后,柳春在王凡家发现了几双女人的鞋子。方岚说:"这都是我以前穿过的。因为过时了,我就没带走,没想到他还保留着。"

在抽屉里,柳春发现了一个精致的小木盒。木盒里,镶着一枚熠熠生辉的钻戒,另有一张发票,发票上写着"曹玥"两个字。

"曹玥是什么人?"柳春问。

"曹玥是王凡带过的一个博士生,毕业后留校了。对了,王凡好像一直在暗恋曹玥,但曹玥上月就结婚了。"

"快把曹玥叫来。"

曹玥进来时,眼圈红红的,左臂上戴着黑纱。

"王凡教授生前对你说过什么吗?"柳春问。

"没有,他只送给我一本书。"

"什么书?"

柳春话音刚落,曹玥就从包里掏出了一本《苦行僧的夜晚》,作者是王凡。

柳春问:"这枚钻戒和发票你见过吗?"曹玥摇了摇头。

在书的后勒口内侧,柳春发现了一串铅笔数字:"030515　180209　901512　751011。"柳春觉得有些蹊跷,就说:"这本书,我想借用一下。"

次日,柳春电话通知任斌:"王凡的尸检报告已经出来了,他死于昨日早晨7点左右。DNA检测结果显示:王凡衣领上的头发是方岚的。"

"这不大可能吧,他们已经有十多年不在一起了。"

"据我所知,方岚和王凡长期感情不和,方岚在外面还有人。所以,方岚及其情人有杀人的嫌疑。"

任斌一听,就立刻瘫软在座位上。情急之下,他忙把方岚叫了过来。方岚一进来,任斌就抱住了她:"怎么办?这下麻烦了,警方认为我们有重大嫌疑。"

"不怕,反正我们又没杀人。"

"话虽这样说,但被警方怀疑总不是个事。"

晚上,柳春和小郭去旱冰场玩。柳春见有人往自己脚上绑旱冰鞋,他好像想起了什么,便拉着小郭回到了办公室。

柳春翻出那只男式旅游鞋,就来到了花园。他将鞋带穿过小孔,然后将旅游鞋绑在自己脚上,来回走几步,发现留在花园里的脚印和山上的如出一辙。

突然,柳春一拍脑门说道:"我明白了,王凡属于自杀。"

"何以见得?"小郭疑惑地问。

"第一,王凡故意在衣领上留下方岚的头发,就是想把我们的视线引到她身上,进而扯出任斌来。高明呀!王凡真不愧是个高级知识分子。或许,他在多年前就收集了方岚的头发。第二,山上一共有三个人的脚印,可路上只有王凡一人的,这说明其他两人根本就没上山！男鞋上有四个洞，说明王凡是把别人的鞋绑在了自己脚上，从而把鞋印留在了山上……我敢断定，另一只男鞋一定是被他扔进了河里，女鞋也是一样。并且，那双女鞋肯定是方岚的。其实，王凡本想把这只鞋也扔进河里的，只是他用力太小了。第三，王凡暗恋曹玥，但曹玥却在上月结婚了，他绝望了，所以才会自杀。我敢说，王凡一定是把绳子套在自己脖子上，然后从悬崖上跳了下去。"

经柳春这么一推理，小郭顿时恍然大悟。

柳春拿起那本书，仔细端详着"030515"这串数字。看着看着，他突然把书翻到了第三页，发现第五行的第十五个字是个"我"字。于是，他就在纸上写下一个"我"字。同理，"180209"这串数字对应的是个"系"字……不到十分钟，他就在纸上写了四个字："我系自杀！"

月芽山庄旅馆谜案

常大利（辽宁）

月芽山庄南靠月芽山崖，北是月芽河，有 50 多户人，原本是闭塞贫穷的小村庄，可近些年通过脱贫攻坚通了公路，成为特色旅游景区，村民都脱贫致富了。原叫月芽村，现改名为月芽山庄，景色就如一幅壮美的山水画。

"快来人呀！何丰出事了！"一位女子声嘶力竭的喊叫，打破了五月初午夜位于河边几家旅馆的宁静。

旅店主和游客走出，发现刘家旅馆室内亮着灯，门窗在里边锁着，从窗帘没拉严的缝隙中看到，一位中年男子倒在卧室内，他叫何丰，是城内新蓉装潢公司经理，在外边喊叫的是他的年轻妻子郑美。店主刘老汉打碎门玻璃将手伸到门里打开门锁，发现何丰侧身倒在卧室内沙发前，一手还握着手机，而他的左腰上插着一把尖刀，地上有一摊血，他已死亡。

店主报警，乡派出所民警很快到了现场，经初步勘查，室内除了死者的足迹外，排除刚才进室内的人足迹，并没有其他人的足迹，门窗在里边锁着，死者可能是自杀。

"警察同志，他没有理由自杀呀！还有，那把刀我从没见他带过。何丰，你走了，我今后可怎么办呀？"郑美悲痛欲绝地哭叫着。

"是呀，不久前我们在歌舞厅唱歌跳舞饮酒，他一直是快乐的呀。我们三名男士先走几分钟，是沿河边的路，途中没遇到任何人，然后各自回到自己的旅馆。"游客李悦安说。

"我们三名女士只晚回来几分钟，怎么会发生这样的事？"李悦安的妻子说。

原来，何丰和城内的李悦安、马明是多年好朋友，他们都是去年 12 月底结婚，这天何丰邀请李马两家人开着他们的私家轿车到山庄游玩，在这里事先订了三家相近的民居旅馆，他们观赏了山中的风景，逛了土特产商店，在山庄吃过特色晚餐后，又去了山庄内的歌舞厅唱歌跳舞。午夜时，大家玩累了，便决定回旅馆休息。走时是何丰等三名男子先走出旅馆的，而郑美要到吧台结账，两位女士陪着她，晚走一会儿，歌舞厅距他们住在河边高岗上的三家民居旅馆约五百米。何丰夫妻住在最东边的一家，沿途从西回来时，最先到旅馆的是马明，然后是李悦安，最后是何丰。三位女士回来时，两位女士先后走进他们的旅馆，郑美最后到旅馆发现门在里划着却叫不开门。

警察检查现场室内外并没有发现与案件有关的事与人，而且在他们进入房间前，周边没有发现其他人员，在密室中出现命案，还真是个谜。

天亮了,小城刑警重案队队长赵文武和法医技术人员及两名刑警来到月芽山庄。法医确认,何丰的死亡时间就是昨夜午夜,刀扎在左腰侧深达10厘米,本人虽能自杀,但刀柄上没有任何指纹。

"这是他杀。"赵文武肯定地说。

面对这种封密式的现场,室内只有死者一人,没有外人在室内,能是他杀吗?何丰的朋友及这里的店主都不相信。

赵文武听了郑美和店主及与何丰同来的两对三十来岁的夫妻情况介绍后得知,何丰比他们和郑美都大了十岁,何丰本是一心向往单身自由主义的,却急坏了城内当副局长的父亲,并得了脑血栓,见此何丰才处对象。郑美是城内一家手机店的店员,是何丰买手机时相识的,她文雅大方,博得何丰的爱情,终成伉俪。他们结婚几个月来感情一直很好,没发现有过矛盾。而何丰大学毕业后本是可以考公务员的,但他喜爱装潢设计,开了公司。要说他家的条件是非常好的,还有宽敞的住宅楼,听说郑美已怀孕四个多月了。何丰向来为人忠厚,没有仇人。

赵文武认真地检查了现场内外,三家用民居改成的旅馆都是面朝北无遮挡的小院,有石桌石凳小花池,院内约有十几米,向北是一条3米宽的石板路及河边1.5米宽的木板栈道,游人可在此钓鱼,再向北是月芽河,河面宽60米,河水很深,早年有摆渡的,近些年河上修桥后再没有船了。河北岸是树林及丘陵原野。查看村东西两头摄像头,在何丰回旅馆前后,旅馆至河边没有发现任何其他人影。赵文武又来到旅馆对面的河北岸,竟然发现树林草丛中有人踏过的痕迹,并获得半枚42码胶鞋的足迹。

于是,他有一个大胆的推理,凶手是站在距旅馆约80米的河对岸,用飞行刀射到正打开门锁的何丰的后腰,何丰被刺后,快速回到房间内,惊恐地锁上房门,到卧室本想打手机求救,但因伤重而死。

飞行刀怎么能隔着水面射准这么远的目标?连重案队的队员都疑惑。

"杀人,首先要有杀人动机、因素、目标,其次是研究杀人方法。这是一起经过精心策划和准备的谋杀案,我们就从何丰夫妻接触过的人员开始。"赵文武说。

其后,刑警查得,郑美原与城内无业男子高俊是恋人,因他贫穷,郑美的父母一直不同意这门婚事。再查得何丰出事这天半夜,高俊正在城内与几名朋友打麻将,没有作案时间。此时,赵文武想到雇凶杀人。不久,便破获此案。

原来,郑美并不爱何丰,只是发现有了高俊的孩子,又不能与高俊结婚,便勾引身家万贯的何丰与其结婚,后经与高俊密谋杀死何丰,然后以妻子的名义和谎称她有了何丰的孩子为由继承何丰的财产,之后与高俊结婚。得知何丰五月初到山庄的计划,花了十万元钱由高俊雇了在外地射箭飞镖的高手表弟胡为利用现代复合弓原理,制作带槽的木柄飞刀,深夜潜伏到何丰住的旅馆河对面,见何丰一人回来时射杀何丰。

谜案,由此真相大白。

密　楼

王亚男（河北）

　　雪下了一夜，气温骤降。

　　清晨，刑警队的李涛刚到单位就接到报警，光明小区一名 9 岁女童失踪。

　　失踪女童的爸爸秦正明讲述，女儿秦佩从昨天上午 10 点左右独自出门买零食后再没回家，监控显示女儿是在进入他们所住的单元楼以后消失的。

　　秦正明居住的是只有六层楼的老小区。由于无利可图，根本没有物业。只在每栋楼的单元门口有一个监控，小区内和楼内都没有监控。单元门口监控显示，秦佩是上午 10 点 5 分出的单元门。小区门口佳惠超市的监控显示，上午 10 点 10 分秦佩走进超市，在超市待了两分钟左右结账离去。十分钟后，也就是上午 10 点 22 分，秦佩出现在自家单元门口并走进了楼内，以后再没有出来，从此失踪。

　　李涛分析，如果情况属实，那秦佩只能还在楼内。

　　李涛赶往小区。在楼下转了一圈发现，一二三层都装了防盗窗，单元门是唯一的出口。李涛当即决定搜索整栋楼。邻居们很配合，技术人员侦查了六层楼的所有住户，包括秦正明家。搜索重点是厕所和浴室，9 岁的儿童是不容易藏匿的，只有一种可能——分尸运走。但技术人员确定，没有任何血液之类的蛛丝马迹。分尸的可能被排除。

　　李涛听多了密室案，这次碰上"密楼"案。一个人在封闭的楼里凭空消失了？

　　不敢耽误破失踪案的黄金时间，李涛带着资料赶往刑警队队长——也是他的师父——张汉的住所。张汉在家休息，年轻时太拼，现在一身毛病。

　　"师父，天寒地冻的，小姑娘才 9 岁，只能来找您了。"李涛介绍完案情后说。

　　"排除藏匿，那只能是通过某种方法把人转移走了，世上没有凭空消失的事。"张汉说。

　　"可从监控看，就是凭空消失。"李涛说。

　　"再看一遍监控。"张汉说。

　　李涛打开储存在笔记本中的监控视频。

　　"这个人很怪。"张汉指着监控屏幕说。

　　"是啊，这人太高了吧，而且走路上半身不动。您的意思是他肩膀上可能骑着一个人？"李涛说。

　　视频中是昨晚 10 点，一名身材奇高的男性从楼内出去，穿长风衣，戴着风衣上的连体帽，裹得很严实。他行走时上半身和脑袋不动，如僵尸一般。

　　如果把小女孩跨在脖子上，就像小孩跨坐在父亲肩头那样，外面套上大外套，戴上帽子口罩,此时天寒人稀,完全可行。

李涛立马通知守在秦正明家的人,摸清楚这个"僵尸"。

走访后得知,那是个篮球运动员,训练时脖子扭伤,上半身一动就疼。风大天冷所以捂得严实。

"秦佩走进楼的时候,手里并没有零食。"张汉说。

"可能是吃完了。从她离开超市到楼下,有十分钟时间呢。"李涛说。

"昨天的温度,手揣兜里都冷。边走边吃零食不合常理。她出楼门和在超市时都露着脸,但在走回楼里的时没露脸,是戴着羽绒服的连体帽的。"张汉说。

"出楼门,是刚从暖和的家里出来,所以不戴帽子。回去时路上冷,所以戴了帽子。"李涛说。

"不是冷的问题,去确认人和零食。"张汉说。

两个小时后李涛返回张汉家。

"秦正明夫妻俩仔细看了视频,确定走进楼内的是秦佩。用他们的话说——自己的亲闺女还能认错吗?超市老板调出了付款记录,零食是一盒饼干和一包薯片。我们把从超市到楼门口之间所有垃圾箱和草丛都翻过了,没有找到零食外包装。"李涛说。

"如果秦佩没买零食,你找不到包装就说得通了。"张汉说。

"啊?监控里很清楚,秦佩走出超市的时候,手里拿着零食,而且电脑里有购买记录,时间也对得上。"李涛说。

"买了也可以退啊。还有,秦佩从楼下走到超市用了五分钟,为什么返回却用了十分钟?"张汉说。

"正好用五分钟时间吃掉零食呗。"李涛说。

"我说过了,寒风刺骨,没人愿意在外面多待一分钟,赶快回到家吃才合理。她是独生女,不担心回家零食被争抢。以此推理,监控中没带着零食的人不是她。"张汉说。

"啊?她父母亲自辨认的啊,走进去的是他们的女儿。"李涛说。

"没看到脸谁也不能确定。超市监控视频不完整,秦佩离开以后的视频怎么没有?"张汉说。

李涛到超市说要看完整的视频,老板一下瘫在了地上。

秦佩离开超市后,发现薯片是过期的,便返回超市要退货还说要举报。而超市老板正在闹离婚,觉得连这么点的女娃子都来欺负自己,怒火顿生。超市老板往外推秦佩,说再不滚就打死她。秦佩脚底一滑,头撞到了货架上,倒在地上不动了。超市老板用手一摸,秦佩没了呼吸。

超市老板看到地上的秦佩跟自己女儿身材相似,生出金蝉脱壳的诡计。哀求女儿穿上秦佩的衣服戴上帽子,进入那栋楼。超市老板在此经营多年,对秦佩的住处很熟悉。随后把秦佩的尸体搬到了地下的储藏室。

这个过程大概有五分钟,这就是秦佩回去时多了的五分钟。超市老板的女儿怕爸爸坐牢,就配合了。他们太紧张,忽略了带零食。

  超市老板的女儿穿着秦佩的衣服进入楼内后,迅速换衣服。把自己的衣服穿在外层,秦佩的衣服套在内层。重看监控,果然在假"秦佩"走进楼内后不久,一个跟秦佩衣服完全不同的小女孩走了出来,那正是超市老板的女儿。

  惊喜的是,李涛到超市地下储藏室打开门,发现的是正瑟瑟发抖的秦佩。原来她当时太害怕,为了避免遭到更大的伤害,故意装死。被当死人搬到小黑屋后,也不敢呼叫。

  储藏室内丰富的零食为她提供了能量,没被冻死。

心　死

吴宝华（浙江）

警车在乡间公路上飞驰，我双手紧握方向盘，两眼紧盯着前方，尽量把车开得又快又平稳。

副驾坐着我的顶头上司——刑警队长方明，我去年警校毕业，便跟着他侦办案件，见识过他的本领，在我们平安县刑警界，他是灵魂人物。他刚过不惑，国字脸上总是一副严肃认真的表情，目光深邃，似乎能看穿别人的灵魂。

后座坐着法医老刘，他已过知天命年纪，经验非常丰富。还有师姐苏伶俐，她比我早两届毕业。

方才，接110指挥中心指令，白云乡岭脚村发生命案，方队长立即带领我们赶赴现场。

二十分钟后，警车驶到岭脚村，只见路边的一幢三层楼边站满了人，乡派出所的民警已在维持秩序。

案发现场在三楼，现场保护得很好，死者叫杨美凤，28岁，三楼是她闺房，房间里有她大幅的生活照，美艳妩媚，青春靓丽，在乡间，这么美的姑娘真不多见。

我们立即开始勘查现场，死者躺在床上，一只脚上穿着鞋，另一只脚上光着，现场被褥凌乱，显示她曾奋力挣扎过。

法医老刘对尸体做了初步勘查，得出以下结论：死者身上没有明显伤痕，死亡时间大概在昨晚12点至今天凌晨5点之间。

方队长点点头，说道："征得死者家属同意后，再做解剖，不放过一点可疑之处。"说罢，他掏出放大镜，屋里屋外仔细查看。忽然，他眼睛一亮，看到这幢三层楼与邻幢三层楼只隔两米距离，邻幢三楼走廊的扶梯上横架一把梯子，就可以轻松走到这幢的走廊，方队长用放大镜仔细看，在栏杆上发现了木屑。

他立刻下楼，找死者父母询问。

杨美凤父亲坐在底楼厨房里，闷头猛吸旱烟，饱经风霜的脸上满是愁苦和哀伤，杨美凤母亲坐在饭桌边，抽抽噎噎哭泣着。确实，白发人送黑发人，任谁也受不了这样的打击。

方队长拉了把凳子坐下，说："老哥哥，老姐姐，人死不能复生，节哀顺变吧。现下当务之急是抓住凶手，绳之以法，告慰你们女儿的在天之灵。"

杨美凤父亲磕磕烟灰，说："警察同志，您问吧，我们一定好好回答您。"

方队长点点头，说："昨晚你们门窗都锁好了吗？有没有听到可疑的声响。"

杨美凤父亲说："每晚睡觉前，我都会把门窗锁好，检查过了才放心。我们就睡在二楼,没有听到什么声音。"

方队长点点头:"你们女儿有男朋友吗?"

杨美凤母亲揩了揩眼泪,说:"美凤一直在深圳打工,腊月才回来,过些天她又要回去。去年听她说谈过一个男朋友,后来又吹了,她不大跟我们说这些事,具体我们也不清楚。倒是隔壁孙阿牛,多次要他父母请媒人来提亲,杨美凤不同意,我们也没有松口。"

方队长双眼一亮,说:"孙阿牛昨晚在家吗?"

杨美凤父亲说:"他在家,刚才还过来安慰我们来着。"

方队长剑眉一扬,说:"很好,老哥哥老姐姐保重,我办案去了。"

方队长一出门,立刻向我和师姐苏伶俐说:"立刻传唤孙阿牛,他有重大作案嫌疑。"

回到刑警队,我们立即审讯孙阿牛,孙阿牛长相粗豪,平日在乡间横行,但面对威严的警官,他早已怂了,在方队长的政策攻心下,很快便竹筒倒豆子,把作案经过交代了出来。

原来,孙阿牛觊觎杨美凤美貌,多次提亲未果,便心生怨恨。昨晚,他喝了点酒,酒壮怂人胆,他想来硬的,把生米煮成熟饭。

于是,他横搭一条梯子爬过来,轻敲杨美凤房门。杨美凤以为父母有事,过来开了门,孙阿牛也不言语,一手揽住扬美凤,一手捂住她的嘴,把她往床上拖。

杨美凤拼命挣扎,孙阿牛怕她喊,把她推到床上后,迅速用双手掐她脖子,谁知不一会儿,杨美凤便停止了呼吸,死了。

孙阿牛大惊失色,急忙退出房间,关好门,爬回自己家,撤回梯子。

关押孙阿牛后,我和师姐苏伶俐击掌相庆。师姐说:"师父出马,命案拿下。师父,咱们晚上火锅庆贺一下。"

方队长却脸上全无喜色,沉吟道:"没这么简单。"

我和师姐瞪大眼说:"孙阿牛都亲口承认杨美凤是他掐死的,还会有错?"

方队长说:"人命关天,不可草率。你们仔细想想,本案还有什么疑点?"

我把案子在脑子里仔细过一遍,说:"师父,我觉得此案证据确凿,没什么疑点了。"

方队长摇了摇头,说:"我要详细的尸检报告。"然后对师姐说:"你去查杨美凤的手机记录。"又对我说:"你去杨美凤打工的厂子调查。"

一周后,详细的尸检报告出来了,果然不出方队长预料,杨美凤死于心衰,并非窒息而死。我调查杨美凤打工的厂子,师姐调查杨美凤的手机记录,都有了重要发现。我们把线索向方队报告汇总,案情终于真相大白。

原来,杨美凤在深圳打工的手机零件装配厂很大,董事长资产上亿。

一次偶然的机会,董事长看上了她的美貌,包养了她,但杨美凤不满足做情妇,她要董事长离婚娶她,并且偷偷录下两人亲热的视频,扬言若不娶她,就要寄给董事长夫人。

董事长担心东窗事发,便一边用缓兵之计,一边从境外购入会造成心衰的慢性毒药,每天给杨美凤下一点。

　　杨美凤这次回家过年,本打算回去跟董事长彻底摊牌,不料孙阿牛意欲强奸,她惊恐交加,提前心衰而死。

　　抓捕了真正的凶手,我们终于长长舒了口气。师父叹道:"心死之人,可怜可叹!"

　　我和师姐连连点头。

口音杀人

刘 平（四川）

清风苑小区发生了一桩命案，从县教育局长位置上退下来三年的王德贵今天上午突然独自一人死在家里了。报案人是县教育局办公室的史主任，去年从外地调来的。县公安局高度重视，刑侦队长张珂立即带领一班精干力量赶赴现场勘验。

王德贵的遗体蜷曲着躺在入户门后面约半米远的地板上，脚上穿一双黑色皮鞋；从脸上定格的表情可以看出，他临去世前内心非常恐惧痛苦。门窗完好无损，无撬动痕迹，屋内也没有打斗翻动迹象。突然，茶几上一个药瓶引起了张珂的注意，他戴上手套拿起药瓶仔细查看，发现是用于心脏病的药，一般用于急救。

张珂初步排除他杀，认为王德贵死于心脏病突发。可他心里又有些疑惑：王德贵感觉不舒服后，难道连服药的机会也没有吗？

为了彻底查明案情，张珂请史主任到公安局配合调查。

"请您把当时的情况详细说一下。"张珂坐在史主任对面，说。

史主任点点头，说起了当时的情况——

因为明天是重阳节，局里安排史主任带着慰问品走访慰问几位已退休的老同志，走访的第一家就是王德贵家，上午9点30分左右，史主任到了清风苑。

"我敲门，屋里有人，我听见他走动的声音。"史主任说。

"你确定听见他走动的声音了？"张珂问。

史主任说："我确定。就是皮鞋在地板上走动的声音。他在往门口走。"

"当时您觉得他走动的声音有啥不对劲的吗？比如节奏乱……"张珂说。

"没有。很正常，就像正常人走动。"史主任说。

"然后呢？"张珂又问。

史主任想了想，说："走到门背后，他问：'你是谁？'他的声音也很正常，不像心脏病发作的样子。"

张珂说："您确定他的声音很正常？"

史主任又想了想，说："我确定。"

"我说了我是谁，等他开门。可片刻后，门还没开，我正想再敲门，就在那时候，突然听见里面'咚'的一声，像是一个人倒在地板上了。"稍微平复一下心情，史主任接着说："我赶紧用力敲门，大声喊他，可门还是没有开，里面也一点动静也没有。我觉得不对劲，就报警了。"

又问了一些别的,张珂把笔录递给史主任,说:"史主任!谢谢您的配合。请您在这上面签个字。"

史主任看了笔录,认真签下自己的名字:史继伟。

张珂看着"史继伟"三个字,恍然有些明白了什么。

这个史主任,说话总带点口音……

潘警官，我好像认识你

詹雪征（广东）

潘宇带队抓赌，钓到了一条大鱼。

审讯室里，尖嘴猴腮的他，眼睛滴溜溜地转。隔壁的潘宇透过玻璃，认出他就是回春堂的伙计阿贵。

阿贵小心翼翼地问审讯的警官："赌博会被判刑吗？"

警官说："聚众赌博，根据《中华人民共和国刑法》第三百零三条，会被判处三年以下的有期徒刑、拘役或者管制，并处罚金。"

阿贵眼底划过绝望的表情，迟疑间，又问："如果，我举报，又或者，我有重大立功情节，可以免刑吗？"

潘宇推门进去。

一看见潘宇，阿贵居然安静了。

潘宇很好奇，这个人，刚才还一脸的惶恐，这一刻竟如此淡定。

阿贵讪笑着望着潘宇："潘警官，我认识你，你来过回春堂。还有，咱俩可以谈一下合作嘛。"

潘宇突然之间开窍了。

他不动声色，决定先晾一晾这个嚣张的人。

上个月，潘宇收到了一封举报信，说回春堂诊所的医生于春生涉嫌诱奸未成年少女小灵。后来小灵失踪了。希望公安机关尽快破案，还受害者公道。

举报信的字娟秀大方，似曾相识。

事态严重，潘宇决定，一探回春堂。

于春生正在诊所里面坐诊，只见他眼神深邃，不苟言笑。

诊所里的伙计们一个个忙碌着，唱号、接方子、抓药、算账。账房的算盘拨得噼啪作响，甚是热闹。

潘宇也领了张号牌候着。

阿贵上前打了招呼。此人一脸谄笑，热情的笑容有点假，精明的眼珠子滴溜溜地转，给人感觉不简单。

于春生号完脉，开口问："你哪儿不舒服？"

潘宇："我喉咙痛。"

于春生："多喝水，不用开药方。"

潘宇一脸疑惑："不开药方吗？"

阿贵赶紧过来搭话："要不给您抓两帖凉茶清热解毒？"

于春生一脸不耐烦:"下一个!"

潘宇瞥见这两人正用眼神交流,阿贵似在埋怨送上门的生意为何不做?于春生则干脆闭上眼睛,旁若无人。

奇了怪了,这伙计不像伙计,老板不像老板,一个精明,一个淡定。潘宇看在眼里,总觉着有种说不出的古怪。

潘宇与于春生曾经打过两次照面。

爬山的时候,曾在山顶相遇,点头之交。

第二次,在游泳池。潘宇游得很快,像条狡猾的鱼。

于春生却慢条斯理,游了一会儿,坐在泳池边上闭目养神。

潘宇冷冷地看着远处的于春生,面无表情。

离开诊所,他来到城南的月牙湖。

湖光潋滟,潘宇却无心欣赏。徜徉湖心小岛,四周种满了三角梅,五颜六色,恣意绽放着。

又想起了那个像三角梅一样的女人。

查阅卷宗,潘宇感觉毫无头绪。

事有蹊跷,举报信是否属实?同行间的诬陷,抑或另有乾坤?

去了小灵的家,家徒四壁,父母说起女儿很是自豪,小小年纪,懂事顾家,每半年就准时汇生活费回家,为了节省路费,都好几年没回家了。

潘宇问可有家书电话?

老实巴交的父母拘谨地说家里没电话,两人都不识字,只要有钱回来就好。

时间如沙子般在手心溜走。

潘宇一直盯着案子,却没有任何进展,举报人从此没有了下文。暗中监视于春生许久,也毫无异常表现。

二探回春堂。

心中有谱,潘宇不紧不慢,踱步来到回春堂。

于春生正在给人号脉,伙计们忙着抓药,没人关心阿贵的去向。

敏锐的潘宇捕捉到一个小细节,看见潘宇,于春生似乎有些错愕。

回到所里,同事告诉潘宇,阿贵一直追问潘警官啥时候回来。

潘宇问可有新线索?同事说在阿贵身上的钱包里搜出几张邮局汇款单存根。

汇款人是小灵。

小灵的汇款单,为什么会在阿贵手上?

审讯室里,阿贵坐立不安。他一味地装疯卖傻,准备蒙混过关。

潘宇决定另辟蹊径。

潘宇板着脸,手里举着汇款单,面无表情:"坦白从宽,抗拒从严,别以为你做了坏事,别人不知道,我们早就掌握了证据,现在就看你表现,你说出来,算你自首。"

攻心术果然奏效。

一听到警察已掌握其罪证,阿贵即刻崩溃,一开口就石破天惊:"我承认,我犯法了,但我没有杀人,我只是协助于春生埋尸而已。"

当年,于春生迷奸了小灵,致其怀孕。后来小灵半夜三更找上门来,哭泣吵闹。于春生承诺会妥善处理,小灵仍不依不饶,纠缠中,于春生失手错杀,发现时,为时已晚。

惊慌失措的于春生跑到库房,拖着板车准备藏尸,夜归的阿贵刚好一头撞见。

阿贵答应,不报警,还帮忙出谋献策。条件是要当回春堂的二当家。

两个人狼狈为奸,用板车拖着尸体去了后山,埋葬了小灵。俩人心惊肉跳,挖坑填土,朗朗月色下,做着罪恶的勾当。

阿贵还答应每隔半年去邮局给小灵家里汇钱,制造假象。

正所谓天网恢恢,疏而不漏。

阿贵接着说:"潘警官,我真的认识你。你就是当年被于春生始乱终弃的白老师的未婚夫,小灵就是白老师的学生。当年白老师带她来看病,被于春生瞄上了。可怜白老师所托非人,落得个辞职、离家出走的下场。想想其实白老师也是受害者啊!"

潘宇心中怅然若失。

去回春堂抓人,于春生居然一点都不惊讶,他竟然长吁了一口气。

临上车,于春生突然回头,在潘宇耳边说了一句话:"潘警官,我早就知道你是谁。我早就知道,会有这一天。"他仰头长叹,"这就是报应啊!"

潘宇心中又是一震。

我是谁?

又做梦了。又是那熟悉的身影,她一袭白衣,轻声问道:我的信,你收到了吗?

深山里,盎然盛开的三角梅,孤单冷艳。青山莽莽,流水潺潺,一座寺庙若隐若现,一个年轻尼姑,默默清扫着门前落叶,似要扫尽人间纷纷扰扰。

魔　术

徐高杨（江苏）

"啪啪啪啪……"，观众们热烈地鼓掌，魔术师的表演太精彩了。

他可以用手帕变出鸽子。还可以把东西变没，然后又变回来。甚至可以把撕碎的画奇迹般地复原。更甚至于让画上的鱼游下来，还能再把鱼变回画上。现在，魔术师让助手端来一杯水，水中插着一枝花骨朵。魔术师把水喝了一口，表示是普通的水。又把花骨朵在观众席里传看，证实是一朵普普通通的花骨朵，没啥机关。然后，把花骨朵放到桌上，双手施法，花骨朵居然慢慢绽放开来，芳香四溢，花蕊中突然飞出许多蝴蝶，翩翩起舞。

次日早晨，警局里，冯警官还沉浸在昨天精彩的魔术表演中，突然，桌上电话响了。一接，电话那头就喊："不得了了！王太太被杀了！"

冯警官带队火速赶到案发现场，只见王太太躬身躺在自家客厅地板上，胸口被捅了一个口子，血流一地，地板上发现一把水果刀。很显然，王太太是被人用刀捅死的。现场还发现几根短头发。冯警官端详死者面容，吃了一惊。这不是昨天的一位观众吗?! 昨天，魔术师挑了几位观众上台，其中就有王太太。魔术师把她的拎包放进盒子里，盖上盖，再打开就不见了。再盖上，再打开又回来了。王太太发现包里少了一条项链，就和魔术师吵了起来，弄得魔术师很没面子。难道魔术师事后报复？嗯，他有重大作案嫌疑，不能让他跑了。

冯警官立即带人抓捕，魔术师刚要出门就被逮了个正着。

次日得到结果：经过检测，魔术师的指纹和现场刀上指纹对上了！现场几根短头发的DNA也和魔术师的对上了！证据确凿，魔术师果然就是杀人凶手。魔术师大呼："冤枉啊！我没杀人！"冯警官义正词严地说："铁证如山，刀上有你指纹，地板上有你头发，你是赖不掉的！"

关押了魔术师，冯警官他们准备吃午饭。刚坐下，电话响了。一接，那头喊：刀和伤口对不上！

原来，法医对带回来的死者尸体做进一步的检查，发现死者身上的伤口情况和现场这把刀的长度、形状都对不上。法医在第一时间将这个情况反馈给警察局。

挂了电话，冯警官陷入沉思。那么，真正杀害王太太用的那把刀在哪儿？是不是有人嫁祸给魔术师？可是现场为什么还有魔术师的头发？一瞬间，毫无头绪。

想着想着，冯警官突然想到了什么，猛地从椅子上跳起来，飞也似的带上几位警员再次火速往案发现场赶。连午饭都顾不上吃了。

一个蒙面人悄悄摸进王太太家院子里，不小心碰碎了一个花盆。他蹑手蹑脚地往客厅里走,进了客厅就直奔茶几,刚要伸手拿茶几上吃剩的半个苹果,忽地就被屋里蹿出来的几个人制服了。原来,冯警官突然想起遗漏了茶几上的苹果,赶紧回来取,刚到客厅就听到院子里有动静,立即就地埋伏下,正好逮了个正着。

冯警官一把揭开面罩,居然是魔术师的助手!

"带走!"冯警官说。

通过检验,半个苹果上面的指纹、唾液的DNA和助手的完全吻合。而且唾液沾在苹果上的时间也和死者被杀的时间完全吻合。所以,案发时,助手就在现场!

面对着确凿的行为和证据,助手只能认罪服法。

冯警官质问他:"那把作案用的刀在哪儿?"

在郊外的乱草丛中,找到了那把水果刀,长度、形状都与死者伤口吻合,刀柄上残存的指纹也和助手的吻合。

冯警官继续审问助手:"你为何要杀害王太太?"

助手交代了作案全过程:

原来,王太太包里的项链的确掉了出来,表演结束后才在舞台上被发现。魔术师赶紧让助手去还给她。助手在人群中追着王太太的背影,一直跟到她家门口。项链失而复得,王太太很高兴,请助手到屋里坐坐,还削了个苹果给他吃(就是吃剩的那半个苹果)。助手太穷,还没女朋友,得知王太太是寡妇,见她颇有些姿色,心想反正有个寡妇也比没有强啊,便对她说:"王太太,你做我女朋友吧?"王太太脸色陡变,大骂道:"呸,也不瞧瞧你是个啥,啥都不是!你整个人还没有我这条项链值钱呢!癞蛤蟆想吃天鹅肉。滚蛋!"助手顿时血直涌上头,竟鬼使神差地抓起茶几上的水果刀就站了起来。王太太骂道:"哎哟,狗东西,长本事了!你来,你来,你有种就往我这里捅(王太太指着自己的胸口),不捅就是孬种!"下一秒,惨剧就发生了。

可冯警官想不通的是:助手为何要嫁祸魔术师呢?

从助手口中才知道:魔术师也瞧不起他。演出收入按九一分,他只能得到十分之一。他曾经和魔术师说:"你虽然唱主角,但我做的事比你多,比你累,所以演出收入应该对半分,六四分也行,至少也得七三分吧?"可魔术师坚持九一分。还骂道:"不想干就滚!"他便怀恨在心。他和魔术师住在一起,就把魔术师的水果刀拿到现场沾上死者的血,还拿了几根魔术师枕头上的头发放在案发现场。然而百密一疏,他没想到两把水果刀的长度和形状不一样,也会成为破绽。

真相大白,冯警官感慨道:纵然助手像变魔术一样地掩盖真相,然而天网恢恢,疏而不漏,法律不会放过任何一个凶手。

案子结了,但冯警官怎么也高兴不起来,心里感到沉甸甸的。他想:这是真的吗?真的就为了一句话而葬送一条人命?真的就为了利益冲突而嫁祸他人?冯警官一下子觉得任重而道远。他多么希望自己也能像魔术师那样会魔术,把这个世界变得像鲜花一样绽放。

新郎之死

朱乃洲（江苏）

解放初期,有一个叫刘家村的地方。村里有一个姓刘的人家,家里有两口人,母亲和儿子刘成。

有一年,刘成与十几里外陶家庄上一个叫陶菊花的女子结婚。当天,刘家十分热闹,新郎刘成喝了不少酒。酒席散后,新郎新娘就关门休息。

第二天早上,住在隔壁屋里的刘成母亲见太阳老高,刘成住的屋子却还大门紧闭,心里就嘀咕起来:这小两口热乎了一夜还没够吗?新娘子还要回家省亲哩。天都不早了,怎么不起来?她想敲门催一下,可觉得儿子刚刚结婚这样做不妥。

刘母只好再等。可等到快中午了,刘成的屋内还没有一点动静,一种不祥之感袭上了她的心头。

刘母叫来了堂叔,堂叔说:"你隔着窗户朝屋里喊几声,顾不了那么多了。"

刘母赶紧站到窗前对屋内喊话。可是屋内依然一点动静也没有。

堂叔说:"不好,肯定出什么事了,赶紧把门砸开看看!"说着,他就找来斧头用力砍门。

堂屋的门被砸开了,堂叔和刘母又砸开新娘房间的门。他们朝里面一看,刘母当场晕倒。堂叔吓得掉头就跑,边跑边喊:"杀人了!杀人了!"

很快,村长和很多村民来到了刘家。呈现在大家面前的是一个惨不忍睹的场面:墙上、地上、床上到处是人血,新郎刘成的脑袋滚在一个床腿旁边。

再看新娘子,正披头散发地坐在一张椅子上,嘴里塞着一个大布团,两条膀子被绳子绑在椅背上,两条腿被绑在椅子腿上,一点不能动弹。

村长拽掉新娘嘴里的布团,想问问她话。可新娘神志不清,神经错乱,开口就喊:"鬼、鬼!"

大家七手八脚给新娘解开绳子,新娘马上跑出屋子,一会儿披头散发地"哈哈"狂笑,一会儿又"呜呜"大哭。

村长见此情景,一边派人去当地公安局报告案情,一边把新娘子送回娘家去。

接到报案,公安局王局长决定亲自破案。王局长带着几个警察来到刘家,查看了屋里屋外的情况后,当即决定吃住在刘家,尽快破案。

两天后的一个晚上,王局长正坐在油灯下思考案情,这时,一个警察推门而入。警察两只手各端着一个碗,进来后转身用腿脚将门关了起来。因为外面起风了,这个警察还不放心似的,又用嘴巴挨着门闩用力一顶,竟将堂屋的门给拴上了。然后,这位警察才转身对王局长说:"吃晚饭吧,局长!"

王局长并没有回答警察的话,反说:"小刘,你先退回去,把刚才进来的动作再做一遍。"

这个叫小刘的警察莫名其妙,只好退回屋外,又重新把刚才的动作做了一遍。

王局长情不自禁地一拍桌子说:"好,我明白了,快去请村长来,有事商量。"

村长很快就来了。

王局长对村长说:"这个案子破了,立即抓捕新娘子陶菊花!"

村长带着局长和几个警察趁着黑夜,直奔十几里外的陶家庄,并很快就找到了陶菊花的住处。

一阵敲门后,屋里传出一个男人粗野的声音:"他妈的,老子正睡得香,哪儿来的野人打扰,真是活见鬼!"

门一开,王局长和警察一拥而上,将刚才说话的男人和正在睡觉的陶菊花捆绑个结结实实。这个男人叫李大虎,是村里一个杀猪的屠户。

陶菊花和李大虎被带到了刘家村,王局长先审问陶菊花:"陶菊花你赶快如实交代罪行!把结婚那晚的事情讲清楚。"

陶菊花身子一抖,突然发疯似的大喊大叫起来:"鬼,鬼,房子上有个鬼,是个杀人鬼!"

王局长一拍桌子说:"陶菊花,你别装疯卖傻了,你的戏也演结束了。小刘,你出来吧!"

这时,那个刘警察坐在椅子上,两条膀子和腿绑在椅背和椅腿上,慢慢地转动着椅子,从陶菊花结婚的房间里挪了出来。靠近堂屋的大门时,刘警察用头挨了挨门闩,然后稍微用力一顶,门闩就被插进了孔,门就被闩了起来。之后,刘警察又像刚才一样挪回了洞房。

看到眼前的这一切,陶菊花的精神防线彻底崩溃,很快就交代了与李大虎串通杀死刘成的经过。

陶家跟刘家有点亲戚关系,陶菊花小的时候,她的父母看到刘成家比较富裕,就将女儿许配给了刘成,定下了娃娃亲。可随着年龄的增长,陶菊花并不喜欢刘成,并要解除婚约,父母却坚决不同意。

而就在这时候,陶菊花竟和同村的李大虎勾搭成奸。此后,刘成要结婚,陶菊花不同意,可父母逼着她嫁人。陶菊花被逼无奈,就跑去找李大虎商量怎么办?

李大虎是个杀猪的,生性胆大野蛮,他一听陶菊花的话顿时火冒三丈:"干脆把那小子杀了,你的父母就没有心思想了。"

陶菊花吓了一跳:"杀人要偿命的!"

李大虎说:"现在时局混乱,只要我们做得神不知鬼不觉,没有人管我们的事。"

于是他们就密谋了一个惨无人道的杀人计划。

结婚那天晚上,陶菊花拼命劝刘成喝酒。刘成醉酒睡着后不久,李大虎就带着杀猪刀来到刘家。早有准备的陶菊花开门让李大虎进了屋。

李大虎来到刘成的床边,抡起杀猪刀就将刘成的头切了下来,顿时鲜血喷涌而出。李大虎还将血满屋乱洒。

做完这些,李大虎用绳子将陶菊花的脖子和腿绑在椅子上,教她如何插上门闩关好门,以造成外人不得进屋杀人的假象。第二天,陶菊花装疯卖傻以扰乱众人的视线。

陶菊花交代完后,李大虎也被推了进来。当他知道陶菊花交代了全部实情,长叹一声,耷拉下了脑袋,承认自己杀死了刘成。

王局长正是看到刘警察关门的动作,分析出新郎被杀、新娘被绑屋门却为何关着。

无源之毒

朱绪跃（江苏）

中午，分局接到报案，在富民路上的某栋楼里，一位女子死于出租屋中。刑警王勉到达时，楼的四周已经拉好了警戒线。王勉打量着这栋楼——一楼是一家澡堂，牌子上写的营业时间是下午3点到晚上10点，所以现在还没开门；二楼就是案发现场，从这里能看到两扇窗户，上面都安装了防盗框。

王勉来到出租屋内，刑警小方上前汇报说："王队，死者名叫林翠微，女，19岁，是附近一家电子厂的流水线操作工，死于卧室床上，赵法医正在对尸体做初步检查。报警人是死者的房东。"

一位中年男子紧张地站起身来，抽出两根烟递向王勉，见王勉摆摆手示意自己坐下，他便坐下了。

房东说："国庆节前小林发了条朋友圈，说要去大理旅游。昨晚她朋友圈说是回来了。我就给她发微信，问她玩得怎么样，她没有回。这孩子一向很有礼貌，收到微信都会立刻回复。我当时觉得有点不对劲，又想到可能是旅途劳顿，睡得早。早上10点，我又给她发了微信，还没有回，过半个小时我打了电话，也没人接。我有点担心，就过来看看。到走廊上，我看到客厅的窗户是开的，一闻味道有点臭。我喊了几声，还是没人回应。我觉得事有蹊跷，就用自己的钥匙打开大门。卧室门是关的，我用力拍了几下门，里面没有动静，我只好直接开门，就看见小林躺在床上，样子很吓人。我立马跑出去打了110。"

小方把女孩在国庆期间的车票一一排在桌子上，还打开了女孩的手机，情况和房东说得十分吻合。

"老王，小方，你们进来，"赵法医摘下手套，用纸巾擦了擦汗，"死亡时间是昨天晚上7点到10点之间，从症状上看是煤气中毒导致的缺氧死亡。"

"小方，房间内的气体成分检测了吗？"王勉问。

"技术科检测过了，房间内存在一定的一氧化碳，因为在检测之前已经通风了一个多小时，所以浓度很低。我们检查了厨房的煤气罐，没有泄露现象。"

王勉说："煤气罐里装的是液化石油气，主要成分是丙烷。这个屋子里没有能产生一氧化碳的东西。如果这是一场谋杀的话，应该是有人把毒气灌到死者房间里。"

小方说："我们调取了走廊上近七天的监控，除了死者本人，没有人进出过死者的房子。"

毒气从哪里来的呢？大家仔细检查屋里的每个角落。这是一套50平方米的小房子,有一室一卫一厅一厨,卫生间就在卧室里面,是一个小隔间。王勉跟同事说自己想去外面看看,然后就下楼了。

"凭什么不让我上班!误了点老板要扣工资的!"一个老人在警戒线外对着民警嚷着。

王勉过去问了下,原来老人是一楼澡堂的锅炉师傅,在澡堂营业前必须启动锅炉,把水烧热,所以他每天都第一个上班。

王勉敬了根烟给他,问:"大爷,咱这锅炉燃烧的时候会不会产生有毒气体啊?"

大爷赶忙说:"不会的不会的,我们家的锅炉烧煤效率高,还配了那个吹风设备,燃烧很充分的,环保部门都来检查过了,无毒无害才能排放出去!"

王勉和民警打了声招呼,放大爷进去开门。王勉随大爷走进锅炉房,听他讲一些锅炉的知识。

这时小方打来电话,说:"我们刚刚看了死者的日记,在她回来前的半个月,有个叫李云的男子向她表白,被拒绝后又三番五次纠缠她。死者出去旅游,也有躲避追求者的因素在里面。"

王勉猜出了七八分,请大爷找来澡堂员工签到表,里面果然有个叫李云的搓澡工。他让小方下来调取澡堂的监控记录。监控显示昨天下午6点和8点,李云在锅炉大爷上厕所的间隙,两次进过锅炉房。

下午3点30分时,李云来澡堂上班,刚进门就被逮捕。经过两个小时紧锣密鼓的审讯,他终于招供了。

原来李云在林翠微楼下的澡堂上班,两人有时会碰面。李云借拿快递的机会和林翠微认识了,偶尔会帮她搬搬东西。半个月前,李云向林翠微表白,但是被拒绝了。他不甘心,再三去找林翠微,吓得女生不敢见他。国庆节前,李云想请林翠微吃饭,结果她已经去大理旅游了。李云的自尊心受到了极大的伤害。

"她瞧不起我,瞧不上我搓澡工的工作!我怀恨在心!"李云用戴着手铐的双手抓了下头发,"所以她回来后,我趁锅炉工不注意,偷溜进锅炉房里把吹风设备关掉,这样煤炭就不能充分燃烧,会产生有毒气体。然后我将锅炉的排气管塞到下水道。"

"你是怎么想到这个作案手法的?"王勉问。

"在我住的地方,楼下的下水道堵了,臭味飘到了我房间,所以我想,锅炉的废气应该也能传到二楼……"

王勉忍住怒火,将林翠微的日记本拍在李云的面前,说:"你看看!姑娘在日记里没有写过你一句坏话,没有一句瞧不起你的话!人家一开始对你印象很不错,后来因为你的表白方式太激进了,人家比较内向,被吓着了,才躲着你。你不去好好表现,居然还想出这种毒计,痛下杀手,毁了你们两条命!"

李云低下头哭出声来,悔恨的眼泪滴到膝盖上。

杀人的毒气,看似找不到源头,其实来自下水道。人心是不是也有这样一个下水道,一不留神,就会向外泛出毒气和罪恶?王勉陷入了沉思。

古籍迷案

许　媛（广东）

一

瘦鹤哼着曲,踩着自行车,在门口拐角处遇到了丁润。

丁润是同办公室的同事,以往他们上班都会很巧合地在这里遇到。

他按了一下铃铛。

早。

早!

一成不变地打招呼,多年没有改变过。

大门旁边的小侧门是关着的,他们敲保安室的玻璃窗,没人应门,这不符合胖叔的习惯。他们露出惊讶的表情。

还是没人。丁润伸手从窗台拿了门卡,刷了一下,就进去了。

瘦鹤照例先去洗手间洗手。

小丁则走进工作间。

突然传来了小丁的尖叫。

瘦鹤心里一惊,以为自己的秘密被发现,快速奔到工作间。

小丁面如死灰,站在门口,胖叔蜷缩倒在地上,那身廉价的浅蓝色保安服紧紧包裹着僵硬的身体。

清洁工吴姐拿着扫把从走廊跑过来问怎么啦怎么啦?

小丁哆哆嗦嗦用手探了一下胖叔的鼻子,说,快报警。

书不见了,我的书不见了!瘦鹤瘫倒在地。

二

两天前。

古籍修复传习所每天安静而忙碌。

瘦鹤左手拿着放大镜,右手拿着镊子,正认真研究《田兴恕手札》,这是所里最近最珍贵的古籍,如果不是因为所里有规定,他恨不得24小时和这本书待在一起。

田兴恕是湖南人,24岁就任贵州提督。这本书是隐藏在图书馆古籍中最珍贵但又损坏最严重的一本,本来由瘦鹤和他的师父负责,师父有一天突然病倒了,没多久就去世了。

现在由瘦鹤负责修复这本古籍。

瘦鹤,我说你不要总工作,给你介绍一个女朋友吧?丁润对工作可没有那么痴迷。

不用,我有女朋友了呀。

什么时候的事?

他神秘一笑:没有多久啦,我们计划"五一"去贵州旅行。

门卫胖叔正端着大茶缸,和吴姐聊天,电话铃响了。

胖叔一听到这个电话就想挂掉。

爸爸,别挂,我真的需要钱,不然我就会被打死。

我一个月就这么点工资。

你们那个单位,里面装的全是值钱的宝贝,给我一本就好。

你这逆子……他把电话挂断,坐在破旧的老式椅子上喘气,喝了一口浓茶。

你孩子啊?吴姐问。

不听话的逆子,又想找我要钱。

唉,孩子嘛……吴姐摇摇头拿着扫把进了院内。

三

李警官来了,了解这里的情况。

丁润说:我觉得是瘦鹤,这是他最喜欢的书,有一次他无意中说他在书里发现了一个秘密。

瘦鹤:我不知道啊,我是很喜欢这本书,但是,我……他结结巴巴地说,我昨晚在女朋友家。

吴姐说:我那天听到老吴的孩子打电话找他要钱,还说我们所里都是贵重的物品,随便拿一个都可以,会不会是他的儿子来抢?

那你觉得瘦鹤是个什么样的人?警官问吴姐。

瘦鹤也很喜欢这本书,他上次还说要去贵州,难道这本书有什么秘密?

你怎么知道?

哦,我,我在这里也工作几个月了,经常听他们说起。

李警官脸上露出凝重的神色。

四

吴姐回到家,揭开头上的假发,到了内室,点了几根香,墙壁上一个面容清瘦的中年男子,满脸含笑看着他。

她眼含泪光说,你安息吧。

机场。

瘦鹤穿着黑色的风衣,戴着墨镜,拉着行李箱出现在候机大楼。

请把你的行李箱打开。一个警察拦住了他。

他无奈地打开箱子:里面赫然一本线装古籍。

我、我……

这是什么?

这个……

你交代吧,老吴是怎么死的?

我真不知道。

那你为什么偷拿古籍中心的书。

我确实在这本书中发现了一些秘密,但我没有杀老吴。

这不是正本书,是我业余时间用黄色宣纸制作的拓本,我想去旧地重游,看看他书信中描写的黔地风光,还有,这本书确实有些秘密和符号……

瘦鹤确实没问题。

第二天他们来到古玩市场,一个头发染成黄色的瘦高个子躲在一个角落和人交易。

一见来人,黄毛撒腿就跑。

你爸爸尸骨未寒,你就……

什么,我爸爸?

你手上拿的什么?

这,我爸爸没死呀。那天晚上,我去找老头要点钱,他总说我不务正业,你知道这行,看准了肯定发大财,我找他要几本古书籍,他气得打我,我胡乱抢了几本就跑了……

你打了他?

他没死呀,倒在地上看我跑还不停骂我。他喃喃。

那胖叔后脑勺的钝击是怎么来的?李警官又陷入了深思。

李警官再次来到古籍修复所,站在窗前朝外望,看见对面就是单位的宿舍三楼,一扇窗户正对着这楼里,太阳一照,有亮闪闪的光射出一个小光斑在墙壁上。

他沉思了一会儿,恍然大悟。

瘦鹤跟着他跑到宿舍三楼,敲开门。

吴姐,你的头发?他愕然。

你们来干吗?

瘦鹤一看墙壁上的照片,说你怎么有我师父的照片?

说吧,你为什么要这么做?警官严肃地问。

你说什么,我不懂。她昂起头,装傻。

不要狡辩了,我知道了,你的房间桌上有一个望远镜,可以看见瘦鹤修复办公室的情景,你是特意住在这间的吧。

这和我有什么关系?

当然有,墙壁上的照片是瘦鹤的师父,你是他的女儿吧。你和小吴一样,都是纨绔子弟,你父亲曾和你说过这本古籍价值连城,也许他还无意中告诉你这本古籍中隐藏的秘密。就像瘦鹤发现的那样,但是你父亲是个正直的人,因为你的顽劣,他得脑溢血去世。你化妆潜入这里当清洁工,就是为了等瘦鹤将书修复好后带走。那天晚上,你看见了黄毛和胖叔吵架,临时起意,黄雀在后,用吸尘器砸倒胖叔后,拿走了《田兴恕手札》……

  吴姐脸色煞白:那是我父亲的书,是他发现的,大部分是他修复的。

  书是国家的,你父亲是个正直的人,快说,书在哪里?

  书,早上寄走了……

第二辑 | 清风记

寻找罗威纳

张中杰（河南）

李剑鹰隼一般的目光直直盯住对面，足足有五分钟。空气犹如凝固的汽油桶，一点就炸。坐在被审讯椅子上的谭泉嘴角叼着烟，嘴巴翘起，眼睛斜向上方，依然一副似笑非笑满不在乎的样子。不屑一顾，分明在展示自己旁若无人的挑衅态度。作为专案组长，他知道这回棋逢对手，遇上了一根难啃的骨头。

李剑当兵时是侦察员，转业到地方后干了十年刑警，由于屡破大案要案被调入检察院从事反贪工作，最后服从调动到了新成立的市纪委监委。他在上案前认真研究过谭泉的履历：从部队上一名驯犬员一直干到团长，转业后干过十年武装部政委，再到县长、书记。

专案组根据举报线索，经过外围调查，只找到一些数额极小的钱物和购物卡往来。从谭泉的办公电话、手机短信和银行流水查看，一点线索也没有。连微信红包也空空如也。对其办公室和家的搜查也一无所获。他个人交往也不复杂，与其他手握重权的同级官员相比甚至是简单，与他要好的政商关系，也仅限于休息时间吃顿便饭，喝个小茶。仅有的三个嫌疑人的侧面询问，也被婉言谢绝。没有物证形成的证据链，谭泉闭口不谈，"零口供"拿下对方几无可能。案件陷入了僵局，骑虎难下。

李剑在脑海里过电影一般搜索关于对手的关键细节，不放过任何一点蛛丝马迹。蓦然，一幅画面陡然定格：那天上谭泉家带他走时，一条硕大威猛的棕色猎犬扑过来，一口咬住刚要带走谭泉的李剑裤脚。裤子都咬透了，好在还有内衣挡住一层，有惊无险。谭泉用攥紧的拳头猛力砸向犬头，把猎犬左耳砸了一道血口子。等到他再次飞起一脚向猎犬猛击，被李剑出脚挡住。猎犬不解地望了主人一眼呜咽着逃开了。

一向视爱犬如命的谭泉这一举动显然很反常。李剑心头打了个闪，眉头紧蹙。

李剑也喜欢养犬，他了解这种猎犬叫罗威纳，身体强壮，动作迅猛，气势强悍，是世界上最具有勇气和力量的犬种之一，是聪明强壮极易亲近的犬种，也是杰出的警犬，能攻击侵入者。谭泉业余时间都去了哪里？

调取离谭泉家最近的出入口监控，李剑发现有多个黄昏和周末他开车载着猎犬出去，但回来时车上不见了猎犬的影子。有好多次是猎犬自己单独跑回家的。

如果是平时遛狗，谭泉家门口就是休闲公园，何至于舍近求远？何况，谭泉那么钟爱自己的猎犬，为何不与他一同回家？难道仅仅是锻炼犬的识别能力吗？而且，最后带走谭泉那天，他只需用自己训练的口令让罗威纳松口走开，何至于欲置犬于死地猛命一击？那只受伤的罗威纳去了哪里？

寻找物证，锁定主人，由物及人，抽丝剥茧。必须找到罗威纳。

李剑和助手开始寻找走失的罗威纳。他判断如此聪明的犬应当不会走远，命令以谭泉住宅为轴心进行搜索，不放过每一条可疑的街巷。黄昏时分，果然在五百米外巷子的一个垃圾中转站附近，找到了浑身脏兮兮的罗威纳。罗威纳不失威风地等另外几只流浪狗为它送上不知从哪儿衔过来的牛肉罐头。对峙良久，罗威纳警觉地望了李剑几分钟，确认他没有敌意，才跟上他向谭泉家方向走。

在为罗威纳洗澡时，李剑意外发现它肚子下边有一个与它毛色一样的土黄色肚兜。紧紧贴在它肚子上，与罗威纳棕色的毛发浑然一体，一般人往下看根本看不出来。

蹊跷的是，罗威纳肚子很干净，肚兜里面却黑黢黢的。

为爱犬洗澡，却忽略了肚兜。有点洁癖的谭泉不会如此粗心吧？李剑百思不得其解。

在与罗威纳用心熟悉，成为它的临时新主人期间，李剑专程去找了一位警犬专家。专家说，罗威纳在中世纪时，有钱的商人们为了避免钱财被盗，有时把钱袋挂在罗威纳犬颈部上。李剑心里一下子豁然开朗。

重新带罗威纳回到谭泉家，李剑端坐在以前谭泉的书桌上，将一沓人民币扔往地上。罗威纳看看钱，用嘴叼起来，又望望李剑。在房间里跑动两圈后，它突然在一幅巨幅雄鹰画下停下来。李剑慢慢将画往上卷起，罗威纳抬起右爪按动一个与墙体颜色一致的按钮，只见足有两米见方的储物柜里，藏着一摞摞的钞票，满满当当。

拍照后搬至客厅，罗威纳叼起一捆10万元的人民币往外走去。李剑和助手立即跟随过去，找到了谭泉的一个房产商家。那个房产商打开门，瞠目结舌。两天后，所有的钞票都找到了原主。

审讯室里，谭泉望着李剑，低下一周前高昂的头："我交底！"

谁是举报人

王建祥（江苏）

网上出现举报干部吃喝照片后的第二天，我被请到县纪委。

坐在纪委何书记面前，我就像个犯人。我只好把前天晚上和环保局韩局长喝酒的事情如实道来。

韩局长为人豪爽，酒量奇大，酒风霸道。我的二大爷就曾被他灌得不省人事，二大爷恨死他了。

我们科技局的季局长和韩局长是初中同学，两人关系不错，但季局长好像对韩局长做环保局一把手很不服气，常常把韩局长当年许多糗事当作笑话讲给我们听。

其实，我是不够资格参加这次聚会的，因为我仅是个办公室副主任。那天晚上真的是天意，季局破天荒地带我去，而不带一把手主任去。我也搞不清他突然之间怎么会有这样的想法。

喝酒的地方是梅园酒家。

当我开车把季局送到梅园酒家的时候，韩局已经到了，他们的办公室张主任正给他们沏茶。张主任有点秃顶，肚子很大，个头高，人很胖，海称张大胖子。

寒暄的时候，季局要掼蛋，韩局说："掼蛋哪天不能掼，今晚就吃喝谈三件事，现在就开始吧，张主任去通知走菜。"

四个热菜上来之后，韩局咳嗽两声说："一直想请季局聚聚总找不到合适的时间。今天是周末，请大家来玩玩，酒和菜都是我自己的，不违反中央的'八项规定'，各位放开喝。"

"还有，吃饭前每个人的手机都放在文件袋里，送到吧台保险箱里锁上。季局你没意见吧？"

季局说："这样最好不过，免得出现什么事情。还是韩局想得周到。"

于是大家都把手机交给张主任，张主任把手机放在一个事先准备好的文件袋里。我对张主任说："我去送吧。"张主任迟疑了一下，但还是把文件袋交给了我。

我上楼的时候，正好服务员小美也端菜上楼。这小美真的是美，当服务员确实屈才了，应该去当空姐或者模特。韩局一见小美就兴奋地说："小美啊，老规矩，我发200元红包给你，你把手机放我这里保存，10点前还你！"小美笑着问："您又要……"张主任赶忙打断小美说："你别瞎说，领导什么时候亏待过你。"小美这才把粉红色的手机递给了韩局，韩局把手机放在鼻子底下闻一闻，笑着说："好香！"

酒局开始了。韩局长一边喝酒一边高谈阔论："季局，你不要羡慕我们环保局，我他妈的真希望和你对调一下。我说的是心里话，你别以为我是得了便宜还卖乖。

你知道沿海化工园区有多少问题？太多了，没法查，都通天了怎么查，你让他停产，过几天上面就有大人物给你打电话。我早就说过，我们化工园区迟早要出事的，一出事就是大事。一出大事，我肯定逃不了。所以季局，我心里苦啊，季局，我们兄弟俩再喝一杯！"

喝完了韩局长夹菜吃，忽然对张主任说："张胖子，你去看看季局喜欢吃的剁椒鲈鱼怎么还没上来，我特意为季局点的。"张主任赶紧起身，下楼去催菜，不一会儿和小美一起上来了。

韩局接着说："上个月我到我们县委王书记那里辞职，你猜王书记说什么，他说老韩啊，我们县委把你推到这个岗位上来就是看中你的胆量和能力，你可不能在责任和困难面前当逃兵。你听听，我辞职都辞不了。季局，我说这些并不是矫情，全是我心里话。我他妈的真的不想干了，不瞒你们说我真的是害怕啊！张主任，你现在就把手机拿来，给我拍几张我现在的吃喝照片，明天你就到纪委或者上网举报，如果你这样做了，我非但不怪你，反而要感谢你，把你看作我的大恩人。"

张主任立刻站起来，下位置，弯腰，双手端杯和韩局杯子碰了一下，口齿不清地说："首长，您折煞我了。我是您提拔的，我、我、我……哪能干那缺德的事。"他脑门流汗，面色酡红，一看就是能喝的主，不至于口齿不清。

这时候季局发话了："韩局，你说这些荒诞不经的话有什么意思，你不要误导张主任，说不定他明天真去举报，你又会追悔莫及了。来，我们老同学来干一杯。"季局给韩局满了一杯，自己一仰头干了，韩局也干了。

最后大家都喝得东倒西歪，似乎只有我一个人清醒。这中间我上了厕所，张主任上了厕所，季局长上了厕所，只韩局长没有上厕所。

纪委最终处理结果是：韩局受到党内严重警告处分，改任宗教局一把手局长。季局做了检查，三个月后，被调到环保局做局长。张主任在环保局班子调整时被提拔为副局长。而我，季局在去环保局前把我调到地震局当副局长，因为一把手局长就要到龄了。至于小美，据梅园酒家的老板说，出事后她辞职了，不知所终。

后来我问二大爷，到底是谁去举报韩局长的。二大爷思考一会儿，悠悠地说出他的推理。

二大爷说："你很可能去举报，因为你知道我恨韩局长。李局长带你去就是要让你举报的。李局长也可能去举报，因为他想取代韩局。张主任可能去举报，因为环保局班子一调整，他就有提拔的机会。韩局自己可能举报自己，因为他想离开环保局，远离灾祸。小美好像最不可能举报，因为她是个局外人，然而这次举报人，根据我分析就是小美。"

二大爷说：韩局精心设置酒局，分寸拿捏到刚好够撤职调任的，然后他买通小美用备用手机拍照举报，实现他调离环保局的愿望。

这是什么逻辑

陈 鑫（贵州）

向白清就要大学毕业了。

她与母亲相依为命。母亲在市场卖菜供她念书，日常念叨得最多的一句话就是：不要像我，不要做生意，要吃公家饭，考个好工作。看着母亲起早贪黑地劳作，这句话向白清是听进去了，她一直是个品学兼优的好学生，正为考公务员而全力以赴。

这天，正在卖菜的向妈妈接到女儿的电话，向白清在那端哭泣着："妈，我考上了……"

这半句话，向妈妈激动得几乎喜极而泣，马上打断女儿说："好啊，好啊！快跟我说，考上哪个单位了？"

"考上了经济新区政府办，但是……政审没通过……呜！"女儿在电话里失声痛哭。

"政审没通过？为什么？"向妈妈举着电话喃喃自语。

"阿姨，情况是这样的。您是不是参加过叫'爱心会'的组织？"工作人员和蔼地跟向妈妈解释。

"是啊。多少年的事情了。我还被'爱心会'骗走了所有的积蓄5万块钱呢。"提到这个"爱心会"，向妈妈就恨得牙痒。

"这就对了。这个'爱心会'是被公安机关打击过的非法传销组织，虽然他们的非法集资大部分被查获，但他们的主要头目仍然在逃。"

向妈妈："这和我们有什么关系呢？我是受害者，现在为止我全部的积蓄一分钱都没有追回来。"

工作人员继续耐心解释："您当时用您女儿向白清的身份证也注册了他们的会员，您女儿成了您的下线。目前，所有的会员均被定为传销人员而上了系统的黑名单。平时倒也没有什么影响，但是一旦涉及政审等事宜，就不能通过。"

向妈妈当时就哭了："这是什么道理呀？我女儿都不知道这件事，我是被人骗去注册的，我是受害者啊。"

"阿姨，这个您跟我说没有用，系统设定了，我只能解释，没法更改。"

"我找你的领导。"

"我的领导一样是搞不清楚。您不要让我为难了，阿姨。"

向白清拉着母亲说："妈，走吧，说不清，没处说，走吧。我就不相信进不了单位我在社会还没有立足之地了。走吧。"说着,硬拉着母亲离开。

"清儿呀,我害了你呀。他们跟我说钱投进去做善事,有福报,还有收益。我糊涂,我不懂,我轻信了别人却害惨了你啊,你的命运全都变了呀。我一定要找到那个挨千刀的,不还钱都算了,要来给我证明我是被骗的……呜!呜!呜!"

向白清是个十分要强的姑娘,自打知道母亲的这桩隐痛,从此再不提考公务员的事。她盘了个铺面做点小生意,后来找了一个本本分分的男人结婚、生子,日子虽然辛苦忙碌,却过得平淡安宁。然而向妈妈却迅速苍老憔悴,她的心底有根刺,每当看到女儿从早到晚,没有节假日地操劳,她的自责让自己痛不欲生——她本可以有更好的生活、更好的前途。向妈妈主动负担起照顾外孙的责任。好在外孙聪明伶俐让她有一丝安慰,孩子在她的精心照料下健康成长,并且受外婆的影响,疾恶如仇,特别痛恨骗子。

"外婆,我一定帮你报仇,长大了当个警察,把骗你的那个人抓到,让他赔钱。"

"乖孙儿说得好。天下的骗子都可恶,不仅仅是外婆受害,还有许多救命钱、治病钱被骗得精光,人财两空。所以你要当警察就要抓尽所有骗子。"向妈妈给外孙种下的不是仇恨,而是一颗正义的种子。

转眼孩子到了高考,向白清问儿子说:"你真的打算报考公安大学?"

儿子:"是的,我喜欢当警察。看到那些作恶的人被我亲手绳之以法难道你和外婆不高兴吗?"

向白清说:"当然高兴。只是读其他专业不好吗?这份工作很危险,妈妈很担心。"

"相信我,妈妈。"儿子朝气蓬勃,对未来有着明确的规划和憧憬。

向白清想着自己年轻时的梦想没能实现,不忍心强迫改变儿子的梦想,没有再多说什么。

再苦的日子总会有阳光,儿子没有辜负全家人的期望,高考分数远远超过分数线,体能测试也十分优秀。然而,向白清却接到了让她做梦也想不到的电话。

"妈,一切都结束了。因为政审。"

加进来的微友

路　芬（江苏）

　　刘静接种第三针疫苗，需要观察半小时，打开手机微信，发现有人要加进来，名称"来自手机通讯录@中旦集团"。属企业微信户。反正这当没事，加进来。不一会儿，对方发来消息：茫茫人海欣喜相逢，很高兴认识你。
　　刘静礼貌地发个笑脸。
　　对方：我叫钟点通，朋友们都习惯叫我钟哥，你呢？美丽的女士怎么称呼？
　　刘静也报上了自己的名字。
　　对方：好亲切的名字，认识你很高兴，比我的俗名有气质优雅多了。
　　刘静又发了个笑脸。
　　对方：我是做智慧农业这块的，你呢？平时上班忙吗？主要做哪一块？
　　对方：只是想着能够交个朋友。冒昧添加，希望没有打扰到你。
　　听起来客气又礼貌，刘静也如实地介绍自己，比较悠闲，公司不景气。
　　对方：自己定居深圳，深圳美景不错，素有"创客之都"的美称。
　　介绍过后也打探刘静是哪里人，知道刘静是江苏人后，夸赞江苏人杰地灵，带母亲去旅游过，感受当地的美食文化。
　　第二天下午，对方又发来了一张窗台上的玫瑰花盛放图，很美。他说，父母一直都喜欢养些花花草草，能修身养性。
　　刘静家也养了不少，刘静也分享了家里盛开的杜鹃花。
　　对方又发来一张家庭做的美食图，看上去很温馨，他说，因为很少陪母亲，这是专门为母亲做的。
　　刘静不由得赞美了他，也分享了自己为当家先生和女儿做的美食图。
　　三天后，对方又分享了一个百茶园的室内视频图。品茶道，很有高级感！
　　过两天，微友又分享了一张图。照片上是老奶奶享受晚辈敬酒欢乐场景图。他说，抽空陪爸妈回老家帮奶奶过生日，看到家人，想起了很多小时候的事情，泥巴地里捉泥鳅、稻田里抓田螺，还是爬树的高手。
　　刘静对这微友多了亲切感了。谁没有小时候呀，小时候的事情多有趣呀。
　　三天后，微友：今天收到支教山区的老师给我们送的一面锦旗，让我很开心，也很欣慰，分享给你。发来一张图片，标有"中旦集团"标志的办公室里，微友手举着锦旗，上写"赠：中旦集团 钟总 真情温暖人间 中旦永远相伴"，有赠旗人，还有最近的落款日期。

刘静第一次看到这微友照片,阳光又帅气,发型也是年轻人最流行款,头顶部向上蓬松,四周极短。这是中旦的老总?

刘静还是发了三个点赞的大拇指。

微友:我定期都有资助一些贫困的孩子,虽然钱不多,但是对这些孩子来说,也是一份照顾和爱心。

刘静由衷地赞美着,微友又说,过奖了,这么多年,我也牢记一句话,取之于民用之于民。一直都在致力于公益事业的发展。之前去福利院给老人们送日用品的时候,留存了一些照片分享给你看看。

微友发了两张照片过来,一张是和老人们的合影,长横幅上红底白字十分醒目,"一分爱心 十分光明",下面的小字是"中旦一亩茶园走近甘泉敬老院公益活动"。另一张合影是微友和另外三人,是上海甘泉敬老院的赠旗。

做公益、关爱老人、资助贫困山区的孩子,都是人缘加分项,企业难道不是追求利润最大化吗?当然担点社会责任,也是一个企业的修为和脸面,但是不可能把大部分精力和时间都放在这上面呀。

是为了增加自己的好感?刘静不由得上网搜了下中旦集团。很多消息就跳出来供选读。法人是李少峰,再搜"钟点通",网上就跳出了很多,他是广东中旦海稻生物有限公司的法人。小红书里有网友和钟点通的聊天截图,那头像也是蓝天白云下的青山和湖水,截图下面配文字说,友友们警惕中旦集团跟钟点通!!!罗列四点,大意为:这个人加好友之后和你聊天,分享生活工作之类,等时机成熟邀请你加入群聊。加群后一群人开始演戏,传播正能量灌鸡汤。洗脑后,开始骗你投资,目的达成。还有"警惕杀猪盘骗局 女子陷……"都是指向钟点通是如何拉群加人的。

受到好奇心驱使,刘静也想做回侦探了。

过了一天,微友又发来消息:在吗?请教你一个问题,前几天参加深圳的商会,商界朋友希望我建立一个交流群,可以分享孩子教育和家庭交流。在生活工作上共同探讨学习。我怕我管理不好,你有什么好的建议?

刘静断然回绝,并说明不建群的理由。

他说:这是我第一次建群,分享可以获得快乐,到时一定不落下你,邀请你一起加入。为了预热进群,专门录了视频,群已经筹备好了,诚挚地邀请你,今晚咱们不见不散哦。还有一个小秘密告诉你,群里还有红包雨哦。

不一会儿链接也发来了,进群呀。看到没进群,第二天,又发来了,钟哥一直规劝你进群,只不过是想让你通过学习不断完善自己,做一个更好的自己。又录了视频,什么钟哥没看你进来很失落哦……

很帅的长相、磁性的声音、真诚的邀请,似乎不加进来作为朋友实在说不过去呢。

打开他的微信头像,昵称:精益求精。实名却是□□露。再看网友揭露的,邀请加入的昵称是"厚德载物",虽然头像、语言风格和套路都是一样的,但不是一个人,确切地说不是本人。为了证明自己的猜想,刘静在他一次又一次的邀请下,大胆地打开视频,结果和想象的一样,打不开。

如此,刘静断定,他们都是和中旦集团有关联的人,或者说是一个合作集团。目的是通过交朋友,增加好感再拉群,进行融资……

两瓶酒

夏文兵（江苏）

郑清终于当上处长了。

郑清性格随和，在单位对任何人都不摆架子，人缘比较好。听说他升处长了，平时关系比较好的一帮同事，提议晚上给他庆祝一下。他本不想去，可一想现在如果不去，同事们一定会认为他一升官，架子就大起来了。爱人这几天刚好又出差了，回去也是一个人，就跟他们去热闹一下吧，不过他强调了这顿饭的钱他出。

郑清酒量本来就不大，加上高兴，一不留神就喝高了。大伙安排小李和小张送他回家，并一再嘱咐他俩一定要送到位。

刚到郑清家门口，眼尖的小李发现门口放着一只袋子，打开袋子看到里面是两瓶五粮液。小张连忙对郑清说："郑哥，不，郑处。您看现在的人真挺现实的。今天刚宣布您的任命，这不，晚上就有人悄悄送礼上门了。"

小李想了想说："我觉得吧，这礼应该是我们单位内部的人送的，因为郑处的这项任命是下午的事，外人没这么快知道消息。"

郑清似乎酒醒了一点，请他们进了屋，给他俩泡了一壶茶。一边喝茶，一边请他们帮忙分析分析这份礼究竟是谁送的？

小张说："我看很有可能是老杨送的。他这么多年勤勤恳恳地工作，能力也有，水平也够，就是机遇不好，混到现在还是个科员。平时他跟郑处关系也不错，晚上我们叫他一起吃饭，他推说家里有事，没来。看来老杨也学会变通了，不再一根筋了，悄悄走起后门来了。"

小李却说："我认为不是老杨，他要不是一根筋，像你想的一样灵活，早就被提升了。再说就送两瓶酒，就想往上升，这礼也太轻了点吧。我猜是老唐，他老婆下岗了，一直没有找到工作，儿子又在上大学，正要用钱的时候。前一段时间咱们单位招保洁，他想让他老婆来做，可贾处长一直没同意。这不贾处长退了，他又来请郑处帮忙。这两瓶酒，对老唐而言也算是大礼了。"

小张认为小李说得有理，他又想了想，似乎又有了新的发现，连忙轻轻一拍桌子说："也不一定就是我们单位内部的人。以前一直跟在贾处长屁股后面的那个小李，专门做我们单位生意的那人。这小子就特会拍马屁，每次来我们单位，就把贾处长和其他几个领导哄得团团转，估计也赚了不少钱。现在贾处长退休了，肯定会点拨点拨他，消息也会第一时间给他，先送两瓶酒，来试探试探郑哥也有可能。送礼的人迟早会来电话，不会让这礼白送的。"

……

就在小张和小李还在激烈地讨论这礼究竟是谁送的时候,郑清的酒劲好像又上来了,居然在沙发上睡着了,还打起鼾来。他们进房间拿了个毯子给郑清盖上,悄声地离开了。

第二天,郑清把两瓶酒拎到单位,对众人说:"大家以后有什么事情,有什么困难,当面跟我说,这种走后门的事情,坚决不允许干。这两瓶酒今天我就放这里,是谁的?自己悄悄拿走。如果两天后还没有人领,我就上交了。"

两天后,两瓶酒被郑清上交了。

过了几天老杨升了副科长,老唐的爱人成了单位的保洁……

看着一连串的变化,小张和小李更加有点晕了。这酒究竟是谁送的?这个谜在他们心中更难解了。他们有时背地想问问郑清,可他早就说过,这事情到此为止,以后谁也不允许再提了。

一天晚上,郑清刚到家门口,看到父亲老郑板着脸坐在门口台阶上,见他来就厉声问:"你小子也学会走后门了,居然还瞒住我,叫你妈悄悄帮你买两瓶酒,还鬼鬼祟祟给你送来。老子我最恨这种拍马溜须的人。我一直以为你是凭真本事,做实事才被重用的,原来你也是靠走后门钻营才升的官,真丢人。"

郑清看着父亲生气的样子,听着他的训斥,不但没有生气反而笑了。他连忙向父亲解释:"那两瓶酒是我请妈帮忙买的。不过,您老放心,您儿子一直记住您的教诲,永远以您为榜样,踏踏实实做事,清清白白做人。那两瓶酒不是用来走后门的,是为了演一出戏。"

"演戏?演什么戏?"老郑有点迷糊了。

"别小看那两瓶酒,让我了解了很多我不知道的事情。它们已经作为行贿的证据,被我交上去了,不过,也不会有人来找我走后门了,我家的后门被我用这两瓶酒堵上了。"郑清说完,轻松地笑了。

鹦鹉的心病

覃会珺（广西）

有人送给李局长一只鹦鹉，这小鸟聪明伶俐，平时"叽叽喳喳"叫得挺欢腾，有人进门它都会叫"欢迎光临"，逗它说什么话它就学舌说什么话，很是可爱。然而，这只鸟后来不知得了什么病，成天低头耷脑，怎么逗它也不肯学舌说话了，连以往的"叽叽喳喳"也不会了。

有一天，楼下的老刘在楼道里碰到李局长家的保姆张妈，见她提着一个鸟笼下楼，就问："张妈，提鹦鹉去哪儿呀？"张妈说："它病了，不会叫也不会说话了，局长叫我拿到外面丢掉。"老刘觉得把这么一只可爱的鹦鹉丢掉很可惜，就说："别丢，把鹦鹉送给我吧！"张妈于是就把鹦鹉交给了老刘。

老刘相信自己一定能把鹦鹉治好。他提着它到大街上遛遛，又提它到鸟语花香的公园里遛遛，不断地跟它说话，还吹口哨逗它。然而，这小宝贝一点回应都没有。它到底得了什么病呢？没办法，老刘只能把鹦鹉带到了兽医站，请兽医帮忙诊断。兽医看了看，然后说："这鸟没有什么毛病呀，它饮食正常，跳动也灵活，只是不肯鸣叫和学舌罢了。如果说它也像人一样患了心病，那就太不可思议了！"

"一只鸟能有什么心病呢？患了心病又怎么治呢？"老刘着急地问。

兽医笑了一笑，说："这个嘛，你得找心理医生问问了。"

老刘于是又提着鹦鹉去找了心理医生。心理医生觉得很可笑，对老刘说："如果是你得了心病，我可以疏导一下，这鸟能有什么心病呢，简直是瞎扯。"老刘说是兽医说的，心理医生还是觉得不可理喻。但经不住老刘的纠缠，想了想，他只好一边分析一边建议着说："参照人类的情况，你这鸟应该是患了失语症，可能是受了惊吓造成心理性失语的吧。心病还须心药医，你得弄清它受过什么刺激，找到了病根，然后效仿当时情形再刺激它一下，也许有效。"

老刘得到了启发，就激动不已，于是找了个机会，乘李局长和李夫人不在家时上楼敲了他家的门，偷偷向保姆张妈打听，问鹦鹉失语当天受过什么惊吓。张妈奇怪地问："你怎么知道鹦鹉受过惊吓呢？"

老刘说："是医生告诉我的。你说，是什么事情把它吓傻了？"

张妈迟疑了一会儿，才吞吞吐吐说："我说了，你可别……别传出去啊！"见老刘点了点头，张妈这才说出了实情。

原来，在一个星期天下午，有人到家里找李局长，李局长不在，那人临走时给李夫人留下了一个装有厚厚一沓钱的信封。到了晚上，李局长回家知道这件事以后很生气，就凶巴巴地对夫人吼道："你疯了是不是？人家大白天送到家里的钱你也敢收？知不知道现在风声正紧,到处都在查腐败?"没想到,李局长话声刚落,鹦鹉也跟着叫了起来:"查腐败,查腐败!"李局长一听,更是火冒三丈,跑过去摘下鸟笼狠狠地摔到了地上,吼道:"再敢胡说,弄死你!"从那以后,鹦鹉就病恹恹的,再也不开口了。

病根终于找到,老刘一回到家就把鸟笼狠狠地往地上一摔,对鹦鹉吼道:"查腐败,查腐败,再敢胡说弄死你!"

奇迹真的出现了,鹦鹉在笼子里吓得"叽叽"乱叫乱扑了一阵之后,竟然语出惊人地叫了几声:"查腐败,查腐败,弄死你……"

就这样,鹦鹉的失语症终于被老刘治好了。此后,老刘把鹦鹉挂在阳台上,每当家里来客,它都会乖乖地叫"欢迎光临",很是让人开心。不过,这鹦鹉也落下了一个毛病,只要听到外面有风吹草动或者有人大声吵闹,它总是惊叫起来:"查腐败,查腐败,弄死你!"让人哭笑不得。也让一些人听得心惊胆战。

终于有一天,住在老刘楼上的李局长实在受不了鹦鹉吓人的惊叫,一大早就跑到纪委去,主动交代了自己的问题,以求从轻处理。

黄　雀

毕经纬（山东）

"你怎能如此心安理得地生活在这个世界上。做过什么你心里清楚，我会来代表正义处决你的。——刽子手"。

罗热手里捏着一张 A4 纸，纸上写着这些文字。说是写着其实都是一些从别处剪来的字拼成的。罗热的手心伴随着老婆的尖叫渐渐地变潮湿了。他只觉得后背有些发麻，脑瓜顶上有些发痒。不过理智依然让他制止了正尖叫着拿起手机拨 110 的老婆："你把电话放下，不能报警。"

"为什么？有人要害你啊！"罗热的老婆几乎在尖叫。

"你小点声！为什么？我干的这些事能拿出去说吗？你冷静一点，明天我让小李去调查一下。"罗热掩盖着内心的焦虑不安和恐惧，尽量让自己表现得轻松和镇定，让老婆安静下来。

第二天早上，罗热出门之前趴在猫眼上往外瞅了半天，慢慢地扭开防盗门的旋钮，一点一点轻轻地开门。站在电梯门前，罗热无来由地感觉背后有人在看着他，总是假装敏捷地回头。在电梯门即将关闭的一刹那伸进了一只手，手差点被电梯门夹到，电梯门再打开的声音仿佛是魔鬼正在磨镰刀的声音。瞬间罗热就感觉衬衣后背湿了一块。进来的是住在隔壁的高中生，嘴里还叼着一片吐司，脖子上挂着书包，正手忙脚乱地往校服里塞胳膊，嗓子里呜呜噜噜地仿佛说了句"叔叔好"。罗热长出一口气，一个孩子肯定不会是"刽子手"。高中生勉强算是把自己完全塞进了校服里，把手缓缓伸进挂在脖子上的书包里。罗热用眼角瞄到了这一幕，大脑一片空白。他对于这个高中生的恐惧油然而生——他不知道他会从包里掏出个什么东西来——手枪、匕首，或者是别的什么。运行中的电梯没有任何停下来的打算，罗热移动到电梯门口，用身体挡住电梯按钮，敏捷地按下了几乎所有还未到达楼层的按钮。电梯门"叮"的一声打开了，停在了 4 层。罗热迅速闪出了电梯，跑进了安全通道，留下了一脸错愕、正在掏自行车钥匙的高中生，盯着红彤彤一片的电梯按钮。

罗热走安全通道来到了地下车库。在开门上车前，他如时间静止般突然停住，先是绕着车走了两圈，后是贴在车窗上往里看，再后来是趴到地下检查一番车底，确认一切正常之后才又拉开车门坐进车里。

当阳光透过前挡风玻璃照射到罗热身上的时候，他感到一阵无来由的安全感。然而一辆快速从旁边驶过的轿车给罗热提了个醒——交通事故。罗热马上减低车速，小心翼翼地行驶在一条烂熟于心的道路上。等到了办公室，罗热的衬衫已经湿透了，手掌上方向盘的印痕还没退去。

"咚咚"的敲门声吓了罗热一大跳，开门进来的是办公室主任李坡："罗处长，你看下周……"

"你看着办吧。我现在没心情。"罗热噘起嘴指了指门,示意李坡把门关上,拿出昨晚收到的那张 A4 纸,"你先看看这个吧。我该怎么办?"

李坡接过了纸,脸色有些变了:"这是怎么回事?没报警吧?"

"哪能啊,你嫂子想报,让我拦下了。说实话就咱们干的这些事,有的是人恨咱们。我现在看所有人都想害我。我都快吓死了。就最近王……"

"行,我知道了。"李坡看了一眼紧闭的实木门,示意他不要再说了,"我去跟王总说,你小心一点。最近的事就先别管了。"

"你可得跟王总好好说说,我才拿了多少啊,这可都是帮他,干吗冲我来……"罗热已经快哭了。

李坡赶忙打断了罗热的话,又机敏地望了望窗和门,瞪大了眼看着罗热:"罗处,有些话该不该说你心里清楚。也别说帮不帮,没有他疏通,你现在还在干什么自己不清楚吗?140 平方米的住房,30 万元的奥迪哪儿来的?"李坡把那张 A4 纸塞进西装内袋,收拾了自己拿来的文件,"以后的事别管了。保护好自己就行了,王总知道你的功劳。"

罗热休了年假,和妻子过了几天生不如死的日子,终日生活在恐惧的罐子里。每天留心着门外发出的任何声音,即便是邻居小孙子在楼道里跑进跑出的声音也让两人心惊肉跳。

几天后的一个晚上,李坡来到罗家。他带来了一本护照:"罗处,这是你老婆的护照,签证已经办好了。下周五安排她去泰国,趁机去加拿大。"罗热老婆如获至宝,急切地抢过护照,紧紧地攥住。

"我呢?"罗热用热切的眼神看着李坡,"王总也有安排吧。"

"你毕竟是公职人员,护照不太好办。你们俩先走一个,也没有后顾之忧。到时候也方便。"

罗热眼光黯淡了一点,但是"王总"作为他唯一的希望却又是他不得不依仗的。

老婆走后的第二天,罗热开始正常上班。虽然依旧心惊胆战,但是毕竟过了这么长时间,恐惧似乎有所减轻。这天他下班回家,车停进车位后门却打不开了。只觉得一阵气体弥漫,自己一阵晕眩。迷迷糊糊地好像看见李坡站在不远处,满脸笑意地打电话。

"王总,事我办妥了,放心。他老婆在泰国也是。您看我这主任也当了好几年了。哦,好嘞,我办事您放心。"

电话另一头的王总放下电话,烧掉 A4 纸,拨通了秦副市长的电话……

放下电话,王总舒服地靠在老板椅里,长长地出了一口气。哼哼,这就叫螳螂捕蝉。眯着眼稍息了片刻,王局长忽然觉得后背有一丝凉气蹿过,他猛地一惊,下意识地猛然转身,险些从老板椅上掉下来。他想起了后一句,黄雀在后。

"睹一蝉,方得美荫而忘其身,螳螂执翳而搏之,见得而忘其形;异鹊从而利之,见利而忘其真。"——《庄子》

电　话

黄　青（安徽）

老李是我的好哥们儿，有啥好事都会想到我。眼下我手里正有一件好事，我得想着他。区里给了我们街道一个市级劳模指标，我想给老李，评上了市级劳模称号，一年后，他的退休工资会加一些，一来算我够义气，二来也是这么多年对他的一个回馈。老李不知从哪儿得到消息，打电话问我在家不？我说在家，半小时后，他夹着两瓶五粮液，鬼唧唧地跑到我家，只笑不说话。

我也笑笑。看着两瓶酒，我一本正经地说：现在是什么时候，你还弄这出？

没事，我们俩是什么关系，你还能见外？这酒也是我外甥过节送我的，我一个人在家喝还有啥味？说着把酒塞进我家鞋柜子里。我没拦，他带酒来，从来都是这么做。

坐在沙发上，我起身给他泡茶。我轻描淡写地问：有啥事啊？

听区总工会郎主席说，我们街道有一个市级劳模名额，我想……

我笑了一下，说：会还没开，其实我也想到了你，等街道开党工委会，走个程序吧。

那就赶早开啊，省得夜长梦多。

听他这么说，我想也是。我说：要么这个星期天开。

好，你开完会我就安排一下午饭，喊哪些人你做主。全喊更好，你们班子不就六七个人吗？

还真有些道理，周日开会，会后还能喝点酒。班子好久没聚了，聚一下也是增加一些凝聚力。我当时答应了下来，叫他先准备着，周日中午电话联系。

周日会议简单，就一个主题：讨论推荐市级劳模人选。我将条件泛泛谈了，重点结合老李的条件：基层社区工作多年，虽没有重大成绩，但也是任劳任怨，马上要退休了，再也没机会了等等。大家也都知道老李平时和我关系走得近，逐个表态表示没意见，算是一致通过了。

这时，我的电话"嗡嗡嗡"在桌上震动起来，我一看，是组织部秦部长，我赶紧出去接电话。

秦部长说，我让区总工会给了你们街道一个名额，你们准备怎么安排啊？是这样的，我一个老战友，他的女儿在你们街道的一个社区，叫闫红，你们商量看看，能不能考虑一下？

我"噢噢噢"了几声，眼前黑了起来。回到会议室，看到其他人准备合上会议记录，我忙说：我们今天这个推荐，再议议、再议议。看看还有没有其他合适的人选。

这时电话又"嗡嗡嗡"在桌上震动起来,我一看,是区委张副书记的,我拿起电话,走到外面接了起来。

在忙啊？周日还在开会,是不是？

是的张书记,我们正在开街道党工委会,几个事情商量一下。

辛苦啊！有个事情问一下,也是一个人在托我,你们街道有一个市级劳模指标,你们定了没有？要是没定暂时不要定,要是定了就算我没说。不要有负担,我就是问一下。

没有定没有定,您看……到时候我去您办公室汇报这项工作。

那你什么时候来？来之前打我电话。

好的。

我们市出台了一个文件,在街道党工委书记职务上,干得好的可享受副县待遇,张副书记推荐了我,现在也到了关键时刻,我不能辜负张副书记啊。我上了一趟厕所,在走廊里抽了一根烟。定了定神,掐灭了烟头,毅然走进了会议室。我宣布：为了慎重起见,本次推荐会不算,我们延期再开。话音未落,我的手机"嗡嗡嗡"又在桌上又震动起来,本来我是想按关闭键的,可震动的手机到处跑,加上我手忙脚乱,按到了免提键,声音挺大：

书记,会开好了吗？我在神仙居等你们,早一点过来打几局掼蛋。

孤 勇

马雪华（江苏）

经侦警察赵志刚躺在床上，仿佛有小虫飞舞，眼睛一阵阵发花。他才40多岁，怎么会患癌？他心有不甘。

老婆在客厅有一口没一口扒拉着饭。

赵志刚有意打破僵局："老婆，你说我的生命只有三个月时间，该做些什么？"

老婆没好气："咱们再出去复查。"

"北京、上海都查过了，肝癌晚期，还查个什么？"

客厅传出啜泣声："前些日子陪你出去查病。昨天一上班就发现我们银行一笔3000万元的资金去向不明。行内手续齐全，到我这儿签完字就闭环了。我不敢签。行长就过来训我。签字前，我把一整套资料找过来拍照留存，没想到被我们行长发现了。这些事就够烦的，你还有心思和我开玩笑？"

客厅窸窸窣窣好一阵。门发出"砰"的一声。赵志刚以为老婆下楼扔垃圾，等了好久也不见上楼。打老婆电话，居然关机！

赵志刚感到奇怪，老婆从来不关机的人，今天怎么关机了？他慢慢下床。外面一切如常，只有茶几上摆着一个绿莹莹的圆球。这是什么？赵志刚很好奇，用手捏了捏，球体忽然炸开，冒出一股烟雾。赵志刚一头栽倒在地。

醒来已是凌晨，头痛欲裂。挣扎回房，不见老婆身影，卧室、客厅、衣橱都被洗劫一空，像是在翻找什么东西？衣服扔得满地都是。靠近门口，有枚落在地上的钮粒。以赵志刚20年的从警经验看，那是一枚警用钮粒。

他打遍所有哪怕能有一丝关联的电话，皆无老婆踪影。直觉告诉他：老婆凶多吉少。他按惯例报了警，但是作为同行，他深知警察在处理失踪案方面效率不高。

他仰面朝天躺在床上，仔细梳理老婆近期有无反常行为？在他看来，老婆唯一的不同就是话少，对他说过两次："老公，你没事多到我们以前住的房子那儿看看。"

他说："那儿不是拆迁了吗？有什么好看的？"现在想来，似乎……

赵志刚睡不着了，坐起来，穿衣下床。怕被跟踪，他不敢开车，而是从家里拖出久已不用的自行车直接往光荣胡同驶去。

他和老婆青梅竹马，光荣胡同是他和老婆童年生活的地方。前几年拆迁，住户都搬走了，开发商却资金链断裂，一大片古老破旧的瓦房就荒在这儿。胡同尽头几棵槐树早已掉光树叶，光秃秃的枝丫像水墨画直刺天空。西南角泡桐树上的喜鹊窝还在那儿，那是他经常爬上去掏喜鹊蛋的地方。

老婆和他捉迷藏的时候,有次就用竹竿把重要的东西挑进喜鹊窝。

赵志刚试图爬上树,看看喜鹊窝这次有没有老婆藏匿的东西。试了几次,没有得逞。小时候的爬树冠军此刻身体太差了。

他死死抱住树干,再次朝上攀爬。不是想证明,而是在较劲,是跟身体较劲,还是跟想象中虐老婆的人较劲?他也说不清楚,只是觉得胸口堵得慌。

终于够着喜鹊窝,里面空空如也。

赵志刚挥手就是一拳,把喜鹊窝捣个稀巴烂,长长短短的枯枝随着羽毛和灰尘向下洒落。赵志刚怔怔地望着这幅情景,仿佛老婆的身子慢慢归于尘土。

赵志刚不死心,又找到他和老婆居住过的胡同。胡同两边都是黛色的砖墙。有一块砖头老早就被他和老婆抠下来过。小时候,老婆也会往这里面藏东西,除了喜鹊窝,这是她的第二个窝藏点。

他小心翼翼抽开砖,果然有张便笺纸。他的手忽然抖了一下。纸上很潦草地写道:"我查资料时被我们行长看到了,他的弟弟是警察,好像是什么派出所所长。"

赵志刚将纸条翻过来,再没有任何字迹。一切仿佛是个谜。

可以肯定的是,老婆之前肯定来过这里,她应该感到不安,担心有事发生,又怕自己多虑,所以才匆匆留下字条。

那么,这张字条是什么意思?她到底想告诉他什么?

一只野猫从赵志刚脚旁"嗖"地穿过,把他吓了一跳。

他掏出打火机把纸条烧掉,红黄色火焰裹着烟雾,透过火焰仿佛看到老婆忧郁的脸。"你猜,你再猜。"

他顺着老婆的逻辑猜下去:"我查资料时被我们行长看见了?"

"行长?"老赵嘟哝一句。老婆当过兵,部队称呼很规范,正职就是正职,副职就是副职。如果这个人是副连长,必须称副连长而不能像社会上套近乎称他为连长。老婆退伍多年,一直延续这个习惯。所以,她口中的行长必定是一把手无疑。

第二句:"他的弟弟是警察,好像是什么派出所一把手。"

既然是弟弟,他与行长必然是同一个姓。

赵志刚骑着自行车就往家赶。打开电脑,在银行政务网页找到行长信息。复制照片,记录姓名。再打开公安系统官网,打开政务信息,找和行长同姓而且是派出所所长的人。

与行长同姓的所长有三个。第一个太老,第二个是女的,第三个必是行长弟弟无疑。

这个人叫周虎。如果老婆被绑架,很可能与周虎有关。他是经侦警察,很容易从交警队朋友那儿打探到周虎的私家车信息。

夜间,他摸到周虎私家车旁,本想在汽车底盘下面装个GPS定位。没想到车内驾驶座位上竟然有件上衣。他大喜过望。赵志刚精通电脑,开车门小菜一碟,直接将设备装在衣服夹层里。

赵志刚顺着设备传送过来的信号跟着导航走,一直走到周虎停车的地方。

设备里周虎气急败坏:"说,你偷拍我哥的材料藏哪儿了?"马上传来赵志刚老婆歇斯底里的吼叫和哀号:"我没有,真的没有拍什么材料。"

赵志刚一边打电话给同事,叫他们先把这边围起来再报警。他要让周虎知道:经警也是警。

送 礼

王志国（吉林）

　　局机关人员，顶数小胡不受局长待见，职位低活儿累，还时不时挨批评，只要局里有不对的事情发生，不管与小胡挨不挨边，局长在每日例会上都要点小胡的名，拿小胡说事，指桑骂槐，杀小胡一个警醒众人。

　　小胡为人正直憨厚，不会溜须拍马，特别是送礼这门功课真不及格。这局里上上下下哪个不给局长送礼，唯独小胡没送过，也难怪不受待见。

　　后来，小胡处了对象结了婚，新婚妻子知道了小胡在局里的状况，很着急，说小胡木讷，给他出主意，让他找机会给局长送礼。

　　一说送礼，小胡脑袋都疼，不会送礼，也不知道送啥。一时间愁坏了小胡。

　　偶尔一次，小胡妻子在小胡手机相册里发现了点什么，眼睛一亮，惊喜地叫小胡：礼物有了，还是份大礼！

　　隔了两天，小胡妻子帮小胡把送局长的礼物准备好，装在一个非常精美的盒子里，再用一个非常漂亮的手拎袋拎着，交给了小胡，又嘱咐他送礼该说的话。

　　小胡心里打鼓，额头鬓角沁出细密的汗珠儿，连连说：这，这能行吗？

　　小胡妻子说：你要想摆脱在局里的尴尬局面，就得这么干。然后，微笑着鼓励小胡：赌一把！

　　小胡把礼物悄悄地拿到局里，趁别的同事不注意，轻轻地敲了门，闪身进了局长办公室。当然了，小胡早侦察好了，知道办公室里就局长一个人，那个娇美的小女秘书今天请假没来。

　　局长见是小胡，一皱眉，严肃地说：有什么事吗？

　　小胡心像摇鼓咚咚地跳，一着急，嘴更笨了，放下东西，眼睛直直地看着局长。

　　局长一看小胡放下的东西，就知道小胡送礼来了，满脸愠色：快拿走，送礼送到办公室了，你小子胆子不小啊！拿走，不然我交给局纪委处理。局长摆出一副清正廉洁铁面无私的架式。抓起话筒就要打电话。

　　小胡急了，拉住局长的手：局长，电话不能打，东西也不能上交，不然你会后悔的，你还是看看再说，我、我走了……

　　小胡说完，逃出局长办公室，汗水湿透了后背，心里埋怨妻子：你出的好主意，害惨了我！

　　小胡提心吊胆，感觉天要塌了，大祸临头。

　　过了两天，小胡就像过了两年，每一分每一秒都在煎熬。

　　这天局里例会，小胡把头垂在胸前，躲到角落里。

当局长说任命小胡做局办主任,他还在低头想心事,旁边的同事拉了他一把,他才醒悟过来。

局长又说:小胡同志是我局的好同志,吃苦耐劳,任劳任怨,是可塑之才,以前我点他的名批评他,就是为了培养他、锻炼他,知道他大智若愚能挑重担……

小胡抹了一把鬓边的汗水,紧张的情绪平静了许多,谢天谢地,媳妇这把赌赢了,全靠那份大礼呀!阿弥陀佛!

其实,小胡给局长送的礼不重,轻轻的薄薄的。

那次,周末,小胡去湖边游玩,拍风景时,无意让一对野鸳鸯钻进了镜头。

局长抱着新来的小女秘书忘情地亲吻,吓得小胡闪进树丛后逃之夭夭……

送 礼

房中喜(江苏)

老陈是普通的村民,但他和一般人又不一样。他是个哑巴,至于怎么变成哑巴的,我至今不知道,听说是小时候打了什么针造成的。

我和老陈相识,是因为他是我的"结对帮扶"对象。

虽然大家都喊他叫老陈,其实也就刚50岁出点头。因为经常做苦力,所以看上去有些显老。

当年因为老陈是个聋哑人,无法与人正常交流,找不到适合的工作,也没遇见自己心爱的人,至今仍是单身,无儿无女。

老陈只能靠自己的一份口粮田生活,也没有学会科学种田,他就是看人家种什么,他种什么,模仿别人种些粮食啥的,产量自然不高,日子过得很紧巴。

老陈年轻的时候,除了是聋哑人之外,别的也没啥毛病,于是在种田之外就帮他的哥哥打下手,他哥哥是卖猪肉的。他不要工资,就是有个饭吃,偶尔哥哥会给他点猪下水啥的拿回家煮着吃。

年轻还好办,有力气,还能过得下去。但老陈想的是老了怎么办?到时候田也不能种了,也不能帮哥哥做事了,生活就没有了来源。

有一天,他听说(当然是别人用手语比画着告诉他的)国家有项政策,像他这样的条件可以办低保,这样每月国家就会给稳定的生活补助。

于是,他就去找村书记。他知道,村书记是村里最大的官。

他一进村书记办公室,村书记就知道他是来干什么的,就比画着告诉他说:"你回家等着吧,我知道你是来干啥的。"

老陈是个老实人,既然村书记叫他回家等,他就回家等。

回家等了有半个月,也没见村书记来或者派人来找他,心里就犯了嘀咕:"大家都想办低保,符合条件的想办,不符合条件的也想办,但是名额是有限的。他知道有人为了能把低保办下来,还去给村书记送礼。到现在,村书记都没来找自己,是不是自己没送礼呢?"

老陈开始考虑送啥礼物呢?自己家徒四壁,平时过着一人吃饱、全家不饿的日子。

为此,老陈愁了好几天,帮哥哥做事也没了心思。

哥哥看出来了,嫂子也看出来了,就都问他有啥事?说出来看能不能帮帮他。

老陈不说,就是临走的时候,让哥哥给他割二斤肉带回家。

哥哥嫂子见他执意不说,也就不再追问,咿咿呀呀的,问起来也费时间。便遵照他的意思,给他割了二斤肉,而且是精肉,让他带回家。

老陈到家,又犯难了。这肉怎么送给村书记呢?自己从来没送过礼,老陈觉得送礼是一件很难为情的事。但不送又不行,为了自己的后半辈子,这礼必须得送。

老陈怕邻居看见,就等天黑了,用一件旧衣服包着肉,夹在胳肢窝下,来到村书记家。

书记刚从镇上开会回来。

近阶段除了日常工作,这个确定低保户是头等大事。这不,今天镇里又开会专门谈这个事情。要求所有经办人要客观公正地把好事办好,把国家惠民政策落实好,让真正有需要的群众感受到政策的温度。

老陈进门就把东西放下了。

书记盯着他问:"这是什么?"

老陈打开衣服,书记就看见了里面的肉。

书记指着老陈刚要说话,又想起老陈是个聋哑人,便放下手,比画着对老陈说:"老陈啊,都说你是老实人,咋也干这事呢? 拿回去吧,自己煮着吃。"

书记不等老陈分辩,就又用衣服把肉包好,塞到老陈的怀里,推着他出门去了,也不留老陈坐会儿。书记知道,留老陈坐会儿,就容易让别人误会。现在是敏感时期,找自己的人太多了。盯着自己的人也不少。

老陈回到家,看着肉,心里又嘀咕开了:"是啊,人家是村书记,又不是我老陈,怎么会在乎这二斤肉呢。自己竟然会把二斤肉当礼物送书记,这不是埋汰人家嘛!"

第二天,他又把肉还给了哥哥。

哥哥很是惊讶,问他怎么又把肉带回来了? 老陈还是不说原因,提出跟哥哥借200块钱。不管哥哥怎么问,他都不说借钱是干吗用的。

"你不说借钱干吗用的,我就不借。"

老陈只好说了借钱的用处。

哥哥听了,和嫂子商量,这钱得借,但200块不够。"现在随个份子还起步200呢。"嫂子说的。

嫂子进屋给老陈拿了500块钱,用信封装好,交给了老陈。老陈知道哥哥嫂子的意思。

晚上,老陈又去了书记家。

书记看老陈又来了,还给了自己一个信封。书记知道信封里装的是啥,便将信封留了下来。

老陈回到家。

当晚的觉,老陈睡得特别踏实。

老陈走了之后,书记老婆对书记说:"你怎么能把他送的东西留下来呢?"

书记对老婆说:"你不懂。"

村里低保户的名单终于公示了,大家都拥到公示栏前观看。老陈看到了自己的名字,眼泪都要下来了。

也有人不满,说自己凭什么不是低保户。大家对说话人的意见都感到不屑,心里都在说:"你凭什么是低保户。"

因为都是一个村的,彼此都熟悉,大家看了公示名单,不由自主地都鼓起掌来。

公示期结束,书记来到老陈家,拿出老陈送给他的那个信封,递到老陈的手里,用手轻轻拍了拍老陈的肩膀:"这下你放心了吧。"

从此以后,老陈见人就竖起大拇指,嘴里咿咿呀呀地说个不停,不熟悉老陈的人,就问和老陈熟悉的人:他说什么啊?别人就会告诉他:"老陈是在夸党的政策好!党的干部好呢!"

生死押运

丁运时(湖北)

　　一个有雾的秋日清晨,在郊外的一条小路上,一辆银行运钞车疾驰而过,隆隆的发动机声打破了宁静。

　　车上坐着几个保安队员,身着押运公司的保安制服,手握武器,目光炯炯,严阵以待。开车的是王队,40多岁年纪,正眯着眼,熟练地驾驶着运钞车,车速虽快,却非常稳当,显见车技了得。大刘,他的得力助手坐在副驾驶位置上,这家伙30来岁,长得虎背熊腰。车后座上是小赵,一个20来岁青涩的年轻人。

　　"王队,这地方好偏僻呀,会不会有什么危险?"小赵边说边不自然地端稳了手中的枪。

　　还没等王队答话,大刘早就不耐烦地说:"得了吧!别紧张兮兮的。这条路我们走了几十遍了,没事!你呀,就是香港警匪片看多了!"

　　师兄发话,小赵应了一声"哦",却小声嘟囔着,并不服气。

　　王队通过后视镜瞅了一眼小赵的窘态,忍不住微笑。他想起自己刚刚通过培训入职的时候,也是青涩的年龄,稚嫩的经验,师兄们没少打趣。当然,都是善意的,对自己成长有很大的帮助。

　　他沉声说道:"我们要把从总行取的款送到村镇银行,走这条路虽然以前没出过事,但也不能掉以轻心。你们稳当着,万一有什么状况,一切听我指挥!"

　　"是,王队!"两位兄弟训练有素地答道。

　　有雾且路况也不太好,王队打起精神,可千防万防,还是出事了。

　　那是一个拐弯之处,斜刺里疾驰来一辆摩托车,虽然王队神速地刹车,但因为速度太快,似乎擦到了,只见摩托飞了出去,戴着头盔的摩托车手脸朝下摔到地上,一动不动。

　　事发突然,车里的人瞬间呆住了。王队最快恢复常态,他朝大刘做了个眼色,后者默契地点了点头,手握着枪,小心翼翼地下了车,去查看摩托车手的伤情。

　　但他为了扶起伤者,不得不把枪暂时背在肩上,可等他刚把对方翻过身来,那家伙突然起身一个过肩摔,迅速地把大刘摔倒在地上,并瞬间夺过了枪。

　　王队心里咯噔一下,暗叫不好,从对方出手来看,这可不是普通的"小毛贼",而是职业劫匪,今天看来是遇到了"硬茬子"。

　　他心念一动,正想下车解救大刘,一把手枪从车窗伸进来顶在他的头上。再看车后座,小赵也被另一名劫匪控制住了。年轻人哪见过这场面,吓得瑟瑟发抖。

　　这三个劫匪都戴着头盔或面具,瞧不出什么模样。他们身手利落,还有枪,又选择偏僻的路线动手,显然是有预谋的职业犯罪分子。

"都他妈的别动,谁敢轻举妄动,我他妈就打死谁!"拿枪顶着王队的家伙显然是劫匪的头,他粗俗不堪的话语和硬生生的嗓音令人很不舒服,"当然,我们只劫财,不害命! 这就看你们怎么配合我们了,呵呵!"

王队非常"配合"地举起了双手,他丢过去一个眼神,制止了大刘的异动——毕竟现在枪在劫匪手上,盲动只能丢了性命。

"呵呵,表现不错! 我看你是队长吧!"

"是,是,我们就是普通的保安,混口饭吃。各位道上的大哥,别跟我们穷保安计较!"

"我最瞧不起的,就是你们这帮狗腿子,还保安,你们能保什么安?"劫匪头子咧嘴一笑,轻蔑地扫了一眼。

小赵年轻气盛,刚要发作,王队吼了他一声:"怎么着,你个菜鸟还不听话了,现在一切听我的!"小赵想起王队先前的嘱咐,才安静下来。劫匪倒也有点佩服王队的气势,没说什么。

"各位大哥,我一定配合。这车后是有不少钱,但是车厢是有密码锁的,只有我知道密码。你们也说了谋财不害命,就放了我兄弟吧,我跟你们走!"

"那我们要是不放人呢?""那我只好不配合了,没有密码,你们短时间也开不了锁,拿不到钱! 我也不瞒各位,车上报警器就在我脚边,我已经偷偷报了警,警察马上就要赶过来了! 时间不等人呀!"

几位劫匪通过眼神交流,默许了王队的方案。但狡猾的他们把大刘和小赵在路边的树上捆了起来,还搜走了他们的手机,催促王队赶快上路。

"王队,王队,别去,危险呀!"大刘和小赵意识到王队为了救他们豁出了自己的性命,不禁焦急万分。

"没事,没事,兄弟们! 这些大哥只是要这些钱花花,我们只是保安,没必要拼命,放心吧!"王队走到兄弟们面前,替他们整了整制服和帽子,然后一咬牙,转头上了车,运钞车疾驰而去,消失在雾色中……

小赵忍不住哭了出来:"大刘哥,你说王队会不会有事呀?"

大刘铁青着脸望着运钞车远去的地方,沉稳地安慰:"小赵,别哭! 我们别给王队丢脸!"

"王队说保安遇到这种事,没必要拼命,他说的是真的吗?"小赵非常沮丧。

"王队这么说,都是为了救我们! 他曾经说过,当了保安,就要忠于职守,为了保卫国家财产,有时候牺牲也要在所不惜!"大刘哽咽着说,他炯炯的眼神似乎要穿透这清晨的重重迷雾。

而此时,一阵阵刺耳的警笛声也越来越近!

当天中午,市电视台紧急插播了一条新闻:

今天早晨,本市郊区发生了一起银行运钞车劫案,劫匪挟持运钞车保安队长逃逸。队长为了队员的生命,假意答应配合劫匪开车。逃跑路上,队长借机将运钞车开进了河中。现在,警方已经将运钞车打捞上岸,车上的劫匪全部被淹死了,运钞车上的国家财产安全了,而保安队长牺牲了……他英勇无畏,忠于职守,完成了自己的使命,还保护了两名战友……

　　电视画面中,大刘和小赵抱着王队的遗体,撕心裂肺地痛哭着……

一尊玉佛

赵一伟（河南）

这是我家祖传的，是我从奶奶那里偷出来的。千万、千万别告诉我奶奶，她要是知道我偷东西，非气死不可！审讯室里，在民警凌厉的目光下，一个半大小子神情慌乱，不像在说谎。

近日，海关截获了一批非法走私文物。通过一尊玉佛，揪出了这个名叫刘小宝的犯罪嫌疑人。

民警当即驱车来到一百多公里外的江城，找到了刘小宝的老家。

奶奶，这个东西您认识吗？民警打开一个紫檀木匣，掀开黄绸布，一尊十几公分高、通体通透的玉佛展现在大家面前。

这不是我家的，但跟我家的那个一样。前段时间有人送来一个，怎么今天又送来一个呢？刘小宝的奶奶嘀咕着，满脸疑惑。

民警一个激灵——有人送来一个？奶奶，那您家的玉佛我们看看，好吗？

奶奶走到里间，屈身从床底下拉出来一个老木箱子，又从五斗橱里找出一把旧式钥匙，打开了木箱。

咦？哪儿去了？奶奶扒拉着箱底，声音颤抖起来。

奶奶，您说前段时间有人送来一个玉佛，是吗？

宝贝呢？我家的宝贝呢？出鬼了不成？

奶奶，您别着急，慢慢说。

我们祖上传下来的那尊玉佛，说是康熙年间的物件。早些年，老头子在的时候，一直由他保管着。老头子下世后，我糊里糊涂的，就交给大儿子保管了。谁知，前段时间一个女人竟送了过来……

女人？不是您儿媳妇，或者认识的人？

我儿媳妇我能不认识？那个女人我没见过，那穿着、那打扮，一看就是个吃公家饭的人，还有人专门开车哩。她把这个东西交给我，嘱咐我千万收好，说等大儿子回来了，一定交到他手上。要不是今天你们来，我都忘了这档子事了。唉，老糊涂了！我明明放在箱子里，亲手锁上的啊。

奶奶，那玉佛您交给大儿子保管了，是吗？

嗯，嗯。

奶奶，那我们先走了！

那宝贝？

奶奶，我们把事情查清楚了再过来。

一行人立即又驱车来到江北市，找到了老奶奶的大儿子、刘小宝的父亲刘国柱。

这个东西你认识吗？

刘国柱的眼神里掠过一丝惊慌：认识！

你母亲说交给你保管了，我们来看看。

沉默。

这东西怎么到了警察手里，也没听说有什么风吹草动啊。刘国柱的脑筋飞速旋转，想弄明白到底发生了什么事。

那个女人是谁？

哪个……女人？刘国柱听到"女人"二字，脑袋"嗡"地一下，立马出了一背的汗。

你送的那个女人！

刘国柱瞬间感觉自己被投进了一个火炉里，浑身被炙烤着，身上的神经马上就要被熔断了。

张……彩……玲……这三个字像从外太空飘来的，而不是从刘国柱的嘴里说出来的。

张彩玲？哪个张彩玲？

沉默。

江北市能有几个张彩玲？大名鼎鼎的市长夫人张彩玲。

一时间，房间里比沉默更寂静。这案子复杂了。两个民警交换了一下眼色，暂停了问话。

韩市长，有个案子可能牵扯到你……

哦？坐、坐，慢慢说！正埋头办公的韩一鸣站起身给两位民警倒水。

有个叫刘国柱的你认识吗？在文明办上班。

认识，认识！大学同学。

两个民警眼神快速对接了一下。那，韩市长认识这个吗？一个民警打开了木匣子。

玉佛？一尊玉佛！没见过！

那，张彩玲主任呢？

哦？他们文化局今天正好在这里开会。我这就打电话让她过来一下。

二十多分钟后，一个衣着得体、面色沉静的中年女性推开了门。她见有民警在，有点意外，眼神掠过一丝惊讶。

您是张彩铃主任吧？这尊玉佛你见过吗？

那个被称作"张彩玲主任"的女性屁股还没坐稳，又站起身近距离瞅了瞅安放在黄绸布里的玉佛。怎么……在你们手上？

所有人一下子把目光都聚焦在了张彩玲的脸上。

老韩的一个大学同学，他大儿子前两年考公务员，笔试第一，担心面试不过关，想让老韩给打个招呼。当时老韩出差不在家，他硬要把这个东西留下。我不收，他拗着不走。因为是老韩的同学，我又不好意思驳他面子，让他太难堪，就悄悄送到他母亲那里了。后来我打听了一下，他儿子还挺优秀的，已经被录用了，就是当时还没有公示……

听的人都暗自舒了一口气，面部肌肉也松弛下来。

悬疑背后

刘大为（天津）

手机铃声不停地响着……

来电显示机主为陆瑶！

这怎么可能呢？因为陆瑶已经在两天前遭遇一场车祸送进医院，在医院里去逝了。现在她正躺在太平间，父母和丈夫都在等着有关部门的处理结果。一个死了两天的人会给自己打来电话？

江秀玉百思不得其解地握着手机，莫名其妙又略感恐惧地注视着手机上的陆瑶两个字。

江秀玉和陆瑶同在一个公司任职，大学里又是闺密。自己是发展部的秘书，陆瑶是财务部的秘书，各自都组成了家庭。虽然不像在校园里那样亲密无间了，但仍然保持着不可移易的关系。

两个人均没有孩子，按陆瑶的说法是，趁现在还年轻，多在事业和生活上拼搏拼搏、享受享受。只是近半年多陆瑶的享受水准日新月异，让江秀玉倍感惊奇。

对于陆瑶的这一变化，昨天警察在对江秀玉的调查问询中，她也如实地做了表述。不过对一个年轻人来说，这显然不算什么大惊小怪的事情。可是警察对这一现象却紧追不放地刨根问底，显然他们对这场车祸还有些疑问。特别是来的人并非交警，而是刑警！

想到这儿，江秀玉的脑海飞快运转起来。在公司里，江秀玉的目光敏锐是人人皆知的，对事情的分析往往都是一语道破的。警察的调查方向，让她立刻觉得闺密的车祸必定另有悬疑。

她立刻把自己手中有关闺密的一些东西翻了出来，一一摆在面前，想从中发现一些蛛丝马迹。

其实这些东西也不过是些高档化妆品和时髦的丝袜之类，没有什么太过特殊的物件。只是有一张照片引起了江秀玉的兴趣。

这是十几天前陆瑶送给江秀玉的，说是在"五一"长假期间和老公出去旅游时照的，也是她最满意的照片。照片的右下角显示着拍照日期是 5 月 3 日，也就是 20 多天前。

然而，事实是陆瑶出车祸时，她的老公正在国外，而且已经走了近两个月了，听说昨天才赶了回来。他怎么能在 20 天前和妻子出去旅游呢？

显然，和陆瑶度假的另有其人，是谁呢？

这么多年，在江秀玉心目中，陆瑶一向循规蹈矩，从未有过绯闻。在她们的交谈中,陆瑶也最鄙视那些轻浮不自重自爱的人。这样一个洁身自好的人,怎么能和丈夫以外的人出去旅游度假。那么也许是一位女性同伴或是亲属？更不可能,因为如果是那样,陆瑶不会谎称和自己的老公去度假。

江秀玉又把照片拿起来,仔细地端详着。照片的背景没有任何名胜古迹或是值得留影的环境,这就排除了是旅游景点摄影师所为。照片右下角显示了拍摄日期,显然不是手机拍照,应该是一架数码相机！可是现在的年轻人除非是搞摄影作品的,谁还会用那样的相机拍照呢？持有这样相机的人多半都在 40 岁以上,甚至 50 岁,而且是喜欢摄影的人。

江秀玉在脑海中开始排查陆瑶认识的人中谁符合这样的条件。突然,一个熟悉的面孔出现在江秀玉的脑海中——财务部经理闵志宏,此人应该是 50 出头,干财务部经理至少也有 20 年了。他是个摄影爱好者,还曾经在公司举办过个人影展。

但是对这个人,陆瑶一直没有好感。尽管是她的顶头上司,可是陆瑶对他一直不屑一顾,且嗤之以鼻。而且话里话外总说他是一个见利忘义、笑里藏刀的小人。和这样的人出去旅游度假,可能吗？

那么也许还有另外的人？

江秀玉再次拿起照片仔细观察,突然一个物件让她眼前一亮:陆瑶的手臂上挎着一个小小的手包,这个手包大部分被衣服遮挡,只露出了一小部分,如果不仔细观察,往往被忽略。

正是这个手包,让江秀玉确定拍照的人就是闵志宏。因为在一个月前,陆瑶拿着这个手包来找自己,并且说手包是那个"小人"给她的。她本来不想要,可是这个手包实在是太过精致漂亮了,还是她朝思暮想的。不仅是帕拉维真品,而且是从国外带回来的,她考虑许久才收下了。

想到这儿,她把照片往桌子上一扔,气愤地说:"禁不住诱惑！"照片一扔翻了一个面,江秀玉下意识地发现照片背面有一行淡淡的字。一般人喜欢在照片背面写上拍摄地点和日期作为留念。这张照片的背面却写着:"我登上了塞壬岛。"

塞壬岛是哪里呢？

原来陆瑶是一个希腊神话迷,闲暇时她经常给人们讲其中的故事,塞壬岛是神话中的一个小岛,岛上有三个叫塞壬的女妖。每当船只驶过,女妖们便用迷人的容颜和动听的歌声,引诱水手们上岸,然后吃掉他们。陆瑶说,这个故事警示人们,不要被诱人的外表和甜蜜的歌声迷惑,因为这背后说不定就是灾难或是死亡。

陆瑶深知塞壬岛的内涵,然而她却写下了"我登上了塞壬岛",登岛就意味着死亡！这其中的隐情不是昭然若揭了吗？

难道是闺密预感到了自己有危险？或是陷入了泥潭不能自拔,还是步入了人家的陷阱而无奈就范？更有甚者是她知道了某些人触目惊心的事情,而被人……

一阵恐惧袭上心头,她隐隐地觉得这一悬疑的背后,一定有一个不可告人的可怕内幕,等着人们揭开。

她恨自己粗心大意没有及早地发现照片后面的字，这也许就是闺密正向自己暗示着什么？

　　接下来就是那个令人费解的来电了，显然陆瑶的手机不在警方手里。既然刑警介入，他们不会不寻找死者的手机，以便从中发现线索。然而昨天的警察却没有向自己询问有关手机的事。也许他们知道了手机已被别人拿走，目前正在查找，或许也有了目标？

　　然而手机是谁拿走的呢？又为什么要给自己打来电话呢？有一点非常清楚，拿手机的人一定在事发现场，甚至是和陆瑶同行，事发后拿走手机消失了。

　　如果确实如此，那么这个人应该就是背后的同伙，试图销毁物证。但是显然不可能，因为手机没有被销毁，还给自己打来了电话。

　　那么就是一个不肯暴露他自己，或者不敢暴露他自己，又不忍心陆瑶遭受不白之冤的人。这个人知道江秀玉和陆瑶的关系，也知道她的分析判断能力强，用陆瑶的手机打来电话，暗示她去揭示谜底。此人应该就是陆瑶身边的同事，也应该是对这个车祸背后的一切有所觉察的人，这个人不想让警方拿到手机，又不去报警，显然是不太相信警方，或者是有更大的信任危机，这说明事件背后的势力一定很强大。

　　想到这些，江秀玉吓出了一身冷汗。陆瑶之死说不定和财务、公司上层，以及某些领导有关联，或者就是一个更大的罪恶，甚至牵扯到警方！

　　江秀玉坐不住了，她不希望在当今的法制社会里出现逍遥法外的罪恶和冤情。即便是闺密不幸参与其中，她也必须尽自己微薄之力协助有关部门还原事件的真相。

　　她拿起了手机，拨通了中纪委巡视组的电话……

逻辑和细节

邓　焕（广西）

方副书记是查办案件出身，都说他长着一双"火眼金睛"，任何"妖魔鬼怪"在他面前都会现出原形。因此，纪委系统许多大案要案或者别人解决不了、找不到突破口的疑难杂案，市纪委都交给方副书记去办理。方副书记都能在纷繁复杂、一团乱麻的复杂案情中，慢慢地抽丝剥茧，解剖麻雀一样找到突破口，最后都能把那些隐藏在案件背后的违法违纪的大人物大角色给揪出来。为此，方副书记被称为米市"纪检系统的福尔摩斯"。

这天，市纪委纪检监察 H 室的同志在追踪一起涉嫌模仿单位主要领导人签字，并套取大额款项的问题线索，眼看时机成熟，准备找当事人——财务科赵科长问话的时候，不想他却突然失踪了。H 室廖主任准备以当事人"卷款潜逃"交给公安部门去处理。当廖主任向分管案件的方副书记汇报了相关情况，方副书记思考再三，感觉事情绝对没有"卷款潜逃"那么简单，决定亲自跟该局一把手唐局长聊聊。

方副书记跟唐局长是老朋友了，年轻时两人都是文学爱好者，而且是市作协的会员，都爱写点豆腐块文章（小小说），都爱互相讨论彼此文章的逻辑和细节。

方副书记打电话给唐局长："好久没写小说了，前几天心血来潮，写了一篇推理小说，总感觉某些情节经不起推敲，你过来帮我分析分析，提点意见和建议，把逻辑理顺，把细节写得真实一些……"

唐局长本来想直接在微信上聊就好，但是方副书记强调当面聊感觉更好。于是唐局长欣然赴约。

方副书记跟唐局长闲聊一阵，喝了几杯铁观音，就进入了主题。

方副书记把小说的大概内容跟唐局长说了，然后将其中的细节抛出来跟唐局长讨论：作为财务科长，他模仿主要领导的笔迹，在多张会计凭证上签字，套取大量资金，从逻辑上讲，他应该把每一张凭证上的签字都模仿到能以假乱真的地步，才能天衣无缝，但是这位科长为什么要在其中两张的签字上故意露出些破绽，让人一眼看出有模仿的痕迹呢……

唐局长脸色有些凝重，思考许久，说他一时还真想不出这个财务科长为什么要这么做。方副书记看了看唐局长说："我想就小说整篇逻辑来讲，这位科长应该不会犯这么低级的错误，他是不是受更大的领导指示或者这本来就是领导设计的一个圈套，一旦事情暴露，领导就用这两张有破绽的会计凭证来诱使调查人员把套取资金的责任往这位科长的身上推，有了这两张模仿的笔迹，调查人员就可以顺藤摸瓜,找出更多张财务科长模仿的笔迹,或者一把手把自己签字的单子也推到财务科长身上……"

唐局长额头有些冒汗,他对方副书记说你这空调不给力,然后抽了几张纸巾擦汗。

方副书记继续就他的小说进行逻辑推理:"纪委的同志发现问题后,财务科长莫名其妙地失踪了,我也感觉有逻辑的问题,纪委的同志还没有深入调查,财务科长应该不会意识到问题的严重性,他为什么要失踪?"

唐局长陷入了沉思,迟迟没有回答方副书记的问题,他扭头看向窗外。窗外是一排高大的梧桐树,树上多只蝉在"知了、知了"歇斯底里地叫。

方副书记不动声色地问:"老兄,你看我这样设计一下的故事情节可好?"

唐局长慢慢回过头来:"方书记写推理小说比我强,我听听方书记的高见!"

方副书记说:"纪委的同志发现了单位的财务问题,并复印了相关凭证,已经打草惊蛇。为应付调查,领导给财务科长施加压力,或者说诱骗财务科长去某个地方商量对策。财务科长听从领导的安排,驾车前往领导指定的地点会合……领导把会合的地点安排在偏僻而且路况不好的山上。雨天路滑,加上大雾,精神极度紧张的财务科长驾车行驶在盘山公路上,心慌意乱一不小心就翻下了悬崖……"

唐局长从口袋里掏出烟来抽,点好烟,他狠狠地吸了一大口,一支烟被吸掉了一大截,吐完烟圈他问方副书记:"你这个细节安排有何用意呢?逻辑上讲不过去呀,领导为什么要这样,他没有必要去要财务科长的命呀……"

方副书记说:"也许领导要求财务科长前往目的地商量对策,本来就是领导的一个阴谋呢,财务科长驾车行驶在盘山公路上,一不小心坠落山崖,随着财务科长车毁人亡,那领导就会把所有的责任推到财务科长身上,他只背个领导责任的轻处分,从而逃避了更重的法律责任!"

唐局长抽完一支烟,接着还想抽。他把烟盒撕烂了,也没有找到一支烟。他问方副书记要烟抽,方副书记笑笑说:"我从来都不抽烟的,你又不是不知道!"唐局长拍拍额头,哑然一笑:"瞧我这记性,怎么把你从来不抽烟这事给忘了。"

后来,方副书记跟唐局长又闲聊了很久。他们聊到了不久前某市某个单位一把手主动投案自首,最后争取宽大处理的事。临走,唐局长表示他会好好思考方副书记这篇小说的逻辑和细节,理出一个头绪,给出很好的意见和建议,帮助方书记写好这篇小说。

过了两天,唐局长把他的"意见和建议"写成了书面材料,送给了方副书记,材料末端,唐局长签了字,按了手印……

再过了几天,一位放羊的老人报案说,在山谷里发现一辆完全变形的小轿车……经公安机关勘查,车是从山上的盘山公路坠落悬崖的。经鉴定,车里血肉模糊已经有些腐烂的人,正是失踪的赵科长。

出卖朋友

许尚明(江苏)

打黑除恶进入新的阶段,根据大量人证物证,指挥部决定立即抓捕黑老大。分管刑侦的方副局长带队,直扑黑老大的老巢。抓捕小组避开大门口的岗哨,从围墙翻入后院,不料两只高大的恶犬呼啸着猛扑过来。这两只恶犬往常都锁在前院的铁笼里,今天却突然从后院里冲出,干警们措手不及地抵御着。

"当心!"方副局长一边提醒着同志们,一边冲上前去。就在这时,意外的一幕出现了:两只恶犬突然温驯下来,摇着尾巴在方局长面前撒娇亲昵。抓捕小组火速冲进屋子,正欲跳窗逃跑的黑老大被当场擒获。

回到局里,指挥部领导听取汇报,分析案情,大家说着说着,一下子愣住了——黑老大家中的两条护院恶犬,疯狂地叫着扑着,为啥看到方副局长就温驯下来,还那么亲昵?一道道疑惑的目光一下子集中在方副局长的脸上。

会议室里突然变得分外安静,只听到人们"呼哧呼哧"的喘气声。人们都知道狗通人性的道理,狗狗只有在自己的主人或非常熟悉的人面前,才会表现出亲昵。而方副局长与黑老大家中的护院犬竟然如此熟悉亲近,这里面肯定大有文章啊!公安局内部最近查处了两个充当"黑保护伞"的干警,难道方副局长也是?人们不敢相信,更不愿意相信这是真的。

会议很快结束,局长在办公室里独自踱着步。他眼前又出现了几天前那难忘的一幕:县领导检查机关干部结对帮扶工作情况,临时抽查到方副局长的帮扶联系户李老太的家。李老太家的小黄狗看到一群不速之客,龇牙咧嘴地吠叫着。方副局长从后面走来,朝着小黄狗挥挥手:"阿黄别叫!"小黄狗立马停止了吠叫,绕着方副局长的腿一个劲地撒娇亲昵。

三天后,县委书记在全县党员干部大会上讲述了这个故事,深情地说道:"狗狗都这样熟悉亲近,可见这位同志和帮扶对象都成一家人啦。我们的干部都要这样经常深入到户,和帮扶对象融为一家,真正成为帮扶对象的贴心人、'娘家人'。"局长在想,如果方副局长不是经常去李老太的家,那只小黄狗会那样撒娇亲昵吗?他和帮扶对象家的狗狗都成了"朋友",确实应该表扬。同样道理,黑老大家的恶犬对他那样撒娇亲昵,也不会无缘无故,难道他是这样的"两面人"吗?这是多么可怕,多么不愿看到的啊!事到如今,只好面对现实。局长咬咬牙,做最坏打算。

就在这时,方副局长推门而入。

"老方啊,你……"局长欲言又止,满眼的恨铁不成钢。

"局长,请你通知抓捕小组立即随我出发。一切都会水落石出。"

抓捕小组分别从前门和后围墙进入黑老大家的家,没有发现可疑人员,但茶几上的水杯还在冒热气,烟缸里的烟蒂还没熄灭。

"挖地三尺也要找出疑犯!"方副局长大声喝道。

从客厅到房间,从床底到天花板,每一个角落都找遍了,抓捕队员一个个报告:"没有发现!"方副局长在房间里转了一圈,又俯下身子查看地板,发现大衣橱一侧的地板上有摩擦的痕迹,然后在悬挂着的大衣后面找到一个不显眼的按钮。他伸手一按,大衣橱缓缓移动,后面墙壁上露出一个暗门。方局长大声喝道:"方大魁出来!老K出来!再不出来就开枪啦!"

抓捕队员你看看我,我看看你,他们的目光中充满疑惑:方大魁是谁呀?老K是谁呀?方副局长怎么知道他藏在暗室里?

"别开枪……我出来!"随着颤抖的声音,暗室里走出一个男子。人们惊呆了,走出来的男子和方副局长一样的身材,一样的长相,要不是一个穿着制服、一个穿着西装,还真的分不清谁是谁呢。

原来,这方大魁和方副局长是孪生兄弟。当年由于家境困难念不起书,十岁的方大魁跟着一个耍猴人走了,后来就没有了任何消息。三年前,方副局长看到国际刑警组织的通报,发现那个新当家的东南亚大毒枭老K,竟然和自己一样的长相。但手中没有任何资料和证据,他不敢贸然向组织回报。这次老K潜入黑老大的家,本想借助黑老大的势力,建立制毒基地,打通东部沿海贩毒通道。没想到计划刚开始实施,两条恶犬就出卖了他。

"您怎么发现方大魁藏在黑老大家中啊?"同志们好奇地问。

"我看到上级通报,东南亚大毒枭有可能潜入中国大陆沿海地区,准备新建制毒贩毒网络。"方副局停顿了一下,缓缓说道,"两只恶犬在我面前不会无缘无故地突然变得温驯亲昵,我立即联想到谁和我长得一样,让狗都认错了呢,只有方大魁。"

"哗!"会议室响起热烈掌声,同志们佩服方副局长的机智和敏锐,更敬佩他大义灭亲的壮举。

"你这家伙……咳!"局长猛地给了方副局长一拳,然后,两双大手紧紧握在一起……

应该如此

李炳荣(四川)

便衣警察抓住了一个扒手,审讯完当场案件后,警察接着问:"最近还有其他扒窃行为吗?"

"今天上午窃得一个女式挎包,可里面没有钱。只有一部手机和一些化妆品。"扒手回答。

"挎包现在在哪儿?"警察问。

"在我租的房间里。"扒手答。

于是警察带着扒手从租房里取来了那个极精致的鳄鱼皮挎包。警察拿着挎包里的手机,他知道翻看手机里的信息属于不道德的行为,但是为了找到失主,还是查看了手机里最近的通话记录。排在最前面的一个号码是昨天深夜里打的,警察想,深夜里通电话的人一定是她的自家人吧。于是便将那号码拨了过去。电话那头问:"有什么事吗?"

警察回答说:"是这样的……"

但奇怪的是,当警察讲完事情的缘由后,电话那头竟一声不响地将电话挂断了。警察想:"难道不是自家人?"

当警察还在纳闷的当儿,办公桌上的电话铃声响起来了。电话里传来了区公安局局长的声音:"你刚才不是破获了一桩扒手案,挎包里面有个苹果牌的手机,对吗?"

"对!对!对对对……"警察连忙说。他似乎是第一次与局长通电话,所以很是有些受宠若惊。

"你马上将挎包及手机迅速送到我这儿来。我在办公室里等你。马上!"局长在最后还特别强调了"马上"二字,可见其重视的程度。

警察在心里嘀咕:"啥事那么重要?"

事后,警察在很长时间内对这件事感到迷糊。一次,他与一位老公安在一起值夜班,闲聊中谈及此事。老公安沉吟良久,笑着对他说:"你信不信,那丢失挎包及手机的女人,一定是个非常漂亮的女人!而且一定非常年轻……"

"怎么那么肯定?"警察疑惑地问。

"还有一点也能肯定,那个接听最前一个号码电话的人,一定是个大款或当官的。如果是个当官的,那他的官至少比区公安局长要大很多或者是公安局长的顶头上司。"

"怎么那么肯定?你的推理真如此准?"警察几乎是在责问。

"我弄了那么多年的刑侦，多少是有些经验的。"老公安说。

"这怎么可能……这……怎么？"警察真有些呆了。

"你再仔细推敲推敲，根据你说的细节，看还能不能找出第二种可能出现的情况来？"老公安微笑着询问道。

"真的……好像……没有……没有……"

警察沉吟了好半天，才缓过神来，他若有所思地说："好像应该如此！应该如此！应该……"

第三辑 | 职场风

失　密

王培静（北京）

这是 2182 年的一天。

早饭后，天文学家鲁一贤习惯性地来到阳台上，看看外边的天气情况或不远处的绿色。他伸手把窗户开了一条缝，突然，一只小鸟从他的头顶撞了进来，这是谁忘了关纱窗。

鲁一贤索性把窗户开到最大，想让进家的这只小鸟能顺利找到来路，飞回自由的天空。那小鸟从这个房间飞到那个房间，啾啾叫着，很兴奋的样子。鲁一贤高兴地招呼夫人：洪老师，快来看，咱家来客人了。

夫人从厨房走了出来，看客厅里并没有人，莫名地看着他。

你去厨房抓一把小米，放到阳台上去，客人可能饿坏了，再用个小碟子接点水放那儿。夫人跟着他的眼光，终于发现了这只飞来飞去的小鸟，只见它长的红嘴、黄尾巴，两扇翅膀却是白色的，煞是好看。鲁一贤刚才一开窗户，它一下子就闯进来了。

夫人笑着说：这鸟和咱家有缘呀。

窗户一直给它留下了飞走的空间，它到阳台上吃食、喝水，吃饱喝足后，就到各个房间转一转。看它没有要走的意思，几天后，鲁一贤到市场精挑细选了一个小鸟笼回来，它只是好奇地进去看了一次，再也不进笼子里去。

不论谁出门回来，小鸟听到钥匙开锁的声音，都会到门口迎接，叽叽喳喳地叫着，像等着大人归来的孩子。

小鸟的到来，给他们的日常生活平添了许多乐趣。

鲁一贤说：咱给小鸟起个名吧。

夫人说：叫红嘴，行吗？

不知是从谁家跑出来的，就叫丢丢吧，人家不都说，贱名好养活吗。

鲁一贤在书房里看资料、写东西累了，想站起来活动一下身体，一抬头，发现丢丢站在他的书柜上，合着眼睡觉呢。在他工作时间，丢丢从不乱叫唤，只是在逗它时，才发出那欢快悦耳的啾啾声。

鲁一贤每每用眼光去寻找它时，它都好像懂事似的，时常轻轻落在他的肩膀。由于工作，鲁一贤有时睡得很晚，丢丢不声不响，不知躲在哪个角落里一直陪着他。

它从不到处拉屎，破坏家里的卫生，个人问题都解决在阳台上给它铺好的报纸上，这也是家人都喜欢丢丢的原因。

半年后的一天早晨，鲁一贤突然发现有点不对劲，生活中好像少了点什么内容,他嘴里唤道:丢丢,丢丢,你藏哪儿去了?夫人也唤:丢丢,丢丢,快出来,急死我们了。丢丢真的失踪了。

他们把窗户留了一条大缝隙,怕丢丢回来进不了家。可半年过去了,丢丢再也没有回来。

两年后,鲁一贤在国外的一家期刊上看到一篇研究成果报告,竟和他的研究成果基本一致,这一刻,他的头都要炸了,莫非是……

他当即决定,马上报案……

分 身

赵杨君（福建）

当身为电视台监制的芊芊告诉我们，她收到客户的邀请，请我们四个好友去海岛玩，吃住行全包时，我笑称，这简直就是柯南剧场版的经典开头，也许参加的人会一个接一个地神秘死去。

谁知道，我居然是个乌鸦嘴。

第二天中午，我、芊芊、林欣、宋野一起来到海岛。我们住的民宿里有两个工作人员，一个是四十余岁的老板娘，一个是二十岁出头的小伙子。

我和芊芊住单间，林欣和宋野这对夫妻住一间。林欣有哮喘，不能受剧烈刺激，随身带着万托林，一种哮喘气雾剂，以防万一。

后面几天，我们玩得很尽兴。辽阔的海湾，细腻的沙滩，翻修的古镇，地道的美食，这次旅游堪称完美。

如果能够在那一天就结束回家的话。

芊芊提议明天休息，然而第二天中午，她却单独约我去一个地方。我们从民宿出发，她带路，在崎岖的小道里走了半个多小时才到达目的地。

那是一处海边，四周没有人，中间有一块高耸的石柱，芊芊介绍说，这是望夫石，求姻缘很灵，只要抓一把沙子撒在石柱身上，许下愿望，就能梦想成真。

随后，她开始祈愿，扬起的沙子撞上石头纷纷散落开来，宁静地回归到地面。

我跟着照做。

"现在2点30分。"结束后她说，"我去买伴手礼，你自由行动哈。"

就在芊芊离开后不到十分钟，我接到林欣的电话，语气慌张得像有电钻顶着她的喉咙。

"你快回来！芊芊她……她……在民宿自杀了……"

"不可能！"我望着不远处的望夫石，看了下时间，才2点40分。

我赶回民宿，餐厅已被黄色封锁胶带隔绝，我望见芊芊坐在椅子上，上半身倒在桌面，脚下一大摊鲜血已蔓延开来。

她脸色苍白，一只手上握着把沾血的刀，另一只手腕的血渍已经凝固，现场的血腥味令人窒息。

我从民宿老板娘那儿了解到，根据监控，下午2点5分，芊芊来餐厅在椅子上自杀，2点35分，民宿的小伙子发现后，急忙跑去隔壁的卫生服务站找来医生，医生确认她死亡。

不可能！那个诡异的时间点，根本说不通，我感觉身处幻觉中。

"医生宣布她死讯的时候,我还不信。"宋野语气沉重地说,"我摸了她的脉搏,没动静,她,真的死了。"

铁一般的事实,无可反驳。可是,只有我一个人清楚,在芊芊体内的血一点点流尽的那半小时里,她明明和我在一起。

我的脑袋嗡嗡作响,似乎有千万个不同的声音在问着同一个问题,和我在一起的那个人,究竟是谁?

警方让我们待在屋里,中途只有宋野出去拿了两瓶水回来。晚上,我们各自回房。

我躺在床上思考着,忽然,一个细微的疑点跳了出来,我想起在她尸体太阳穴的头发处,沾有些许海滩的沙子!

这么说,她确实和我去过海边,但她又是如何分身出现在餐厅?我仔细回忆和梳理大家的供词,渐渐地,真相在我脑中逐渐成形。

原来,我只不过是被狩猎的猎物,现在,我已经发现了猎人。

忽然,门外响起一阵敲门声,忽轻忽重,仿佛门口有人上吊后脚尖不断碰撞到门。

我起身开门,正对的墙上用血写着几个狰狞的大字:"来餐厅一起玩。"

正巧宋野带着林欣来找我,也看到那些字。

"既然死去的芊芊发出了邀请,我们就走吧。"我提议,宋野赞同。

餐厅里亮着一盏昏暗的夜灯,我们站在芊芊死去的桌子前。忽然灯光一闪,一个人的身影出现在我们前方。是芊芊,她穿着死时的连衣裙,披着头发,神情木然,直勾勾地盯着我们,手腕处的血正一滴滴地落在地板上。

林欣和宋野不约而同地发出尖叫,我只是沉默,灯光一闪,芊芊消失不见,地面上出现了一个大大的血字:死!

"芊芊想带我们一起死。"宋野叫喊着摇动林欣,"她要杀了我们!"

宋野为什么这么做?我忽然有些意外。

只见林欣在惊吓中,呼吸急促地倒在地上。

哮喘发作!宋野还愣在原地,我从林欣的口袋里掏出万托林给她用上,她吸了几口,却丝毫没有好转。

怎么办?此时,芊芊步履如飞地走到林欣身边,拿出一瓶万托林,林欣得救了。

"真的是你吗?"宋野和林欣同时发问。

我笑了笑,是时候揭露真相了。

"她其实并没有死。陪我去海边求姻缘、自杀、血字,这些,是你正在制作的新节目,对吧?"

当时芊芊带我走的是山路,七绕八绕,造成望夫石和民宿距离很远的假象。我在手机上看过地图,有马路直达,开车只要五分钟。她回来后,通过化装伪装成自杀,骗过我们三个。

至于民宿的老板、小伙子、医生,也只是她的工作人员罢了。

"我一直在筹备这场真人秀,想制造一起诡异、恐怖的事件,用民宿里的隐藏摄像头录下你们最真实的反应。"

"可刚刚林欣差点被你害死了!"宋野依旧义愤填膺。

"没错。"我严肃地看着他,"刚刚这里,有一场真正的谋杀案正在发生。"

大家都惊讶地看着我。

我指着宋野:"下午你出去拿水时,你可能看到剧本或听到员工对话,知道这是一场秀,于是带林欣来找我,想将计就计,利用哮喘杀死林欣,并嫁祸给芊芊。"

证据就是,被他调包过的根本无效的万托林!上面留有他的指纹。

至于他为什么这么做,他承认,是和他出轨、欠债和谋图林欣的死亡保险金有关。随后,我们把他交给警方。

希望芊芊的新节目能够大火,但是以后,我再也不来海岛玩了。

隐 私

王中霞（江苏）

苏红丽被同事们称为"大美丽"。她一直任教六年级语文，是学校的骨干，更是历任领导的"宠儿"。但她没有被工作所累，天天穿着时尚，妆容精致，很多人都说她更像音乐老师。

苏红丽已经45岁，却没有像同龄人那样发福。最重要的是，她的体态就像年轻人，身体单薄，显得轻盈，有人形容她每走一步都是一首诗。大美丽的五官柔和，目光纯净，再加上脸蛋还有那么一点点婴儿肥，怎么看都很年轻。

可是，学期中途，大美丽的工作调动了，她被调到了图书管理员的岗位。大家假装得都很平静，其实谁都猜得到，大美丽的关系肯定不是一般地硬。

在学校里，同轨就是冤家啊。大美丽班级每次考试都第一，她就被领导列为学习的楷模，无形中她就成了另外五个人的共同"敌人"。所以，那几位同事表面风轻云淡，内心却藏着火燎一般的妒忌。这就意味着，她们以后天天查作业、改作业，找学生谈心，发火，骂人，忙得蓬头垢面，气得面目扭曲，而大美丽可以悠然地品茶，用心地养花，有足够的时间让自己更美丽。

大美丽个性不张扬，所以从她脸上也看不出有多兴奋。乡镇学校的图书管理员，其实形同虚设，一周只要上一次班，负责将借出去的图书收回就可以了。但大美丽是习惯上班的人，她一周通常会去两三回，又不需要坐班，每天可以睡到自然醒，比起之前的工作量，不值一提。

大美丽留恋她原来的办公室，再说，图书室离办公室也很近，所以她仍然在原来的位置坐着。大美丽改不掉做老师的习惯，有时太闲了，也会帮同事批几本作业。

孙红梅和王芳少了个强劲有力的对手，内心有点小窃喜。但一想到往日她们被领导对比时的那种尴尬，不免又怪罪到大美丽头上来。

抓教学的朱校长总是这几句话："有些人你花多少时间在学生身上了？如果你花的时间那么多，还是不出效率，说明你的方法不对。可以跟苏红丽老师学一学，谦虚一点，坐后面听听课，看看人家怎么上课的。总是差，学生和家长也看不起你啊！"

这时候的王芳，玩着静音的手机，好像没有听朱校长讲话，其实她听得清清楚楚，在心里已经恨得咬牙切齿。

德育处的杨校长一提到班主任工作，又对大美丽夸赞一番："苏红丽老师把小助手都用起来，班级管理井井有条，这是一种能力。"孙红梅在心里嘀咕："大美丽放个屁我们也都要说是香的。"

这样一位领导眼中的"红人",光荣退居十八线,管理起图书,很多老师内心都有些不平衡。

"老师的工作最不公平,干多干少一个样,人家在图书室,说不定期末还能评优呢。我们这些人拼死拼活,领导视而不见!"有人开始抱怨。

旁边的人开始附和:"对啊,我做梦都想去图书室,我保证天天按时上班!"

"领导还说她身体不太好,真是个可笑的借口。我的身体更不好,也不见有特权。"王芳一边说一边捶着肩膀。

"想得美!"孙红梅给大家当头一棒,"这可不是一般人能获得的机会。"她特地把"一般人"加重,言下之意,大美丽不是一般人,是可以在男人面前呼风唤雨的人。

不满归不满,怨言说过也就算了。两个月后的一天,有人又开始"跟踪"起大美丽。

那天,大美丽刚刚离开办公室,同事孙红梅惊讶得下巴快掉了:"大美丽吃这药干吗?她怀孕了?我怀宝宝时孕酮一直低,吃了好长时间。"她压低嗓音告诉了隔壁的王芳。

原来,孙红梅打开大美丽抽屉找小剪刀,无意中看到一板药丸,反面清清楚楚地印着"地屈孕酮片"。

"真的假的?你确定她刚刚吃的是这个?"王芳带着笑意,但又不敢相信是真的。

"我确定,刚刚我看到她从这上面剥下两粒扔进嘴里的。"孙红梅的眼睛睁得大大的,又补充了一些细节。

"什么事?你们俩窃窃私语的!"两个人的对话尽管声音不大,还是引起旁边同事的注意。

"没有什么,哈哈哈哈,讨论一下国家大事。"孙红梅说着退回自己的位置。

女人对于别人的隐私有着天生的敏感,她们非要从一些蛛丝马迹去探索事情的真相,很有福尔摩斯的潜质。而谈起别人的隐私,她们更喜欢神采飞扬地添油加醋,把情节谈得合情合理,生动形象。

但孙红梅确实应该惊讶,因为大美丽早过了生宝宝的年龄。乡镇小学压力不大,女老师连生孩子都攀比,一个看着另一个抱着小宝宝,心里就痒痒了。但是六年级这几个女人,都是超年龄的"老人",她们的心最急,都说再不怀孕就老了,"大姨妈"都快和她们绝交了。

一直以来,生二宝这事,大美丽不是大家的竞争对象,不仅因为她年龄最大,更重要的是她单身,她老公去世已经三年了。

大美丽的老公在世时很宠爱她,所以,她做了20多年的小公主。大美丽喜欢买衣服,热衷于护肤,健身也很有毅力。每天不管多忙,淡妆是雷打不动的。她老公去世那一年,大美丽几乎抑郁了。

差不多两年时间,大美丽逐渐恢复了原来的模样,但她的神情却好像回不到过去了。

"谁能想到她会怀孕？怪不得校长把她调到图书室。只拿工资，不做事，就是为了备孕的啊！她女儿都工作了，她为了谁愿意这样拼了老命生孩子？"孙红梅忍不住又趴到王芳桌子上，压低嗓音，滔滔不绝。

"你们一说，我想起来了，有一天苏老师还有点呕吐，我当时以为她受凉了。"有人及时补充。

王芳又开始愤愤不平："怪不得她高跟鞋也不穿了，妆也不化了，衣服都休闲起来了。我还说她怎么不爱美了，原来人家悄悄努力怀孩子，想惊艳我们呢。"

可王芳又话锋一转，对着孙红梅微微一笑："人家能力强，没办法。我们俩可真没用，家里现成的老公，却怀不了。人家没有老公，比我们还大两岁，竟然怀孕了。气不气人？"

"谁说人家没有老公？是没有公公开开的老公，哈哈哈……"两个人一起捂着嘴笑起来。

半天时间，大美丽怀孕的消息就在这个办公室传遍了，但是没有一个人去恭喜，因为名不正言不顺，她没结婚呀。

都说三个女人一台戏，五个女人注定就是精彩大戏。女人的妒忌心说来就来，等到第二天大美丽再来学校，大家都用异样的眼光看着她。只要大美丽离开办公室，五个人就立刻有了共同语言。

"教学能力强就罢了，生育能力都强，有没有人过的日子了？"有人这样笑着说。

"领导真是善良，为了让大美丽备孕成功，让她做没有压力的工作，体贴入微啊。"

"我好像有强迫症，特别想知道这是谁的孩子！"王芳就是个"大嘴巴"，什么事只要她知道了就会像大广播似的扩散。如果她得不到答案，心里就像被猫抓一样难受。

"关你什么事！只要不是你老公的就行。"孙红梅这样说话确实就是她风格。

"我老公才不喜欢老奶奶，他喜欢小姑娘，哈哈哈哈……"王芳对她老公出轨小姑娘的事竟然开起玩笑来了。

一周的时间里，办公室这五个女人就一直在研讨大美丽怎么可以成功怀孕，孩子到底是谁的。直到有一天，她们看到有人送大美丽来学校上班，好像发现了谜底。

"你们快看，豪车，至少100多万元！"王芳像发现新大陆似的指给另外的同事。她们趴在窗口，看着车门打开，大美丽缓缓走进学校的大门。

"不得了，那小鲜肉多帅啊，大美丽魅力不减当年啊！难怪要冒着生命危险生孩子。"王芳又回到生孩子的话题。

"我懂了，伊能静50多岁生女儿，因为秦昊年轻。那个香港女明星洪欣，嫁给张丹峰，还有蔡少芬和张晋，都是大女人有小老公啊。"孙红梅帮王芳找到了答案。

王芳秒懂，笑起来："说明再贫瘠的土壤也经不住活力满满的种子。"

女人的关系就是这么奇妙,只要大美丽来办公室,她们依然可以和颜悦色地交流,甚至还会夸奖大美丽:"今天衣服小清新啊,看起来最多 30 岁。"

　　一个月后,大美丽基本不来上班,同事们已经大概猜到她在家专心保胎了,因为这样的高龄产妇,会有各种意想不到的风险。

　　图书室的工作由杨校长接替,于是,杨校长也就自然地坐到大美丽的位置了。女人们免不了对大美丽怀孕的消息问长问短,杨校长不知道该如何回答。但是,时间一长,他觉得该和大家说清楚了:"苏老师个性是要强的,她让学校领导帮助隐瞒她的病情,其实她患了乳腺癌。你们知道她家的情况,都是她弟弟一直陪她治疗。小剂量化疗伤害性虽然小,但是她的食欲还是特别差,需要服孕酮片来促进食欲,增强抵抗力。"杨校长的眼里有了一层雾,然后他缓缓地说:"苏老师觉得自己一个人在家也无聊,还是想经常来学校,哪怕只是做图书管理的工作……现在她病情没有控制住,她弟弟已经带她去上海治疗了……我本来应该遵守承诺,但是又不想她受到误解。还请你们不要和她联系,只当不知道……"

　　办公室里的所有人,都沉默了。

谁是告密者

柳灿红（江苏）

局办公室的小程出事了。下午刚上班，有不少人看到大门口停着一辆警车，然后小程被两名警察给带走了。有人说他被人举报了。

办公室里轰地一下炸起了锅：这怎么可能呀？小程是个好小伙，工作积极，为人真诚，各方面都很优秀，怎么可能会被公安局"请"去呢？到底是谁告的密呢？

办公室王主任此刻不动声色，一脸深沉：对小程我还是比较了解的。以小程的为人处事不可能被举报呀。小程在办公室，接触不到钱，不可能有经济上的问题。再说，他就一个普通的办事员，近年来组织上已经在逐步培养他，正准备提拔他，这个节骨眼上他怎么会出事呢？我分析，问题可能出在小雨身上。小雨是办公室的打字员，还是局长的侄女。这小雨追求小程两年多，小程硬是没答应。小程大学毕业考到局里，当上了公务员，给他介绍对象的人很多。可小程就是忘不掉他的大学女同学，现在还一直联系着。因此，尽管小雨多次表露爱意，小程就是不来电。本来嘛，高中毕业的小雨怎么配得上本科毕业的小程呢。要不是局长的关系，小雨现在还在家待业呢。人都要面子的，这小雨还是个姑娘，几次三番被回绝她的自尊心肯定伤害得不轻，编个理由告他一下，发泄一下自己的不满，让小程难堪一回不是不可能，呵呵。

王主任瞄了小雨一眼，小雨很淡定地抹着口红。小雨心里想，这个死老王，虽说一肚子坏水，但还不至于做这样的绝事。那肯定就是马大姐了。40多岁的马大姐也是办公室里的半个老人了。马大姐心直口快，为人热情，是个"事事通"，没有马大姐不知道的事。可今天马大姐却很反常，硬是哑巴打手势——不开口。她做了什么事别以为我不知道。本来在一个办公室，就我和小程是单身，我们天天接触，互有好感，每每有点苗头就被马大姐搅和了。我还听别人讲，马大姐经常在别人面前提到我是凭关系进来的，嘴上不说，心底里却瞧不起我。我就是看不惯她，总是依仗自己徐娘半老，经常在老王面前搔首弄姿，办公室的好处她没少得。她就是想搞点事情出来，然后把小程调走，破坏我们的好事，我呸！

今天出现小程这个事，按理马大姐是要阔论一番的，谁知她却出奇地冷静。消息一贯灵通的她对今天的事却一概不知。既然心里没有底，那就不能信口开河，这关系到小程的一生呢。这孩子，我看着就喜欢，到底是名牌大学生，素质就是高，如果在别的部门早就被提拔了。怪就怪这老王，快60岁的人了还霸着主任的位置不放。听局领导讲，本来去年年底就准备让老王歇岗的，把小程提起来锻炼锻炼，这老王就是舍不得主任的位置，还想再做两年，这又何必呢！没有吃不尽的饭，没有做不完的官,迟早要下台的,还不如成全成全年轻人。你就是不让出主任这个位置,也不至于出此下策,害了这个年轻人呀,唉!

快下班的时候,小程忽然出现在办公室。大家一下子围了上去,惊讶地问:小程,你没事吧?公安局是怎么回事?

小程羞涩地笑了笑,既然大家都问了,我就告诉你们吧。上个周末,我在东鸣湖游玩的时候,看到一个小孩掉到湖里。我正好路过,就下水一把救起了孩子。本来就是个小事,小孩的家长却多方打听,通过公安部门找到了我。今天是找我去局里写个笔录,打算报我为县见义勇为先进个人。

大家哦了一声,你望着我,我望着你,默默地低下了头。

红 包

林爱华(江苏)

一

　　李默病了。决定去市一院找外科主任孙远。孙远医术高超,是全市闻名的一把刀。李默对妻子桂花说:"你收拾一下,明天陪我去市里看病。"
　　桂花惊恐地问:"是不是胃病又犯了?要不现在就去县医院检查一下。"
　　"是市医院,一级医院一级医疗水平。"桂花知道他的牛脾气又上来了,嘀咕道,"那里人生地不熟的,去找谁呀?"
　　"找孙远,我们是同学。"
　　妻子笑了:"就你那也算同学,撒尿和泥巴的玩伴吧。"
　　李默想也是,他和孙远小学一二年级同学,坐过同桌。上三年级时,孙远随父母回城了。回城后一直没有消息,直到去年他去市里找张军办事,才知道孙远在市一院工作。张军还带他们见过一面。

二

　　候诊室里人头攒动,挨挨挤挤,人满为患。李默望着挂号处长龙似的队伍,顿悟:健康才是人生最大的财富。暗暗在心中发誓,这次病好后,戒烟、戒酒,好好爱惜自己的身体。桂花气喘吁吁地从挂号处挤过来:"主任的号挂完了,三天后才有。"
　　李默拨通孙远的手机,传来一个女人的声音:"你好,找主任有什么事?"
　　"找他看病。"
　　"预约了吗?没预约请先挂号。"
　　"我……我们是同学,找他办点事。"李默一听急了,说话也结巴了。
　　"那你在候诊室等他。"对方挂断了。
　　李默不敢怠慢,人在候诊室,眼睛却直勾勾地盯着主任值班室的门。看到孙远朝值班室走来时,急忙迎过去,握住他的手:"孙主任您好!"
　　孙远看着他:"您是……"
　　"李默,我们是同学,去年张军带我见过你的。"
　　"李默,你好像瘦了。"李默想能不瘦吗,都病一年多了。来到值班室,孙远对助手说:"十分钟后再叫号。"
　　"老同学,这是嫂子吧,请坐请坐。找我什么事?"

"找主任看病来了,号没挂上,还望主任给个面子开开后门。"孙远开始没认出李默,他有点不悦。

李默的话有点酸味,孙远便笑着说:"那就别叫主任了,叫我孙远。说说吧,是什么情况。"

"我胃病一年多了,时好时坏。在县医院看过,慢性胃炎,开点药吃吃好了。最近几个月感到全身乏力,胃疼、胃胀,不想吃饭。"

孙远扶李默在检查台上躺下,认真仔细检查后问:"以前做过胃镜吗?"

"做过一次,胃炎。"

"老同学,我建议你先住院,再做进一步检查。"

"我的胃病是不是很严重?"李默紧张地问。

"别紧张。明天早上不吃东西,不喝水、先做胃镜。再做另外几项检查,等检查结果出来再说。"

三

李默的病理诊断为早期胃癌。这是孙远预料之中的。看着检查报告,孙远正考虑怎么和李默说。李默却拿出茶杯对妻子说:"去茶水间给我接杯开水来。"

孙远刚想说这里有水。从李默的眼神中,看到一种疼惜的爱。孙远明白,他是怕妻子知道后担心。

妻子走后,李默问:"我得的是胃癌吧。孙远,你实事求是告诉我,现在到什么程度了,或者说还能活多久?"

孙远连忙说:"没你想的严重,你发现得早,病灶很小,只要及时手术治愈率非常高。"

李默握着孙远的手:"兄弟,我就把生命交给你了。还有一个要求。"

"只要我能做的,都答应你。"

"别告诉你嫂子我是胃癌。这个手术你要亲自做。"

孙远拍着李默的肩膀:"放心,我保证亲自给你做。"

李默悄悄拿出一个红包:"一点心意。"孙远说什么也不要,生气地说:"我们还是同学,是兄弟吗? 你把我看成什么人了!"

不管孙远怎么解释,不收就是不行。李默想,这红包一定要让他收下,同学怎么啦,同学也需要感情投资。再说我们多少年没见了,人家和你有什么交情? 凭什么帮你?

孙远见李默一眶泪水,眼神中充满求生的欲望。心疼地接过红包:"红包我收下了,保证你健健康康回家。"

四

说一点不紧张那是骗人的。进手术室时,李默的心里恐惧极了,尽管孙远已告诉他是微创手术。

当他醒来时,已躺在病床上。此刻,他感到从未有过的舒畅。手术后的李默恢复得非常好,精神面貌都变了。用他自己的话说:"现在的身体,比小伙子还健壮。"

出院那天,李默晕倒了。他感到头昏目眩,胃痛剧烈。妻子连忙呼叫医生,医生检查后没发现任何体征异常,估计是紧张引起的,叫他放松心情,先观察再说。

李默躺在病床上,阵阵悲哀涌上心头。孙远说手术非常成功?能信吗?就算是微创手术,不到一个小时手术能结束吗?是不是癌细胞扩散转移了?孙远把红包退回来,是什么意思?是不是打开腹腔后,看到病灶转移了……一阵寒战,他仿佛看到黑白无常就站在病床边,随时都有索他生命的危险!

孙远绞尽脑汁,查看了全部手术记录和检查报告,并为李默做了全身检查,一切指标显示正常,实在找不到发病的原因。无奈之下叫出嫂子:"嫂子,李默准备出院时好好的,怎么突然就晕倒了?是不是有什么心理压力,还是你惹他生气了?"

"没有,这段时间一直挺好的。"

"是不是你和他说什么了?"

嫂子想了想:"早上出院时,他要去找你打招呼,我说你在手术,再等就来不及跟车回家了。他说这是规矩,我就说什么规矩不规矩的。那天你刚下手术台,孙远就把红包退给我了。"

孙远恍然大悟。连忙说:"嫂子,我不是让你不告诉他吗。那红包里多少钱?"

"一万。"

"配合我,嫂子。"来到病房,孙远对李默说,"老同学,请你老实告诉我,究竟是哪儿不舒服。是心理有压力,还是怀疑我的水平?"

"没有,我哪能怀疑你……"

"那就是心疼送我的一万块钱了。放心吧,我现在就还给你。"李默一下子从病床上坐起来,指着妻子,"你……"

妻子低下头:"我还不是怕你心疼钱吗?"

李默一把抱着孙远说:"好兄弟,千万别多想,是老哥错怪你了。我的病好了,全好了。"

李默出院了。孙远目送他们夫妻远去的背影,心中五味杂陈……

身　份

贝卓健（广东）

　　老魁是北山村的老猎人，自从国家施行封山育林和禁猎后，老魁也积极响应国家号召，就地"转职"，换了身份成为一名护林员。

　　老魁的母亲在生下他后不久就去世了，所以他从小就跟着父亲长大，家里拮据，有时父亲上山打猎好几天不回来，村里人觉得小孩子可怜，都会给他送点饭吃。后来老魁在14岁的时候跟着自己的父亲上山打猎，因为一次意外他的父亲在山上滑落摔死，他也就失去了最后的依靠，后来在村里人的接济下才长大成人。

　　老魁在后山打猎打了十几年，也算得上老猎人了，村里的小孩也都爱跟着老魁，在好奇心的驱使下每天都会蹲在老魁家门口等着老魁打猎归来，看看老魁又打到什么野鸡野鸟，甚至是野猪。不过在老魁"转职"当上护林员后，小孩子们也就不再跟着老魁了，老魁变得没什么意思了。老魁每天上山下山都是两手空空，有也是些枯枝枯木，但老魁依旧乐此不疲，现在他上山的次数比当猎人的时候还多，后来还在半山腰上的平坡搭了间草屋住上了，有时连着几天都见不到老魁。

　　护林员的工作生活非常单调孤独。20年来老魁默默守护着这片山林，在山上与林木为伴，与鸟兽为友，一直没讨媳妇的他，更显得孤苦伶仃了。不过10多年的打猎经历和20多年的护林工作让他成了这一大片山的主人，每一片林、每一棵树，甚至是飞禽走兽他都能区分出来。

　　自从封山育林禁猎之后，村里贪财之人也时有上山偷砍、偷伐和偷猎的行为。有一次夜里，老魁就遇到想偷砍树的，就在这些人想要动手时，山林里忽然传来呼哧呼哧的兽声，山林萧肃，更显恐怖瘆人。这后山以前就是打猎的地，山中猛兽也不是没有，加上禁猎这么多年，野兽的习性可能更为凶残，不说正面对抗，遇上了想逃跑都非常困难。偷伐的几人哪遇过这情形，顾不得彼此，吓得丢下手中工具顿时落荒而逃。

　　第二天，老魁下了山去到村委准备向村书记报告昨晚的事，没想到在自己家门口看到村书记，已经在等着自己了。

　　"老魁啊，幸亏你下山了，正想找你呢，今天早上村里几个小伙子跟我说昨天夜里后山有野兽，那几个小伙子上山露营吓得跑下来了，幸亏没出人命。昨夜你在山上有没有遇到？可得万般小心。"

　　"没事，昨夜里确实有些动静，不过你得跟村里小伙子们说说，白天黑夜没事别跑到山上去，就怕真出了危险。"

　　"是啊，不过老魁你护林巡山也要小心啊，不然夜里就别待在山上了，安全一些。"

"不用不用,我习惯了,再说我之前也是个打猎的,保护自己还是有些经验的,放心吧。"

这事过后不久,又有人打这后山的主意,但接连几次也都遇到了野兽的嘶吼声,与之前几次一样丢下工具跑了。

这几次事在村里传得沸沸扬扬,有人担心这野兽哪天就下了山,伤人性命,提议让老魁去把野兽擒住,以绝后患。

老魁摆摆手:"这山上的动物都是有灵性的,我们不去打扰它们,这些野兽自然不会下山伤人。再说我现在是护林员,保护森林也要保护动物,国家也严禁狩猎,伤害野生动物。"

村里小伙子闹腾,一直要求村书记解决这事,可不能置村民的生命安全于不顾:"国家禁猎没错,但野兽有伤人的风险,上报上级,上级也会同意的。"

村书记也同意小伙子的说法,确实得上报上级,保障村民的安全。书记提议让老魁回去准备捕兽工具,自己去向上级部门做报告申请。

老魁不再拒绝,但提出一个要求,上山设置捕兽机关需要几个年轻人一起帮忙。老魁叫上了几个眼熟的小伙子,几个小伙子也非常愿意。

等到上级批准了捕兽申请,老魁让书记和几个小伙子跟着自己上山铺设机关。

"魁叔,捕兽机关呢,还有不带工具怎么防身啊?"小伙子不解。

"都在山上呢,怕啥,遇到野兽不还有我呢。"老魁很是淡定。

一行人到了老魁的草屋门口,老魁自己钻了进去,倒腾好一会儿才出来,手里提着一袋子工具,往地上一倒,大铁锯子、大斧头,还有把电锯,全是砍伐树木的工具。

村书记疑惑:"老魁,这是干啥,不是弄机关陷阱吗?怎么拿这些工具?"

老魁看着几个小伙子都不说话,朝着山林呼哧呼哧地叫了起来,这叫声和那夜的野兽嘶吼声一模一样。

几个小伙子满脸惊恐地看着老魁,跟那几夜一样。

至此真相大白,老魁的身份不仅是护林员,是猎人,还是猎物。

后来在北山村的后山上,不再有偷砍偷伐的事,却时常可以看到老护林员老魁身后总跟着几个年轻护林员小伙子,一起巡山护林。

生命的痕迹

陈晋铉（甘肃）

老魏总是 6 点多起床，坐在阳台点上一支烟沏上一杯茶向窗外望着。其实也没什么可看的了。这个小区原本是 554 厂从军工转民用后，为职工从大山沟搬出来，在这城乡接合部建起来的六层 33 栋住宅片区。这些年四周建起来了几十栋的高层，老魏只能像井底的蛤蟆一样，看着从高层夹缝中显现的深邃的天际，总还在想着答应老关的事。尤其是前几天，老关关吉林突然大吐血，诊断为肝癌肝腹水，老魏就想到老关的要求，老关的心愿就是不想自己有个莫须有的盖棺定论。老关说过，那份档案袋里的东西将是自己一辈子的污点，给个不影响下一代人的政治结论就行。望着天的工夫，忽然，门铃响了，几个老哥早晨来访。是总厂办公室的几位老人，当时厂党委决定他们组成住宅新区管委会。

老魏你说，咱们小区都是军工职工家属，纪律性强，团结友爱，没想到出了这种事……老梁说。他是管委会头头。老魏一脸不解，什么事啊？老贾说话了：就因为上面不给钱没装监控，这一个多月来，好几部小车被划了，查不出个"里个楞"，没招了，找你来了。

老魏二话没说，拿了一块馒头抬脚就向外走。老梁在前面，边指着被划了的车边说着发现时间。还唠叨着：怎么就出这种事？哪个熊孩子干的这种缺德事？大人们怎么教育的啊？老魏就出了个主意：在小区群里发个通知，问问哪家的孩子干的，知道的也可以到管委会说一下。谁知三天过去了，群里静悄悄。老梁打来电话，还是请老魏来看看怎么办。老魏觉得有些蹊跷，说以：我现在再到小区内转转，看看那几辆小车。老魏把哥几个也叫到了 28 号楼前面，指着一辆奔驰越野车说：你们看啊，如果是熊孩子干的，这十字划痕，不应该这么高吧？小孩子划车一般都会手臂斜着拖在后面，无目的地边走边划。这划痕是个十字形，又这么高，大约一米五。这个楼前的车只划了这一辆。大家陆续走到发生划车的 29 号到 31 号楼前，老魏说，我惊奇地发现六辆车都是在高度一米五左右划了个十字，几个楼前都是一两辆，相距都不远，而且，车子都停在三单元附近。老魏又说：划痕这么高，很深，这人起码一米七以上。看来是刻意的。大家点点头，齐声问道：大人干的？很蹊跷啊！老魏说：这院里只有这几栋楼的三单元是大套，90 平方米，哈，都是处级以上干部啊！谁跟他们过不去？老魏又问老梁，这几家报案的都是谁啊？老魏看看几个人睁大的眼睛，笑笑说，在我的眼里就是案子！这时，老魏在眼前的这辆车屁股后面从左走到右、从右走到左，抬抬左手抬抬右手比画着，只见他点点头笑一笑，然后对大家说：你们看啊，这个人是左撇子！这些划痕都在左边，从这十字的一横看,右边开头划得很重,然后向左划去,尾部显得轻飘飘的,这是左撇子写字的特点。

回到业委会,老梁打开记录本说道:嘿,巧了,都是厂总部退休的领导……这时,老魏电话响了。挂了电话,老魏一脸凝重,说:老关报病危了。家属说他想我了。老梁说:咱们几人一起去看看。车子上老魏想着:还好,经党委同意自己再调查研究,报告还没批下来,但总算有了结果。给老关说说吧,他可以瞑目了……

554厂对外叫554信箱。建厂时,遵照"靠山、分散、隐蔽"原则选在了这个红柳沟。一个公社的大队十几户住在沟里,与世隔绝,靠之字形盘山羊肠小道出沟。建厂时修了专用公路,到了山根前打通了一条七八公里长的隧道,老乡不用爬山了。老关就是开着车去城里点心厂提取中秋节月饼,晚上开车返回在隧道里翻车的。厂总部成立了个技术事故处理领导小组。在去了解为什么早上去天黑才回来时,点心厂调度反映,554信箱的几千盒月饼应该是阴历十三提货,司机同志反复说车队有任务第二天出发中秋节在路上过。点心厂只能当天生产任务完成后再安排,还是加班生产的。

就这几句话,领导小组决定,这事泄露了车队出发时间、人数和任务,人民内部矛盾变了性质,当即向二机部报告建议送交军事法庭。上级答复事实不清,按照《保密条例》精神由相关单位调查上报。老魏接任务分析这几句话不属于任务泄密,点心厂调度员的政审也合格,建议按照技术事故处理。老关听说后,很感谢老魏,为他免去了戴上"反革命"帽子判刑的处罚。但是,事故处理领导小组认为事故简单,再没有深入调查,定性为给国家生命财产造成重大损失,自由主义严重,行政降一级工资,控制使用。老魏退休后报党委同意,他先找报案的大队队长,队长说一辆没开灯的车从左边闪过去就翻了车,自己的手扶拖拉机带挎斗,司机可能没看见,发现时只能急打方向盘,碰到隧道边墙翻的车。大队长还说:这和《人民日报》社论宣传的"人民的好儿子刘英俊"一样,为了群众生命紧急处理啊。老魏想汽车有大灯,不可能看不到手扶拖拉机,难道车子有问题?老魏又找到汽车队长了解车况,队长说,所有卡车第二天都要出任务,分头在装产品,只好派老关的内勤车去,车子大灯坏了,早上就出车谁知天黑才回来啊!老关是紧急避让出了事故。老魏上报的结论是:好人好事,撤销处分。

到了医院老魏把调查的结果对老关详细说了,估计党委在现时平反冤案的精神指示下,会做出新的结论的。让老关不要对当时的专案组有意见,那时极左思想泛滥,历史使然啊!老关费劲地点点头,左手伸出来将一把小螺丝刀交给老魏,安详地闭上了眼睛……

老魏回来从车窗向外凝视着天际,那耀眼的太阳已然升起!

会"飞"的神鸟

汪 媛（江苏）

"罗馆长,这神鸟是你找回来的不错,但谁能证明不是你拿走的呢?"

问这话的是岩山县博物馆的馆长金非木,被盘问的是副馆长罗磐。

罗副馆长确实不知该如何辩解,只想着赶紧把神鸟送回来,却忘了这位金馆长会揪住自己不放。这只碧玉神鸟确实是自己从古玩市场上找到的,可是古玩店的江老板与自己私交甚好是大家都知道的,找他做证未必有说服力。

"我能证明!"一个清脆的声音响起,是谁?

事情还得从半个月前说起。

那天,收藏家宋征卿老先生的儿子宋枫到访岩山县博物馆,他告诉金馆长宋老先生病危,临终前想再见一眼碧玉神鸟。

原来这只碧玉神鸟以前是宋老最爱的藏品,由于一些原因他将这件文物捐赠给了岩山县博物馆,弥留之际他最惦念的就是这件宝贝。

金馆长却以神鸟将被带到市里出展为由拒绝了宋枫的请求。

"宋先生,宋老为我们文博界做出的贡献我们深表感激,可是这次出展意义非常,这件文物又价值重大,万一中途出了什么差池,我们都担待不起啊。"

罗磐认为金馆长有点太不近人情了,这碧玉神鸟本身就是宋老的藏品,而且距出展的时间还有大半个月,只要安排妥当完全可以完成宋老的遗愿。这也难怪,金馆长本身不是文博系统的,对文物没有那么深厚的情结,在他看来上面的关系和乌纱帽是最重要的。

宋枫走后,金馆长立即把神鸟收进了库房,交代如果宋枫再来问,就说它已经被调送到市博物馆了。

神鸟被送进库房的第二天就出事了,一听到值班人员上报,金非木和罗磐以及文保科一行人急忙来到库房。

只见那神鸟外观倒还是原来的样子,只是明显从玉质变成了木质。

"这是怎么回事,赶紧打开看看。"

竟没有人敢下手,大家面面相觑。文保科刚来的一个小姑娘孟扬小心翼翼地开了口:"金馆长,您听说过有关这只神鸟的传说吗? 这是一件有神秘力量的礼器,据说每过一千年就会木化一次来韬光养晦,谁要是在此期间打扰了它,就会受到可怕的诅咒。"

金馆长后退一步,但嘴上还是说:"不要胡说八道,我不信那个,赶紧调监控呀。"

"金馆长,监控被破坏了。"

金非木仿佛找到了解决问题的办法,他转向了罗磐:"罗馆长,安保可是你在负责,现在出了问题,你是第一责任人。不要跟我编故事,再有半个月市里就要派人来取出展文物了,你务必提前将神鸟归位,在此期间谁都不许将这件事说出去。"

这可把罗磐为难坏了,查询无处下手,库门和柜门都没有被撬动的痕迹,难不成真像传说中的那样神鸟木化了?

这件事不能告诉别人,江老板还是信得过的,他只能委托江老板一旦听到市面上有关神鸟的消息立马告诉他。

几天过去了,还是没有神鸟的任何消息,能不声不响偷换神鸟,难道是内部人干的?谁会有这个动机呢?

罗磐还在为这事伤透脑筋,宋家传来消息,宋老仙逝了。

金馆长因为没能完成宋老临终前的夙愿惴惴不安,借口公务繁忙让罗磐代为参加追悼会。

在追悼会现场,罗磐隐隐看见一个熟悉的身影,虽然她戴着口罩和墨镜,但是……看身形她怎么和那个孟扬那么像啊?因为这姑娘刚来博物馆不久,罗磐对她还不是很熟悉,对方一直没有摘下脸上的遮挡物,在这种场合罗磐也不好当面确认,只是看她好像和宋家人很熟的样子,越看越觉得就是孟扬。又想到宋老一直心心念念着神鸟,没准儿真和她有关。于是,罗磐偷偷调查起了这个姑娘。

查来查去,宋家后代中并没有孟扬这号人物,而孟扬的家庭背景也看不出和宋家有任何关联,线索又进入了一个死胡同。

罗磐焦头烂额,金馆长还在火急火燎地催促:"罗磐,你可得抓紧了,市里的人后天就要来了。"

理论上说这件事罗磐应该负主要责任,但金馆长肯定是要受到牵连的。

江老板的电话让罗磐抓住了救命稻草:"神鸟找到了,你赶紧来。"

罗磐赶到江老板的店,两人来到内室,只见神鸟被好好地放置在一只木匣里,分毫未损。

"他怎么会出现在你这里?"

"我说我不知道你信吗?我写幅字的工夫它就出现在我店里了,但我觉得来送还神鸟的人一定对你很熟悉。"

"这个慢慢再思考吧。对了,宋老是只有宋枫一个儿子吧?"

"理论上是,但是谁年轻的时候没风流过,你听说什么了?"

"那倒没有,改日再来跟你细说。"

碧玉神鸟复位,大家都松了一口气,传说中的诅咒也不攻自破。但是金馆长觉得事情还没完,因为市里决定要从他和罗磐中调一个人去文物局,这种机会他可不想错过。

"罗馆长,这神鸟是你找回来的不错,但谁能证明不是你拿走的呢?宋老也算是你的恩师,你该不会是为着自己的私心吧?要不然怎么宋老一走,神鸟又出现了呢?"

"我能证明!"一个清脆的声音响起,孟扬从门外走了进来。

"我在古玩市场亲眼见到罗馆长一家一家查看,最终找到了这件神鸟。"

金馆长只得作罢,再追问下去,只怕会给罗磐添功劳了。

四下无人,罗磐问孟扬:"你跟宋家什么关系?"

"您自己查出来不是更有成就感吗?"

"你就不怕我揭发你?"

"罗馆长,您没有我偷换神鸟的证据,我却能证明您是不是在古玩市场找到的神鸟,揭发我对您有什么好处呢?更何况咱都是为了宋老先生嘛。"

都是一根绳上的蚂蚱了,那就让这个秘密继续隐藏下去吧。

冰上太极

李国明（山东）

何力自从当了一把手，和他套近乎、拉关系的亲戚朋友一天比一天增多。他爱人说，尤其是像你这种从基层上来的干部，谁都不能得罪。我发现，各种关系拿捏，你一点都不感到伤脑筋呢。

下午，好久不怎么联系的大学同学陈皮，给何力打视频电话。一阵寒暄，祝贺之后，话题很快扯到周末去哪里玩的问题上。

何力说，去哪里？这事我还真没想呢。

陈皮说，老弟，听说你正在学打太极拳。玩太极，我可是老手了，以柔克刚，闪转腾挪，这里面学问可大着哩！

何力说，哦，是吗！我以为只是强身健体，可没想那么多。

周末，咱哥俩一起去长河公园小树林打打太极，咋样？

行呀！顺便和你学学，打太极里面到底有什么学问。

何力挂掉陈皮电话。厨房里炸辣椒油的老婆说：小心陈皮，他鬼点子多着哩，为了达到一个目的，他不择手段，无所不用其极，削尖了脑袋往里钻，是个钻头不顾腔的人。

辣味太浓烈了，油烟机抽不走的部分，呛得何力咳嗽了几声，说，好辣好香呀！哈哈，不过，我倒挺喜欢这种辣味。

周五晚饭后，陈皮又打来电话，何力就与他约好，第二天在青山公园小树林见。

何力骑着他的山地车，戴着五彩运动帽。在青山公园路边一辆黑色轿车旁，陈皮背后发出刺耳的刹车声，声音戛然而止。陈皮身体一抖，转过身，惊叹着拍了拍何力的肩膀，说，你小子，不愧是学霸，总爱出其不意，吓我一头汗！

就这点胆？你做啥亏心事了吧！何力说完，仰头望天，空中万里无云，没有一丝风，惊蛰了，空气中仍充满了凉意。身旁的垂柳枝条还没冒出嫩芽，一些鸟儿叽叽喳喳闹着。对面的湖水结成的冰面，像一面镜子，远远眺望，映衬出镜子里的太阳，以及那些四散而蓬勃的阳光。

对于陈皮的一些事情，何力早有耳闻。近几年，春风席卷大地，陈皮竭力在观望与侥幸中，构建着自己的安全屏障。

陈皮说，伙计，咱们沿着这条蜿蜒的石板路走一走好吧？

何力说，你不是要教我打太极的吗？我真想跟你学一套本领呢！

陈皮说，别闹了老弟，大哥说句掏心窝子的话，在咱们班的62位同学中，我最佩服的就是你了，你不显山不露水，在机关被排挤了这么多年，一下子破土了，升到了这个位置,大哥自愧不如啊!

何力停住脚步,说,大哥,为了让我不虚此行,你还是教教我打太极吧!

好,那大哥听你的!陈皮便拉开了架势,蹲裆、起臂、抱球、弧线、抬腿。陈皮一边动作老练地做着,一边说,老弟,咱们在仕途混,各种关系勾兑,就像这打太极,性子太急,性格太直,会得罪不少人,本来光明通达的仕途上,得树立多少人为敌呀!

何力说,大哥说得太对啦,我这人呀,多年的老毛病,改不掉,眼里总揉不进一粒细沙,火药桶脾气,一点就着,老爱得罪上下级同事。

好呀!这人世间,天地万物,多少年一个轮回,你的个性,成就了你仕途的春天。眼下,你升起来了,成了我的上级,有老弟在上面罩着,再走路行走,我脚底下踏实多了,心里头也硬朗多啦。今后,大哥听老弟的,你就是我的旗杆、坐标,你手指向哪里,我就跟你到哪里,绝不含糊!

呵呵,你真像我的大哥!大哥,你看,冰面上那是什么?

两只仙鹤吧,它们在冰面上跳舞呢!陈皮说。

大哥,它们的舞姿好美,叫声也那么动听、高雅,那是令参观者羡慕的舞蹈啊!咱走过去,在它们身旁,你教我打太极,和它们比试一下,看谁厉害,谁更漂亮?

这,这?

怎么了大哥,刚说了听我的,这么快就反悔啦?那好,你不敢,我自个去它们身旁,跳一个独舞,叫你瞧瞧。

不,不,老弟,今天咱们两个出来玩,玩的就是心情,怎么能扫老同学雅兴呢。

说完,陈皮拉着何力往仙鹤的方向走。刚走了几步,冰面像被枪击中的车窗玻璃,炸开了许多裂痕。此刻,他俩站在原地,瑟瑟发抖,站成了两个稻草人。

何力说,哥,你后悔你的选择吗?

不后悔!你的选择就是俺的选择。

你好勇敢,还往前走吗?

走!陈皮的话刚刚说完,整个冰面像地震时酥脆的地面,裂开,塌陷下去。恍惚间,他们看到两只仙鹤展开翅膀,扑棱棱飞向岸边。

几天后,何力去探望陈皮。玻璃窗外,何力握着话筒,大哥,你终于想通了。

陈皮说,老弟,我一夜没睡,想冰破那一刻,仙鹤为什么能腾空而起,掉不进湖水里。

为啥?

它身子越轻,飞得就越高。我身子太沉了,太沉啦,真不忍心抓牢你,把老弟拉下水。

地下仓库的响声

倪　娜（德国）

　　老旧失修的电梯吱吱嘎嘎地打开，电梯里面的灯光格外刺眼，老式木质结构脏兮兮的早看不到纹理，她摁了地下一层的按纽后，接着一声巨大的咣当声响，电梯慢悠悠停下来，对这种恶劣的工作环境，她心知肚明，又身不由己。

　　她一个箭步直冲仓库放蔬菜的方向跑去，昏暗的地下有半个足球场那么大，幽暗迷蒙中几只白炽灯如暴风雨中的闪电，龇牙咧嘴，除非保险丝坏掉，否则一直持续负荷发光，昼夜值班，与轰隆作响的制冷机器同样命运，在昏暗寂寞中一起搭伴，半死不活。

　　人活着又何尝不是这样呢？这个念头在头脑中一闪而过，她掀开破旧的棉被，翻箱倒柜半天，就是找不到Basilin，必须、马上、立刻离开这里，她又向半暗的深处小心蹚过去，在不远的方向，忽然传来怪异惊悚的声音。

　　周六的休息日，正是华人超市最繁忙的一天，周末的第一天休息日，为改善平时单调而无暇顾及的伙食，这天成了平时上班的人的购物日，也是新鲜蔬菜上货的时候。其实这一天推出很多打折商品吸引消费者消费，才是热闹、拥挤的原因。

　　她嘴里不停地重复，刚刚熟知的泰国菜德语名，"Basilin，OK！"一边从塑料水箱里取出一块滴水的豆腐，一边向那个大肚子的华人老板看一眼。客人要豆腐，她才放下一箱冻虾，停下手里的摆放，随脚勾走冰柜旁边的一箱冻虾，别让客人觉得碍手碍脚。

　　突然老板走过来说："你、你倒是快点呀！客人等着呢！"

　　"嗯，好，马上就好！"她向拐角阴暗楼梯跑去，像是一个冲锋的战士，为了满足顾客的需要随时奔赴战场，可谁又知道，她心里在打鼓，她像是给自己下达命令，逼迫自己跳下去，即使是险象环生、万丈深渊。

　　"别人能干，我就能干！"一想到客居异乡饿肚子的现实，怕已退为其次，她必须保住这个廉价的但能填饱肚子的职位，熟悉业务、人员关系，骑驴找马。

　　那声音像牙齿的咀嚼声，是老鼠？又像是摩擦碰撞的摩挲声，是人？究竟是人还是动物？这两种画面在脑海里交织着，或者同时存在，难以辨认清楚，她便使劲跺脚，大喊大叫："是人是鬼，你他妈给我滚出来，老娘什么都看见了，别他妈的见不得人，吓唬我！"

　　之后又是一阵喉咙发出的呼吸声音，她顺手拾起一根铁条，故意敲打旁边的塑料箱子，发出噗噗的闷响，那个声音停止了，但轰轰隆隆的制冷声并没有停止，昏昏欲睡的白炽灯熟视无睹地值班，她一步步地后退，溜出仓库，在电梯里小心脏怦怦地跳离了身体。她手捧着自己的小心脏好像捧着一只惊恐的兔了,对她说,不要怕,已经过去了。她保持着这个姿势,到了楼上的营业大厅里,她才回过神来,如刚从地狱里回来。

不知过了多久,她被身后饭店老板的怒吼声惊醒:"怎么这么长时间?快给我 Basilin,在哪儿呀?"

她这才从噩梦中回过神来:"嗯?什么?Basilin 没、没、没有找到呀!"她怯懦口吃地回复。饭店老板气愤地走开了,不久她也被开除了。

上货的人有四个,两男两女,除了她一个中国人,另外一个是泰国女人,三十多岁的单亲母亲,负责泰国菜,大凡干活儿出汗时,她经常习惯脱掉夹克衫,露出带刺青的手臂,不知道是不是故意的。她经常以吸烟、打电话为名偷懒、躲避干活,但所有的男人包括老板都他妈的是她的哥们儿,她总被人呵护关照,有时门口好几个男人争风吃醋等她下班,之后她吹一声口哨,坐上她喜欢的跑车或者摩托车,随着马达声响便消失在街道里。

两个男的,一个是越南难民 K,他负责冰柜的冰冻鸡鸭鱼虾蟹,身上也有刺青,那是越南特种兵的符号,听说他老家里有老婆孩子,是为了逃避一场人命案潜逃到了欧洲,撕掉了护照到处流浪,最后流窜到德国,成为柏林的难民就不走了,他不会讲一句德语,着急的时候哇啦哇啦地讲越南话,并露出无赖流氓凶狠地痞的狰狞面目,挥动手里握着的那一把开箱用的尖刀,老板都怕他三分。他专喝高度白酒,喝醉的时候向别人炫耀,说在老家他有三个老婆和一大堆孩子等他寄钱养活。

另一个是非洲难民 M,负责大米豆油酱油醋酒,听说为了省去房租同居,或者说德国老婆就是他的房东。大他十多岁的德国老婆要他去养,他们互相搀扶在一起像母子俩,他最大的嗜好就是买彩票,每个月都因为买彩票开支与老婆打架,老婆闹到饭店来,要老板直接把 M 工资开给她,老板嘻嘻哈哈地说,你们两口子的事我当老板的不便参与。

老板既是又丑又矬的混血武大郎,又是三十多了还没有结婚的钻石王老五,为了监工常住在楼上,晚上 9 点放走我们锁上防盗铁门,那个腿短体粗的东北女留下,第二天上工等老板开门,放我们进入,再放东北女离开,好像是我们倒班。

除了老板外,大权握在一个四十岁的女人阿华手中,她赢得老板的绝对信任,就连东北女来店里工作都与她套近乎。她管理人员工作安排和工资休假等具体事,听说是个狠角色,谁都怕她,不敢轻举妄动,要想干下去必须溜须讨好她才行。

多年过去了,人换了一茬又一茬,尽管她早已学业有成,凭中国人的勤奋和智慧,过关斩将,事业蒸蒸日上,但她的好奇心还留在那里,那个惊悚诡异的声音一直在脑中萦绕,但凡在地下室或乘老旧电梯,一个熟悉又陌生,一个悬而未决没有谜底的故事,梦魇一样纠缠着让她不能释怀。

局长请我吃饭

毕玉娟（山东）

走出局长的办公室，我心里就像被什么东西给堵住了。

局长拍着我的肩膀说，今晚一块吃顿饭，地点在贵和大酒店，7点钟我去接你。

局长请客，我能不答应吗，再说，我也不敢不答应，可是我不明白，局长为什么要请我吃饭？

贵和大酒店在哪里，我知道，就在我家门口，可我从没进去过。因为那儿是个讲排场讲势利、烧钞票玩名堂的地方。只要一迈进贵和大酒店，最低也是三千五千元的消费，一桌吃上个万儿八千的，再平常不过了。

下午下班回家，我把局长要请我吃饭的事，告诉了在中学工作的妻子，妻子听后无动于衷，过了好一会儿才说，你别编瞎话来逗我开心了，你也不撒泡尿照照你那熊样，局长能请你吃饭？！

我说，这是真事，今天早上一上班，局长就找我了，还说晚上7点钟来接我。

妻子说，你以为你是谁，局长有什么事自己办不了，来请你这无权无势、毫无背景的办事员？我争辩道，我也不知道局长为了什么事。

妻子这才半信半疑地寻思了半天，问，你是不是交好运了，局长要重用你。我说局长来了三年半，说过的话总共不超过三句，如何重用我？

妻子又问，你是不是握着局长什么把柄了，局长请你吃饭来摆平这事？我说局长养着"小蜜"，搞工程拿回扣，吃喝嫖赌，这都是明着的，大伙都知道，犯不着请我啊！

我和妻子苦思冥想，也没有找到局长请我吃饭的理由。但是我俩却达成共识，我必须认真准备好，最起码要好好打扮一番，准时赴宴就是了。

7点钟，局长的专座准时来到楼下，我立刻下楼。

来到贵和大酒店，局长让我点菜，我老实说，还是请局长您点吧。局长三下五除二就点了满满一桌子菜，天上飞的、山上跑的、水里游的、树上蹦的、洞里钻的，全有。酒是茅台酒。我的两只眼睛都快瞪出来了。

酒过三巡，菜过五味，局长意味深长地说："小陈，我有一件事要你帮忙。"由于酒的作用，我拍着胸脯说："局长尽管吩咐，只要我能办到的，赴汤蹈火，在所不辞，请讲。"

局长说："我儿子升上高中后，在你妻子班里，你能不能，跟你妻子商量一下，给个班长当当。"

这时我才明白，局长这是曲线救国，帮儿子跑官呢！如今箭在弦上，不答应都不行,谁叫咱刚才那么爽快呢。

回到家,我把此事向妻子做了汇报,妻子为难地说:"现在的班长是钱市长的儿子,两个班长助理、五个副班长都是局委办头头的小孩,没法再安排了,总不能拿下钱市长的儿子,让局长的儿子当班长吧。"

我俩商量了一个通宵,最后才拿出主意:明天一上课,就公布钱市长的儿子为第一班长,局长的儿子为第二班长。再有人来跑官者,就安排当第三班长……

钓

汪学猛(安徽)

陈宇还在计算产品的功效数据时,手机"嘟嘟"响起,他从沉思中一惊,不情愿地拿起手机。

一个浑厚的男中音传过来:"老同学,忙啥呢?这么久才接电话!"

陈宇迟疑地问:"你是?"

对方"哈哈"大笑:"我是猴子啊,你下铺的猴子,张东明啊。"

"猴子?"陈宇脑海中出现一个记忆模糊的脸:宽脸,说话时眉毛喜欢往上挑,属相是猴,人长得瘦小,外号"猴子"。曾经两人住在一个宿舍,他上铺,"猴子"下铺,虽然在一个市里,但双方个性迥异,陈宇又是一个不善交际的人,两人已经二十多年没见面了。

张东明说:"想起来没?"

陈宇"嗯嗯"时,他又说:"明天是周末,这样,哥俩找个农家乐,钓钓鱼、看看风景,多年没见面了,好好叙叙、聊聊。"然后不容置疑,直接把电话挂了,还像大学时一样的性格,干脆、果断,也有一些霸道。

农林休闲垂钓中心。

远眺山青云淡,近处杨柳拂面,水波微起,陈宇拿着张东明给的鱼竿,坐在一棵树下,静静地紧盯水面。

张东明将自己的鱼竿放好,手中提个包,溜达过来,紧挨着他,蹲着,递过来一根软中华烟:"单位效益还好吧?待在省企不错吧?"

陈宇接过烟,张东明"吧嗒"替他点燃。

陈宇深深地吸了一口,说:"每月工资八九千块钱,年底奖金还有几万块,还好吧。"

张东明笑了:"兄弟我十年前就办了一家公司,现在已经几千万了,在郊区的化工园区,有没有兴趣入个小股?带技术入股,占百分之十五,顺带当个副总经理。"

陈宇猛然一愣,回头看着他:"你的事情我听说过,祝贺你,终于成功了。入股?有这种好事?!可我什么管理也不懂啊,就知道没事搞研发,还是算了吧。"

张东明拍拍陈宇的肩膀:"兄弟之间甭客气,我还不了解你,大学时,化学系每次考试你都是第一名,李教授特别欣赏你,让你留校你都不留,哪像我们那时,就知道泡妞,嘿嘿嘿。"

他从包里拿出两张纸,一支笔:"今天这儿也没有其他人,就我们兄弟俩,也不说客套话,两种方式,一种是直接辞职,到我们这儿拿年薪;另外一种,还惦记那破省企,就私下签个协议,没事用你的头脑,空闲时间替我搞新产品研发,年底股份分红,两种方式,你自己选。"

陈宇挠挠头,突然眼睛一亮,说:"等会儿,终于上钩了。"手腕一使劲,一个美丽的弧形划开水面,一条鲫鱼拼命地在半空中挣扎,然后摔落岸边。

陈宇看着鲫鱼惊恐的双眼和无力逃脱的身体,然后对张东明说:"还是算了吧,我这个人吧,身子懒,惰性重,感谢老同学的厚爱。"

张东明尴尬地"呵呵"几声:"没事没事,人各有志,不必勉强,中午我们到市里酒店,喝几杯。"

圣浩化学有限公司会议室。

陈宇做产品介绍:"这个项目实施后,在不新增产能的前提下,我公司拟将现有二水磷酸铁生产线,改造为无水磷酸铁生产线和前驱体生产线。本项目节能减排效果明显,万元能耗下降较多,由于使用了闪蒸技术与隔膜压榨工艺,将物料含固量由35%提升到65%,主要污染物排放将降低40%。符合国家绿色产品要求和产业规划,请省里各位化工专家论证。"

在精彩的发言后,省里专家依次发言。

陈宇吁了一口气,走出会议室抽一根烟。他从会议室微敞的门缝里瞥见产品销售部老刘和安全环保部的王部长在与董事长低头窃窃私语什么。

过一会儿,三人走出来,老刘对陈宇说:"会上论证的新产品目前市场上已经出现,据说是利亚化工有限公司销售的?"

烟头灼痛了陈宇的手指,他将烟头猛地一甩:"不可能!"他大脑飞快旋转:"利亚化工有限公司?张东明的公司。"

王部长焦急地说:"你再想想,陈部长,我们不会怀疑你的,你也是组织上培养多年的老党员了。你在研发这种产品时,是否在哪个环节被人偷盗或泄密。"

陈宇眉头皱起来:"这个项目研发就我们部三个人,就是其他二人泄密,也不会对产品整个配方有影响,产品各元素总组成在我这儿,他们各管一块。"

突然,他一拍大腿:"糟了!我想起一件事情,王部长,让网络信息部的小田查一下我家里的电脑。两个月前一天晚上,我将即将研发好的产品U盘带到家里工作时,利亚化工有限公司张东明发给我一个文件,说他参加MBA论文答辩,涉及化工方面的,让我帮忙修改一下。我也欣然接受了。"

下午调查结果出来,那个链接文件在电脑里植入木马,被黑客侵入,产品信息被盗取。

调查会上,网络信息部的小田说:"电脑信息被盗取无外乎几种方式,一是密码设置太简单;二是并入外网,端口容易被侵入;三是点击不明链接或广告;四是系统未及时打补丁……"

陈宇心情很沉重:"没想到涉密无处不在啊!我请求公司党委对我严肃处理。"

他语气一转,目光炯炯:"幸亏,魔高一尺,道高一丈,张东明这个老同学还是高兴早了,他不知道我仅仅是带回家一次,后来对产品组成又增加了葡萄糖的成分,中和污染物颗粒,已经盗取的产品个别组分还是不符合环保要求,他们就等着监管部门的处罚吧!"

说完后,他脑海中又浮现那条惊愕的鲫鱼,那凸出泛白的狰狞红眼睛……

突然,他心里猛然一颤,额头渗出些冷汗:谁?又曾经被他"钓"上来过!

打招呼

薛　斌（安徽）

知道吗？我曾经因为热情打招呼而差点被警察抓起来了！

那是十年前的事。周五下午，经学校研究决定，由业务张主任带队，带着我们几个青年骨干老师，下周去省城名校 AS 实验小学参加新课改研讨周活动。

在周三的研讨活动结束后，张主任说，想去看看在省城重点 AH 大学读大二的女儿小离，我们就说，难得有机会来省城，晚上去看看孩子吧。张主任给小离打电话，小离很欣喜，但说到了晚上 9 点才能下课。

于是，我们几个买了水果、纯奶、零食，打的到大学门口的路灯下等孩子。9 点刚过，就见穿着红裙子的小离飞了出来，张主任亲昵地拉着她向我们一一介绍，孩子很活泼，一口一个叔叔、阿姨的，叫得特别亲切，然后就领着我们参观大学校园。

晚上的校园很美，小离拉着妈妈和同去的女同事，热情地介绍着情人坡啦、爱情谷啦，边聊边笑。我和大刘是男教师，跟在后面开心地欣赏着校园美景。

分别时，孩子要了我们住宿酒店的地址，快乐地说，系里明天有男子篮球赛，下午可以请假找我们玩。

周四一天是音乐和美术研讨课，我和体育教师大刘决定到省城博物馆去参观。中午，好酒的大刘说喝一点酒吧（那时还没有禁酒令），反正在省城也没有人认识我们。我的酒量差，喝了两瓶啤酒，大刘不和我计较，自己闷了一斤白酒。

下午 5 点多，我们俩上了回酒店的公交车，突然，大刘捅捅我，小声地说："你看，前面站着的女孩是不是小离？"

我看一眼，那一身红裙子，苗条的身材，可不是小离咋的？——这孩子肯定请假来找我们玩了。

"我们去打个招呼吧。"我对大刘说。于是，我俩凑过去，热情地招呼小离："小离，请了假去找你妈妈吗？"

小离回头看了我俩一眼，没吱声。大刘以为小离没有听清楚，又大声地说道："小离，我们正打算请你吃饭呢！"

不料，小离听了，脸上显出复杂的神情，慌忙地向门口走了几步，手抓住身边的椅背，一脸警惕的神情。

我和大刘看到小离的样子，知道她误会了——她把我们当成骗子了。

我和大刘相视笑了，又走到小离身边，关心地问长问短，可小离就是绷着脸，冷漠地一声不吭。

离住宿酒店还有三站路的时候，小离就慌忙下车了。

"这孩子真是的,还真把咱俩当成坏人了。"大刘嘟囔着,"离酒店还有两三站呢,孩子找不到我们,张主任还不得熊咱? 走,我们下车陪孩子一起走。"大刘说着就跳下了车,我连忙跟着下了车,一起向小离走去。

小离见我们跟了上来,马上蹲下身子装作系鞋带,看样子是想等我们俩先走开。可我们哪能扔下她一个小姑娘呢。

于是,我俩就站在她身边等着,可是小离就那么蹲着,一直不站起来,这时,有路人注意我们俩了,问我们在干什么。这时,我们才意识到孩子一定把我们当成坏人了。

"唉,这孩子真是的,昨天晚上还亲切地叫我们叔叔呢,现在就不认识啦? 等见着张主任,我非要教训孩子一下不行!"大刘冷冷地对我说,拉起我拔腿就走。

我们俩边走边感叹着人情冷暖,等回到酒店,张主任和几位女同事正等着我们呢。还没有等到大刘开口抱怨呢,张主任突然严肃地对我们说:"你们俩差点进公安局了,知不知道?"

见我俩茫然的样子,伶牙俐齿的音乐老师小冉埋怨说:"你们俩今天真不靠谱! 小离来到半路,让你俩吓得回学校啦!"

大刘有点不悦地说:"孩子真不懂事,昨天晚上还那么亲切,今天居然不认识我们俩……"

"拉倒吧,还认识你们? 幸亏小离来的时候忘带手机了,当时才没报警抓你俩! 被你俩吓得回校后就打电话给张主任,边哭边诉说刚才的遭遇,如果不是张主任解释清楚,就等着我们到警察局去领你俩吧。那样,你俩在全省的教育界可就出名了!"得理不饶人的小冉抢白道。

我俩听了,后怕的冷汗立马就出来了。稳重的美术老师林琳笑着说:"唉,你们俩还是骨干教师呢,咋那么莽撞呢? 我来给你俩分析一下孩子的想法吧。

"首先,你们俩想想,来省城三四天了,你们俩只想着研讨交流活动了,胡子都那么长了,可有时间修理一下? 一脸的胡茬,哪里像个教师?

"其次,大刘,你又高又胖,络腮胡子,满脸通红,一身酒气;小王,你呢,个子又矮又瘦,脸黑,你们俩一起冒冒失失地问一个小姑娘,人家能不害怕吗?

"再次,我们去看小离的时候是晚上,孩子光高兴了,除了叫你们一声叔叔,就只和我们聊天,并没有在意你们两个男同志的长相,今天哪里能认出你们俩?

"最后呢,我们来参加研讨活动的,孩子肯定想不出来,你们两个会凶神恶煞地出现在公交车上。在孩子想办法躲你们的时候,你们竟还站在她身边,她哪能不害怕? 幸亏孩子的手机不在身边,如果带着手机,后面的事情,你们自己想吧!"

一席话说得我们俩目瞪口呆,那要是孩子报了警,我们的脸面可真丢大发了! 细品一下,真是恐怖啊。

晚上吃饭的时候,张主任把小离领来,解释了误会,孩子不好意思地向我们俩道歉,我和大刘尴尬地坐在那儿,觉得满桌子的饭菜是那样难以下咽。

第四辑 | 婚恋曲

秘密行动

吴万群(江苏)

今天加班,又回来晚了。

打开门,摁亮灯,老公不在,心里好自责:老公,对不起,又让你饿肚子了。

随手拨通老公的手机,正想向他解释点什么,谁知那头的他干脆利落道:"正和哥们儿谈事呢,今晚就不回家吃饭了。"

"晓得了。"这年头有本事的男人全不在家里吃晚饭。

刚放下手机,铃声又响了,拿起来一瞧,原来是单位里的同事芹:"你不是在外陪老公吃西餐的吗?这么快就回来啦?嘻嘻,路过这里,看你家灯亮着,就打个电话,没别的。"

他和哥们儿谈点事?我陪老公吃西餐?这是哪对哪啊?

但转念一想,不对,这个电话不寻常。

仅仅是为了证实我的推理,再次拨通老公的手机。"你今晚怎么……怎么……啦?!"老公挺不愿意,连腔调都变了。"哎哟,老公啊,家里的电视遥控器没电了,想问问你附近有没有超市,要是方便的话,买一板5号电池带回来。""好……好……的。"老公那头先挂断了手机。

酒店?西餐?哥们儿?结巴……我背着双手,在客厅里一边转圈一边推断:吃西餐,肯定在圆梦驿站,因为那里最上档次;哥们儿谈事,大多喝酒,如果吃西餐喝白酒,那就不伦不类的了;要是有个美女陪着,情调就大不同了,多爽啊;还有,他和我通话为啥结结巴巴……

对,老公撒谎了,他在外做了亏心事!

打住,稳住,毕竟耳听为虚,切不可听风就是雨。

我把自己摔到长沙发上,"四爪朝天"地盯着天花板。

否定、肯定……选言、假言……终于从特殊性前提推出特殊性决定:宁可信其有,不可信其无。

一骨碌从沙发上爬起来。目标:圆梦驿站,出发!

唉,女人的心眼就这么小,要是不弄个水落石出,这个夜晚是无法打发的。

戴帽子,架镜子,再带个微型电筒……我好搞笑,活像个大侦探。

下楼,打的,直奔圆梦驿站。

途中,我的思绪又随着滚滚的车轮飞转开了:老公在外谈事,这事很正常啊,哪怕和一个美女面对面又何妨;这年头,谁家没有锅碗瓢盆响,夫妻吵架也属人之常情,说不定老公这会儿正在帮人家调处家庭矛盾呢;话再说回来,即使老公有外遇,也不至于被我的同事芹发现。

我口问心,心问口,来来回回多少次……

圆梦驿站到了,司机师傅小心翼翼地停下车。

下车后,我没有立即走进圆梦驿站,因为一切都不很确定,以防万一,便走进了附近的一个巷子,决定先在这里观察一会儿。天啦,这辆轿车,多熟悉的轿车,说时迟那时快,掏出微型电筒,照了照车牌,千真万确,是老公的车。

没错,正如同事芹暗示的那样,我的老公正在圆梦驿站陪着美女吃西餐。

不,不,不能冲动,我把刚迈出去的右脚又收了回来。

假如老公的轿车被人借去了?假如对方找不到泊车位才泊在这里的呢?

眼前新情况,条件有矛盾,推理要谨慎。

可是,既然来了,又把自己乔装成这样,应该走进圆梦驿站看个究竟。我终于下定了决心。

身着短裙服饰的迎宾小姐热情有加:"您好,请问几位?事先有预订吗?"我边往里走边回答:"就我一人,听你安排。"

迎宾小姐把我引进一个卡座。

我坐定后,放眼四周,好家伙,一对对情侣都在大搞浪漫。

迎宾小姐端来一杯纯净水,我立马接过来喝了几大口。

我想,他在明处,我在暗处,肯定搜索得到。于是,我睁大"火眼金睛",把这里的"妖魔鬼怪"扫描了一遍。

啊,目标终于在东北角的一个精致的卡座里出现了。我的老公正在和一位着装时尚的年轻女子窃窃私语呢。

难道这就是和哥们儿谈事?!难道这就是不回家吃晚饭的理由?!简直把我的肺气炸了。好大一会儿,我才缓过劲来。

忍?不忍?

如果不忍,冲上去各扇两个耳光,那会怎么样呢?孙猴子大闹天宫,不会有好果子吃;如果不忍,一吵二闹三上吊,在这公共场所,坏事肯定传千里;如果不忍,一旦弄错了情况,那就真的不好收场了;如果不忍,除非离婚,难道还有别的选择吗?没有,绝对没有!

忍!一定要忍!特殊情况下,唯独底层逻辑才有生命力。

这时,那个方向正好有一对情侣离开了卡座,我悄悄地走过去占领了有利地形。这个位置好,就在他俩卡座的背后。

"大帅哥,上次第一眼看到你,我的魂儿都没了。"她好像在往我老公嘴里喂牛排,紧接着又含羞带娇,嗲声嗲气地说,"亲爱的,第一次和你约会还真有点紧张……"

呸!狐狸精!

不过,冷静下来再细细一想,还好,毕竟他俩还没有生米煮成熟饭,完全可以把我老公从悬崖边上拉回来。

我深深地吸了一口气,极力让自己平静下来,然后又一次拨通老公的手机:"老公啊,我出来散步,不小心把钥匙忘在家里了,你应酬结束了没有？可不可以早点回家？"接着,我又故意慢慢地从他俩的卡座前一摇三摆地通过。的确,无论我怎么化装,还是被老公一眼认出来了。嘻嘻,我还趁机向他投去微微一笑。

老公做贼心虚,顿时目瞪口呆。

出了门,我又走到那个巷子,站在他的轿车旁。

等!

老公终于从圆梦驿站出来了,但那个女人仍纠缠着他。见此情景,我快步走上前去:"这位女士,不好意思,我忘记带钥匙了,是来喊老公回家开门的,如果你和我老公还有什么事要谈,你们继续好了,我就站这儿等。"她听我这样说,立即停下了纠缠,然后狼狈不堪地走了。

我钻入老公的轿车,向家的方向开拔。

回到家里,我缄口不提老公和那个女人约会的事,而他却像个做错事的孩子等着大人的惩罚,而且在接下来的好几天里一直焦虑不安。

一日夫妻百日恩,有钱难买夫低头,见好就收吧。这天晚上,我专门炒了几个小菜,决定陪老公好好喝几杯。席间,老公又想检讨点什么,却又被我拦了回去,还顺手撮了个花生米放到他的嘴里,然后举起酒杯说:"亲爱的,你太让我牵肠挂肚了。来,既往不咎,都在酒中了,干!"我看得很清楚,老公是含着感动而又羞涩的泪花喝下这杯不是罚酒的罚酒。

这天夜里,夫妻同枕,他又像个孩子似的,把嘴凑到我的耳边:"亲爱的,那天晚上你怎么知道我和她在圆梦驿站里约会吃西餐的?"

"你个大傻帽,难道你不知道我在体验生活,正在创作一篇推理小说参赛?"说着,我使劲弹了他一个脑瓜崩。

哈哈——

新来的房客

陈国江（江苏）

正和妻子吃午饭，忽听外面房东王师傅在跟人说话，经过我的门前，往左边去了。接着是开门的声音。

又有人来租房子了。妻子说。我说，估计是的。我们隔壁这一间空了好些日子了。妻子好奇，说，我们也出去望望，是个什么样的人。

原来是个四十多岁的女人，中等个子，身材偏瘦，却很结实，面容俊秀。穿着红底黑格子春秋衫，黑色的大脚裤，平跟布鞋。头发不长，拢在脑后，马尾巴似的。脸色是日晒的浅棕色。身边跟着个洋气的十来岁小女孩。

屋子很干净，女人看了很满意。小女孩说，姨，这个屋子蛮好的。女人对王师傅说，秋（就）这样定了，我下午把行李拿来。我和妻子回到屋里，妻子说，这个女的也不知是干啥的。我说，这个女的，是离婚的。妻说，你瞎嚼。你哪认得她的？我说，我哪认得？妻说，那你凭什么说人家是离婚的？我说，她还有个儿子。老家不是三仓就是新街那地方的。

妻子疑惑地看着我，像要挖出什么秘密。说，别是你相好的，故意租到我们旁边来，你们好方便？我说，你真是想象力太丰富了，等她来你问问她认不认得我。

我们这一排四户房客，合用天井里的一只水池，早晨刷牙洗脸，洗衣洗菜洗锅碗，都在一起。有时，衣服捧在手上，要等前面的人洗好，于是大家就有时间拉家常。第二天晚上我下班回来，吃晚饭时，妻子又开始审问我：你跟我说实话，你真不认得隔壁那个女的？我说，你怎么又揪住不放？那你没问她？妻说，今天一起洗衣服时我问了，她姓丁。她说她是三仓的，跟老公离婚了，有一个儿子，在市一中上高一。你说你不认得，为什么你知道得这么清楚？除非你说出个理由让我服气。

我说，其实也很简单。你看这个女的穿的衣服，就是农村妇女。脸上晒得发红，就是做农活的。她这个年纪出来租房，一定是离了婚，没有家。如果她的老公不在了，也不会出来租房。农村人离婚，像这样年纪的女人，有女儿的，一般都会跟母亲。生儿子的，大都会跟着父亲。她带来的那个小女孩喊她姨，说明不是她的女儿。她一个人出来，说明她有个儿子，跟了男方。如果她的家里没有兄弟，她会回娘家住。现在出来租房，要么他家里有兄弟，要么父母都不在世了，反正是回不去了。她看房时说了一句话，秋（就）这样定了，你还记得？这个"秋"是卷舌音，只有三仓新街一带的人这样说。所以我说她是那一带的人。这就是我的理由。

妻子怔怔地望着我说，你能上街摆摊算命了。就看了一眼，能算到这么多，你厉害。怪不得我这一辈子被你耍得团团转。我说，这不过是简单推理而已。

周日的时候,妻子说,我看隔壁小丁蛮可怜的,中午喊她来一起吃饭吧?我们几个租房的,常一起搞合作,几家把菜一凑,就是一桌,然后男人们喝酒,女人聊天,其乐融融。我说,随你啊。家里的事情你做主。

一起吃饭时,小丁说,我老公人不犯嫌,也是个好人,就是耳朵根子软。他有个姐夫做局长,姐姐在医院做医生,什么事都听姐姐的。婆婆霸道,家里什么事都要听她的,要是违了她的拗,就到丫头跟前告状,丫头就回来逼弟弟跟我离婚。我一个人,哪斗得过他一家?

我问小丁,你现在离了婚,想不想重新组建家庭?小丁说,宁可一个人过。其实我家那个人也不舍得离,被他姐姐和妈妈逼得没办法。以前外出打工,现在晓得我在城里租了房子,儿子又在城里上学,他也到城里文化大厦工地打工。我说,你们会复合的。小丁说,哪有那么容易。妻子说,你就瞎猜吧。你凭什么敢肯定?我说,凭直觉吧。

过了一些日子,我告诉小丁,这个周日中午,准备几个菜,你老公要来吃饭。小丁不敢相信,我妻子也不相信。其实,她老公干活的地方,我上班天天路过。我去找了他,做通了他的工作。

周日那天很热。当我把小丁老公领来时,小丁竟然羞红了脸。看到小丁在忙做菜,汗水湿透了衣衫,小丁老公说,我出去一下,马上来。我们都不知他干啥去了。一会儿他回来了,右手拎着一台新电风扇,左胳肢窝夹了一盒国缘酒。他放下酒,把电扇插上电源,朝着小丁吹。原来还是个心细的暖男。小丁说,你要感谢陈大哥,把风扇朝他吹。他连忙又把风扇的头转了过来。我说,开摇头吧,大家都能吹到。这时,他们的儿子也来了,进门喊道:妈。眼泪就流下来了。小丁见了,忙丢下铲子,紧紧地拥抱儿子,眼泪止不住地流。这其实是我跟小丁老公商量好的,叫儿子一起来。吃饭的时候,一家子不断给我们夫妻敬酒,感谢我们让他们一家破镜重圆。

晚上妻子好奇地问我,你怎么有把握让他们夫妻重归于好的?我说,第一,他们不是感情出轨。这就是复合的基础。第二,离婚的矛盾是婆媳关系不好,而关系不好的根源是生活在一起。小丁老公听我劝,准备在城里买一套房,一家三口的生活,从此不受外人影响。三是小丁老公只是一个打工的,人老实,重组家庭既没那个经济实力,也没有那个想法。他们需要的是一个桥,我就是给他们搭个桥而已。或者说,需要一个台阶,我就做那个台阶。就这么简单。

迟 到

邵建华（江苏）

领略云水之美，林海之密，花之世界，彩云之南是不能不去的地方。

旅行车在曲曲折折的山路中蜿蜒前行，路况很好，与我第一次来时的颠簸已经不可同日而语。但再美好的旅行也会伴随着一路疲惫，导游阿美的金嗓子亮了又亮，想尽一切办法调动着大家的精气神。

阿美的长相和她的歌声一样甜美，虽然出生在高原，却没有一点被紫外线过多辐射的高原红，身材娇小，皮肤白皙，性格开朗活泼。她有一颗特别善良的心，是云南保护大象活动的一名志愿者。当然，让我们喜欢她的还有一个更重要的因素：基本上不带我们进购物店。几天下来，唯一一次进店经历还是应大家的一致要求，帮我们找一个靠谱的玉器店参观参观。她一再提醒，如有购买意愿，尽量找几位懂行的同行人参谋参谋，谨慎下手，"玉器这一行，水太深"。

车子还在行进，阿美甜美的个人音乐会也暂告一段落。她再次给我们开讲做导游时遇到的故事。今天的故事是这样的：

和你们来云南的时候差不多，也是这样的一个春天，正是云南花开最盛的时节，我带了一个纯玩团。什么叫纯玩团，你们懂的。那时候旅游行业乱象还很多，纯玩团收费相对较高，所以旅客的要求也高一些，我们一般都要小心翼翼地服务。

几天下来，从昆明、大理到丽江，安排的景点玩了大半，大家的兴致都很高，对我的服务也比较满意。唯一让大家感到有一丝不快的是，团中有一对来自内蒙古的夫妇，特别爱迟到，每次出发的时候都会迟上七八分钟，让一车子人等。不过好在我们的时间安排还比较宽裕，所以也没有影响到大家的游玩。

这对游客夫妇，男人五十岁出头的样子，长得高高大大，既有蒙古人特有的阳刚之气，又有文化人的那种温和性格，言行举止中透着真实，每次我喊他大哥，他都是一脸笑容地答应。嫂子个子不高，皮肤白皙，化着淡而精致的妆容，只是显得有点娇弱。上车下车，大哥都要帮她搭一下手，引来一车的羡慕。

他们那天照例地迟到，在平常该到的时间还不见人影。在多等几分钟后，车上渐渐开始滋生一种不耐烦，有几位游客开始小声嘀咕。

这是前面几乎不曾有的情况。

第一次迟到，是大哥先上的车。因为行程刚开始，大家都很兴奋，也相对宽容，没有人说什么。我出于职业习惯，对大哥做了善意的提醒，因为一两个人的迟到，造成几十个人的等待，作为一名职业导游，这是我所不愿意见到的。大哥连忙双手作揖，连声道歉："对不起大家，对不起大家。"然后返身下车，把站在门口的嫂子接上车,安顿到座位上。车辆发动,很快进入平稳行驶阶段。大哥站起身来,从随身的背包里拿出小礼品,一个个座位分发:"请各位尝尝,家乡的小特产。"看着大家都笑脸相迎,大哥才长吁一口气,坐回嫂子身旁。

整个过程,嫂子都是静静地坐着,没有发出一点声音。待大哥坐下后,她便微微侧过身体,把自己的头倚靠在大哥宽厚的肩上,开始闭目养神。

从怪石嶙峋、奇峰叠秀的石林,鲜花成海、香气满城的斗拱,到滇池、洱海、抚仙湖、玉龙雪山,一路欢歌笑语。大哥两口子照例迟到,上车后照例"贿赂"一下大家,只不过换成了旅游地新购买的一些小特产。大家照例回报一笑。几天下来,所有游客们已经亲如一家,你帮我拉一下行李,我帮你整一下背包,气氛浓浓,早已不在乎大哥这照例的一点迟到。

最后一站,就是令人心驰神往、神秘美丽的香格里拉了。

约定出发的时间都过去有一刻钟了,大哥两口子还没有上车。不满意的抱怨开始多了起来,声音也渐渐大了起来。我理解大家这种焦急的心态,赶紧做好安抚工作,并准备下车去找大哥。刚到车门口,就看见大哥半搀半扶着嫂子向车门处走来,我连忙招呼大哥上车。大哥可能也感觉到今天迟到的时间有点长,到了车门口,回头跟嫂子说,你在下面等一下,我先上去跟大家说几句话。我也有点着急,心想,时间宝贵,一车人都等急了,还有什么话不能两口子一起上车再说的。但看到大哥带着乞求的眼神,我到嘴边的催促又咽进肚子,侧身让大哥先上了车。

面对有些不满的团友,大哥自知理亏,没有再像之前拿出一些小礼品来"收买"大家,而是先向大家深深地鞠了一躬。他的举动完全出乎大家的意料,原来的嘈杂声一下子没有了,安静得令大哥那稍为沉重的呼吸变得格外明显。

"我知道这几天因为我们两口子迟到的行为影响了大家的行程,也真心感谢大家一直原谅着我们。"大哥一脸歉意地说道,"所有的责任都在我,没有提前跟大家说清楚缘由。我爱人得了癌症,医生说只剩下几个月的时间了。她早就有一个心愿,想到美丽的彩云之南来旅游,之前因为工作忙,一直没能陪她来。在生命的最后几个月里,她想到云南来看一看。我不想在她和我的人生中留下这个遗憾,征求过医生的意见后,我们就报了这个旅行团,并有幸和各位一起,一路相伴。"

说到这儿,大哥的声音有点哽咽:"因为云南美丽的景色,因为一直以来心愿的达成,因为大家对我们的宽容,我爱人的情绪有点兴奋,加之旅途的劳累,她的身体状况不是太好,所以我总是尽量晚一点叫醒她。她又不愿意把自己的病态呈现在大家面前,化妆方面又多耽搁了一点时间。总之,是我们的自私影响了大家。对不起!"大哥再次向车上的所有人深深地鞠了一躬。在一片静默里,转身下车,把嫂子搀扶上来。嫂子坐上位子,依旧静静地把自己的头倚靠在大哥宽厚的肩上,闭目养神。早晨的阳光和煦地照进车窗,照在嫂子那白皙的略微泛起红晕的脸上。

一车人就这么静静地向着目的地进发,再也没有原来的喧闹。我也安静地坐着,导游生涯里第一次没有与大家互动。

云南的美,美在全境,每一个景点都有自己独特的魅力,都是如此地动人心魄。

尽管我是一名导游,经常带队行走在这些如诗如画的世界里,但我从来没有厌倦,每一次相遇,都能感受到它们新的美丽。对这些大多数都是第一次到云南的游客们来说,更是如此。到了景点,大家在车上的压抑情绪一扫而空,流连在普达措国家森林公园的原始风光里。

香格里拉是这次旅行的最后一站,天色还好的时候,集中返程的时间又到了。临上车之前,一直不怎么说话的嫂子突然找到了我,提出了一个让我十分诧异的要求:能不能找一个购物的地方,她想去逛一逛。作为职业导游,这于我来说不是难事。但这是一个纯游团,没有这方面安排,而我肯定不能随便增加购物项目。嫂子的态度很坚决,我没有办法,只好先征求大家的意见。好在大家出来后一直没有参加购物项目,很多人也想见识见识。我请示了上级,得到同意后,决定在归途中找一家玉器店让大家体验一下。我再三强调,玉器行业十分复杂,不懂的千万不要下手,我们只当参观考察。

进了玉器店,大家自由参观。不一会儿,嫂子再一次找到我,请我陪她看看。原来,她相中了一个翡翠手镯,想让我给长长眼。我一看,手镯确实不错,但价格也不菲。这时,其他游客也纷纷凑了过来,你一言我一语,觉得这手镯太贵了,不宜买。我也劝嫂子再看看,如果不是必要就不要买。没想到嫂子态度很坚决,别人越是劝她越要买。

大哥陪在旁边,笑而不语。

看我不肯帮忙,嫂子有点着急了。她把我拉到一边,跟我说起悄悄话:我先生年纪还不是很大,我走后肯定还会再婚,对此我也没有意见。只是我的女儿还小,以后再也没有妈妈了,我舍不得她。我想买一个手镯,在我走后能够传给她,有了这个手镯,让她以后能随时感受到妈妈的存在,这是我留给她的最后一点念想。

我的眼睛湿润了,再也找不到阻止嫂子的理由。我悄悄找到玉器店老板,告诉他嫂子的情况。老板很干脆,成本价出售!

嫂子心想事成,舒心地笑了,脸上那丝病态的红竟然变得红润润的。

第二天早上,我把旅客们一一送上归途。临别之前,我和嫂子紧紧地拥抱告别。这一别,从此就没了音讯。不知道大哥和嫂子后来怎样,我虽然有大哥的电话号码,却从来没有勇气拨打。人生的际遇大致如此吧,一次特别的邂逅,却是一生的牵挂和回忆。

故事讲完,小美的脸上挂着泪痕。

我们也眼泪盈眶,这算是此次旅行中凄美的一页吧!

丢失的梯子

辛秋敏(北美)

> 本文根据2020年发生在魁北克的父亲绑架两个女儿事件改编。离异家庭儿童抚养权问题,已经成为亟待关心的社会问题。
>
> ——题记

约翰回家的时候,院子的旁门是开着的。约翰闭着眼睛回忆五天前他出门前家里的状况。他记得太太安娜还曾经检查过院子的门。那门是关好了的。

约翰走进院子,当他走到工具房后面的时候,看到了家里的梯子不翼而飞。那梯子是父亲老约翰自己打造的。每一颗铆钉都有着老约翰的味道。如果不是梯子折叠起来也很长的话,约翰就一定能把它收进工具房或者车库里。

家里什么都可以重新购置,唯独这架梯子丢不得。

你偷什么不好,干什么非偷我的梯子。

约翰抬头看天空,刚好一颗流星划过。是父亲在天上责备自己没有看好他最心爱的工具吗? 报警? 不报警? 约翰在院子里来回走了两圈,也不知道如何做是好。这把梯子是做木匠的父亲在退休前亲手制作的最后一件成品。独一无二,无可复制。约翰走进卧室,看着墙上挂着的全家福。父亲一脸慈祥的笑容,坐在椅子上。他和妻子安娜、儿子马丁围着父亲。报警的话,跟警察说丢了一架梯子,警察会不会认为自己小题大做? 不报警的话,这丢的可是父亲最后一件遗物。

安娜在电话里听说家里遭贼的事情后很是悲伤。那架梯子是老约翰留给家族最后的信物。老约翰不止一次地说过,人生就如这爬梯子,越往前走,路就越宽。

两人一致同意约翰明天就到警察局报案。

在卧室里昏黄的台灯下,约翰回忆着父亲。他想起自己陪伴在父亲身边的那些日子。那日子幸福而安详。

"叮铃铃"一阵门铃响。约翰披衣走到门口。隔着门上的猫眼,看到一男一女穿着警察的服装站在门口。

"这是您家的梯子?"女警察拿出一张照片给约翰看。

"你们找到了我家的梯子? 我正打算明天去报警呢!"约翰跳了起来。他接过照片,是的,那的确是父亲亲手打造的那架梯子。

那架梯子上有父亲自己亲手刻下的名字。

"这架梯子跟最近的一桩失踪案件有关。"男警察补充道,"我们是来确认一下这梯子是否属于你们家,警方正试图还原案发过程。"

"它在哪儿？我还可以拿回它吗？它是我父亲留给我们的遗物。"约翰问道。

"它仍然在五英里之外的森林里。现场被保护着。更多的线索受案情限制，我们还没法说太多。请您静候几日。"女警说。

警察离开的时候，约翰再也无法静下心来。一辈子安分守己的父亲打造的人生中最后一架梯子竟然和案件连在了一起。父亲若泉下有知，该作何感想？

约翰打开电脑，看本地最近的新闻。找了好半天他看到了本地最近的一件失踪案件。

"寻人启事：琳达，女，六岁。金发、蓝眼，穿白色连衣裙。艾琳，女，九岁。黑发、棕色眼睛，穿粉色连衣裙。带走她们的是父亲戴维斯。戴维斯，男，三十七岁，离异，刚刚失业，最后一次和孩子们见面是开车带孩子们去麦当劳购买儿童套餐……"

难道会和这件失踪案件有关？他们用我们的梯子干什么？

约翰想起警察说的五英里之外的森林。那片森林自己和安娜走过好几次。森林里有一个破旧的树屋。难道他们拿了我家的梯子去爬树屋？约翰打算天亮之后独自进入森林一探究竟。

约翰在数了无数只羊之后终于进入梦乡。在梦里他看见父亲正指着那架梯子对他说，儿子，我做了一辈子铁匠，这梯子是我留给你们父子最重要的财产。记住，人生就如爬梯子，一步一步向上走，总有一天你会到达人生的顶峰，那时候会看见远方所有的美好。

当约翰穿过森林中曲折的小径看到远处的树屋的时候，他一眼就看见了自家的那架梯子。树屋周围的几棵树木被黄色的警戒线拦着。梯子正竖立在树屋旁。周围没有警察的身影。

我家的梯子到底充当了什么角色？约翰百思不得其解。他想去摸一摸父亲的梯子，无奈警戒线像是条响尾蛇一样，在风中抖动着，拦截着一切想要靠近它的东西。约翰看着梯子，想象着父亲如果在世看见这样的景象该怎么想？自己离家五天，梯子竟然被人偷去而且成了案件的要素。

约翰返回的时候，开车去了小镇的咖啡馆。安娜在家的时候，通常是他们两个一起去。那里就是这些退休老人聚会的地方，也是获得新闻最快的地方。

几个老年人手中握着报纸，正讨论着。说失踪的姐妹俩已经在邻镇的森林里被找到，不过早已失去了生命体征，除了车祸导致的骨折之外，身体上还有钝器伤。只是带走她们的父亲戴维斯还没有找到。约翰没有插嘴，第一次当了一个聆听者。

傍晚，约翰冲好咖啡的时候，电视里晚间新闻播报：掠走自己两个女儿的戴维斯的尸体在森林附近的湖中飘了上来。警察在小镇森林里的树屋上二次搜索的时候找到了戴维斯的遗书。

"我的小甜心们，我爱你们。但是我却无法争取到抚养你们的权利，因为我连自己都养不了。我连答应带你们爬树屋的愿望都没有实现，爸爸替你们爬一回。请原谅你们的爸爸。"

约翰终于明白，父亲的梯子被这个叫戴维斯的男子偷了去，而且成为帮助他完成死亡程序前最后一个愿望的助手。

"警方经过戴维斯最近的医疗记录查询到，戴维斯身患中度抑郁症。这或许是杀死他及他杀死自己女儿的最致命的原因。"听电台播报完毕，约翰浑身绵软，脑中混乱如麻。这件代表着父亲最高手艺技能的遗物，自己到底还要不要拿回来？

"叮铃铃"，门外响起了门铃声。隔着猫眼，约翰看见，还是那两个警察。他们这次来做什么？

砍　柴

相裕亭（江苏）

　　西巷，二社家挽着个篮子从菜地里回来，路过大涝家门口时，她很是惊讶地问大涝家："呀！你不是在村东砍大柴吗，怎么这么快就回来啦？"

　　大涝家也很惊讶，说："你看见鬼了吧，我一下午都坐在家里编殿箩子。"说话时，大涝家还用脚尖儿踢了踢她跟前编织好的那几对狗头样大的殿箩子。

　　二社家轻"哦"了一声，神情里似乎是说，那可能是她看错了人啦。其实，她确实是看到有人在那边水沟里砍大柴呢。但那话，二社家没有直接说出来，她怕把话说得太明白了，会惹出什么话茬子来。

　　大涝家与二社家娘家是一个庄上的，她的话语里，理应是向着大涝家的。

　　大涝家让她进屋坐坐，那小媳妇说她家里还有事情，急匆匆地就走了。大涝家看那小媳妇躲躲闪闪的眼神，忽然间感觉不对了，莫不是真有人在他们家的芦柴地里砍大柴？若真是那样，那可就不好了。

　　大涝家有编织芦柴的手艺。芦席子、斗笠，还有祭奠先人时所用的殿箩子，她都会编。

　　大涝家过门的头一年，就跟大涝说："你去买两捆子大柴来，我想在家里编织芦席子。"

　　大涝知道媳妇在娘家时，跟着娘家妈学会了编织芦席的手艺，便卖掉了家中一只黑山羊，买来三捆子粗壮的大柴，供媳妇在家里编织芦席子。

　　当年秋天，大涝想到自家菜园地边上有一个不大的水塘子，便从盐河口挖来几丛芦柴根子扔进水里。

　　那个小水塘，原本是雨天里各家菜园子用来排水的；天气干旱时，人们也从那水塘里担水浇菜。冬季，枯水季节，它也干枯，一直到第二年雨季来临，它才开始蓄水。

　　可大涝没有想到，他头一年秋天扔进那水塘里的几丛芦柴根子，转年春天，便冒出了紫莹莹的芦苇嫩芽。紧接着，春风一吹，便舒展开嫩绿的芦苇叶儿。赶到春夏之交，那翠嫩的芦苇，便长成了一棵棵硬挺挺的芦柴，见天都有"柴呱呱"（柴荡里的一种呱呱叫的鸟儿）钻进那柴棵子里面"呱呱呱"地欢唱。到了端午的时候，小村里好多人家还去打芦叶儿包粽子呢。

　　入冬以后，柴地里的水干了，蓬松的芦花随风飘去，"沙啦啦"的芦叶便向它的主人示好："来呀，你们把我割回去编席子、编斗笠呀！"

　　也就是说，大涝家自从有了那小片芦柴地，家中编织芦席子、斗笠，再不用到集市上去买芦柴了。

可这年后秋,二社家看到有人在偷砍大涝家的芦柴,又不好直接说给大涝家,便那样明里暗里地向她透了个信儿。

大涝家醒过神来以后,便匆匆忙忙地赶到打谷场上去找大涝。

大涝一听,有人在偷砍他们家的芦柴,扛着把木锨就来了。

远远地,大涝看到是四水在那撅个屁股砍大柴,便连声说:"哎哎哎,四水兄弟,你在那瞎忙乎啥呢?"大涝没好说,那是我家的柴,你在那儿瞎砍什么?

四水直起腰来,抹了下脸上的汗水,冲大涝勉强地笑了一下,说是家里的小锅屋要塌了,砍两把芦柴,回去把小锅屋的房顶子插补插补。

大涝说:"那芦柴,是我栽给你嫂子编织芦席子用的。"言下之意,那是你随便就能割的吗?

四水支吾了一句,说:"这河沟,可不是你一家的。"四水那话里的意思是说,这河沟也在他们家的地头上。

是的,那河沟的西边是大涝家的菜园子,东边就是四水家的水田。这就是说,那片水塘是他们两家共有的。你大涝家能在里面砍芦柴,他四水自然也能砍。况且,谁都知道那芦柴砍下来以后,挑到集市上就可以卖到钱。

四水没好说,前两年你砍芦柴的时候,就应该给他四水留一部分,你们两口子倒好,不声不响地全砍回家了。说是编芦席子、编殿箩子,所卖的钱呢?给过我四水一分没有?

当然,那话四水是在心里说的。

大涝看四水跟他胡搅蛮缠——不来理儿,上来就把四水手中的砍刀给夺下来,"嗖"地一下,扔出了八丈远。

四水的个头没有大涝高,力气也没有大涝大,大涝把他的砍刀给夺下来扔掉后,他一点鼻子擤都没有(没有应对的招数),自个儿爬上河坡,捡起砍刀,拧着头(应该是憋着一肚子气)走了。

大涝担心四水还会伺机来砍芦柴,夫妻二人,连晚带夜地把那小片芦柴全给砍回家了。

事后,大涝媳妇走在街上,看到四水与她别着个脸子走过时,她心里挺不是滋味的,那女人思来想去,选在一日晚间熄灯上床以后,跟大涝叨咕说:"赶明年,把河沟对面的那几丛芦苇子留给四水吧?"

大涝说:"屁!"

大涝说四水是个"屁"时,显然是没有把四水放在眼里。

可大涝没有料到是,第二年春天,那片芦苇刚一冒出紫莹莹的嫩芽,就都像是患上瘟疫病一样地蔫了。

刚开始,大涝感到很奇怪!可等他发现地上渗透出一片白乎乎的盐屑时,他弯腰揪下一个芦苇尖儿放在口中尝了尝——恶苦。显然是被人泼上盐田里的卤汁,把那稚嫩的芦芽全给腌死了。

大涝猜到是四水干的。

但这一回,大涝没有去找四水理论,而是选择了沉默。很显然,大涝也觉得前面的事情做得有些过了。

事后,大涝媳妇瞒着大涝,托人给四水家送去两张崭新的芦席子和三顶斗笠。

转年开春,令大涝意想不到的是,那片芦苇地里,又冒出了一片紫莹莹的芦苇嫩芽儿。

充电宝

顾　舟（江苏）

妮儿出差一星期，回家看到一块粉红色充电宝，女人的第六感觉让她心中掠过一丝不安，满腹狐疑地将充电宝收进抽屉，准备等老公大头晚上回来看着他的眼睛好好审问一下。

手机铃声响起，是大头。

"妮儿，今晚加班不回，不能为你接风了。"

"怎么我刚一回来你就加班？"

"没办法，最近事多。"

事多？是班上事多，还是你事多？

"大头，我不在家这一星期，谁到咱家来过？"

"没有人来过呀。"

"那你买了一块粉红色充电宝？"

"你知道我不喜欢粉红色，甚至不喜欢你穿粉红色衣服……嘘，领导来了，先挂了啊。"

没有人来过，又不是他买的？难道充电宝自己跑家里来的？妮儿越想越不对劲，她匆匆填饱肚子，躺在床上翻来覆去无法入睡，那块粉红色充电宝像石头一样堵在胸口。它会是谁的呢？

闺密吴晓倩？她平时总在人前背后夸大头勤快体贴，说自己老公有大头十分之一就睡着笑醒。防火防盗防闺密，难道她趁自己不在家……还等什么，立刻发一条微信试探一下："倩儿，我出差把充电宝弄丢了，现在想买一块粉红色的，你有链接发一个给我。"

几分钟后，吴晓倩回信息来："妮儿到家啦？过两天为你接风哈。充电宝我都买黑色或白色的，不喜欢粉红色的，一是小女生气，二是俗气。"

小女生气、俗气，这两个关键词让妮儿一下子想到孙小媚。几年前她和大头加入一个小型户外群，利用周末时间结伴去周边景点游玩，认识了长得五大三粗说话嗲声嗲气的孙小媚。孙小媚游玩时有意无意地忽视妮儿的存在，屁颠屁颠地跟在大头后面；游玩结束有事没事地在群里和大头聊天，别人说话孙小媚装睡，大头一说话她就冒泡。妮儿早就看不下去，但是大头又不愿退出那个群，难道他是为孙小媚才留下的？

尽管论颜值、论气质孙小媚都不能与妮儿相提并论，但是人性的弱点中有一条叫喜新厌旧，它能催生出许多不靠谱的事。

妮儿想在那个小型户外群@孙小媚,一看时间已超过10点,犹豫不决中传来"嘀嘀嘀"的声音,居然是孙小媚,看到她头像后面的那句话,妮儿腾地从床上坐起来。

孙小媚:"我最爱的粉红色充电宝丢了,不喜欢其他颜色,疫情期间网上不发货,你们那儿有卖的吗?"

妮儿打开抽屉拍下充电宝发到群里,问孙小媚丢的是不是这块,孙小媚连说对对对并问妮儿怎么会有充电宝的照片。妮儿强忍怒火回复孙小媚:"充电宝在我家的床头柜上!"孙小媚发了两个表情,一个是疑问,一个是尴尬。

妮儿怒发冲冠,大头终于让嗲声嗲气的孙小媚得手了,这个男人她还要吗?他们的家何去何从?

大头正要进入梦乡,妮儿急促的电话铃声和不容辩解的责问搅碎了他一夜的宁静,妮儿自己更是一夜无眠。

第二天,妮儿带着粉红色充电宝去了大头单位,大头一脸委屈地说:"这是我几天前从超市买的,明明是白色,为什么你非说成粉红色?"

他们一起去医院,眼科医生说,大头因长期看手机导致双眼辨别力异常,又称获得性色盲,红色、粉红色在他眼里都是白色。

他们挽着手走出医院,大头将那块粉红色充电宝扔进垃圾桶。妮儿说,扔了也好,咱重新买一块,不希望你用的东西和孙小媚的一样。大头说,不买了,正常接打电话和工作微信用不了多少电,根本不需要充电宝。充电宝不仅伤了我的眼睛,还差点伤害了我们的感情。

回家路上,大头问妮儿:"我的眼睛色盲了,你以后会嫌弃我吗?"妮儿意味深长地回答:"只要你的心没有色盲,就永远是我的男人。"

拖鞋之谜

汪树明（江苏）

一双拖鞋，45码，男式的，第三次出现在独居女孩清清的房门口。

清清大学毕业，通过公务员考试，从七彩云南来到黄海之滨美丽的灌江县工作。单位补贴房租，她自己在东鸣湖附近的绿洲小区租赁了一个套间。

清清住进这个小区时间不长。当初公务员招考，她报考了灌江县文旅局，父母听说灌江县离家万里，不放心独女一人来此工作，坚决反对，还动员亲戚朋友劝说。可清清性格独立，又是犟脾气，志存高远，向往诗与远方的生活，不顾父母全票否决和亲友的善意提醒，怀揣一张录取通知书，拖着一只行李箱，只身飞到了灌江县。

初到灌江县，美丽的灌江，热情的同事，友善的邻居，让清清如沐春风，宾至如归，清清感到自己选对了。

清清的对门住着一对中年夫妻，女的退休在家，爱好广场舞，天天菜场、公园、家，三点一线。男的还没退休，戴着眼镜，衣着整洁，脸皮白白净净，个儿高高爽爽，不低于1米8，一副文人气质，天天上下班都夹着个公文包。夫妻俩有一闺女，前年大学毕业后，孔雀东南飞，去一外地大城市工作了，一年中难得回来一次。

清清住进后，进进出出，难免与对门夫妻碰面，开始时，她总是微微一笑，并没有言语交流。时间长了，见面总是甜甜地叫声阿姨好、叔叔好。夫妻俩看着清清与自己女儿年龄相仿，又听说来自云南，想到自己的女儿如清清一样，远离家乡，与清清过着同样的生活，对清清的怜爱之情顿生。

临睡前，夫妻俩都坐在床上。妻子边刷抖音边忧忧地说："你看，清清搬过来后，就没见过她买过菜，经常叫外卖，不在父母身边，连口热饭都吃不上啊，我们送给她又不要，怪让人心疼的。我们那闺女也一定是天天吃外卖。"老公说："是啊，饭倒是次要的，就怕哪个坏人盯上了，打她的坏主意，那才是让父母担心的。"

老公的话，让妻子突然想起早上遇到的事。

早上，她刚下楼时，被什么东西从后面轻轻地砸中了腿，她掉转头，身后的清清站在门口红着脸一迭声地说道："对不起阿姨！对不起阿姨！"她这才看清，砸中自己腿的是一只拖鞋，清清的脚边还有一只，看那尺寸和款式，显然是男人的，又有点似曾相识。

"清清，谁的拖鞋啊？"

清清红着的脸瞬间惨白："不知哪儿来的变态鬼，天天晚上放鞋子在我门口，吓得我晚上做噩梦。"当时，她急着去买菜，安慰清清几句，就匆匆下楼去菜场了。现在，老公提起坏人来，她才想起这事来。

"老公,清清会不会遇上坏人了?"老婆问老公。

"不会吧,她才来。"老公头也没抬,心不在焉地回答了一句。

"怎能不会呢?清清早上跟我说,有个变态鬼,天天晚上放拖鞋在她门口。"

"还、还有这事?没吓着清清吧。"老公嗫嚅着说。

"怎么没吓着,清清都做噩梦了。"

"啊!也许是小孩子搞的恶作剧。你好好安慰安慰她。"

"我看八成是遇上坏人了。你看清清这姑娘多漂亮啊,瓜子脸,白白的,腰细细的,真像我们女儿啊。我都想认她做干闺女了。我们可得多留个心眼,注意点,让清清的父母放心。"

"对了,我家门前不是有监控吗?"老婆忽然想起。她坐直了身子,推了推看书的老公,"你快调下监控看看,或许能看到对面的情况。"

老公不似以前那么麻溜,依然看着书,嘟哝一句:"急什么啊,明天看吧。"

"你现在看下吧,也不费多大的事。"老婆说着就要去拿老公手机。老公一把按住手机:"手机与监控连不上网了。"

"怎么没听你说?"

"也不是什么急事。"

"我怎么感到你今晚有点不正常啊!"老婆盯着低头的老公。

"我、我、我哪儿不正常了?"

"你就是不正常了,清清的事一点不上心了。你把手机监控打开。"老婆命令似的口气让老公很不情愿地打开了监控。

监控中,老公穿着白衬衫,手提拖鞋,轻轻地放在女孩门口。

"你个变态鬼。怪不得我看那拖鞋像你的。"还没看完,老婆雨点般的拳头已落到了老公的头上,"你还配做父亲吗?清清和你女儿一般大啊。你这么大岁数了还做这事,你缺不缺德啊……"老婆呜呜地哭了起来。

"你别哭好吗?听我解释啊。我不是怕她遭坏人惦记吗,放双拖鞋就是警告坏人,她家有男人。"

玉观音

周太科（四川）

武强刚走出公安局一小会儿，腰间的 BP 机叽叽叫了起来。一看，娘打来的。他走进附近的电话亭，拨通了老家的电话："娘，昨天才通了电话，今天又想我啦？"

"强子，快回来破案，我的玉观音遭贼偷了。"听筒里，紧接着说话声的是一串呜呜的哭声。

"娘，不要哭，把具体情况说说。"

"我心里乱糟糟的，说不清楚。"话筒里，又是一串呜呜的哭声。

再问，回答的只有哭声。无奈，武强只好答应："娘乖，别哭。您放心，这案子必破！"

武强是刑警队长，也是个孝子，一周、两周、三周，最长一个月，就要回老家看望一趟娘。这回，距离上回回老家看娘满一个月了，却不能回去，因为要带队去外省抓捕一名嫌犯。

县城距老家远，一百多公里，其中包括十多公里山路。武强要把娘接到县城住，可娘说啥也不肯。娘要坚守老家，在土地上劳作。还有一个原因，娘每天要敬拜玉观音。如果住县城，娘认为有诸多不便。

玉观音是娘的娘传下来的，究竟传了多少代，娘的娘也说不清楚。娘就把玉观音看得很金贵。玉观音慈眉善目，供奉在堂屋的神龛上。每天一起床，娘洗漱完毕，第一件事就是在神龛前点上三炷香，焚烧草纸，磕头作揖。每天睡觉前，娘要洗净手，从神龛上把玉观音请下来，用干净帕子把玉观音擦拭一遍又一遍。

神龛位置比较高，娘每次把玉观音奉上去或请下来，都要搭凳子，脚踩在凳子上。武强担心娘摔跤，做了一个玻璃盒子，将玉观音装在盒子里放在神龛上。玻璃盒子为玉观音遮挡了烟熏和灰尘，娘就不用每天擦拭玉观音。

第二天，武强踏上了抓嫌犯的征程，指派刑警队实习生小马回老家查玉观音被盗案。

小马一到，首先查看现场。只见神龛上的玻璃盒子空空，盒子一侧挂着一把开着的锁。据武强娘介绍，上午去地里割苕藤喂猪，回家就发现玉观音不见了。苕地就在附近，家里还养了一只狗儿，出门时门就没有上锁。玻璃盒子上了锁，锁却开着，估计是被贼撬开的。

现场保护得很好，没有任何外人来。小马从行囊里取出专业工具，对脚印、指纹进行了提取。

"阿姨，您割苕藤期间，听见家里有啥响声了吗？比如狗儿见了陌生人要汪汪汪。"

"哦,好像没有啥响声呢。不过,我这耳朵有点背,也许有响声我没有听到。"

耳朵只是有点背,狗儿向陌生人狂吠的声音还是应该能够听见的。没有听见犬吠,极有可能是熟人作案。附近有一户人家,小马于是对邻居进行了调查。邻居家有四个大人,两个小孩。四个大人一听,全都露出惊讶的神色,都说这贼胆子也太大了,连警察家里的玉观音都敢偷。小马问扎羊角辫的小女孩:"小朋友,昨天上午在哪儿玩呢?"小女孩扑闪着大眼睛说:"爷爷奶奶和爸爸妈妈都在地里挖红苕,我和弟弟在地里摘红苕。"小男孩用袖子揩了一下鼻涕,小声说:"警察叔叔,我和姐姐边摘红苕边打闹,爸爸揍了我们,你能把他抓起来吗?"

这时,头发谢了顶的老人说:"小伙子,你怀疑我们,我们不怪你。别说偷玉观音,就是她在我家买的母鸡跑回我家来下蛋,我们也要把鸡和蛋都送回去。哦,对了,她家院坝下面是一条赶场的大路,昨天乡场逢场,是不是有人赶场临时起意呢?"

"阿姨家养了狗儿,狗儿听到赶场人的说话声和脚步声,是不是要汪汪呢?"

"她家的狗儿很通人性,赶场人路过院坝下面,是不会出声的。只有陌生人走进她家的院坝,狗儿才会大声汪汪。"

在邻居家看不出任何疑点,小马就去调查赶场的人。赶场的人很多,小马调查了三天,最终获得了一条线索。有人说,看见村里的孬狗也去赶场了。孬狗以前偷供销社,吃过几年牢饭。孬狗入户偷的话,能让狗儿和鸡乖乖不吭声。

孬狗会偷,又有前科,小马内心不免一阵狂喜。殊不知,找到孬狗,孬狗一听案子,"叭"地把手上刚抽几口的烟卷扔在地上,用脚踩熄,双手一摊:"真是棺材里捉贼冤枉死人呢,不过,我不怪你,谁叫我以前手脚不干净呢?昨天,我赶场是去跟师父学理发。并且,我赶场是三个人同行。"孬狗的头发被染成黄色烫成了卷,还真像理发店的人。经过调查,孬狗的嫌疑也被排除了。

小马垂头丧气地回了县公安局。

武强抓捕嫌犯归来,小马哭丧着脸汇报了情况,说嫌犯反侦查能力强,现场提取到的脚印和指纹,都是阿姨的。武强说:"别灰心,明天跟我回老家。"

一跨进堂屋,武强首先向一帧年龄较大的遗像三鞠躬:"师父,我回来看你了。"然后向一帧年轻英俊的遗像三鞠躬:"兄弟,我回来看你了。"

这两帧遗像,小马知道,长者生前是县公安局刑警队长,年轻人是长者的儿子,都是在抓捕嫌犯的战斗中牺牲的。后来,武强把师娘叫了娘。

接下来,武强看看,笑嘻嘻地说:"娘,儿子回来了,您就把玉观音交出来吧。"

"强子还真有两把刷子。"娘也扑哧一声笑了。

回去的路上,武强为小马答疑解惑。

"你咋判断是阿姨把玉观音藏起来了呢?"

"玻璃盒子的锁没有撬的痕迹,是开着挂上去的。玻璃盒子不大,根本不用开锁,完全可以和盒子一并带走。即使不带走盒子,也没有必要在取出玉观音之后又把盒子放在神龛上。"

"阿姨为啥要那样做呢?"

"听我说要到外省出差,担心我的安危,用这个办法骗我回来。"

查无此人

周玉玲（安徽）

  据说，女人对自己外貌的判断都比实际要高，就像男人对自己能力的判断比实际要高。

  我有个学生，长相还算甜美，读书不肯下功夫。总归女孩喜欢的，她都喜欢；女孩子容易犯的小毛病也都没漏犯。于是乎，喜欢着她的喜欢，追逐着她的追逐，轻松快乐长大。加之父母没教给她多少生存法则、防范意识。这样一来，她对于渣男的假惺惺奉承，理所当然就会信以为真，还照单全收。加上确实有几分颜值，就使她更加确信了自己对异性的杀伤力，于是，很轻易地，就做了别人的女朋友。

  按理说，男大当婚，女大当嫁，这也没有错。可惜的是，她最终确信了男友是个渣男。这种擅长并爱好勾搭女孩子的，大概率是这样的人。但是，我学生上当了，还把自己看作红粉将军，以为是自己俘虏了别人。

  一般渣男并不顾惜得到的女孩，他们的视野永远是下一个。即使是婚也结了，孩子也生了，他们也好不到哪去。我这女学生婚后明白了，也只能为母则刚，在大市场没日没夜打拼，做服装生意，十多年奋斗出一套门面房和两套商品房。没料到她老公也有了新的负责对象，和她离婚，分割去了一套湖边的房子。

  当年，湖边还是偏僻地段，我学生也没和他争辩，反而觉得他多少残存了点点温度，没要老城区的那一套。

  可是，世事就是那样难料。老城区的房子行情一落再落，湖边的房子却水涨船高，变成不可企及的高枝头。学生也没泄气，心想，虎毒不食子，他分去的那套房是自己的钱变的，最终不还是他们儿子的。

  世事就再次显现出它诡异的一面，她前夫居然找她要当初的购房资料，准备把那套房子过户到新女友名下了。老虎要食子？学生坐不住了，她决心和老虎斗一斗！

  学生这些年吃前夫的亏，突然感到自己再绑上儿子，一大一小两砝码，都比不过天平另外一端的前夫现任女友了。学生有点不自信了，只好找到老师，希望老师给找个信得过的律师。

  我就是她老师，和她父母一样，没能教给她人生的哲理。

  没办法，我只好找了个姐们儿，是个公职律师，让帮着提供一下咨询。

  咨询了，学生要请客，公职律师自然不愿意吃她的，更不会拿她的，权当自己做了公益。

  之后，学生的官司败了，财产早已经在离婚时分割清楚，双方都签字画押了的。

只能这样算了,以为就这样翻篇了,没想到过了段时间,学生又联系我了,求老师帮忙查一个人。

老师自然问是她什么人,为何要查人家?

学生说理解老师,自己不交代是不会帮查的。

老师说:"交代了也不能查的,凭空查人家是犯法的懂不懂?"

学生只好说是她男友,说是某某大公司的技术控,想查查,好放心走下一步。

老师说:"赶紧快刀斩乱麻吧,不用查都知道是假的。"

学生认真起来,对老师说不可能。说近两年的相处,她能感受到别人对自己的情义。

老师给她发了网上的一段话:人们都容易犯这个毛病,总是给自己找借口,自欺欺人地告诉自己,我现在是如何如何,似有着天大的理由犯错,但真是这样吗?不是的。有些错误,我们完全可以避免,只要自己的心坚定一点,头脑清醒一点,想清楚为什么做这件事、为谁而做,很多做法自然就会不一样。这就是用智慧指导人生。如果你的"知道"不能指导你的行为,不能成为你人生的坐标,"知道"再多也没有意义。

学生说:"老师,我得阑尾炎,一个月都是他服侍的啊。"

老师不知道应该怎么说服学生,不仅不方便用冷酷无情的语言击碎学生的自尊,似乎也不应该阻止学生爱别人。

于是,老师想办法去查。

查无此人。

两月后,学生告诉我,她和男友又联系上了。他确实是那个大公司的技术控,不过是公司从外地猎来的,对外保密,所以老师没查到。

我听到老师说:嗯。

缺一不可

庞宇嘉(上海)

小女孩听到楼下妈妈在喊她,便要下楼,可这时隔壁卧室里妈妈走了出来对她说:"别去,我也听到了。"

……

夜幕降临,宋祎雯窝在家里,刚读完了这篇惊悚短篇集。

丈夫是一名外科医生,今晚轮值夜班;刚满六岁的儿子,由他小姨带去度假了。家里就剩她孤零零的一个人,对这位年轻妈妈来说,既觉自由,又感空落。

在老城区租来的这套房子,外墙和内饰都很陈旧,附着股20世纪90年代的霉味,附近治安也不好,听说最近好几户都招了贼。好在房间宽敞,租金便宜,离丈夫上班的医院也不远。

这会儿她有些后悔看那本书了。吱呀作响的木制门窗,扑腾起灰来的布沙发,那些未被灯光触及的幽暗角落,总觉得好似有什么活物正在呼吸、挪动。

小腹隐隐有些不适,应该快要来了。她把家里的顶灯都打开来,趁现在还有力气,拿吸尘器把角角落落都打扫了一遍。那股诡异感终于消退几分。

浴洗之后她换上了轻薄睡裙,愈显身形娇俏。阳台上的衣物也已晾干,袜子、内衣、裙裤,分门别类叠好,最后她却发现有只鸭绒黄的船袜落单了。这种事情偶尔也会发生,过不了多久就会在某个意想不到的地方再次出现的。不过在拉开衣柜往里放置衣物时,一种怪诞的错觉又浮现开来,似乎她的贴身衣物变少了些。只是叠得更整齐了吧,她这样想着。

小腹的胀痛感愈发明显,她蹲到床头柜前翻出一盒快用完的护垫,撕开一片贴上。"要买护垫了呀。"她嘀咕着掏出手机,这时盒子里的剩余数量却引起了她的注意——四片,一盒十八片装,怎么会剩四片呢?

她的生理期向来规律,每月都是来潮之前用一片,最后一天用两片,此外都会用卫生棉条,这是她的个人习惯。网购记录显示这是四个月前买的,也就是说迄今为止她应该用了十二次,加上刚刚撕开的一片,盒子里应该还剩五片才对?

随它吧。把包装盒放回抽屉里,宋祎雯转身来到厨房。她想喝点热水缓解不适,却发觉找不到自己的杯子了,带有樱花图案的女式陶瓷杯。柜子里其余茶杯歪七扭八地排列着。

太奇怪了,从刚才起就不对劲——那个水杯她昨天还用过,洗干净了放回橱柜里的,家里最近也没有待客。是丈夫拿错了杯子吗?可他不可能翻卫生巾的。是儿子好奇拿的吗?可杯子放在一人高的顶柜里。

联想到无故消失的短袜,种种疑惑蓦地化为一股难以名状的恐惧,占据了她每一寸皮肤。按照脏衣篓、洗衣机、晾衣架的顺序找了一圈,依旧没有那只袜子的踪迹。

"家里没准进贼了,我们家只是二楼。"

她立即冲到阳台锁上所有门窗,又小心地检查了猫眼外的动静。确认没有异常之后首先翻看了钱包,接着又来到餐厅,靠墙而设的玻璃柜里交错架着几瓶葡萄酒,顶上倒悬着一排高脚杯,但她不是去找酒的。

按住背面的玻璃板轻轻一挪,便露出嵌在墙上的保险箱,里头是几只翡翠手镯、一串银项链、儿子的压岁钱和房产证等。她悉数清点一番,终于松了一口气。

短暂的轻快并没有消除她的疑心。如果家里没有招贼,这些零碎物品的丢失又是怎么回事?倏忽间,一个阴森而带有诡谲色彩的念头浮上心来——假如真有小偷进来,为什么不偷电脑和钱包而是不值钱的日常用品?这样户主很快就会发现家里失窃了⋯⋯

如果贼是故意让她察觉到失窃痕迹的呢?如果贼遍寻无果,想叫她主动暴露藏钱之处呢?此时此刻,那人可能还躲在家里某个阴暗的角落,正窥伺着她的一举一动。

想到这里,她的脊背像是爬过了无数的毛腿蜘蛛,呆杵在原地,只有脑子还在慌张地运转着——能躲在哪儿?她可是刚把里里外外打扫了一遍,床底也是做成储物空间无法藏人的。小偷如果想借此探明保险箱位置的话,必然要躲在一个看得见自己的地方才是⋯⋯

有一个地方!那是间阴暗逼仄的壁橱,里边堆放着落灰的闲置家具,要藏个人并非难事。壁橱上装着木制百叶门,从里头可以轻易地看到外面的情景,从外却只能窥得一片漆黑。最关键是,壁橱就正对着整间餐厅,此刻仿若有股阴气渗出,化成冰冷的双手扼住她的后颈,令她不敢回头。

"喂,你们到楼下啦!"她来不及解锁屏幕便接起电话,语气之怪诞就像在出演生硬的话剧,也不知道自己的拙劣演技能否骗过那潜在暗处似有若无的入侵者。她现在脑子里只有一个念头,赶快把丈夫叫回来,不管他在哪儿。

"对!202室。我下来接你们吧!"说着,她把保险柜一关,焦急而克制地走到屋外。

房门嘭地关上,她背靠金属门板,几阵急促的呼吸之后终于缓过神来。也许是自己多疑了吧,家里根本没人⋯⋯

就在此时,门内隐约传来一阵吱呀声,这声响她再熟悉不过了,就是老式木门转动时合页发出的声响!吓得她急窜下楼,顾不上什么穿着,朝小区门口的保安室逃去。

二十分钟后丈夫赶到了家里。经过检查,家中并没有小偷入侵的痕迹,壁橱里积的灰尘也不像有人待过。

"没事咯雯雯,"丈夫抚摸着她的颈背安慰道,"袜子肯定是晒的时候掉出去了。护垫你不记得了？之前你妹妹来借住过几天。杯子不是好好的在沥水架上放着呢？最后那声你以为是壁橱百叶门的声响,应该是窗户被风吹晃了发出的。"他指了指阳台上那扇摇晃的旧木窗。

"原来是这样。"她像只受惊的小猫似的,靠在丈夫怀里呢喃道。

胎　记

李慧文（重庆）

　　这世间的万事皆有联系，如千万条线一样连着彼此，即使你清楚手中的那根线连到哪里，你也无法躲避那根线，因为它是为你而来。

　　当你照镜子的时候，或许你就会看到我了。

　　水顺着她一头瀑布似的长发淌下，哗哗地在地板上溅起水花。凌晨的夜里，只有窗外树叶的萧索声，然后现在连萧索声也不见了。

　　她的手顺着水流从头顶捋到发梢，光滑白皙的背脊被这及腰的长发占去一大半。她侧过脸来对着浴室左侧的镜子，接着整个身子也转了过来。微弱的白光裹着她，她瞪大了眼珠子死命瞧着镜子，像是要把镜子给看穿似的。她不知道我在镜子中，有时我也在别的地方，但我的视野总离不开她，就像此时我在镜子里也死命瞧着她，瞧着她那洁白的颈部，还有左侧锁骨上方那浅褐色的胎记。

　　她将如藕的左臂抬了起来，伸出纤细的食指，指腹已经覆盖不住那块月牙形状的胎记，她蹙着眉头，开始使劲揉搓着，那胸前的肉也随之轻轻上下晃动起来。我不明白为何她对这块胎记如此厌恶，她出门的时候总会将颈部遮起来，夏天的时候是用一块小方巾，系成各种模样，冬天时候则方便多了，围巾、高领毛衣都可以解决。说来她已经很久没有对那块胎记下如此重手，最近仿佛得了魔怔般，每日洗澡都用指腹摩擦着那一小块皮肉。

　　这和一个月前发生的事情有关，当时那个叫陈索纳的男人还在这间屋子里走动，他总是在傍晚的时候燃上一支烟，倚着窗口，在烟燃掉半截的时候掐灭它，烟雾在指尖缠绕着飘向窗外。她则静静地待在另一个窗口，在玻璃窗上呵出的雾里乱涂乱画，他说她有画画的天赋。可后来他就不见了，我不记得是哪一天，我以为她至少会问点什么，然而没有。她依然在窗口，呵在玻璃上的那些画，总是在水汽蒸发之后就无影无踪。她似乎有点后悔，于是她开始在墙壁上画起来。

　　事情就是从那时候开始不对劲的，一开始她只是在客厅的墙壁上画，后来又在天花板上画，再后来，卧室、厨房和厕所，都画上了。这幅画是一个巨大的女人，她的脑袋在天花板上，四肢延伸到卧室、厨房，最后落在地面上。这个巨大的女人我在哪里见过，对了，这就是她自己，她将自己画在了屋子里的每个角落。与此同时，她开始想办法消灭那块月牙胎记，每日洗澡的时候她都这样搓洗着。

　　神奇的是有一天，胎记真的消失了，与此同时画作也完成了。一天午后，她和往常一样出门，却再没有回来。我等了大概三天屋里才有动静，不过来的是两个穿着警服的警察。高个警察对矮个警察说，太壮观了！整个屋子画满了她自己。矮个警察拿着手电筒,一会儿照照天花板,一会儿照照脚底下。他说,不对,你看这里,在锁骨上方有个褐色的胎记,但是死者没有这个胎记。高个警察说,会不会是觉得胎记不好看,所以点掉了。矮个警察说,也有可能,先拍下照片,再找找有没有其他的线索。

两人注意到客厅茶几上的烟灰缸,烟灰缸上残留着些许灰烬。矮个警察说,死者没走几天,所以房间里灰尘很少,但是烟灰缸上却布满了灰尘,很久没用的样子,死者的衣物没有烟味,说明烟灰缸不是死者用的,而是来这里的某个人用的,后来这人走了,死者也没有收拾掉烟灰缸。高个警察说,难道是死者的男友吗?情杀案?矮个警察说,这都是猜测。

接着,他们走进卧室,注意到床头柜上立着一张相框。照片里,男人穿着白衬衫,肩膀宽阔,女人穿着蓝色的裙子,裙子的领口露出一块褐色的胎记。高个警察说,像是沾了泥土似的。矮个警察瞧了一眼说,没错,是沾了泥土。矮个警察用拇指一擦,果然土块就掉落了。瞧,我说什么来着,他沾沾自喜。高个警察说,这样看来,男人的嫌疑很大啊,我记得死者死时面部朝上,刀是垂直从上方落入胸口的,说明毫无防范,看来是亲近之人。矮个警察从抽屉里找到了安眠药瓶子,他反驳高个警察说,死者长期服用安眠药,说明精神失常,应该此前发生过令她崩溃的事情,我觉得也可能是自杀。高个警察说,不,不,如果自杀,在家中服用过量的安眠药就可以了,为什么要费劲到西浦公园?就因为那里有个绿地迷宫?

两人争执不下,絮絮叨叨了一会儿就离开了。我才意识到他们说的是她死亡的事情,并且此次前来是为了寻找线索。

作为镜子的我,此前混沌的记忆受此打击而清晰了起来。大概十年前,这里搬来一家四口,姐姐裴乐和妹妹裴琪是双胞胎,她们唯一的不同在于,其中一个在颈部左上方有一块浅褐色胎记。然而随着年月增长,胎记越长越大,从一个圆点变成指甲盖大小,变成如纽扣般大的月牙形状。后来她们上了同一所大学,妹妹交了男朋友叫陈索纳,她们开玩笑给他取了别号"唢呐"。

然而,两年前一次偶然的车祸,唢呐却真的吹响了,一家四口只有姐姐活了下来。

我在空空荡荡的房间里,回忆着这两年,每次陈索纳来的时候,他总会喊着裴琪,你看看这儿,你瞧瞧那儿。日子久了,我差点忘记了,那个有胎记的是姐姐,而不是妹妹。

我朝窗口处看,仿佛看到她倚着窗口,偷偷扒开窗帘往外瞧,小时候她们喜欢玩捉迷藏,每次她总喜欢躲在这墨绿色的窗帘后。

噩梦逃脱

况芯艺（四川）

我被困在了一间坠落井中的电梯里。

我要逃出去。

眼前是铁幕般的黑暗，我慢慢摸索着从地面上坐起身，感觉到脑袋被撞处一跳一跳地痛。静了静，我深呼吸一会儿平复了些许伤痛，然后开始搜索自身，想找出一点能用的东西来。

我首先摸到了自己的包——这是一个单肩背包，包很小，里面除了手机、化妆品和有限的几张证件之外，就再也没有其他东西了。我打开包拿出了我的手机，万幸，手机还有一格电。

但是，现在没有信号。

怎么回事，为什么会没有信号？我现在不应该是在自己家公寓楼的电梯里吗？这个小区位于市区，信号一向很好，连地下停车场负二层都可以用手机看电影。

我有些着急，拖着扭伤了的左腿在电梯里四处转了转，却还是没有接收到信号。

……算了，想其他办法吧。

根据我学过的电梯安全知识，一般这种民用电梯为了防止事故发生后营救不及时，会在电梯厢的墙壁上安装有线求救电话。我不太记得小区的电梯里有没有这种东西，但现在手机不能用，坐以待毙也不现实，不如先到处找找看，反正也不耗多少体力。

揉了揉伤腿，我举着手机电筒重新在电梯中查看起来，转了一圈后，却只看到了一截断掉的电话线。

我呆呆地看着不锈钢墙壁上的那处凹陷——原本在这个地方，应该有一个能拨号的话筒。

这不可能，这……不对劲！

一种毛骨悚然的感觉从我的背后升了起来，我猛然上前一步抓住电话线，将手电筒的光集中在断掉的那个点上，仔细看了看——断口平整，一点不像是老化后自然断开的，反倒像是……被人用尖锐的东西割断的！

头皮像是触了电似的一阵发麻，我抓着电话线的手微微颤抖起来。

电梯内的有线电话是公共设施，没道理有人会无缘无故去破坏——被发现了可要赔不少钱。从这截断掉的线上，我隐约感受到了一种尖锐狠毒的恶意，那个割断电话线的人，此刻便如同恶鬼一样，隐在黑暗中无声地嘲笑着我。

或许只是个巧合……是巧合吧?

咬着唇,我竭力平复着恐慌的心情,仍然不敢相信有人要谋害我。

手电筒开了这么些时间,手机的电量又掉下去了一点。我害怕自己之后要陷入长久的黑暗里,只能暂时先关掉电筒,然后将手机调到省电模式,靠着墙壁坐下,无聊地开始翻看起手机来。

解除锁屏,映入眼帘的是一张双人照片的壁纸,照片上一男一女,女人当然是我,男人则是我现在的男友。他是城郊钢铁厂的技术员工,工资很高,虽然现在工作忙,但他还是每个星期都会来看我几次,这次我出门正是去送他回厂里,谁知道回家的时候会遇见意外。

手指划过屏幕上男人的脸,我笑了一笑,心里感受到些许温暖——是的,这不过是一起普通的电梯事故而已,还是不要随便阴谋论了,不用多久,小区保安就会发现不对,找相关人员来解决问题,我也能很快获救,然后再次见到他。

到那个时候,我们还能坐在出租屋里,一起吃饭,一起喝喝小酒……

喝酒……

我忽然就想起来了,他撬啤酒瓶盖时很少用开瓶器,而是喜欢用刀——一把小的折叠瑞士军刀,他习惯随时带着,并且从不离身。

我的笑容僵在了脸上。

新的恐惧攫住了我,我摁黑了手机桌面,只能重新打开电筒,开始在电梯里团团乱转起来,寻找逃脱的方式——我直觉我必须要这么做,不但因为继续思考下去可能会让自己陷入混乱和疯狂,还因为我的第六感告诉我,这个地方存在着未知的危险,我需要立刻离开。

双手掰着电梯间的门,我用尽全力将它们拉向两边,但我手臂的力量毕竟太过微弱了,即使使出了吃奶的力气,也只堪堪将电梯门拉开了一条容我小臂出入的缝隙。

不行,这还不够,我需要一件工具来帮助我。

眯起一只眼,我偏头向外看去:由于缆绳松动下落,电梯厢已经坠落到了竖井的最底层,这个位置,应该是小区地下停车场负二层,因为工程设计的关系,可能比负二层还要低一些,但电梯厢底下并没有悬空,这应该是毋庸置疑的。

朝下看,我果然看见了堆满了杂物的、混凝土浇筑的地面。

深吸一口气,我蹲下身,从其中捡起一个又长又扁的东西,小心翼翼将其拿进电梯间里,想将其当作撬棍撬开电梯门。

昏暗的光线下,"撬棍"颜色发黄,我只觉得眼熟,用手电筒照着翻看了一下,才发现是小区常用的告示牌,牌面落了灰,只见上面写着"2号电梯故障,已停用,请住户们不要乘坐",时间是2000年5月14日下午3点。

这个时间,他正在门外帮我买菜。

我哭一般地笑了一声。

用告示牌的塑料棍撬开门,我用力挤出电梯厢的缝隙,四处看了看。果然,这里是电梯井的最底下,地面离负二层的电梯门也还有将近一人高的距离。

拖着伤腿,我凑到电梯门前踮起脚尖,从门缝中往外看,想看看外面有没有人,或许可以出声求救。

就在这时,我忽然闻到了一股十分熟悉的气味……是汽油的味道!

忽然就明白了之前不祥的预感从何而来,我惊骇地看向门缝,却发现此时负二层的车库里并不空旷——就在电梯间门前,有两个邻居家的小孩举着烟花玩耍,他们旁边是油箱一滴滴泄漏的汽车,车尾上还放着一个信号阻断器,一闪一闪朝我亮着红光。

烟花的光明明灭灭,在这光线里,我看见一个男人正站在车库门口看向我。

阴影模糊了他的面容,但我分明看清,他有着一张和我桌面壁纸上那个男人一模一样的脸。

逻先生和逻小姐

施从耍(江苏)

她,上大学的时候,同学们都叫她逻小姐。这绰号送得倒也名副其实,因为她在大学对现代逻辑情有独钟。

大学毕业,十三年弹指一挥间。

那天下午,她出差路过苏州,第一个想到的就是我。我接到电话后,像迎接女总统似的,把她接到我的家中。

老同学多年不见,当然高规格接待。

晚饭后,为了显示主人的热情好客,我和夫人又一起陪她聊天。

聊着聊着,夫人嘴快,突然问起逻小姐的老公是否爱逻辑?不好,这一问,像是触碰到逻小姐的伤心处,她的脸色一下子变得难看起来。见此,我立马开口:"对不起,夫人的询问有点太那个……请老同学不要见怪。"

"唉,我这个人好神经过敏,当有人提到老公或逻辑什么的,就会立刻联想到我的那个前夫。"

"前夫?"我和夫人面面相觑。

"是的,前夫。"逻小姐端起茶杯呷了一口茶,"他是个大学教授,也是个逻辑迷,人称'逻先生'。因为志同道合,我们走到了一起。"

"哦,你们真幸福!"我带着羡慕的口气赞赏道。

"不,有段时间,不,准确地说,从那年三月初开始,老公好像变了一个人,下班回来后,不是坐在沙发上发呆,就是倒到床上蒙头大睡。"

"工作不顺心,还是有外遇了?"

我马上做出反应,狠狠地瞪了夫人一眼,意思是说哪有你这种直肠子的。

但逻小姐并未生气,还告诉我们说:"那阶段,我越是害怕有事越是来事,有一天早上起来整理书桌,突然发现一张非常奇怪的照片,就像二十世纪六七十年代的那种订婚照,可是,坐在我老公身边的美女不是我,而是我也认识的那个人称'交际花'的恩娜。恩娜和我老公在一个单位上班。"

"你搞没搞错?"

"老同学,要是不像我想象的那么糟糕就好了。女人的眼里容不得一粒沙子,一定要把这件事弄个水落石出。可是,老公不但不解释,还拿一对老虎眼瞪我。到了这时候,谁怕谁啊,拼了。最后他被逼无奈,才从牙缝里挤出三个字:'是真的。'"

"真是对面看人心不透啊。"夫人为逻小姐打抱不平。

"我是学现代逻辑的,此事不难推理,老公和恩娜在一个单位工作,抬头不见低头见,男女同事,日久生情,再说恩娜要比我漂亮,是男人都会动心的。唉,我和他,一个逻先生,一个逻小姐,当初令人羡慕的'逻辑婚姻',竟然也如此不堪一击。这人世间到底还有没有海枯石烂不变心的男人?!"

"没想到会这样,这是'逻辑大队'里的悲哀。老同学,当时你是怎么挺过来的?"我在同情中试图将她的话题向前延伸。

"没有,没有挺过来。当爱情已经离我远去的时候,当心中的泪水全部流干之后,我唯一能捍卫的便是自己的尊严了。时间不长,我就和他分手了。他从这个家搬了出去。"

逻小姐含着满眼泪花朝我和夫人唉声叹气。

"后来呢?"

"半年之后,单位里有个男同事向我抛来橄榄枝,再后来我俩就办了结婚手续。"

"新丈夫对你咋样?"

"他很爱我,我们过得很幸福。"

"原来那个呢,不,是你那个曾经的逻先生?"

"唉,先是听到他病了,接着又传来他去世的消息。"

"哎呀……哎呀……怎么会这样?"我和夫人都不敢相信,"他那么年轻,怎么会说走就走了呢?"

"唉,一言难尽。"

"这话咋讲?!"

"有一天上午,我突然接到恩娜的电话,她说有要紧事对我说,约请单独见上一面。"

"谁,恩娜,她有什么要紧事?"

我和夫人就这么接二连三地询问并好好地听着。

"开始我也感到意外,想拒绝这个'第三者',但觉得这个电话不寻常,还是见上一面比较好。那天下午,我和她几乎同时到达那个约定的小茶馆。恩娜没等我问及事由,就从手提包里掏出一个鼓鼓囊囊的信封放到我的面前,并示意我把它打开。我照办了。原来信封里面装着一封信和一张定期存折。我打开信,首先跃入眼帘的是我再熟悉不过的笔迹……我边看边哭,眼泪打湿了信纸……"

"你为什么哭呢?"

"恩娜拿出面纸边帮我擦泪边对我说:'其实逻先生早就知道自己患的是肝癌。因为他非常爱你,主要是不想连累你,为了让你恨他、忘记他,重新找个心上人,过上幸福的日子,便一再恳求我和他拍一张合影,就是你看到的那张所谓的订婚照,并有意把它放在你家书桌上,好让你在不经意间发现。他还说你个性强,脾气急,看到照片肯定受不了。唉,不出所料,下面发生的事,和他的推断别无二致。'"

"接下来呢? 接下来呢?"

"知识分子很重情谊,逻辑爱好者更胜一筹。恩娜真的被他的行为感动了,要不她不会帮逻先生那么做。真相大白后,我对恩娜由愤恨转为感激。"逻小姐擦了擦眼泪,又继续伤感地叙述道,"恩娜说,逻先生从家里搬出去后,不上班不吃药也不吃饭,体重一下子掉了 11 斤,皮包骨头,可怜死了……你和那位男同事喜结连理的那天,逻先生痛苦地哭了整整一夜,墙上还留有他撞破头皮的血迹,很惨……"

"唉,太惨。"夫人关心钱,话锋一转,"逻先生留给你的那个存折里面真的有钱?"

"恩娜转交给我的那个存折里面共计 30 万块钱,密码是 7 位阿拉伯数字,翻译出来的汉字谐音是:逻先生和逻小姐。"

天哪,打死我也想不出这个点子,还是懂逻辑会推理的逻先生绝顶聪明。我当即竖起大拇指:"逻先生是真正意义上的'生命诚可贵,爱情价更高'的护花使者!"但夫人听后却愤愤地说:"一个教授,生病很正常,也不可怕,但他这种处置方法叫人费解,叫我说他这个逻辑迷已经走火入魔了。这种人在'地球村'里少有,就是大家常拿来比喻的那个'大熊猫'。"

"不,不能责怪我的逻先生,怪我当初没把现代逻辑学好,理论脱离了实际,如果我在校学得再用功一点,推理知识再掌握得全面一点,也不至于在逻先生面前出现推理失误,更不会被逻先生和恩娜的那张'订婚照'蒙蔽。在突发事件面前,唯有正确思维下的推理,才能走近并准确了解对方,这也是社会和人生不可或缺的理性思考。"

没想到我夫人被逻小姐修理得目瞪口呆,嘴巴张了好几下又老老实实地闭上了。

足足有 20 秒,客厅里静得可怕。

亲爱的夫人,我们今晚真的遇到高手了,你瞧瞧,逻小姐运用逻辑推理的演绎、归纳和溯因三种方式,将自己和前夫的爱情故事表述得淋漓尽致。在逻小姐面前,我和你除了要清醒、佩服、崇敬,还要认认真真地补好现代逻辑这一课。

心有灵犀一点通,夫人是个聪明人,我心里想的,她全明白了,还偷偷地朝我一笑。

逻小姐,晚安。

香 烟

胡 艳（湖南）

  我和周香约在我们以前常去的那家咖啡馆见面，好久没聚了，见面之前，我特意在身上喷了点香水，又往口里喷了些喷剂。在咖啡馆里见到周香的时候，她正坐在靠窗的位置发呆。
  我坐到她对面去调侃她："今天怎么有空约我？不用陪老公？"周香先帮我点了杯喝的："卡布奇诺，你最爱的。"
  就在我一边喝着卡布奇诺，一边说起最近的无聊小事时，周香突然说了句："白凌殊外面有人了。"惊得我一口咖啡呛到气管里，好半天才缓过来，再看看周香，依旧是一副木然的表情，我问她："你没搞错吧？白凌殊对你这么好，怎么可能呢？"周香和白凌殊是让我们这一伙人都羡慕的青梅竹马，两人从恋爱到结婚，白凌殊对周香一直都是宠上了天的姿态。要说这样一个人会出轨，几乎是不可能的。
  然而周香的悲伤就写在脸上，她说："我从他上衣口袋里发现了一根女士香烟。"我松了口气说："就这？一根烟而已，兴许是跟客户吃饭的时候放口袋的呢？"周香摇摇头，否定了我的说法："不，你不了解白凌殊，他不抽烟的，更不会把烟往自己口袋里放。"我又猜测："那是哪个女性同事恶作剧，偷偷把香烟放他口袋了？"周香继续否定我的猜测："不可能，白凌殊有洁癖，不喜欢的东西，不会允许它进口袋，而且还是在上衣口袋那么明显的地方，我相信他是知道那里有一根烟的。"
  我想了想问她："那你有发现他衣服上有其他与女人有关的东西吗？譬如头发、香水啥的？"
  "没有，他的衣服一直都很整洁。"
  我笑了："香香，你太紧张了，兴许就是个误会，你要相信他。"
  "我也不想怀疑他，你知道，他和从前没什么变化，依旧会亲吻我，晚上会跟我亲热，我找不出任何他开始厌倦我的痕迹，但我就是知道，他外面有人了，他现在对我所做的一切，都是出于亏欠，而不是真的爱！"周香说着说着开始激动起来。
  我连忙让服务员倒来一杯白开水给她，劝她平复一下心情。周香连喝了好几口白开水之后，语出惊人："那根香烟，就是他出轨的证据。我敢肯定，那就是！"
  我愣住了，问她："为什么你会这么觉得？"
  此时此刻，我有点佩服我这个闺密的反思维能力。而我的思维也开始慢慢被她牵引，不由自主掉进了她老公出轨的这个怪圈里。
  "我刚才说过了，白凌殊有洁癖，他不会允许自己的口袋里有一根香烟。我发现那根香烟的时间是昨天早上。前天晚上，白凌殊回来的时间是晚上8点半，他并没有应酬,既然没有应酬,他的香烟要么就是女同事白天恶作剧放进去的,要么就是从公司到家里这段路上遇到了什么人,以至于这根香烟进了他的上衣口袋。"

我打断她:"那有没有可能,这香烟只是别人让他代拿,而他恰巧遇到了特别紧急的事情所以忘了给人家?"

"不,白凌殊的记忆力超乎你我想象,这种可能不会出现在他身上。况且就算真的忘了,也不会到家门口了还没想起来。"

我不说话了。

周香继续说:"不管是恶作剧,还是别人请他代拿,东西就在他上衣口袋里,那么明显,白凌殊不可能看不到,而且不论是白天哪个时间放的,白凌殊都有足够的精力和时间来处理它,或者丢掉,或者还给别人,但他没有。那么就剩下第二种可能,他从公司到家里的这段路上遇到了什么人,他们有过接触,其间这个人的香烟落入了白凌殊的上衣口袋,奇怪的是,白凌殊没有处理就直接进了家门,如果不是他时间上来不及,就是他已经丧失了思考问题的能力,头脑在那一瞬间短路了,所以没有处理。那么问题来了,他那天晚上没有应酬,当然就没有喝酒,我也并没有闻到他身上有酒气,可他没有喝醉,却忘了做他原本一定会做的事,只能有一种解释,他遇到了情感上的困惑,这让他一时间头脑短路了。"

听着周香这一大堆的分析,我愕然了。却又找不到理由推翻她。

这时,周香突然问我:"你刚才说你前两天高烧不退,在家躺了两天,是吗?"

"啊,是。"

"现在好点了吗?我们太久没聚了,我都不知道你生病,对不起啊婷婷,是我这个闺密没做好。"周香开始表达歉疚。

"不,香香,我工作太忙,才没空聚。不过,我们永远都是好闺密!"

分开的时候,周香抱了抱我:"你平时不爱用香水的,今天怎么用上香水了?"

"……"

"保重身体,等找到你的真命天子,一定要让我知道,好吗?"

我用力点头,心里有些感动:"好,你也不要想太多,白凌殊没问题的,他最爱的一定是你。"

周香笑了,说:"嗯,我信你的话。"

回到家里,我翻出所有的香烟,把它们全部扔到马桶里冲走了。

然后我想起来,周香并不知道我抽烟,因为我的烟是跟周香没有联系的这几个月才买的。

而事实上,每个来我这里做心理诊疗的人,临走时都会带走一根香烟。

旁　证

邹　谷（重庆）

　　傍晚，苏茜穿过繁忙的街头，走进律师事务所："你好，最近我先生经常很晚回家，请帮我调查一下他的私生活吧。"

　　正在整理卷宗的李律师，看见一个面容略显憔悴的女人："您就是昨天预约的苏女士？"

　　"是的。"

　　"给我多长时间呢？"

　　"一个月。如果真有那种事，我决定立即跟他离婚，到时候官司也交给你。"

　　"没问题。"

　　"费用呢？"

　　"掌握确凿证据后再收费。"

　　觉得律师还算厚道，不久苏茜便跟对方签订了协议。讲述吉风的情况后，她拿出一张照片："这就是我先生——吉风。"

　　第二天，李律师来到吉风任教的南华职中。他从保险公司了解到吉风前几天刚买了车险，通过关系他获取了那份保单，谎称送单员来到这里。

　　此时吉风正在上课，他让律师把保单放在办公室。律师拿出手机，调试好窃听软件，确保能随时听到这里的声音。

　　近一个月的调查下来，律师认定吉风出轨几乎已成定局。在咖啡厅，他给苏茜播放窃听器采集到的信息："机票订好了……爱你梅梅……"

　　听着录音的苏茜赫然而怒。

　　"对方是南华职中的校花骆芷梅。调查发现，上周她和吉风一起去了S市，这是开房记录。"律师拿出两人在宾馆的照片和客房系统的记录。

　　苏茜觉得照片里的女生有些面熟，但究竟是谁又说不上来。她让律师尽快整理好离婚诉状，确保能及时交到法官手里，随后将2万元费用给对方汇了过去。

　　几天过后，苏茜满心期待地接到李律师的电话，但对方的话让她颇感意外："抱歉地告诉您，之前的调查存在一些失误……见面再说。"

　　半小时后，两人在咖啡厅见了面。

　　"前期调查发现宾馆系统里的确有两人的开房记录，但事实并非如此。"律师开门见山，"那天，吉风送骆芷梅去S市参加舞蹈集训，为她办理好宾馆入住手续后，不到五分钟就离开了，因为第二天一早他要回学校参加一个重要会议，与集训队交接完成后便径自去了机场。由于宾馆大意，把他的信息也录入了系统，所以造成假象。"律师将凭证递到苏茜面前。

"啊。"

"另外,还记得录音里'爱你梅梅'那句话吧?不久前吉风患上了急性哮喘,经多方证实,这句话应该是:'只要投入全身心的爱,你一定行,梅梅。'但说这话时,您先生哮喘发作,部分内容窃听器并未采集到,最后他的话就变成了:'爱……你……梅梅。'总之,所有这些都不足以证明您先生出轨。"

苏茜一时语塞,回过神来才发现对方已经离开,电话也一直占线。她如坠云里雾中,出了咖啡厅,径直朝对面的商场走去。

晚上购物回来,苏茜的心情平复了许多。她穿上刚买来的羽绒服,思绪复又回到吉风的事情上。思忖良久,总觉得哪里不对劲。

转念间,她终于恍然大悟,调查不是没有结果吗?按约定律师就应当把那2万元退还给自己呀。她三步并作两步赶往律师事务所,却看见大门上贴着"店面转让"的告示。

骗子!

她正要报警,才发现手机已经没电了。

在S市举行的全国芭蕾舞大赛将迎来最后阶段的角逐。在吉风的指导下,骆芷梅进入了决赛,如果表现优异,她将被保送进北京舞蹈学院。

遗憾的是,在比赛最后关头,吉风因公务在身不能前往现场督战。他最终分析了骆芷梅的技术动作和数据参数,生成指导材料后第一时间给她传了过去。

这时候,他的电话响了。接通后,听筒里传来急促的呼吸声。

他忙不迭地回到家,看见苏茜躺在卧室榻榻米上,痛苦地抚着胸口。

"怎么了?"屋里干热难耐,他关掉了暖气。

"是——我——自作自受。"

"该道歉的是我。"

"你又没错,道什么歉?"

"我知道你对我心存疑虑很久了,有些话之前没好跟你说,怕适得其反。"吉风给她倒了杯水,"骆芷梅是我的高三学生,自幼父母因病离世,是她舅舅舅妈把她抚养长大。她先天失聪,但拥有极高的舞蹈天赋。对她来说,这次大赛意义非同寻常。一个失聪患者,能够站在全国最高水平的舞台上,已经很不容易。为了培养这个关门弟子,实现她的舞蹈梦想,多年来我一直悉心指导她。与此同时,为了打消你的疑虑,我找到学法律的校友李篾,让他把自己的信息推送给你,进而帮你调查我的'出轨证据'。"

苏茜的面色有些凝重。

"那些窃听器也是我装上去的。与骆芷梅交谈期间,其实我并未突发哮喘,事实是我通过手机软件修改了原始录音,才有了那句并不存在的话。当初李律师调查'失误',也是为了延缓时间,让骆芷梅在比赛前夕,我有更多的精力和时间指导她跳舞。恕我冒昧,这一切都是我一人安排的。"说完,他把窃听器里的原始录音放给她听。

"可是——那2万元呢？"

"在这里。没有证据她舅舅是不会收钱的。"吉风从衣袋里拿出一张银行卡，"昨天，他去T市签约了当地一家律师事务所。"

"哦。等等，你是说，李律师是骆芷梅的舅舅？"

"对，亲舅舅。"

"呃。"

"我跟她要是真有那些事，他也绝不会放过我的。"

苏茜沉吟不语，手心在不停冒汗。

吉风帮她脱下外套，热乎乎的气浪扑面而来："天啊，你这是电热羽绒服！"

这时候，他看见手机上有一条留言，是骆芷梅十分钟前发来的："吉老师，我夺得了冠军，谢谢您！"

消息传来，苏茜喜极而泣。她为自己当初的恣意和狭隘感到内疚，也为这个执着于事业并一直深爱着自己的男人感到自豪。

谁的作用

秦景棉（北京）

深红色大幕徐徐拉开，灯光、布景把舞台装扮成美妙仙境。随着悠扬的音乐，一位女子长裙飘逸，鬓戴一朵兰花，行云流水般袅袅上场。她的出现，一下子拴牢观众的目光。不少人半张着嘴，耳边缭绕着甜美的歌声，眼睛追逐着翩翩起舞的曼妙身姿，听觉、视觉、心灵，整个人从头到脚沉浸在享受之中。

一曲终了，观众席上沸腾了，震天响的掌声，持续了很久。这是唐娟第一次跳独舞参加比赛，无须说什么，掌声就是对演员的公正评价。她在后台卸妆时，失控的眼泪长流不止，每一滴都满含着感恩，掌声是没有功利的，是无数陌生人给予她的认可，她盼望这一天已经很久了。

这次舞蹈大赛，唐娟的独舞《钗头凤》荣获一等奖。

唐娟请客！A女士第一个找到唐娟：这次，要不是我在陈导面前为你说好话，哪轮得上你跳独舞参赛。唐娟说谢谢，爽快地答应了。A女士选的饭店，A女士点的菜，俩人奢侈地撮了一顿。A女士毫不客气地说，拿一等奖，破费是应该的，也是必须的。

怎么谢我？B女士第二个找到唐娟：这次独舞人选，陈导在用你还是用年轻人时，举棋不定，是我的推荐，让他一锤定音。唐娟笑笑，也答应了。B女士正在减肥，不想吃饭，想美容。不知道美容需要做什么项目的唐娟，在B女士的引领下，去了一家有名的美容院。唐娟不做，只是陪着，结账时，唐娟吓了一跳，幸亏除了现金，还备着一张卡，不然，就闹笑话了。

……

K先生士忍不住了，找到唐娟：怎么着，都请到了，唯独不拿真正的恩人当回事。知道我和陈导是什么关系吗？陈导现在的"小蜜"，是我的初恋情人。那天，为了你的事，我特意请了他俩。陈导拍着胸脯说，老兄尽管放心，就是轮，也该轮到唐娟露一次脸了。

唐娟笑笑，心想，凡是给自己说过好话的，几乎都请了，好人做到底，请！只是，K先生士一直对唐娟有意思，唐娟装傻充愣，不多想，也从不给对方任何独处的机会。

那天，K先生是理发吹风，收拾得倍儿精神，一看就知道花费了不少工夫。他兴致勃勃提前到达星级饭店的C包间，唐娟早已等候在那里。K先生士喜出望外，展开双臂，直奔唐娟，想来一个深情拥抱。这时，唐娟的闺密冒出来，唐娟爽快地说，我来介绍一下：这是K先生，这是我最要好的朋友小兰。K先生发现唐娟还约了其他人,笑容立刻僵在脸上。一阵尴尬过后,落座、点菜、举杯、致谢。

唐娟感慨,为自己说好话的人真不少。兴许是众人良心发现,看不惯陈导欺人太甚,压制她多年。各位的好意帮忙,唐娟心领了,也都感谢过了,她坚持到最后,坚持到即将离开舞台,也没有输掉人格,她赢了。唐娟心中很得意,她用自己的行动,证明了并非陈导看上谁,谁就跑不了,否则,就别想出人头地。如今,唐娟靠着扎实的基本功,传神的表情,优美的舞姿,典雅的神韵,赢得了观众和专家的认可。尤其重要的是,她在陈导面前,一直不卑不亢,任其使用什么手腕,从不屈从,保持洁身自好。

一天,K先生把唐娟叫到一边,掩饰不住内心的愤怒:你像躲瘟神一样躲着我,末了,还是把自己给了那个姓陈的老男人。唐娟一听,急了:我没有!K先生说:蒙谁呢!你不把自己送给他,能捞到这次露脸的机会?他为什么压制你这么多年?又为什么突然启用你?傻子都明白,谁说好话,都不如你自己投怀。唐娟气得脸色煞白,一句话都不想辩解,扭头走了。

凡是让唐娟请客的人,她都请过了。唐娟把周末留给正在舞蹈学院读书的女儿。女儿简直就是唐娟的复制品,遗传了她的基因,同样热爱舞蹈。爱好相同的母女俩,坐在客厅优雅地品茶、聊天。那情景,恰似一幅迷人的风景画。

唐娟看着漂亮的女儿,语重心长地嘱咐道:真本事永远都是立足之本,你自身条件好,要勤奋练下去,一定会超过妈妈的。她停顿片刻又说,这次多亏大家帮忙,让妈妈在告别舞台前,得到一次独自展示的机会。

妈妈,祝贺您!女儿以茶代酒,和唐娟轻轻碰一下杯子,低头饮茶的时候,控制不住的泪水落在茶水里。唐娟发现女儿有点异样,紧张地问:你怎么了?女儿噙着泪花说:我为妈妈高兴。

有人猜测,所有表示帮忙的人,只不过是在得知启用唐娟后,顺水推舟,顺情说好话。真正起作用的,是唐娟的女儿,她瞒着母亲,偷偷把自己给了陈导。

几天后,陈导因贪污公款等罪名,被停职。人们这才大梦初醒。原来,陈导的权力,在大赛前就已经名存实亡,新任导演刘栋任人唯贤的做法,不动声色地让人折服。

路　灯

李　健（江苏）

　　我是被外面一堆女人的说笑声给吵醒的。也难怪，我已经六七年没回家过年了。要不是这次立功后所长特批了假，我可能还回不来。这些人应该都是来凑热闹的。

　　我起身开门。"哎哟，强子长壮实了。""黑了。""当警察辛苦……"一片叽喳声。我一一打了招呼，来到娘身边，拿起她旁边的茶缸仰头咕咚咚喝了一大口。就这刹那，我眼角瞟见门口站着一个有点面生的女子，年纪跟我相仿，皮肤黝黑，不过眉眼有几分俊俏。

　　"这是赵伟媳妇儿，叫春红。你是不是没见过？"娘说。

　　女子听言，对我笑了笑："老听赵伟说起你，这回总算见了真人了。"

　　我点头打招呼："赵伟回来没？"我听娘说过，赵伟在南方打工，也难得回来。

　　"前两天回的。昨去他舅家喝酒了，到现在还没回呢。"

　　话音刚落，门外就传来由远而近的汽车声。女子回头看："哟，说曹操曹操到了！"我一边迎出门去，一边想这女子说话做派有点另类，不似赵伟，一棍子打不出个闷屁来。

　　赵伟是我发小，也很多年没见了。我和赵伟热烈地拥抱。他还是瘦，眼镜让他看上去多了几分斯文，不像打工的，倒更像是个教书匠。因为晚上还有饭局，赵伟跟我约了第二天找时间唠唠。请他客的刘源我也认识，同一个小学的。赵伟让我跟他一起去，说刘源见了我肯定高兴。我因有约在先，就婉拒了。

　　"这车怎么这么破！"临分别时我拍了一下他开的车，车里的怪味也让我捂住了鼻子。

　　"刘源借我的，我不刚拿了驾照吗？想晚上可以再打工做代驾。刘源说这是别人淘汰的二手车，给我练练手。没大毛病，就车灯有点问题。"

　　人群散后，娘告诉我，赵伟这媳妇春红是刘源的高中同学，他俩就是刘源给牵的线。不过这小两口关系好像一直不好，赵伟每次回来都要吵架。

　　"春红想离婚，赵伟不肯。"

　　"为什么？"

　　"赵伟稀罕这女子，舍不得。我也是听他娘说的。"娘叹了口气。

　　当天晚上，我去邻村一小学老师家吃饭，顺便送去她女儿托带的东西。我们聊到了赵伟、刘源。她说赵伟每次回来也都会来看她。说刘源在县里一个修车行里干，收入马马虎虎。

我从老师家回来路上,见村口水塘边围了一群人,说有车栽进去了,黑灯瞎火的,没人敢下水。我忙问司机上来没,回说半天没见人上来,肯定不行了。

车里的人就是赵伟。他酒后坚持要开车回来,在转弯进村的时候车子掉进了池塘。

"我叫他不要开车,才拿几天驾照,就是不听!"当派出所跟春红了解情况时,她红着眼睛道。我想起白天跟赵伟聊天的情景,恍若隔世。

我也见到了刘源。这小子还是痞帅痞帅的,小时候他就很有女生缘,常有女生带好吃的给他,让我们一帮男的艳羡不已。

"没喝多少,真的。你不信问其他人!也没劝酒!我是干这个的,当然知道不能酒驾……只是想着他回来不过十分钟的路,哪知道!唉,我就不该把车借给他……都怪我!"刘源直拍自己脑袋。

在和其他几位取证过之后,结论似乎显而易见:新手酒后驾驶造成的意外。

在赵伟家,我再次见到前来探望的刘源。一切看似寻常,只是,当我无意中瞟到他和春红各自手腕上露出的同款红色手链,心里不由得打一个激灵——这事,或许没这么简单。

天黑以后,我又去了塘边。现场一片狼藉,我用手机上的手电筒辨出了赵伟的车辙辘印,和初次看到时判断一样——不是急打的方向,没有急刹车痕迹,一切看似正常……

我起身看了下四周。原本进村可以走前面那条新路,但那儿正在施工,就临时改成这里。路口照理是有路灯的,记得当年装路灯就是因为这儿老出事。但这会儿灯却是黑着。附近唯一亮着的,是离路口不远一户人家的房前灯。我遂走了过去。

"大爷,这路灯啥时坏的?"我问。

大爷正往屋里搬东西:"坏了几天了,也不知什么人干的。"

"什么意思,您是说……"

"前两天夜里狗子叫得凶,我起来看,一个人正拿砖头朝灯砸呢。我一吼那人就跑了,还开了辆车。"

"您看清那人长啥样没?"

"看不清,他车没开灯。这人一定是喝大了,你说谁没事砸路灯玩呢,唉,也是快过年了,没人修。"

"您家这灯,平时晚上也开着?"

"是,天天开,儿子睡觉时会关。他们娃睡得晚。"

"大概几点?"

"差不多要十一二点吧!"

我独自站在那儿点起一根烟。远处传来稀稀拉拉的鞭炮声。风很冷,我不禁缩起了脖子,又向前走了一百米,到了原来的入村口。奇怪的是,昨天回来时还见到的施工牌此刻却不见了踪影,独留下一堆不知从哪儿拖来的垃圾。

我打了几个电话,这事的来龙去脉在我心里越发清晰了起来:刘源和春红曾是一对恋人,春红还为刘源打过胎。但春红家不同意这事,觉得刘源家穷,人也花。刘源把春红介绍给赵伟,结婚后,因为赵伟常年在外,春红又和刘源走到了一起。刘源动员春红离婚,但因赵伟一直不肯,让刘源起了杀心。

　　他先设置了施工牌和路障,改了进村的路。又故意弄坏水塘边路灯,再以给赵伟玩两天为名,让他开没有大灯的车。赵伟习惯了见路灯打方向进村,但因喝了酒,加上原本就高度近视,误把农家的房前灯当成路灯,提前打了方向盘……

　　想到这儿,我拨通了同事电话。

圆桌之上

周思昆（云南）

  圆桌之上，女友的父亲眉宇紧锁，不停地扯着衣领来回晃动；女友的母亲满脸憋得通红，牙齿上下咬合发出咯吱咯吱的声音；女友的二哥一个劲地喝酒，眼皮都不带抬一下；女友的外甥跷着二郎腿，只顾低头玩手机；至于女朋友小雅，则是双手交叉在胸前，嘴唇上翘、一脸嫌弃，不停地摇头叹息。

  我焦躁不安地挪动着身躯，接二连三地吞咽着吐沫，可依旧无法压制干燥发热的咽喉。

  "我看，你和我女儿的婚事就此作罢。"赵叔松开了紧靠喉结部位的纽扣，端起桌上的红酒一饮而尽。

  "赵叔，是我哪里没做好吗？"我疑惑不解，痴愣愣地看着他，"怎么和小雅的婚事就告吹了？"

  "因为，我看你根本就拿不出 50 万元的彩礼。"赵叔又替自己斟满酒杯，再次一饮而尽，"我说得没错吧？"

  "50 万元？"我丈二和尚摸不着头脑，"小雅不是说只需要 25 万元吗？"

  "小周，不是阿姨说你，"张阿姨一副同情的模样，哀怨地说道，"我们就小雅这么一个女儿，从小拉扯大也不容易，收你这些彩礼钱，也只是为你们小两口存着罢了。"

  我默不作声，眼睛直勾勾地盯着小雅这个没出息的哥哥。

  "我就直说了吧，就是我二哥要结婚了，女方提出要 50 万元的彩礼。"小雅似乎看穿了我的心思，怒斥道，"你要是真心待我，就不该这么吝啬，连 50 万元都不愿意拿出来。"

  "说这么多干吗，这家伙哪像是能拿出 50 万元的人。"赵叔提高嗓音，怒吼道，"我们都被他耍了。"

  赵叔这么一说，大伙纷纷向我投来异样的目光，小雅更是趁势厉声质问："原来你口口声声说爱我都是假的，连区区 50 万元都舍不得拿出。"

  "狗屁舍不得，是根本就没有！"赵叔突然起身，凳子被衣角挂了一下，顺势倒下，清脆的响声在屋内回荡，"你这个骗子，没钱还装什么阔少。"

  先前还看着我的众人，此刻则齐刷刷地看向赵叔。

  "你身上就没有一点有钱人该有的气质。"赵叔振振有词地说道，"第一，当你开车来接我们的时候，居然连一个司机都没有，若你真像小雅说的这般阔绰，又岂会连一个专职司机都没有；第二，在车上的时候，小鹏鹏用彩色笔在车门涂抹几下，你就连忙制止,生怕留下污渍,当时我就想,这车该不会是你借来的吧,怕有个什么万一,你不好交代;第三,我们这是第一次见面,你就点了这么寒酸的饭菜招待我们,什么鲍鱼龙虾都没有,是怕最后没钱结账吧;第四,这才喝了几杯,你就不行了,这样的酒量,你平时是怎么应酬,怎么开展业务的;第五,也是最后一点,就是我故意找来一个年轻貌美的服务员倒酒,你连眼睛都不瞟一眼,要知道孟子曾说过:'食色,性也。'何况是你们这些有钱有势的人,又怎会不喜欢貌美的女性呢。所以,你根本就是一个穷鬼。"

小雅听完父亲的推论,顿时火冒三丈,咄咄逼人道:"难怪啊,让你买个包包你左推右推,让你买条项链你支支吾吾,原来根本就是个穷鬼。"

我神情落寞地看向站在门外的主管,只见她目露凶光,恶狠狠地盯着赵叔一家人。

"抱歉,打扰了。"主管询问道,"请问,可以上菜了吗?"

"上菜,上什么菜,你觉得这样的穷鬼,会有钱请我们吃饭,会有资格请我们吃饭吗?"赵叔脸色难看地瞅着我,高声喧哗,"我们走。"

"各位,请等一等,这饭钱……"主管追问着,却被赵叔生硬地打断了,"钱什么钱,找那个穷鬼要,我都还没吃呢。"

"可你们不是喝了……"

"那是座位上的穷鬼为了摆谱,请我们喝的红酒,并不是我们点的,找我们要什么钱。这都是请的什么酒店,一点礼数、一点眼力见儿都没有。"赵叔没好气地瞪了主管一眼,接着用手指着我,"我警告你,以后别再纠缠我的女儿。"

看着小雅一家骂骂咧咧地走远后,主管愤愤不平地说道:"周总,你干吗不直接……"

"消消气,刘姐,为这些事不值得。"我邪魅一笑道,"还是老样子,没炒的菜让刘叔不用炒了,已经炒的帮我打包,我带回去吃。"

娘说你知道

施永杰（河南）

母亲这两天病情又有加重，说不出话了。

午后，两个儿子儿媳和闺女杏花把病床挪到了堂屋当门一间——这里的风俗认为，老人寿终正寝在堂屋当门一间里，对后人吉利。母亲已奄奄一息，嘴里不停地咕哝着，还吃力地把一只枯瘦的手稍微往门外指了指。大哥二哥大嫂二嫂轮番俯下身子问母亲说啥，母亲眼角溢出泪滴，枯瘦的手又异常艰难地往门外西南指了指，然后五指并拢，手掌翘起，似做出往什么地方按按的动作，喉咙里又咕哝了一下，嘴又张合了几下，依然发不出声音。二嫂突然说，你看她口形好像说的是"田"字。大哥就说，娘最爱惜庄稼，是不是有啥心灵感应，有牲口或人在咱两家责任田里糟踢庄稼？咱到地里看看去。大哥二哥大嫂二嫂就一块出门要去责任田。坐在病床边一只木凳上的杏花说，大哥二哥大嫂二嫂，我就不跟你们一块儿去了，就坐这儿陪咱娘吧。

大哥二哥大嫂二嫂从责任田里回来，对着母亲说，地里庄稼好好的，没有牲口和猪羊糟踢，您就放心吧。母亲听了，枯瘦的手又往外指了指。大哥俯下身子，嘴贴到母亲耳朵上问，娘，你是想去医院吗？——母亲这次患病后，儿子儿媳都让她去镇医院治疗，可母亲无论如何就是不同意，说她84岁了，打不过这一关，不花那个钱了——母亲听了，慢慢合上眼睛，大哥以为母亲同意去镇医院治疗。

大哥说，我去借三叔的四轮，你几个去准备被子衣服、米面油盐、煤气罐、茶瓶、锅碗瓢勺吧……还没说完，杏花就接道，大哥二哥大嫂二嫂，你们先把娘送去吧，今晚我给大哥看家，明天我回家安置安置，再到医院伺候咱娘，这回我多伺候娘几天。

半个月后，母亲出院了。在家休养了一个月后，一天晚上，母亲又能做饭了。

第二天早饭后，母亲对大哥说，去把老二两口子也叫来，我问个事。大哥问，啥事？母亲说，等他们都来了再说，你那口子我也得问。

二哥两口子、大哥两口子来到母亲堂屋后，母亲说，咱们都上厨屋里看吧。大哥二哥大嫂二嫂一听这话，都被弄得一头雾水，就跟着母亲来到院子西南角的厨屋里。进厨屋一看，锅灶前的柴火已被清理得干干净净。穷锅灶门子富水缸，大家以为母亲是要搞防火教育。这是谁干的？！母亲指着锅灶后边的土墙，厉声责问。大哥两口子、二哥两口子被问得一脸懵。母亲说，没看出来？再仔细看看墙上！停了片刻，二嫂说，墙上咋有一个手印？

母亲说，就是叫你们来看这个手印的。谁按的？

这是老墙，还有谁按的？

再看看是老印还是新印？那我就直说吧。

母亲当年出嫁时，她的母亲把一辈子攒的四块洋钱（银圆）给她压了箱底。一次运动中，差点没被收走。杏花出嫁时，她给杏花一块压箱底。后来，她就把锅灶门后边墙上的泥皮铲掉，用油纸把剩下的三块银圆包紧，塞到两块土坯缝里，重新把墙泥好，对着藏银元的地方，按了一个手印。等自己将来走之前，给两儿一女每人一块，做个念想，也是完成老头子活着时的交代。

母亲说，你们仔仔细细瞅瞅，手印这一片是新泥上的，手印是女人的，是右手，但不是我的。说完，把自己的右手按到手印上，让大家看，果然不是。大嫂二嫂都说，也不是她们的，相继把自己的右手也按上去。

母亲说，好吧，没有你们的事了。其实，一块洋钱也值不了几个钱，听说换现在的钱，也就能换60元。

三个月后，杏花来走娘家，在村口遇见了大哥。

大哥说，妹子，折回去吧，咱娘不会让你进门的。

杏花说，大哥，咋啦？

大哥说，娘说你知道。

杏花说，那我去二哥家。

大哥说，二哥也不会叫你进门的。

杏花说，这是咋啦？亲情呢？

大哥说，亲情？娘说你知道。

大哥不说了，抬步往村外走去。

天道尚左

刘正权（湖北）

二婚男人，这么固执的不多。

但凡经历过一次婚姻的男人，再次进入婚姻，都会相对迁就女方。

失去了才晓得珍惜，他都失去过一个女人了，居然为走月亮，跟新婚的女人红了脸。

女人可是头婚，婚期在中秋节举行的。

洞房花烛后，女人突然来了兴致，说想出去走月亮。

走月亮是当地的俚语，就是在月亮下漫步的意思。小地方规矩大，再忙的天，也得在八月十五这天在月亮下走走。中秋节，月老在天上瞅着，不走是多大的不敬啊！两口子能走到一块儿，没有月老的红线，能成？

人，是不能忘本的！

就走，本来是男人被挤在右边走的，女人左撇子，习惯了走左边。

是一声鸣笛，让男人神经质般，恶狠狠把女人往右边一推搡，走右边，你！

女人不解，为啥自己一定要走右边？

天道尚左，星辰左旋！男人说，上古传下的东西，咱们得尊崇。

女人眉宇间黯了一下，大男子主义呢，这是。

好在，男人大男子主义的时候不多，主要体现在两人逛街散步时。

女人就有了由头，不让男人陪着逛街。

散步，不是每天都有，十天半月才一次。

男人是一家单位的小领导。

官不大，事却缠身。

缠得两人一起出现的概率很低，女人巴不得，参加了一个走步团。

那种随便可以进去，随时可以退出的松散组织，健身倒在其次，主要是打发时间，倒也正好符合饭后百步走的养生理念。

男人偶尔会问一句，你走哪边？

女人回答时多了心眼，右边，当然是右边啊！

男人如释重负的样子，右边好，不僭越！

喊，一个自发的走步团，僭越谁，谁都可以是老大，谁都能够发号施令，只要你喜欢叽叽喳喳，一大帮嫂子大妈，咋咋呼呼是本色。

体制内的男人，干什么都讲究个章法，有形的枷锁，无形的桎梏，让她的婚姻陡然有画地为牢的感觉。

最好能成功越狱一回。

这么想着,她左撇子胳膊忍不住甩得高高的。

只差要抡圆了砸下去,砸什么呢,砸破牢笼呗。这么臆想着,女人把个步散得雄赳赳气昂昂的,不知情的,以为她走在《义勇军进行曲》的旋律中。

男人是参加完一个接待出来,看见女人的。

又是一年中秋节,男人步出临湖的酒店时,女人的走步团刚刚过去。

是女人高高甩起来的左臂吸引住男人目光的。

一瞥之下,男人脸色变了。

赶紧跟大家语无伦次地告别,毫无风度地甩开步子追赶,男人曾经告诫过女人,任何时候,不要轻易跑路,一跑,就失了风度。

一向脚步稳健的男人,这会儿明显失了风度。

西装革履的他,夹在车辆人流中,跑起来像是那个以滑稽而著称的憨豆先生。

不少人的目光追逐着他的脚步,他的脚步则追逐着不少车辆的轨迹。

有一辆车的轨迹是可疑的,从酒店出来,司机喷出的酒气,差点熏醉男人。

车辆就在男人前面,走着之字路,女人甩起来的左臂,抡得太圆,圆得像圆规画过似的,这是洞房花烛后走月亮时,两人说过的话。

因为被强行摁在右边走,女人对男人的气就不打一处来。

男人说,今晚的月亮真圆。

女人说,圆得跟圆规画过似的。

那晚的月亮自然没能走下去,无疾而终。

男人到底赶上了醉驾车,那司机刚找到点感觉,之字路已经不够展示他的车技了,开始走大 S 形。

女人的左胳膊抡得好端端的,突然被弹了回来,谁啊,刚要骂人,见是他,话到嘴边咽了回去。

同时弹起来的,是男人的身体,还有男人落地时嘴里那句话,天道尚左,星辰左旋!记好了,尽量走男人右边。

男人的葬礼上,女人看见另外一个女人,男人前妻。

前妻说,真羡慕你,他终于懂得爱护女人了。

这么说时,前妻看了一下自己空荡荡的左边衣袖,散步时被车撞的,每次走路,他都抢了右边走,这么怕死的男人……

女人突然红了眼睛,他不是怕死,他怕自己右手攥不紧你的手,晓得吗,他的右手,早就有了很严重的渐冻症。

这么说时,女人的左手狠狠砸在自己嘴巴上,好端端的越个什么狱呢?这样的感情牢笼,多好!

牛　缘

王洪戈（北京）

阿牛不见了！

老展着实猛吃了一惊。

下午3点20分，老展在镇上办完事回到家，一进院就看见阿牛圈舍的栅栏门敞着，阿牛没了踪影。

"咦，这小家伙跑哪儿去啦？"老展慌得没顾上进屋喝口水就立刻转身出去四处寻找。

4点50分，老展在村口不远处那个小水塘旁，看到阿牛四肢僵硬、气息全无地躺在地上，肚子鼓胀得像待产的母牛，两眼惊恐地瞪得溜圆，舌头长长地伸在外边，流出的口水把头下的地面打湿了一大片。

"天哪，这是哪个浑蛋毒死了我的阿牛！"看着阿牛的惨状，老展难过得心都要碎了。他轻轻抚摸着阿牛的头，带着哭腔喃喃自语道："放心吧阿牛，我一定要把毒害你的凶手抓出来！"

老展站起身看了看熟悉的四周，两年前他正是在这里巧遇阿牛。

那天是清明，他给亡妻上完坟，来到这个水塘洗涮铁锹上的泥土，却意外瞅见水塘边躺着一个脐带未脱、浑身湿漉漉、奄奄一息的小牛犊。

两年来，老展把阿牛当孩子养。阿牛呢，似乎也成了精，用老展的话说，它除了不会说人话，跟小孩没两样。

脑中不断闪现的过往，更增添了老展的悲伤。他努力平抑着情绪，就近找来两个村民，帮忙把阿牛葬在了他俩平日最常去的那片灌木林。

老展到家后，天已经大黑了。

他在桌旁坐下，丝毫没有吃饭的欲望。心里空落落的，脑袋却涨得嗡嗡响。

他顺手拿起桌上平时他一个人能玩出"被囚禁的皇后""金字塔之谜""含笑的玫瑰"等20多种花样的扑克牌摆弄起来。此刻，他可没心思像以往那样自娱自乐，而是认定这副已经让他玩出灵魂的扑克牌，能给予他破案的启示或者说灵感。他把牌反复洗了好几遍，最后用"叠塔法"得到了三张牌。

他把这三张牌在桌上依次排开：小王、黑桃老K、红桃老K。

老展退休前在县新华书店当店员时，绝对想不到当年他读过的动物饲养科普知识和侦探小说的逻辑推理，在今天都派上了用场。

他盯着第一张牌上的小王，眼前幻化出村长的模样。

老展自己也记不清村长找过他几次，让他搬到山下新村去住，每次他都以"那里没有阿牛住的地方"为由拒绝了。其实,他心里还藏着个从未说出的秘密,那就是住在山上更方便他去给独自经营豆腐坊的槐花帮忙。

"害死阿牛,我就没有理由不搬下山了,这就是他的动机!"老展肯定地把小王握在了手里。又立马盯着第二张牌——黑桃老K,脑海中快速搜索着:"哦,想起来了,这个应该就是三柱子。"

三柱子本是村里敲锣打鼓欢送到京城上大学的第一人。村里人都认定这小子会远走高飞,光宗耀祖。哪承想他毕业后就跑回来,组织了一个村民合作社,在山上搞起了仿野生石斛种植,而且还坚持没长够三年的石斛绝不售卖。

前些日子,阿牛路过石斛地,无意踩断了几棵长了三年多的石斛。看着三柱子那心疼劲儿,老展立马掏钱赔偿,可他还坚决不要。

"杀牛报复,这就是他的作案动机!"老展气哼哼地嘀咕道,"没想到这小子还真他娘的阴!"

老展转而凝视第三张牌上心形的大红桃:"嗯,这应该是个女的。"即刻,村里的女人们一个个就像电影蒙太奇镜头一样,在他眼前飞快地闪过了两三遍,却一个也没定格住。

"哦,那就先这样吧。"老展边收牌,边盘算着如何进行案件侦破的第二步:确认有动机者的作案时间。

没等天亮,老展就出发了。

他先是到了山下新村的村长家,村长媳妇大翠正忙着蒸包子。大翠说村长带着长春和盛儿出去考察建山货直播间的事,已经走了好几天了。

这么说,村长没有作案时间。

老展又来到了山上石斛地,看见三柱子他们合作社一帮人正在打石块儿。老展径直走到满头大汗的三柱子跟前,黑着脸问道:"昨天上午8点到下午5点你在哪儿呢?"

"他在村委会教俺们卷石斛呢,咋啦展叔?"没等三柱子搭腔,旁边一个小媳妇快言快语地说道。

"哦,没事,没事,你们忙吧。"老展支吾着赶紧走开了。

两个有动机的嫌疑人都没有作案时间,那么凶手到底是谁呢?他又想起了那个心形的红桃老K。

老展低头沉思着,两脚却不由自主地走进了槐花豆腐坊。

一看老展来了,槐花跟往常一样,忙不迭地盛了一碗水豆腐递了过来,又望着老展的身后问道:"阿牛呢?阿牛今个儿咋没跟你来?"

"阿牛,阿牛它死啦!"老展黯然神伤地回答。

"啥?死啦?!啥时候?"槐花吃惊地问。

"昨天下午。"

"不对呀,昨天下午2点左右,阿牛来我这儿,我正好有半盆豆粕,它都吃光了才走的。"

"啥?！它吃了半盆子豆粕!"老展噌地站起来,把刚喝了一大口的那碗水豆腐猛地一摔,冲着槐花大声怒吼道,"原来是你害死了阿牛！你给它吃了半盆子豆粕,它出去后喝了塘里的凉水,瘤胃就被泡涨的豆子给撑破啦！就死啦！你知不知道啊?！我的天啊！"

"我、我、我……"槐花惊得两手不知所措地卷搓着衣服边,双眼含泪,脸涨得通红。

"我什么我！就是你！就是你！你就是我要找的那个红桃老K!"老展语无伦次地喊着,一步跨向前去,伸开双臂一把将槐花揽进了怀中。槐花就势儿把发烫的脸蛋儿紧紧贴在了老展的胸前,听着从老展胸腔里传出的"咚咚咚"擂鼓一样的声音,她的两行热泪悄无声息地淌进了老展的前衣襟……

8个月后的牛年初一,老展在老宅改建的"石头山阿牛农家乐"迎娶了牵着一头披红挂绿小阿牛的红桃老K。

嫁妆的秘密

黄宗慈(重庆)

　　她是家里的老幺,上面一连六个姐姐,邻居笑称她们姐妹是七仙女。听母亲说,大姐没出世前,父亲的生意做得风生水起,家里还雇佣人呢。可惜母亲怀她那年,父亲投资失败,负了一身债,家境一落千丈。他们也从洋楼搬到木屋区,父亲虽放下身段,什么粗活都干,还是难以维持庞大的一家八口的生活,全家省吃俭用,仍是入不敷出。

　　她五岁时,父亲在工地上挑水泥时失足摔倒,命是保住了,但一条腿却被倒下的砖块压废了。父亲以前的生意伙伴同情他,雇用他看守货仓。父亲住在仓库里,除了伙食费之外,微薄的薪水还不够买香烟。于是由母亲一人挑起全家的重担。母亲在巷口摆了一个卖食物的摊位,大姐刚高中毕业,就成为妈妈做生意的得力助手。家务如煮饭、买菜、洗衣、挑水、劈柴由六姐妹分担。

　　父亲自从摔伤后,就变得沉默寡言。见面时,除了猛抽烟之外,就只倾听母亲报告家里的琐事。每次回家,父亲总叮咛母亲:"再怎困难,也别把那东西卖掉。"她不敢问母亲,那东西究竟是什么。没想到,父亲在仓库里又跌倒了,导致半身不遂,连说话都困难。医生诊断是因高血压而中风。母亲忙着做生意,照顾躺在床上的父亲的任务便落在六姐妹身上。家里本已拮据,医药费从何而来?一个夜晚,半夜醒来,她发现母亲正在屋里墙角的泥地挖东西。她静静躲在蚊帐里观看,但白天工作太累,她不一会儿又睡着了。

　　一天,大姐突然告诉母亲,她想结婚。原来邻居有一个青年看上大姐。母亲听后,沉默了好一阵子才说:"孩子,我本来希望你能上大学。可惜家里的情况拖累了你。既然你喜欢他,结婚也好。"父亲知道了大姐的婚事,也咧嘴笑了。他用手指了指,母亲似乎听懂父亲的意思,打开抽屉,拿出一个装茶叶的铁盒,掀开盖子给父亲看:"不用担心,都在这里。"然后又迅速盖上。她眼尖,见到里面有七枚闪烁的戒指。

　　第二天就是迎娶的吉日,家里张贴了红色的双喜。深夜,她在蚊帐里望出去,大姐和母亲都还没睡。她见到母亲牵着大姐的手,走到屋外的窗前,低声说:"孩子,你今天见到茶叶盒里的钻戒,是当年你爸爸给你们每人准备的嫁妆。可惜我把它们都变卖了。为了瞒你爸爸,我换了玻璃赝品。妈妈对不起你。"她听到大姐在啜泣并说:"妈,我早知道了。有谁会把真钻戒放在没锁的抽屉里?您不用难过,为医治爸爸的病,这些钻戒又算得什么。"

小　偷

李占梅（河北）

　　法庭上，原告席上的妇人一直在喋喋不休：这一个月以来，只有你进出过我家，而且每次都是趁我外出时，我家门口的监控就是证据。我以为你是真的爱我女儿，没想到你是奔着我那些珠宝首饰来的，太可气了，你太无耻了……

　　面对妇人的指责，被告席上的男人把头低到了胸脯。

　　表情严肃的法官问被告：你承认是你偷了那些珠宝首饰吗？

　　男人的声音像蚊子：是。

　　法官又问：你为什么要选择偷呢？你有什么需要辩护的吗？

　　男人的喉结上下滚动着，努力咽了口唾沫：我需要钱。我不需要辩护，我愿意承担所有的罪责。

　　不，不，我才是真正的小偷。一个女孩子急促的声音差点惊掉了法官手里的锤子。

　　男人转过头，顺着声音望去。女孩高高的个子，面庞有些清瘦，好像刚刚病过一场。她举起右手看着法官：尊敬的法官先生，我是，我才是真正的小偷，请允许我说几句话，好吗？

　　法官点了点头。

　　不，男人叫道，他灼热的目光，火一般喷向女孩，想阻止女孩的发言。

　　女孩径直走向被告席，送给男人一个清浅的微笑。

　　女孩缓缓说道，我和魏尔斯是在大一的元旦晚会排练时认识的，我们俩是男女主持人。您看到了，魏尔斯高大帅气，很有女人缘。晚会结束后，我们俩就相爱了。

　　可是，可是出乎我的预料，一向对我百依百顺的父母却无论如何也不肯接受魏尔斯……女孩肩膀抖动着，痛哭起来。

　　原告席上的妇人站了起来，身体前倾：哦，宝贝，你这是在怨我们吗？难道你感觉不出来，我们是爱你的吗？

　　妇人说：魏尔斯是长得帅，可帅不能当饭吃啊，他是体贴人，对你好，可是穷小子一个，没房没车，日子久了就不是浪漫是艰难了。更重要的是，魏尔斯的父母只是果蔬采摘员，我们两家门不当户不对，我们做父母的怎么去和朋友们介绍这个一无是处的女婿。

　　女士，请注意您的用词和态度，您有职业歧视。

　　哦，不不不，法官大人，我想、我想您也有女儿吧，我只是从父母的角度出发。我是一名运动员，我得过奥运会冠军。法官大人，您喜欢运动吗？您知道高低杠吗？虽然杠间的距离可以调整,可是魏尔斯的出生和他的贫穷就注定了他永远都是低杠,他和莎莎不可能成为平行杠。我是为了避免日后莎莎陷入悲剧的婚姻,才不得不狠心拒绝魏尔斯,并安排莎莎相亲的。

莎莎的哭声小了一些,情绪依然有些激动:我讨厌那些戴着面具的派对,讨厌那些拿腔作势的公子哥,他们怎么能和魏尔斯相比呢。我以死要挟,父母终于能够接受魏尔斯了,但让他用事业、车子、房子和一个盛大的婚礼来说话。这几年魏尔斯的事业干得还不错,可是……莎莎的眼泪又流了出来,可是魏尔斯的钱被他的合作伙伴全部卷走了。魏尔斯被折磨得快疯了,我不得不动了偷母亲珠宝首饰的念头……

莎莎的声音渐渐平静:这些都是我一人的想法和做法,魏尔斯并不知情,所以我请求法官大人判处我一个人的罪行。

魏尔斯向审判长深深鞠了一躬:法官大人,没有我,莎莎不可能走到今天这一步,是我害了她。我请求法官大人能够从轻处理莎莎,让我承担所有的罪责……

审判长的锤子刚要落下,旁观席上又站起一个年轻人:法官大人,我就是莎莎说的魏尔斯的合伙人,是我盗走了我和魏尔斯的血汗钱。我知道魏尔斯需要钱,可是,我父亲的病急需一笔治疗费,所以我……今天我父亲也来了,他可以证明我说的是真话。我才是真正的小偷,我偷去了魏尔斯对我的信任,没有我,魏尔斯不会站在法庭上。我请求法官大人能够从轻处理莎莎和魏尔斯,让我一个人承担所有的罪责……

旁听席上有窃窃私语声、有唏嘘声。审判长的锤子举到半空,那"哪"的一声还未响起,妇人又带着哭腔说道,其实,我才是真正的小偷,我偷走了女儿对爱情的纯真,对未来美好的期待……

一桩谋杀案疑似嫌疑人的讯问笔录

丁迎新(安徽)

案情介绍(鉴于保密要求,所有时间、地点及人物名称等均以某某代指):

某年某月某日某时某分,某小区物业值班人员某某通过"110"热线报案,声称该小区某幢某单元业主声称,某某号有恶臭传出,敲门没有回应。经出警人员现场破门勘查,内有高度腐烂尸体两具,为该号张姓老年夫妇二人。

经走访左右邻居了解到,该户居民共有五口人,其子原为某企业工人,下岗失业后,在外谋生,10年前小家庭三口一同移居外地,很少回家。多户居民强烈反映,其子与父母矛盾极深,严重不孝,置年老多病父母于不顾,很少过问和探望,有可能是谋财害命。考虑到案情尚不明朗,暂定为谋杀案进行侦查。

为进一步明晰案情,对老人之子疑似嫌疑人张某某予以传讯。

讯问笔录内容:

你是做什么工作的?工作地点和工作单位分别是哪里?

我做过车间工人、检验员、销售、网管、后勤主管、库管、发货员、押运员、保安、采购员,等等,差不多什么都做过了。目前的工作是广告信息员,其实就是专门散发和张贴小广告的。工作地点在广州,没具体的工作单位,随时随地都会换。

简单介绍一下你的家庭情况。

父亲张某某,84岁,农民,有高血压和严重的气管炎。母亲李某某,81岁,家庭主妇,有心脏病和冠心病,还有比较厉害的类风湿。我,张某某,46岁,大学文化,破产企业失业工人,工作刚才已经说过了。老婆,王某某,也是破产企业失业工人,干过摆地摊、大排档、保洁员、保姆、捡垃圾等工作。我儿子张某某,现为某大学大二学生。

最后一次见你父母是什么时候?

是去年回来过年。距离现在有一年零十一个月了。在外打工讨生活,回来一趟不容易,一般一两年才回来一趟。

你认为,你父母的突然离世是谋杀还是自杀?

太出乎我意料了。他们俩都一直有病,而且比较严重,但生活基本上能自理,也不至于就会突然去世。这些年,田地征用换了套安居房正好可以住,一点征地钱除了他们日常生活开支,就是治病花掉了。家里不存在有什么存款。老实本分人家,也不存在有什么仇人,谋杀他们干什么呢?

可是我也想不通,他们为什么要自杀。俗话说,好死不如赖活着。虽说病痛很折磨人,但只要经济稍稍宽裕一点,就会到医院治疗一段时间。他们老年得子,就养了我一个,辛辛苦苦把我拉扯大,还上了大学,不容易。我还没报养育之恩,怎么可以就走了呢?

对你父母的突然离世有什么感想?

不应该,太不应该了!我知道我无能,没本事,也没能力。虽然上了大学,可学的是不管用的文史,自从企业下岗失业后,连碗饭都不好找。老婆也是。夫妻俩从东跑到西,不是北上就是南下,一直没个安稳的职业,收入只能糊自己的嘴巴。这些年,为了儿子上学,挣的一点钱全部投入了进去,对于父母,几乎没尽过心。我愧对他们呀!

我还一直在想着,等儿子大学毕业了,不用管了,我们夫妻俩再干两年就回家好好伺候父母。所以心里一直在祈祷着,父母啊,你们再坚持几年吧。可没想到,他们还是……

能谈谈你跟父母之间的关系以及感情吗?

唉!怎么说呢,说不上好,也说不上不好。小的时候,父母很宠爱我,把我当宝一样捧在手心里,什么都依着我。上大学和工作以后,我就再没顺心过。我怨恨过父母,为什么不是当官的,为什么不是大老板,我为什么生在这样的家庭。慢慢地,我又想通了,只能怪自己努力不够,能力有限,也没有机遇。他们养了我的小,就已经是功德了。

这些年来在外面闯荡,始终没混出个人样来,非常痛心,也非常惭愧。远在他乡,又照顾不到父母,本指望父母能理解和体谅一些的,可面对他们的埋怨和指责,我是有苦难言。总想着,再等等,我会尽心尽力地孝敬和伺候你们的。我要用事实来回答他们。

唉!可他们不给我机会了。

你怎么看待有人说你是杀害父母的凶手?

我知道,乡亲们一直对我有看法。小时候,父母那样惯我宠我,到头来,我对父母不管不问。他们不了解内情,更不了解我的苦衷。从某种程度上说,我的确就是杀害父母的凶手。如果,我既让他们风光体面,又让他们物质生活丰裕,又时时在他们身边无微不至地照顾,让他们能有幸福愉快的晚年,一切都不会发生了。

凶手的罪名,只怕要背一辈子了。我时常在想,要不要再生一个孩子,从我自己自然而然地想到了我的孩子,等他成年后,他所面临的压力比我更大呀!

洞

孙　华（江苏）

天空,乌云密布,暴风雨来临前的天气,闷。

在儿子房门前又踱了一圈,老石再次坐下,"啪"的一声,又点燃了一支烟。烟灰缸里,烟屁股堆成了一座小山,茶几上,已经滚落了好几个烟头。

蹙着眉头,怔怔地看着儿子的房间,指间香烟的烟灰,已经老长。

遽然,他一把将烟头死死地掐灭在烟灰缸里,起身,推开了儿子的房门。儿子手中握着笔,正支棱着两只耳朵,坐在书桌前。见老石突然见来,手中的手机差点掉在地上。

作业做好了吗？老石问。

儿子先是点点头,跟着又摇摇头。

老石知道,儿子性格内向,是那种三棍子打不出一个响屁的人。

你的同学对发生在你们学校的那起案件有什么议论吗？老石走到儿子身后,问。儿子就读的第一中学,是小城唯一的一所省重点高中。

儿子还是摇摇头。

这起案件案值不算大,可正值高考前夕,影响大,所以局里才让我来负责这起案子。老石站在儿子的身后,幽幽地说。

儿子依旧没说话。

你说会是什么人干的？老石指了指儿子面前摊着的书说：你不是喜欢看侦探小说吗？

儿子胳膊挡着的是一本《福尔摩斯探案集》。

儿子的眼睛亮了一下,很快又黯淡了下去。

你对你们学校比我们熟悉,也许你能解开我们心中的一些谜团呢。老石抚摸着儿子的头发,轻轻地。

也许……可能……是我们学校的……学生吧。儿子终于开了口。

为什么？老石似乎来了兴致。

我们学校管理很严,外面的人很难进来,学生熟悉情况,知道什么时候有空子可钻。儿子的脸上现出一丝不屑的表情。

我们调取了案发前后学校的所有录像,发现了一个奇怪的现象。嫌疑人作案都是挑的下雨天。老石看了看儿子又问道,你说这又是为什么呢？

利用雨披做掩护呗。儿子一副不耐烦的口气,好像是笑话老石这么简单的问题也想不到,还当刑警大队长呢。

可他忽视了一个小细节,在他雨披的前襟,有一个黑洞,很小,平常人真的很难发现。

儿子张了张嘴巴,很快又合上。

可有一个人发现了。老石说完,双眼扫向儿子的脸,稍许,他又问儿子:"你知道是怎么发现的吗?"

不等儿子回答,老石继续说道,因为那个黑洞就是他送儿子上学时,手中的香烟头烫坏的。这是打从儿子上学起,他唯一一次送儿子上学,因为那天下雨。那个洞就像用烙铁烙在他的心上。

沉默。

你说说那几辆自行车,嫌疑人会怎么处理?还是老石先打破了寂静。

儿子低着头,盯着眼前的书,似乎在思考,又像是在犹豫。

我想,他应该会把车子藏到一个无人知道的地方。

比如呢?

比如何垛桥下。

何垛桥是郊外一座已经废弃的公路桥,桥下是一人多高的杂草,密密麻麻,轻易不会有人去。

你说他为什么要藏到那个地方?老石愕然。

他本来就没想要那些自行车。儿子忽然提高了嗓门,一字一顿地说道。

看着一脸疑惑的老石,儿子"哼"地冷笑一声:你肯定要问为什么,对吗?那我先告诉你,他就是老师父母眼里的坏小伙。在学校,作案的这个学生的成绩全班倒数,老师说对他已经失去了信心。在家里,他的父亲整天就是工作,母亲打工三班倒,有爸有妈的他,就像孤儿一样。那个儿子想,既然这样,那他就做一件轰轰烈烈的事件,让他们知道有这么一个学生、有这么一个儿子存在。

儿子眼睛盯着老石:这就是他的作案动机。

这回轮到老石吃惊了,他没想到"闷葫芦"的儿子竟然能一口气说出这么一长串话。他感到心中一阵绞痛,右手下意识地伸向自己的口袋,看了一眼儿子,又抽回了手。

没事,抽吧,你就当我不存在。儿子说。

这起案子的嫌疑人会怎样处理?儿子又问。

嫌疑人是学生,又是初犯,假如能够投案自首,应该会取保候审,不会影响参加高考的。老石说。

儿子叹了一口气。老石叹了一口气。

下雨了,雨点滴滴答答,打在玻璃上,敲击着老石的心。

走吧,我陪你一起去公安局。老石说。

去公安局?干什么?稍一愣神,儿子才醒悟过来:你以为是我偷了自行车?

老石张大了嘴:不是你吗?

儿子脸上露出一丝苦笑:我知道你会怀疑我的,在你和妈眼里,我就是我说的那种坏孩子,可你想一想,你们是不是我说的与王浩父母一样的人?说句心里话,有时候我也真想干一件惊天动地的事,让你们关心我一下。

王浩?老石感到这个名字似乎有点熟悉。

他是我的同桌,他的爸爸是派出所所长,你的同事。儿子又重重地叹了一口气:我早就对你说过,可你没有入耳,就像你从不关心我的学习一样。

有两团晶莹在儿子的双眼滚动。

开始我也不知道自行车失窃是王浩作的案,昨晚他没带雨披,自习课上到一半,他向我借雨披,我以为他像以前那样,还是要去游戏室打游戏,没想到他又去偷自行车了,直到今天学校里传说,偷车的人穿的雨披上有个洞,我问他,他才说了他偷自行车的事,他不敢告诉他爸爸,你进来之前,他正发微信问我该怎么办,我劝他赶紧去自首。

儿子揉了揉眼睛说:他正在来我们家的路上呢。

老石赶紧拿起雨伞:我去路上迎他。

话音刚落,家中的门铃响了。

早 恋

庄素娟（江苏）

俊俊长了一张圆圆的小脸，圆圆的脸上嵌着一双水汪汪的大眼睛，眼睛下面有一个挺挺的鼻子。一张小小的嘴巴，笑起来脸上就露出两个深深的小酒窝。一双白嫩嫩的小胖手软软的。整个人胖乎乎的，走起路来像一只小鸭子，可讨人喜啦！

这孩子天生高情商，从上幼儿园起就是老师的小帮手。每天下午放学，他都是最后一个被家长接走的孩子。也难怪，他妈玲子是商店的店长，每天着急忙慌地跑来接他，接上还要回班上处理未完成的事务。

在等妈妈来接的期间，俊俊会和老师一起把小朋友们坐的小椅子摆放到桌子上；再把小朋友们扔得到处都是的玩具，一样一样归类收回塑料筐里；擦小手用的小毛巾一条一条挂在魔术钩上。一边小手不停地做事，一边还用软糯的声音和老师聊天。他说话的声音如夏日般热烈的呼唤，可以融化整个冬天的冰凉。

从幼儿园到小学六年级，俊俊一直都是班里的大班长，是那种人见人爱的"别人家的孩子"。

周六下午，俊俊妈妈玲子在家调休。一觉醒来，玲子觉着心里不踏实，跟猫爪子挠似的，右眼皮还忽闪忽闪地跳个不停。心想，估计是刚才起床猛了，先坐到沙发上歇会儿。

在沙发上坐着，玲子回想她家俊俊近来有些不对劲。这两个星期六下午上完书法课都说有事要晚点回来，起初也没在意，可今天下午他说要更晚些回来，问他什么原因，他支支吾吾的也没说出个所以然来。玲子到他房间，在他书桌上赫然摆放着一张小纸条，上面写着"周六下午见"。

妈呀！玲子一下子就蒙了，脑袋瓜子嗡嗡直响，心口突突地跳，还有两个月就要小升初考试了，这孩子不会是早恋了吧！从字迹上判断，那五个清秀的楷体字出自一个女孩子之手，玲子再也无法淡定了。她把俊俊书桌上的书挨个翻了一遍，又拉开书桌下的三个抽屉，把抽屉里俊俊收拾整齐的东西仔细搜查了一遍，没有任何重要发现。

无计可施的玲子，想打电话给班主任老师询问，可一阵怒火冲上心头，她只想提上一根棍子冲到正在上书法课的儿子面前，给他三十大棍，让她解解气。那张拿在手上的纸条被玲子抖落在地。她心里默念无数遍："冲动是魔鬼，冲动是魔鬼……亲生的，亲生的……"

转念一想，玲子打开手机上的"小天才"，还好，俊俊戴了小天才电话手表。他书法课是四点放学，玲子打开手机定位，盯着手机屏幕上不断移动的小人，最后定格在他们家马路对面的小区。

玲子翻箱倒柜地把俊俊满月时买的那件呢子大衣找出来穿上身,又从箱底翻出俊俊爸第一次和她见面时送给她的那条丝巾围在头上,摘下六百度的近视眼镜戴上俊俊爸的太阳镜,再戴一个从未尝试戴过的黑色口罩,脚上穿一双几年前买的平底鞋。玲子对自己这样的时尚装束十分满意。临出门时还不忘拿上偶尔买菜用的手提袋。

玲子就这么深一脚、浅一脚地从楼上下来,往马路对面的小区走去。

不过,今天玲子发觉她这样的装束过马路挺好的。驾驶员师傅都停下车来等她穿过马路再走。

来到小区的入口处,玲子踌躇了,这小区有三十多栋楼,俊俊在哪栋楼里?一栋楼还有几个单元楼道,这到哪儿去找啊?

玲子又打开手机上的"小天才"定位功能,这不,现在范围缩小了好多,定在"小区6号楼"。

玲子磕磕绊绊地找到了6号楼。6号楼有三个单元,一个单元有36户。这可难倒了玲子,这可咋整啊!无奈之下,玲子决定从一单元西边户开始一层一层找。她记得自家孩子今天穿了一双安踏牌的红色板鞋。今年是俊俊的本命年。春节时玲子给儿子买了双红色的鞋子,说"专踩小人"。只要找到那双鞋子就算找到俊俊了。近一个小时,玲子把6号楼的每一层、每一家门口的鞋子都查了个遍,也没发现那双鲜红色的板鞋。

玲子嘀嘀咕咕地从6号楼出来,一头撞倒停放在路旁的一辆山地车。玲子扶起那辆山地车,仔细辨认车把手,那里有一处明显的划痕,玲子确定那是俊俊的车。那他肯定就躲在这附近谁的家里。

玲子缩了缩脖子,拉一拉头上的丝巾,猫着腰,眯着眼"鬼鬼祟祟"地左瞧瞧,右望望,突然跟从楼上下来的俊俊撞了个满怀,俊俊愣了一下叫出了声:妈,你怎么打扮成这样来这里啊?你不戴近视眼镜能看见路?你戴着我爸的大太阳镜,脸都遮住半截子啦!

玲子一把抓住俊俊的手大声道:"儿子,你是不是早恋啦?妈不怪你,现在你们正值青春期,男女同学之间有好感是正常现象。但不能因为早恋,影响你考市重点中学啊!"

俊俊一头雾水地望着玲子说:"妈,谁告诉你我早恋啦!你是电视剧看多了吧!""那你怎么连续三个星期周六下午都很晚才到家,今天我还在你书桌上发现了一张纸条,上面写着'周六下午见'。这是你们约会的暗语吧!"

俊俊哈哈大笑:"妈,你真可爱,不过真的想多了。你还记得和我从幼儿园一直到现在都是同学的李木梓吗?前些时候她上早操课,下楼梯时被别的班同学推了一下,一脚踩空,右小腿骨折,打了石膏没法走路。她只能在家自学,我每天整理好老师的课堂笔记,周六下午带来给她复习,有不懂的地方我们再一起讨论……"

玲子一拳捶到俊俊的胸口:"儿子,你真的长大了,妈妈相信你!"

夜半脚步声

周海亮(山东)

每天凌晨,楼上总会响起有节奏的脚步声。声音不大,从卧室到客厅,从客厅到厨房,再从厨房回到卧室。那时我多在读书,或文学,或史哲,这些年来,我已经习惯了晚睡晚起。我独身一人,书籍和胡思乱想,是我最大的快乐。

整整半年多,楼上的脚步声总会准时响起。我猜楼上的邻居应该是一位喜欢在深夜思考的男人。尽管我从没有见过他。

我从没有见过他——我还没有起床,他已经离开;而当我黄昏时出去吃饭,他还在工作——我猜肯定是这样。城市里有着太多未曾谋面的邻居,这太过正常,没什么奇怪。

奇怪的是,楼上根本无人居住。

我有了女友,打算搬家。搬离前我想拜访一下楼上的邻居,可是在夜里,我敲了半天门,里面毫无动静。第二天,再敲,仍无反应。一连三天,皆是这样,我感到十分蹊跷。

我找到房东老人。老人说,那里已经大半年没人住了啊!

楼上楼下都是老人的房子。他告诉我,以前住在那里的是一对夫妻,男人做生意,女人好像是舞蹈团的演员,两人没有孩子,却很恩爱。后来女人身患绝症去世,男人就搬走了。

您确定楼上没有人?

这还有错?老人说,我把房子收回来,本来是想给回国的小儿子住。可是他迟迟不肯回来,房子就一直闲置在那里了。

我感觉头皮阵阵发麻。担心老人害怕,我没有将这件事告诉他。

我有信仰,可是我不相信鬼魂。我想楼上的房间会不会闯入了什么东西?比如从下水道钻进屋子的老鼠?可是这个想法马上被我否定——不管多大的老鼠,也绝不会弄出那样有节奏的声音。

那么,声音会不会来自楼上的楼上?这想法也马上被我推翻。楼上的楼上住着一对老年夫妻。他们从不熬夜,并且近一个月,老两口去了儿子家。

贼?可是一间空屋子,有什么可偷的呢?再说,贼不可能每天准时光顾,并且来的目的,只是在屋子里散一会儿步。

空无一人的屋子,凌晨响起的脚步声,由不得我不害怕。

当天夜里,脚步声再一次响起,从卧室,到客厅,从客厅,再到卧室。只是今夜的脚步声轻了很多,似乎楼上的男人已经觉察到有人在留意他。

当脚步声止,我听到远处火车站传来的钟声。此时,恰好凌晨两点。

白天我再一次来到楼上门前。这次我没有敲门,而是蹲下来,仔细观察摆放在门口的脚垫。脚垫上没有灰尘,却沾着干泥,一个男人的脚印隐约可见。

毫无疑问,有人在夜里偷偷潜入屋子,然后在一个多小时以后,悄悄离开。

我再一次找到老人,说我今天就要搬走,请他去检查一下屋子。当他查看煤气表的时候,我问那个女人去世多久,老人想了想,说,好像明天是她的祭日。

我在当天搬走,却在夜里潜回。我躲进高大的冬青丛,等待那个男人。凌晨时分,男人果然鬼鬼祟祟地出现。他四下看看,然后直奔单元门前。

我猜测的果然没错。

我躲在门口,屏息侧耳。屋子里传来断断续续的哭声,然后,我听到男人开始小声说话。

再然后,屋子里响起熟悉且有节奏的脚步声。

我想闯进去,可是我忍住了。我在门口等了很久,男人终于出来。当看到坐在台阶上的我,他吓了一跳。我说,我愿意为您保守秘密。不过您得告诉我,您为什么要这么做?

我们坐在一个二十四小时营业的小饭馆里。两杯酒下去,男人红了眼圈。他说他想他的妻子,每天都想。他说他与妻子在那栋房子里成婚,他生命里最美好的一段时光是在那里度过的,他与妻子最后的时光也是在那里度过的。他说回到那里,就仿佛回到了过去时光,仿佛妻子就在身边,与他说话,陪他吃饭。他们在烛光中翩翩起舞,从卧室到客厅,从客厅到厨房,从厨房到客厅,再从客厅回到卧室。

因为你太想她,所以每天回来陪她说说话,然后共舞?我问他。

我知道这毫无用处,可是我说服不了自己。男人说,对不起吵到你了吧?

那倒没有。虽然你努力不让自己发出声音,可我还是能够听到。我笑笑,说,之前我是做刑警的,耳朵很灵。

我该怎么办呢?男人说,每到夜里,我就会想她……

我有一个办法。这办法虽然不能让他的妻子复生,但至少,我想,能够让他圆一个与妻子"重逢"的梦。

……

一个月以后,男人搬回这栋房子。是买下来的,房东老人在听我讲完他的故事以后,决定将房子卖给他。我没有替他保守秘密,我知道我得帮他。只是我已搬走,不知道在之后的夜里,他会不会在夜里,揽着并不存在的妻子,一起共舞。

失眠者

高火花(河北)

　　大哥蓝二来找蓝青的时候,蓝青刚吃完晚饭,正在阳台抽烟看海。6月的海边沙滩到处是人,空气中弥漫着湿咸味儿。

　　蓝青递给蓝二一支烟,蓝二摆摆手没接,从自己口袋里掏出一支烟。蓝青给他点火。蓝二抽了一口,说,这么些年我只抽这烟,其他的抽不惯,也一概不抽。蓝青问,嫂子还没回家呢?蓝二半天吐出一圈烟,咳了三声,才懒懒答道,管她呢,更年期到了,无理取闹,过几天就自个儿回来了。蓝二又吐了一口烟说,倒是你,才工作几年就失眠,小心身体熬坏了。照我说,工作上的有些事你就别那么较真。蓝青说,你也要多关心关心嫂子,嫂子在医院上班也够累。蓝二吐出半口烟说,她能有什么累,又不接诊,光给人打打麻药而已。

　　正在这时,蓝青的手机响了,看到"速到现场"的通知时,蓝青来不及和蓝二说话,摆摆手转身就下了楼。

　　在海边靠北的一座小岛上,火红的夕阳已沉入大海,一群干警已经在忙碌着。呈现在蓝青眼前的是这样的景象:耸立苍天的一棵椰子树下仰卧着一具尸体,脑袋冲西侧歪,右侧太阳穴有一个窟窿,周围有暗红的血痂,颈部缠了两圈红丝巾,有一节丝巾似乎被海风吹得盖住尸体半张脸。离尸体脑袋大约20厘米处有颗大椰子,椰子上有血迹。椰子旁有昆虫或动物爬行的痕迹。

　　蓝青打开强光手电,照向尸体脸部,瞬间,蓝青整个人几乎要僵住。这不是嫂子吗?

　　现场的勘查表明,死者系太阳穴失血过多造成低血容量性休克死亡,死亡时间为当天下午4—6时,死前未遭受性侵害,随身物品钱财俱在。

　　因回避制度,蓝青申请不参与案件调查。

　　在家等待大哥蓝二的几天时间里,蓝青的失眠越发厉害了。嫂子是意外死亡、自杀、还是他杀?或者其他?几天来,蓝青的脑海中不停出现这些问题,也反复回忆放大案发现场看到的画面。

　　蓝青下午坐在家中藤椅上看一本刑法书的时候,蓝二一脸憔悴,肿着眼眶回来了。蓝青问,嫂子的事怎样了?

　　蓝二哑着嗓子说,唉,都怪我!要是我那天跟着她出去就好了,也不会发生这样的意外。唉!

　　蓝青又问,太阳穴的伤口真是椰子砸的?椰子怎么掉下来的?

　　蓝二从上衣口袋摸出一根烟,点火,吸了一口,悲伤地说,唉,岛上那天风大,椰子又熟透了,倒霉啊!

蓝青拍拍蓝二的肩膀,没有说话。

晚上,又是无眠,蓝青索性起床。蓝青在卧室来回踱步,脑海中又开始无限放大那天在岛上看到的一切:椰树、尸体、头部、太阳穴、颈部、粉红丝巾、椰子。突然,蓝青冲到电脑前,打开电脑,在网页搜索椰子和椰蟹。然后,蓝青一屁股瘫坐在椅子上。闭上眼,蓝青在脑海中又看到那条粉红丝巾,有一节盖住了半边脸。

天亮了,蓝青下楼去蓝二家。大哥虽只有高中学历,但在生意上很有头脑,开了海鲜店和特产网店,年年盈利,生活水平逐年提高。蓝二不在家,年轻的住家保姆说他一大早就开车出去了。

蓝青直奔海鲜店。蓝青进店,正看见蓝二网捕一只大螃蟹。蓝二见蓝青来,脸上瞬间闪现一丝不安,这丝不安恰好被蓝青捕捉了。

蓝青问,哪儿来这么大只的螃蟹?

蓝二说,还能哪儿来的,工人在海里捕的。蓝二又说,正好你来,还没吃早饭吧,走,一起去,吃完,我得找人操办你嫂子的事。唉,人现在还在太平间躺着呢,终归还是要入土为安好!

吃完早饭,蓝青说,哥,节哀。又说,给我来支烟吧。蓝二递给了蓝青一支烟。

蓝青离开海鲜店时,回头对蓝二说,哥,节哀,保重。说完,蓝青眼里涌出了泪。

三个月后,蓝二在法庭上一开始拒不认罪。直到案件代理人出示椰子成熟在七八月间,以及海鲜店那只大螃蟹即椰蟹生活在热带地区的证据;还有红丝巾上一个小洞上残留的烟灰是蓝二的烟,和死者生前更年期失眠服用安眠药的证据时,蓝二才服罪。

庭审结束,蓝青满眼通红问蓝二,为什么那样做?

蓝二仰天长叹一声,说,你那天早上不是在我家看见了吗?她快生了。照顾好你自己吧!

一个嘈杂的雨夜

刘俏含(北京)

今日清晨,环卫工人在某小区垃圾场打扫卫生时,在一个黑色塑料袋中意外发现了一具年轻女性的尸体。经法医鉴定,年轻女性昨夜被钝器击打头部致死,死后被抛尸垃圾场。案件的三名嫌疑人正好都住在这一小区中,且均没有不在场证明,现在将三人分别带入三个不同的房间内审问。

高阳

我是遇害者的男朋友,我们已经谈了一年多的恋爱,感情一直很好。昨天早上我们因为一些琐事吵架了,她在告诉我她要去找前男友后,就怒气冲冲地摔门离去。我当时以为她只是开个玩笑,不过一会儿就会回到家中,但万万没想到她竟然再也没能回来,就这样死在了冰冷的雨夜中。我要是知道她会被人残忍杀害,丢在又脏又臭的地方,就绝不会和她吵架,是我对不起她。

因为心情不好,我昨天一整天都待在家里,若是说干了什么的话,也就洗了洗衣服和看了会儿电视吧,没有干什么别的。她离开之后我一直觉得有些不安,就怕她出什么事,我给她打过几个电话,但是她都反应冷淡,我以为她是因为生我气才一夜未归的,都是我的错,我不应该不出门找她。

我怀疑是她前男友干的,我知道那个男的还多次来找她、骚扰她,她说过很多次他们已经很少联系了,但是那男的很明显对她心存不轨。如果她去了前男友的家,应该就是被那个男人杀害了,一定是他干的,他一定用了什么法子把她骗到家里,再神不知鬼不觉地杀掉她。

李霁

我是遇害者的前男友,我确实还爱着她,曾经多次想找她复合,但是都被她拒绝了,她明确告诉我,我们最好还是做朋友,于是我只好死了那条心。昨天我只是照常给她发了"早安"和"晚安"这类问候的短信,她并没有回复我,我也根本不知道她具体人在哪儿。

昨天雨下得很大,如同豆子般倾倒在大地上,声音有些吵闹,搅得我心神不宁,于是中午出门在小区小卖部买了包烟,这是我昨天唯一一次出门,整个过程还不到十分钟。我是真没想到她会被杀,她一直是个很好的人。

如果要我说,我觉得是她那个闺密林雨杀了她,两人虽然表面上很要好,但是实际关系早已出现裂痕。我们恋爱期间,在一次集体聚会中,我和她带来的闺密林雨认识并相熟，渐渐地，我和林雨之间产生了暧昧，这也是我和她最终分手的原因。她和林雨因此爆发了激烈的争吵，二人之间产生了不可化解的矛盾，这件事确实是我和林雨对不住她。这也是为什么我怀疑林雨是凶手的原因，请你们一定好好查案，不要让她冤死。

林雨

我是遇害者的闺密，我们在很小的时候就认识了，一路相伴长大，我们之间的感情一直不错。她昨天上午突然来到我家中，说自己与男朋友吵架了。早上天空就已经在淅淅沥沥地下着雨，她没有带伞就跑了出来，身上都淋湿了。

我们一开始有说有笑，相处得十分融洽，但是后来却因为一些陈年往事发生争吵。大约下午7点钟，她因为不想再与我争执，就索性离开了我家，我不知道她最终去了哪儿。我不应该因为那些没有任何意义的旧事和她吵架，更不应该对她不管不顾，任由她这样离开，可是事到如今，我就是再悔恨也没有用了。

我现在最怀疑的是她的现男友高阳，她哭着来到我家之后，告诉我她的这任男友控制欲十分强，他们总是会吵架，多因高阳的疑心病太重，总是觉得她和前男友之间还有些什么，但是实际上他们早就不联系了。昨天早上，就是因为高阳翻她手机时看到前男友的短信，两人又大吵了一架，高阳嚷嚷着威胁她"如果再和别的男人联系，就打断你的腿"之类的话，她负气出走，又因无处可去，才来到我家中。到了下午，高阳打电话来求和，我看她也似乎有些心软，但是表面上依然说着"我死都不愿意回来"这样的狠话，在她离开我家之后，我很怀疑她回到了男朋友的家中。请你们一定要找出真凶，她也太可怜了。

"明明近日来阴雨连绵，有人却一反常态地洗衣服，应该是要洗掉衣物上的血迹。更重要的是，他在警方未公布细节时就知道死者的死亡时间和抛尸地点。"警察很快就发现了其中的破绽，并重点对高阳的家进行了搜查。

不出所料，警方在高阳家中发现了还没来得及处理的凶器和残留的死者血液。高阳在认罪后终于说出了实情，其实女友早上离开时并没有说过"要去找前男友"这样的话，他也不知道女友具体去了哪里。但是他想到李霁经常变着法子给女友发送骚扰短信，言辞十分露骨，即便女友没有搭理，他依旧感到气愤，笃定二人至今还保持着不明不白的关系。在女友从外面回来以后，他总觉得她是刚从前男友家中出来的，再加上女友不愿同他说话，于是便在一怒之下将其杀害。在审讯中他坚称女友去了前男友家，一方面是为了减轻自己的罪恶感，另一方面也是想将警方的注意力引向前男友。如今知道真相，他悔恨不已，但是即便再悔恨，人也不可能死而复生。

"其实三人都在不同程度上说了谎吧，她确实是个可怜人，死后还要被算计。"一位警察刚看完三段审讯录像，长长地叹了口气。

镜子里的微笑

姚　智(吉林)

星期五晚上 8 点,赵明下班了。忙碌的一周结束了,带着几分疲倦和对周末到来的一丝喜悦,他在家附近的熟食店买了一些熟食,又去超市买了几听啤酒,打算晚上小酌几杯。

等了片刻,停在一楼的电梯门开了,没人。赵明进入电梯,在电梯门刚要关上的时候,一个穿着外卖公司服装、戴着鸭舌帽和口罩的人快步迈了进来。

赵明住 9 楼,他按完电梯按键,随后转身让开按键的位置,站在电梯左侧。

赵明默默观察着,那个送外卖的年轻人用左手按了一下电梯关门按钮。在电梯上升的过程中,电梯里异常安静,只听见电梯缆绳拉紧的吱呀声。赵明用余光注意着这个送外卖的年轻人,暗自思忖。

正想着,电梯叮咚一声,9 楼到了,赵明像往常一样,走出电梯,打开房门,之后在客厅茶几上看着电视,自斟自饮起来。

赵明自己吃喝了大概一个小时,忽然听见一声女人的喊叫声。他马上放下啤酒罐,立起耳朵,想再次捕捉一点声音,几分钟过去了,但是一点动静都没有了。

随后,赵明把这件事抛在脑后,继续边看电视边喝酒。

几瓶啤酒下肚,赵明吃饱喝足,迷糊起来,瞥一眼墙上的挂钟,已经晚上十一点多了,赵明走进卧室,快速脱掉衣服,沉沉睡去。

第二天早上九点半,赵明睡到了自然醒。星期六的早晨就是这样惬意,可以不用担心上班迟到,赵明伸了个懒腰,慵懒地洗漱之后,准备给自己做个早餐。

他还没来得及搅匀碗里的鸡蛋,门口传来了急促的敲门声。

赵明急忙去开门。门开了,门外站着两个穿着制服的警察,一高一矮。

"你楼下 801 室昨晚发生了命案,我们来了解下情况。"高个子警察开门见山地说。

"什么？昨天晚上？"赵明表情惊愕地说。

"是的,我们能进去聊聊吗？"矮个警察说。

赵明把两个警察请进客厅,从矮个警察口中了解了案情。

今天早上,出差归来的楼下女人的丈夫发现女人遇害,死于家中,女人被人用刀捅了三刀,有一刀捅在了心脏上。

听完矮个警察的叙述,赵明脑子里一片混乱,他思维在迅速运转,不知道该说什么。

"昨晚你在家吗？"高个子警察问。

"在家,晚上 8 点半左右到的家。"赵明答道。

"昨晚你在家做什么了？有没有看到或听到什么异常情况？"高个子警察接着问赵明。

"声音我倒是听到了,昨晚我自己喝了一些酒,大概在 9 点多,不知道是哪户人家传来了一声女人的喊叫声,我还想,是谁家女人大晚上喊,当时我还吓了一跳,后来过了半天,再没有任何动静,我就没在意,继续边看电视边喝酒,喝醉了就睡了。真没想到是楼下的那个女人！她才 30 多岁啊……"赵明努力把昨晚的情况回忆了一遍。

"没看到什么可疑人员吗？"矮个警察说。

"没有啊！"赵明想了片刻,说道。

"好的,感谢您的配合和提供的线索,有什么新发现可以随时联系我们。"高个警察边说,边把一张记着号码的纸条递给了赵明。

两个警察走后,赵明脸上露出复杂的神情,他随手拿起书架上的一本侦探小说,打算放松一下,冲散他凌乱的思绪。

晚上,赵明打开电视机,他看到电视里正播报着晚间新闻：本市某小区一名女子被捅数刀死在家中,经法医检验,凶手疑为左撇子……

赵明忽然想起了什么,关掉电视,顺手拿起冰箱里的一听啤酒喝了一大口。

"那个快递员！他按电梯时用的左手,真该死！早上那两个警察来时我怎么没想到！"赵明意识到了这件事的重要性。

随后,他拿出手机,拨打了报警电话……

两天后,凶手抓住了,他承认了所有罪行。

那天晚上,他化装成快递员,尾随赵明进了小区,因此,小区内所有门禁都没对他起到任何作用。他提前来赵明小区踩点好几次了,他知道赵明楼下那户人家很有钱,也知道男人经常出差。

他在电梯里偶然碰到赵明,开始也很紧张,可是他认为自己化了装,戴着口罩,又扮成快递员,就没太过担心。于是假装送快递,骗那个住在 8 楼、自己在家的女主人开了门。他进屋后本想抢一笔就跑,可意外的是那女主人激烈的反抗让他产生了杀心,他本以为万无一失,可左手按电梯的一个动作,却让警察很快锁定了他。他本来计划好用右手的,可是就在他按电梯的一刹那,在电梯侧壁的反光里,他忽然看见一个像魔鬼一样的女人的笑容一闪而过,他就慌了神。

作为证人,从高个警察口中得知案件真相后,赵明长舒了一口气,他感到庆幸,一切都结束了。

是的,谁也没想到,那个快递员只是他的帮凶,表面上看,是那个凶手抢劫杀人,案子破了,现场足迹和所有的监控录像也证实了一切。可私下里给那个凶手的 50 万现金,会让那个人把真相烂在肚子里。

能怪谁呢？怪只怪当年 8 楼那个女人横刀夺爱,并和那个见异思迁的男人结了婚,导致他的姐姐三年前跳楼自杀,每当想起这件事,赵明的双眼中就充满了仇恨的怒火。

　　三年了，赵明为了这个计划酝酿了整整三年，他把所有的积蓄和精力都用在了这个计划之中，现在，他完成了他的计划，无论以后警察能不能查到他，他现在都要远走高飞了。

　　半个月后，赵明卖掉了房子，订了一张去海南的机票，他必须要离开这个他从小长大的城市。在登机口，他安检完毕，正要拉着行李箱上飞机，这时，两个人突然从后面按倒了他。

　　"别动！警察！你被捕了。"

　　在审讯室里，自以为一切计划天衣无缝的赵明发现自己犯了一个天大的错误。那个快递员，交代了一切。他三年前杀了另外一个女人，那个女人就是赵明的姐姐赵红。三年前赵红的坠楼，是被这个快递员从楼顶推下去的。而当年买凶杀人的人，正是8楼那个女人。

　　赵明低头看着手腕上的手铐，那银色的反光好似一面镜子，他仿佛看到了三个魔鬼在对着他微笑。

四线索

王文楷（河南）

1

13日监控显示：尤林前女友枫下午6点到咖啡馆找尤林，在7点离开，8点回到大学旁的合租屋。尤林10点离开并前往D河边的栈道。

枫的合租人说枫回来后一直躲在屋里，半夜又摔门而出还把她吵醒了。

2

"他把我删了！"凌晨2点，叶的电脑屏幕上蹦出枫的消息和一张聊天截图，截图里一点半尤林发了一句"别纠缠了，我有琪了，死心吧！"后，枫的消息就带了红色叹号。琪是尤林刚结识的新欢。

姐姐的苦恼就是妹妹的苦恼，叶关掉电视剧开始安慰姐姐。

安慰了半天，枫回了一句："他半夜常去D河大桥下沉思，我现在去找他再试最后一次。"

3

"胡！"老何刚上桥就喊起来，他还沉浸在"十三幺"的喜悦中。离开牌局已是凌晨2点30分，他一边念叨一边慢慢悠悠朝家走去。

经常有人过桥去对面的棋牌室、KTV浪到半夜再回这边住宅区，现在虽晚但仍有零零散散跟他一样回家的行人。D河两边是斜坡，坡上种着花草，下到坡底是半夜没人会走的木制栈道。紧挨桥两侧的土坡各有一条被人踩出来的小路。桥中间是公路，两边是人行道，桥中部上空挂着两个监控汽车的摄像头，它能拍到部分人行道，但拍不到坡上的小道。

"沙沙！"桥下有很大的声响，老何扒着栏杆向下望去，栈道上有两个人纠缠在一起。其中一个人似乎抬头看到了他，起身一溜烟就跑了。

现在的人真开放，他一边想一边过了桥。

4

"尤林于14日早晨6点被人发现身中数刀倒在D河大桥下的栈道上，旁边有一把无指纹、被清洗过但有鲁米诺反应、带香水味的菜刀。与栈道相连的水泥地上有堆烧剩下的类似雨衣料的灰烬残渣。其前女友嫌疑最大。

"其财物没有丢失,我们检查手机发现,他在 10 日晚 7 点更新了锁屏密码(据调查他每月 10 日会换一次密码)且没有启用人脸、指纹解锁功能。案发时其和枫已互删好友和聊天记录。综合栈道三个月的夜晚监控(只有 3 天的监控,11 点后还拍到其他路人)和朋友证词,他考上博士后有晚上去 D 河大桥下沉思到半夜两三点的习惯。

"综合环境因素法医判断,尤林死于 0 点至 3 点之间。但根据接下来的证据应在 3 点左右:距大桥两侧 50 米远的两个栈道监控显示,昨晚 10 点到案发前,除了尤林、枫,没有其他人经过。枫两点半从右侧进入栈道,3 点 10 分从左侧跑出(与桥上监控拍到何某上桥的时间吻合),之后在 3 点 17 分进了一家肯德基待到警方找到她。尤林 13 日晚 10 点 30 分从右侧进入之后没有在左侧监控里出现过。

"不止一个对岸的路人曾看到桥下有火光,但何某过桥回头看时并未看到。

"所有路段监控表明,枫穿的是一套衣服:印有蓝桔梗花的短袖和短裤。我们怀疑她穿了雨衣之类的外套并在行凶后烧掉,但她出门只带了个小包且我们确定她没有买过、借过、捡过、有过菜刀和雨衣。

"枫的衣服和身上均未检测出死者血液,我们想过她跳进河里洗澡的情况,但肯德基店员保证她绝不是刚从河里出来或满身是血的状态。"

"由于证据不足,我们没法一直拘留她且她马上就要出国了。"落铭生向刚接手此案的零说明情况。

零沉思了半响,说道:"这是个风险很大的手法,重新调查 0 点到 3 点 D 河大桥附近所有的监控和居民,我要找个人。"

5

"为什么是这样?"结案后,落铭生问零。

"关键在顺序,按'枫先杀尤林再处理现场'的顺序考虑会与实际矛盾:何某说那人被他发现就跑了,那此人便没时间处理现场,但根据对岸路人的证词她烧了什么,所以那时现场已被处理。"

"就是说她处理完现场,又故意发出很大的响声等路人发现再从监控下跑走?"

"目的就是把我们对死亡时间的判断从 0 点到 3 点变成 3 点,因为烧掉雨衣再和刚死的人纠缠会重新染她一身血,所以尤林的死亡时间应早到一个让血液凝固的时间。因此我开始怀疑截图的真伪,毕竟那时尤林可能已经死了。"

"可随便改个时间聊天软件的时间也不会变,尤林锁屏密码那时已经更新也没法做假。"

"改时区会变。"零拿出手机把时区后调,再截了张当天的聊天图,"我们这里和 GMT 最晚时区差了 20 个小时,所以她可以把时间往前调最多 20 小时再截图。"

"这么说尤林早把枫删了,只要枫在被删当天调时区再截图即使是前几天的图也行?"

"没错,然后考虑刀的问题:她既然洗刀那为何不带走而要留到现场再喷香水

第四辑 婚恋曲 | 265

呢？这些操作的本质是掩藏信息,但她已经暴露,所以这是别人的信息。或许因为真凶住在附近,她担心我们出动警犬闻刀找人,但这样反而欲盖弥彰。"

"即这是一起合作犯案,凶手早就通过监控盲区的小路杀了尤林,然后把刀和雨衣丢在现场等枫来处理,然后枫故意吸引路人,让我们以为凶手和处理现场的是同一人!"

"如果带走凶器,那凶手一定扛不住我们的搜查,那么把处理后的刀留在现场,把警方的目光从'找刀和凶手'转移到'枫的犯案手法'上,他们的目的就达成了——枫根本没杀人,警方推不出手法,自然证据不足。实现如此冒险的手法必须对尤林、当地环境以及晚上的人流非常熟悉,所以我才对周围展开搜索,果然找到了这个住在附近刚买了菜刀和雨衣的女生。她也被尤林抛弃过,听说尤林抛弃了枫,就和枫策划了这起案件,两人软件联络,事后互删好友和记录。"

"何必呢?"落铭生叹了口气。

"爱得深恨得也深,"零调出枫当天穿着的照片,"蓝桔梗有两种花语:永恒的爱和无望的爱。"

推理真相

刘万里（陕西）

山志得知姐姐自杀身亡的消息时，正在参加研究生考试。考完试后，山志立马坐火车匆匆往老家赶。山志父母死得早，是姐姐靠喂猪喂鸡采药材供养他上学的。山志很争气，学习很刻苦，那年高考他终于如愿考上了西北一所重点大学。全村为之轰动，苦瓜村终于出了第一个大学生。

姐姐的脸上布满了笑容，但笑容的后面隐藏着艰辛和无奈，山志知道姐姐是为他今后的学费和生活费发愁。就在这年，姐姐嫁人了，嫁给了村长的儿子。姐姐接连生了两个女儿，姐夫的脸上布满了乌云，他整天在外喝酒，喝醉后回来就打老婆，姐姐经常被他打得浑身青一块紫一块。后来，姐夫靠他父亲的关系开始承包工程，转眼间就发了。发了后的姐夫就在城里养了个"小蜜"，"小蜜"想取代原配，就开始给姐夫施压，姐夫嚷着要离婚，姐姐死活不离。姐夫一气之下干脆连家都不回了。

不久，姐姐进城去找姐夫，突然一辆车冲了出来，撞到姐姐后就跑了，姐姐被人送进医院，姐姐的命保住了，但腿却残废了。姐夫闻讯后赶来并报了警，但后来还是不了了之，没人看清车号。姐姐自经历那场车祸后，精神开始恍惚，做事经常丢三落四，经常说些莫名其妙的话，人们都以为姐姐得了精神病。

山志站在姐姐家门前时，面对一片废墟，他真不敢相信姐姐会纵火身亡。山志来到姐姐坟前，他跪了下来，泪水长流。

山志是了解姐姐的，他不相信姐姐会自杀，他要查出姐姐到底是怎么死的。经过几天的调查和大胆的推理，他决定找姐夫好好谈一谈。

县城很小，山志很快找到了姐夫。姐夫的家装修得很豪华。

姐夫见了山志一惊，你怎么来了？

山志说，我怎么不能来？

姐夫伤心地说，自那次车祸后，你姐的精神上就有了问题，整天闹着要纵火升天。当时出事时，我恰好在外地，等我赶回来时，你姐姐她已死了……姐夫泪水流了出来。

山志阴着脸说，当时我姐出事时，你说你在外地，谁能证明你呢？姐夫从包里拿出一张发票说，你看，这就是我当时的住宿发票。不信，你可以去调查。

山志接过发票看了看说，那我姐出车祸到底是怎么回事呢？

姐夫说，那纯属意外。

山志说，只是意外就能解释得了吗？

姐夫生气地说，你什么意思？

山志说，我随便问问而已，你不要这么紧张嘛。

姐夫不高兴地说，我还有事，我得走了。

山志说，等我说完你再走，我姐不能就这样死得不明不白。你先听我说得对不对。你想和你的"小蜜"结婚，但我姐死活不肯跟你离婚，于是你就策划了车祸，但我姐的命大。一计不成，你又策划了纵火案，其实我姐出事那天，你的确是在外地，但你晚上赶了回来。你趁我姐熟睡时，把我姐弄死了，然后纵火，制造了我姐自己纵火的假象，接着你又连夜赶往你住的宾馆。

姐夫拍着桌子说，你胡说，亏你学的是法律专业，你有证据吗？我要告你诬陷罪。

山志说，房屋着火时，如果我姐是自焚，那么她的血肉之躯面对大火，一定会因痛苦而喊叫挣扎，但村民们在灭火的过程中并没听到一丝关于我姐的喊叫和呻吟声，这可以说明我姐是先被人害死，然后才被人纵火的。

姐夫头上透出了一层汗，他说，你没有证据，不要胡乱推理，法律是要讲证据的。你姐姐完全有可能是被浓烟窒息而亡的，当她晕倒在地，失去了知觉，自然不会挣扎和呻吟。

山志想了想说，你错了，就算我姐窒息而亡，那么因痛苦她一定会喊叫，一喊叫她的嘴里一定会有大量的灰尘……经开棺验尸，我姐嘴里什么都没有，这完全可以证明我姐是先被他人害死后，凶手接着制造了纵火案。

姐夫坐在那里抽着烟，一言不发，头上的冷汗冒了出来。

山志说，我是学法律的。如果你投案自首，法律会从宽处理的。

第二天，姐夫真的去公安局自首了。

其实，山志根本没有去开棺验尸，这不过是他通过蛛丝马迹大胆推理的结果，没想到做贼心虚的姐夫在山志的"证据"面前精神终于崩溃了，承认了犯罪事实。

丢失的手表

郑俊甫（河南）

警校毕业分配到派出所后，我接到的第一个案子是桩失窃案。

来报案的是个男人，40来岁，穿戴很有品位。真的，我对衣着还是有点小研究的，这跟我在大学滋生的虚荣心有关。但是那天，男人似乎忘记了自己的身份，风风火火地闯进来，气喘吁吁地说："警察同志，我要报案！我的手表丢了。"

他急促的语气和额头细密的汗珠告诉我，手表对他至关重要。

我忙拿出本子，开始记录。男人说："手表是在公司丢的。噢，我整天就在公司里住。"

"能讲得详细点吗？"我提示道，"比如什么时间？手表放在什么地方？在什么情况下丢的？"

男人把眉头拧成一个疙瘩，很吃力地想了想，说："我是今天早上才发现的。我通常在洗澡和睡觉的时候，才会把手表摘下来，其他时间，一直戴着。可是，今天早上醒来后，我发现手表不见了，哪儿哪儿都找不着。"男人摊着手，脸上挂满了失望。

我站起身，给他倒了杯水，示意他坐下来，平复一下紧张的心情："你好好想一下，什么时候把手表取下来的，放在了哪里？"

"噢，应该是昨天晚上吧，我也不是很确定。但是昨天上午我还戴着，因为公司开会的时候，我看了好几次表。"男人喝了口水，语气渐渐平复，"手表应该是放在办公室套间的床头柜上——我刚才说过，我一直在公司住。"

"为什么在公司住，而不是家里？"我好奇道。

"这个，"男人犹豫了一下，"我离婚了，有一年多了吧。"

"手表是什么牌子的？是不是很贵重？"我忙勒住了话头，生怕触到男人的痛处。

"上海牌的，有20多年了。谈不上贵重，但是对我来说很重要，因为它是父亲留给我的唯一遗物。"说到最后几个字，男人的喉头有些哽咽，他用右手抵住额头，使劲揉了揉，大概是怕掉下泪来。

我盯着男人那张忧伤的脸，不知道该怎么劝慰他。过了一会儿，男人抬起头，重新恢复了急切的语气："警察同志，你一定要想办法，帮我找到手表，它对我真的很重要。"

我点了点头，继续问道："房间里有摄像头吗？"

男人摇摇头说："没有，我一直很排斥那种东西，房间和走廊都没有装。"

"那么钥匙呢？都是谁掌握着你房间的钥匙？"

"除了我,秘书小慧那儿也有一把。"男人没等我追问,解释说,"不过小慧前天请假了,回老家奔丧,她爷爷不在了。"

"她不会把钥匙交给别人吧?"我提醒着。

"不会的,"男人推了一下鼻梁上的眼镜,语气很坚定,"我了解她。再说,屋子里很多贵重的东西,一个手表,又不值什么钱,谁会在意?"

也是,我放下了手中的笔,然后带着同事小吴,跟男人一起去了他的公司。房间一百多平方米的样子,屋里陈设整齐,井井有条,看得出,男人很爱整洁。我跟小吴里仔细查看了每个角落,没什么发现。房间门锁完好,门窗紧闭,没有被翻动的迹象,地上和窗台也没有发现陌生的脚印。

小吴悄悄跟我说:"男人肯定记错了,一个破手表,大概顺手丢在什么地方,自己也忘了。"

我瞪了小吴一眼,"没听他说吗?是父亲唯一的遗物,怎么会随手丢掉?"

小吴吐了吐舌头,"可是,你不觉得奇怪吗?这么大的房间,居然没有一盆花花草草,也没有鱼缸之类,死气沉沉的。"

我也注意到了,房间里确实少了点生气。

再次坐下来,为了让男人彻底放松,我拿起茶几上的一本书。是本王阳明的心学著作,里面满是批注。"喜欢看书?"我问。

"嗯,晚上没应酬的时候,就在房间翻翻。"男人的眼光落在靠墙的一排书架上,书架里塞得满满当当。

"你跟妻子是怎么离婚的?"我小心着转换了话题。

男人看了我一眼,又把目光转向别处,沉默着。

"没事,就是随便聊聊,你不想回答也没关系。"我尽量让语调变得轻柔。事实上,我开始怀疑,男人的精神状态有问题,这问题很可能跟他的家庭有关。

"因为孩子。"男人终于开了口。迟疑了一会儿,他站起身,从卧室取出了一张纸。是一张年前的医院化验单,结果显示,男人不育。

"那,你的父亲呢?是因为什么离世的?"我追问道。

"是因为我离婚。"男人声音很轻,像是怕惊扰什么,"父亲一直盼望我们能生个孩子,母亲去世后,他的这个愿望越来越强烈,经常电话里催问我。我就一直骗他,说是公司忙,等一等……"

男人哽咽起来,这一次他没有掩饰,任凭泪水在脸上恣意流淌。我抽了几张纸,塞到他手里。他在脸上胡乱擦了擦,接着说道:"后来,我把离婚的事告诉了父亲,那天,我们大吵了一架。离开父亲那里没多久,我就接到了邻居的电话,父亲心梗。等我返回去,人已经没了。"

空气凝固下来,我盯着男人,不知道该不该问下去。小吴耐不住性子,在旁边插了一句:"你父亲是哪天去世的?"

男人抬起头说:"昨天是他一周年忌日。"

"你去祭奠了吗?"小吴有点迫不及待。

"去了,我是下午去的。"男人答道。

我和小吴碰了下眼神,不约而同地点了点头。

警车在市郊的凤凰山公墓停下来,男人领着我们穿过郁郁葱葱的松林,到了半山坡一片开阔的地方。那里有一块单独的墓地,黑色的大理石基座上,摆放着一束白色的雏菊。午后的阳光洒下来,一道白光晃花了我的眼。

是的,你没有猜错,雏菊旁放着的,是一个老式的上海牌手表。

鲜花送给谁

赵俊武（云南）

9月30日那天,我忙完手头的工作后,想早点回家。我刚走出单位的大门,就看见老公捧着一束鲜花,从对面的花店走出来。我感到一阵激动,今天又不是情人节,老公竟然给我送鲜花来了！他什么时候也学会了浪漫啦？

我刚想向老公打招呼,一辆出租车停在了他身边,他弯下腰钻进了车里。我笑着摇了摇头,也难怪他,我们都老夫老妻了,他哪里好意思把鲜花送到我们单位来呢？我边想边向那辆出租车望去,哎呀！不对头！我家在本市区的世纪城,回家的方向应该向北走,他怎么向南去了呢？

一种不祥之兆涌上了我的心头。我伸手拦了一辆出租车:"师傅,掉头跟上那辆出租车……"

出租车一直向南驶去,我的心脏狂跳不已。

车在烈士墓园的大门口停下来了,老公捧着鲜花,径直向墓地走去。我的心略微放松了一些,但醋意还是浓浓的,有些不好意思地想:我怎么能跟死人争宠呢？

我刚想让司机打道回府,但那强烈的好奇心又驱使着我想弄个究竟:老公曾经的恋人是谁？到底是怎么一回事？

我不由自主地下了出租车,远远地跟进了烈士墓地。老公在碑林里穿梭了好久,终于在一块墓碑前站定了下来。他放下鲜花,喃喃地说道:"白衣天使呀,今天是你的忌日,我来看你了……"

我悄悄地向前挪了几步,定睛一看,啊！这不是去年为抢救感染了"新型冠状病毒"的老公而牺牲的那一位白衣天使吗？

我怎么忘记了呢？9月30日,是烈士纪念日呀！我和老公双双肃立在救命恩人的墓碑前,深深地鞠躬,霎时,声泪俱下。

变与不变

黄红松（贵州）

桌子上，朋友们正在聊时下热门的"元宇宙"话题。赵立春没有说话，虎着脸，心不在焉。

他原本不打算来参加聚会的，朋友在电话里说他，当了经理，赚到大钱，忘记老朋友了……实在听不下去，便急切地说："来来来，讲地点。"那时候，他刚从市二医出来，心里在琢磨医生说的话。

头天下午，幼儿园老师通知，二宝生病了，让把二宝接回家。他特意请了一天假，带二宝到离家近的市二医看医生。查血验血是医生诊断病情的必要条件。下午3点，他来到医院检验科取二宝的查血结果，顺口说："请问我女儿是什么血型？"里面递出两张单子："B型。"他赶紧拿上化验结果去交给门诊医生。医生说："没有大问题，伤风感冒，扁桃体红肿，吃点药就行了。注意不能再吃冰冷食物。"见女儿没什么大毛病，他补充问一句："医生，我女儿的血型为什么和我不一样呢？"医生说："你是什么血型？""我是O型。""你妻子呢？""好像是A型。"医生停了一下，又问："你妻子真是A型，没记错？""是的。""那你女儿不应该是B型呀。也许你记错妻子的血型了。"尽管戴着口罩，赵立春从医生眼神里看出了疑问。

出了医院，赵立春就在网上搜索，印证了医生的说法。根据遗传学规律，他和妻子的下一代只能是O型或A型，不可能生出B型的孩子。难道是二医查错血型了？

晚上12点过后，老婆才回家。赵立春板着脸："你怎么现在才回来？"老婆说："我都是这个时候下班啊，晚上客人多，你不是不晓得。""你是什么血型？""咋现在想起问这个？去年公司组织体检，查的是A型。""明天我再请一天假，陪你和二宝去市一医再查一次血。""为哪样？""明天查了血你就清楚了。"

赵立春在翻来覆去中度过一夜。

市一医比二医大，排队的人多。赵立春既想早点轮到自己，又想让后面的人先检查，不过，排队的人都很规矩，没人插队。市一医的检查结果和二医没有两样。回家路上，赵立春越想越窝火，难道二宝不是自己亲生的？回到家，鞋子也不换，直接把检查结果往桌上一拍："你给我说清楚，这是咋回事？"老婆不明白："你去拿结果，我咋晓得。""按照遗传规律，二宝的血型根本就不应该是B型，说明白一点，我们两个的血型生不出二宝这个血型。你老实说，是不是在外面乱来？""赵立春，请你不要胡思乱想，不要把屎盆子往我身上扣。""你还不承认，这是科学……想不到，老子在外面辛苦打拼，你居然变心，背后给老子一刀……""赵立春，你不要污蔑人，我没变,从来没做过对不起你的事。""前几年在洗脚城干,后来又跑到这个足道养生馆来,我还相信你,老子真是蠢啊……""在洗脚城干咋个,在足道馆干又咋个,我清清白白地干,凭手艺凭劳力挣钱,有哪样不行?"

两口子声音一个比一个大。老婆不仅不认账,也不示弱。原本和睦平静的家庭,被一张纸掀起了波浪。"你不认账,这个血型是咋回事?科学依据,你掰得弯?""你不要扛着麦子不换肩,一条路走到黑,那电视上、微信上不是经常都在打假吗,万一这个娃儿本身就是假的呢……"说完这句话,她突然意识到什么,赶紧捂住自己的嘴巴。

难道是出生的时候抱错了?二宝是在医院生的,从概率上说,有这个可能。可二宝都三岁多了,隔这么久,怎么查?两口子越想越害怕。"我明天就去做亲子鉴定,如果不是我亲生的,就去找医院。""去,去,去!"

一个星期后,赵立春拿着市中心医院司法鉴定所的鉴定结果,长长地舒了一口气。抬头看,蓝天飘过朵朵白云。事实证明,女儿确实是自己亲生的。他把结果递给老婆:"是我一时冲动,对不起,我向你道歉。"说完,又产生了新的疑问:"为什么二宝的血型和我们不一致呢,一医二医都搞错了?"他又带着老婆和两个女儿到市一医复查血型,结果还是和以前一样。赵立春两口子实在搞不懂了,只好再次到中心医院司法鉴定所咨询。来这里,他们才感觉踏实。

司法鉴定所把他们家四人的血样送到医院输血科进行血型鉴定,结果有了转变。输血科主任对赵立春说:"按照标准操作流程,我们用几种方法检测,发现你的血型没问题,问题出在你妻子身上。她不是 A 型,而是 ABW 亚型。如果不走标准的血型检测程序,是不容易检测出来的。你的两个女儿 B 型表现也比较弱,都是 BW 亚型。"赵立春听了,一头雾水:"没搞懂。""简单说,O 型父亲和 ABW 型母亲是可以生出 BW 亚型的孩子的。""是这么一回事呀!太深奥。"赵立春似乎明白了。

输血科医生又对他妻子进行血型遗传家系调查,采集她一家上下九口人的血样送省血液中心研究所进行基因测序。结果显示,赵立春妻子的血型基因除了正常的 A 基因外,还有一条发生了突变的 B 基因,叫作 BW11 基因,遗传自其父亲。这种发生突变的 BW11 基因极为少见。BW11 基因和 A 基因在一起时,B 抗原表达极弱,A 抗原表达正常,用一般血清学方法检测常常被误认为是 A 型,实际上应该表述为 ABW 亚型。

输血科主任提醒赵立春,今后,万一你妻子和女儿需要输血,一定要慎重。

赵立春在朋友圈发了一条微信:感谢医生严谨求实的态度。血型,元宇宙,都有共通之处。引来一连串的问号。

第四天

刘艳华（河南）

天黑下来。她回到了家,那个亮着灯光的熟悉窗口,今天让她感到很陌生。

她是怎样走出法院的,记不得了。她像一只失舵的小船,漫无目标地漂荡。

法院判她和儿子三天内离开这个家。往日的女主人今天以淫妇的身份回到这里。进了门,婆婆和丈夫,不,是前婆婆和前丈夫,面如冰霜。儿子小杰,在自己小屋里埋头写作业。

很奇怪,这晚她睡得很香,好久没睡这么香了。

第二天,天还没亮她就起了床,搭上早班车来到省会"亲子鉴定中心"。接待她的是鉴定中心的所长,一位表情严肃的阿姨。问明来意,所长用保留的血样又做一次鉴定。结果还是一样。

她疑惑地问所长:"有没有其他因素?"

"没有,这孩子确定不是他的。这孩子应该是你家小叔子或大伯哥的!"

"小叔子、大伯哥?不可能!"

她踉踉跄跄地离开,脑子里一直回响着所长冰冷冷的声音:"鉴定结果就是铁证,你和叔伯哥……"

没给儿子找到亲生父亲,她没勇气面对儿子。她又失眠了。

第三天,也是在这个家的最后一天了。她无力地瘫在床上,脑子快炸了。是医院里抱错了?不可能!就凭儿子那两个和自己一模一样的酒窝,毋庸置疑,问题出在哪里呢?她突然爬起来,来到医院,找到当年接生的妇产科主任——一个60多岁的小老头。她叙说了情况。他若有所思地"哦"了一声,接着说:"能让小杰的奶奶和爸爸来一趟吗?"她从他的眼神里仿佛看到了一根救命稻草。

奶奶和爸爸来到了医院。

主任问奶奶:"你怀儿子时,是不是双胞胎?"

奶奶说:"不是,就怀他一个!"

主任:"哦,那就奇怪了!"

停一下,奶奶又说:"第一次孕检说是双胞胎。可后来检查又说不是。我一辈子只生了这一个孩子!"

主任领前夫走进检查室。出来后,他如释重负地说,事情应该是这样的:奶奶曾怀上双胞胎,后来,由于发育原因,一个胎儿做了让步终止了生命。他的遗留物寄生在另一个胎儿的身上。偏巧遗留物有生殖功能,又偏巧寄生在另一个胎儿的生殖器上。也就是说,存活的胎儿生殖器上具有另一个胎儿的基因——明白了吗?

大家都怔住了。

她突然"呜"的一声痛哭起来。

她被丈夫和婆婆苦口婆心地劝回了家,已经凌晨。也就是说,到了第四天了。

奶奶一进门就喊:"小杰呢?我的宝贝孙子!"

推开小杰屋门,发现小杰不在。小床和书桌收拾得干干净净。

一张纸条留在桌子上:亲爱的爸爸、妈妈、奶奶,我知道你们都在给我找我的亲爸爸,但一直没找到。我也知道,过了今天,我和妈妈就要离开这个家,奶奶不再是我的奶奶,爸爸也不再是我的爸爸!你们那么疼爱我,我真舍不得!我也不想再连累你们了。我走了,爱你们的小杰。

"小杰!"哀号声同时响起。

他们一起冲进茫茫黑夜……

阿尔兹海默症

赵悠燕（浙江）

女人睁开眼，周围出奇地静。这时，她似乎听到了一些异样的声音。她从沙发上坐起来，难道是梦？好像是彤彤回来了，径直走向自己的房间。

她听到拉抽屉的声音，轻轻地忍耐着，怕吵醒她似的。

这一次，她彻底惊醒了，她蹑手蹑脚地走过去。

"你在干吗？"她看到一个男孩站在打开的抽屉边，看见她，不慌，只是抬头打量着她，跟她四目相对，足足有半分钟。

男孩年龄20岁不到，脸上还有些稚气，然而，他的眼神，却有种迥异于年龄的冷静和成熟。

"你看到了，我们家很穷，实在没有什么东西可以给你。"

"那是什么？"男孩举起手里的东西，从窗外射进来的阳光，照得那东西闪闪发亮。

女人觉得自己快透不过气来了，她紧走了几步，大声说："你放下，那是彤彤的东西！"

"彤彤，你女儿？"男孩不理睬女人，他把东西戴在手上，说，"这手镯，还凑合，可以送给我女朋友。"

男孩在房子里转悠，把房间里的抽屉和柜门逐一拉开，搜寻了一番，女人跟在后面，双眼紧盯着他。

"你知道我没什么钱的，你把它还给我吧。"女人嘟囔着，眼泪从她红肿的双眼里流下来。

男孩在沙发上坐下来，把手镯套在手指上转着圈玩："别哭，我一见女人哭就烦，你这副样子就像我妈。我饿了，你给我做点吃的吧。"

女人不情愿地走进厨房，耳朵警觉地捕捉着客厅里的声音。中途，她不放心，借故拿热水去了客厅，见男孩坐在沙发上，拿着那只手镯若有所思。见到女人，男孩抬起头，对她笑了一下。

女人把饭菜端到饭桌上，男孩坐下来，嗅了嗅，说："真香！"他一口气吃完了菜，喝光了汤，然后，满意地咂咂嘴说："你手艺比我妈强多了。"

女人站在旁边，说："现在，你可以走了吧。"

男孩说："别急，你不想和我聊聊天吗？我看你总是一个人，你不孤单吗？"

"瞎说，我有老伴，还有女儿，他们马上就要回来了。"

男孩重新坐在沙发上，拿起遥控器，开了电视，眼睛盯着屏幕说："你女儿三年前就过世了,你老伴才刚刚过世一年。我说的对吧?"

女人说:"你怎么知道?"

男孩说:"我自然知道。我还知道,你原来的房子拆迁了,你上两个月才搬到这儿。你除了买东西出去,基本不和人打交道。我猜,你有好久没跟人说话了吧?"

女人说:"你再不走我就要喊人了。"

男孩笑了笑:"你去忙你的吧,我自然会走。"

女人仍然站着,男孩不停地摁遥控器转换频道,有时连看都不看一下节目就换了频道,仿佛拿着遥控器只是觉得好玩。

女人看了男孩一会儿又看了电视一会儿,她觉得心烦意乱起来。于是,她把饭桌收拾了拿到厨房去。

等女人出来,男孩已经倒在沙发上睡着了,手里紧紧攥着那只手镯。女人试图把手镯从男孩手里抽回来,不过她很快打消了这个念头。当然,她可以报警,她看了看沙发旁边茶几上的电话,看样子也不行。

她小心翼翼地挪到门边,打开门,跑到对面,摁了门铃,很久,没人开门。她的心怦怦直跳,生怕男孩扑过来抓住她。她踉跄着跑下楼梯,找到一扇门,疯狂地边按门铃边使劲拍门。终于,一个男人打开门,问:"怎么了?"

女人使劲攥住对方的手臂,喘息着指了指楼上:"我家有个小偷……"

"那应该打110报警。"男人说。

"不过,他现在睡着了……"

男人找了根棍子,示意女人带路,两人蹑手蹑脚地上楼。门口,女人指了指里面。男人吸了口气,抓紧了手里的棍子,推门。女人攥紧了胸前的衣襟,捂着胸轻声地大口喘气。

他们走进室内,男孩系着围裙从厨房出来,看见女人说:"妈,你跑哪儿去了?我到处都找不到你。来,我们吃饭吧。"

饭桌上,放着两副碗筷。

"不!不!他不是我的儿子。他是小偷,他还偷了我女儿一只手镯。"女人惊恐地边往后退边跟男人说。

男人站在那里,看着两人,有点疑惑。

男孩从沙发上拿起那只手镯,"妈,你说的是不是这个?"

女人一把抓在手里,说:"对,是这个。"

男孩朝男人笑了笑,说:"不好意思,年纪大了,忘性大。"

男人见没自己的事了,要走。女人追到门边,恳求着说:"相信我,我说的都是真的。"

男孩把男人送到门边,指了指脑袋,男人点点头,无奈地苦笑了一下。

男孩关上门,对充满恐惧的女人做了个鬼脸,说:"好了,现在又剩下我们两个人了。"

心上的罗加

黄艳辉（湖南）

黄兴路商店林立，人来人往，一片繁华，其中有一女士25岁的样子，手提着一个黑色挎包，穿灰色卫衣，一条喇叭牛仔裤，每天站在同一位置，像在等人。

她没有言语，平平静静。我在店里注视着这一切，我们的店员也早已习以为常。哦，天色渐暗，我望着她还没有走，在一个一平方米的范围内荡着圈。

春天的雨豆大一粒，噼噼啪啪打在地面水花四溅，女孩用手挡住头部往西街走去，她没有奔跑，时不时还回头张望……

躺在床上，我与老公说起这女孩：是不是丢了孩子在原地等他回来？抑或是等她曾经相爱的人？老公忙了一天，懒得理我，他翻过身，丢下一句："就你们女人爱操心！"

我说："反常嘛，在这里又不止一天两天！"

"还穿着喇叭裤，现在都不流行了。"

"重要的是她每天穿同一身衣服。"

老公被我的絮絮叨叨弄得没法睡觉，他起床叼起一根烟，调侃道："来，今晚我帮你理清理清！"我忍不住笑，钻到老公怀里撒娇道："有人对我这么痴情就好了！"老公扔掉烟头，压在我身上："身在福中不知福！"

我幸福地躺在老公怀里，突发奇想："我明天把她发在网上，看能不能帮到她！"

今天没再下雨，但仍有一丝凉意，甚至大街上有人穿了棉袄。

看着来来往往经过她身旁的人，我有时觉得人情冷漠，没有谁为谁停留，没有谁去关心谁遭遇了什么，大家都匆匆而过，一别天涯……

我拿起手机把镜头对准她，只见她时而沉思，时而双目搜索人群，当我观察久了，就明白了，她这完全是在等一个人。

我把视频发在视频号，从那一刻起，我就时刻关注着留言。

老公看我思绪不宁，说我是没事找事。我说，我一定要解决这个问题，她在我店门口快两年了，我有太多疑惑，一直堵在心口。

关注的人越来越多，但都像我一样尽在猜疑。

我想找到一个突破口。

我找来两身估摸她能穿的衣服送过去，她连连后退，神色有些惊慌。我说："给你穿的，不要钱。"

她接过我的衣服，但在她离去的时候，她把衣服放在了我的店门口。为此我激动地对老公说："至少她不是个精神失常的人。"老公说我成了福尔摩斯，我朝他俏皮地笑笑。

桃花谢了荷花开,视频的影响也像新闻一样有时效,它就像扔一粒石子在水里,没多久又恢复了平静。

　　今天是七月初七,中国的情人节,当夜色渐浓,街上行人如织。我忽然发现她今天涂了口红,脸上略施脂粉,站在那里左顾右盼……

　　老公手捧一大束玫瑰进来,我突然想送枝给她。我从中抽出一枝,并找来一瓶矿泉水送过去,她后退一步,脸上闪过一丝惶恐,但仍不由自主接住花。自始至终我们没有半句交流,我朝她微微一笑,并点点头。

　　因为今天生意好,女孩什么时候离开我不知道,我看了看她站过的位置:那里什么都没有留下。

　　晚上,我把这一切详细说给老公听,我分析道:"她肯定是在等她爱的人!"

　　老公说真痴情。

　　我说:"我还没听她说过话,不知道她是不是本地人。"

　　"如果是,家人为什么没来阻止?如果不是,难道她爱的人是本地人?"

　　"她没有工作,住在哪儿?谁给她提供吃的?"

　　老公笑我一辈子没操过心,现在终于找了点事做。我抛个媚眼,在他胸前撒娇。

　　转眼又是秋来。我坐在收银台望着门外。一丝风拂过,吹起她额前的一缕头发。此时,店里来了一位男士,虽戴着口罩,仍看得出他气字轩昂。男士对店员说:"帮我拿件女士毛衣,25岁穿的,黄色就好。"

　　店员:"请问先生要多大码?"

　　男士望向门外:"就她一样的身材。"

　　男士付款后,问我要了一张纸和笔,只见他龙凤飞舞写下"回去吧"三个字,然后把纸折好,当整理完一切,又见他重新拿出纸条,添上一句:好好照顾自己。

　　我紧张地看着这一切,心脏像要飞出去。

　　男士望着我,说道:"等我离去后,老板娘能否帮我送给她?"我一下怔住,望向门外女孩,又望向男士,一个朴素平凡、一个风度翩翩,我无法联想到他们之间会有什么故事,然而纸条上有温度的文字却暗示着他们似曾相识。

　　我把衣服递给女孩,担心她听不懂,我用普通话说道:"一个好心人买给你的。"并叮嘱她收下。

　　我与她已是第三次打交道了,她对我不再抗拒,我望着她诚恳说道:"要不要到我店内试试,如果不合身,可以换。"

　　她伫立原地,无动于衷,我把衣服塞到她手里,她愣了一会儿,突然问我:"是一位男士买的吗?"

　　我吓了一跳,没料到她会说话,等回过神,我如实回答:"男士。"

　　只见她迅速地打开包装,当看到黄色衣服,她的神态明显有些激动,当拾起跌落的纸条看完,她忽然声嘶力竭大叫一声"罗加",她问我男士往哪个方向走了?我一下蒙了,当初确实没有注意。女孩一手提着衣服,一手攥着纸条,号啕大哭,一路狂奔,而我目瞪口呆,看着她转眼消失在街道的尽头……

不速之客

李广芹(江苏)

小夫妻俩下岗后,妻子赵艳在灌江附近的国道边开了一家小店。

有个穿白衬衫的男子经常来买香烟,他每次都会和赵艳聊上几句。问生意怎样啊?怎么不见你老公啊?等等……赵艳说:店小,货又少,利润很低哦。老公去进货了,一会儿就回来。

其实,老公王一帆在市区打工,一个月才回家一次。

他又说:什么时候我带你出去玩啊?赵艳笑着说:我走不开哦。再说了,我也不喜欢玩,我每天就欢守着店,守着老公。

从那以后,那个人就再也没来过。

上个月王一帆休假,赵艳看见这人从店门前走过,就指着他的背影,把这事当作笑话告诉了王一帆。

转眼间,到了农忙季节。小店生意清淡。赵艳决定24小时营业。

这天,王一帆身体不适,请假回家,听妻子说24小时营业,他说晚上让他去店里,而赵艳说他对商品和顾客都不熟悉,况且身体又不舒服,晚上还是她继续去守店。

凌晨2点,赵艳正在泡大碗面给路过的司机师傅,见老公来了,心中窃喜,由此可见老公对自己的一片深情。咦?老公的脸色怎么阴沉沉的,好像有点不对劲呢。

王一帆面对着赵艳,伤心、悲愤、绝望地责问:"赵艳!你还要隐瞒欺骗我到什么时候?"

赵艳蒙住了!蹙眉道:"你怎么说这话?我隐瞒欺骗你什么啦?"

"哼!今晚我没追上他!被我追上,他就死定了!"王一帆铁青着脸,气愤地把手中的弹簧水果刀扔在柜台上。

赵艳一头雾水:"到底怎么回事啊?你说清楚啊!"

"哼!他今夜不是冲着你来的吗?如果你没有和他约好,他能半夜三更到我家来吗?只是他没想到今天晚上是我在家!你是忘了告诉他我今晚在家,是吧?"老公像一头愤怒的狮子,失去了往日的理智。

赵艳这才恍然大悟!也大吃一惊:家里遭小偷了,而老公却怀疑自己红杏出墙了!

赵艳瞬间的表情并没有逃过王一帆的火眼金睛。自以为是让王一帆更加愤怒,于是他咆哮道:"他从窗户伸手进去开门,这不是你告诉他的吗?但是他就没想到今天晚上我把钥匙放窗户台上了!他把钥匙碰掉地上!他也没想到图凉快我就睡在地上呢。我抓起茶几上的水果刀就追出去,就是因为我穿鞋耽误了时间,如果我光着脚追,肯定追上他,追上他,他就死定了。"王一帆咬牙切齿,仿佛那个人只有死在他面前,方能解恨!

"王一帆!你说够了没有?你凭什么认定这个人是去找我的?为什么你就没想到他是小偷?"看到老公得寸进尺,赵艳开始反击。

"凭什么?就凭他穿着白衬衫。就凭你告诉我,他在店里对你不怀好意和你聊天!就凭我那天对他多看了两眼,记住了他的背影!就凭这段时间我都不在家里!一个大男人,半夜三更的,不是去找你,难道是去找我的?小偷?哼!我家除了人,没东西可偷!"王一帆胸有成竹,像放鞭炮一样,噼里啪啦说个没完。

赵艳惊呆了,以老公的眼力绝对不会看错人,但自己真的不明白那个白衣男子怎么会知道自己家住哪里?更不明白他为什么会在半夜三更去找自己?自己的的确确和他除了买卖几次香烟外无任何交集!

看着老公阴沉着脸向家走去,赵艳知道自己跳进黄河也洗不清了!

赵艳呆呆地坐着,脑海里一片混沌,但刚才王一帆每一句话、每一个动作、每一个轻视的眼神却清晰地在脑海中反复出现!怎么办?怎么办?!想不出解决的办法,唯有一死了之,以死明志!

赵艳把小店的门锁好,把钥匙放在门边的一块石头上,拿了旁边的半块砖压在钥匙上——这是早就和老公约好的放钥匙暗号。

赵艳拖着沉重的步子,一步步向灌江大桥上走去!

"不!不能就这么不清不白地死去!即使死!也要把事情弄个清楚明白!"

赵艳想到了在县公安局侦查股当股长的姑父。

听完赵艳的哭诉,姑姑无可奈何又不无心疼地说:"你姑父天没亮就出去了,我给他打个电话吧。"

赵艳也在一旁听着,听着听着,那边却传来了王一帆的声音:"赵艳!对不起!我现在就去姑姑家跟你道歉!你等着我哦!"

原来,这白衣男子不但是个惯偷,还到处骗财骗色,公安局早就盯上了此人,今夜终于将他绳之以法。在审讯过程中,该男子称凶器在夜里行窃时,遭一男子追截脱手丢失了,警方带该男子寻找凶器,正好找到了王一帆的家门口。

王一帆听了姑父所说,才知冤枉了赵艳。

不一会儿,姑父回来了,后面跟着讪笑的王一帆。

第五辑 | 世象观

张全有饭馆

杜　飞（北京）

"老板，我觉得那一桌那个男的可能被挟持了。"
"你咋知道？"
"他点了韭菜炒虾仁和莴笋炒鸡蛋。"
"然后呢？"
"救我啊！"
"你他妈没事少看点烂小说，赶紧传菜去！"

老张斜眼瞟了一眼角落里的三个男人，彼此不说话，各自沉默地玩着手机，脸上的表情既不高兴也不难过，看不出哪一个是小伙计说的被挟持者。

这是一个西南边陲的小镇，边陲得厉害，半天的工夫就能到达缅甸，本地人都知道有小路可以绕开检查站偷渡过去。由于那破地方去了也捞不到啥油水，所以检查力度并不大。中间需要开一段不近的山路，所以很多人在进站之前都选择在这个不起眼的小饭馆吃顿饭修整一下。饭馆名字既直白又朴素——"张全有饭馆"。

上菜的时候，老张叫住小伙计，自己端过去。
"先生，这是您点的菜。"
"好，放下吧！"
坐在里面的男人直勾勾地看着老张，这引起了旁边戴帽子男子的注意。
"看啥呢？赶紧吃饭，赶时间！"
老张默不作声，径直走开了，同时安排小伙计待会儿记下客户的车牌号。

警察很不费力地破了案，又是一起骗到缅北的诈骗案。以找工作的名义寻找受害者，见了面之后就强制没收手机和身份证，拍裸照，勒索加恐吓。离境之后，便集中起来搞电话网络诈骗，一言不合就是鞭打、烟烫、切手指。这些事在当地人嘴里传得甚是吓人。

车开出饭馆没多久便被拿下了。很难想象一旦越过边境，面临的将是什么。

对于这些事情老张已经司空见惯了，隔一段时间总会出现几个，但老张心里清楚，总有逃过他这双"法眼"的，就像自己的儿子。

十年前，老张还被人叫张师傅，寻遍所有亲戚朋友，得到的消息仅仅是有人知道儿子去了云南，从此再无音讯。

再之后，就是四处打听到各种耸人听闻的缅北诈骗案，老张报了警。没有下文之后又过了两年，"张全有饭馆"便开张了。

"人老了，总要离孩子近一点，哪怕见不着，近一点也好。"老张这么想。

好在自己还有一双能颠勺的手，只要踏踏实实的，在哪儿都能活下来。变卖家产之后，在这儿开个小饭馆还是足够的，琢磨了许久，"张全有饭馆"牌子就挂起来了。

每当客人散去夜深人静的时候，老张总会紧紧盯着饭馆的牌子，越看越像一个招魂幡。

边境口岸，就像一个正义和邪恶的放大镜。

多年以来，警察老李已经是老朋友了，时不常的总要客套客套。但老张一直拒绝政府颁发的各种锦旗，也跟他们说不要来店里吃饭，省得时间长了招眼。老李天天在老张的协助下拿奖金，心里也总过意不去，就经常在饭店关门之后，单独拿着好酒好菜过来陪老张一边喝酒，一边听他念叨自己儿子。老李说要是所有市民都像你这样，我们得为国家节省多少奖金啊。老张说："我只是不要锦旗，奖金可以汇给我。"

"老板，又来货了。"小伙计闪着狡黠的小眼睛对老张说。

每次也不知道是什么原因，抓住坏人之后老板总要给自己加点奖金。于是小伙计执着地认为老张一定是警察队伍安插在民间的特工，自己也有了一点隐侠的自豪感，当然，奖金最重要。

老张循声望去。很显然，这是两个毫无经验的新手。紧张兮兮的眼神飘忽不定，被押解的姑娘也披头散发。几个人随便走在大街上，都贴满了"我们是坏人，我们要做坏事"的标签。

"你去接待吧，该咋办咋办，他们的菜我炒。"

"好的，老板。那您是现在联系警察，还是等他们吃完饭？"

"也是你来吧，我岁数大了，该换你了。先让他们吃完饭。"

小伙计一脸茫然，但立刻腰杆笔挺，有了一种步入仕途的错觉。

办案依旧很顺利，顺利截获，再立新功。

老张揣着两条烟来到公安局，塞到老李怀里。老李彻底蒙了。

"老张啊，咱们之间扯不到行贿受贿的事。但是你这是啥意思？奖励不要还往里搭啊？！"

"老李，上午抓到的，先别急着往上面送，我要见一面，那是俺孩儿。"

老李支支吾吾半天："……行吧……我安排你们聊，随便聊，咱这儿管得松，不限时间。"

"为啥要干这个？"

"别的不会。"

"既然干了，为啥还进去吃饭，你都忘了你爸叫啥了？"

"万一是重名呢？"

"你就没想过真是你爸？"

"万一不是更好，只是没想到……"

"没想到会抓你。"

"是的……爸……"

小张依然是小张,从小就害怕严厉的父亲,至今见面也是如此。手上哆哆嗦嗦拿着一根烟,唯一的区别,是拿烟的手指头明显短了一大截,但是焦黄、粗壮,香烟在手里像拿着一根牙签。

老李说:"老张,现在虽然孩子得进去一阵子,好在也有个着落了。我估计……你也该离开了吧?"

老张说:"我打算把饭馆好好装修一下,重新开业,那天你得来。"

嫌疑患者

牛　林（河南）

　　早上刚过 7 点半，省祥和人民医院的挂号厅就像乡镇腊月的集市一样开始喧闹起来，来自四面八方的患者或陪医人员熙熙攘攘，你拥我挤，恨不能立马拿到挂号就医卡。

　　医院保卫处处长金钟，身着便装，照例提前来到这里巡查，看似漫不经心，实则他鹰一样的眼睛像扫描仪一样在筛选。就是靠他这种敏锐的观察力和分析判断，每年都要在这里抓获几个扒手和医闹，被院领导和医护人员笑称为"福尔摩斯再世"。

　　蓦然，金钟发现了一个他认为不像是患者的疑似患者。

　　这是一位大约六旬以上的老汉，听口音，像是从本省西北偏远山区来的。老汉上身穿的那种粗布大襟褂子，像贫困山区农妇手工缝制的，老汉还挎了一个褪了色的军用挎包，里面装的像是干粮，老汉曾从里面掏出来一个蒸红薯吃。

　　金钟认为老汉不像患者，判断还有三：

　　一是老汉虽皮肤黝黑，但身子骨硬朗，能毫不费力地把一个在他前面加塞的壮小伙儿轻轻一把拉出队伍，并用炸雷似的嗓门吼道："到后面排队去！"这哪像一个身体有病的患者呀。

　　二是这老汉不时地向排在他前后的患者询问："这家医院有没有发生过医生向病号或家里人讨红包的事呢？""这家医院有没有发生过医生和药贩子，互相勾结卖假药，吃回扣，坑病号的事呢？"只是没人搭理他。

　　三是老汉还向其他排队挂号的患者询问："你们谁知道，这家医院耳鼻喉科副主任医师魏民生的医德医风如何？诊疗技术咋样？"

　　见无人理睬，老汉又说："谁能说出这个姓魏的医生有啥毛病，俺今天早上请他去喝胡辣汤、米酒汤圆、吃热干面，对，还有茶叶蛋，中不中？"

　　队伍中有人搭腔了："我看，你不是私家侦探，就是别有用心！人家魏医生的事迹都上报纸电视了，你还在这里编排人家，真是神经病！"

　　基于这三点，金钟感到，这位老汉打听的问题，让他愕然甚至惊怵，这根本不像是一个急于求医者所打听的内容。

　　金钟由此得出结论：这老汉不是来看病，而是故意来抹黑医院的，重点是针对魏民生医师的。

　　魏民生医师，从北京医科大学毕业后，放弃了几所首都著名医院的聘请，毅然回到家乡，应聘到祥和医院已经五年多了，至今还没有请过一次探亲假，都是满勤。无论是医术,还是医风医德在本院和患者中都是有口皆碑,是本院树立的标兵医生。这么优秀的医师,现在有人竟然想故意找他的茬,我这个保卫处长首先就不答应!

所以必须得提前部署,暗中跟踪这位老汉,看看他到底想干什么,同时要特别做好对魏民生医师的人身安全防护。当然,不能让魏民生医师提前知道,以免影响他在诊疗中的心情,不能让这样的好医生流汗又流泪。

老汉果然挂的是耳鼻喉科魏医师的号,接着就到这个科走廊边的浅绿色连椅上坐下,就等着叫号了。

老汉不知道,他附近的"清洁工"和"患者",其实都是金钟安排的医院保安。

看来老汉仍不安分,又问和他同样等候叫号的患者:"你们听说过没有?2013年,浙江温岭发生过一名男子闯医院,砍伤3名医生,其中耳鼻喉科主任医师被刺死的事件吗?"

一位患者摇摇头,另一位患者则说,好像有过这回事吧,反正这事不会落到魏医生这么德艺双馨的医生头上……

戴着耳机扩音的金钟,听到这里,心里不禁一扑通,这老汉提那事想干吗?金钟当然知道当年那件恶性事件是真的,当时,连国务院总理都惊动了。难道……

金钟更为魏民生医师今天的安危担心了。

"15号请进耳鼻喉科就诊……"一连叫了三遍,无人应答,只好叫16号患者进去。

其实,金钟清楚,那老汉手中握的,正是15号。他为什么要装聋作哑,不按顺序去就诊呢?金钟更加坚定了这老汉不是真患者,而是另有目的。

"15号回来没有?"又叫三遍,仍没人回应,只好又通知17号进去就诊。

就这样,老汉一直拖到了将近12点,再没有其他挂过号的患者了。这时候,老汉起身,推开魏民生医师的诊疗室走进去并关上了门。

金钟和另两个保安顿时心脏一紧,快步冲到诊疗室门边,把耳朵贴近魏民生医师诊疗室的门,想听听里面说什么。

忙碌了一上午,因怕解小便而耽误给患者的诊疗时间,连口茶水也没敢喝的值班医师魏民生,刚刚张开双臂,伸了个懒腰,听见门响,便扭头看了一眼,刚要说感谢您对我的信任,选择我给您诊断病情……突然顿住了:"爹,您老咋来啦?"

"什么?爹?"在门外偷听的金钟和两个保安都愣住了。

"儿啊,你这几年连过年也不回家,虽然天天夜晚给你娘视频,但总不是真人见面吧。不过,我在医院橱窗里看到病人家属给你送的锦旗的照片了,也通过暗访,向一些病号打听过,这所医院真不错,也没人说过你半句赖话……"

"儿啊,你娘让给你带的你最爱吃的糖醋蒜、豆瓣酱、干腊肉,我寄存在门岗那儿了,你抽空去拿回来。"

魏民生哽咽着:"爹,对不起,孩儿不孝。看着天天爆满的患者,我不忍心请假探亲,能多为一个患者解除病痛,也算以实际行动报答当年北京医疗队王芳教授对我的救命之恩了。后来,她鼓励我报考北京医科大学,我如愿以偿。报到那天,她赶到学校,送给我她亲笔书写有'医者仁心''大医精诚'的笔记本,我已把心得体会记得满满的……"

门外,金钟第一次为自己看走眼、错把暗访的本院医生家人误认为嫌疑患者而流泪。

同学们,我们一起来推理

刘建超(河南)

"不许动!牧笛,你有权保持沉默,你所说的每一句话都将成为呈堂供词。"

牧笛转过身,看到大脑袋的罗西西书包挂在脖子上,两只手合在一起做出握枪的姿势。

牧笛把自己的书包挎到罗西西的脖子上:"看你走路匆忙的样子就知没吃早饭,你的书包里有一张馅饼,是在红豆豆小吃店里买的。从你家到学校有三家卖油炸馅饼的小吃摊。两家是露天的,也只有在红豆豆店里买早点身上才能留下油烟味。"

罗西西拍拍自己的大脑袋:"牧笛,你有本事推理出来咱老班啥时候能表扬我?开学两个月了,从来没有受过老师表扬,我郁闷。"

牧笛说:"根据我的推理,今天你就会得到老师的表扬。"

罗西西上数学课就头疼,下课铃声一响,罗西西蹿出教室。看到牧笛正在花池边背着手做一副沉思的样子。牧笛仔细看看罗西西,叹口气又摇摇头:"我怎么就从你身上看不出一点值得表扬的地方?"

罗西西着急地说:"不会吧,难道我身上一点优点都没有吗?"

牧笛把散了鞋带的脚蹬在花池的边沿上:"那你就帮本公主系鞋带。"

罗西西弯下腰,忽然他发现一张粉红色的纸静静地躺在开满蝴蝶花的草丛中。是钱,是一张100元的钱。

罗西西心跳加速,说话的声音都变了:"钱,我发现了100元钱。"

罗西西捏着那张粉红色大钞的一角:"它掉在花丛中,不注意还看不出来,我要交给老师。"

上课铃一响,班主任王老师就走进教室。

王老师说:"老师要表扬一位同学,他捡到100元钱,交给了老师。我们大家都应该学习他这种拾金不昧的好品质。他就是我班的罗西西同学。"

王老师说:"下面我们就叫罗西西同学谈谈体会好不好?"

罗西西说:"小事一桩,我也是一不留神,做了件好事。嘿嘿。"

同学们热烈地拍巴掌。

牧笛举手说:"报告老师,罗西西捡到的100元钱是我丢的。"

"哇——"教室里响起同学们的议论声。

罗西西说:"反对。刚才我捡到钱,你并没有说是你丢了钱。"

牧笛说:"我说那100元钱是我的,我是有充分根据的。"

王老师说:"好吧,牧笛,说说你的根据。"

教室里顿时安静下来,同学的眼睛都集中在了牧笛的身上。

牧笛背着手说:"我有三点可以说明西西刚才捡到的钱,就是我丢的那100元钱。第一点,捡到的钱是100元的,而我丢失的钱也是100元的,这难道仅仅是一种巧合吗?"

"噢——"同学们起哄。

牧笛一点也不慌乱,她双手支撑在桌子上,等同学们安静下来:"第二点,我丢失的那张钱有些潮湿。"

王老师把钱递给坐在第一排的一个男同学,男同学用手摸摸,点了点头。

罗西西说:"我在花池边捡到钱时,你就在跟前,你当然能看到钱有点湿。"

牧笛说:"我想问罗西西同学,你知道那钱为什么是湿的吗?"

罗西西想想,说:"花园里刚浇完水,是水弄湿的呗。"

牧笛摇摇头:"NO! 学校的花园都是在放学后才浇水,上午花园是不会有水的。那是我书包里的牛奶泄露弄湿的。"

前排拿钱的男同学,用手捏捏钱,说:"同意。"

牧笛说:"最后一点,也是最重要的一点。我丢失的那张钱,有我做下的记号。在钱正面的右下角有我名字拼音的缩写 md。并且是用铅笔写的。"

罗西西不相信,拿过钱举起来仔细看,果然发现了两个拼音字母。

"哇塞!"同学们佩服得鼓掌。

王老师说:"看来这张100元钱是牧笛同学丢失的。我们把它物归原主吧。但是,要提醒同学们,人民币是不能涂抹乱画的,要爱惜。"

"谢谢王老师。"牧笛的神态就像得了奥运会金牌。

罗西西说:"我想问牧笛,你都注意了你的100元钱那么多的特点,那你怎么会把它弄丢了呢?"

牧笛有了不安的神色:"可能是我整理书包时掉了,可能是风刮的呗。"

罗西西说:"你看看校园里的国旗。"

校园操场中央高高的白色旗杆上,国旗静静地悬挂着,没有一点被风吹动的迹象。

牧笛低下头说:"反正、反正它就是丢了。"

一位同学说:"我知道,一定是牧笛书包里的那100元钱,喝足了牛奶,想出来散步,就跑到学校的花园里了。"

罗西西故意把笑声放得很大。

牧笛生气了:"笨死吧你,为了让你得到老师的表扬。"

罗西西恍然大悟,拍着自己的脑袋:"晕,晕!"

王老师轻轻地说:"罗西西同学,老师虽然没有表扬你,但是你身上的优点我相信班里的同学都会看到的。谁能说一说罗西西同学的优点?"

"西西有集体荣誉感,那天拔河比赛,都摔倒在地上了还不松绳子,保证咱班得了拔河第一名。"

"西西同学不怕脏不怕累,每次都抢着倒垃圾。"

"西西会画画,班里办板报都是他画的画。"

王老师说:"西西,同学们记住了你这么多的优点,这比老师表扬你还重要,你说是吗?"

罗西西点点头,抹眼泪了。

王老师走回讲台前,把课本在手心里轻轻地敲打着,说:"我们应该向罗西西学习,拾金不昧。我们也应该向牧笛学习,能推理分析判断问题,大家说,对不对啊?"

同学们巴掌拍得更响了。

第 101 个红包

王万华（江苏）

红包和大多数红包差不多，大红的，背面印着"好事成双"几个字，正面大大的烫金喜字，无落款人。这是今天收到的第 101 个红包，也是最厚的一个，老根叔数了数，整整 3000 元。

会是谁送的呢？

忙忙乎乎的一天，乡亲们来了就往老根叔的簸箕里放个红包，还真没在意是谁放的。

老根叔将村里能愿意一下子拿出这么多钱的都捋了一遍，最后捋出三个人，西兰花种植大户老林，做西兰花经纪人的二胖，再一个就是村书记桃花。

月亮湾是古黄河泛滥冲积下来的夹湾。据传当年大通口两只大铁牛将凶猛的洪水分成数股，月亮湾就处在其中两股水流之中，形似月牙儿。

老根叔是月亮湾的名人。

老根叔打年轻那会儿就是村里的名人，年轻那会儿月亮湾垦荒，老根叔为了救村里唯一的一头耕牛落下了终身残疾。

老根叔先是找到了老林。

这个红包是你的吧？老根叔说，3000 块太多了。

老林看看红包，摆摆手说，老根叔啊，你看我这第二批西兰花刚刚开始移栽，也是用钱的时候，这光景有闲钱的一定是二胖。

老根叔想想也对，二胖这些年赶上返乡创业大潮，回家建了冷库，加上脑袋灵光，人脉广，月亮湾的西兰花卖到了全世界，挣了不少。

老根叔找到二胖。

老根叔说，二胖啊，你看叔一个人也用不了几个钱，你是干大事的人，啥地方都得用钱，这个红包太大了，叔不能要。

二胖明白了老根叔的来意，油光锃亮的脑袋摇成拨浪鼓。

老根叔，老林说假话骗您老呢，我看一定是桃花包的，您想她是村书记，不得多包点嘛。

二胖见老根叔不信，又说，你看我这冷库刚刚上了分拣线，要养几十号工人，我看您老别管谁包的礼金，用就是了。

从高铁站过去，一条笔直的西兰花大道伸向远方，路的两边，春季第一批西兰花已经蹿出老高，远远望去，顶着露珠的西兰花像绿玉一般铺满月亮湾的田野。

老根叔打远就看到桃花在清晨的薄雾里忙活。

老根叔看到桃花打心眼里欢喜。村里的后生一个一个长大了,出息了,连种地都胜过了他们这一代,这几年桃花带领乡亲们种西兰花,又开了西兰花深加工厂,没事还直播在网上卖西兰花,一个女娃子硬是把月亮湾打造成了西兰花之乡。

桃花看到老根叔,远远朝着老根叔招手,风风火火一路小跑就过来了。

老根叔掏出红包晃晃说,桃花,叔用不了这些钱,你咋包这么大一个红包,3000元哩。

桃花哈哈大笑,像她这风风火火的性子。

叔,3000元不多,不过这个红包真不是我包的,您老也知道,这些地和厂都是村里的,集体的,用一分钱都得入账呢。

见老根叔不信,桃花又说,我真不知道是谁包这么大的红包,但真不是我包的,您老也知道,我怎么也是一村的书记,能骗您不?

不能,不能。

老根叔摇摇头,那会是谁的呢?

老根叔一辈子没有结婚,这些年帮这家忙活,帮那家忙活,村里乡亲哪家有事情,老根叔不请自到,出钱出力,这些年随礼也随了不少,眼见年龄大了,一辈子也没办过啥大事,村里几个后生自作主张,张罗着给老根叔办了七十大寿,吃了寿宴,放了一晚上烟花,热闹热闹,也算是尽了点孝心。可这一簸箕的红包让老根叔犯了难,几十一百的也就算了,这一个红包装了3000块钱可不是小数目。

老根叔仔细想了想,似乎知道这大红包是谁包的了,便背着手往村里走去。

太阳从薄雾中露出半张红脸,老根叔看着田里忙碌的乡亲们。

又是一季大丰收啊。

舞　祭

史忠林（江苏）

　　由陵园改成的公园，四处弥漫着神秘的气氛。远处的灯光透过树荫，斑斓地落在地上，显出鬼影幢幢，人迹罕至的角落，越发让人感到恐怖。

　　就在那个角落里，散步的人会看到一位晚来的老人。老人缓慢地放下背上的音箱，插上U盘，然后听到音箱里说"蓝牙已连接"，音乐却总是那首《故乡的亲人》。随着音乐，老人挺起本已弯曲的老腰，抬起双臂，做搂抱状，嘴里念念有词，翩翩地舞起来。尽管老人十分努力，但脚步已经能看出有点迟缓，不那么利索了，不用说，这个跳舞老人的身体正在一天天地衰弱下去。

　　没有人知道老人是谁，为什么要搂着空气跳舞？看到他年纪已大，喜欢跳舞，有人便随口叫他老舞师——一个没有舞伴的老舞师。

　　这情形持续了很久，但后来，老人终于有了舞伴。不，与其说是舞伴，不如说是女弟子，因为她不会跳，处处要老人教她。大家一致认为，老舞师的女弟子很漂亮，但猜不出年龄。从身材上看，腿长、臂长、颈长，完全符合专业舞蹈演员的形体标准；从穿戴上看，上穿黑色或白色的弹力衫，下身配一条宽松的练功裤，脚上是一双黑色真皮舞蹈鞋，背一个造型简单的双肩包。散步的人们被这个女弟子的美丽所折服，每次走近，都要停下脚步，赞叹一番。

　　从那天起，老舞师像换了一个人，腰杆变得挺直了，走路的步伐也轻快了。但让人意外的是，女弟子并不是跳舞的料，一个简单的华尔兹舞步，她愣是学不会，前进、横移、并脚三步构成一个基本旋回，她总是次序颠倒。开始，老舞师还能详细地讲，耐心地教，时间一长，老舞师实在忍不住，便骂她，怎么会有你这么笨的人，你是我从教四十年见过的最差的学生，没有之一！

　　老舞师说完，气呼呼地坐到石凳上，每当此时，女弟子便手抚一棵挺拔的白杨树，一边潸潸地落泪，一边说，您听到了吗？当初他是不是也这样凶您的……老舞师看到她把眼泪抹到了树干上，走过去，拉开了弟子，说："她是烈士，她很坚强，她生前就不喜欢眼泪……"

　　女弟子揩干了泪水，走到老舞师的面前，说："您能把她的故事再告诉我一遍吗？"

　　"她的故事？你怎么知道有她的故事？你是……"老舞师连发三问。

　　女弟子说："您忘了？那天您不是讲过她吗？"

　　"……"老舞师一点也想不起来和她讲过。

　　看着白杨树，老舞师对弟子说："她是我唯一的女儿，她牺牲之后，她妈妈也随她去了……她小小年纪就得过全市舞蹈大赛冠军。那年夏天的洪水真大啊,道路都成了河,她去取舞蹈学院的录取通知书,回来的路上,被洪水夺去了生命。"

"那就能成烈士吗?"女弟子问。

"不!她救了一个落水女孩。她明明知道自己不会水……"

"那——您知道那个落水女孩,现在在哪儿?"

"不知道。"

秋天到了,白杨树落尽了叶子。人们好久没有见到老舞师了。知道的人说,老人死了,是那个神秘的女弟子执孝子之礼,为他送的终。

一天夜里,女弟子踏着白霜,独自一人来到这个由烈士陵园改成的公园,来到那个角落,《故乡的亲人》音乐再次响起,女弟子对着白杨树,翩翩起舞。月光如水,她忘情地跳了一曲又一曲,舞姿优美而娴熟。

然后,拉起行李箱,连夜赶去了高铁站……

真 相

殷昌树(江苏)

  小王是某建筑公司的老板,常年在建筑工地搞工程,和工人同吃盒饭同劳动,出力流汗,抓安全,保质量,很受甲方(工程发包方)的信任。他的皮肤被风吹日晒成健康色,看上去比实际年龄要老许多,其实他也就三十多岁。

  他父母双全,妻子贤淑,育有一儿一女。儿女在县城,一个读高中,一个读初中,成绩都不错,门门优秀。家中事情都是妻子打理,不用他操心,称得上是幸福家庭。小王一门心思扑在工程上,开着轿车早出晚归,忙着工地的事。他称心如意,经常高兴地哼着歌曲。

  你别看他年纪不大,驾龄却不短,开车技术也很好,十多年来,无事故,无违章,是同龄人里公认的优秀司机。大凡坐过他车子的人,都说他开车稳重,不像有些年轻人"血不归筋,鬼急慌忙的"。他也常说:"开车不能急,要安全第一。"

  今年由于受上海新型冠状病毒肺炎疫情的影响,我地也全民防控、全民核酸,小王的工地也因配合政府疫情防控而停工,这一停就是一个多月,导致一期工程未能按合同完成,眼看又要进入梅雨季节,解封还遥遥无期,前期工程没按时完成,甲方不予付款,工人拿不到工资事小,各种材料都是赊来的,无钱结算,恐怕按合同未如期完成工程进度还要罚款。这几天他是心急如焚,吃不下饭,睡不着觉。嘴唇上火起了水泡,听从妻子的劝说:去找有关单位领导沟通一下,疫情期间,特殊情况,能否把合同调整一下。

  那天早饭后,他和妻子开着车子上路了。春天的早上,空气清新,道路两旁姹紫嫣红的春色美景,使小王郁闷的心情顿时好了许多。特别是沿途的十里黄桃,正是花团锦簇之时,那阵阵花香随着春风飘扬在空中,闻之令人陶醉。那蜜蜂上下翻飞,从这个花蕊钻入那个花蕊采蜜,忙个不亦乐乎。小王干脆打开车窗,取下口罩,呼吸着这难得的芬芳。妻子在副座上也连声说:"好香!好香!"

  忽然,一只蜜蜂从车窗飞进车内,落到他的鼻子上,吓了他一跳。哈哈,可能蜜蜂也想搭顺风车,他连忙把它轰走,庆幸没被它给蜇了。

  夫妻俩到了工程发包单位,找到了负责人,说明来意,人家领导通情达理,表示理解,让他们放心:"疫情期间,特殊情况,一定会酌情处理的。"中午留他们吃了个便饭,下午夫妻二人高高兴兴地回家了。

  晚上,正准备休息,忽然手机响起,来了一条短信,打开一看:"【盐城交警】:您的小型汽车苏JF××××于2022年×月×日在××县××路×段,被交通技术监控设备记录了'妨碍安全驾驶'的违法行为(被记 3 分,罚款 200 元)。请于收到本告知之日起 30 日内接受处理。处理需携带行驶证、驾驶证、身份证。您也可以通过下载交管 12123App 在手机上进行处理。"

小王把"告知"连看了几遍,感到有点"丈二和尚——摸不着头脑",努力回忆自己是哪里违章了,百思不得其解。他问妻子:"今天我开车有违章吗?"妻子说:"没有啊。"于是,打开交警 12123 查看,原来是"开车吸烟"了。

根据我国《道路安全法实施条例》第六十二条的规定,驾驶机动车辆不得有接听拨打手提电话、观看电视等妨碍安全驾驶的行为。开车抽烟妨碍安全驾驶,因此违法。

吸烟?可是自己……

夫妻俩躺在床上反复思考,就是想不透,一夜基本无眠。决定明天到交警队去调监控查看。

翌日,夫妻俩开车去县公安局交警队行政服务大厅违章处理窗口,接待他们的是一位美女张警官。小王递上"三证",说明情况。张警官打开电脑,查到昨天的那段"违章"录像,小王的嘴上真的"叼"着一根烟,证据确凿,不容置疑。可是小王不服,张警官说:"如果你对违章有异议,可以提请复议,但要有新的举证。"小王既说不清楚是怎么回事,又拿不出有力的复议举证,急得脸红脖子粗,也不好在现场发作。妻子劝他说:"要不我们就服从处理算了。"小王说:"扣分、罚款都是小事,关键我是冤枉的!"于是,径直下楼坐在车内生闷气。张警官把情况向队里做了汇报。

交警队的李队长从疫情防控点刚换班回来,一夜未睡,听说此事,连早饭都没吃就直接驾车来到交警队,和小王夫妻一起查看"违章"录像,也没看出不妥的问题。小王的妻子说:"李队长,我家老公从来不抽烟呀!"这句话引起了李队长的注意,他问:"真的不会抽烟吗?"小王妻子说:"真的不会抽!"李队长把这段录像又慢慢地反复回放,发现了疑点:既然是抽烟,拍下的香烟应该是红色的火影或灰白色的烟灰,怎么是白的呢?况且当事人从不抽烟,这嘴上的白点又是什么?

李队长到楼下小王的车子旁,前后左右转圈观察,猛地看到左侧驾驶员位置的车前挡风玻璃的中间位置有一点白色的东西,走近仔细一看,是一坨白色的鸟粪!李队长似乎猜到了问题就出现在这里。问小王:"最近洗车了吗?"小王说:"几天没洗了。"李队长说:"你坐上去摆个开车姿势。"小王不知道干什么,听从盼咐,坐上车,手握方向盘,目视前方。李队长在车前几米处用手机拍照,又搬了一副"人"字梯来,爬到梯子上拍,复原道路上监控拍摄的角度,把手机上拍的照片和录像上的影像反复比对。为了搞清楚小王是否真的不抽烟,李队长驱车到小王的居住地调查走访,邻居和朋友们都证明他从不抽烟,此时,李队长心里有了底。但是光靠推理还不够,还得凭事实说话。李队又叫小王开车到上次"违章"路段重走一遍,不出所料,监控拍下的仍然是小王"抽烟"的影像。终于真相大白——原来小王不是抽烟,是玻璃上的那坨鸟粪,高度正好与小王的嘴平齐,正在电子眼拍摄的两点一线角度内,就像抽烟一样的影像被拍了下来。

天下事往往"无巧不成书"。有时高科技手段也不一定绝对准确,幸好李大队有这种认真负责的敬业精神,反复研判,查出问题,也幸亏小王"手懒",没有及时洗车,那坨鸟粪还在,是个有力的"物证"。否则,恐怕小王这起所谓"违章"的"不白之冤"是永远说不清楚了……

盖 章

解小玲(江苏)

李明是一家三级医院的内科医生,近来即将荣升科主任,虽然没有公示,但科室的同事都提前祝贺,表示对他工作的肯定,李明也怀着一颗期待的心,感谢组织多年来的培养与认可。

人事科打来电话,让他提供所有的学历证书,包括高中毕业证,要政审时用。李明从本科到硕士,所有的学历证书、资格证书都保存完好,由于年代久远,唯独丢失了高中毕业证书,向人事科说明情况后,要求有当地教育局的证明也行。李明赶紧到原来就读的海河中学,经过几番周折终于找到学校当年的档案,学校证明开到了。可单位要求必须盖上教育局的公章,他想想也有道理,多跑一趟腿的事。

下夜班后,他急匆匆赶往教育局盖章,来到办公室主任处,说明来意,主任让他到中教科盖章,虽然自己单位要教育局公章,可出于无奈只好到中教科,可中教科长两句话就把他打发了:"由于毕业时间过长,以前的档案早就丢失了,没有档案证明,不能盖章。"李明拿出学校的证明,可科长根本不予理睬。

自己一没违规,二没违纪,怎么盖个章就这么难呢,何况自己本科、硕士都毕业了,高中毕业是不争的事实,李明怎么也想不通,正在一筹莫展之际,想到了自己高中三年的同班同学王记,他现在是教育局副局长,好歹也是二把手,看来杀鸡也得用牛刀。抱着志在必得的心理,来到同学的办公室,看到他正和一位普通而朴实的老头谈话,不便打扰,同学示意他坐在一边等候。

老头看他进来,主动停下谈话,让他们有话先说,他说明来意,没想到同学正气凛然地说:"你毕业时间太长,档案已经不存在了,谁能证明你高中毕业。"李明据理力争:"你可是我高中三年同学,你可以证明。""没用,没有证据谁会盖章?"同学没有任何余地。李明掏出在学校拍的花名册和盖章证明:"我有证据,这是学校当年的花名册和证明。"同学还是毅然决然:"只要教育局没有档案,说到哪儿都没用,不符合规矩。"面对同学的铁面无私,李明觉得自己如此的窝囊和委屈,一股复杂的情绪涌上心头,知识分子的清高,让他骑着自行车风一样地离开了这里。

那天,李明查房完毕,一位小老头正等候在他办公室门前,他赶紧推开门,让老人坐下,掏出听诊器开始为他诊疗,老头连忙摆手:"我不是来看病的。"李明:"那您有什么事吗?"老头从口袋里掏出一张纸条递给李明:"看看,这是你需要的证明吗?"李明瞪大眼睛,纸上清楚写着:"李明同志就读于海河中学,高中三年毕业,特此证明。"一个红色而醒目的教育局公章盖在后面。

李明无比惊愕,自己费了好大周折,从办公室主任、科长到副局长人人坚守规矩,拒不盖章,这是哪位活雷锋,把盖了章的教育局证明送到自己眼前,这真是"天上掉了个大馅饼"!李明一脸茫然地望着小老头。老头说话了:"你不认识我了?我们前两天在你同学办公室见过。"李明想起来了,哦,那位和蔼可亲的小老头,赶紧问:"您哪儿来的教育局盖章证明啊?"

老头说:"我前天耳闻目睹了你和同学谈话的全过程,你的要求是合理的,有事实、有根据、有道理,符合逻辑事实,我们没有理由拒绝,是我们做得不对,所以今天特地把证明送来。"李明问:"您怎么知道我在这里上班啊?"老头道:"武汉疫情的时候,你们出征驰援,我代表单位来送行过你们,况且我母亲经常到你们院区住院,我知道你是一位好医生,英雄可以流血流汗,但绝不可以被辜负。规矩是人定的,而我们共产党办事的最大原则是实事求是,这是不变的真理。"

望着这位普通的小老头,李明心中无比激动,这是一位党的好干部,一身正气,他是那么的气度不凡,充满魅力,敬佩之情油然而生:"您是……""我是教育局局长。"老头回答。

谁剐了你的车

李春霞（内蒙古）

电话是在晚上 7 点多钟响起来的。

偏偏这个时候,小王正在调解小区里两居民的纠纷。说是纠纷,尽是些鸡毛蒜皮的小事。可为这些鸡毛蒜皮的小事,小王却要口干唇燥劝说大半天,几乎每一句劝说的话语,都要经过他大脑小心翼翼地过滤,再过滤,才能脱口而出。否则一不小心,有可能把人得罪。

小王是青城市幸福小区里的民警,从他来小区的那一天起,他就没有过一天的安宁,即使半夜,也总有电话打进来,每一个电话都催促他亲临现场去处理问题。

此刻,当小王再一次按下手机接听键时,两居民叽叽喳喳吵嚷的声音盖过了手机话筒里的声音。小王已经把声音调到了最高音,可还是听不清对方的话语。小王快步走到楼道里接听电话。

手机里传来男人焦急的声音:我要报案,我的宝马车停在你们小区里被剐了……

问清楚报案人的具体位置,小王朝着楼梯咚咚咚地飞奔而下,几乎不到一分钟的时间就已经置身在事发现场了。

一中年男人正停在他的宝马车前,看到穿着警服的小王走过来,气狠狠地指着他的爱车说道,你看吧看吧,车身剐了这么长的痕迹,这分明是人故意剐的。

小王仔细查看,那剐痕又长又深,的确像人故意的行为。

谁会这么缺德?难道是仇人所为?小王想着,便问道,你是这小区里的居民吗?

不是,我第一次来这个小区。

你的车什么时间开进小区里的?

大约5点多钟,差不多有两个钟头了。

你能肯定你的车就是在本小区而不是在别的地方剐的?

不可能!男人情绪开始变得激动起来,我能百分之百地肯定,我的车就是在你们小区剐的,在开进这小区之前,我的车绝对完好无损。

好,你先不要着急,我马上去帮你调一下监控。

在一间阴暗狭小的监控室里,小王坐在电脑前,手握鼠标,一点一点慢慢回放着监控录像,仔细看了又看,可除了看到一个 10 多岁的小男孩在宝马车前玩,竟没有再看到任何人影。小王不甘心,重新再回放录像,反反复复认真看了几遍,的确只有一个小男孩,也的确看到小男孩的手摸在车上,还绕着车身走了一圈。

嫌疑人怎会是一个孩子呢？可不是这孩子又会是谁？证据确凿，他不得不去查找这个孩子了。

几乎不费吹灰之力，小男孩很快就找到了，而且还找到了小男孩的父亲。当小王把发生的事情向孩子父亲说出时，小男孩马上大叫道，不是我！不是我！我只在车前玩了一会儿，可我没有去刷车。

听了孩子的话，孩子父亲就十分肯定地对小王说道，警察同志，我相信我的儿子绝对不会干出这样的事情，肯定是你们搞错了。

无奈，小王只好把父子俩带到了监控室，并把监控录像回放了一遍。

孩子父亲看完监控录像后，对小男孩逼问道，小宝，你给我老实交代，这车是不是你刷的？

不是我！就不是我！男孩跺着脚，带着哭腔的语调回答着父亲的问话。

你再不讲实话，就让警察叔叔把你关押到小黑屋子里。

爱怎么着怎么着，反正就不是我！小男孩嘴巴比石头还硬，死活不承认。

孩子父亲陷入了沉默，沉默片刻之后叹着气对小王说道，不管这车是不是我儿子刷的，我都认了，需要赔多少钱，我出。

车主提出了2000元的赔偿要求。

孩子父亲把2000元交给车主的那一瞬间，小王看到小男孩眼里淌着泪水。

那泪水一滴一滴地滚落在小王的心坎上，打痛了他的心，尤其是小男孩那满脸无辜的表情像极了他小时候被母亲挨打受委屈的样子。

12岁那年，他在邻居军子家里玩踢毽子，他的毽子一不小心踢到了军子妈挂在衣架的衣服兜里，他把手伸到衣兜里取回毽子时，偏巧被走进来的军子妈看到了，军子妈硬说他手伸到她衣兜里是想偷钱，还说前两天衣兜里丢了50元钱肯定也是被他偷走了。还把他拽到母亲那里告状。母亲觉得丢人现眼，故意对着军子妈用木棍把他狠狠揍了一顿。这件事伤得他太深太痛了，直到现在他都无法从被冤枉的阴影里走出来。

一连几天，小男孩那张委屈的面孔总在他脑海里晃啊晃的，晃得他心神不宁的，对这件事他总感觉有些蹊跷，似乎不是那孩子干的。假如他真的冤枉了那孩子，这将给孩子幼小的心灵造成多大的伤害啊！有可能这种伤害会伴随他一生！

想到这儿，小王再一次走进了监控室，对着监控录像仔仔细细地查看着。这一看，还真看出了问题。车痕刷得很深，可以断定是用锐器刷出痕迹的，而小男孩手无寸铁，怎么可能刷出那么深的痕迹。

小王拨通了车主的电话，再三询问对方之前到过哪里。

电话那头传来车主粗鲁的声音，你什么意思？

我的意思很明确，你的车绝不是在幸福小区刷的。

你不已经找出肇事者了，我也拿到了赔偿，你还调查什么？

我必须调查清楚，还孩子一个清白。

车主只好说出他之前曾去过市宾馆。

小王挂掉电话,火速赶往市宾馆。在两位保安人员的协助下,小王调出了前几天的监控录像。从监控录像里,小王清楚地看到了那辆宝马车,也清晰地看到了车身长长的剐痕。

　　车主把 2000 元退还给了孩子父亲,小王向父子俩道了歉。孩子父亲一激动,就把这件事情发到了朋友圈,而他朋友圈的人又继续往朋友圈里转发。顷刻间,引来无数网友为小王点赞。

　　这事风一样快地传到了新闻记者耳朵里。面对记者的采访,小王满不在乎地说道,这点小事有啥可采访的,其实这是我办过的案子里最小的一桩案件。维护社会治安,破获每一桩案件本就是人民警察最神圣的职责!

追赃物

费桂松（江苏）

　　小区外的小道上，一位步履蹒跚的老妇人拖着一辆破旧的三轮车，上面堆着一些零乱的杂物，在小区碎嘴婆娘鄙夷的目光中无奈地搬离小区。"三只手""家贼"这两顶帽子像两座大山重重地压在她的头上。她低着头，从人们身旁快步走过去，心事重重，形单影只。

　　几年前，涟城北大门，有一个年代久远的老旧小区，几排老二层小楼上住着身份各异的市民，因为条件限制，都是两家共用一个厨房。多年前住外屋的张晓玲家隔壁小屋新搬来一户邻居，女主人叫刘英，是个以整理小区垃圾收购可回收生活用品为生的农村大娘。她丈夫在建筑工地做工挣钱养家，她以微薄的收入来维持女儿小惠在民工子弟学校读高中。因为自谋职业，上下班总由自己决定，因此有一定时间料理家务，她的女儿小惠很乖巧懂事，平时遇上街坊邻居总是彬彬有礼点头微笑。每当放学回家在帮妈妈忙完家务后，就坐在靠床的小桌边认真地写作业。因刻苦勤奋学习成绩在班里总是出类拔萃，小屋的后墙上贴满了不同时期的奖状。可巧的是张晓玲女儿采薇正在读初一，一遇上不会做的习题总是拿去求教。一段时间以后，两个孩子竟成为无话不说的好朋友。

　　晓玲丈夫在企业上班，工作任务多，有时能长时间不回家。而晓玲自己则在服装厂上班，厂里接的订单多忙得脚打屁头跑，有时连孩子都顾不上问。晓玲看到两孩子挺投缘，便与刘姐协商，自己工作忙不过来，照顾孩子有一定困难，而刘姐母女俩因经济不宽裕，挤在一个连锅带灶小房间内，对孩子学习很是影响。倒不如将刘姐的女儿接到自己家中和自家女儿一起住，这样，既可以为孩子提供一个宽敞的环境提高学习效率，又可以帮帮自己的小女儿，自己有时忙不过来就请刘姐为小女儿带点茶饭。请她帮助照看一下。刘英满口答应说：我工作比较清闲一些，就把孩子交给我吧。晓玲就把大门钥匙递给了刘英。刘英到中午时把饭菜热好，照顾张晓玲的女儿吃了饭，女儿小惠辅导完采薇作业。有时采薇好动淘气弄脏衣服，她就将脏衣服洗好晾干。等张晓玲夫妇晚上下班回家，一切料理得井井有条。

　　刘姐的无私付出，深深地感动了晓玲。她和丈夫早就打算请刘姐吃顿饭，表达一下谢意。可是心里又有几分别扭，因为近来家里总丢零钱。尽管数目不大，但心里总不畅快。

　　晓玲悄悄问采薇拿没拿钱，孩子摇头，眼神里满是无辜。为防再生不测，她就将硬币放在孩子碰不到的地方，过几天钱又不见了。张晓玲忽然伤感起来，人生真是寂寞如雪啊，万难遇到交心知底的朋友！自己对刘姐百般信赖，她不应该缺这几个钱。大概是丈夫距离远太寂寞了？也许天生爱贪小便宜,有了钥匙,顺手拿人家的钱。

张晓玲真替这个邻居小偷羞臊,感觉这事像自己做的一般,想一想都不好意思,脸红到脖子根。她没把钥匙要回来,继续由刘英掌管,但特别加了小心。然而,事情并没因为张晓玲息事宁人而画上句号。一天,晓玲上班着急赶公交车,金耳环没戴,顺手放在靠床边的茶几上,可令人意想不到的是,晚上回家就不见了耳环。这耳环是婆婆从老太奶手中继承来的,它做工精巧玲珑剔透,尾坠处还镶嵌着一颗蓝宝石,每当夜晚还会发出微微的绿光,是家族祖传之宝。她再也按捺不住了,犹豫再三推开里屋门,对刘英说:姐,你帮我照顾孩子,想要点看护费,你就告诉我呀,怎么能偷我耳环呢?

刘英瞪大眼睛,吃惊地望着她,半天才缓过神来说:你的耳环,我没偷啊！张晓玲说,那是祖传好几代的老东西,我家祖上几辈子人戴过,偷这东西你承受不起的！今天把耳环拿出来,咱还是邻居,我还叫你一声姐,不然咱找地方说说去。

刘英想说什么,话却没说出来,"咕咚"摔倒在地。邻居过来帮助喂下几汤匙糖水,等刘英血糖渐渐正常些了,张晓玲继续追要耳环。刘英低头不语。张晓玲嗓门大,不仅引来四邻,还惊动了街道干部和派出所民警。可是祖传耳环疑案,最终查无结果。

张晓玲懊恼透了,家族祖传几代的宝物在自己这一代弄丢了。她实在不甘心。在冲动的驱使下,她粗暴地推开门,求刘英把耳环拿出来,自己花钱买回来都行。但是刘英就是低头不语,吵闹大发了,刘英便双手捂脸,默默流泪。张晓玲说:你即使不开口保持沉默,也不能证明不是小偷,更说明你偷了,不然还不跟我吵翻?

几次上门无果,张晓玲被刘英的"油盐不进"激怒了,买来红油漆,在刘英家门上写:还我祖传耳环,不要脸的小偷。她几乎在涟城老北街每一栋楼的北山墙一侧,用油漆写下"恶邻如虎,偷我耳环。与小偷为邻,我家的传家宝不翼而飞。刘英道貌岸然,是个小偷"。

刘英丈夫从建筑工地回涟城探亲,街上人悄悄在背后指指点点,他一抬头看见了那些刺眼的标语,叹着气快步回家。推门见刘英呆呆坐在小板凳上,已经多日不出屋,早晚以泪洗面。刘英看见丈夫回来,一头栽倒在地。

刘英觉得在涟城老北街住不下去了,没脸见人。两年后,刘英和丈夫决定以大房换小房,在一个雾蒙蒙的凌晨,带着简陋的家什和女儿悄悄搬去了南城。张晓玲得知刘英搬家,在街上见人便说:看见没,小偷搬家了。如果她刘英要是清白,干吗要偷偷搬家？做了见不得人的事,心虚羞愧,在老北街待不下去了,才灰溜溜地逃走！

多年之后,张晓玲先后买了几个金戒指与金耳环,但是多少金银也比不上传家宝珍贵！想到这些,她就百思不得其解,那么贤淑的刘英为什么偷东西呢？人心怎么就这么难以琢磨！直到30年后搬出涟城老北街,张晓玲依然没揭开心中谜团。

随着经济的飞速发展,人民生活水平快速提高,县城老城区改造成为装扮地方形象的重点工程,老北街二层老楼拆迁工程在大张旗鼓地进行。老楼山墙在隆隆的推土机声中轰然倒下,写在墙上30多年的"刘英是小偷"几个字消失了,轰隆一声,隐藏进建筑垃圾里。

这天,刚搬新家的张晓玲接到电话,说拆迁时在她家发现了特殊情况,叫她到老北街来一趟。张晓玲放下手里的活儿,赶紧回涟城老北街,拆迁办的和老北街办事处工作人员也来到现场,工人说:在你家老屋墙壁下发现一个洞,洞还不小。老房子有老鼠洞不奇怪,可是在这个老鼠洞里发现不少硬币,还有一对金耳环。

张晓玲简直不敢相信自己的眼睛,苦苦想了30多年的祖传耳环,出现在眼前,已经发黑暗淡,但是耳环上的蓝宝石还清晰可见。陪母亲一起过来的采薇已经是大学老师,对张晓玲说:老鼠把金属偷进洞,大概是病态导致其"异食癖",这种情况比较罕见。妈,丢了30多年的宝贝找到了,你应该高兴啊!

张晓玲说:你说高兴呀,可是心里却难受死了,为这东西我却冤枉了看护过你的刘英姨三十多年啊!

在良心的谴责下,晓玲买了礼物去南城看望刘姐,可是邻居说,刘英老伴去世了,刘英身体不好,住进了养老院。几经周折,晓玲才找到了那家养老院。当她见到刘英时,留在记忆中的那个慈善温柔的刘姐早已变得白发苍苍老态龙钟,骤然相遇竟然目光呆滞,已经不认识她了。院长说,刘英得了阿尔兹海默症,记忆模糊不清。

刘姐,刘姐,我是你的邻居小张,当年你帮我照顾采薇,忘了吗?刘英看着她,面无表情,忽然站起来,走到床边,掀开褥子,拿出一样东西,递给张晓玲。张晓玲一看是一把变黑发暗的钥匙。我的刘姐呀,我怀疑你三十多年,你也等我三十多年,就为还我这把钥匙?可是你不知道呀,我当天就把门锁给换了,这是一把早已经作废的钥匙!

院长也在一旁跟着抹眼泪。刘英仅剩的那段记忆里,还留着一把未交出去的钥匙,三十多年过去,仍不忘还给邻居。

张晓玲再也抑制不住自己的感情,"扑通"一下跪在刘英面前声泪俱下地说:"刘姐啊,您无私无畏地帮助我们家,而我却无端冤枉您,让您蒙受了不白冤,我该怎么偿还您……"在场的人无不为之动容,都别过头,擦拭同情的眼泪。

悬　案

王　爽（吉林）

故事发生在20世纪60年代末。

一大早，县公安局刑警队接到报警——二副食被盗。

"二副食"就是鹿鸣县第二副食品商店。李广副大队长立即带着两个警员赶到现场。商店经理说，初步发现少了两箱饼干和部分糖块。

这个案子很蹊跷。窗子上，往年入冬糊窗缝的纸还严实地贴着，钢筋防护窗十分坚固，墙壁和天棚都没有破损。门是用铁皮完全包严的两扇对开的板门，中间并排着四个手指粗的铁鼻子，门闩是一根大号的铁棍子，一头是焊死的回弯圆柄，另一头有个眼儿，由一把大锁锁着。

李广皱着眉头想，既然没有任何蛛丝马迹，看来盗贼还是从门进入的。

在那个物资紧缺的年代，这是个不小的案子。

他回头对经理说："现场勘查就这样了，可以继续清点和营业。等你处理完店里的事，去公安局找我。"

在刑警队办公室，李广又向商店经理了解了一些其他情况，然后问："对这个案子，你是怎么看的？"

经理想了想，说："李队长，盗贼只能从门进去。"

"对。"

"可商店的钥匙，从昨晚闭店后，一直都在值班的副经理手里。难道是监守自盗？"

李广没有表态，说："你回去让昨晚值班的人过来一下。"

过了一会儿，昨晚在商店值班的副经理赵万成来了。李广笑着说："小时候钓鱼打麻雀你都懒生，这回商店被盗也赶上你值班了。"

赵万成可笑不出来。他说："新锁头刚换不久，两把钥匙并排串在钥匙链上。昨晚我和更夫一直在一起，前半夜没有睡，后半夜只眯了一小会儿，我觉轻，却没听到隔壁营业室里有动静。"

见李广在那里不言语，赵万成有些着急。他又说："如果有人怀疑是我干的，我都说不清楚。"

李广说："你也别想那么多。"

李广和赵万成是发小，相互了如指掌。李广心里有数，赵万成不会干这事，他是商业系统的劳模，怎么会自毁前程？

赵万成说："问题是我在值班呀！"

李广说:"你确实有失职之责,但究竟是不是你偷的得看调查结果。"

送走赵万成,李广想,他和赵万成中学毕业后,一个在公安,一个在商业,事业上都在爬坡。自己在刑警队多次破获复杂案件,被誉为"神探",如今是主持工作的副队长。队长的位子由一位副局长兼任,其实就是在替他占着这个位置,只等他再接再厉,也就顺理成章地"转正"了。然而今天这个案子,弄不好就会让他的"神探"名声逊色。如果仅仅以钥匙在赵万成手里为由断案,那很可能成为冤案,也毁了一个好人。

此案一直没有结果。

一天,李广老婆问他:"钱匣子里那捆100张一元面值的钱,少了10张,是不是你拿的?"

李广说:"没有啊。"

老婆说:"就咱俩有钥匙。"

李广突然兴奋起来:"很好!"

"神经病!"老婆瞥他一眼。

李广说:"一定是你儿子干的,不过这事你先别问他。"

李广觉得,儿子偷钱,背后应该有个更聪明的人指点。

第二天,他穿着便装,来到亮子家附近转悠。终于等到亮子出现,他说:"亮子,叔叔跟你说点事。"

亮子犹犹豫豫地走过来,李广却什么也不说了,一直盯着他。亮子越来越紧张地躲避李广的眼睛。

李广心里并没有十分的把握,但他还是说:"亮子,我知道你不是坏孩子,你别怕。叔叔只想知道,那锁头……是怎么回事。"

亮子眼泪出来了:"叔叔,我会坐牢吗?"

李广为自己的推测暗喜,不过他认真地说:"放心,叔叔不会让你坐牢!"

亮子说:"我爸出事后,我妈就回河南老家了。爷爷奶奶身体都不好,家里没有吃的,眼看他们都要饿死了。那天早上,我在二副食门外往里看,有那么多吃的。正赶上有个营业员开门,他把锁头放在了窗台上。我当时冒出个想法,便捡了几天破烂,用卖破烂的钱买了一把一模一样的锁头。趁没人注意,我就用我的锁头换下了商店窗台上的锁头……"

李广说:"晚上闭店时,他们就用你的锁头锁上门。你夜里偷完东西,又用商店的锁头把门给锁好。"

亮子频频点头。

李广问:"你那把锁头在哪儿?"

亮子说:"扔到商店旁的水沟里了。"

李广说:"这件事,到此为止,不要再对任何人讲,把它忘了。以后千万不要再偷东西,有什么熬不过去的,就来找叔叔,或让我儿子转告我也可以。"

"谢谢叔叔!"亮子抹着眼泪走了。

这天下午,李广在商店旁的水沟里,用炉钩子捞出了那把锁头,然后叫来商店职工们看。告诉他们,作案的人如何换了商店的锁头。

大家一下子明白了。

赵万成感动地望着李广。

有人说:"人家咋想到的呢?"

还有人说:"神探就是神探啊!"

李广想,只能把这案子悬起来了。什么神探不神探的,我就是一个警察而已。

HK64769130

陈万星（江苏）

这是一件发生在 20 多年前的真实事情。

记得当年，我和妻子先后下岗。眼看已是腊月二十，快要过年了，为了生计，我们就寻思着临时先做点小生意把年度过去。

经调研，我发现腊月之后市场上的发糕非常好卖，可谓一"糕"难求。"发糕"意予"发财高升"，所以每到过年时，家家户户都会买些发糕以图个吉庆。

找准了项目，我就到亲戚家借辆三轮车，每天凌晨三四点顶着寒风，到十几里外城郊的一家发糕作坊去拿货。回来后就和妻子上街去销售，最多时一天可卖四五百斤呢。

每天最快乐的事情，就是晚上到家把一包大大小小的钱币倒在桌上，然后我、妻子和十岁的儿子，一家人围坐在一起整理钞票数钱。

有天晚上数钱时，我突然发现有几张百元大钞有些异样。不好，难道收到假币了？我的心一下子提到了嗓子眼，开始紧张起来……

果然，在当天收到的 9 张百元大额钞票中，竟然有 4 张是假钞。我立即检查了前一天收到的几张大钞，其中又发现了一张……一家人起早带晚辛辛苦苦忙几天，换来的却是连卫生纸都不如的几张假钞，想想真是无语。

这几天我们都是在一个街边菜场卖的，我负责称重、算账和包装，妻子负责收钱、找零。本来我们对做生意就不是太精通，而妻子识别假币的能力更是不行。加之年关岁底，菜场人很多、很杂，逛街的、购物的、买菜的……其中肯定夹杂一些心怀鬼胎、寻机作恶的不法之徒，所以很容易被坏人钻空子。

妻子很懊恼，大骂那些丧尽天良的人，气得几次要报警。我劝道："想开点，不就是 400 块钱吗？再说，警察抓人也要讲求证据的。"

我认真回忆和梳理着白天卖发糕过程中的各种情形，思考着能否从一些细枝末节、蛛丝马迹中，寻找出这几张假钞到底是谁的。

经过仔细观察几张假钞后，我对妻子说："你放心，那些家伙明天一定还会再来的，明天我们如此如此……保证能将他们一举擒获。"

第二天一大早，我们正常来到昨天的位置摆摊。此时天还没有完全大亮，青云和薄雾笼罩着天空大地，给人一种扑朔迷离的感觉。

随着太阳和气温的不断升高，市场上的人也渐渐多了起来，我的摊子前也不断有人过来问价、购买。接近 10 点时，迎来了第一波"抢购潮"。

"老板,发糕多少钱一斤?"一个用围巾几乎把整张脸都围起来的中年男子,挤过来问道。

"2块。"我瞟了对方一眼答道。

"噢,还是昨天那个价啊？生意这么好,可以涨点价的。"中年男子套近乎道。

"昨天你也买的?"我不禁多打量了男子几眼。

"对、对……噢,没有,是听买过的人说,你的发糕很好吃,所以就来买了……先买5斤尝尝,好吃明天再来多买些。"

"好,不好吃包退。"我麻利地切了5斤发糕,包装好,又大声提醒妻子道,"买人又多了,注意一点。"并暗中对她使了个眼色。

"二五一十,5斤10块。"男子边算边掏出一张百元大钞递给妻子,"喏,找钱。"

妻子接过钱看了看,感觉不对劲,将钱递给我。我快速地瞄了一眼那张钱。

突然,我怒目圆睁,以迅雷不及掩耳之势,左手一把揪住那人的衣领,右手紧握切发糕用的菜刀,大声呵斥道:"终于等到你这骗子了,骗到老子头上了……"

那个男子被我的突然举动吓呆了,但很快就反应过来,大声指责我:"你要干什么?"

这时,旁边立刻又冲过来一个中年妇女和一个年轻人,围着我与妻子论理:"你们做生意的和气生财,这是干什么?"那女的边说边想抢妻子手里的那张钱:"钱给我们,不买了,凭钱到哪里买不到东西?"

我大声叫妻子:"快把钱收好,这就是罪证!"妻子心领神会。

此时从外围又快速过来了几个男人,立即将买发糕的男子、妇女和年轻人一起控制住……见此,我露出了会心的笑容,底气也更足了:"快把前几天骗我的几百块钱交出来!"

中年男子强硬道:"你胡说什么？凭什么说我骗你的钱了?"

"HK64769130。"我大声说出一串字母和数字后,刚才还非常嚣张的中年男子瞬间瘫软下来:"老板,有话好说、有话好说……"

见此,众人议论纷纷,疑惑不解:"怎么回事？'HK64769130'是什么意思?"

"这几个人连续几天都用假钱来买我的发糕。"我愤怒地告诉大家真相,"昨晚我发现收到几张假币,就分析推断:一,这两天连续收到的几张假币号码都是'HK64769130',说明绝对是同一伙人干的;二,一天内竟对同一个摊主多次使用假币,肯定是多人团伙所为;三,这些人贪得无厌,第一天得手,就会有第二天、第三天……因此我断定他们今天肯定还会再来'光顾'……"

"所以,今天我特地请来了几位兄弟朋友严阵以待、坐等猎物上钩……"

众人恍然大悟,有热心人要帮忙报警。

"给、给……"男子乖乖地掏出400块钱……

我揶揄道:"感觉也太侮辱我的智商了,用同一个号码的假币连续几天来骗我,真就把我当成傻子了。"

男子哀求道:"实在对不起,今年我们两口子下岗了,一时没有找到合适的工作,快过年了,就动起了歪脑筋……还请老板和各位高抬贵手原谅我们,放我们一马……"

　　"是否原谅你们是警察的事情,而我要做的就是送你们去见警察……"

　　当警察把他们带走时,我小声对负责的"头儿"说:"他们都是下岗工人,处理时可否适当从宽一些?"

抓捕泄密人

任怀远（安徽）

陈秘书悄悄地告诉牛书记，公安局突击检查娱乐场所的消息在群众中传开了。

"怎么，这事泄密了？"牛书记很着急。

前段时间，媒体上登载 H 县娱乐场所有卖淫赌博现象的报道，文章有证有据，影响很坏。为此，市政法委书记专门来 H 县，要求牛书记迅速解决。

现在怎么办？事情还没有着手，群众都知道消息了。

"陈秘书，你现在就去找公安局尚局长，要他马上到我办公室来一趟。为了保密，我不打电话了。"

"好的，我这就去。"陈秘书转身走出去。

过了五天，陈秘书悄悄地告诉牛书记，省卫生厅来县里检查卫生的消息群众知道了。

"有这回事？"牛书记皱起眉头问。

四个月前，牛书记从邻县的县长提拔到 H 县当县委书记，刚上任不久赶上卫生大检查，全市四县四区，就 H 县不合格，搞得他脸上灰溜溜的，所以憋着一口气，争取复查中过关。县委昨天召开动员大会，要求全县各单位提前突击三天，迎接检查团。

"消息可靠，刚刚还有三个办事员在议论。"陈秘书严肃地回答。

"这些科局级干部，一点保密意识都没有，我要开会狠狠批评教育。"牛书记说。

全县科局长大会，牛书记首先带领大家学习了《国家保密法实施条例》，接着牛书记义正词严地训话：同志们，太可怕了。由于个别人泄密，坏人就能够准确发现我们的工作动向，使我们的工作无法开展，严重地破坏了政府形象。从今天开始，哪个部门哪个人再由于这种原因泄密，我可就不客气了，严格按党纪国法去严肃处理！

又过了五天，陈秘书悄悄地告诉牛书记，省高院工作组要来清查积案的消息群众又晓得了。

牛书记闻言惊呆了，手中的钢笔掉下来。前天晚上县常委会连夜传达，并布置了各种应对方案。不得了，群众怎么都知道了？

牛书记沉思片刻，说："看来这件事要认真对待了，让尚局长成立专案组，抓紧破案。陈秘书，你是知情人，工作上配合一下。"

陈秘书立刻回答："保证完成任务。"

尚局长很重视,给大案队队长布置工作:"这是牛书记亲手抓的案件,并委派陈秘书配合你们工作,7天之内一定要给我抓住泄密人。"

首先进行摸排,决定从县里召开卫生检查动员大会查起。那天,全县科局级负责人都参加了,都有泄密的嫌疑。全县科局级负责人有47人,调查9天才结束,没有发现泄密人。这种破案方法太慢,需要重新调整破案方向。陈秘书提议从散布谣言的人查起,顺藤摸瓜,就可以抓住泄密人。大家觉得有道理,陈秘书提供了谣言传播人名单。这个方法很有效,很快抓住了嫌疑人。嫌疑人叫邹斌,在县政府对面开了一家牛肉煎包店,由于价廉物美,生意很火。

这天上午,警车把邹斌拉到大案队,由大队长和陈秘书共同审问。

大队长:"姓名?"

"邹斌。"邹斌很奇怪,环视一下周围。

大队长:"年龄?"

"64岁。"邹斌不太习惯这种气氛,马上说,"我是个守法的公民,你们是不是抓错人了?"

"抓错人了?大街上这么多人,我们怎么不抓,单抓你?"大队长厉声说。

"照你这样说,这个世界上就不存在冤假错案了?我给你说清楚,如果我没有违法乱纪的行为,就是你迫害公民,草菅人命,我要去法院控告你!"邹斌很生气,大声喊叫。

陈秘书连忙劝说:"你老人家不用生气,我们今天请你来,就是落实几件事情。"

"你们尽管问好了。"

大队长问:"公安局突击检查娱乐场所的消息,是不是你说的?"

邹斌平静地回答:"是我在店里说的,犯法了?"

陈秘书问:"请问,你是听谁说的?"

"不要听谁说,看一眼就清楚了。蓝天娱乐城一大早就在门口支个大牌子,说是内部装修,停业一个月。老板和派出所有关系,有个风吹草动,人家早就知道了。在娱乐城抽老千的千手观音和快手张在我店里吃饭也说,风紧,赶快扯帆。"

大队长问:"省卫生厅来县里检查卫生的消息也是你说的?"

邹斌笑着说:"是我说的,真事呀。一大早,居委会主任城管大队长指挥群众搞卫生,县里的洒水车也出动了。不是省里来了检查团,小小的县城能会有这么大的动静?"

大队长问:"省高院工作组来县里检查也是你说的?"

邹斌点点头:"是我在店里说的。"

陈秘书追问:"你是怎么知道的?"

"我同事下岗了,那年58岁,拉板车卖水果,被城管掀了车子,双方拉扯一下,同事被城管打断五根肋骨一根胳膊,找到县里找到法院,5年了也没有处理。想不到,昨天法官找上门,保证5天内圆满解决。这不明摆着上面来人了,怕他们上访闹事吗?"

问清楚了,也不能再问了,大队长和陈秘书心照不宣对视一下。

大队长笑着说:"邹老板,我们问清楚了,现在送你回去。"

"送我回去?太简单了。"邹斌说,"你们找到我,我说我没有犯事,在店里问清楚就可以了,不要耽误我做生意。你们不听,非要把我抓到公安局。现在,你们办错了,照样拿工资。我没有犯法,挣不到钱了,你们理所当然要赔偿我的损失。"

陈秘书问:"赔多少?"

"1000元。"

"你想讹人?"大队长叫喊。

"我知道你不怕老百姓,怕当官的,我这就去找上面来的领导。"邹斌准备站起来。

陈秘书追问:"又来领导了?"

"我早上路过政府宾馆,看到保安都戴上白手套,如临大敌;书记县长的车停在第四位第五位,说明来了三位大领导。"

陈秘书喊道:"队长,给他1000元,马上送回去。"

灰橛子

钱青彦（河南）

只要老远一看见憨虎的羊群，抠婶就知道憨虎必定扛着篮子背着柴火跟在后边。

抠婶长一声短一声地开骂，天上飞的，地上跑的，水里游的，路上长的……都成了她含沙射影的工具。

谁家没蒸熟的货货色，挪俺地里的灰橛子了？

叫他娶不上老婆——

叫他爹娘光得治不好的病——

叫他下辈子还托生个哑巴……

兰草山的北山脚下，自西向东一道清凉凉的小溪潺潺流动。小溪的北边，是顺坡而下的一大块暄腾腾的黄土地。谷底的小庄里十几户人家都叫它"枕头地"，枕着大山的样子哦，不是吗？也有人叫它"带子地"，分到各家，细细长长的从山脚一直下到谷底。要是哪家没种麦子而种成油菜或者豌豆了，花开的时候，一条黄带子一条花带子在绿麦之间抖动。

各家的地界，都是用一根胳膊粗的木棒子，下面砍个尖头，牢牢地楔进撒上白灰或草木灰的地窖子里。地窖子就刨在小溪北边梗子上，那里长满了荆芽条、野蔷薇等各色杂草。讲究的人家，总是抡大锤把灰橛子砸进土里。凑合的人，随手捡块小石头敲上几家伙了事。

抠婶和憨虎家的地界橛子就露出地面一拃多长。

分到这块地的第四年吧，抠婶地这头走走，地那头量量，明显感觉到两头不一样宽了。她朝着憨虎连问带比画：咱两家是墙挨墙的邻居又地边搭着地边，你动俺家枕头地上的灰橛子了吗？

憨虎是个哑巴，他急起来脸涨得通红，脸部的肌肉颤抖着往鼻子靠拢，皱缩成了个没眼的核桃，噘着的嘴巴里发出呜里哇啦的喊叫，又粗又短的五指不停地摆着。

抠婶知道他能听见她说的话，他是在说：不是。

抠婶继续说："俺家低地种九楼麦，高处种十二楼麦，你说说这到底咋回事吧，嗯？！"

憨虎当然说不出咋回事。他只得看见抠婶就躲躲闪闪的，故意让羊群快跑或者慢下来。然而，东边的进山口只有一个，他和他的羊还必须走抠婶的门前过。

抠婶骂得更火了：

看那憨憨藏藏的鳖熊样儿,跑着走着都像那个挪橛子的货,歪着扭着也像那个挪橛子的货,趴着爬着还像那个挪橛子的货……

那天傍晚,憨虎放下装着野蘑菇和药材的篮子,卸下背上粗细不匀的干柴,赶羊进了圈后,泪吧吧地跪到病重的寡母床前,呜呜地连哭带比画起来。

寡母让憨虎背她到抠婶门前的大青石上坐下,抠婶立马止住了叫骂。

"去叫会计量地!"憨虎娘说完就晕了过去……小庄的人都慌了。

会计找人刨灰橛拉长绳,乖乖嘞,枕头地里,抠婶多种了憨虎家三楼地。

抠婶自知理短,一声气儿也不吭了,晚饭也没心情做,就躺床上睡了。

半夜,她的儿子做噩梦说胡话:老骚胡挣掉灰橛子跑了……枕头地埂子上好多老鼠洞……楔上了……哈哈哈大橛子楔上了……

抠婶拍醒了儿子:"山娃,你知道橛子的事,是啵?"

山娃抽抽噎噎地说,那天他拴老骚胡(公羊)在灰橛子上吃草,就和小伙伴们掂着小桶下溪里捉鱼捞虾了。往东边走了好远好远,一抬头,忽然看到老骚胡拉着橛子正跟着他们看哩。他慌忙爬上来,拉着羊倒回去。田埂上有很多大大小小的蛇洞和老鼠洞,他约莫差不多了,就把橛子楔进了洞。听见娘骂,想着自己把橛子楔自家地里少种地了,娘肯定不依,他就更不敢吱声了。

抠婶想着这半个月来,荤的素的骂得血淋淋的,反倒是自个儿收兜了,不禁气从心来,一口黑血喷了老远,身子软软地倒了下来。

听见山娃的哭声,憨虎鞋都没顾上穿,就跑了过来。他背起抠婶,光着脚飞风似的向山下的诊所跑去。

谋杀李三

张建春（安徽）

这是一个陈年旧案。

寡汉条李三死了，死在了大门虚掩的家里，是被放露水牛的二娃发现的，二娃口渴了，讨杯水喝，推开李三家虚掩的门，看到李三蜷曲在床上，头上套着个破裤衩，僵僵的死了。

人命关天，随着二娃的惊叫，村庄乱了套，围观的围观，报案的报案，猜测的猜测，一时间鸡飞狗跳。

刑侦队长老徐带着一干人迅速赶到，封锁了现场。现场凌乱，围观的人太多，现场早被破坏得差不多了。

老徐干刑侦近30年了，命案必破，这是做刑侦的铁律，在老徐手里侦破的命案不下20件，算得上是高手了，也是公安局顶尖的破案能手。

根据二娃的陈述，一是门虚掩，二是裤衩套头，老徐初步判定，李三属于不正常死亡，被杀的可能性极大。

法医的鉴定证实了老徐的判定，是窒息而亡的。李三死前有过挣扎，是口鼻被捂后的拼命挣扎，床上破了的被单可以证实。

老徐有两点百思不得其解。第一是李三被捂死后，凶手为何拽了李三的短裤套在了李三的头上，按说杀了人得匆匆逃离，即便要把死者的面部盖住，能盖的东西多，何必用裤衩？第二是李三住的地方，孤零零的，房子盖在了人家的老坟地上，面对一口大塘，塘前有路，大门就紧贴着路，怎么说也是不适宜居家过日子的。

老徐的侦破工作，就从这两个百思不得其解中开始。

李三的房子所建在的老坟地，恰在两个郢子之间，一个叫李郢，一个叫王郢。李郢是李三的坐耕地，坟是王郢王品家的祖坟地。

两个郢子是老徐的调查重点。没想到的是两个郢子的人对李三的死处于兴奋状态，一旦进入实质阶段，对老徐提出的两个问题，又都一问三不知。至于裤衩套头，郢子里的人只是笑，笑却是愉快的。在王品家坟地盖房的事说得就多了，但都指责李三不应该，欺王品家没人，王品一家早进城了。李三执意在王品家老坟地盖房，王品和李三交涉过，李三不讲理，提着锹把王品撵得团团转，还扬言不给盖房杀他全家。这个情节是李郢、王郢人共同认可的。在人家老坟地盖房，挡后人出路，这是天大事，结仇呢。王郢、李郢人郑重其事地认为。

是王品报复杀人？老徐派人员进城，对王品一家进行暗中调查，王品及家人在事发当晚都有证据没离开城，不在现场。和王品接触，说坟地的事，王品落泪，说对不起先人。王品报复杀人,可以否定。

那么就排查李、王二郢的人吧。老徐一户户调查走访,发现两个郢子都是些老人、妇女和孩子,青壮年进城打工去了,妇女们也不年轻。令人吃惊的是在李三被害的夜晚,两个郢子人约好了般,通宵达旦都集中在月光下剥毛豆,正是毛豆上市时,豆米能卖大价钱。两个郢子人一直有种毛豆的传统。郢子里的人相互证明,没有作案时间,也没去过作案现场,谈不上有嫌疑。

太明白了,太清楚了,太干净了。老徐瞪大了眼睛,陷入了困境。

不过在调查中,发现李三是个劣迹斑斑的人,偷鸡摸狗、无赖蛮横不说,还利用住得偏远,组织容留卖淫,10元、20元一次,女人多是留守妇女,甚至有李、王二郢的。

又一个线索。老徐组织力量,对外出打工的男人进行调查,是否因李三组织卖淫伤害了外出打工的丈夫,夜里悄悄潜回杀害李三,又悄悄跑了?调查的结果很明确,李、王二郢,连同周边打工的人都在打工的城市窝着,动也没动。

再一个是流窜作案,可作案的目的是什么?经现场调查,李三家一根草也没少。

仇杀、情杀、意外杀人总得留下些什么?留下了,留得明显,裤衩套头。老徐突然感觉自己很无能,甚至无能得找不到李三是被什么东西捂死的,不是手,不是织物,该是什么呢?

在侦破过程中,李、王二郢的人明显冷淡,唯七十多岁的李五爷跟前跟后,李五爷是李三的亲叔子,侄子死了,自然比别人多了些悲伤。

李五爷断断续续说过一些话,比如,"杀牛要蒙上牛的眼睛,牛怕呢。""杀猪不要,白刀子进红刀子出,畜牲就是要挨刀的。""李三死了好,省得害人,见不得祖宗哦。"这些话老徐听进了,只觉怪怪的,但又说明不了什么问题。

案子只好挂起来了。老徐很失败,"命案必破",这案子老徐破不了。

老徐退休了,可心有不甘,做刑侦一辈子,唯一没破的就是李三被害案。

老徐再次走进了李郢,还是有人记着老徐,记着老徐的人是二娃。

二娃交给了老徐一个封死的信封。说是李五爷让转交的,李五爷知道老徐还会来。李五爷早死了,安葬那天,李、王二郢人都给他披麻戴孝。这是二娃结结巴巴说出的。

信抖落出李三死的真相。

"杀人者,五爷也。塑料袋灌水五十斤,捂鼻嘴,加老体百斤,遂死。剥豆,吾安排也,村人无嫌。吾苟活数年,惭愧,惭愧。"

老徐大惊,原景就还原了。两郢人集中剥豆子,李五爷悄然而出,至李三门前,用塑料袋在塘中灌水,捂住李三口鼻……就这么简单。

案子破了,凶手早已化为灰尘。老徐深深叹了口气,命案必破,法不容情哦。

那为何裤衩套头?二娃不屑地回答:坏事做绝了,裤衩套头,不能见老祖宗。

老徐哈哈大笑:好你个李五爷。

配 合

陈拉丁（江苏）

上午 10 点左右，有敲门声响起。

"咚，咚，咚。"礼貌的三声。

开门，还是不开门？不久前刚搬到这间公寓，我还没把自己的住址告诉任何人。房东上星期才来收过房租。或许是上门推销的推销员？不，搬来这里的这段时间，我从没遇到过推销员。

这年头已经几乎见不着上门的推销员了。

工作日。上午。没有访客的我。敲门声不该在这种时候响起。

踮起脚，我透过猫眼向外看去，门外站着一男一女。敲门声再次响起。我将门打开一道缝，然后意识到我忘了挂上防盗链。这或许是个失误，但现实容不得我暂停哪怕片刻。

"你好，警察。"礼貌地笑着，门外的女人出示了证件，"有几个问题要问，希望你配合一下。"

警察？

女人手中的证件与我所认知的警察证件很相似，证件照上的人也的确就是眼前正在说话的女人。

出于听到"警察"二字的下意识反应，我敞开公寓的大门。被警察登门询问，参与到不为人知的秘密事件当中去，对悬疑推理小说的爱好者而言这简直是欲罢不能的梦幻场景。内心的狐疑伴随着不合时宜的雀跃，我配合地将对话进行了下去。

"这间屋子住了几个人？"问话间，旁边的男性已经掏出笔记本开始记录。

对方可是人民的警察，是正义的伙伴，不能说谎，得要认真配合他们才行。迅速将自己代入"良民"角色，我选择回以实话。

"三个人，"我回答，"我和另外两个女生合租了这个公寓。"

这是实话，不过我没打算告诉他们另两位同租的女孩这个月恰巧回老家了。说谎会引来不必要的麻烦，选择性地说出事实则无可厚非。今天只有我一人在家，我不想让他们轻易得出这个结论。

多日的独居让我变得敏感多疑了。

"三个女生，是吗？"闻言，门外的女人点了点头，"这两个星期里只有你们住在这里？有没有 30 岁左右的男人来过这里？"

"没有。"

"你和那两个女生有没有男朋友？这段时间有没有留男性朋友在这里留宿？"

"没有。"

失算了。再一次下意识给出回答的瞬间,我的心猛抽了一下。为什么要老实回答他们?这不就暴露了这个屋子里只有年轻女孩的事实吗?抬起视线,我暗自记下门外那两人的相貌与着装。

他们穿成游客模样。女人唇下有颗痣,长发随意地绾在脑后,灰色 T 恤和牛仔裤是随处可见的普通款式,还背着装得鼓鼓囊囊的黑色登山包。男人个头很矮,穿着深色上衣,唇上灰色的短胡楂中可以看见几星白色。简而言之,十分不显眼。他们也许就是所谓的便衣警察——电视剧里都是这么演的。

可如果他们不是警察呢?

胡思乱想间,问话已经结束。合上笔记本,站在一旁的男人抬起头:"可以看一下你的证件吗?"

"哦,请等一下,我这就去拿。"

转身回到房间去找证件时,我在心底把自己骂了千百遍。怎么可以忘记挂上防盗链呢?怎么可以对那两个来历不明的陌生人敞开大门呢?他们之中可是有男人,如果这时他们冲进来了怎么办?

以最快的速度取了证件,我飞奔回门口。那两位自称是警察的人在征询了同意之后,掏出手机给我的身份证拍了照。接着,他们微笑着表示已经得到了所需要的讯息,而我也微笑着目送他们离开。

"咔嚓——"

我合上门,然后立刻拴上门旁的防盗链。隔着门,能听到隔壁的门铃被按响。

虽然完美地配合那两位警察完成了询问,但说实话,我对自己的表现并不满意。

太莽撞了。

贸然给陌生人开门是一种冒险,而我会选择配合对方回答问题,也只是因为对方先入为主地表明了自己的"警察"身份。为了避开不必要的嫌疑,大多数人在面对"警察"时都会下意识地选择配合。而事实上,虽然在影视作品中看过不少,我从未在现实中见过真正的警察证,也无法一眼识别证件的真假,反倒是先一步被对方出示的真假未知的证件给震慑了。

我所有的担忧与疑虑,皆是来源于"他们是不是真的警察"这一纠结。思考,我需要不断思考,来打消自己的疑虑。哪怕最终得出了可怕的结论,确定的负面的真相也远比未知的危险的混沌来得叫人安心。

倘若那两个人是真警察,从他们的问话逆推,可以猜想他们正在寻找某名男性。然而,他们问话时只提到了"30 岁左右的男人",却没有出示任何参考用的照片,甚至连相貌、衣着等细节描述都只字不提。比起"寻找某个特定的人",他们的问法更像是在反复确认这间公寓里是否住了成年男性。

倘若那两个人不是警察,他们的行为反而更说得通。只需敲一下门,就可以得知很多情报,再加上"警察调查"这一冠冕堂皇的理由,那些道貌岸然的家伙获取信息就更加容易了。工作日的上班时间家里是否有人,屋内的人警惕性如何,都能够很快得知。而如果有人开门,通过交谈也可以大致得知住民的身份:是否独居,同居人都有哪些。他们甚至还有机会摸清室内的布局——若我是进行踩点的小偷,一定会很乐意这么做。

隔着门,能听到那两位"警察"仍在按响同楼层其他住家的门铃。他们还在公寓楼内。

希望警察们能原谅我的多疑……这样想着,我拨通了报警电话。接线员说会有人去现场确认。

上午 11 点,警察敲开我的门,问我是否有看到一男一女:男人个头很矮,女人的唇下有颗痣。

捕鼠笼

龚茂林（浙江）

老孙决定抓住肇事的松鼠。

这是个老小区，树多，松鼠也多，抬头就能看到大尾巴的小家伙们在树丛间蹦跶。本来是道风景，但现在却成为讨厌的破坏者——老孙腌制的腊肉年货挂上阳台没两天，松鼠就过来吃白食了，而且不止一次！

老孙是个爱憎分明的人，邻里关系处理得恰到好处。退休后喜欢做点美食，谁家送一点，谁家不值当送，心里有杆秤。这么一个性格鲜明的老同志，被小小的松鼠轻辱了，是可忍孰不可忍。

巧手老孙坐在楼梯口，花了半天用铁丝编出一个捕鼠笼，几个放寒假的小孩跑过来看得津津有味。做好的笼子放到阳台上，里头搁上一小块腊肉。老孙出门直奔小区舞厅而去，半为自娱，半为诱敌。

跳完舞回来。笼门紧闭，显然机关启动了，但笼内空空如也，诱饵完好无缺。

第二天，老方一贴。机关再一次启动，笼子再一次空空，诱饵再一次完好。

松鼠没有这个智商和技术。只能是人！

这要从后果倒推动机和动因，再结合现场具体分析。

后果很显然：阻挠捕鼠行动，变相包庇松鼠，使其逃脱制裁、逍遥法外，对老孙的腊肉造成可预见的危害。

动机：搞搞老孙，让他不痛快不舒服。

动因：老孙惹到这个人了。

老孙根本不用多推测——嫌疑人就是这个单元楼里他从来不送美食的几家。也不是从来不送，是自从小区开了舞厅以后不送。老孙现在是个鳏夫，心灵手巧心热，不干活的时候西服笔挺，跳舞的老太太都欢迎他。有人欢迎就有人讨厌，一些老太太的老伴或舞伴就仇视上他了。你仇你的，我跳我的，听蝲蝲蛄叫还不种地了。

楼上那家老头成为第一"嫌疑人"。

这个小区的阳台都是外伸裸露的。楼上只要拿根竹竿，探脖子捅一捅老孙阳台上的笼子，机关受到震动就会启动。

老孙此刻正躲在楼底下的大樟树一侧，翘首翻眼窥着那家阳台上的动静。

今早捕鼠笼又被老孙完善了一下，模糊触发模式升级为精准触发，除非咬拽诱饵，别的击打都不起作用。但还是不能放过"包庇犯"。

功夫不负有心人，那家阳台上有人了，不过是他家老太婆，她在阳台兜了一圈，朝楼下探探头，回屋去了。

她又出来了，靠近阳台又朝下观察了一眼，伸出似乎攥着什么的双手……

老孙又兴奋又紧张——抓她个现行！

橘子皮下雨般坠下来，有一片还差点御风而行到老孙的脑袋上。

老孙暗暗骂了一句，活动活动酸麻的脖颈，失去耐性了，不如跳舞。

舞厅里，楼上老头也在。老孙和大家打着招呼，和楼上老头默契地互相无视。

尽兴而归。阳台上的捕鼠笼纹丝未动，诱饵也在。

老孙鼻子还是蛮灵的，很快察觉到异常：有异味，应该是风油精。

源头很快找到——捕鼠笼。就算是老花眼也能看到斑斑点点的浅绿色痕渍。

老孙用手机搜到：松鼠对异常的气味非常警觉和排斥。怪道它今天不来呢。有名之火又一次"噌"地蹿上老孙的脑门。

他呼哧带喘、无计可施地站在阳台边，真想梗着脖子大骂几句。突然发现另一处异常。

老孙家和隔壁那家租赁户的阳台只隔着一个空调外机的空架子，老孙在上面摆了好几盆花，顺便起到隔离隐私的作用。异常在于：这些花瓣和枝叶有新损伤，其实这个现象出现好几天了，只不过今天尤为明显，最近又无风无雨。

相隔这么近，老孙没有怀疑过吗？没有。

两家相处得很融洽，老孙前几天还送过去一份腊肉，叮嘱那对中年夫妇要挂阳台风干一周。松鼠会偷老孙的，也必然会偷隔壁的，同是受害人，自然不会生出猜疑。

晚上老孙端着一碗"腌笃鲜"，敲开隔壁的门。

夫妻俩高兴地请他同吃，老孙说已经吃过了，就坐在沙发上和饭桌上的一家三口聊天。老孙问："妮妮喜欢这个腊肉吗？"妮妮就是这家上小学的女儿。

老孙进门的时候，妮妮喊了他一声，就再也不说话了。

女主人说："喜欢，上次您给的那块，挂了一天她就叫着要吃。"

"吃完了吗？"

"就烧了一次，喜欢得很。然后她又突然说不要吃了，也不让我俩吃。"

"还挂着呢？"老孙指了指阳台方向。

"没有，不见了，怪吧？我们白天上班，也不知道她在家里拿肉玩什么游戏，问了也不说。"

妮妮低头扒拉着饭，不说话，只是脸蛋越来越红。

老孙见状就不再言语了，只是饶有趣味地看着茶几上的作业，随手拿起作文本，翻看起来。

妮妮饭也不吃了，扭头直勾勾地盯着老孙手中的作文本，嘴巴紧紧地抿着。

翻了几页，看到一个题目：我的好朋友小松鼠。

老孙合上本子，起身告别，临出门的时候又回过头来，笑呵呵地说："妮妮，我这就回去把笼子收起来啊，保证再也不用了。"

刚才一进门,老孙就直接走到阳台门口,闻到明显的风油精味。

那天他在楼梯口编笼子的时候,妮妮问了一句:不抓松鼠行不行?老孙当时只当是一句趣话。

腊肉嘛,放屋子里又不是不能风干。

另外,那几个嫌疑犯老家伙,被我在肚皮里咒了好几天,也给他们送点肉吧,过年嘛。

啄木鸟与枫树

刘琛琛（湖北）

一个眼神。

张老师的噩梦是从林小枫的一个眼神开始的。

放学后，张老师约谈林小枫，问上课为什么走神？林小枫低垂着头，令张老师联想起一些被折断颈椎的生物。

林小枫偷空瞅了张老师一眼，那是怎样的眼神啊，讨好、恐惧、不安……

张老师拍一拍林小枫的肩膀，放柔语气，小枫……

林小枫后退几步，惊慌失措地逃出教室，张老师紧随其后追出去。

以上短短几分钟的视频，正供人反复揣摩。

张老师说，幸好有摄像头，我什么都没有干。

林小枫父亲说，如果你没干，小枫为什么一见你就逃？

校长连忙打着圆场，林经理，这其中是不是有什么误会？张老师去年刚分配到我校工作，口碑良好……

林小枫父亲叫林有德，五十来岁，是"物质再生利用企业"总经理，也就是个收废品的，名片上林有德自封总经理，校长顺水推个舟。

林有德一跳三尺高，他是个强奸犯！他追小枫追到胜利巷，见周围没一个人，也没有摄像头，就开始脱她衣服，小枫还不满十八岁呀！

张老师跺脚，校长，如果现在有把刀，我就开肠破肚自证清白。现在的学生娃儿心理脆弱，挨不得说，我怕林小枫出事，一直追她到胜利巷，我拉住她的胳膊她就痛得大喊，我掀起她的袖子一看，新伤旧痕惨不忍睹！经过追问，是林有德猥亵他的女儿！

林有德抄起讲义摔在张老师脸上。

校长连忙扯开斗殴，问躲在角落里的女孩，林小枫，你快说句实话，你爸和张老师，谁是坏人？

林小枫右胳膊缓缓扬起，定定地指向张老师。

张老师五雷轰顶。

身正也怕影子斜！

为了女儿名声，林有德选择不报警；为了学校名誉，校长也建议私了；张老师倒想报警，又怕林小枫一口咬定他是侵犯人，他满身长嘴都说不清。

被林小枫指认后，学校开除了张老师，未婚妻也离开了他。

天亮了，天也变了。

林有德不仅收养孤女林小枫，还经常救助街上的流浪者，多年来，林有德自掏腰包，资助了十几位流浪者返家。

这样的善良人，怎么会猥亵自己的女儿呢？没人肯相信张老师，不，现在是无业游民张白勇。

张白勇发誓付出一切代价，也要揭穿林有德的嘴脸。

林有德是收废品的，和拾荒者与流浪汉打交道最多。张白勇潜伏到这类人群里边，打听林有德的过往罪状。混迹了很长一段时日，谁也看不出来张白勇曾经是位老师了，他稻草样的头发上爬满了虱子，衣服上传出令人作呕的臭味，整个人暴瘦几十斤。

一个月高风急的夜晚，张白勇终于守到林有德。林有德扔给张白勇半个馒头，馒头滚到泥泞里。

张白勇抢起馒头，头也不抬就着泥水狼吞虎咽，林有德已经认不出来眼前这肮脏之人是曾经的张老师了。

和另一个流浪汉一起，张白勇被林有德带回放垃圾的仓库。

有一天，林有德笑容可掬地说，走，林经理送你们回家。

张白勇等人被辗转卖到一个矿洞。没想到，蛛丝马迹的传闻竟然是真的。

在矿洞里，张白勇被迫没日没夜地干活。

九死一生的出逃经历不堪回首，张白勇终于重见天日是在一年以后，涉嫌人口拐卖的林有德被绳之以法。

张白勇再次约谈林小枫时，她已经是大学生了，地点就选在离学校不远的森林公园。

为什么？张白勇问。

那一天回家后，他发现我哭红的眼睛，不断拷问我为什么晚归，我实在没有办法，只好说出你得知了他干的坏事，还打算天一亮就报警。是他逼我，逼我指认你，万一他被抓了，我就又成了孤儿……张老师，他、他也不完全是坏人，他养大了我，还供我吃穿，供我读书……林小枫说。

小枫，你看，那只啄木鸟在干什么？张白勇的目光移向不远处的一棵枫树。

春暖花开的季节，枫树正在抽芽，一只啄木鸟盯上它了，咚咚咚，咚咚咚，小鸟不大，但嘴狠，很快把树干砸出一个坑。

林小枫答，啄木鸟在捉虫。

张白勇说，一直以来，人们以为啄木鸟是在吃树木里的虫子，事实并非如此，啄木鸟并不是什么好鸟，它啄枫树并不是为了找虫子，而是寻找枫糖浆，枫树被它啄得千疮百孔。枫树的生命力很强，但也架不住啄木鸟这样祸害，它终将会死亡。然而当枫糖浆分泌出来，其他动物也闻蜜而动，这让啄木鸟分了心，驱逐敌人，霸占自己的地盘，啄木鸟再也没有精力啄树木了，枫树趁机得到喘息，它修复伤口，逃过了死亡的命运,获得新生。

林小枫低垂着头,他又联想起了一些被折断颈椎的生物。

张白勇拍一拍林小枫的肩膀,放柔语气,小枫……

林小枫立马后退几步,她没有逃,反而抬起眼皮直视着张白勇。

张白勇愣住了。

林小枫长大了,早已不再是当年的眼神,这双眼睛里满是勇敢、警惕、嘲讽……

这眼神,土崩瓦解着张老师心中,最隐密的罪恶。

你想干什么

张迎春(广东)

　　我趴窗台上往下看,很久了。
　　哪一棵树伸展出嫩嫩软软的枝条,我知道。哪一根嫩嫩软软的枝条萌出了毛茸茸鹅黄色的芽苞,我也知道。其实,更多的时候,我不是在看,我在听。
　　唧,唧唧。那一定是我的大白鸟。独往独来的大白鸟。就像此刻孤孤单单的我。小区里黑灰相间的大鸟多得是,全身雪白只有眼圈和尾巴有黑色点缀的鸟不多见。我叫它,我的大白鸟。
　　唧唧,啾啾。那是两只形影不离的鸟,姥爷说,那是一对。这一对鸟,节目可真多。一会儿是二重唱,清清凉凉,婉婉转转,就像大山里的小溪,蹦啊跳啊,好听极了,快乐极了。一会儿,又头挨着头说悄悄话。就像我和姥爷的秘密,只有我们两个人知道。
　　唧唧唧唧,哈。一个小队的鸟在经过吧?就像我和我们班的同学。走到哪儿,叮铃铃的铃声一片……唉,好想我的老师我的同学啊!一个月,两个月,我都三个月没有上学了。姥爷说我是一年级的小豆包。我是一个有点可怜的小豆包啊。
　　房门轻轻地响了一声,似乎只开了一条不大的缝,只一会儿,又关上了。我没有回头。过了好大一会儿,房门又响了一次,这一回那条门缝,开得大多了。等不及它大开,我大喊一声,姥爷!从床上跳下来,钻过姥爷拽着门把手的腋下,光着小脚丫,一下子就冲了出去,堵在了姥爷的面前:
　　姥爷你想干什么?!
　　姥爷吓了一跳。看清是我,姥爷笑了。笑了的姥爷眯起的眼睛弯弯的,大脑门亮亮的。
　　姥爷去钓鱼。姥爷说。
　　不对!姥爷,你一没有准备鱼食,二没有调整鱼竿,三没有带抄网,四没有带鱼库……姥爷说,谁说我没有准备好,阳台看看去。
　　我没动。
　　虽然我知道姥爷很想很想去钓鱼,从前他每周都去钓鱼。姥爷钓鱼老厉害了,他钓的大鱼,比一比,都快有我高了。
　　但我还是觉得他不可能去钓鱼。
　　你说我不可能去钓鱼?那好,不去钓鱼了。
　　姥爷去打乒乓球。姥爷说。
　　不对!你肯定不是要去打球。

姥爷一个月要粘一回皮子吧？可你三个月都没有粘皮子了。你说皮子该粘不粘，手感完全不对，打球一点都不尽兴。不好玩。

我知道姥爷特别特别想去打球。姥爷打乒乓球很厉害的。平时他每天都去，一天两场。赶上打个小比赛啥的，一天三场也打过。姥爷说过，他一天不打球，全身哪儿哪儿都不舒服。

行，你说我不是去打球，那我今天就不打球了。

姥爷去喝茶。姥爷又说。

现在是上午啊！姥爷！上午不出去喝茶，你自己说的。而且，你也没有到柜子里取你的好茶呀。我为自己没被姥爷骗到哈哈大笑。

我知道，姥爷和他的几个老朋友，惦记着一个爷爷，那个爷爷家里只有他一个人。他们经常聚在一起，喝喝茶聊聊天，半天的时间就过去了。

姥爷挠挠他没有多少头发的头，姥爷下楼看看就回来，行不行？要不，咱俩一起？悄悄的？

不，不行。姥爷。不能出门，都得在家待着。爸爸妈妈说了，大家都在家待着，就能早点打败怪兽。新型冠状病毒就是怪兽呀。爸爸说那是看不见的怪兽。爸爸妈妈这多天不回家，就是去打怪兽了嘛。我很认真地回答。

怪兽打败了，爸爸妈妈就能回家陪我玩了。这句话我没敢说，我怕自己哭。

唉，我多想爸爸妈妈早点回来呀。我都很久没和他们一起出去玩了呀。和姥姥姥爷出去玩玩也行啊。但是不可以。我得完成妈妈交给我的任务，紧紧看住姥爷，不许姥爷出门。其实，妈妈的意思谁不明白呀，看住姥爷了，也就看住我自己了。

好，就听我孙子的，不出门。房门开一会儿，通通风，就关上。姥爷摸摸我的头，说。

作业写完了？老三样开始？

姥爷说的老三样，一是看《名侦探柯南》，剧场版的。二是听喜马拉雅《福尔摩斯探案全集》……姥爷，三呢？我提醒姥爷。

姥爷笑眯眯地宣布，今天一年级的小豆包逻辑推理测验通过！

姥爷笑的时候，眯起的眼睛弯弯的，大脑门亮亮的。

哈！原来姥爷果然是在考我呀。

我高兴地跳了起来，就好像距离我的理想又近了一步。

你猜对了，我长大了想当警察。当一个什么复杂的案件都能用逻辑推理破案的厉害警察，当一个听到我的名字罪犯就会害怕的好警察。当然也不是绝对必须一定要当警察，毕竟，从小学习逻辑推理，将来做什么都不多余。我姥爷说的。

左邻右舍

李士民（河南）

那些天,满堂有了一件烦心事。

其实,满堂的日子过得很滋润。

满堂媳妇去了城里,给儿子看儿子去了,所以,满堂一个人在家,就很自在了。早上,满堂的呼噜可以打到钟表上的任何一个指针,然后,扛着鱼竿去沱河边钓鱼。晚上,满堂品着新鲜的草鱼,喝一杯原浆酒,日子过得有滋有味。

没想到,不招谁不惹谁,满堂也会遇到麻烦。

早上,满堂打呼噜的时候,西邻的一只公鸡开始打鸣了,叫了一次,又叫了一次,像刚中了状元一样炫耀,停了一阵子,又像刘备得了荆州一样显摆。这样,满堂的呼噜就不响了。

晚上,满堂的原浆酒喝得正浓,东邻的一只狗开始叫唤了,门口有脚步声,叫唤一阵子,路边有说话的,又叫唤一阵子,哪怕是一只蚊子嗡嗡,那只狗也会嗷嗷一阵子。这样,满堂的原浆酒就不香了。

满堂早上睡不好觉,心里像被鸡爪挠了,晚上的酒不香,心里像被狗爪抓了。

没办法,满堂只好想了一个办法。

傍晚,满堂趁人不注意,把西邻的公鸡逮住,捏紧脖子,就不能叫唤了。满堂回到家,把公鸡杀了,毛拔了,然后,满堂把鸡肉放到锅里,文火慢炖,趁着空儿,乘着夜色,满堂把鸡毛放在了东邻家门口。

满堂回到家,一边品尝公鸡美味,一边美滋滋地盘算,免费吃了一只公鸡不算,还让西邻知道,他家的公鸡是被东邻的狗吃了,而且,还解决了早上不能熟睡的烦恼。

第二天傍晚,满堂在一只馒头上下了药,让东邻的狗吃了。狗吃了药,心里发烧,狂奔不止,一头扎进了沱河里。

夜里,满堂躺在床上,兴奋得睡不着。他琢磨着,大家都会认为,西邻家的公鸡被东邻家的狗吃了,之后,西邻家药死了东邻家的狗,这样的话,所有的问题都解决了。

果然,满堂恢复了往日的滋润。早上,满堂的呼噜可以打到钟表上的任何一个指针;晚上,满堂可以品着新鲜的草鱼,喝一杯原浆酒。

只是,隔着东墙,满堂听到了东邻家说话声。东邻说,咱家的狗,吃了西邻家的公鸡,狗不懂事,人要达理,咱要给人家赔一只公鸡。

隔着西墙,满堂也听到了西邻的说话声。西邻说,东邻的狗,吃了咱家的鸡,东邻家的狗被药死了;这样的话,东邻家肯定会认为是被咱们药死的,所以,不管是谁药死的,咱都要赔东邻家一条狗。

没过几天,东邻家给西邻家买了一只公鸡,西邻家给东邻家买了一条狗。东邻给西邻家送公鸡的时候,东邻说,真是对不起,俺家的狗吃了您家的鸡,给您赔个不是。西邻给东邻家送狗的时候,西邻说,真的对不起,这个,那个,给您赔个不是。

于是,早上满堂打呼噜的时候,西邻的公鸡又开始打鸣了,叫了一次,又叫了一次,这样,满堂的呼噜就打不起来了。晚上满堂喝原浆酒的时候,东邻的狗又开始叫唤了,一声接着一声,这样,满堂的原浆酒就不香了。

满堂怎么想都想不明白,想来想去,又想出了一个办法。

头一天,满堂先是药死了东邻家的狗,第二天,满堂又吃了西邻家的鸡。

满堂觉得,自己是村里最聪明的人。这样的话,东邻就明白了,西邻家的鸡不是东邻的狗吃的,如此,东邻家也不会再赔西邻家一只鸡了。同样,西邻也清楚了,东邻家的狗没有吃西邻家的鸡,西邻家也没有理由药死东邻家的狗了,所以,西邻家也不用再赔东邻家一条狗了。

可是,隔着西墙,满堂又听到了西邻的说话声。西邻说,这一回,东邻的狗,确实没吃咱的鸡,可是,没吃咱家的鸡,东邻的狗还是被药死了;这样的话,东邻肯定会认为是被咱们药死的,因为提前药死东邻家的狗,就不会吃咱家的鸡了,所以,不管是谁药死的,咱都要赔东邻一条狗。

隔着东墙,满堂又听到了东邻家说话声。东邻说,这一回,咱家的狗,确实没吃西邻家的公鸡;想一想,狗没吃鸡,人可以吃鸡,西邻家的公鸡没有了,会认为是咱们给吃了,所以,不管是谁吃的,咱都要给人家赔一只公鸡。

满堂听了,竖起了大拇指。

审 狗

陈学超（安徽）

刘黑子担心被小偷惦记，为了防贼，他花钱买了一条狼狗看家。狼狗长得一副凶相，尤其是它那双眼睛，更是瘆人，不要说是陌生人，就是一个村的人，也都别想靠近它，小偷想打他家的主意还真不大好办。

孙奎饲养了一头牝牛，刚生下小牛犊，牛犊生性活泼好动，时不时地就往四处乱跑一气。孙奎和刘黑子，两家人是东西院的邻居，低头不见抬头见，不论是大人还是孩子，他们相处得一直很好。关系归关系，一旦牵涉到各自的利益，孙奎也好刘黑子也罢，刻薄话还是会说的。

孙奎看到刘黑子喂的这条狼狗不是个善茬，就有些担心，万一哪天这条狗拴不牢实，挣脱链子，咬伤了他家的人或者家畜家禽，岂不伤了两家的和气？于是就对刘黑子说出了自己心存多日的忧虑。

刘黑子瞟了一眼狼狗，摇开了脑袋："孙奎，我把狼狗用铁链子拴在磨盘上，不信它能挣脱了，跑到你家咬死一只鸭子、一只鸡！"

刘黑子如此打包票，孙奎不好再多说什么，不过在他心里仍不大放心。

没几天，孙奎担心的事情还是发生了——那头刚出生没几天的牛犊子就遭遇了不测，被什么东西咬死后还吃进了肚子里。孙奎怀疑刘黑子喂的狼狗是制造这起惨案的罪魁祸首。刘黑子死活都不肯相信，狼狗被他看管得比犯人还严，怎么可能会跑到孙奎家咬死牛犊子，并且吃进肚子里呢？这事极有可能是狼干的，因为在这之前，村子里有的人家喂的羊曾经被狼祸害过。

孙奎是出了名的一根筋，一口咬定，这事就是刘黑子家狼狗干的。

刘黑子大为光火："孙奎，既然你这么肯定，那好，我来问你，是你亲眼所见，还是有人给你做证？"

孙奎顿时无语，他既没有亲眼看到，也没有旁证，只是猜测而已，不过这个猜测也不是一点道理都没有，因为这个地方只住着他们两家人，就是有小偷来偷牛，他不可能只偷牛犊不偷母牛；即便有狼来过，那也是几年前发生的事了，现在早已没了狼的踪迹。

两个人各说各的理，正僵持不下，镇派出所杨刚强所长打此路过，两个人像看到了救星似的，一起迎上前去，要他来做个公断。

给狗断官司杨刚强还是头一次，可既然遇上了，就不能一推六二五，打量了一眼狼狗，杨刚强说："孙奎，刘黑子，你俩说的事情从表面上看都有几分道理，不过，在没有事实做依据的情况下我不好轻易下结论。这样吧，刘黑子，你把狼狗牵到镇派出所去,通过审问,牛犊子是不是它咬死、吃掉的,自然会弄个一清二请。"

刘黑子噗地笑出声来:"杨所长,你可真逗,给人断官司还不够,还要给狗断官司!"

杨刚强紧绷着脸,面如死水:"刘黑子,你认为这是笑话吗?"

刘黑子看杨刚强认真起来,不敢再笑。杨刚强扫视了刘黑子一眼,接着刚才的话说:"不论是对人还是对狗,我们都要用事实说话,不能让其背黑锅。"说过这话,他让刘黑子速速把狗牵到镇派出所去。

刘黑子不敢违拗,乖乖地牵着狼狗,来到镇派出所后,杨刚强让他把狼狗牵到一间小屋内,拴在墙上的铁环上。刘黑子担心狼狗没人喂,饿着了,要回家拿东西,被杨刚强给制止了。

第二天一大早刘黑子就去了镇派出所,没想到孙奎比他来得更早。过了一会儿,杨刚强来了。刘黑子迫不及待地问:"杨所长,我家狼狗招供了没有,牛犊子是不是它吃的?"

杨刚强依旧没有笑,一脸严肃的表情:"是还是不是,马上就见分晓。刘黑子,我问你话,你要如实回答。"

刘黑子点过头,杨刚强问他,平时都给狼狗啥东西吃。

"也没喂啥好东西,主要是玉米饼子,有时,赶上人加餐,吃剩的羊骨头也好,猪骨头也罢,就都拿去喂狗。"

杨刚强心里有数了,打开房门让刘黑子牵出狼狗,指着地上的一摊狗屎问:"刘黑子,这像是吃玉米饼子拉的屎吗?"刘黑子低头仔细一看,狗屎里有不少牛毛,不由暗暗叫苦:他钻进杨刚强设计好的套子里了!

杨刚强把手一伸,示意刘黑子对孙奎做出赔偿。

刘黑子觉得挺冤枉,是孙奎家牛犊子跑到他家门口才被狼狗咬死的,又不是他家狼狗跑到孙奎家门前咬死了牛犊子。

杨刚强看刘黑子没有真正服气,就讲了不久前他处理过的一个案子:几个月前,李庄的李大放了一棵白杨树,没有及时拉走,让树横躺在道路中间。王庄的王未半夜时分骑摩托车打此路过,不小心撞在了树干上,摔折了一只胳膊。

刘黑子说:"要怪只能怪王未不长眼,活该!"

杨刚强纠正道:"刘黑子你不能这么说话。不错,王未自己是负有一定的责任,难道李大就没有责任吗?"

通过杨刚强这么一类比,刘黑子不好再强词夺理:"杨所长,我明白你讲这个例子的用意了,孙奎家的牛犊子被我家的狼狗咬死、吃掉,我是要负一定责任的。"

杨刚强竖起大拇指:"刘黑子,你能这么认为,对头!"

没等杨刚强再说什么,刘黑子就主动掏出500元钱递给孙奎,让他收下。结果,孙奎只收了刘黑子200块钱,说自己没有看管好牛犊,致使它遭遇不测,他本人也有责任。

这口罩谁扔的

李新光（广东）

　　刚听完居委会王主任关于严防死守疫情扩散的电话传达，打开手机就看到祥和大院微信群发出的一张照片，标题是"这口罩谁扔的？"，照片显示楼梯口内侧有一个口罩，发照片人是 6 号楼 501 房小黄，时间是今天上午 10 时 8 分。

　　此前已有几位业主连续三天在群里发了几张照片，都显示四楼以下各层楼梯台阶上有遗弃的口罩。

　　看到这张照片，作为楼长的我和前几天一样，在群里强调，遗弃用过的口罩，扔在楼梯上容易传播病毒。在这新型冠状病毒传播的非常时期，请大家自律，用过的口罩应放到垃圾桶内。

　　但是，微信发出后，并未有人承认，口罩仍留在那里。有的业主发私聊告诉我，6 号楼有租客未入微信群，他们看不见微信群里的动态。

　　我查了一下，402 房是租赁房，于是打电话通知该房业主李先生，要他把租客拉入群，并告诉我他们的电话。

　　李先生给了两个电话号码，是父子俩的，父亲陈汉斌的电话接通后说他已入微信群，他现在在乡下，儿子在广州和他的堂哥同住，但是打他儿子的电话却关机。

　　501 房小黄私聊提醒我，昨晚 10 时他出门口倒垃圾时，未发现此口罩，证明此口罩是昨晚 10 时至今天上午 10 时某人所为，可向监管门禁摄像头的嘉普公司申请翻查录像，查看这个时间段有谁出入。

　　于是打电话给嘉普公司，张经理接电话后答应翻查录像。一个钟头后，张说已查到昨晚 10 时 29 分有三位男士进来，今早 6 时 40 分有一位青年进来，6 时 43 分离开。门禁牌显示：姓丘，是 602 房居民。可问问这个年轻人，他进来时有无发现楼梯口的口罩。

　　于是我打电话给 602 房业主潘先生，我还未说话，电话那头便传来"我没扔口罩，也没看见别人扔口罩"的潘先生的响亮声音！我笑着说，潘先生，我不是问谁扔口罩，而是问你家有无姓丘的人。他说我和儿子孙子都姓潘，老伴和儿媳妇不姓丘。我说今早 6 时 40 分录像头显示一位年轻人进来，他的门禁资料显示他是你户602 房居民。潘先生听了便大骂，嘉普公司随便把姓丘的人挂到我的门禁户籍上！我要去这个公司讨个说法。

　　潘先生没等我把话说完，就把电话挂了，然后火急火燎去本街南边的嘉普公司，注销了姓丘的门禁牌。

　　碰巧的是，潘先生在回家路上，遇到天天往他家送报的送报员，一下子醒悟过来——这位送报员姓丘!是他把小丘挂到自己户籍上取得门禁牌的!于是又返回嘉普公司重新恢复小丘的门禁牌。

此时,我也来到嘉普公司,见到潘先生和小丘,潘先生讲了刚才的误会,大家虽然戴着口罩,仍然禁不住大笑起来!

据小丘回忆:各层都有梯灯,没有看见台阶上有口罩!

据此,张经理分析,口罩不是昨晚10时后进来的人扔的,肇事者肯定是6时43分小丘送报离开后进来的人。

潘先生和小丘离开嘉普公司后,张经理带我到了另一间大房,此房整幅墙约10平方米都是屏幕,分别显示整个街道小区出入口和各楼宇楼梯口的状况。

张经理要我坐在他旁边,看他在电脑上翻查今早6时43分以后的视频。

当翻到9时45分的视频时,发现一个戴着小圆帽、穿着灰色大衣、颈部披着大围巾的人进来,一边上楼梯一边摘口罩……门禁牌显示:402房,陈锋,上午打电话关机的那位陈汉斌的儿子。他上二楼楼梯一半时,离开摄像头……此后无人再进来。

直至10时5分,镜头显示小黄发现口罩后拍照片的身影。看到此视频,张经理说,此口罩肯定就是陈锋扔下的,我连声点头说:正是!

于是我再次拨陈汉斌儿子陈锋的电话,这次拨通了,我说我是楼长,今早打你电话关机,你现在在哪里?他不说话,一会儿又警惕地再次问我是谁。我再告诉他我是楼长后,他接着干咳了几声。我说你病了?他答:可能是,前天与同伴开车从湖北黄冈回来,几天没事,但昨晚发烧,可能中招了,不敢回房,怕传染给堂哥,在公园长椅子上躺了一夜。我说是不是上午9点多回来的?他支支吾吾地说:好像是。我说:你一上楼梯就摘口罩,摘下口罩后是不是扔在楼梯上?他说:你怎么知道?我说:看监控录像看到的。他又说:这几天戴口罩总觉得不舒服,所以一回来就摘口罩。我说:那前几天各层楼梯的口罩都是你扔的了?他说:你说是就是了!接着又干咳起来。我意识到事态严重,就对他说:你在房间等着,不要出来,我找医生给你看病。

此事不可怠慢,于是立马电告居委会王主任。不久,几位穿防护服的医务人员来到6号楼402房,给他测体温是38.3℃,于是马上带他去医院检查。

检查结果,陈锋核酸呈阳性,留在医院治疗。6号楼所有居民随后被送往郊外酒店隔离。

乘警破案

高延萍（四川）

一个漆黑的风雨之夜，在汉北县汉阴乡的地段上，当一列火车轰隆隆地从远方急驰而来时，铁轨上空骤然亮起一盏红灯，火车司机知道这是有情况的信号，赶紧刹车，火车终于停了下来。车上的乘警及列车长赶紧下得车来，看是什么情况。这时只见一个青年神色慌张地跑了过来，结结巴巴地说："刚才有坏人企图破坏铁路，想把你们的列车颠翻，我正好路过这里，见有坏人作恶，顿时火冒三丈，冲上去跟他搏斗，他把我按倒在地，用石头把我的头都砸破了，我也不怕他，坚决和他斗，边斗边喊，抓坏人哪！抓坏人哪！他听我喊，便慌慌张张地跑了！这时我本来想爬起来去追那个坏人，恰巧看见你们火车开过来了，为了怕你们的列车出事故，我就用这块红布把手电筒包起来做红灯，指示你们停车。"

乘警听了，上下打量了这个小伙子一眼，说："走，我们去看看坏人破坏的现场。"

那青年就把乘警带到前面去看，只见铁路上摆了一堆道渣。乘警用手把道渣清除干净，然后问："你跟坏人在哪个地方搏斗的，他是往哪个方向跑的？"

小伙指了指铁路左边的泥地，说："我跟他从铁路上搏斗一起翻滚到这下面，后来他见我喊，就朝那边跑去了。"

乘警听了，说："这样吧，列车不能耽搁太久，你跟我们一起上车吧！到前面站我会跟车站派出所联系，等事情弄清楚了，我们会抓住坏人，奖励你这种英雄的！"

小伙子听乘警称他为英雄，便一扫刚才惶惶的神色，高高兴兴地和乘警一起上了车。

列车"呜"的一声长嘶又开动了。乘警又开始询问面前的英雄："你叫什么名字，是哪里人？"

"我是汉北县汉阴乡兰家村人，叫兰发财。"

"哦！兰发财同志，你这么晚沿铁路走是准备到哪里去呀？"

兰发财"嘿嘿"笑道："也没什么事，就是想在铁路上散散步！"

"在铁路上散步危险呀！再说在这风雨天里散步也不怕着凉？"乘警笑着问。

兰发财一愣，随即道："我是专门挑雨天散步的，好锻炼意志！"

"哦！好！好！好一个锻炼意志！"乘警陡地话锋一转，"你既然是专门散步的，带手电筒可以理解，为啥专要带块红布呢？难道你事先知道有坏人要破坏？"

这下兰发财有些支支吾吾起来："这……这……红布带在身上是避邪用的，老人们说出门随时要带块红布！"

"哦！避邪用的,好一个说法！好！那我问你,你说你跟坏人搏斗,坏人用石头把你的头都砸破了,但我看你这伤口,好像是擦伤,并非是石头砸破的！你说坏人把你按倒在地,可你背上干干净净,并无一丝泥痕,再说现场也没有搏斗的痕迹！还有,你说坏人跑的方向也根本没有脚印！"

"这……这……"兰发财头上直冒虚汗,支支吾吾地再也答不上来了。

乘警猛地一拍面前的茶几,厉声喝道:"兰发财,老实交代,是不是你自己搞的鬼？老实交代了从宽处理！否则……"

兰发财被这气势压得低垂着头,喃喃地说:"我只是想当英雄！"

"想当英雄？哼！动机不纯的人为的是有所图吧！"

兰发财只有坦白说了实话:"我看电视上那些跟坏人搏斗的都奖了1万元、2万元的,我那地方穷,便也想发这个财哩！"

"哦！原来是这样！"乘警"嘿嘿"冷笑了两声道,"小伙子,想发财要走正道,这鬼主意可想不得呀！告诉你,你想的这歪门邪道不但发不了财,还得受处罚坐牢！"

一听说还要坐牢,兰发财顿时吓得瘫倒在地。

我向狗狗赔不是

何志宽（江苏）

我家屋子右边 50 米开外有条南北走向的小河，前面 20 米处有条连接小河的东西沟。夏季是捕捉龙虾的大好时光，我购置了一些网具（俗称地笼），晚上沿河边抛下，早晨收起，常有收获。一天清早，我刚将 20 多只网具从河里收回，一股脑地堆放在门前的沟旁，准备倒出龙虾后顺便把网在沟里摆刷一下。却在这时老伴从厨房里出来喊道，急死人了，这煤气灶怎么也打不着！于是我来到厨房摆弄了十来分钟终于将灶头打着了火，原来是电池掉了线。

回到沟边随手倒出一条小网里的龙虾，一共 3 只，怎么两只大的一动不动了呢？我拿起一看两只都是死的。初逮龙虾那会儿我没经验，把小网全没在水里，常常会有龙虾死在网里。后来在同伴指点下，我才知道龙虾在水中待的时间长了，不出水透气就会被闷死。如今我下网时特别注意，一定把网尾留一截在水面上。当然难免会有疏忽，这网怕就是。

拿起第二条网，还没倒就发现网里唯一一只红壳大钳的龙虾已失去了生命体征：其脑洞大开，脑内两小条被称作"虾黄"的油状物不见了。这情形以前见过的，那是水老鼠干的事。那家伙好生可恶，它钻进网里吃了龙虾不算，还要咬死咬伤一些，然后把网咬破，一走了之，于是网里还活着的龙虾便也从那破洞里逃之夭夭。想必这网肯定有了破洞，我上下仔细地翻看却没发现一处破绽。真的见鬼了，不是水老鼠会是什么怪物不留一点痕迹呢？当然，要是网里龙虾多了，那个头硕大、虾钳力强的也会把弱小龙虾的头给钳破。可这网里就一只，且本身就是大的。

我急慌慌地连续倒出好几条小网，网网都有死龙虾，而且死的都是大的。20 来条小网全给倒了，几乎大龙虾全被破了脑壳子，只有几条被压在其他网底下的小网里的龙虾完好。

据说龙虾与螃蟹一样，死了会产生什么毒素，不宜再吃。我看着盆里死了大半的龙虾，心中不免有点懊糟，这毕竟是一早一晚的劳碌。

我百思不得其解，捕捉龙虾几年了，头一次遇到这样的事。我一边思索，一边翻看着那一个个死去的龙虾，全是头部破损；有的头壳掀开，有几只仅侧旁有个小洞……

我竭力回想着从水里提起小网的一个个瞬间，似乎不曾有过死龙虾的感觉。因为每当小网要出水的一刹那，龙虾都会在网里跳得哗哗响。那声响越大，捕捞者越感到欣慰。这么一捋，我确定了这龙虾是起网后才死的。可这河边到沟边短短几十米远的路，会是哪儿出了差错呢？

就在这时,家里的狗狗引起了我的注意。我倒取龙虾这期间它不停地在我的前后跑来绕去,一会儿这里闻闻,那里嗅嗅;一会儿驻足凝神地注视着盆里爬动着的龙虾,继而抬起一只前足挑逗似的朝那昂首舞钳的龙虾招扑上几下……我思绪一闪:是了,这一定是狗狗干的好事!一定是在我去厨房修理煤气灶的那当儿,看到在网里不断挣扎着的龙虾,于是就好奇地用爪捯,用嘴咬……咬得劲大了,龙虾的头壳尽破;咬得轻了,就只留下个小小的牙洞……

我盯着眼前还在戏弄盆里龙虾的狗狗,心中生起一股火气来:得好好教训教训它!我顺手拿起身旁用来挑网的细竹竿,猛地朝它头上劈下去!狗狗发出一连串凄惨的尖叫声跑向了厨房。

不一会儿老伴抱着还不时"啊、啊"叫的狗狗问我:"狗狗怎么了,这头都出了血?"

"被我打的!"原来竹竿的前端绑有一截铁钩。

"你发哪根神经,把它打成这样?"

"你来看看它干的好事。"我指着盆里10多只死龙虾怒视着狗狗。可狗狗并不回避我的目光,甚至还似有欲与分辩的神态。

好几天了,狗狗见了我总不情愿地躲避着,低头垂尾地流露着冤屈似的一双眼,让人看了好生怜悯。这是只白色小土狗,竖着的耳朵与身上几处带有些浅栗色;刚抱回时还不足两个拳头大,快半岁了也就30厘米高,连头带尾60厘米长,样子挺可爱。

又一早上,我在沟边刚出了几条小网里的龙虾,退休的老刘爹来找我帮他在手机上搞一下"企业职工养老保险"资格认证。我洗了手回院里时特地将院门挡个严实,生怕狗狗出去再干那事。说是"院门",其实就是加了个边框的铁丝围网,也只能挡挡鸡呀狗的。就在我刚为老刘爹打开"江苏智慧人社"网页时,狗狗在院门前急急地狂吠起来。这狗虽小,却很精明。只要来过我家的人它都能认出,那叫声清脆悦耳,似带热情;要是生人,叫声狂急,很有几分威慑。

这大概是个生人。我来到门口向院门外望去,没见着任何人,就回屋继续弄手机。狗狗还在狂吠,我又回看下仍没人。刚要回屋,只见狗狗一边向着院门外吠着,一边向我跑来,绕着我转了个圈又向院门跑去,见我没理会,它又重复地绕着我转了一次。老刘爹说,狗不咬空腔,你跟它去看看吧。

我随狗狗向院门走去,狗狗在院门里冲着沟边跳上跳下地狂吠。我抬眼向沟边望去,只见有五六只喜鹊伸着脖子斜着脑袋全神贯注地对着小网啄来啄去;还有两只立在盆边上,嘴里叼着龙虾不时地甩动着。院门打开,狗狗如箭般地冲向了沟边……

狗狗不再躲闪我,我蹲下身把它揽进怀里,用手轻轻地抚摸着它头上那块不该有的伤疤:宝贝,对不起!

以毒攻毒

龚传伟（安徽）

巴掌村村主任刘大军是个复员军人，在部队就想着轰轰烈烈干一场，无奈不争气的肝使他快到手的军官衣裤"不翼而飞"，一纸"复员证"把他"遣送回乡"。

回乡那年，正好赶上村干部改选，憨厚纯朴的乡亲们知道刘大军在部队立过功，对村上的大大小小男男女女也很尊重，就一致举手通过让他担任村主任。刘大军也不谦虚，他当仁不让，抱拳好一顿答谢。

当上了主任后，刘大军那讨厌的肝病似乎好了，忙里忙外，风风火火，去张家上李家，每天够辛苦了。但村支书不以为然，认为这小子还是嫩了一点，遇事不冷静，工作能力不咋样。

这天，刘大军和村支书一道去乡政府开会，途中被一乡民"劫持"了。

乡民愤怒地说着。原来为了一点小事，他和邻居打了起来，还说自己吃了大亏，胳膊被打破了皮，说着便捋起了袖子。

见到手臂上确有青红相间的伤痕，支书义愤填膺，而一旁的刘大军却无动于衷，眼睛瞅着远处翠绿的秧苗和天空一群飞翔的燕子，许久才漫不经心地问：你也打他了吧？

是他先动的手！乡民不无愤怒地申辩。

一、二、三……刘大军眼睛始终没离开那群燕子，嘴里还怡然自得地数着，边数边问：你的邻居伤得也不轻吧？

不重！乡民没好气地说，只是擦了一点皮。

哎哟哟——刘大军这才收回目光，说：太可惜了，你怎么不狠劲地揍他？你最好打断他一条腿或者一只胳膊，这样你不就解气了。

乡民惊愕地看着刘大军。支书在一旁也狠狠地瞪他一眼，想：刘大军你这狗日的有这么调解纠纷的？水平也太低了！

还没等支书说出来，刘大军又哇哇叫开了：你那邻居不讲理，打死都活该！大不了你去坐牢，大不了你老娘受点苦，大不了你三个孩子受点罪，大不了你老婆——老婆你就不必担心了，她大不了再找个男人……没什么了不起的，你就应该把邻居往死里打，你为什么不狠狠打？刘大军声调越来越高，急得一旁的支书汗都出来了。

妈呀，刘主任你啥也别说了，下次我再也不打架了，我错了。乡民一着急，鼻尖上都挂着汗珠。

打呀,我可没叫你不打。不过公安局来抓人时,你可别说是我让你打的。说完,刘大军拉着呆若木鸡的支书,说:咱们走。

我咋没想那么多……乡民小声嘀咕。

你小子还有这一手,还真他妈的看不出来。支书拍拍刘大军的肩膀。

这叫以毒攻毒。刘大军得意。

据说从此后这个村庄极少有人吵架了。

绿灯迷案

陈顶云（山东）

小镇镇中心路口突然响起刺耳的刹车声,紧接着哐当一声闷响,把打瞌睡的路边小商贩惊醒,目光齐刷刷地扫向路口。

一辆闯红灯的小轿车被一辆正常行驶的房车撞到头侧部,大家纷纷走向车祸现场,安静的小镇顿时热闹起来。

小轿车车主顾海的脸被车内挂件刮伤,鲜血直流。房车车主赶忙从车上下来,顾海一看,认识！是他的发小王陆。王陆一看是顾海,冷冷地说："打 122 了,等着。"

"你这是故意杀人！我要打110！"

"恶人先告状！你闯红灯是假,碰瓷是真吧？"

"信不信我这就报 110 让警察抓你走？"顾海一手捂着额头的伤口一手摸起手机。

"呵呵,这里是红绿灯,有监控,你看看是你闯红灯在先吧？"

"别扯那没用的,我已经报警了。"顾海扬扬手机,瞥一眼房车,半开的车窗上一个人影迅速缩回。

两人正吵嚷间,镇上的110出警了,他们建议先让顾海处理完伤口再说。镇医院就在十字路口斜对面,有民警陪着,顾海的伤口很快包扎好了。待他们返回车祸现场,交警也来了。交警老刘和同事勘查完现场拍完照后,指挥大家把小轿车往救援车上拖。

老刘对顾海说："经调取录像证实,你闯红灯负全责,鉴于你已经受伤,医药费和轿车维修费让王陆承担一部分。"

"不行！他这是谋杀！你们知道他是谁吗？他霸占了我老婆！仗着有钱,想把我撞死了事！你们不信的话,上房车上看看是不是我老婆小梅在？"

普通车祸如果是故意而为的话,那罪过可就大了。民警疑惑地走到房车前,敬个礼,礼貌地让房车上的人下来。

一个穿着高跟鞋,身着旗袍的妖娆女人下来了。吃瓜群众议论起来,肯定是这个小妖精惹的祸,受伤那位应该吃闷亏了。

女人走到顾海前也是冷言冷语："儿子的抚养费不是按月打给你了吗？"

"你们两个人想谋杀我！"顾海歇斯底里地喊,"警察同志,一定要把这对奸夫淫妇捉拿归案！"

事情复杂起来,小镇上的民警没了主意。老刘说,不就一起交通事故吗？交给他来处理。他让他们分别去警车上做笔录。

顾海说,老婆在王陆公司上班,看到王陆有钱,就甩了家庭跟了王陆。"他们想要儿子的抚养权,门儿都没有!他们怕我要钱,故意谋杀我!他们肯定跟踪了我,我要让他们赔得倾家荡产!"

"我和小梅是同事,她离婚我又死了老婆,就走到一起了。喊,就他那样的,也值得我去谋害他?"王陆嗤笑。

小梅说,顾海挣钱不多脾气还不小,是王陆看她可怜,给了一大笔钱才让她摆脱了家暴。她不想为了孩子再将就他了,那样对谁都不公平。没想到她和王陆出来度蜜月,在这里碰上他,他就是成心讹人的。

"顾海最近又问你要过钱吗?"老刘问。

"孩子这个月的生活费,我已经打给他了。"

"除了孩子的生活费,他还问你要过钱吗?"

"这……"小梅犹豫起来,"他还问我要过精神损失费、青春损失费、总之,他一缺钱了就会以各种借口问我要钱。"

"你是不是有过不想给的想法?"

"有过。一想到孩子,我还是咬牙给了。"

一起平常的交通事故变得错综复杂起来,当事者都有故意肇事的嫌疑。

办公室里灯火通明,老刘又翻看一遍笔录,感觉疑点重重。如果说杀人动机的话,王陆和小梅都有。从笔录来看,顾海一直问王陆夫妇要钱,如果他们不胜其烦的话,有可能会制造一起车祸终止无休止的骚扰。但经过调查发现,他们的事业正蒸蒸日上,而且事故地点又在镇中心,这样的肇事是不是太扎眼了?

要说顾海的故意碰瓷,无论从主观还是从客观来说,都有故意的可能。但据他们供述,他们之前都不知道对方来到这个小镇。所以,他们故意而为不太成立。老刘思虑再三,摸起电话让他们私下和解。顾海和王陆都很生气,非要分出个里表来。

老刘又赶紧仔细分析车祸现场录像。录像显示,灯绿了好一会儿后,顾海的车还在路口不动。后面来了一辆车,顾海就起步走了,刚起步就是黄灯,走到路中间变成了红灯,王陆的房车正好驶过来就引起了车祸。老刘翻过来倒过去又看了好几遍录像,心里有个大胆的想法浮现:是不是后面那辆车催顾海了,他才起步走的?或者说,他正在等待王陆的车出现?

能找到后面那辆车主,也许能发现蛛丝马迹?事不宜迟,老刘抓紧查看那辆车的信息。铃声响了好一会儿,车主才睡意蒙眬地回复:"我到的时候,前面是绿灯,我摁了好一会儿喇叭那人才走,他起步的时候黄灯已经在闪了,那人眼睛是不是有毛病啊……"

老刘连夜查看顾海最近的出行记录。他有两个奇怪的行车行为引起老刘注意:一、他前面有车过去了,他也紧跟着过去,不管是不是即将红灯;二、路口恰巧没车的话,即使是绿灯他也不走,等后面来了车后他才起步。

老刘大胆设想,顾海根本分不清红绿灯,只有后面的车按喇叭了,他才确定绿灯行！第二条正应了今天的景儿！

　　一大早老刘就堵上顾海的门。"你该去医院查查眼睛了,"老刘盯紧顾海的眼睛,"你是色盲,红绿不分,你的驾驶证是花钱得来的。你这样开车很危险！"

　　"你怎么知道的?"顾海惊愕,他开车以来,从没因为眼睛问题违规过。

　　推理成功,老刘舒心地笑了,在心里自嘲:我就是被交警耽误的刑警。

失窃事件

刘坤煜（山东）

周梅刚买的一件羊毛衫放在宿舍的床头上不见了，这绝不亚于平地一声惊雷，414寝室的气氛顿时紧张起来。

414室在同仁中学宿舍楼四楼，里面住着周梅、王芹、李娟、朱红四个女孩子，每人都配有一把钥匙。倘若没有飞檐走壁的"高手"，或手持万能钥匙的人，那么小偷定是四人中的一人。

滋味最不好受的当属王芹了，因为羊毛衫不见的那天，她是第一个回到宿舍的，王芹不安了一阵子。

不久，王芹的真丝白围巾不翼而飞。大家对连续发生的失窃事件做着各种各样的猜测，而王芹却松了一口气，大家不会再怀疑她偷了羊毛衫了，毕竟她也是受害人。真丝白围巾再贵он也不心疼。

现在轮到李娟不好受了，李娟反复考虑这件事，414室就只有我和朱红没有丢东西了，朱红家庭条件好，父母都是干部，家里什么也不缺，朱红是不会去偷羊毛衫和白围巾的。李娟觉得自己是再合适不过的"嫌疑犯"了，李娟感到很郁闷。

于是李娟在一天早晨郑重地宣布她的真皮棉鞋失踪了。事实上李娟早已将棉鞋悄悄地带回家了。为了证明真实性，李娟一直穿着单鞋，即使挨冻，她也高兴。

这下朱红成了414室唯一没丢过东西的人，朱红不明白，为什么室友接二连三地失窃，唯独自己秋毫无损？好像贼在故意捉弄她。

朱红急切地希望自己赶快丢点什么东西。她故意地将一些贵重的东西放在床上，希望贼再次光顾414室时能顺手牵羊地带走，以了却自己的一桩心事。

可是一个多月过去了，朱红什么也没丢，同学们在谈到414室失窃事件时，总会加上这么一句："只有朱红什么也没丢！"朱红听后，委屈得想大哭一场。

终于有一天，朱红回到宿舍，发现自己的派克钢笔不见了，她在合适的时机向室友宣布了这一让她激动的好消息。

然而好景不长，有同学在操场上捡到了朱红的派克钢笔，朱红空欢喜一场。

又一天，四人在打扫宿舍卫生的时候，朱红在床底下找到了王芹的白围巾。

随着王芹的白围巾失而复得，李娟深深地责备自己，既然朱红和王芹都没有丢东西，何必自己"设计失窃"呢？这样做是不是太卑鄙了？于是李娟在一番翻箱倒柜之后，"找"到了棉鞋。

但周梅的羊毛衫一直没有踪影。她相信她的记忆力，她是把羊毛衫放在床头上离开的。

"其实,你们的东西也并不见得没丢,小偷既然能偷走,就不能送回来吗?"周梅一语惊人。

刚刚松弛下来的心又被提了起来,姐妹们寝食不安。如果说一开始丢东西大家彷徨的话,那么现在就是恐惧了,人心竟然如此叵测!

当周梅恶语攻击人的时候,周梅的母亲来了,她从包里拿出一件羊毛衫数落周梅:"你这孩子,把羊毛衫忘在家里,也不回家取……"

414寝室里的失窃事件至此结束,又恢复了往日的平静,但平静中少了往日的和谐与轻松。生活真会教育人啊!

本　心

李慧奇（江苏）

　　上午10点，S市的立交桥下围得水泄不通，桥上站着一个小伙子，怒目圆睁，脚踩着栏杆，手里拿着一把刀，高喊：你们靠近我，我就死给你们看！他手里的刀正对着心脏。

　　警察在桥下放好了气垫，桥边竖起了梯子，拉起来了一道警戒线。警察喊话，小伙子不理不睬，警察又靠近不得，靠近一步，小伙子手里的匕首就刺向心脏。围观的群众都心急如焚，屏住呼吸，不敢发声。时间一分一秒地过去了，人们揪心年轻人的生命危在旦夕。

　　就在这千钧一发之际，人群中冲出一位身穿红裙子的姑娘，看样子十七八岁的年龄，她不顾一切地越过警戒线，冲警察大喊：他是我男朋友，我能救他！她旋风般地爬上梯子，猛地揽住了小伙子的头，吻了小伙子。小伙子像被电流击中了一样，周身酥软，手里的刀落地了，人群中发出一阵欢呼。

　　警察快速地跑到桥上，把小伙子救下来，120救护车一直在等待，情绪激动的小伙子，还在喊叫和挣扎，警察好不容易把他送上救护车，他们寻找那位身穿红裙子的姑娘，早已不见踪影。

　　当天晚上S城的报纸登出新闻，寻找"一吻救命的红裙子"，引起了全城人的关注。

　　我们报社记者部召开了紧急会议，总编兴奋地说，我们要抓住这条新闻"大鱼"，争取冲击省里的新闻大奖。大家分析了"红裙子"的动机，张飞说：在我看来这个女孩子肯定和男孩子有着纠缠不清的情感故事，男孩的自杀和她脱不了干系，不然她会"吻"他？陌陌说：大概是男孩家里穷，拿不出彩礼，女孩家悔婚，逼得男孩走上绝路，女孩留恋男孩，急中生智，一吻救命！总之，大家讨论来谈论去，女孩和男孩之间一定是有着情感故事的，我们要深挖、深掘，把这个新闻做大做深，吸引读者的眼球。总编点名让我去寻找"红裙子"，做这篇大文章。

　　我的天哪！这样光荣艰巨的任务，我能完成好吗？我立刻去公安局了解情况，公安局的警察说小伙子还在医院治疗，"红裙子"始终没有出现，他们也觉得这个女孩子太神秘、诡异。我赶到医院住院处，采访神经科徐医生。她说小伙子在睡觉，不便打扰。他的情绪很不稳定，最近几天一直在服药。他割腕了，刀伤还没有好，他浑身上下遍体鳞伤，受尽了折磨。唉，可怜的孩子，才19岁，正是高考的年龄，和我儿子一般大。

　　听他说家住老区安徽大别山，母亲忍受不了家里的贫困，逃跑了。父亲得了精神病,把两岁的小妹妹当成小鸡摔死了。他绝望了,割腕自杀不成,来到城里流浪,准备在天桥上跳下去,一了百了,没有想到出现了"红裙子",上来就吻,把他搞晕了,没死成,他还有点埋怨"红裙子",你是哪里来的"程咬金",我也不认识你啊?

采访了徐医生后,我推翻了"红裙子"和小伙子的恋人关系,感觉他们一毛钱的关系也没有,那么女孩为什么要把初吻献给小伙子,她想出名获利吗?她想当网红吗?想出名,为什么失踪了?没名没利,为一个素不相识的人,值得吗?脑子进水了?

我写作的"点"一时陷入困境,只好暂时放一放了,说不定什么时候碰到转机。我骑着自行车在大街小巷转悠,期盼着下一条新闻"大鱼"的出现。

突然看到菜市场的广场上很多人在围观,我这个专门找"热闹"的人,赶紧凑上前。原来是残疾人在卖唱,一位盲人小伙子在吹笛子,另一位独腿男人在唱歌。我带头往地上的盘子里扔硬币。这时候只见一位美丽的姑娘拉着盲人小伙子,走出人群,我忙问女孩:你们是什么关系啊?姑娘说他是我男朋友。残疾流浪艺人,明眼姑娘,我是越来越看不懂了!

我和他们要了联系方式,约定晚上和他们聊聊人生与爱情。

晚上,我乘着银色的月光来到他们的出租屋。独腿歌手老许,姑娘小张,盲人小郭都换上了干净的衣服,在等待着我。我带来一个大西瓜,我们边吃西瓜边聊。

小张姑娘说:李记者,您一定想不通我一个健全人为什么跟着一个眼睛不好的人流浪,过着颠沛流离的生活?正常人看来,我肯定有什么目的,要不然就是缺心眼!其实很简单,我没有什么复杂的想法,小时候我们在一起玩过家家,大了,我就想成为他的眼睛。他喜欢写诗,有了好的句子说出来,我就给他记下来了,现在已经记了两本了,等我们攒够了钱,就出版我们的诗集。月光下,我看她一脸的虔诚与神圣。

"草木有本心,何求美人折!"我想起了张九龄的诗。

我又想起了那位"红裙子",已经没有必要寻找她了,让她保持心灵的宁静吧!

我在灯下奋笔疾书,红裙子,你在哪里?也许回到故乡的竹林,躲避媒体的围追堵截,视名利为粪土;也许正在S城河边的一间出租屋里写着日记:

我今天太胆大包天了,为什么把初吻给了一个自杀的年轻人?每当我抚摸自己手腕上的刀疤,就泪流满面。面对生活的苦难,我也曾经绝望过,我们都是挣扎在苦海的人,曾经溺水过,不希望再看到曾经的自己。

我急中生智,献出初吻,无他,为救他人一命!本心,本心!

梦境轮回

罗雅兰（上海）

电视机里放着对白，我躺在沙发上眼睛眯成了一条缝，几乎快睡着了。
"你生病了。"
"我没病。"
"来这里的人都说自己没病。"
电视里穿着白大褂的医生把笔放进了衣服口袋里。
电视里的疯子也有模有样地学着把根本不存在的笔放在了自己的口袋里。
"我发现你在模仿我？"医生看着他笑了笑。
"我没必要模仿你，因为你就是我，我就是你。"
疯子淡定地喝了一口水。
"为什么这么说？"他盯着疯子，内心似乎受到了很大的震撼。
"因为你是我的理智。"
"医生在某些程度上确实算是一个人的理智。"
医生拿起桌上的病历本看了一会儿，表情有些沉重。
"我看到你写了一段话，有些人生来璀璨，有些人生来暗淡，虽然过程大抵不同，但是他们终归死亡，你想表达什么？"
医生眯起眼睛看着疯子。
"没人告诉你不该好奇的东西就不要去问吗？"
疯子把脚跷在桌上，吊儿郎当地笑了笑。
医生拿起桌上的本子皱起了眉头："还有为什么'生来璀璨'几个字后面要标注我的名字？"
"我说了，我就是你，你就是我。我只不过是你因为生活不如意而产生的另外一个人格而已。"
医生神色凝重地看着疯子。
疯子却笑了起来。
"病人有时候并不是病人，医生有时候也并不是医生，你想想你真的是医生吗？"
医生看着他的眼睛，有些恐惧地站了起来。
"你听过一个词叫精神分裂吗？"
"不！不是这样！"
医生抱着头痛苦地叫了起来，随后从医院的窗台上跳了下去。

我猛然惊醒,看了看电视,里面还是放着医生手术治疗的过程,并没有我刚刚看到的一系列情节。

我应该是做噩梦了。

"嘀嘀——"

小闹钟响了。

我从沙发上探出半个身子,从茶几上拿到了我的手机。

屏幕上显示着上班时间到了。

我就职于一家精神诊所,是精神诊所的心理医生。诊所离我家并不远,我坐几站地铁就能到。

下午我有一个神秘的大客户,他没有透露姓名,却给诊所支付了巨额的咨询费,他的留言透露着他急需心理辅导。

我拿着外套和包跑了起来,再不出门,就要迟到了。

地铁上正好有空位,我坐在一个长相清秀的男生旁边。他的作业本的封面上不知道为什么写着"暗淡"两个字,他长得看起来像是个高中生。

我闭上眼睛想闭目养神一会儿,却似乎不知不觉又进入了梦里。

"医生,走吧。"我邻座的男学生拉了拉我的手。

我还得去看病,我不能跟他走。

我想醒过来,却怎么也醒不过来,这种感觉就和"鬼压床"一样难受。

我最终放弃了挣扎,反正是梦,去哪儿倒也无所谓了。我点了点头,还是随着他一起走了。

他带着我走上了一栋过道狭窄的小楼,不知道为什么,我脑海中竟然知道他住的地方在二楼楼梯口右转第二间。

进了门以后,他把书包放了下来。

他走进房间坐在了椅子上,整个人蜷缩在一起,抱着膝盖哭了起来。

"他们都欺负我,他们烧我的头发,还把我的书包扔进垃圾桶里面。"

我仔细看了看他的头发,才发现他的发梢有烧焦的痕迹。

他的房间里没有电风扇,只有床头的椅子上有一个小闹钟。

没过多久,天微微亮了。

他背起书包出门上学。

马路上几个穿着和他一样校服的学生叼着烟,伸出手来向他要保护费。

男学生看着他们,哭着跪了下去。

"我没有钱了,这个月的早餐钱都给你们了。"

几个高个子学生拿出打火机笑了起来。

"娘娘腔,上次还没得到教训是吧?"

我好像知道他为什么哭了,这个学生遭到了校园霸凌。

我走到一旁的店铺里面买了几罐啤酒,又买了一只打火机。

我绕到这几个大高个背后,把啤酒泼了上去。

"喜欢玩火是吧？我陪你们一起玩。"

我把打火机打开，狰狞地笑着看他们。

几个高个子学生显然是害怕了，他们拔腿就跑了。

我感觉有人推了推我。

我睁开眼睛看着一旁的男学生，他的眼神里面充满了不好意思。

"叔叔，我到站要下车了。你刚刚一直靠着我，我现在必须得叫醒你了。"

很显然我又做梦了，不知道为什么，我最近这么多梦。

我对他表示了歉意，然后站了起来。

我看了看手表，在下一站下了车，说实话我很不喜欢这种不踏实的感觉。

等我走到心理医生工作室的门口，发现大门紧闭着。

我的这些助理实在是太不敬业了，就算今天是周末应该休息。但是遇到大客户，总得有人来加班才对。

我掏出钥匙把工作室的门打开，里面空无一人。

我走进了我的办公室，穿上了白大褂。

病人不知道什么时候已经坐在我办公桌前面了。

"你生病了？"

"我没病。"

"来这里的人都说自己没病。"

我走过去看着他，忽然觉得有些惊恐，他和电视里面的那个疯子长得一模一样。

我拿上桌上的病历本，上面写着："有些人生来璀璨，有些人生来暗淡，虽然过程大抵不同，但是他们终归死亡。"

我脑海里好像忽然想起了很久以前的事情，我遭到了校园霸凌，被人用打火机烧了头发，住了一段时间的精神病院。

可是我已经康复了很久，并且当上了独立的心理医生。

"嘀嘀——"

小闹钟响了。

我从沙发上探出半个身子，从茶几上拿到了我的手机。

原来刚刚的一切都是梦。

屏幕上显示着上班时间到了，我该上班了。

一枚硬币

孟祥东（河北）

冬日下午，灰白的天空飘荡着几处淡云，更增添了些许朦胧。

香秀伫立在公司门外，再一次茫然无措了。两月没出一份保单，保险业绩亮起红灯，季度考核无业绩意味香秀将再次失业。

五年啦，所有客源在心里过滤了八十遍，难道枯竭了？可远在省城上大学的儿子生活费再一次没着落，还有一大堆自己的保单缴费期马上到了，刚做完手术的男人的康复药费……

香秀摸出衣兜里仅有的两枚一元硬币，一枚抛向空中，硬币正反面决定下午的去向吧。硬币在寒风中闪着光亮，完美弧线迅疾落地却又滴溜溜滚进马路边的排水网坑内，不见了。手心攥得热乎乎的另一枚硬币，被香秀妥妥装进衣兜。香秀手指插入长发，梳理梳理，一咬牙，打开手机，拨通。

亚男姐，你、你在哪儿？

是香秀，姐在麻将馆。

哗啦，哗啦，哗啦！手机里传来炒麻将牌声。

亚男姐，我、我……

香秀，姐知道你又遇难事了，你稍等，半小时就散场，老地方见。

亚男迅速挂断手机，香秀靠着电线杆，泪水模糊了双眼。

香秀和亚男是闺密，一块长大，一起上学，高中毕业一同进了工厂。五年前，工厂倒闭，又同时下岗，香秀进了保险公司做了一名保险业务员，亚男老公做生意赚钱，亚男懒得找工作，每天泡在麻将馆打发日子。香秀每遇到困难就找亚男，亚男帮了多少次？香秀不记得了，只记得香秀还欠亚男3万块钱。今天又要张口借钱，香秀双眼再次噙满泪水。

约定的老地方，是平安大街街边一家彩票站，香秀知道亚男打完麻将回家路经彩票站，总是买几张彩票才回家。

彩票站玻璃门贴着一张淡红喜报：本站中出一注双色球二等奖，奖金6.66万元。估计是多年前的事了。香秀无意探究其真实性，只是门玻璃依稀映出她依然姣好的面容，虽然有点憔悴，中年妇女风韵犹存。香秀自信起来，推门而入。

彩票站内四墙挂满了各类彩票走势图和全国中奖信息。几把长条椅坐着十多位彩民，男人居多，注视走势图苦思冥想。可见，这里生意蛮不错的。

香秀突然冒出一个疑惑，保险和彩票有一个共性，就是概率，前者是发生风险概率，后者是发财概率。谁都想发财，谁都不愿意自己有风险。所以彩票站即使万分之一中奖率也门庭若市,而人生重疾率高达百分之七十,谁都侥幸自己是百分之三十的幸运儿,上门推销保险遭人讨厌是常有的事就不难理解了。

"买彩票,钱花了;买保险,没病钱还在呀!"香秀自言自语。一旁几个男人愣了片刻,笑了。

你肯定是卖保险的吧,洗过脑啦。一位中年男人笑着说。

香秀歉意地点点头。

卖保险都骗人!另一位老男人不客气地说。

大哥,你买过保险?被骗过?香秀很平静。

谁买那玩意儿,我要是买了,敢骗我,砸了保险公司!老男人看上去很有本事,一脸气势。

那你怎知道骗人?保险公司这么多年没人去砸呀!香秀笑了,依旧轻声细语。

听人说,人们都这么说。老男人显然理屈词穷。

哦!听人说您就信?福利彩票中心几个领导贪污上百亿被判刑,新闻联播都播了,不会是假的吧?您不照样买彩票。

彩票老板不高兴了,接过话,像位人生导师:人总不能盯着几个黑点,要多看光明地方……

嚷嚷啥了,这是我妹子!玻璃门开了,貂皮大衣携着冷风冲进来。

众人打招呼,香秀转身拉住亚男手:亚男姐。

香秀,今个你得买一注彩票。

香秀附在亚男耳边:亚男姐,我身上只有一块钱。

你选号,姐给你一块钱。

走出彩票站,寒风凛冽,夕阳西下,冬天白日短暂得很,香秀戴好羽绒帽,没有勇气张口,只是看着亚男乌黑眼圈:亚男姐,你脸色不好,可要多注意身体。

亚男突然满脸沮丧:我家那个色鬼破产了,跑路了,姐睡不好。

香秀惊得张着嘴:怎么会这样呢!

姐还有点私房钱,这2000块钱你先应个急!亚男强行塞进香秀衣兜,挥手作别。香秀呆立在原地,久久望着亚男远去的背影默念:姐!谢谢你,祝你好好的。

三天后一大早,亚男打来电话:香秀,彩票站中出一个二等奖,会不会是你?

哎呀,亚男姐,我早就忘了这档事了。

快看看,中奖号码发给你微信了。

天下真有掉馅饼好事!香秀真的中奖了。

亚男姐,真的中了!给你分一半,我还要给你买一份重疾险,我还要请你吃大餐,我还要请你……

一个月后,一个陌生电话打来,说是亚男的医生,亚南住院了,刚从重症监护室出来,说亚男想见香秀。

香秀蒙了,缓过神,急忙查看亚男的保单,保单在观察期,保险公司规定重疾险过了一百八十天观察期发生重疾才理赔。香秀狠狠甩了自己个嘴巴,迅速申请水滴筹,香秀只有这一办法了,准备转发朋友圈和多个微信群,然后急忙奔向医院。

抓蚊子

魏建华(广东)

这天,下岗后的马子扁无精打采地在大东街道上溜达,打听哪儿有新的招聘信息。

嘿！天上竟掉下了一块大馅饼,把个马子扁乐得当时在地上蹦跳了起来！原来在东华市场广告栏内贴着一张卫生局拟举办抓蚊子高手大赛的信息。信息上说,比赛抓蚊子数量,第一名奖金 3000 元,第二名 2000 元,第三名 1000 元。如果检查出所抓蚊子带有登革热病毒,则加发奖金,一只 1 万元。

马子扁不懂什么是登革热病毒,但抓蚊子给钱是大好事啊！他家住宅楼道里蚊子既多又大啊！

马子扁心花怒放,一溜烟跑回住宅楼,在左右楼道里看了又看,心说,嗯,还好！没有抓蚊子的人！马子扁不由得多长了个心眼儿:"晚上再抓吧,这白天一抓,别人就知道了啊！"

晚上 11 时,马子扁估摸着别人都睡下了,便蹑手蹑脚出了门。

"嘿！"他低喊了一声,楼道里的声控灯亮了。刚才还在起劲飞的蚊子见到光亮一下子定在墙上一动不动,他一只手里拿着一把大笤帚,往另一只手里提着的一个大蛇皮袋子里扫了一下,扫进去了不少蚊子。这时,声控灯灭了,他刚要又喊,猛然想到喊得次数一多,惊动了别人怎么办？"得了！就用手电吧。"这样,抓蚊子的速度虽然慢了下来,但他一个人抓,才能多挣奖金啊！

"人家肯定是要活蚊子的吧。"马子扁边抓边想,小心翼翼地把抓着的蚊子全部用镊子夹起,放进一个外表有花纹的瓦罐里。

以后一周,马子扁都像夜猫子一样昼伏夜出,不停地在楼道里抓蚊子。

"唉,这蚊子在瓦罐里时间长了闷死咋办呢？"马子扁忽然想把这些抓住的蚊子先交了再抓,要不,蚊子一死,不是竹篮打水一场空嘛！

这天下午,马子扁屁颠颠地抱着装蚊子的瓦罐来到了越秀区卫生局。

"你找谁？"看门的小老头沉着脸问。

"请问师傅,到什么地方交蚊子啊？"

"你说什么？"看门小老头愣怔了片刻,明白他说的意思后让他到疾病预防科看一看,却让他把瓦罐留在门房,说这是规定。

马子扁不想留,可不留小老头就不让上楼去。得了！留就留下,谅你也不敢把我的蚊子怎么样啊？这样想着,马子扁气呼呼地撂下瓦罐,一甩手上楼了。

看门小老头一看马子扁走了,心说,这人如果脑袋没毛病,他把蚊子装在瓦罐里干什么呢?"咦!如果这家伙瓦罐里装个炸弹咋办呢?"责任心促使小老头丝毫没有犹豫,一把揭开了瓦罐口——

"哇!还真是蚊子啊!"可看门小老头刚惊诧地喊了一声,瓦罐里的蚊子竟"嗡嗡"的一下子从瓦罐里飞了出来……

这时,马子扁正好下楼了,他一看自己辛辛苦苦抓的蚊子全飞了,自己真的竹篮打水一场空了,便带着哭腔大喊了起来:"不得了啦!蚊子跑啦!"

马子扁的喊声惊得卫生局的上班人员都跑出办公室看,大家互相一问,满楼道飞的蚊子是这人刚才带上楼的!"这里面有问题!"有人赶紧打了110报警电话。

警察立即赶到现场,马上意识到这蚊子会不会是带毒的细菌什么的,这人是不是有什么犯罪嫌疑?便不由分说把马子扁带到了"110"巡警大队进行调查问询。

马子扁耷拉着脑袋讲述了事情的经过,他又领着警察到东华市场内的广告栏里看了那则信息。

"哧!那信息是不假,但那是在花城市,这和我们广州有什么关系呢?"警察瞪着眼珠子训马子扁。

马子扁说:"广州不就叫花城吗?"

警察认为马子扁偷换概念胡搅蛮缠,按照有关治安处罚条例,对其进行了罚款处理。

警察把处理情况一通报,越秀区卫生局疾病预防科的大夫提出质疑:蚊子携带的登革热病毒带有传染性,所以花城市才又是竞赛又是奖励,出了大价钱来抓"捕"!这马子扁抓的蚊子带不带病毒,得送卫生防疫站去化验呀?

卫生防疫站的化验报告很快出来了,呵!马子扁抓的蚊子里确实有带登革热病毒的!

这下还真惹下事了!越秀区卫生局一纸诉状立即把马子扁上告了,警察重新抓捕了马子扁。

马子扁的家人无奈之下,哭哭啼啼地找到越秀区律师事务所,全权委托其为马子扁打这场官司。

越秀区律师事务所属下的理奥律所是一个高品质、高效率、高素质的律师团队,他们接下了这桩案子。通过案例分析,认为马子扁一个下岗职工为了挣钱,犯了无心之过,情有可原。他抓的蚊子带有登革热病毒,是化验后才知道的,马子扁起初并不知道,而且,这登革热病毒也没有扩散,对社会也没有造成什么危害,不能说马子扁危害社会,施毒犯了罪,而且警方对马子扁先前已经按照有关治安处罚条例进行了罚款处理,现在应当无罪释放。

很快,越秀区法院开庭审判马子扁投毒案。理奥律所委派张律师出庭辩护。法官通过法庭辩护,最后合议宣布理奥律所代理的马子扁案胜诉,马子扁无罪当庭予以释放。

这天,天清气爽。马子扁涕泪涟涟地为理奥律所送来了锦旗,并表示今后一定吸取这次官司的教训,学法懂法,做一个遵纪守法的好公民。

山村纵火案

李泽绵(辽宁)

除夕之夜金家沟着火了,村主任家堆在河套边的柴火垛被烧个一干二净。派出所来了几名警察,忙活了一阵儿也没查到任何线索。只能认定是人为的纵火——今年城乡禁止燃放烟花鞭炮,自然排除了过失因素。

正月初一早晨,金成文来到金成民家。后者是前者的堂哥,俩人的爷爷是亲兄弟。金成文在县文化馆上班,是刚参加工作不久的未婚青年,平时喜欢研究侦探推理小说。他是昨天放假回家的。

金成民两口子刚吃过饭,正要给祖宗龛敬香烛,堂弟就进屋了。金成文盯了一下装香的纸盒问道:"大哥昨晚没睡好吧?"

金成民停住正要点香的手,瞅着金成文回道:"没有啊,睡得挺实惠。"

"你撒谎!嫂子,我哥昨晚到底睡得咋样?"

"我也纳闷呢,他每天沾炕上就着,昨晚就像烙饼似的翻来覆去。小文,到底咋回事呀?"

"让他自己说,到底做了什么?"

金成民一脸无辜:"我做什么了?昨天咱俩一块儿在卖店喝的酒,又一块儿打的牌。还能做什么?杀人了,还是放火了?"

"放火了!"金成文冷冷地说:"嫂子,后河套那场火,就是我哥放的。"

嫂子大惊失色:"真的假的?小文,你可别乱说!"

"我没乱说嫂子,那事真是我哥干的。"

金成民急道:"大过年的你别胡说八道行不?说我放火,总得有动机吧?"

昨天下午,金成文发现家中电视遥控器的电池没电了,就去东头小卖店买。正巧遇到来买香烛的堂哥金成民。卖店老板是他俩发小儿,就叫媳妇弄了几个菜,仨人就喝上了。饭后,回来的路上,遇到村主任,也是本家。金成文热情地打招呼,并停住寒暄。而金成民却铁青着脸,不吭一声地擦身而过。

嫂子解释说:"今年秋收的时候,俩人因为承包地闹了点别扭。可你大哥也不至于放火呀。"

"是啊,屁大点事,我至于吗?"

金成文说:"就因为是屁大点事,你才烧的柴火垛。要是天大的事,你能点房子。"

金成民辩解说:"就算我小肚鸡肠,有作案动机,可我得有机会呀?吃完饭咱俩就在一起打麻将了,案发的时候,咱俩在一起的呀。"

"半道你回家送香烛,不到一分钟,我在门口等的你。"金成文指出,"到了棋牌社,咱打完 4 圈后,调庄期间你出去了一趟。这点不否认吧?"

"调庄时我是出去了,我撒泡尿还不行吗?"

金成文微微一笑:"你撒谎!晚饭时你喝的是白酒,没动啤酒吧?你也没喝水。而且进棋牌社后,你提前撒了一泡尿。退一步讲,撒一泡尿不过 3 分钟左右,而你足足出去了 10 分钟。"

金成民气呼呼地:"我拉屎了还不行吗?去了茅房拉屎,10 分钟,没毛病吧?"

金成文咄咄逼人:"你没拿手纸,没带电筒。所以不是拉屎。"

"茅房里有电灯,有手纸。"

"今早晨我查验过了,他们家往茅房根本就没架电线。你可以亲自看看。"

金成民冷冷地问:"那你的意思我就是利用 10 分钟去放火喽?"

"嫂子,我哥一般打牌都去哪家棋牌社?"

"西头二老歪家。昨天你们不是去那儿吗?"

金成文分析说:"西头二老歪家离后河套很远,10 分钟远远不够。所以,大哥特意带我去了平常根本不去的小五子家。"

金成民嘲讽道:"我知道你爱看几本侦探推理小说,还真把自己当成大侦探了?我问你,我出去的时间里,后河套着火了吗?不是又打了两圈牌后才听到外面喊'着火了'吗?"

"说的没错。"金成文拿起祖宗龛前的香盒说,"这香是你昨天从卖店买的对吧?大盒里共有 3 小盒,我刚刚已经检查过,两小盒是满的,一小盒却是开了封的,里面少了好几炷香。咱都是初一、十五才敬香,你不可能在除夕半夜敬香吧?那么这几炷香哪儿去了呢?就消失在后河套的柴火垛里。"

金成民脸色灰白,却依然嘲讽着:"你可真会编故事。"

金成文继续说:"你装作撒尿的 10 分钟里,回家取出几炷香和打火机,跑到后河套,把捆扎一起的香点着放好,然后再跑回棋牌社。半个小时后,火才燃起并迅速蔓延。"

"你就能保证几炷香能引着柴火垛吗?"

"当然不能。但如果在香的另一头接上一块浸有柴油的抹布,肯定有所保证。"

"又是凭空推测的吧?"

"是推测不假,但不是凭空。你家养了拖拉机对吧?还有,你回来后打牌时,手上遗留了柴油味道。"

金成民垂下头,沉静了一阵儿,又问:"你觉得 10 分钟够吗?"

"行走是不够,如果是小跑的话就够了。你回来继续打牌时,有些气喘吁吁。尽管你极力掩饰,我还是看出来了。"

"你的依据就这些吗?还有其他线索吗?"

"打头 4 圈你将手机放在了衣兜里,而回来后,你却将它放在桌边,之后,你神不守舍地至少看过 3 次时间。心里若没鬼,你看时间干吗?"

金成民不再辩护了,他的脸像霜打的茄子一样。

嫂子哭丧着脸骂道:"还真是你干的？你还是人吗？小肚鸡肠你!"

金成文解释说:"我哥也不是真想害他,就是想让他大过年的添添堵,警告他一下。现在事都说开了,我希望哥能上门赔罪,毕竟咱是同村又同宗,没有深仇大恨。今后的日子长着呢。"

金成民面呈难色:"人家能原谅我吗?"

"那要看你的态度。如果你想去拘留所,也没人拦着你。"金成文又说,"去吧哥,把这事了了,晚上去我家喝酒。"

晚上,金成民出现在堂弟的酒桌上,俩人喝得很是尽兴……

一瓶红高粱

王凤英（山东）

豆沙考上大学那年去便利店打工，除了给自己添点生活费，也想了解一下社会。

一天晚上来了个拾废品老人，转了一圈后拿了瓶高粱酒结账，豆沙习惯性把钞票放进验钞机，一声尖叫把豆沙吓了一跳。对着灯光照了照，是张假钞。老人没多大反应，八成就是来花的。豆沙努努嘴，还是礼貌地让老人换一张。抬头看到老人的一刹那，豆沙有些心软，老人家骨瘦如柴，穿着破破烂烂，肩上背着一个盛满塑料瓶的编织袋，手上有几道明显划痕，其中一道还在淌血。豆沙心头一震，索性把话咽了下去。

老人下意识把手伸进了口袋。转眼掏出几张皱巴巴的零钱。不等递上，豆沙已把零钱找给他，豆沙说验钞机出了故障，有时候也不准。老人一愣，豆沙给老人找了创可贴。老人伸出颤抖的手道了谢，头也不回地走了。从那以后，豆沙再也没有见过老人。

月底结账，豆沙自己垫上了钱。不过豆沙不后悔，比起拾荒老人的艰难，自己的日子还算好过。

毕业后，豆沙在公司走廊上又见到了当年的拾荒老人。老人似乎也认出了豆沙，他下意识地低下头赶紧走开，豆沙心想他八成是为了那百元假钞吧。老人是公司勤杂工。因为爱喝高粱酒，大家都叫他老梁。

老梁平日不爱说话，除了勤勤恳恳工作也不爱热闹。公司里没有人瞧得起他，每次脏活累活都叫他干，豆沙看不下去，叫同事们尊重一下老梁。同事们都不当回事，觉得豆沙爱管闲事。豆沙为此和沈总说过几次，沈总只是淡淡一笑，要豆沙做好自己分内之事就好。豆沙非常不满意，沈总要开口就是一句话的事。豆沙干了几年后手里有点积蓄，辞职后盘下了从前那家便利店。

店靠着中心地带，豆沙生意不错，只是离公司很远。熟人中只有老梁来买东西，每次拿着一张纸条一次买上很多，有时候恨不得把整个店都搬走。豆沙心里过意不去，她知道老梁想让她赚钱。这么多东西确实够难为老梁的，店里没有人手，豆沙干脆给老梁打车费，每次老梁都神秘一笑，说沈总给报销。

又过了几年，平静的日子被打碎。姐姐打电话告诉豆沙，母亲生病需要治疗费。豆沙这几年攒了不少钱，但也经不住这一折腾。慢慢地，豆沙的积蓄越来越少，最后连进货钱都给垫上也不够。供货商们不肯赊货，豆沙只能把店转让出去。老梁来店里那一天，豆沙给老梁打了折，又送了老梁不少东西。老梁有些意外，豆沙笑了笑,谢谢你这些年一直照顾我的生意,以后,你就不用大老远过来了。

老梁一愣,问豆沙出了什么事,豆沙没有回答。晚上准备结账时接到沈总电话,约她一起吃个饭。

豆沙如约而至,沈总没有说话,直接把手里一个牛皮纸袋递上。豆沙刚要推辞,沈总脸色沉了下来,你不想要老梁心里不好受吧。豆沙恍然大悟,老梁都告诉你了?沈总点头,亏他跟我说。给我个机会,弥补一下当年我父亲犯下的错误。沈总告诉豆沙,当年家庭出现变故她想退学,老梁不让,于是晚上出来捡废品,废品站老板故意把假钞给了他,老梁在好几家店买东西都花不出去这才反应过来,回去找废品店老板理论还被打了。其实当年老梁就知道,豆沙是故意收下那张假钞的。豆沙还是不解,让老梁来公司干活也是你的意思?沈总摆摆手,我让他在家里享清福他觉得无聊,非要来公司,说给自己找点事干。公司里的人都不知道我们的关系,我也想考核一下员工们的人品。除了你,其他人都让我失望。

母亲病好后豆沙去沈总家里还钱,沈总说来得好,大闸蟹刚出锅。豆沙说,五粮液我店里有。老梁笑笑,不用,这有红高粱,我早就酿好的,就等你来家里做客。

面　具

李岱蔚（吉林）

　　我是1997年大学毕业的，毕业后就很少回校了。在校期间有许多趣事。我们住宿楼有个管舍务的女老师梁敬仪，这个人给我留下的印象太深了。因为她管得太严，一天到晚尽挑毛病。什么谁谁穿奇装异服了，哪个男女同学交往不当了，甚至连穿高跟鞋她都管。她那时权力大了去了，她可以直接建议学校开除学生的，因此学生们都怕她。

　　那时她也就三十多岁的样子，一米七二的个头，体重一百四十多斤，梳着短发。从背后看，跟个壮小伙子差不多。我那时想，她是怎样嫁出去的，哪个小伙子会喜欢她呢？

　　再者我发现，她这人很小气。我们寝室的厕所旁，有两个大垃圾竹篓，里面放着学生丢弃的垃圾和废品。有时我看她戴着黄色胶皮手套，在竹篓里翻东西，可能是找一些值钱或不值钱的东西卖吧！我心中暗骂，自己挣那么多钱不花，却去干低级事。这种人，也配在我们面前耍威。真想在她拣垃圾时，朝她背后狠唾上一口，以解心中之气。

　　那年春天一个晚上，先是刮风，接着下雨。女寝的一个同学病了，同寝人都六神无主，于是紧急报告了梁老师。她进屋掀开被子一看，只见同学脸色煞白，浑身颤抖。梁老师二话没说，在我们几个女生的帮助下，背着这个女生就往外跑，当时是半夜，风正猛，携着雨，车也不好打呀，天黑路滑，她的一只鞋跑丢了，脚也被玻璃扎出了血。中途才打了辆出租车，到了医院，个个都像落汤鸡似的，送进急诊室，这些人才算松了一口气。过后听医生说："幸亏你们来得早，她得是阑尾炎穿孔，再晚恐怕危及生命。"

　　通过这件事，我对梁老师的印象改变了，觉得她很好看了。后来知道她家也是上有老下有小。靠她一个人的工资，也许不够开销，拣垃圾贴补家用。

　　如果给梁老师送钱，她肯定不会要。学生们纷纷自觉把纸盒、塑料瓶、易拉罐分类，整齐地放在竹篓旁，留给梁老师。希望这点小心意能够帮助她解决一点生活难题。

　　可是，我对她进行深入了解后，又发现一个更大的秘密。这件事真真把我打动了，梁老师每月只有100多元工资，每月固定要拿出20元，捐给在校的贫困学生。这、这多么难能可贵呀！原来她拣垃圾卖不是为自己，而是为了救助贫困同学呀！她的心太好了，就像庙里的护法神，外表严厉，菩萨心肠。

　　这年秋季，寒流来得早。我们把窗子关得很紧，女寝室却开始丢东西了。谁的箱子里有钱了,有新衣服了,有笔记本电脑了,一夜之间皆不翼而飞。有人举报是我们班的白素爽,她老家在革命老区,身材纤细,常穿带补丁的衣服,普通话不好,平时不愿与人交流。尤其是她不上晚自习,还偷偷给家里寄钱,给弟弟买衣服。

校领导接到学生举报后,也想报派出所,让警察找白素爽谈谈。梁老师对学生们说:"你们有什么证据呀,怎么能这样污人清白呢?小白她一定有自己苦衷的。"

就在校领导抄起电话,要报案的一刻,梁老师赶到了,按住了电话机的开关键,她向校领导哭诉:"我怎么也看不出这是个坏孩子,她全凭个人努力考入大学。如果让派出所介入,名声扫地,唾沫星子淹死人,这孩子一生就毁了。"

"可是,坏人从脸上是看不出来的。"

最后校领导勉强答应了,不过,有一个条件,再出现偷盗事件。可就要唯梁老师是问了。她立了军令状,从此加强夜间的巡查,一天晚上,她发现有一个歹徒爬进女寝室的窗子。在与歹徒搏斗期间,梁老师身中三刀,一刀最重扎入腹部10厘米,胃都扎透了,流血不止。后来歹徒抓到了,证实不是白素爽做的。为减轻家里负担,她在校门口打一份工,上晚自习时给附近一家饭店刷碗。给家里寄钱都是她打工挣来的。

时间很快,四年的大学生活很快就结束了。毕业后,我一直想再见见梁老师,可一直没有机会。

学校百年校庆之时,我作为有出息的大学生上台发言。下台时,一眼看见了骨瘦如柴的梁老师,她唰地站了起来,还叫出了我名字。我立即要了她的电话号码。中午我问在校的一位年轻老师,才知道梁老师因身体不好,提前退休了。

晚上我与她通了电话,知道她得的是胃病,现在医院诊断是胃癌。唉,还是被小偷扎的那刀害的。在中医事业上小有名气的我,应该对老师做点贡献了。通过听其主诉,我觉得她怕冷是脾胃阳虚,寒湿困脾。浑身无力是气血不足,累及于肾造成的。为了安慰她,我说癌症我也能治。先给她用了中医名方——温胃汤,它是由理中汤、当归四逆汤、芍甘汤化合而成。后来通过了电话联系,我根据病情,又在这个方子上做了加减。

吉人自有天相。不到半年,梁老师的胃病最终被我治好了,更让人可喜的是,那个被误认为小偷的白素爽竟成了梁老师的儿媳妇。梁老师在电话里说:"我不知哪辈子积了德了,摊上这么个好媳妇。"我想,小白是个知恩图报之人,有她对梁老师无微不至的照顾,我这个做学生的,也就可以放心了。因为我就是当年那个得阑尾炎的同学。

鸟语者

尚庆学（江苏）

村中有懂鸟语者，闻麻雀树上鸣叫，告诉人："这麻雀是在喊同伴去村头谷地里啄食的。"

别人不信，斜眼道："净说胡话，难道你是鸟，能和鸟说话？"

"不信，你们去谷地里看看。"鸟语者不满道。

为验证真假，人们真的去了谷地查看，一到地头，果然见满地麻雀，正叽叽喳喳地群聚狂欢，来人个个佩服鸟语者的绝技。

鸟语者还是孩子的时候，某日，路上遇到一位摔倒的老人，好心上前搀扶。老人见他心地善良，就传给他识鸟语的绝技。老人一再告诫，懂鸟语者，决不可伤害鸟。他当着老人的面发誓，绝不伤害鸟。

从此，他就只拿这种绝技取乐，从不用鸟语诱鸟捉鸟。

后来有人愿出小钱寻开心，时常让他根据鸟鸣，判断喜鹊是不是在谈情，杜鹃是不是在求爱，黄雀是不是在争风吃醋。这些要求虽然有点无聊，但显示一下自己的绝技，还能得到一点好处，他也就有求必应。

一日，有乌鸦在高枝上呱呱鸣叫："河边死了一只羊，快去拿来大破膛，你吃肉，我吃肠，你是我的好搭档。"

鸟语者一听，喜出望外，立刻推着小车去河边寻羊，果然有一只羊躺在草地上，喜滋滋地搬上车，推回家，剥皮开膛，挖出内脏，扔在一边，又一一卸下瘦肉准备去集市卖个好价，骨头留下自己熬汤。乌鸦在树上急不可耐，叫道："你吃肉，我吃肠，切莫通通全吃光。"

鸟语者看看乌鸦，心想，你这鸟货，光想吃现成的，我就不让你占到便宜。

他把地上的羊下水全部处理干净，连肉一起推到集市上卖了，只扔给乌鸦几根骨头。

乌鸦把骨头叼到树上，费了半天劲也没吃到什么肉，心里很生气，可它又有什么办法呢？

乌鸦很长时间不愿给鸟语者报信，终于在一个黄昏里，乌鸦又在树上叫起来："村头路边有只羊，快去拿刀大破膛，你吃肉，我吃肠，这次千万别独享。"

鸟语者一听，看看树上的乌鸦，嘴角翘起一丝冷笑。

他推上车，带着刀，准备连肉加下水带骨头全部弄到集市上卖光，不让乌鸦得到一点好处。

刚到村头，就见有人已经把路边的死羊裹了起来，于是急忙上前阻拦道："这是俺家的羊，你们走开！"

那人问："是你杀的吗？"

"那还有错？就是俺杀的。"鸟语者说着，还拿出身上的刀亮了亮。

"把他捆起来，见官！"有人一声令下，几个汉子把鸟语者捆住。

原来，那裹起来的不是只死羊，是一个被人杀害的女人的尸体。

放　羊

谭斌强（陕西）

　　春天，萧瑟了一冬的南坡，终于变成了青绿色。
　　我牵着奶山羊大白出门了，穿过村子时，大白还执拗着要我拽着走，等看到南坡边一摊油绿绿的青草，大白就猛地挣脱缰绳，一头扎了进去。
　　嚼了一个冬天的玉米秸秆，大白馋疯了。
　　大白在吃草，我从裤兜里掏出连环画，一屁股坐在松软的黄土上，像大白那样，如饥似渴地"啃"了起来。
　　"铛"的一声，一颗小石子砸到我肩上。我抬头一看，隔壁林娃牵着他的毛蛋到了我跟前，我正要张嘴骂他，他咧嘴一笑，递过来半块红薯。
　　林娃和我都十岁，重要的是，我们都有个共同的使命——放羊。
　　我吃着还热乎的红薯，将连环画递给林娃。林娃翻了几页，嘿嘿一笑说："真好看。"林娃低头看书，我在一旁剧透精彩章节，侃得眉飞色舞，把红薯渣渣都溅到了林娃脸上。
　　"谁家的羊，狗日的东西！"突然，一声叫骂把少年的欢畅打碎了。
　　我们扭头一看，原来大白和毛蛋都跑进人家麦地里去了，正好被前来拔草的满柱看见了。满柱可是村里的"不敢惹"啊！
　　满柱一脸怒气，捡起一块土疙瘩，狠狠地朝毛蛋砸去，毛蛋"咩"地惨叫一声，哗啦一下跑开了，大白也跟着跑开了。
　　满柱看见我俩，就把枪口歪了过来："你俩个碎尿，你瞧瞧，把我多少麦苗啃了，我看至少有一蛇皮袋麦子哩，回去告诉你爸，夏收时各家补我半袋麦子。"
　　我和林娃自知理亏，都不敢狡辩，跑过去牵起缰绳，想着赶紧溜走，就朝另外一处草多的塬边走去。
　　林娃心疼他的毛蛋，边走边啜泣。我上前摸了摸毛蛋，安慰林娃说："你看，没有破伤吧，只蹭了一撮羊毛，没啥事，好着哩。"林娃这才止了哭腔。
　　那天晚上，我做了个奇怪的梦，梦见我的大白跑丢了。我满村子找，满镇子找，最后找到一家羊肉泡馍馆，见门口挂着一只羊头，正是大白。我"哇"的一声哭醒了，鸡叫鸣了，天也亮了。
　　我走到后院，听到一阵哭声，一阵吵嚷声，声音是从林娃家传来的。我真的不敢相信，就在那天晚上，林娃家的毛蛋被贼娃偷了。
　　贼娃是夜深时分翻进林娃家后院，然后拉开后门栓，来了个顺手牵羊。林娃坐在后院，哭成了个泪人。他爸妈、他叔伯也都在后院唉声叹气，他们在仔细勘查现场,分析案情,试图找到点什么蛛丝马迹。

林娃他爸思忖了几天,最后把嫌疑人锁在了满柱身上。因为两年前,满柱跟人翻进农具厂偷过农具,最后被逮住关了两月。那日,林娃的毛蛋啃了满柱家的麦苗,肯定是满柱怀恨在心,又干了一回老本行。

可林娃他爸想不通,我们两家就隔一堵土墙,为啥没有偷我家的羊?我家的大白比毛蛋还长半岁哩,胸宽背阔,腰长尻宽,乳房圆大,真真是个能产肉、能产奶的好羊。

林娃他妈点拨了一下,林娃他爸"哦"了一声,恍然大悟。原来,满柱初中毕业后,曾跟我爸学过两年木匠,"一日师父百日恩",满柱十分惦念我爸的好,直到现在遇着我爸,还会毕恭毕敬地叫一声,师父好!是啊,那天要不是看在我爸的面子上,满柱非得把羊皮给剥了。

还有,要不是我那天给林娃看连环画,林娃也不会分神把羊看跑了。

林娃他爸把满柱和我们都归在了"坏人行列",在没抓到贼娃之前,把怒火嫁接到我家门前来泼洒,他不敢点名道姓,只是指桑骂槐含沙射影地骂,口口声声"贼心不死""狗忘不了吃屎"……

我吓得不敢出门,我爸实在听不下去,冲出门外:"做一回贼就一辈子是贼吗?没证据莫要瞎狗乱咬人!"他只是替满柱说了句公道话,转过身,把门"嗵"地关上。

至此,我们两家像结下了仇。上学路上,我遇着林娃,想给他道个歉,结果他乜了我一眼,嘴巴一噘,几大步就把我甩出了老远。

我一个人在南坡孤独地放羊。

春秋流转,树叶哗哗落了,霜降了,下雪了,迎春花开了,又是一年春天了。我家的大白产下了两只毛茸茸的小羊羔。

我爸说:"把那只壮实一点的送给林娃吧。"

我一怔,少顷,涌出了甜滋滋的欣慰。我想,太好了,可以借此跟林娃和好,以后又有人陪我放羊了。

我抱着小羊羔向林娃家走,半路上,就给它想好了名字,就叫小白吧。我想,林娃没准会高兴地蹦起来。

我推开了林娃家的门,看见两个警察黑着脸站在院子里,我吓得一哆嗦,差点把小白摔在地上。

原来,贼娃被抓住了,是邻村一个黑瘦小子干的,今天过来指认现场。

林娃他爸不死心地问了贼娃一个问题:"那晚你为啥没偷我隔壁家的羊,那羊比我家的好多了。"

黑瘦小子低着头,支支吾吾地说:"我本来就冲着他家羊去的,谁知那后门弄了半天,死活弄不开啊。"

警察想探个究竟,带着贼娃去到我家后院,林娃他爸也跟了过去。一伙人一看我家后门,顿时傻眼了,好家伙,这是什么东西啊?这横七竖八、曲里弯拐的门闩,是鲁班锁,还是什么八卦锁?

林娃他爸拍了自己一脑壳,他当初咋就没想起来,我爸是个手艺了得的木匠啊。

被盗刷的校园卡

周翔宇（浙江）

"走啊，去食堂。"上午的课结束了，阿晁扯着博文的袖子，两人勾肩搭背地向食堂走去。他们笑呵呵的，排队的时候，博文摸了下口袋，懊恼地拍了拍自己："我饭卡没带。"

"想蹭我的卡就直说，这顿我请了。"阿晁笑了笑，踮着脚，探头看窗口里的饭菜。

"我真没带。"博文正色道。

"你认真的？"阿晁也收敛了笑意，"你昨天穿的就是这条灰色裤子，今天既然没换，为什么会专门把饭卡拿出来，放在宿舍呢？"

"难道是丢了？"博文有些痛心，他前天可是才充值了 300 元。

两个人垂头丧气地吃完了这顿饭，回宿舍搜山检海了一遍，果然是丢了。

博文懊恼地长叹一口气，和阿晁赶忙跑去卡务处，查询余额。

"余额 122 元。"就丢了一天，钱已经被花了一大半了。

博文沉着脸，打算挂失，阿晁拦住了他。

"你这笔损失可不小。"阿晁皱着眉，"不能就这样算了，得抓住那个盗刷的人。你要是挂失了，我们就很难找到他了。"

"上哪儿找啊？"博文把手一摊，没好气地说道，"每次消费的时候，只有时间提示，又不记录人脸的。"

"先查下消费账单吧。"阿晁在卡务处那里打印了一张单子。

"5 月 17 日下午 1:00，支出 45 元，超市。"

"5 月 17 日下午 1:45，支出 89 元，超市。"

"5 月 17 日晚上 9:20，支出 56 元，超市。"

博文怔怔地看着账单："那应该是昨天中午就丢了，然后他当天就把钱花得差不多了。"

"学校超市没有太贵的东西，一次付款好几十的人，应该不多，去问问阿姨，看有没有印象。"阿晁找到了一条路。

"没有印象。"超市里人来人往，好不容易等到一波人潮低迷的时候，阿晁上前询问，收银阿姨懒散地坐在柜台后面刷着手机，翻了个白眼。

"每天那么多人买东西，我哪记得清啊。"阿姨又补充了一句。

"走吧，走吧。"博文沮丧地离开了，站在门外招手。

阿晁抬起头，门框上面架着的摄像头闪着光，尽职尽责。

"去查监控吧。"他拍拍博文的肩膀。

"学校能让我们看吗?"博文有些犹豫,"还得先去保卫室申请,才能去监控室调录像,有时候还不一定同意,手续很麻烦的。"

"能。"阿晁阔步向前。

"你好,我们已经取得了保卫室的同意,来这边调一下录像看看。"两个人径直去了监控室,阿晁笑着和工作人员打招呼,博文则有些心虚,这样蒙骗,他并没有把握。

工作人员没有怀疑,播放了录像。

他们重点查看了下午 1:00、1:45 和 9:20 前后时间段的录像。

这三个时间段很巧妙,分别是午饭后、下午上课前和晚自习下课,也就是说,这三个时间段,超市的人流量是十分大的。

来回看了三遍,他们发现了一个身影,三个时间点都有这个人。

是一个穿着黑色 T 恤和卡其色裤子的男生,这种打扮很常见,裤子上有三道白杠,算是唯一的特点了。

"这能找到吗?"出了监控室,外面已经晚霞满天了,博文面带希冀地问道。

"你有几件上衣?这个季节能穿的,短袖和长袖都算。"阿晁没回答,问了一个问题。

"十几件吧。"博文挠挠头。

"那你有几条裤子呢?这个季节穿的。"阿晁又问了一个问题。

"五六条吧。"博文好像反应过来了似的,眼中闪过一道亮光,转瞬又熄灭了,"我知道你的意思,一般来说,一个人的裤子会比上衣少。"

"对,所以很有可能,在接下来的一阵子,那个人还会穿这条裤子出现。"阿晁点点头。

"但就算他的裤子也不多,他盗刷别人卡时穿的衣物,他知道有监控,自己肯定心虚的,会减少穿着使用的。"博文反驳道,"他要是不再穿这条裤子了,怎么办呢?"

"不会的。"阿晁笑笑,"两个原因。"

"第一,我们没有挂失卡,我们接下来几天都不挂失,他手里的卡一直可以使用,这个家伙会觉得你根本不在乎这张卡。"阿晁停顿了一下,"也就是说,他会认为自己没被怀疑,自然不会小心戒备穿着。

"第二,最近要迎来梅雨季节了,咱们学校阳台又是开放的,衣服很难晾干的,上衣也就罢了,可能会频繁换。但是裤子,基本都会穿好几天的。"

接下来的三天,阿晁和博文每天都去卡务处,但是那张卡没有新的使用记录了。

"他为什么不用卡呢?"博文有点着急。

"第一天他捡到卡的时候,兴奋之下,花了很多。但事后他会紧张,会观望几天,不用也很正常。"

第五天的时候,支付记录又有了。

第六天,第七天,每天都有支付记录。

"他彻底放松警惕了,心安理得地把这张卡当自己的卡去使用了。"阿晁笑笑,"每次的支付时间,也都是午饭后,说明他有饭后购物的习惯。"

"那以后我们每天午饭后也来超市逛一逛?"

"对,守株待兔。"

那条有三道白杠的卡其色裤子,出现了,在一个湿漉漉的雨天里,裤子的主人走进超市。

"不好意思。"阿晁装作和博文打闹,摔倒了,撞到了那个男生身上。

那个男生手里的商品散落一地,自然也包括准备刷的那张校园卡。

博文上前,热心地帮忙捡东西,拿起卡一看——

学号:12345678112

姓名:博文

要命的遗嘱

曾淑娟(湖南)

村上有名的虎爷死了。第一个发现的是近身照顾他的保姆。就在下午保姆准备给他服用活血止痛药的时候,发现他死在书桌前的轮椅上,垂落的左手一根食指指着前方,房间杂乱无章,他两眼睁开,面露狰狞。保姆见状吓得大哭大叫。虎爷的三个儿子听闻尖叫立马跑进来,见其惨状,号啕大哭起来。悲痛之余,大儿子拿起手机报警。不一会儿,镇上大名鼎鼎的判案高手王警官带人过来了。

王警官勘查现场后,发现虎爷脖子上有一道致命的掐痕,可以判断命案时间就在午饭后不久,随即对整个房子进行了封锁,把在家的保姆及三个儿子叫过来进行盘问,他们都坚决否认自己是凶手。胆战心惊的保姆更是不断为自己辩解,语无伦次地说饭后一直在厨房客厅打扫,随后便回房休息,睡了一个小时后才去的虎爷房间,途中路过三个儿子的房间,门都关着,这是他们以往用餐后的习惯,途中恍惚间听到屋子里传来一阵阵欢快的音乐。

这本是一个平常的礼拜六,三个儿子一如往常从县城回来看望腿脚不便需靠轮椅代步的父亲。虎爷生前是位有名的军官,退休后做起了建材生意,不到两年,积攒不少财富,后由于身体原因,归隐乡下。虎爷历来乐善好施,待人处事平和,可排除仇杀。虎爷夫人很早去世,此后虎爷没有处其他对象,也没见和哪个女子暧昧不清。回老家后才请的这名当地保姆,做事勤快细心,深得虎爷信任。保姆每个月都能按时拿到工资,不存在因遭主人苛刻而心生报复。虎爷三个儿子在外有车有房,事业皆是风生水起。排除了这些,王警官认为怕会是有外人潜入这里,于是将屋前屋后各个路口的监控都查看了一番,未曾发现可疑的人。凭之前的破案经验,他笃定凶手就在这四个人之中。可苦于证据还没有掌握到手,便也没有采取特别行动。于是,折返案发现场,想再寻一些有力线索。书桌抽屉被翻乱了,指纹都被擦得一干二净,足见凶手这次有备而来。将虎爷左手缓缓抬高,发现食指所指的方向,最上方是一张温情的全家福,意外的发现年幼时的大儿子小时候的容颜,完全不像虎爷亲生的,倒是老二、老三跟虎爷是一个模子刻出来的。前方有个书柜,书柜下方有一个上锁的保险箱。地上一堆文件,仔细看保险箱有撬动的痕迹,像极了凶手是谋财而来,故意制造的案发现场。旁边则是洗手间,走进去,用肉眼一看,整齐有序。为了进一步了解案情,王警官派人调查了三个儿子。后来发现,老大不是虎爷亲生的。

王警官独自回到案发现场,将整个案发经过在脑海回放,并打电话让手下迅速调查三个儿子公司经营情况及银行流水。时间过去几个小时了,案子还没有一点进展。正准备收工回家的时候,保姆在身后叫住了他:虎爷生前跟我说过一件事,说留了一份遗嘱放在了保险柜,并交代我不要向任何人透露,他担心到遗产分割的时候会有纷争,便委托我到时候做个见证人。王警官觉得既然保险柜这么重要,那么只要找到保险柜的钥匙,一切疑云就可以解开了。

就在众人一筹莫展的时候,老三私下找到王警官说,曾几度看到虎爷和老大在后花园争执。就在这时,手下过来反映下水道有股臭味弥散不开,王警官迅速叫来一个专业的管道师傅,派人拆开水管,发现果真是有东西堵着,捞上来一看,意外发现一串钥匙,紧跟着的还有一粒黑色纽扣。

王警官一边让手下观察谁掉了这粒纽扣,一边拿着这枚钥匙将保险柜打开,里面一份资料掉了出来,一看原来是老二在外赌博欠下的债单。这时候,王警官电话响了,果不然,老二的公司从去年开始就已经亏空,并欠下很多赌债。同时纽扣的线索也出来了,正是老二衣袖下方那颗,只是他本人未曾发觉。于是,王警官拿着欠单和纽扣前去逮捕。

起初他还不承认自己就是凶手,看到虎爷费尽心机留下的物证,老二痛哭交代:上次回家在房门口偷听到,虎爷跟老三说列了份遗嘱,认为虎爷特别偏心,便一心想看看遗嘱内容。这次回家吃完中饭后,看到保姆一直在打扫,等老大和老三、保姆休息后,就故意打开音乐,悄悄走到虎爷房里向他逼问遗嘱的事情。奈何虎爷一直不肯松口,便将抽屉、书柜翻了一遍。虎爷破口大骂,与老二推搡之余,虎爷扯下老二衣袖的纽扣,推着轮椅将钥匙和纽扣一起丢进马桶用水冲走,再回到办公桌面前,与老二横眉怒眼。老二气急败坏地看着虎爷,狠心用手往虎爷脖子用力一掐,随后把卫生间所有痕迹抹掉,再制造小偷进门的假象。一溜烟地回到自己房间继续装作听歌。

王警官上前,当着老二面把遗嘱内容读了出来:"将个人名下房子车子留给老二和老三,建材公司股份两人各占一半,剩余财产拿去捐赠贫困地区的小孩。"老三那些天看到虎爷和老大争执的原因就是老大不肯接受虎爷的家产,向虎爷提议将他这份捐出去。

"这要命的遗嘱啊!"王警官将冰凉的手铐戴在老二手上,发出一声长长的叹息。

母亲的嗜好

方赛群（浙江）

前不久,镇政府后面的小街上,出现了一个捡破烂的老太太,白发苍苍,满脸皱纹,挂着拐杖,一副风烛残年的样子,但衣着倒是干干净净、清清爽爽。她每天傍晚准时出现在那些垃圾桶旁边,用铁钳细细地拨弄人们废弃的垃圾,把一些塑料瓶、破纸箱等可卖钱的废品,一件件装进她那只编织袋里。

捡破烂并不稀奇,有些人甚至以此谋生,但这位老太太年纪这么大,而且从未见过,是突然出现在镇上的,因此引起了一些人的注意。有人猜测她是被子女遗弃的,有人猜测她有精神病。不管怎么猜测,反正人们都对她产生了同情心,有人给她送吃的,她摇摇头说:"不,吃的东西家里有,多得吃不了。"有人问她为啥捡破烂,她说:捡垃圾卖了钱给娃上学。问她家住哪里,她顺手往镇政府那边一指说:"喏,住那儿。"于是人们得出结论,这老太太患有老年痴呆症。可她到底来自何方,是何许人氏,无人说得清,始终是一个谜。

几天后的一个傍晚,传出一个爆炸性的新闻:这老太太是新来的镇党委书记的娘!这消息传得比风还快,人人听了都感到不可思议。新来的镇党委书记名叫刘福山,今年45岁,戴一副宽边眼镜,为人谦和,工作作风踏实,大家对他印象很不错。可这样一位镇领导,娘竟然是捡垃圾的?说不通啊!

一时间,人们议论纷纷,说什么的都有。有人说新来的镇党委书记人不错,可他婆娘肯定很刻薄,否则不会弄得婆婆出来捡垃圾;还有人说,这事根本无中生有!是哪个不怀好意的人放出来的谣言,是刻意抹黑……有人说应该马上打电话到镇政府,对这事进行辟谣,更有人说应该报告派出所查一查。

正在这时,只见镇党委书记刘福山骑着自行车过来了,他左顾右盼,神情很焦急,当他发现小街尽头那个捡垃圾的老太太时,就骑着车飞奔而去。人们一时反应不过来,有人便好奇地跟踪前去当"观察员",结果带回来一个令人瞠目结舌的消息:那捡垃圾的老太太果真是刘书记的娘!人们吃惊的嘴巴都成了"O"字形,还有人紧接着问:"刘书记发火了吗,把娘带回家的吗?"那人连连摇头说:"刘书记没有不高兴,还在那里有说有笑地陪老母亲一起捡垃圾呢!"

镇党委书记陪娘捡破烂的事,像特大新闻一样在镇上风快地传开了,人们觉得奇怪:刘书记这样做的目的是什么呢?是公开回答人们对他的非议?是标新立异提高自己的威望?可这样的"秀"意欲何为?人们怎么也想不通。

不过这事倒让一些人敏感起来了,许多人倒垃圾也小小心心,别说那些生了虫的火腿、臭了的鱼等不敢往垃圾桶里倒,连高档的罐罐瓶瓶都不敢往里扔,以防这位让人摸不着头脑的刘书记从垃圾中"嗅"出点什么。这使老太太因捡不到"好垃圾"而跑得更远,有时到天黑都没回家。刘书记只得骑上自行车到处找,找到了娘以后,他就把垃圾放到车上,然后陪着娘到垃圾收购站卖了。人们对于这事的议论,他当然也听说了,可他也不解释,总是笑笑了事。

不久后,这个捡垃圾的老太太不见了,听说是住院了;又过了些日子传出消息,老太太去世了。办完了老太太的后事,刘书记便来到当地的朝阳小学,当着学校老师的面,交给校长一本存折,并且含泪说出了娘的身世。

原来老太太并非刘书记的生母,刘书记只是老太太收养的弃婴。虽说不是亲生儿子,但她对孩子倾注了全部的爱。她靠捡破烂把他养大,靠捡破烂供他上学,培育他成才。儿子大了,母亲也老了,脑子一阵清一阵浑。她许多事都忘了,唯独不忘捡垃圾,并且成了她唯一的"嗜好"。老人一天不捡破烂就会快快不乐,甚至寝食不安,浑身无力。做儿子的唯一的办法只有顺着她,因此刘书记从来不去阻止娘捡破烂,还常常陪她一起捡,那也是娘最幸福的时候。

刘书记还说:"不管人们怎么看,我为有这样一位母亲而感到自豪!"他还说:"这存折中的钱,是我母亲十多年来捡破烂的全部所得,现在捐献给学校。娘生前常说:'捡破烂,卖了钱给娃读书。'我这个做儿子的,也是最后一次顺着娘的心意办事,请收下我妈妈的这份心意吧。"

名侦探的推理

晁光永（浙江）

"你不觉得小乖很怪吗？"坐在课桌前的小亮向他的同桌小花问道。

"啊？他本来不就很怪吗？也不跟人讲话。"小花疑惑地说。

"但是哦，我昨天去刘奶奶家的时候，看到他在刘奶奶家附近鬼鬼祟祟的。"小亮悄悄地说。

小花吃了一惊："难道说……"

"嗯！我觉得他有重大嫌疑！是时候让我们侦探团发扬光大了！"小亮昂首挺胸、小小的眉头皱皱的，一脸坚毅地说道。

小孩子总是对冒险充满兴趣，小亮就是这样的一个孩子，虽然只是一个四年级的小学生，但他却十分向往不平常的生活，并且正义感十足。

于是，亮花侦探团就出现了。众所周知，超过一个人的侦探队伍，就叫侦探团。2016年3月21日这天下午5点30分左右，亮花侦探团接到了第一个案件，至少小亮是这么认为的。

刘奶奶的猫不见了。

这是小亮路过刘奶奶家时，无意间问到的，因为他平时放学回家的时候，总是看到刘奶奶带着猫坐在外面晒太阳，但是那天却没有，所以小亮问了一句："刘奶奶，大胖呢？"

"大胖不见了。"刘奶奶说话的时候，垂着眼眸，带着几分伤感。

"刘奶奶，我会帮你找到大胖的！"看到刘奶奶的神情后，小亮信誓旦旦地说。

大胖就是刘奶奶家的猫。

刘奶奶家的大胖不见了。

刘奶奶家的大胖怎么不见的呢？

小亮首先询问了刘奶奶，大胖不见之前，有没有什么异常举动。

刘奶奶摇了摇头。

大胖一直都在家里好好的，每到下午5点左右，刘奶奶就会抱着它到外面坐坐。

只是，3月21号清晨，刘奶奶发现自己家的窗户被打开了，大胖也不见了。

所以刘奶奶就坐在以往会抱着大胖的地方等大胖回来，等了一天，没有等到大胖，倒是等来了小亮。

"刘奶奶，大胖有可能自己打开窗户吗？"小亮问道。

"怎么会，大胖才那么小……"刘奶奶用手比画着，比着比着，手却突然僵住了。

小亮并没有察觉刘奶奶的异常,自信说道:"那就一定是人为的了!"

22号,小亮在刘奶奶家附近等到了小乖。

那个从来都不跟班里人讲话的奇怪孩子,居然破天荒地来找了刘奶奶!小亮立刻把小乖立为大胖失踪案件的重大嫌疑人。

等到小乖离开后,小亮去问了刘奶奶,小乖来这里的原因。

"你猜小乖去刘奶奶那儿做什么?"23号,小亮对着小花说道。

"做什么?做什么?"小花迫不及待地问。

"小乖送了刘奶奶一个猫咪玩偶!"小亮一字一句地说道。

小花睁大了眼睛:"这么说……"

小亮坚定地点点头:"一定是他!"

放学后,亮花侦探团以一个路口的距离,二人穿插跟踪小乖,竟然真的在一个公园里发现了大胖的身影!

小乖正在拿东西喂大胖!

"小乖!你这个坏蛋,竟然把大胖藏到了这里!"小亮大吼道。

小乖听到小亮的吼声,急忙抱起大胖,仓皇逃跑。

大胖很大,也很胖。站起来大概都有半个小乖高了,所以小乖没跑几步就被亮花侦探团抓到了。

"坏东西,偷刘奶奶的大胖!"小亮愤怒地吼着,一拳打到小乖脸上。

"啊!……打得好!"看到小亮挥拳,小花大叫一声,觉得这样不太好,但是转念一想,拳头打到了偷走大胖的小乖身上,于是又不由得喝了声彩。

小乖跟跄几步,倒在地上,大胖从小乖怀中挣脱出来,跑走了。

"哼!回来再跟你算账!"小亮对着小乖哼了一声,向大胖追去。

"哼!"小花也哼了一声,跟上小亮的身影。

大胖跑了一圈又转了回来,最后在公园的一个凉亭停了下来,凉亭下有些缝隙,大胖钻了进去,即便他的身躯有些胖,看上去钻得有些费劲。

小亮和小花趴下身子看,这才发现那缝隙里,有一只猫依偎在大胖身上。

那是一只好看的猫,因为她的眼里闪烁着一种光,小亮不知道这种光是什么,但是在曾经抱着大胖的刘奶奶眼里,他也看到过这种光。

"小亮,你说,刘奶奶是不是忘记了大胖已经长这么大了啊。"小花轻轻地叹了口气。

小亮沉默了。

……

"小花,如果,我是说如果,以后每天放学我都想去看看刘奶奶,你能陪我一起吗?"

"嗯!"

就这样,亮花侦探团的两个小侦探,一个迈着欢快的步伐,一个迈着沉重的步伐,一起向着刘奶奶家走去。

刘奶奶还是坐在原来的那个地方,等着大胖回来。不过怀里多了一个猫咪玩偶。

"刘奶奶,我……大胖……大胖走失的原因是……"小亮鼓起勇气,可话还是在嘴里打转。

刘奶奶宽慰地笑着,好像已经不似之前那么悲伤,她轻轻地抚着小亮的头,柔声道:"来吧,没关系,让我听听名侦探的推理吧。"

神秘的蓝色火苗

蔡雪梅（江苏）

  2021年12月18日上午，N市龙跃路发生险情——东阳桥菜市场西北角，三天前刚刚浇筑好一块混凝土地基，今天莫名其妙地从裂缝处蹿出一朵朵蓝色的火苗。保洁员清扫路面时，发现了这一诡异的现象，立即汇报了菜市场负责人。

  晚上9点钟，N市燃气公司总经理林真雄打电话给他公司派去的现场联络人夏鹏飞，了解到混凝土基础上出现的明火不是因燃气管道泄漏造成的，因为燃气管道距离险情发生处500多米，更重要的是，用乙烷分析仪取样检测，检测出该不明气体含甲烷成分，浓度达到90%，但无天然气中含有的乙烷成分。他放心了，准备看部电影放松一下紧绷了一天的神经。他打开央视第六频道，想看一部电影解解乏。今天看的是一部抗日剧，激烈的战斗正在原野上进行时，熟悉的手机铃声响起。原来是N市园林建设局许局长的电话，许局长让他马上赶到险情现场，协助市里其他部门的人员一同处置险情。

  林真雄的车还没到事发地点，远远地看见东阳桥菜市场西侧的马路上灯火辉煌，人头攒动。原来，N市市长、市委秘书长、园林建设局分管副局长、应急局局长及分管副局长、港城区区长及分管副区长以及相关部门的头头脑脑都来到事故现场。林真雄在人群边上站住。虽然所有人都戴着口罩，把嘴巴捂得严严实实，但凛冽的寒风里仍然飘来一阵阵浓郁的酒味。他心想："要不是市长来了，这些人怎么舍得从酒席桌上撤下来呢？"他没有看到许局长的身影，就小声问站在自己身边的自来水公司的张总，现在险情处理到哪一步了。张总戴着口罩，酒气从口罩的缝隙里往外喷吐，脸颊红润发光，看样子还没完全适应现场的办公气氛："现在还没有确定起火的原因，所以，有关联和没有关联的人员还在源源不断地往这里赶来。"

  市委熊秘书长这时喊道："大家往这边聚聚拢，尤市长下面开现场工作会议。"尤市长站在乌泱泱的人群中央，开始讲话："各位同志，安全工作关系到全市经济可持续健康发展，关系到千家万户的幸福，我们要高度重视安全工作。各项工作要贯彻安全第一、预防为主、综合治理、科学处置的方针。现在，这里发生了险情，到现在还没有找到原因。菜市场是人群密集区域，各级各部门要通力配合，科学施策，提前做好应急预案，及时排除险情，确保百姓正常的生活秩序。"正值数九寒冬，林真雄出门前很有预见性地穿上了棉睡裤，外面还套了一条黑色工作裤，其他人都是匆匆忙忙从空调房间抽身出来，此时都在寒风中瑟瑟发抖，恨不得马上钻到不远处的超市里避避风，可谁也没挪身子。

  东阳桥菜市场属港城区管辖。尤市长话音刚落，港城区的马区长雷厉风行，马上把区里几套班子聚集起来,落实现场办公会议精神,决定马上封闭东阳桥菜市场。随后,他布置了菜场封闭以后的各项工作:溯源追查组继续追查混凝土出现明火的原因;风险控制组全面评估风险并做好善后工作;秩序维护组组织警力,维护菜市场的秩序;舆情应对组组织社区人员指导菜贩明早及时向有关单位、饭店等处送货,同时引导摊主及时把摊位移动到对面的临时菜市场,确保周边百姓能买到新鲜的菜,还要连夜写好通稿,定好调子,统一口径,随时准备回答社会各界的询问,向社会各界及时发布险情处置公告。

各项工作布置到位,可谓滴水不漏。今晚的现场办公会议也接近了尾声,人们的神情轻松了许多,开始窸窸窣窣地说一些无关紧要的闲话。这时,林真雄听见不远处一个上了年纪的专家在人群中用试探性的语气说了一句:"会不会是混凝土自身起的火?"

"迂腐!领导刚精心布置完抢险任务,面对突发险情,他们心中装着人民群众的安危,显示出力挽狂澜的能力和魄力。这位专家却在这样的紧要关头,提出一个风马牛不相及的猜测,还不够乱吗?寒冬腊月,混凝土冻得结结实实,像石头一样硬,就算你有一万种猜测,也不应该认为它自己会着火,谁见过石头着火的?混凝土地基会玩魔法,自己郁闷了,就生出蓝色的火苗来玩呀?哎哟哟,这是哪门子石破天惊的创新思考,怕不是脑袋给驴踢了,真是愚蠢至极的人。退一万步说,领导是干啥的?他们经历过无数大风大浪,处理过各种光怪陆离的险情,他们什么阵仗没见过?好好听吩咐就是了,领导倒不如你见识广?显得你能?"大家一起低头沉默着,觉得这位专家的想法比混凝土里冒出的蓝色火苗更荒诞离奇、可笑之极。

林真雄挺起身子,往人群中央站了站,大声应和道:"确实有这样的先例,曾经就发生过混凝土出火的事情,原因是混凝土加入了抗冻剂、加强剂,会产生化学反应,释放出燃点比较低的可燃气体,形成明火。"

林真雄的话像一颗石子投进了平静的湖水中。尤市长马上安排消防官兵用机械破碎并开挖这个混凝土地基,燃气公司派人用水枪喷淋、稀释可燃气体浓度。

经专家和燃气公司技术人员分析,此处的甲烷成分就来自混凝土里加进去的抗冻剂、加强剂等可燃性气体,让上上下下如临大敌的神秘的蓝色火苗,就是这些混合气体发生化学反应后导致的结果。就这么简单。

凌晨两点,林真雄开着车回家,他顺手打了个电话给许局长,把险情处置结果告诉了他,让他放个心。电话里,许局长舌头打卷,语无伦次地说:"哦,你……你身边怎么有个女人在说话?"

林真雄哭笑不得:"深夜2点了,马路上连个人影都没有,哪儿来的女人噢!"他摇摇头,什么也没有说,紧紧握着方向盘目视前方,却看见前方人行道上的枯树叶被一阵西北风吹得打起了高高的旋儿,然后悄无声息地撒落在空无一物的马路上。

我有邻居叫阿雄

廖伟华（湖南）

我的邻居阿雄哥虽然读书不多，更不知逻辑为何物，但我认为他是个思维能力较强的人。遗憾的是，像他这样的草根人物，纵然有些逻辑推理能力，因无人将其引上正道，难免有用到歪处的时候。

话说1978年9月间，阿雄因贫困不堪，到贵阳去打工。大约干了两个月时间，包工头就跑路了，结果他连回家的路费都没有。当阿雄走到湘西芷江地界时，身无分文的他心急如焚。阿雄是有些小聪明的，他思考了许多弄钱的方法：偷抢等方式是万万不行的，卖老鼠药又来钱太慢，最后他把自己蛮自信的口才派上了用场。

那天上午，走在山道上的阿雄看到不远处的巨石上有个妇人在那里呜咽垂泪，他猜想可能是两口子吵架的缘故，此时自己的肚子饿得咕咕叫，他哪里还有心情管这闲事？阿雄来到一个村子，见许多男女老少围在一起谈论事情。无聊的阿雄一打听原委，原来是真有两口子吵架，出走的妇人一夜未归，遍寻不着。

阿雄见表现自己的机会来了，于是大声对众人说："诸位，我是路过贵地的邵阳人，听大家所说的寻人之事也是刻不容缓的大事了。我自小习过《易经》，我不妨帮大家算一算，纵然推算不准，相信大家也不会见怪的。"

众人听了，病急乱投医，一齐催阿雄算掌问吉凶。阿雄问了走失的时辰，曲着手指算了一会儿说："这妇人离此不过三里地，快沿此路的溪水边寻去，必能寻到，我就在此等待。"

众人依言派人去找，一个小时之后，人便寻回来了。村民大为惊奇，以为遇到了"神仙"，赶忙请阿雄吃中饭。

阿雄尽力吃饱后又起行了，他寻思要搞点车费才行。走了大约里把路，阿雄来到一户人家门前，来回踱着方步，口里大声说道："可惜了，太可惜了。"

一会儿，屋内走出一位老人，对陌生的阿雄说："请问客人是哪里人？有何可惜？"

阿雄对老人施礼后，回答道："我是邵阳人，不瞒您说，我早先对堪舆风水小有研究。今天偶然路过宝庄，一时技痒，今见您家一座好好的房子，却被风水先生相错了方向，所以觉得可惜。打扰您了，实在抱歉！"

老人听罢，心里暗暗吃惊，问道："请问有什么妨碍吗？"

阿雄道："老人家，恕我直言，像现在这样的话，主人家升官发财是情理之中的事，但要想人丁兴旺就有点难了。"

谁知这正说到了老人的痛处，因为老人有两个儿子一个女儿，均是市县干部，且都结婚成家多年了,但都生不出孩子来,只抱养了一个孙女。

老人忍不住问阿雄道:"还有改变的办法吗?"

阿雄回答道:"其实也不难,只要稍微改变一下院门的朝向,就会财丁两旺,百事大吉。"

于是,老人把阿雄请进屋,奉为上宾,每天好酒好菜招待,专谈房屋改造的事。

却说邻人听到来了这样一位"神仙",都来拜访。一位邻人对阿雄说:"先生,我们前几天被人偷走了一棵大杉树,能请您帮忙算一算吗?"

假装掐着指头的阿雄算过一阵后,哪里算得出来?于是急中生智对邻人说道:"偷树的人离此不出十里地,但我不能说,因为我等出门在外走江湖的人,只能降福,不能降祸。我若说出那人来,那人就要遭殃了。请诸位能够理解。"众人见如此说,也就不好再问下去了。

第二天晚上,又有一位老妇来问阿雄"神仙",说自己的女儿疯癫了,问是怎么回事。

这可是降福啊,是没理由推辞的。阿雄掐指一算,信口胡诌道:"您家妹子是被青蛇精缠住了。"老妇问道:"请问您有办法禳解吗?"

阿雄回答道:"有办法,待我明天回去拿了斩妖剑来,再登坛作法除妖吧。"

心怕夜长梦多的阿雄,在得了主人的酬谢后,赶紧溜回家了。

我听了阿雄讲述的奇特经历,颇感兴趣,于是对阿雄道:"你那些上不得台面的骗术倒也不足为奇,但我想问的是,你怎么判断出那户是个升官发财的人家呢?"

阿雄回答说:"这还不简单!我见那户人家屋宇壮广,肯定是有钱人,我还见晾晒的衣服都很好,其中还有几件当时的干部制服,我就判断那家人有当官的。"

我又问:"那你又根据什么断定这户当官人家人丁不旺呢?"

阿雄回答:"俗话说,眼观六面,耳听八方。我看到那家晾晒的衣服虽然很多,但不见一件小孩衣服,说明那家孩子少。更重要的是,我看到院子里有一棵不是很高的桃树,桃子已经成熟了,但似乎看不到有动过的迹象。你想,在那个困难时期,小孩多的人家会是这样的吗?"

此时的我对充满智慧的阿雄哥赞叹不已。

面条儿

陈慧君(山东)

面条儿喝不完,一定要先抄一些给别人!

临走前,安子娘再三叮嘱安子。

今天是安子第一次抬嫁妆的日子。结婚的是本家一个哥哥。大的家具都用车拉着,小的家具就用人力抬,队伍排得越长越好。安子小,也就扛个板凳什么的,最关键的是凑个人场,图个热闹,图个喜庆。

果然到了新娘家,满屋子满院子都是人,面条儿已在锅里翻腾,准备伺候抬嫁妆的人。将面条捞到碗里,然后再浇上卤子,香味一下子就出来了,卤子是用肉丝鸡蛋香菜做的,平时哪捞着这么吃。安子嘴边就流出了涎水……

面条儿是稀罕物,平时基本喝不上,只有来了客人,剩下一点,才能轮着安子喝点。再就是到了安子自己的生日,安子娘才从梁上的篦子里取下面条儿来,把虫子筛出来,再卧上两个鸡蛋,安子美美地吃上一顿,就是最大的幸福了。

安子娘嘱咐让他把面条儿抄一些给别人时,安子是不以为然的,平时还吃不够,干吗还要抄给别人呢? 安子就多了一个心眼,问,为什么要这样做?

安子娘说,当年,你二叔就是因为一碗面条儿坏了一门亲事!

安子听后就来了劲,就嚷嚷着弄个究竟。

原来,安子二叔第一次走丈人家,未来的丈母娘给他下了一碗面条儿,安子二叔喝了一半,剩了一半。丈母娘就据此判定安子二叔缺个心眼儿。就把定亲的信物退了回来,亲事就散了。

从此,安子知道,面条儿喝不完就意味着缺个心眼子! 弄不好还会丢媳妇。

这时,面条儿端到跟前来了,满满的一大碗。安子就想起了娘的叮嘱,也想起了二叔的教训。于是就跟挨着的文明商量,把面条儿抄给他一些。文明正值壮年,饭量正大,就三下五除二,抄去了大半。

这次,安子就没缺心眼子。

有时候,安子吃饭,碗吃不干净。娘就又絮叨,跟你二叔学吧,到时候找不上老婆,别说没理调你! 或者说,别说是娘的孩子,咱丢不起那人!

过了几年,又过了几年。安子就到了谈婚论嫁的年纪。那时,安子娘虽已病逝,但娘的唠叨仍在耳边萦绕。

第一次在对象家吃早饭,安子丈母娘端上来了一大碗面条儿,里边也卧着两个鸡蛋,看上去很香。安子也饿了,就开始吃起来,忘了娘的忠告,结果咽到嘴里才知道这面条儿有问题,有一股怪味。或许是锅没有涮干净,也有可能是用的油是炸过鱼虾之类的,反正是难以下咽……

安子看看身边的对象,各方面都无可挑剔……

吃不了剩在碗里,这门亲事就黄了。可是硬吃又实在吃不下去。

这时候,安子就想到了他二叔。这才明白,二叔剩下半碗肯定也有他的苦衷……

这时候,安子再次想到了母亲的话,后悔没有在吃之前,抄出来一些……

于是安子就硬着头皮吃,用了好些工夫终于吃干净了,也吃出来了一头汗。正要松一口气的时候,胃里一阵翻腾,安子就往卫生间跑,可是还是晚了一步,吐了一地,出了洋相……

结果亲就吹了。

安子找到二叔,问当年,为啥没喝完面条儿?二叔说,人家没相中咱,明说啊,把面条儿里倒上了煤油,咋喝?实在喝不下去啊!

我是来杀你的

崔　立（上海）

"我是来杀你的！"

打开又迅速被反锁上的门，一个面色冷峻的男子手持黑乎乎的枪，枪口对准了他，外面的夜有点黑，而偌大的大学多功能厅房间里是那么亮。

"是吗？但是你这么说的表情不对。还没有流露出特别的杀气。"

这个即将被杀的年长男人说道。

"是吗？"

"你在质疑我？你居然会质疑一个专业的影视学院教授，你不觉得惭愧吗？"

"你……"

"不要这么毫无礼貌地称呼我，你可以叫我皮特教授，或者教授。"

"皮特教授？"

"对，另外从专业的角度来说，你说你是来杀我这句话，其实不该这么说，你可以说'你知道你得罪什么人了吗？'并不么直截了当地告诉你要杀的人，让他自己去想象，继而产生一种恐惧感，这样才更真实。并且在对方表现出恐惧的时候，猝不及防地开枪把他杀死，这样的杀人表现更富有感染力。"

"好像是的，还有吗？"

"还有你朝我开枪，首先我想说，这里不是一个独立又封闭的空间，那么响亮的枪声很快就会引起学校里的老师和保安们的注意，继而好多人会跑过来，对吧？还有，你应该并没带消音器，对吧？这是你需要考虑的一方面。另一方面，即便你成功杀了我，你到时离开肯定不能走楼梯，万一和上来的人碰到一起。电梯？更不可能了，电梯里本身有监控，你很容易就会被控制在电梯里。当然，你可以从窗户逃跑，虽然说这是二楼，但这楼层还是比较高的，你直接跳下去有可能崴脚，崴了脚你肯定跑不过那些追你的人。对，你可以扯下窗帘，长长的窗帘布足够给你消化掉一米以上的高度，让你可以安全逃下楼，继而跑到旁边茂密的绿化带里，这样你可以顺利地逃脱追捕……"

"你说的好像挺有道理，你不去做导演拍戏真可惜了。"

"我做过导演，最近还有一部新戏要上演呢。虽然已经失败了那么多次，但我一直相信自己，一定能成为一名非常成功的导演。"

"对不起，尽管你说的这些都对，我还是要杀你，因为这是我今天来这里的唯一目的。"

"你是可以杀我，但你没发觉我们交流的时间已经足够让警察赶来吗？你难道还没听到许多朝这边走来的脚步声,并且越走越近了吗?我想,你再不走就来不及了。"

"你……"

一记响亮的枪声,男人并没有击中,年长男人居然很灵活地躲开了。

"这是我另外要和你说的,就是你的枪法,如果并不足以一击即中,你是不是还有机会打出第二枪,因为你每次射击消耗的时间,都会让你的逃跑增加一丝危险。而现在,你真的已经来不及了。"

确实。紧闭的房门已被重重地拍响:"开门,快开门,不然我们破门了!"

男子的枪又对准了教授的方向,还没来得及扣动扳机,年长男人又躲闪开了,这个偌大的房间和房间里的各种家具和橱柜给男子的射击增加了无形的难度。在门被重重地撞击声中,天花板上都有灰被抖落下来。

男人咬了咬牙,突然冲到了打开的窗口,一把将窗帘布拉扯了下来,窗帘上的灰尘扑到了男人的脸上。男人抹了一下脸,赶紧把窗帘的一头系在了坚实的窗栏上,另一头紧紧拿在手里,毫不犹豫地往一片漆黑、只有淡淡光亮看不真切的墙外而下,可是……在男人想要跳下去时,外面似乎并不只是二楼啊,有些被冲昏头脑的男子不上不下地挂在与距离窗台一米以上远的墙边,而下面,一眼望去好高啊。对,这明明是八楼,并不是二楼。先前他打探过好几次,怎么一下子就被年长男人的话给绕进去了呢?想上,平坦光滑的墙体没有可支撑的地方,上不去;想下,七八楼,至少十几米的高度,怎么下呀!

门已经被撞开了,冲进来好几个人的声音:"教授,您没事吧?我们接到您的电话就赶过来了。""教授,看来这次您的电影确实是可以大卖了,那么多的投入一定可以收到可观的回报了。""教授,楼下的记者们都已经安排好了。"……

"等等。"挂在阳台外摇摇晃晃拉扯着窗帘绳子的男子愣住了,不对,雇佣他杀人的那个人,似乎也是个导演,那天他包裹得严严实实,低沉着声音还说最近在拍一部悬疑大戏,这……

那个年长男人紧挨着阳台,但看不见他的头,只能听见他的声音:"忘记告诉你了,我最近那部电影,名字就叫《我是来杀你的》。"

"我……"

突然被剪断的窗帘绳子,带着男子和他手中的枪一起坠落。

夏天冷飕飕

范长水（四川）

　　市图书馆阅览室的空调冷气开得很足，在走廊中都能感受到飕飕的凉意。新来的老乔对这没有人却一直开着的空调在心里有些不忍，便从走廊尽头起把阅览室的灯和空调关掉，当他关到第三间时，路过的图书馆主任看见了，主任很是诧异地问他："你关它干啥？"

　　"浪费电了。"老乔随口答道。

　　"浪费电？"主任鄙夷地说道，"你当是你家的厨房，进进出出要节约这点电？"接着打起官腔说道，"打开打开，这是图书馆。"

　　老乔在心里嘀咕着：这么强的光线，连一个鬼影子都没有，几台空调都开着给空气降温，真是不把电费当钱用……

　　又一个下午，老乔在阅览室里把玩着手机，悠闲地吹着空闲的空调。这时来了一个读者，坐下没一会儿就拿起桌上的遥控器把空调关了。虽说室内没有空调也感觉不到热，但老乔还是按照惯例地拿起遥控器又打开了空调。

　　他现在弄明白了，给他工资的这个衣食父母有钱！尽管除了周六周日外平日里来的人很少，但无论如何也得用消耗撑起费用，只有这样才能弥补它门可罗雀的现状。对那些用"预算"的政府民生部门来说，用这种高费用高消耗掩饰那清闲的尴尬，是它们自证业绩的一大玄机。

　　……读者再次起身关了空调，还顺手关掉了多余的顶灯。就这样你来我往又展开了一轮对抗，把读者惹得是火冒三丈，当场就和老乔争吵了起来，还于次日写信给书记信箱做了投诉。

　　"保安上班吹空调玩手机浪费国家资源"的投诉转至图书馆，图书馆紧急应对。经过几个回合几番折腾后。老乔因"上班玩手机，服务态度差，影响了单位声誉"予以辞退。

　　信访投诉终于了结了。当事人被辞退，举报人的怨气就消了。至于那"浪费国家资源"的投诉，上级没有要求复议，举报人没有深究，老乔也感念图书馆领导没有给他经济处罚，当然就不会再有人为了一个空调该开或该关的问题去节外生枝了。能皆大欢喜地达到这种此时无声胜有声的和谐结果，他们各自也都从中收获到了一些不愉快后的快感。

　　老乔被叫到办公室做辞退谈话。他木讷地望着办公室屋顶上的那盏在太阳光反射下暗淡无光的顶灯，心中那曾想把这份清静、轻松的保安干到退休的愿望，犹如对面空调吹来的漫漫轻风一样，冷飕飕、悄无声息地飘散在了空气中……

聪明的老太

汤礼春（湖北）

这些日子，人人都在传说，孤寡穷困的黄姑老太藏有许多珠宝。

于是这天晚上，一个小偷悄悄潜入了黄姑老太的家。他在一只锈迹斑斑的铁箱上面发现了一张纸条，拿到窗前月光下一看，只见上面写着："在你来临之际，我已经享受了安乐死，因为我无法忍受癌痛的折磨。为了不使你白来一趟，请打开铁箱。"

小偷怕有诈，先摸到黄姑老太的卧室打听动静，果然见黄姑老太已在床上安然逝去。小偷这才放心大胆地按亮电灯，打开铁箱。只见里面有一只小录音机，装有一盒磁带。小偷按了一下按钮，里面传出一个老太太的声音："在这个世界上，我没有任何一个亲人，如果你想得到遗产，请以我干儿子的身份为我体面地举行葬礼。之后，我一定会让你如愿以偿的。"

小偷好笑地关掉了收录机，开始在黄姑老太的家中仔仔细细地搜寻起来。然而家徒四壁，一无所获。小偷失望至极，本想离开，但又怕会失去一次获得大批珠宝的机会，不得已决定先安葬黄姑老太再说。

葬礼过后，小偷便眼巴巴地等在家里，可一连等了几天，什么事情也没有发生。他在失望和愤怒之际，蓦地想起了黄姑老太留下的那盒磁带，于是把磁带又重新回放一遍，黄姑老太确确实实是那么说的呀："……我一定会让你如愿以偿的。"

小偷气得暴跳如雷："你这个该死的老太！"他又吼又骂，满屋子乱转，气冲冲地拿起录音机，刚要往地上砸，突然，又传出了黄姑老太的声音："感谢你以干儿子的身份为我举行葬礼。请到我生前住的小院去，那里有棵梧桐树，我的遗产就埋在树下。"

原来是黄姑老太卖关子，两段话中间她故意停留了那么长时间，肯定是因为怕有人只拿遗产而不为她料理后事。此刻，小偷欣喜若狂，他一口气跑到黄姑老太生前所住的那座小院。敲开门，房东太太问小偷何事，小偷："我干妈要我来取她生前的东西。"房东太太说："可以，但你必须先付清她生前所欠的半年房租。"小偷毫不迟疑，立即掏钱。房东太太说："黄姑老太说过会有干儿子来替她付房租的，看来她是个诚实的人。"

小偷也不理房东太太的絮叨，径直来到梧桐树下，挖了起来。果然挖到一只小铁盒。小偷抑制着狂跳的心，把小铁盒打开，没想到里面只有一张纸条，上面写着："我身无分文，但我有一个不笨的大脑。诚然，我只有利用我的这个大脑来安排我的后事！我给你的遗产就是：我会在天国向上帝说你的好话！"

杀死S先生

倪 伟（云南）

在一间密闭的屋子里,被从内部反锁了。此时深夜。桌子上摆放着许多杂乱的东西,左手边有个闹钟,显示现在是 11 点 50 分,还有个尺子,一只茶杯,杯把向左。右手边是一个沙漏,一把剪刀,一支钢笔,还有一瓶矿泉水。

S先生坐在中间,嘴唇干裂,头发油腻且杂乱,但身上的白衣服却很整齐,甚至没有一丝褶皱。

他眼睛死死盯着电脑屏幕。这台电脑后盖上满满的灰,屏幕却清晰、干净又光亮。黑色屏幕上密密麻麻的一行行绿色的代码,S先生手指快速敲击键盘,发出噼里啪啦的声音。

闹钟走向 12:00。

"S先生,晚上好!"身后传来一个有些低沉的声音。

S先生被吓了个激灵,想回头却停下来了。因为他脑袋后面抵住了一个冰凉的东西,是一把枪。

"你知道你在做什么吗?"见S先生没理他,那个声音再次响起,语气有些不悦。

S先生似乎想悄悄地转头看看是谁。

枪口抵得更紧了,S先生没再敢动了,那身影用很不耐烦的语气说道:"回答我!"

S先生回过神,清了清嗓子,害怕但又有些自豪地说道:"我在开发一款能够从根本上解决犯罪方式的软件。这会是 21 世纪最伟大的发明!我能通过一种计算公式,算出谁将来会成为罪犯,这样就可以提前解决他们!现在还差一个最关键的数据。"

他停顿了一下,补充道:"所以你可不能杀我,我将改变和造福全人类!哎!话说你咋进来的啊?"

那个黑影冷笑了一声,没搭理他:"我就是未来将会被你的公式算出的罪犯。根据我们的资料显示,你会在今夜 12:06 得到公式,所以我只要提前把你杀死,就不会出现这个恶心的公式了。"

S先生一下子激动了:"什么?我居然真的算出来了,成功了?!"

黑影冷冷说:"你在高兴什么呢,这一切都会被重写。因为你会提前死去!"

S先生才意识到事情好像失控了,连连求饶,见黑影不理他,他一下子就急了:"我不开发了,不开发了总行了吧!"

说罢,他站起身来,猛地推倒了电脑桌,抬起脚对着电脑屏幕就是一顿狂踩和破坏。

  黑影静静地看着 S 的表演，等他如疯狗一样发泄完，冷静地说道："无论你砸不砸，结果都一样，因为这就是你眼里的绝对正义，你会为还没发生的事情去处死一个个无辜的人，所以你比我更该死！"

  "你不也一样？有什么资格说我……"S 先生气急败坏，话还没说完，枪响了。

  闹钟正好走到了 12:05。

  S 先生倒在地上，身上却没有血迹，干干净净的白衬衫，地上散落着钢笔、尺子、闹钟等杂物。房屋里基本静悄悄的，除了那个破碎的电脑偶尔传出"刺刺"的电流声。

  闹钟一秒一秒地走，很快走到了 12 点 05 分 59 秒。闹钟秒针一下子停住了，两秒过后，"嗒"的一声，时间来到了 12:06。

  沙漏的最后一粒刚好落下。

  与此同时，S 先生突然睁眼。

真 相

朱爱军（江苏）

  1975年4月,一天清晨,同城生产队仓库大场上人头攒动,家在仓库附近的慧文看到这情景也来到生产队仓库所在地,看到大家窃窃私语,队长和保管员以及队干部站在一个大缸旁;从大家交流的内容听出,生产队浸湿的上百斤稻种不翼而飞。

  那年头家家都无法吃饱饭,尤其子女多、劳力少的家庭更加雪上加霜;同城生产队有三大户的子女达七八个,慧文家就是其中之一。慧文是个不识字但有思想的农民;其他两大户都不让小孩上学,小孩到十几岁在队里上工挣工分,帮助家庭渡过难关。可慧文的想法与他人不同,他说自己这辈子没有文化,不能让孩子没有知识,再穷再苦也要维持小孩上学读书。也由于慧文这个情况他家庭困难程度在全队中最严重。

  生产队长及一行队干部从作案现场脚印及作案动机分析,感觉慧文作案的可能性最大,一、脚印方向与慧文住家方向一致;二、慧文家庭最贫困,为了吃饭铤而走险。根据队长的判断,生产队组织了侦查组立即行动。

  到慧文家,将家徒四壁的室内翻了底朝天,床下挖地三尺,猪圈、厕所及吃水池塘清理了一遍,一无所获;一行人马立即奔赴慧文出嫁在外大队的大闺女家,如法炮制,结果同样一无所获。

  查无结果后生产队也就不了了之,可慧文从此闷闷不乐,他感觉生产队如此这般是对他人格上的侮辱,没有一句道歉,没有一句澄清,是对一家老小的不尊重。

  慧文虽不识字,但口口相传的家教家风,让他一身正气,他对子女管教很严,"人穷志不短""宁生穷命,不生穷相""有理走天下""智养千口,力养一人""拿人家东西手软,吃人家东西嘴软""不义之财不可得"都是他教育子女的嘴边常讲话,"岳母刺字,精忠报国"也是他经常给儿女们讲述的故事。他虽然不是读书人,但他有读书人的傲气和清高。

  生产队一行人马随便进屋,翻查无果却一句道歉话都没有,成为一根刺,刺在慧文的心上。事隔一个月后的一个晚上,慧文拿回了一捧泛黄的、很碎的大米回来。

  第二天上午,大队治保主任的桌上多了这一摊碎米,治保主任问及情况,慧文讲述他侦破稻种失窃的全过程:

  1. 生产队浸湿稻种被盗,为何只查他一家?检查无果后,为何没有扩大侦查范围?是不是有走过场的嫌疑?

2. 春不种秋无望,稻种被盗影响生产队正常生产,这么大的事为何不上报大队或公社,由公安人员侦查,是怕影响扩大?

根据以上两点,慧文推断嫌疑人可能为队干部内部人员,监守自盗。

从哪里着手查案呢?慧文分析:一、稻谷不可直接食用,定要将稻谷碾成大米才可煮食;二、白天大家都要上工,只有晚上才有时间自由活动,所以晚上嫌疑人才有时间处理赃物;三、浸湿过的稻种再晒干,色泽肯定与正常稻谷不一样,碾出的米也应该破碎不整。

根据自己的逻辑推理,案发后一个多月时间内,慧文除白天在队里上工外,晚上就观察他怀疑的对象。尽管辛苦可他有动力,为了一家老小不受人白眼,再苦他都坚持。

慧文每晚坚持观察,且来往于大队部碾米、粉面机房的主干道上。功夫不负有心人,一切如慧文所料,一个月后的一个晚上,嫌疑人——队长去大队部碾米机碾夹的稻谷完全与慧文的推断吻合,被现场抓了个正着。

在铁证面前,大队治保主任审问下,作案人如实交代了作案过程,至此稻种失窃案真相大白,队长被撤职查办,自作聪明的小丑得到应有的惩罚。

真相大白的那天晚上,慧文组织儿女们开了家庭会,他说恶人肯定有恶报,只是时候没有到,时候一到,定会有报应;遵章守纪是家规也是国法,做违法乱纪的事迟早要有受到法律制裁。他希望自己的子女将来有出息了要管好自己。那晚慧文一家如沐春风,喜气洋洋!

无法触及的真相

黄镜涵(重庆)

我的工作是在老家的一间茶楼里当前台,由于茶楼所处的地理位置较偏僻,外加老板平时基本无心管理,导致茶楼的生意一直非常冷淡,一来二去同事们也都走得七七八八,到最后就只剩下我一人坚守着偌大的门店。

随着茶楼的事情越来越少,我的工作也变得越来越简单,除了一些日常的事情,就靠着看电影、玩游戏打发时间,虽然无聊但也清闲。

这样的日子虽然平淡,但期间还是出现了一件小事,引起了我的深思。

11月14日,这是我第一次碰见他。

这天上午9点,我准时来到了茶楼楼下,锁好电瓶车我走进了楼梯间,正当我一边上楼一边掏着钥匙的时候,却猛然发现楼梯口的转角处此时正站着一个陌生男人。

男人看上去三十岁出头,个子不高身材微胖,穿着黑色风衣略带一丝神秘,一副黑框眼镜凸显了几分书生气。

我以为他就是一个普通的路人,也就没怎么放在心上。

但第二天早上,我又在楼梯口碰见了他,虽然有些奇怪,但还是没有多想。

再次碰见他的时候,是在一周以后,还是在楼梯口的转角处。

可能他也察觉到有人上楼,下意识地回头看了我一眼,可就在我俩视线对上的那一刹那,男人却突然表现得慌张起来,急忙扭头避开我的目光。

男人的神情瞬间让我警惕起来:这人怕不是个小偷来踩点的吧?

于是,我匆匆赶到茶楼,第一时间拨通了老板的电话。

将事情汇报完后,老板的反应却是无比淡定,一句"等出事后再说",就直接挂断了电话。

见老板都已经表明了态度,我自然也不好再多说什么。

接下来的时间里,男人虽仍会三五两天地出现在楼梯口,但茶楼的确也没发生什么失窃事件,我也就渐渐放下了防备之心。

随着一天天的时间过去,我仿佛已经习惯男人隔三岔五地出现在那个楼梯口,虽然他的出现并没有影响我的工作和生活,但我对他的好奇心却日渐倍增。

"他是什么人?""他站在楼梯口干吗?""他为什么看上去总是紧张兮兮的?"这样的问题也不知从何时开始,出现并萦绕在我的脑海。

对于这些百思不得其解的问题,我也多次想过直接上前询问缘由,但一想到能有这么一件能让自己思考的事情,其实也挺有趣。

于是，我便珍惜起了每次从他身边经过的几十秒时间，观察他的神情、衣着打扮，甚至是他布袋子里的资料。

久而久之，我还真得出了一些结论！

第一，布袋子里的图纸或其他工程资料能证明他在一家建筑企业上班。

第二，每次能在这里停留，证明他是步行去某个地方，而那个他要去的地方一定不会太远。

第三，他每次看到我经过，都会非常紧张、眼神飘忽、双拳紧握，说明他在担心、害怕些什么。

第四，我还发现，他不仅会在我出现时才会慌张、焦虑，在我离开后他更是会来回踱步，不断抓扯头发，这说明他的紧张并不是因为我，反而是在我出现后努力地在克制紧张。

第五，有时我也能看到他的离开，他的脚步总会迈得很大也很快，仿佛是急于逃离什么或是忙于到达某处，他一定是在刻意逃避什么！

于是通过这些结论，我"断定"：这小子不是故意旷工，就是在躲避某人的跟踪。但我这些"幼稚"的推理很快便被推翻，甚至连真相的边缘都未曾触及。

最后一次碰见他，是在快过年的时候。

那天，他依然穿着那件黑色的风衣，提着那个已经脱线的布袋子，一切仿佛跟往常一样，但又有那么一点不同，因为他在看到我路过的时候，居然不再慌张，而是破天荒地向我挤出了一丝笑容。见状，我虽然感觉有些尴尬，但还是礼貌性地冲他点了点头。

回到店里，我习惯性地开始打扫卫生，但男人刚才的那抹微笑却总是浮现在我的眼前，让我完全没有心思做好眼下的事情，同时也隐隐觉得今天可能是我和他的最后一次见面。

转眼，春节便到了，茶楼终于迎来了一段时间的繁忙，直到大年十五才恢复到往日的宁静，也是在这个时候，我才猛然发现，我好像已经有大半个月没见到那个既熟悉又陌生的身影了。

他的消失虽然对我并没有什么影响，但关于他的一些疑惑却总是挥之不去，于是我决定，在下次碰见他时，一定要把所有的疑问都给解开。

但让我没想到的是，这一切的结束却是以一张纸条作为终点——

您好，前段时间打扰您了，如果我的出现给您造成了一些不必要的困扰，我在此向您郑重地道歉。

我是一名焦虑症患者，有着严重的社交恐惧，每次行走在嘈杂的街道上总会不由自主地恐惧，但我必须得工作，而这个楼梯口是我在这条街道上发现的唯一一个人烟稀少的地方，我每次在这儿停留都是为了缓解情绪，同时也能为自己加油打气，能让我有勇气再次前往目的地。

再次向您道歉,同时也非常感谢您没有因为我的奇怪行为而歧视、鄙夷我。

最后,我已经痊愈,希望你能在往后的工作、生活中一切顺利。

看完纸条,我的内心五味杂陈,我不知道在焦虑症患者的眼中,这个世界到底有什么值得恐惧,也不知道在恐惧中生活到底会是一种什么样的体验,但我真心为他的痊愈而感到欣慰。

将纸条小心地放进口袋,我学着他的模样驻足在窗前,看着窗外的天空,不禁有些感慨:或许就在此时,世界上仍有很多人饱受着与他此前一样的痛苦,但希望他们一定要挺住,毕竟再漫长的黑夜也终会迎来破晓的黎明。

枪炮与玫瑰

王施施(浙江)

周遭是浓墨重彩的血腥味,像是一簇簇绽放的玫瑰,夜莺的啼吟尖厉而凄婉,划破死寂。当沼泽如同黑夜般奔涌而来,逐渐漫过 Wendy 的头顶,肺腔里残存着的新鲜和自由的气息几乎要爆炸开来……

"我现在要对你告白,但或许不是那么简单……"当闹钟的指针指向 7 点,温柔甜蜜的女声在床头如约而至,Wendy 猛然惊醒过来,庆幸自己仍然安然无恙地躺在自己位于市中心的豪华跃层里。真丝被面触感细腻,蚕丝被絮缚在其中像是在做一个温柔而深沉的梦,一切是那么平安和熟悉。

Wendy 十六岁进入娱乐圈,跑了多年龙套,终于在上年因为热剧女二号的角色小火了一把;之后通告的报价自然是水涨船高,短短一年赚到的钱竟然比之前五年赚到的都多。赚了一笔钱后,她做的第一件事就是租下豪华公寓,毕竟她小时候的梦想就是暮色四合之际,站在落地窗前看橘红色的太阳一点下坠。一连几天的噩梦简直让 Wendy 有些神经紧张,她去厨房拿了杯水,窝在沙发,窗外是一望无垠的黄浦江,就这么经冬复历夏,不知疲倦地奔涌着。

"亲爱的,我跟你说,这时尚大片可真了不得,是我好不容易求爷爷告奶奶才得到的机会,你可一定不能搞砸了……"经纪人 Bruce 哥一通电话打扰了 Wendy 宁静惬意的早晨。"这样子啊,又有工作……"Wendy 心不在焉。Bruce 哥气得不行,"我的姑奶奶欸,真是皇帝不急太监急,你也不看看这一茬又一茬新鲜年轻的小姑娘冒出来,你这再不上点儿心,可连黄花菜都凉了……""是是是,好好好。"Wendy 赶紧撒娇,她知道 Bruce 哥这一番苦口婆心也是为自己好。"那周五晚上 6 点,滨江码头不见不散。"Bruce 哥是 Wendy 的经纪人,有能力有手段,会来事,别看他一副不着调的时尚艺术家模样,脑子里全是旁人捉摸不透的"小九九"。魑魅魍魉横行的世界里,有他帮自己张罗,Wendy 倒是觉得很安心。

周五晚,派出所接到一通报警电话,游艇上有人坠河。警员迅速出警,无奈黄浦江波涛汹涌,想营救也是心有余而力不足。听闻掉下船去的是明星 Wendy,警员们唏嘘不已,没想到红颜薄命,等打捞上来的时候还不知道能不能认出昔日的如花容颜。再看游艇同行者,经纪人 Bruce 哥在一旁吓得"花容失色",两个富商 Alex 和 Daniel 倒是一副泰然自若的样子,他们皆称 Wendy 酒过半晌,起身去船尾吹风,结果就没有回来;等到他们反应过来,船尾早已空无一人,因此猜测是 Wendy 一个趔趄没站稳,落入江中。姜 Sir 凭借多年办案经验,内心早已有了自己的猜测,警员一行人也露出讳莫如深的表情,脑补一出血腥香艳的事迹。"这帮浑蛋也真的是……人渣！"新人警员小张很喜欢 Wendy,下船后啐了一口唾沫,愤愤不平。

　　Wendy 坠河的消息不知道怎么就传开了,很快登上了社会新闻和娱乐新闻的头版。以往连采访都被挤到一边的三流小明星一时间风头无二,微博一度瘫痪,大家自发为 Wendy 祈福;而吃瓜群众开始揣测事情发生的缘由,流言蜚语就像狂风暴雪一般砸到经纪人 Bruce 哥和两个富商身上。"该死,为什么这个事情会闹得这么大!"富商 Alex 刷着网络消息,气急败坏。"真晦气,没抓到鱼倒惹了一身荤腥。"日常喜欢和他唱反调的 Daniel 这时候倒是和他意见出奇一致。"事情应该都处理干净了吧,那些……"Alex 和 Daniel 望向对方,眼神里明晦难辨。

　　Bruce 事发后火速删除了一些东西,面对警方询问时也只是称本次游艇之行,是正常的交往,说起 Wendy 的不幸遭遇,一个大老爷们儿竟嘤嘤抽泣起来。但他神情闪烁,在部分问答方面有对不上的地方,更有人称其曾目睹 Bruce 鬼鬼祟祟找过著名的神婆 Alice……这时候 Wendy 的父亲跳出来,称自己在前一晚和 Wendy 通过电话,被告知周五晚上有工作的安排,而周五当晚 Wendy 落水前也拨打了他的电话,只是刚好自己在外面,没有接到电话。"要是我能够及时接电话,我们家宝贝也不会那么孤独可怜地……毕竟她那么怕冷。"Wendy 的父亲面对媒体的闪光灯流下悲伤的泪水,公众的恻隐之心更甚。

　　事情一直顺着人们的思路迅速发酵……直到一周之后,Wendy 重新出现在人们的视野里。是的,不是尸体,而是活生生的 Wendy。如她所述,自己当晚醉酒不慎坠河,庆幸的是被另一艘船及时发现救起,只是因为溺水出现暂时性失忆;而发现她的人也是不关注新闻的渔人,因此阴错阳差没有及时澄清。面对媒体的质疑和追问,Wendy 情深意切地感谢和道歉,感谢是因为各位对自己的关心和关注,而抱歉是因为自己浪费了那么多社会资源,也连累游艇上无辜的同行者。"我们都是很要好的朋友,尤其是 Bruce 哥一心为我着想……"Wendy 的声音哽咽,楚楚可怜,而她的脸被墨镜和口罩遮得严严实实的,看不清表情。等发布会结束,一阵风吹来,Wendy 的头发被风拂开,若隐若现地露出一些淤青。有好事的记者去向渔民核实,证实确实在水里救起 Wendy,其后她着实昏迷了好几天,醒来也只说记不起来自己有什么亲人……

　　三个月后,Wendy 站在玻璃窗前静静注视着窗外。她现在是炙手可热的一线女星,资源好得出奇,这房子也已被她正式买下。还是一样的风景,可在她眼里,橘红色的太阳像是枪膛里蹿出来的火焰,又像是沙漠里惊现的娇艳欲滴的玫瑰。"嘀嘀嘀",有信息进来。"枪炮与玫瑰随时为公主待命,心与温柔随时为殿下留存",她会心一笑。

智　斗

伍维平（广西）

漓江派名家米真正挥毫作画，助手金明进来："老师，有人求见。"

"不见！"米真最讨厌工作时被人打扰。

"他说来自市慈善总会。"

米真一愣："你请他稍等，我马上去。"

米真是漓江画派的领军人物，其作品深谙漓江山水之精华，深受藏家追捧，一画难求，拍卖会上极为抢手。同时，米真热衷公益事业，出手大方，听到市慈善会来人求见，自然不会怠慢。

来人是个帅气小伙，见到米真急忙奉上一纸介绍信。

米真摆手笑道："前天我接到你们杨会长电话请托，说是近期要举办一场赈灾拍卖会，请我略表心意，我连夜赶了一幅《烟雨漓江》，正好请你带回去。"

小伙子收下画卷，说了些得体的感谢话，深鞠一躬，退了出去。

"是不是打个电话确认下，现在骗子很多，不得不防啊。"金明提醒老师。

米真摆摆手，淡然一笑，回书房去了。

金明走出院门外，望着小伙渐行渐远的背影，陷入沉思。

小伙走到拐角处，上了停在路边的小车。

"都妥了？周放大兄弟。"坐在驾驶室的甘风力盯着周放大手里的画。

"当然。"帅气小伙周放大满脸得意。

车转到城乡结合部里的一条小巷，停在一个大杂院门口，周放大下了车，拿着画径直进了院门。

"机灵点，别让那老胡子把画拐跑了，偷鸡不成蚀把米。"甘风力一句话追过去。

"老胡子生来仿画命，哪有偷画胆。"周放大进了院门，刚过五分钟便转了出来，"老规矩，三天后取货。"

三天后，二人又到了这个院子门口，仍然是周放大下车入院，取回米真原画和一幅仿画。

车开到一个隐蔽处停下，甘风力打开一幅画看了半天，打开另一幅画又看了半天，竟无法辨别真假。两幅画上的桂林山水如同一个模子倒出来的，几乎不差分毫："好手法！果然真假难辨！"

"其实也不难分辨，你看左下角河岸边有一簇凤尾竹，其中少了一片叶子的就是假画。"周放大笑道。

甘风力满意地收好画，驱车前去约会卖家。

在市郊公园茂密的树林里，甘风力、周放大二人如约见到了买主张胖子。虽然双方已交易多次，但张胖子眼里仍然充满警惕。

买卖谈得很艰难，甘风力咬定90万元人民币不松口，张胖子则最多肯出80万元，而且当面交易，现钱现货，避免网络走账留下痕迹。正僵持不下，一个男人闯了过来，声称90万不贵，他买了。原来这人是本市最大画店"荣宝斋"的郑老板。甘风力认为他是警方的探子，张胖子把他视为趁火打劫的小人，故意搅局坏他好事。郑老板不依不饶，坚持说买卖公平人人平等。

张胖子沉吟片刻，一跺脚一咬牙，成交。郑老板二话不说，黑了脸走人。双方钱货两讫，一场买卖告成。

车行半路，绕进一小巷，甘风力刚停下车，车里迅速挤进一个人，正是郑老板。三三得九，每人30万元，分了个干净。郑老板拿钱走人，瞬间无影无踪。

"不好，我要拉稀！"甘风力把另一张假画往胳膊一夹，提着装钱的箱子下去，上了等在旁边的一辆车。

周放大冷笑一声，驾车飞奔而去。

周放大将车停在了一间五星级酒店门口，从座椅下面抽出一幅画卷，又是一声冷笑："你甘风力跟我玩，还嫩了点，这画才是真的呢！"原来，那天他去老胡头那里做的仿画不是一张而是两张，甘风力和张胖子拿走的都是仿画，真画他早已藏好。

第二天上午10点，周放大约的买家准时来到酒店。

来人正是托儿郑老板。

交易迅速完成，二人各得其所，郑老板拿了真画正要走，门被一脚踹开，冲进来一群人，为首的正是甘风力和张胖子。共同的利益使对手结成同盟。种种迹象表明，这姓郑的里外通吃，他表面上跟甘风力合作做局，暗底下却私通周放大，试图将真画搞到手。于是二人全天候跟踪郑老板，继而找到周放大。

一夜监控后，甘风力、张胖子将周放大和郑老板堵在客房里，人赃俱获。打手们正要修理周放大和郑老板，刚关上的客房门又被拍得震天响，众人面面相觑，不知所措。

甘风力故作镇定："大家不要慌，听我的。"

门一开，米真的助手金明带着几个警察冲了进来。

"通通不要动！"金明一边说一边将画卷和钱款拿到自己手里，"罪证确凿，法网难逃！"

"金明，你是怎么得到消息的？"周放大满脸问号，显然有些不甘心。

"想不到吧，这叫螳螂捕蝉，黄雀在后。"金明大笑一声，"走吧，号子里安静，慢慢想去！"

"说得好！"门口响起鼓掌声，鼓掌者却是米真，他身后还有市公安局长、慈善总会杨会长以及一干警察。

金明看到米真，脸色霎时煞白，话也哆嗦起来："老师……你……怎么来了？"

"怎么来了？说来话长，但也可以简而言之——前段时间，我得到一个消息，有一个盗窃集团专门借赈灾救灾和扶持慈善事业的名义骗取本市知名画家的作品转手倒卖,谋取暴利,造成了极坏影响,而且这里还有人以我的名义查处盗卖者,然后秘密销赃,钱却神鬼不知流进了自己口袋,而这个人就是我的助手你——金明!针对这种情况,我们特别做了一个局,用这幅《烟雨漓江》引蛇出洞,你们果然上当,结果被我们一网打尽。哈哈!"

第二天,在市人民礼堂举行了隆重的《烟雨漓江》捐赠仪式暨现场拍卖会。由于此画的传奇色彩,拍卖会上响应者热烈,身价倍增,报价节节攀升,最后以365万元人民币落槌,所得款项悉数支援地震灾区建设。

戏 剧

马知遇（重庆）

感谢各位今天来看演出的朋友，你们甚至比我还要清楚，每当我说出这句话就意味着结束，不要沮丧或是失落，我们一起度过了今晚。好几个朋友还特地准备了叶牡丹，谢谢，我很喜欢你们的花。

美好是极为短暂的。事实上，今天我远不应该这么开心的，我猜想今天晚上以后一定又会有一大堆关于我的报道，揣度我的别有用心，苍天为鉴，我只是一个单纯热爱表演的人，从不敢说自己有天赋，只是足够幸运。我在这里见过无数的表演者，其中的很多人只是把这当作一份工作，侥幸的有能力的把它作为追名逐利的工具，艺术是纯粹的，因此极少数的人才能担得上艺术家这个称呼，我认识的人里不多，只有一个，恰巧是我的朋友。李先生，你们都认识。这位在表演艺术上有着卓越成就的伟大的艺术家，在上周比这个时候稍晚一点的时间，被人发现死在自己的房间。

我现场给大家复原一下当时的惨象，大家可以打开手机录像，相信即使我不说你们也会这样做的。当时李先生就像我一样躺平在地上，身上还穿着戏服，双腿微微分开，和两只手一起摆出个"大"字形，脑袋微微向右偏移，如果他是躺在舞台上，大概率还能瞥见你们的反应。胸部这个位置，靠近心脏的地方连着被刺了好几刀，深浅不一，其中一刀一击毙命。凶器被扔在离李先生右手边不远处的地方，差不多这个距离。值得注意的是李先生的脖子上面有明显的勒痕，用手勒的痕迹。事先发生过打斗？可以这样猜想，没人会给逾矩的想象力判刑。然而还有，桌子上的水里装的是无色无味的毒药，化妆桌下面的抽屉里藏着火柴和打火机，汽油在衣柜旁边。很明显，这是一场谋杀。

大家犯不着惊慌，虽然凶手没有抓到，但看得出来他目的性很强，不太可能会伤及无辜。我们还没有能力有多余的钱用来安装监控，更糟糕的是也没有人留意，这意味着凶手是自由的。我是第一个发现的人，每次演出结束后我都会和李先生一起商讨演出的不足之处。在我换好衣服后立马就去找了李先生，门关着没有上锁，推开门就是死亡。

当晚就被叫去了警察局问话，不光是我，所有的工作人员都在。不存在杀机，不在场证明充分，大家大可放心。作为李先生生前的好朋友，我有义务辅助警察的办案工作。于是我开始思索与李先生存在着矛盾的人。死者为大，不过哪怕李先生仍然活着，我也说不出他除了关注细节到病态这点外的其他缺点，待人和善，工作认真，唯一存在杀机的可能只有我们的竞争对手了。若单纯为了这一点杀人，多少有些夸张。况且，如果他们真的来了你们绝对会比我们先注意到他们。警察提出了是你们中的一个杀了李先生这种假设，鲁迅先生的话，我向来不惮以最坏的恶意去揣测中国人，我也是。更私人些的仇恨不了解，我这里的嫌疑人范围再次被限制在我们团队中间，这是我最不希望的一件事。

早些日子就听说过我的朋友应该知道，在我 25 岁的年纪有幸客串了一次福尔摩斯，在与福尔摩斯本身毫无关系的一部戏剧里，表演是很让人着迷的，我感觉自己的某些毛孔被过去的福尔摩斯的灵魂所占据，某种程度上来说，我具有了浑然天成的推理能力。你们大可以嘲笑我，不忌惮声音的高度，我不在乎。说回案件本身，上周的这天，我们 10 点钟准时结束了表演，记得很清楚的原因是外面整点才会响的钟敲响了一下。10 点 8 分的时候我打开了门，在去的路上给李先生发的消息可以证明。8 分钟的时间，凶手要在李先生回到房间后，进去，发生不被其他人听见的争执，用手勒住李先生的脖子，拿起桌上的刀连捅几刀，最后离开现场，还记得抹去指纹和事先准备一切。这该死的疯子！他确实是个疯子，门把上只留下了我的指纹，害得我解释了好一会儿。我渐渐明白了这起案件成为冤案的原因。

如果我能够被勉强算作一个艺术家的话，此时我会设身处地地为李先生感到可悲，死后的身体和灵魂都在经受打扰，更别提那些恶意编造的莫须有的花边新闻。如果仅仅作为一个打工人的话，我会由衷地替李先生感到开心，他拥有了有史以来的最大新闻。我相信今天来的你们中的很大一部分都是在知道李先生去世的消息后才顺便了解我们的戏剧。票在前几天卖得格外好。再次谢谢你们。

所以是谁杀了我们如此优秀的艺术家？

没有凶手。8 分钟时间做不出来这一切，除非李先生自己。毒药，火柴，勒痕，刀伤。严谨来说，我们伟大的艺术家并没有打算死去，他只想证明一场恐慌，他比任何人都清楚我会在几分钟内去找他，他只是纯粹地想用这种方式被大家看见。如果那天晚上一切照着计划发生，我打赌今天站在这里的会是他，夸大其词地用翻译腔渲染着不存在的第三人的恐惧。有人利用了这个计划，一刀毙命。而谁是这个人呢？知晓整个计划还在我之前进入。你们都知道我是第一个发现尸体的人，真相是我在现场还看见了另外一个人，一个狭隘、善妒的自己，没人规定讲故事的人不能说谎。我杀死了一个愧对艺术的艺术家，这是我的愤恨，也是我的使命。

我要说的说完了，耽搁了大家太多时间。不得不说这是艺术家一生中最好的一出戏剧。希望你们观看愉快。

幸福列车

闫中原（青海）

　　今天，我值乘的是格尔木开往西宁的 Z9806 次列车，我负责的车厢是 12 车。开车前半小时，车站广播室播报了开始检票的通知，一会儿工夫，长长的站台上站满了熙熙攘攘的旅客。

　　我像往常一样仔细地检查着每一位旅客的车票。第三个上车的旅客是一个驼背的老人，他右手提着深蓝色的大包，左手牵着一个戴着粉红色圆帽的小女孩。他两鬓斑白、满脸皱纹，两只布满血丝的眼睛看了我一下，接着将手中的大包放到地上，小心翼翼地从怀中取出了一个旧布袋，把里面装的身份证和车票递给了我。

　　我仔细检验了老人的身份证和车票，随后看一下小女孩问道："您带的小朋友有一米二吗？"

　　"不知道，前些年给她量过一次，现在也记不清了。"老人看着我说。

　　"爷爷，我有一米二了。"小女孩看着爷爷开心地说，"前几天在医院里护士姐姐说我有一米三了，如果没有得病，一定是个美丽动人的小仙女。"

　　我紧接着说："超过一米二的儿童就要购买半价票了。"

　　小女孩本来就略显苍白的脸瞬间变得没有一丝生机，微微发黄的眼睛里透出紧张的神情，像是犯了大错将要被惩罚一样。老人惶恐不安地问："我不知道小孩超过一米二要买票，我们还可以上车吗？"

　　"可以，先上车吧，车上有测量身高的，如果超过一米二再补票。"我把身份证和车票递给老人，本能地提醒老人上车注意脚下安全。

　　列车正点发车了，我仔细巡查着车厢里的每一个角落，把储物栏上凌乱的行李摆放整齐。当检查到老人所在铺位时，再次目测了一下小女孩的身高，我语气平和地说道："这个孩子的身高应该需要补票的，你们先到车厢连接处，那里就有测量身高的，我马上就过去。"我用手指了指车厢的前面说道。

　　当我完成检查工作后走到车厢连接处，眼前的一幕让我既震惊又诧异：小女孩双手把小圆帽抱在胸前，一动不动地站在测量身高的地方；她扁平的头上没有一根头发，头皮上像是被不规则烫伤一样白一块红一块。没有了头发的装扮，她那瘦小的身体显得异常单薄、憔悴！

　　我看了一下车厢墙壁上的刻度线，随后走上前去给小女孩戴上帽子，拉着她的小手来到车厢乘务室。我不解地问老人："小女孩怎么没有头发？"

　　"她得了白血病，长期的化疗已经让头发全掉光了。她今年才十岁呀，多么可怜的孩子！"老人叹息道。

"可是——她都这样了,她的父母为什么不陪着孩子呢?"我疑惑地问道,"您这么大年纪带着孩子一路颠簸去西宁,他们能放心吗?"

老人良久没有说话,脸上露出哀伤的神情,仿佛被刀刺痛一样。很明显老人不愿意提起孩子的父母,车厢里嘈杂的喧闹声此刻也静默下来。

随后,我摸着女孩脸蛋说:"小女孩不用补票了,如果有什么需要随时来找我。"

我明明看到女孩已经有一米二了,却不让她补票,这是我第一次做违章的事。我心里既矛盾又欣慰,我暗暗地想着:"她的父母可能不在了,格尔木的医疗水平有限,只能年迈的爷爷带着她去省城西宁看病,她已经那么不幸了,或许省下的那些补票的钱能对他们有所帮助。"

此时小女孩也不再紧张了,她深情地看着我:"谢谢叔叔,别人都说西宁城里有数不清的高楼,动物园里有数不清的动物,人民公园里还有数不清的郁金香……是真的吗?"她说得那么认真,充满了无限的渴望。

"是的,还有很多很多好玩的地方,等你把病治好了,让你爷爷带你在西宁好好玩玩。"

"我再不要看病了,我们不去医院,我们只去好玩的地方。"小女孩不情愿地看着爷爷说。

"好的,爷爷答应你不去医院,爷爷要带你到风景最美的地方,到市里最热闹的地方,我们好好玩上几天。"

顿时间我有些茫然——怎么可能不去医院治病呢?老人一定是开玩笑,如果他们只是去西宁游玩,我干吗还要做违章的事去为老人省去补票的钱呢,我为自己之前做的决定感到后悔。

"你们去西宁不是为了看病,只是为了到处玩一玩吗?"我不知所措地问道。

小女孩抢先老人说:"我在医院就听别人说我的病是治不好的,我想在还能走动的时候坐一趟火车,去看一次外面世界。"

老人随后说道:"是啊,这孩子还没出过远门玩。前段时间在医院听小朋友说西宁有那么多好玩的地方,她就被深深吸引了,她开始执意不愿治疗。她向我提出想坐一趟火车去西宁,去看美丽壮阔的青海湖,去看各种各样没见过的动物和鲜艳的郁金香……当时我也犹豫了,剩下的治疗的钱已经不多了,我是拿着这些钱带着孩子去旅游呢,还是在医院继续治疗?最后我还是下定决心要用剩下的钱带着孩子去看看外面的世界,完成孩子最后的心愿!"

听了老人的话,我被深深触动了,泪水在眼眶中打着转,此刻我再也不想那违章的事情了。

第二天早上,列车正点到达了西宁。下车前老人向我表示了感谢,并递给了一张小女孩写给我的纸条:"谢谢叔叔,世界很美好,有幸福的列车,有美丽的风景,有爱我的爷爷,有可敬的叔叔,我还没有活够,我会活好剩下的每一天……"

那一刻,我又一次让泪水模糊了双眸!

我让你推理

王福军（江苏）

这天早上，班长把全班同学的作业一个不少地收上来后交给了老师，谁知过了一会儿老师进教室问道："梁海涛，你的作业呢？"

梁海涛一脸茫然地站起来，说："老师，我作业交给班长了啊，不信问班长。"

老师的目光移向班长，班长点点头，说："我都收了，全班作业一个不少。"

老师想了想，问班长："既然这样，在送作业给我的路上你会不会弄丢一本？"

班长斩钉截铁地摇摇头："不会的，我抱得死死的，绝不会弄丢的。"

这回轮到老师茫然了，说："这就奇了怪了，算了，不找了。梁海涛，你作业完成了吗？"

梁海涛一听，脆声回答道："报告老师，当然完成了，不完成我能交上去吗？"

老师点点头，说："那行，你明天拿个新作业本做作业吧。"

老师一走，教室内站起一个同学，大声说："我来帮梁海涛找出作业本，作为梁海涛的好朋友，我一定要破了这个案子。"

同学们一看，嘿，是"大侦探"胡晓。胡晓最喜爱读推理小说，理想是长大后成为一名警察，平时也总以大侦探自居，所以大伙总叫他"大侦探"。

此刻只见大侦探一板一眼地分析道："班长收齐作业后就交给了老师，班长不会弄丢的，老师更不会弄丢，哪问题出在哪儿呢？只有一个可能：先前班长收齐作业搁在讲台上后他离开了一小会儿，就这么一会儿的工夫，教室里正好乱糟糟的，肯定有人借机作案。至目前为止一直没有人出教室，这说明作业本一定还在教室内。"

同学们齐刷刷瞪大眼睛，面对如此严丝合缝的推理，个个佩服得五体投地。

这时大侦探朝班长耳语几句，班长点点头，说："汪军、韩宇成，你们几个课桌抽屉、书包让大侦探搜一下。"

此言一出，被点到名的有点蒙，问道："班长，为什么单单搜我们？"

班长一脸威严："据调查，你们昨天跟梁海涛因为哪位歌星最棒的事闹了大矛盾，所以有理由怀疑你们拿了梁海涛的作业本作为报复。"

汪军他们不服气："你们这是侵犯人权。"

失主梁海涛也说："是啊，比起作业本失窃，侵犯人权更加严重，这事就算了吧。"

谁知画风突转，汪军他们小声商量了几句后一起说："不，我们也想通了，不能就这么算了，为了自证清白，大侦探，请搜！"

大侦探也不客气,上前一通翻找,可是一无所获。

同学们开始窃窃私语,眼神很明显有点怀疑大侦探的能力了。大侦探却并不慌张,继续推理道:"这样的结果并不意外,一般来说,小偷偷过东西后会迅速转移赃物,对不起,我只是打个比方。现在我要来个全班大搜查,请大家少安毋躁,也就一会儿的工夫。"

同学们一听倒也配合,毕竟谁都不想被怀疑。

可是,第二回搜查还是落了空。

这时梁海涛开腔了:"别查了别查了,不要伤了和气,大不了我晚上补上作业呗。"

连续两次推理落空,大侦探的脸有点红,可他神态越发坚决,说:"梁海涛同学,现在问题就不仅仅是你的作业本了,更关系到我的名誉,连这样的小案子都破不了,将来我还怎么成为一名出色的警察?"

他移动着目光,沉吟道:"教室就这么大,连一个老鼠洞都没有,书包、课桌内也没有,现在是夏天,作业本也不好藏身上,难道说飞上天了不成?"

说到"上天"他突然眼一亮,高喊道:"我知道了!"

只见大侦探一指墙角高高的书橱,那是班级专门用来放图书的。大侦探说:"我相信梁海涛的作业本一定藏在书橱顶上,只有这一个地方了。"

一言既出,有位同学的脸唰的一下就白了。

然后,大家尖叫起来:果真在书橱顶部找到了梁海涛的作业本。

大侦探兴奋得满脸通红,拿着作业本来到梁海涛面前,说:"怎么样?我帮你找到作业本了,你怎么谢我?至于是谁作案的,目前还需进一步侦查。"

可是梁海涛的脸色奇怪极了,就在这时班长接过作业本略一翻后大叫起来:"梁海涛,你作业没做?哦,我明白了……"

梁海涛的脸色更白了,他用刀子一样的眼光狠狠剜向大侦探。

无法判断时间的死亡

李嘉若(广东)

12月29日下午5点,亚瑟和他的编辑约在咖啡厅见面。这家名为"上岛咖啡"的咖啡厅坐落于地铁站旁边,临近下班时间,地铁站进进出出的人变得多了起来。亚瑟提着装有衣服的手提包来到二楼,在靠窗的位置坐下,要了两杯咖啡。今天是亚瑟第一次先于编辑来到这里,咖啡厅外的天空阴沉沉的,看上去要下雨。

5点过10分,5点过一刻,编辑还是没有过来。在桌上有两杯咖啡,一杯已经空得不能再空,是因为亚瑟在喝完咖啡后,又将冰块捏在了手上;另外一杯是还能见着拉花的摩卡。亚瑟从书包里拿出一大沓纸,那是亚瑟原本准备转交给编辑,让他帮自己发表的手写文章。可编辑今天没来,亚瑟心里不免有些失望。虽然过去亚瑟与他在文学上总有争论,但他们一直是很好的搭档,他相当于亚瑟的伯乐,发现了亚瑟这一匹千里马。亚瑟跟他说,如果能出版这份稿子,可以挣大钱。但原本一直听信于他的编辑这次却坚决不同意。

"不行。"他摇头,"写这种一人分饰两角的小说已经过时了。而且读者也不会看这么隐晦烧脑的故事,我们出版不了。"

"那好。"亚瑟回答,"明天下午,我们在之前那个咖啡馆聊聊这事,我相信我可以说服你。"

亚瑟的回忆很快被不速之客打断了,一个女服务员走到了亚瑟旁边,询问:"先生,要帮您把这杯咖啡撤走吗?"

"不用,我等的人还没来。"

"那您面前这个空杯子呢?"

亚瑟微微一笑:"也不要撤走,不然他等会儿来的时候,不知道有人在这里等他。"

她正要离开,亚瑟却叫住了她,"先等等,女士。能不能帮我拿一下这份手稿,如果等会儿有个穿着黑色衬衫、戴着眼镜穿着牛仔裤的男人来向你询问,你就把这份稿子给他。"

"这份手稿很贵重吗?"

"当然,它是一部尚未出版的推理小说。"

"你是一名作家?"她激动得手上的托盘都拿不稳了,"我上学的时候超喜欢看书的,我喜欢推理小说,我自己也写……"

她同意了,也许是亚瑟迷人的眼眸吸引了她,也许是她本身对文学的兴趣。亚瑟跟她道谢,看着她消失在拐角,去干其他活了。又过了15分钟,分针指向了40。

一个戴着墨镜穿着牛仔裤的男人来到了她身边。男人先四处看了看,没找着亚瑟在哪里。女佣期待着、等待着,最后男人总算开了口。

"你好,我……"男人吞吞吐吐地说,"请问你刚刚见到在这里有一个人吗?高高瘦瘦的。应该是在窗边坐着,他跟我说在那个地方刚好能看到地铁站出口……"

"你要找的那个人叫什么名字?"

"叫亚瑟。"

服务员将书稿递了过去。跟他说明了原因。紧接着,她又说出了她一直都想说的:"我也写小说的,如果您是一名编辑,有机会能看看我的作品吗?"

"现在没时间,但你可以记下我的电话。"男人用左手接过书稿,另一只手翻找着电话簿,最后总算是翻出了电话页面,"我的电话号码是137……"

将数字记下后,服务员脸上流露出幸福的微笑,她觉得自己的好运要到了。这些年来,她白天在咖啡厅里打工,晚上在宿舍里写小说。可惜的是,她很少有机会能与写字的人接触。她也没有机会见到所谓的作家,而今天她不仅遇见了一个活的作家,还见着了作家的编辑。记下了编辑的电话,今天晚上就可以与他聊关于写作上的事情,这样说不定,她也能成为一名作家呢……

她就这样幻想着。没注意到作家又回到了原位,原来他刚刚去上了个厕所。他问她有没有将手稿交出去。她说她已经按照亚瑟的嘱咐,完美地完成了任务。亚瑟长舒一口气,身上的千斤重担似乎被卸了下来。他慷慨地给她许多小费,他们甚至还聊起了小说。关于那份交出去的手稿,主角是如何在误杀自己朋友后巧妙脱罪。两人聊到了 7 点 30 分,直到下班时间才依依不舍地分开。

回到宿舍,她再次拨打编辑的电话,她想与编辑聊聊刚刚与那名作家讨论的关于文学性的事情。电话很快被接通了,但接听电话的却是一个女人。

"你好,你是?"

"不知道您还记不记得我,我是今天与您在咖啡厅聊过天的服务员。"服务员说,"您把这个电话告诉了我,很抱歉那么晚还打扰您……"

"没有。"对面的声音听上去很冷酷,在对面还依稀能听见警笛声,"很遗憾,你打的是一个死者的电话,在十分钟前我们接到报案,说在这个小区发生了凶杀案,一个叫作芬利的男人死了。他全身赤裸地摔倒在火炉里,因此我们无法判断他的死亡时间;你刚刚说你在今天下午见到了他,那你方便过来录一下口供吗?喂,喂?女士,你还听得见吗……"

第五辑 世象观 | 409

解　密

王小宁（河南）

　　小英回来了，大个子召集了能联系到的几个同学，通知说，多年没见了，大家聚聚，在五湖四海的 108 房间，不见不散。

　　大个子在学校时，是篮球队的队长，后来停课时，也是一个学生组织里的负责人之一，是个热心人，平时也经常组织同学聚会。

　　聚会上，同学们唱呀说呀，兴致很高，不知谁先说起了那年到工厂劳动锻炼的事，说起在活动室打乒乓球，说起小英和大雷老是占着位置，不给别人机会。

　　我看见大个子坐在小英旁边，突然想起什么……我说，对了，大个子那年也在呀。大个子说，是呀，我在——

　　妈呀，他这话答的！用我们小小说的行话说，就是——出味儿了！他的表情，他的语气，唰一下给了我某种启示，瞬间让我的脑袋里开了锅，咕嘟咕嘟的，好多事情一波一波地涌出来了……

　　镜头一：听说小英参军了，大家都有点意外。小英在——别说学校，就是班里也只是一般同学，学习不是前几名，更不是后几名，再说了，条件好的、出身好的人多了去了，好像也轮不到小英呀！可小英参军了。

　　镜头二：在工厂劳动时，下班后没事，大家喜欢到活动室打乒乓球，打来打去，后来也没几个人去了，因为小英和大雷很少输球，大家都没机会，只有少数人陪着他们玩儿。后来小广播就播送出了一条消息：大个子追小英没追上，小英跟大雷好。

　　镜头三：劳动回来，学校里停课，大家纷纷自愿结合成立了一些战斗队，大个子成了一个战斗队的负责人之一。

　　后来，到校的人越来越少，最后就剩下大个子他们那个战斗队在校了。

　　镜头四：小英休探亲假回来，说起个人问题，小英很绝望，小英说，不找了不找了。仔细听，原来是——她交往了一个，组织上不同意，拜拜了。说起同学，又说起大个子——补充一下，当年小英参军时，大个子也参军了。而且他们去的地方都在江城，驻地也不远。小英说，她去过大个子那儿，去了好几次呢，不行（这话当时没注意，现在才恍然大悟）。

　　镜头五：小英突然出现在矿山，我们立刻就明白了，她来找大雷了，大雷也在矿山。大雷请了假，陪着她回了渡口。

　　……

　　好了，这五个镜头在我的脑袋里闪过来闪过去，反复了几遍，哗啦——我明白了。那就是——这五个镜头，其实就是一个完整的链接！一个有头有尾的事件！之前小英参军的那个疑问，其实是和大个子有关！

理由是：首先，他们之间有过绯闻，后来他们同时参军后，也确实交往过。当初在工厂里的那个小道消息，应该可以说是落实了。

当然，也可能小道消息是假的，而他们参军后的交往是另有原因。

为了完成这篇故事，我们先按小道消息是真的来推理，可以想象，大个子追小英失败后，心有不甘，在得知有参军的消息后，再次奋起努力！前面我介绍过学校当时的情况，后来大部分人都不到校，只有大个子他们那个战斗队还在坚守，如果上面有什么事情或者什么通知，最先知道的就是他们了，而大个子当时是负责人之一，他肯定会很快得到消息的。

还有一个情况，当时小英参军走的时候，没见大雷，我提到过大雷，小英没答，换了话题。后来小英到矿山找大雷，根据时间推算，是在她和大个子交往后，又回头了，结果——后来没有传出他们有什么消息。

也许，事情的真相只有他们自己心中清楚。

还按前面的逻辑推理，如果小英的参军确实跟大个子有关，那么，大个子就是小英命运转折中的一个推手！

如果小英不参军，以当时的形势，摆在她面前的只有一条路，和我们一样——下乡！

小英转业时，正好江城那边需要人，她就留下来，成了一名公务员。后来找了个当地的，现在还在江城。

大个子退伍后进了工厂——就是我们当初劳动锻炼的那个厂！其实，也是我们矿山的总厂！矿山隶属于总厂管辖。

去年，小英回渡口参加他们那一年的战友大聚会，顺便和同学们也聚了一下，大个子在聚会上致了欢迎辞。买单时，大家都争先恐后，小英看了大个子一眼说，我已经付过了。

相比之下，我们的经历是坎坷多了。包括大个子，他也经历了下岗失业的磨练。

大雷回渡口后，消息越来越少，他性格比较内向，渐渐地和同学们就失联了。

镜像星球

陈淮贵（浙江）

"怪事怪事！"

突击队科尔队长率领攻击舰仓皇逃回，惊魂未定地向将军汇报。

"什么事情居然让我们战无不胜的科尔队长如此狼狈，这可真是稀罕。"木伦将军饶有趣味地打量着脸色苍白的科尔。

"可怕！我从来没见过这样的星球，我们用什么武器，他们也用什么武器，怎么也打不赢！"科尔心有余悸。

"荒唐！"将军不悦地提高嗓音，"有多少比我们武器先进的星球败在我们手下！现在对方只是用同样的武器，你说打不赢？"

"这不一样！将军，完全不一样！以前我们可以靠战术、谋略取胜，可对这个星球，我们的战术谋略根本没用！"科尔一脸惶恐。

"哦？他们有更高明的谋略、更精湛的战术？"将军一扬眉。

"不，他们什么战术、什么谋略都没有。"

"什么？你……"将军鼻子都气歪了，"同样的武器，没有谋略，没有战术，你告诉我，你打输了！"

"是的，将军。我们打什么武器，对方也打什么武器，我们再猛烈的攻击也没用。"

"浑蛋！"将军狠狠地一拍桌子。

"是，将军。但我觉得，您最好亲自去看一下。"

"你就跟在我身边，我让你看看，我是怎么收拾这个星球的！"将军怒气冲冲。

将军率领着舰队，气势汹汹地朝那星球扑去。

"这个星球看上去没什么特殊，"舰队逼近星球，将军哈哈大笑，"这个科尔，居然在对方发射同样武器的情形下落荒而逃！"

"将军，您可以发射武器啦！您很快就会明白是怎么回事。"科尔不服气地说。

"哼！常规发射！"将军轻蔑地说，"先给他们一个下马威。"

"嗒嗒嗒——"一排排子弹铺天盖地地往下射去。

"嘭嘭嘭——"

"怎么回事？"将军纳闷道。

"舰队受到同样子弹的攻击！"科尔汇报。

将军皱了皱眉："变换位置！导弹攻击！"

"嗖嗖嗖——"一枚枚导弹吐着火舌，急速地朝地面射去。

"轰轰轰——"霎那间,一枚枚导弹同样吐着火舌,急速地从地面射来,导弹爆炸的破片、冲击波不断轰击在飞船上。

"怎么会这样?"将军大吃一惊,"变换位置!更换目标!激光炮攻击!"

"啪啪啪——"激光炮口猛烈地颤动着。

"啪啪啪——"地面同样的激光炮急速飞来轰击在发射激光炮的飞船上,有的瞬间被打穿,"轰"的一声四分五裂。

将军看着惨不忍睹的战争场面,浑身发抖:"这星球简直就是一面镜子!"

"镜子?"科尔不解。

"是的,星球表面就像是我们的镜像,同步显示我们的行为,我们向它发射什么,它也向我们发射什么,我们攻击越猛烈,我们受到的攻击也越猛烈。"将军惊叹。

"这我们怎么能打赢呢?!"科尔绝望道。

"我想想,我想想,应该有办法的,应该有办法的……"将军在指挥室来来回回地转圈,"我们做什么,它也做什么?就像一面镜子?"

真的这样吗?一样的行为,一样的行为……对了!如果真的是这样,那也简单了!将军猛地一拍手:"我们现在最缺什么?"

"缺水,缺食物。"科尔疑惑地说。

"好!往下面扔水!扔罐头!"

"什么?"科尔大惊。

他旋即明白过来,大喜道:"将军英明!佩服佩服!"

一箱箱矿泉水、罐头被推了出来。

"发射!"将军下令。

只见一瓶瓶矿泉水、罐头成群结队地向下坠落。舰队全体人员目不转睛地盯着,巴望那一瓶瓶诱人的矿泉水罐头自地面朝舰队飞来。

可是,出乎他们意料,根本没有任何矿泉水罐头从地面飞来,相反,这些矿泉水罐头竟然全都直接落到地面,他们眼睁睁地看着一群群地面生物飞快地冲出来你一瓶我一瓶抢个精光。

"太可恶了!"将军狠狠地一跺脚,"他们居然分得出什么是有害的,什么是有利的,这些精明的家伙!"

"要不,我们还是放弃吧。"科尔小声地建议,"这个星球的科技水平,远远超过了我们的想象,生活在这个星球上的,是高智商的生物。"

"不!"将军一挥手,"越是精明,越有弱点。我们已顺利反攻了100多个星球,这么一个无名的黄色小星,难道就阻挡住我们前进的步伐?"

可是,他们的弱点在哪里?将军陷入了沉思。

飞船在天空缓缓飘行,船员们不安地等待着命令,他们仿佛听到了发自地面的嘲笑,一个个垂头丧气,郁闷不已。

"你们有糖果吗?"良久以后,将军突然抬头问。

"糖果?有有!"周围响起一迭回应。

"好！都给我找些糖果来！"

一颗颗糖果很快被收集在一起。

"将它们融化！"

"啊?"大家莫名其妙,但还是照将军的吩咐做了。

"将这些糖浆全部涂在导弹表面。"

"什么?"众人惊呆了。

但很快有人明白过来,激动地向将军跷起大拇指:"将军英明！"

"准备,发射！"

一枚枚涂了糖浆的导弹朝地面射去,众人紧张地盯着飞驰的导弹,唯恐地面也有同样多的导弹射过来。但幸运的是,这次发射的导弹全部落到了地面上,并无导弹反射上来。一群群地面生物飞快地冲出去抢糖弹。

"耶！成功喽！"科尔队长兴奋地一跳三尺高,飞船内响起阵阵欢呼。

"引爆！"将军冷笑着命令。

"轰轰轰",一枚枚导弹在地面猛烈爆炸,升起一片片蘑菇云。

"杀——"舰队飞冲而下,很快控制了整个星球。

星球首领被押到将军面前,他不甘心地连连摇头:"我们这么先进的科技怎么会输? 这么先进的科技怎么会输……"

"哈哈哈,我们只不过是在导弹表面涂了些甜蜜的糖。"将军笑道。

因果转运

汪为洪（江苏）

拉开窗帘，一缕阳光瞬间刷亮了四周的墙壁，白得刺眼。一只蚊子匆匆地飞起，躲藏到床头阴影里。窗帘后一个男人的声音飘过来："我先走了，你过一会儿再走！"

头发散乱、满脸倦容的胖姐双目微闭，从鼻孔里哼出一个"嗯"字，将滚圆的胳膊举过头顶，翻过身去，床腿吱吱作响，鼾声却如灌江之水，波涛再起，汹涌澎湃。

胖姐的"转运果"店在江城的步行街，小得毫不起眼。琳琅满目的服装专卖店左右夹击，让这水果店显得不伦不类，格外刺眼。店里的"转运果"价格很高，但生意一直不错，尤其是高档水果，走得特别快，不出三天，定要补货。这让好多人百思不得其解，尤其是那些冤家同行。

"听说省城那些批发老板一看到她眼睛全绿了，争着把水果赊给她。"

"不是咋的，那个好色的贾老板，最喜欢赊给她！"

"农村出来，小学没毕业，拿起高档水果眼都不眨一下。"

"哎哎哎，你说她凭啥？死了男人不说，就她那样子，如果没人帮忙，跌倒肯定爬不起来。"

"你不是会功夫吗，可以用'四两拨千斤'扶扶看！"

"去你的，我可不想被人砸黑砖头。"

"哈哈哈哈哈，哈哈哈哈哈……"

百无聊赖的摊主们解恨似的大笑起来，隔着几条街的胖姐一点都没有听到。

其实，即使听到，胖姐也懒得搭理他们，活该他们背运，老娘的这泡尿他没一个尿得起！

夜色渐起，胖姐"转运果"店灯火通明，满眼都是色彩缤纷的时鲜水果。一对逛街的情侣信步走进店里。

"老板，请帮我们挑两样'转运果'！"女孩一手捧着鲜花，一手挽着男友四处寻唤。

"哎，好嘞！"胖姐闻声从水果堆后面钻出来，两个年轻人吓了一跳。

"美女，来点樱桃，咬上一口，保你清脆爽口！"看年轻人有点犹豫，胖姐话锋一转，喋喋不休，沫星四溅，"要不火龙果称点？保你生活事业红红火火，还有吉祥如意的佛手，心想事成的橙子，多子多福的石榴……"

小伙子被她说得有些腻烦，随手指点一些，赶忙掏出手机付款。

"有卡吗？"胖姐提醒一句。

小伙子晃晃手机："哦,我手机绑定的,没关系。"

"我说的是'转运卡',你们单位没发?"

小伙子一脸懵逼,女孩随手掏出一张精美的'转运卡',胖姐接过来熟练地在刷卡机上一验,笑得非常妩媚。

送走一对年轻人,胖姐这才想起,政府大院门卫老吴头下班前关照她送一箱泰国椰皇和几只夕张王甜瓜到大院一楼周主任那里,顺便再带一扎'转运卡'过去。咋把这么重要的事情给忘了,真该死!

胖姐赶忙收拾收拾,招呼一辆车,直奔政府大院。

胖姐的店铺是租赁的,房东是一位五十来岁的光头男,瘦巴巴的,不大与人说话,一年四季捧着一个大茶杯喝茶。偶尔也会给胖姐倒一杯热水,放在门前小矮凳上。胖姐衣服很肥大,但脖底的两粒扣子有时候还是扣不起来。房东喜欢坐在门前的藤椅上看胖姐低头搬货,两只小眼骨碌碌地乱转,一转到胖姐的胸脯上就不动了,喉结不住地上下蠕动。胖姐也不避讳,继续搬她的水果。

"唉——唉——那个房租……"

"你说啥?"胖姐抬起头来。

"没啥,没说啥!"房东的眼神躲闪着,继续喝茶。

房东太太和她的麻友们特别崇拜胖姐,说她能掐会算、能说会道、会挣钱,都把自己的私房钱拿出交给她去"转运",五分的利息,月月兑现,逢年过节还有礼品赠送。

"单身狗"侯三一次就投给她30万元:"胖姐,这可是我的全部家当哦,我等你帮我转运去河北找刘寡妇求婚呢。"

"放心,要是赔了,你就当我是刘寡妇,帮你转个'桃花运'。"胖姐笑着朝侯三挨过去。

侯三赶紧离开自己的坐凳,红着脸,一句也不敢多说。

"猴急,猴急,你侯三这个时候咋不急了呢!"

"该不是没碰过女人,还是个'童子鸡'吧!"

"哈哈哈哈哈哈……"放荡的笑声盖过了对面马路上汽车马达的轰响。

夜深了,城里主干道路灯全都熄灭了。胖姐吃力地将几个大包拎出店,拉下卷闸门,朝黑暗处招招手,一辆三轮车悄无声息靠近路边。头戴长檐旅游帽的三轮车夫走过来,帮助胖姐将包裹装上车,直奔城北而去。

"这水果都发霉了,龙王会高兴吗?"

"闭嘴,这叫转霉运,"胖姐掐一下车夫的屁股,"你可不许乱说!"

"当然,当然,自家事情当然不能说。"笑声很邪恶。

茫茫的夜色里,"咕咚""咕咚"的声响立刻被灌江大桥下汩汩的流水带走。

胖姐又进了一批高档水果,在一片嫉妒的目光中"转运果"店生意红红火火,刷卡机的嘀嘀声持续不断。

直到有一天,人们突然想起,胖姐的店铺已经有几天没有开门了。胖姐也像从人间蒸发一般不见了。

"转运果"店门前热闹起来,一大群讨要"打会款"的将店铺包围得水泄不通,呼天抢地,鬼哭狼嚎。侯三哭声最大,咬牙切齿,声嘶力竭。

"几年房租呀,一分钱都没看到呀!"房东太太一把鼻涕一把眼泪哭诉着,"就你这个死鬼呀,一直拦着不让要呀!"

几个水果摊主放下生意,跑来求证。

"惨了,惨了,这下省城的'假聪明'被害惨了!"

"他这是赔了夫人又折兵了!"

刚下班的老吴头赶紧掉转自行车头,回大院通报给即将提拔的周主任。有几个三轮车夫一直站在边上看热闹。

江城的街头巷尾,"胖姐转运"的故事成为人们茶余饭后的又一重要话题。

"这女人不简单,在省城买了好几套房子。"唏嘘一片!

"这女人很下贱,专门骗亲朋好友的钱。"骂声不绝!

"这女人有本事,一年光放卡就十几万元。"无人响应!

"更离奇的是,本该坐牢的她因有身孕被判监外执行。"

"啊?"守寡多年的她真会"时来'孕'转"!

惊叹、疑惑、佩服、好奇、猜测,各种表情瞬间定格,侃大山的人气持续高涨!

转运有道,因果相续。几周后的一个深夜,有个身影从"转运果"店一路摇晃到灌江大桥上,"咕咚"一声,夜,旋即归于平静。

第六辑 | 烽火情

白桦林影

佟国清（辽宁）

马宇带领他的队员扮成马贩子端掉了鬼子的中心炮楼,缴获了一张军事地图和十几根金条。

恼羞成怒的小鬼子组建一支特别攻击队进行追击,围剿这支规模不大的抗联队伍。马宇带着队伍在茂密的白桦林里与鬼子周旋。

夜里,马宇他们来到二道沟村,轻轻地叩响了一户人家的门。开门的是一个戴着狗皮帽的人,马宇借着月光看他,毛绒绒的狗皮帽遮住了他的脸。身边的黑子上下打量他一番问:家里还有人吗？那人说,都被鬼子杀了。马宇握了一下手中的枪,走进屋内。马宇没有让队员点灯,不许有任何动静,避免暴露出任何的蛛丝马迹。

马宇把那装有地图和金条的布袋放下,当自己的枕头,这样踏实。

天蒙蒙亮,几声鸡鸣令马宇一激灵,他掏出手枪,看着同志们都在酣睡,他把枪放在怀里,待他躺下时,脑袋一下子落空,那个布袋不见了。

屋里只有贵生、黑子和他三个人。马宇把贵生和黑子吼醒,把手枪里的子弹推上膛。他俩大眼瞪小眼,不知道队长唱的是哪出戏？捉贼捉赃,拿奸拿双。没有证据,两个人矢口否认。此刻马宇提醒自己,冷静。

贵生说,半夜他听见房门轻微的吱扭声,瞧见一个人影在月光下晃了一下。他猛然一惊,问黑子,黑子说昨夜他是被尿憋醒,出去撒一泡尿就回来了,没动那个布袋。

贵生和他说话时一直低头,眼睛埋在他蓬乱的头发里。破棉袄里落下一团棉絮。马宇摸摸络腮胡子想,如果袋子是贵生拿的,是什么时候拿的？拿走后会藏到哪里呢？昨夜睡的时候,黑子挨着他,每次宿营黑子总睡在自己身边,如贴身警卫,如果是贵生去拿袋子,很容易惊动黑子。马宇眉头紧锁。

难道是黑子趁他睡觉翻身时把袋子拿走了？假装出去撒尿把袋子藏起来？偷走袋子的人不是黑子就是贵生,索性把两个人都毙了？他看着手里的枪,心想,子弹是留给鬼子的。再说两个人都死了,就再也找不回那个关乎许多人性命的袋子了。金条可以换回武器、粮食、药品。地图尤为重要,会把这里的情况摸得更清楚。

马宇转念一想,贵生看见了黑子出门,难道贵生没睡？行军打仗,人困马乏,他半夜为什么不睡？

侦察员急匆匆地跑来说,鬼子摸上来了,马宇集合队伍,准备战斗。这时从里屋跑出来那个戴狗皮帽的人说:跟我来,我知道马泉沟里面有个山洞谁也找不到。

白桦林的深处,他们跑进一个山洞。那个人满脸都是豆粒大的汗珠,他把狗皮帽摘了下来,一头乌黑的长发倾泻下来。原来是个女人。大家的眼睛都盯着她。她说,都瞅啥,没看过女人咋的？俺以后跟你们一起打鬼子。日本鬼子杀了我全家,我要报仇。

　　马宇发现贵生没在队伍里,他想起那个布袋,牙咬得"咯嘣"直响,这家伙见财起意,拿着那个包袱跑了？

　　夜里,马宇带着队伍悄悄地从洞里出来,姑娘说,东楼子村有个鬼子据点,杀死日本兵,再弄粮食,不然我们都会饿死的。靠近东楼子村时,发现一个人影,埋伏一看,人影东张西望地向这面走来,是贵生。马宇一挥手,大家抽冷子把他按住。

　　贵生说,从村里撤出来,他在队伍的后面,不小心就滑进一个雪坑里。爬出来就没有队伍的影了。

　　贵生指着鬼子据点说,刚才他路经东楼子时发现了很多日伪军,加强了警戒,下手会吃亏的。说完就一下子倒在地上,鲜血从他的肚子上渗了出来。他告诉马宇:部队在攻打中心炮楼时,他和鬼子拼刺刀时被鬼子刺了一刀,以为用棉花堵住伤口会好的,没承想血越流越多,说完他低下了头,昏了过去。

　　夜里,大家都在山洞里酣睡时,马宇感觉洞外有一股风,一个人影瞬间消失了。他抽出枪跟了出去,顺着雪地上的脚印,来到一片松林中。他看见有人从怀里拿出一个布袋,向山下走去。马宇一下子向那人扑了过去。那人异常敏捷,如松鼠一样逃脱,扔下布袋回手抓过马宇的衣领,把他摔了出去。马宇顺势一个手翻稳稳地站住,那人整个脸被一张狗皮遮住。只露出两只眼睛。马宇掏出枪,那人纵身一跳,顺着白雪皑皑的山坡滚下。马宇从小和爷爷练过摔跤,通过交手看出那人摔跤的招法和中国式摔法不同。难道是日本人？他倒吸了口凉气,这时黑子跑到他身边。马宇问看见那个女人了吗？黑子说她还在洞里。马宇一挥手,到洞里一看,那女人还躺在洞里,他猛然把她薅起,却只抓到了棉袄,棉袄下是杂草和一个女人的假发。马宇使劲地踢开那团假发。没想到小鬼子会来男扮女装这一手。

　　马宇即刻带领队伍出来,猛然一拍脑袋,因为贵生还在洞里。

　　马宇让队伍隐蔽好,自己慢慢地向洞口靠近,这时他感觉一些异常,发现很多人影向洞口聚集。原来鬼子已把山洞死死地围住了。贵生一步、一步地从洞里出来,走到鬼子中间从怀里掏出一样东西。突然,火光一闪,一声巨响,一颗手榴弹在鬼子中间开花。

破　绽

蒙福森（广西）

枪声、炮声、爆炸声、喊杀声、呐喊声交织在一起，铺天盖地，震耳欲聋，响遏行云。

经过八个昼夜的浴血奋战，号称固若金汤、坚不可摧的济南城终于在隆隆的炮声中被解放军攻破了，他们像潮水般冲入济南城。

枪林弹雨，硝烟弥漫。

济南城残垣断壁，一片混乱。

在济南城被攻破的那一刻，他仅带着贴身警卫刘福，换了衣服，趁着混乱，逃出城去；到了城外，坐上事先藏在一间废弃民房里的牛车，扮成一个普通商人，往东逃命。

回望火光冲天、炮声不绝的济南城，他绝望地闭上了眼睛，一行泪水不由自主地流了下来。

骁勇善战，一生戎马，身经百战，出生入死，官至封疆大吏，最终，竟然落到如此境地，可叹、可悲、可恨、可惜、可怜。

远处，济南城的枪炮声渐渐地停息了，最终，归于沉寂。

他知道，济南战役结束了。苦心经营多年的济南城丢失了，山东丢失了。

如今，唯有逃命，逃出解放军层层设立的关卡，设法逃回南京去。

一路上，沿途村庄房屋的墙壁上，到处写着醒目的标语：打到济南府，活捉王耀武！

前面，有一个关卡。

十几个解放军战士和民兵正在严密盘查过往的行人。

无路可走了，唯有硬着头皮上去。

他的心，蹦蹦乱跳，差一点跳出胸口来。

"停车，检查！"咔嚓一下，几支黑黝黝的枪举了起来。

牛车停了下来。

"干什么的？"

"长官，我是一个普通商人，一个老百姓，这位是我的伙计。"他满脸堆笑，故作镇静地说。

"你们要去哪里？"

"寿光。"

"货物呢？"

"卖了。"

他原本就是山东人,道路熟悉,一口流利的山东本地土话,应付自如,天衣无缝;他微胖,黝黑,身材矮小,外表老实敦厚,穿着普通,盘腿悠闲坐在牛车上,不急不躁,谁也看不出他是什么国民党高官。

解放军仔细盘查了一番,搜查了牛车、身上,没发现什么可疑的物品,放行了。

路上,人来人往,不断听到有人说,王耀武被抓到了。

前面不远,又是一个关卡。

他再次蒙混过去。

黄昏时,已经混过了十道关卡了。

天黑后,他们在附近的一家农户借宿一晚。

第二天,天一亮,他们继续赶路。从济南到寿光,大约有200多公里远。

一路上,依然是关卡重重,依然是严密的盘查。

前面不远,就是寿光了。

他口渴难忍。

附近,有一条河流。远远望去,河水缓缓流淌,清澈见底。

刘福到河边给他打了一葫芦水。他仰起头,咕噜咕噜,一口气喝了个精光。

他们继续赶路。再有一天,出了寿光,基本上算脱离险境了。

突然,他的肚子疼痛起来,里面一阵翻江倒海。

"我想上个厕所。"

"不行啊!赶快走啊,此非久留之地,到处有解放军和民兵盘查啊!"刘福说道。

强忍着走了一段路,肚子闹腾得更厉害了。

"哎哟,憋不住了!"路边有一户人家,几间茅屋,他叫刘福停车,跑进院子里,进了茅厕,拉起大便。

茅厕的环境实在太恶心了,臭气熏鼻,污水横流,苍蝇、蚊子嗡嗡飞;好不容易拉完,却找不到擦屁股的手纸,旁边有一个篮筐,装着竹片。他知道,这是当地老百姓上厕所用来擦屁股的。可他身份尊贵,哪用得了这种粗糙的竹片。摸摸口袋,有一块手帕,想都没想,就拿来用了。

出了茅厕,刚好遇到房屋的主人,一个老头儿,也要上茅厕。他跟老头儿打招呼,说是路过的,上个茅厕。

老头儿也不说什么,点点头,进了茅厕。

他们继续赶路。

前面,就是寿光。这是最后一道关卡,盘查得更严密、更仔细。出了寿光,往东走,就可以脱险了,到时,他将如鱼归大海、鸟脱樊笼了。

看来,天不绝人之路啊。他的心情慢慢地放松起来,想起大战前,他叫副官在济南城找了几个身材、相貌类似他的人,拿钱给他们扮成自己的样子,禁不住笑出声来。

"停车!"几个解放军挥手示意。

他们镇静地停了车,接受解放军的盘问、搜查。

一番严密盘查后,没发现异样,解放军战士打了一个手势:"你们走吧。"

"等等——等等——"后面,一个老头儿气喘吁吁地追上来,就是那个在茅厕门口跟他碰面的老人。

"他是国民党的大官!说不定他就是王耀武呢,不能放他走!"老头儿说。

"你咋知道?王耀武不是抓到了吗?"一个解放军战士问。

"他一定是国民党大官!"

"你咋知道?"

"我也不知道。"

解放军战士笑了起来。

不过,他们嘀咕了一阵后,本着宁可抓错也不放过的原则,带走了他和副官。

审讯时,他死死咬定自己就是一个普通商人,一个老百姓。最后,解放军找来十几个熟悉王耀武的国民党俘虏,让他们来指认。

最终,他面如死灰,不得不承认:"我,就是国民党山东省最高军政长官王耀武。"

全场顿时一阵欢呼,沸腾起来了,大家兴高采烈,奔走相告:"抓到王耀武啦!抓到王耀武啦!"

王耀武蔫头耷脑,无比沮丧:那么多关卡都混过了,老头儿咋认出我是国民党大官呢?到底在哪儿露出了破绽?

老人说,我看见茅厕里有一条用来擦屁股的精美的手帕,普通人咋买得起这么好的手帕,更舍不得用来擦屁股,我就想,他一定是国民党大官。

鞋印无诈

郑玉超(江苏)

鹅城的传奇无处不在。距鹅城大约六里有个玉门小镇,镇东放个屁,镇西都能听到响儿。别看镇不大,奇闻怪事一样不少。

1943年冬大雪之夜,小镇发生一件奇案。孤门独院的张绅士报案,称家中宝物九龙戏珠不翼而飞。此宝物他从不示人,说起它可大有来历呢:张绅士的高祖张轩是洪秀全幼子洪天佑的侍卫,天京城被攻破时,张轩受托携天佑逃亡,并带走宫廷宝物九龙戏珠——九条黄龙伏于玉璧之上,张口仰望,大有吞珠之势,夜间那珠会发出光华。

现场没留下任何物证,三个家丁也没听到一丝声响。

鹅城市长王瓢心生疑窦,于是就命有"神探"美誉的警长关玉昭率队去张府侦查。

关警长叼着烟斗踱出门外,望着覆盖大地的厚雪出神,雪地上还残留着嫌犯的鞋印。可是,延伸到玉门镇上,早起的人们鞋印交叠,已无法分辨了。

沿着张府院外走了几步,关警长发现了什么。他唤过镇长长贵,耳语一番。长贵往镇上一走,不到一个时辰,小镇人人尽知:嫌犯作案后鞋上沾血,关警长第二天要挨家挨户搜查物证。

有人置疑长贵:你这样说出来,那人知道了不会趁机烧掉吗?

长贵眼一翻:今夜谁家烧,可有味散发出来?

有味你也闻不到。那人毫不示弱。

长贵斜着眼:带的那条狼狗见到没?俄罗斯警犬,鼻子灵得很,闻到血味能活吞了你。

那人一哆嗦,仿佛感觉自己就是疑犯了。

又有人问:鞋子埋掉呢?

长贵冷笑:那雪地的血味警犬早闻了去。方圆十里,鞋子埋得再深,它也一准儿能找到。

听得人们个个目瞪口呆。

不过,鞋子要是扔进鹅湖,怕就寻不见了。长贵似乎想到了警方漏洞,惊道。

夜幕降临,小镇渐渐入了梦乡。子夜时分,一个男人鬼鬼祟祟,猫着腰溜出家门,蹑手蹑脚穿过街道,最后到了鹅湖边。他从怀里摸出一个东西,正打算扔进湖中,就被暗中跟踪的警员抓了个正着。

警员夺过一看,是只带血的鞋子。

那人大喊冤枉。听说捉住了嫌犯,许多人深夜来看。那人名叫张三,长得浓眉大眼。有人低声嘀咕:瞧他贼眉鼠眼那样,九龙戏珠一定是他偷去的。

张三死活不认。

问他为何扔鞋,他说鞋上有血,怕说不清。

问他为何扔掉而不是烧掉埋掉,他指着吐着舌头的狼狗说:怕它闻到。

关警长衔着烟斗吸了口,让张三站起来,到门前雪地上走几步。走了四五步后,关警长喝声停,张三吓得一屁股坐在地上。关警长蹲下身来,看了看鞋印,说:不是他。

警员们面面相觑。围观者交头接耳,有的本就对关警长光凭鞋印断案表示怀疑,这回见他问都不问鞋上血迹,就将人一放了之,认为他不过是故弄玄虚罢了。

关警长吐了个烟圈,胸有成竹:很快就会见分晓。因为,鞋印不会撒谎。

听得人云里雾里。

关警长叫过长贵,轻声问:镇上跛子有几个?

11人。

关警长将警员分成两队,突击搜查这些跛子家。让他大失所望,跛子们身上均无新伤。关警长眉头皱成一团。有的警员私下埋怨他瞎折腾,有的念叨明摆着张三就是,偏又放了。

夜幕再次降临,关警长正在小酒馆独酌,瞧见酒馆对门有个男人出来。关警长眼睛一亮,急追过去。在男人家中,搜到了带血的鞋子。

当人们听说李四是案犯,都不肯相信:虽说李四来小镇时间不长,但为人忠厚讲义气,从不贪财。再说了,嫌犯不是跛子吗?李四不是啊!

关警长叩了叩烟斗,胸有成竹。

他让李四在雪地上走两圈。人们发现,李四跛了。

您怎么知道跛子作案?警员问。

关警长微笑着说:张府门前雪地上留下鞋印,一深一浅交替,那是行走时两脚着力不均。只有跛子,才会这样。

就地羁押李四后,关警长打算连夜审判,他亲自登门请张绅士参加旁听。张绅士闻听案犯是李四时,浑身一哆嗦。这没有躲过关警长的眼睛。关警长让跟着的警员出去,半晌,他出来告诉人们,李四又抓错了。

私下里,人们对关警长的神探称谓纷纷怀疑起来。

无人知晓张绅士和关警长交谈的内容。

但鹅城人都知道,当天关警长就向王瓢市长递交了辞呈。第二天,人们发现,关警长消失了,张绅士、李四也失踪了。

解放后,九龙戏珠重现鹅城,成为鹅城博物馆的镇馆之宝。

民间又有了新的传说。

当年,参与攻破天京城的洋枪队长名叫戈尔,知道洪天佑带走九龙戏珠后,一直觊觎,想占为己有。临死前叮嘱子孙一定要找到此物。其后人戈比多方打听,得知当年天佑随着张轩去了鹅城,不久就在鹅山寺削发为僧,遁入空门。那九龙戏珠自然就归张轩保管,后来就传到了张绅士手上。

戈比花重金买通鹅城市长王瓢,对张绅士软硬兼施,奈何他就是不愿交出宝物。王瓢以保护为由,派军警趁机搜查无果;戈比派人多次潜入张府,也未找到踪迹。张轩乃全省知名人士,王瓢不敢过分放肆,只好安排人日夜盯守。

至于李四,他与张绅士有过命之交,那次受托从鹅城来到玉门,相机而动。他趁狂风暴雪之夜,秘密行动。想到黑暗里有眼线,心里多少有点紧张,越墙时腰间利刃不慎坠落,伤了脚踝。那他为何不丢了鞋子,乃是因为事妥之后再未外出,正待潜回鹅城,不料又被关警长识破。

关警长从张绅士口中得知真相后,决心保护国宝。他深知王瓢心狠手辣、戈比诡计多端,请辞当夜就带着张绅士和李四远走他乡。至于去了哪里,就像鹅城众多的传奇一样,无人知晓。

桃之夭夭

孙玉秀（辽宁）

　　七月的 A 城，马路如同一张烤板，欲把繁华的商铺和热闹的人群烤熟烙透。

　　老李戴着一顶黑礼帽，穿一身灰色绸缎长袍马褂，在人群里快速穿行着。不远处，跟在他身后的是另一位地下党成员老张，他的任务是负责老李的安全。

　　老李热得浑身冒汗，可不敢耽搁一分一秒。就在半小时前，他接到一份密电，去迎接组织派来的新领导关雎同志。A 城地下党组织屡次遭遇敌人的破坏，关雎负责调查和重新开展 A 城地下党组织工作。接头地点就在 A 城喜得来小酒馆 202 房间。

　　老李走到酒馆门前，迎面飞来一辆受惊的马车。说时迟那时快，老李一个鲤鱼打挺，腾空而起，越过马车，随后一侧身，轻轻落地。脚跟还没站稳，便听见酒馆里传出一声枪响。老李意识到不妙，三步并作两步冲了进去。只见酒馆老板和两个小伙计被捆住了手脚，毛巾塞在嘴里，浑身哆嗦着。老李顾不上他们，直接冲进 202 房间，见一人倒在饭桌前的血泊里。饭桌上放着一本翻开的书，还有一块染了血迹的蓝布。

　　老李拿起那本书，见标题是"桃夭"，下面第一行字是"桃之夭夭，火"，诗句下面画出一条血迹。书页被斜着撕掉，后面几个字已经没了。老李合上书，看一眼书面，"诗经"两个字赫然入目。老李快速收起那本书，塞进怀里。他清楚记得密电说的接头语是："先生，我买的那本《诗经》，您带来了吗？"，对方拿出一块蓝布包裹的《诗经》，就是组织上派来的新领导。

　　第三次接头失败，A 城的地下党组织，再一次遭受重创。目前群龙无首，工作很难开展，更别说反击敌人了。老李的心莫名地痛，又来晚了一步。他蹲下身，帮牺牲的关雎同志合上眼睛，意外发现被撕掉的半张书页紧紧攥在他的手里。外面一阵嘈杂，酒馆老板被解救后，正在报案。

　　老李！快走！老张守在门口催促。

　　老李回到住处，从怀里掏出那本《诗经》，又掏出那半张沾满血迹的书页。皱紧眉头，百思不得其解。关雎同志牺牲前为啥要撕掉这一页呢？这里面有啥玄机？他想要暗示什么？这张纸里面有啥秘密呢！他几次想喊老张一起研究研究，听听他的意见。但转念一想，为了保密和安全，还是不能让任何人知道！

　　夜里，老李辗转反侧，头脑里突然闪现一个念头：书纸上用了糨糊，说不好有隐形字！老李为自己的想法激动着，赶紧坐起，把书纸沾湿，借烛光仔细看了几遍，又在火上烤了烤，上面的字一点变化都没有。

老李完全没有睡意,又把撕掉的半页纸小心粘回原处,借着烛光反复读,"桃之夭夭,灼灼其华",这句诗里到底有啥秘密呢?

桃之夭夭,逃之夭夭,莫非"桃"字暗示"逃",也就是说,暗杀的敌人在逃,可也没啥价值!关雎同志在牺牲前的那一刻,撕掉半页书,一定是想告诉我什么!

"桃之夭夭,灼灼其华",灼字撕掉一半,莫非是说"火",难道敌人要有新的阴谋,同"火"字有关!可具体内容是啥,地点在哪儿?老李越想越乱,根本理不出半点头绪。

老关啊,关雎同志,您可给我留下一个大难题!

第二天早晨吃饭时,老李对老张感叹说,又牺牲一位好同志!咱们损失惨重啊!上级为啥让拿《诗经》做接头语,依我看,都是文化人啊!

老张说,文化不浅,牺牲的同志叫"关雎",听名字就不简单。

老李说,名字有啥不简单的。《诗经》文化,我可琢磨不透。诗句跟叫啥名能有关系?

老张说,你看啊,"关雎"位于《诗经》之首,说不定他是头号人物,关雎未必是真名。

老李听到这里,倒水的手抖了一下。人名和诗句,那句诗是在暗示人名?内部出了叛徒?

老张说,也不知党组织下次会派啥人来,但愿别再出差错。

老李叹口气,皱起眉头,卷了一根老旱烟吸了起来。

关雎同志牺牲的第五天,老李又接到一份密电,党组织再次派来一位新成员,接头暗语没变,地点改在A城的莲花书院。

老李对老张说,为了保证安全,你去接头,我在暗里保护你,毕竟我的拳脚比你快。

老张点头说,没问题,绝不会有半点差错。

莲花书院里,正当老张和接头人对暗语时,老李带来三位同志把老张抓捕归案。

老张质问老李,你有啥证据,凭啥抓我?

老李说,张兆华同志,你的名字是假的。"桃之夭夭,灼灼其华"。关雎同志在牺牲前,撕掉这首诗的一半,就是在暗示叛徒的名字。"桃"字一半,就是"兆"字,灼灼其华,最后一个字"华",再加上一张纸。张兆华,你还想抵赖?

老张不服说,那是你的凭空猜测,《诗经》和名字有啥关系!这不是证据!

老李说,《诗经》跟名字的关系,还是你启发我的。根据组织调查,你的真名叫张何,是受过严格训练的军统特务,潜伏十年之久,任务是不断破坏我们的党组织。

老张垂下了头,眼里露出一些懊恼和不甘。

闹钟在行动

许正文（北京）

当萧子骏猛然惊醒过来时，头依然有些昏昏沉沉，急忙去看时间，已是凌晨 1 点！他清清楚楚地记得自己设定的闹钟是午夜 12 点。也就是说现在的时间整整比计划时间晚了一个小时！

这一个小时的时间，对方完全可以有充分的机会去找到那间病房，并化装成医生或护士，轻而易举地将目标转移走，从而使他丧失最佳动手时机。

一定有人趁自己熟睡时进入房间对闹钟做了手脚！

他盯着桌子上的闹钟，面无表情，其实脑子里却像过电影一样，从昨天下午 3 点接到指令，直到晚上 9 点他进房间休息，这个计划他没有跟任何人说。难道消息泄露了？只有三个人有作案条件，他们分别是负责看门的老张头、负责做饭的大李，还有组织上安排与他假扮夫妻的小刘姑娘。

三个人中最容易动手脚的是小刘姑娘，但她恰恰是最没有可能的人，因为她全家都被日本人杀害了，她与日本鬼子不共戴天，怎么可能会破坏这次行动计划呢？

其次比较容易进入他房间的是大李，昨天自己晚饭后头脑一直昏昏沉沉，会不会是他在饭菜中做了手脚，等自己入睡后偷偷进入房间？但也说不过去，因为所有人都吃了同样的饭菜，为什么其他人没有反应？

老张头是最不可能进入自己房间的，因为他是个瘸子，走起路来一摇三晃，不可能没有一点动静，只要发出哪怕那么一丁点响声，隔壁房间的小刘也会察觉的！

那么谁是那个对闹钟做了手脚的人呢？

他把目光再次投射到床头那个闹钟上。这是一只崭新的小闹钟，昨天上午在钟表店（其实是中共地下交通站）接到指令时买的，只有拳头那么大，钟表店老板——也是咱们的同志——于二虎亲自上的发条，不可能发生时间偏离。

在推理没有可靠的线索时，最好的办法就是人为诱导制造线索，他决定引蛇出洞！

他悄悄来到窗前，轻轻打开窗户，悄无声息地上了窗台，顺着墙边一根热气管道迅速滑了下去。

五分钟后，他来到后院敲击门环，门吱呀一声打开了，探出一个脑袋迅速向门两边瞧了瞧，是老张头。他迅速闪进院子，老张头一句话没说，拴上门后兀自进了门房。

他来到左厢房大李住的房门前，故意咳了三声，然后迅速闪进自己的房间，跨越门槛时还故意绊了一跤。大李和小刘都没有动静。于是他再次果断地飞跃出窗口。

半个小时后,他在房间里召开了行动组紧急会议,安排对钟表店老板于二虎进行二十四小时严密监控,同时要求随时准备撤离以防不测!

会后,他第一时间向组织汇报行动计划,要求立即控制钟表店老板于二虎进行秘密审查。关于为什么是于二虎,他汇报了甄别叛徒的推理过程:首先这次行动在他这个联络点只有他一个人知道,其他三个人都不可能知道,一旦有人知道,那就可以肯定这个人是叛徒;为此,他将错就错,从窗户出去再明目张胆地回来,就是要试探这三个人,只要其中任何一个人的行为显示惊讶和异常,就几乎可以推定是知道了行动计划;由于三个人都表现正常,他于是果断排除了联络点内部人的可能性,那么外围谁最有可能知道计划内容,还有条件对闹钟做手脚呢?他把关注点聚焦到了钟表店老板身上。而且在自己连夜第一时间赶到钟表店时,老板虽极力保持镇静,但他还是从他的眼神里捕捉到了一丝慌乱!

同志们都对他竖起了大拇指!上级领导宋为民同志率先站了起来热烈鼓掌说:很好,萧子骏同志,祝贺你通过了这次考试,我们都要感谢这个闹钟,是它为我们导演了整个剧情!

这时"叛徒"于二虎不知从哪里突然冒了出来,走到萧子骏面前,紧紧握住他的手说:好小子,差点要了我的命啊!你这战斗英雄一下子成了侦查英雄了!

萧子骏愣住了,在场的人全都笑了起来。

卧　虎

陈　星（湖南）

国民党保密局上海站。

裘站长站起身对参会人员说："我们追踪一年多的中共王牌特工'卧虎'已成瓮中之鳖,现在该是抓捕他的时候了！此次抓捕行动由行动队张万钧队长和情报科常雄科长负责……"

走出保密局上海站办公楼,常雄习惯性地抬头望一眼天,天色阴沉,像要下雨又下不了。张万钧走过来捅一下常雄的腰："出发！"

闸北南巷17号楼是一栋两层青砖瓦屋,一楼是家杂货铺,二楼为住房。据说杂货铺老板叫高仁怀。

此时,店门紧闭。高仁怀身着长衫端坐二楼客厅正在听留声机播放的京剧:我正在城楼观山景,耳听得城外乱纷纷。旌旗招展空翻影,却原来是司马发来的兵……

"吱——""吱——"刹车声刺耳,接着响起杂乱的脚步声。"哐当"一声,杂货铺关着的大门被人踹开,一溜持枪人冲进来……

"一楼没人,上二楼！"张万钧挥枪朝楼上一指。几个喽啰踏着木梯而上……

"砰""砰"两声枪响,两个喽啰应声从楼梯上滚落；紧接着响起激烈的枪声。而京剧声依旧在屋里回荡:既到此就该把城进,为什么犹豫不定、进退两难……

突然静下来,静得让人感到沉闷和压抑。

"可能敌人没子弹了,我上去看看。"常雄猫腰要上。张万钧拖住他："危险！"常雄一把挣脱抬脚拾级而上。张万钧对身边两个手下使个眼色,两人紧随而上……

常雄刚走上二楼,一口缸砸向他。他一个侧身,缸砸中身后一个喽啰的头,缸破裂喽啰倒下。高仁怀跑向阳台,欲跨栏跳楼逃跑。常雄毫不犹豫举枪对他射击。高仁怀右肩中弹,从阳台上一头栽下去……

常雄奔到阳台上俯视,见高仁怀脑袋下一摊血。他慌忙从阳台上一跃而下。刚落地,他就急喊："快叫救护车！一定要救活他！不然线索就断了！"张万钧奔过来："他的头先着地,怕没救了。"

"救！一定要救活他！救活他！"常雄声嘶力竭。

保密局上海站会议室内。

裘站长阴沉着脸查看桌上摆放的从杂货铺搜出的物品——发报机、收音机、账本、望远镜、书籍、笔记本……

会议室的门被人推开:"站长!这本《水浒传》就是破译中共加密电文的母本。"电讯科肖科长拿本《水浒传》走进来。

裘站长听后阴沉的脸上露出一丝笑意。

审讯室里,张万钧被绑在木柱上,一个打手正对他用刑。"快说!说不说?"打手边挥鞭打边恶狼般吼。张万钧不断哀号……

裘站长坐在审讯桌前阴着脸。打手丢下皮鞭从炭炉上抽出烧红的铁烙……

"暂停!"裘站长拿本《水浒传》走到张万钧前:"巧得很,你的书柜里居然也有这样一本书。"

"我喜欢看《水浒传》,有错?"张万钧看着裘站长手里的书说。

"当然喜欢!因为它能帮你破译密码,对不?"裘站长嘲讽。

"破译密码?啥意思?怀疑我是内鬼?最值得怀疑的是——常雄。"张万钧重重垂下头。

"他是内鬼会枪击'卧虎',让他摔死?凭这就可打消对他的一切怀疑!继续用刑!"裘站长拿书的手猛一挥。

深夜,上海某小巷。

一个穿风衣戴毡帽的"身影"在小巷里蹒跚。他步伐凌乱,似心怀巨大悲痛。

"身影"靠向一个挂在墙上的邮箱。"身影"掏出打火机摁亮,借光掏出钥匙打开邮箱。"身影"从邮箱里摸出一张纸。此刻,他浑身颤抖,不得不靠墙而立。火光中他满脸是泪。当他咬紧牙关单手展开那张纸,在打火机晃动的光束下,出现这样一行字:会派"吉狲"与你联络。

一个月前的那次"碰头"在"身影"脑海里闪现——

"最近敌人怀疑你了?"

"是的!"

"就因你每次行动都不敢对自己的同志开枪。还有……"

"对自己人开枪,我万万做不到!"

"你是我党插入敌人心脏的一把尖刀!你的作用胜过千军万马。你决不能出事!这个弹匣给你,里面的子弹做了特殊处理,不会射伤人的。"

"你骗我!你给我的那个弹匣装的是真子弹。我真傻!居然相信你说的,还对你开枪……为了我安全潜伏,你把一切都安排好了。你只是我的联络人,我才是'卧虎'。老高!我……""身影"嘤嘤泣语。

连环计

蒋 玲（黑龙江）

小野四郎看到宋猫死猪般的尸体，唰，抽出军刀。

活劈宋猫的曹长吓得失去血色，好像地上的血是从他身体里流出来的。他白着脸，牙齿和嘴唇捉对撕打着，结结巴巴地辩解：锦袍穿他身上，他的，老K，该，该死。

小野的目光旋落在绣着芍药花的锦袍上，刀尖也移过来，示意曹长把它从宋猫身上剥下来。

"芍药花开，青囊书现。青囊可活命，放心，老K。"

小野想起那纸条。纸条是从松本大佐手心里抠出来的。昨天夜里，松本大佐和小岛少佐，以及六个武士全死在驻军指挥部的一间密室里。死相诡异，他们脸上呈现出一种迷醉而又恐惧的神色，无伤，也验不出毒。

芍药花开？老K？从锦袍和纸条，他似乎捉到一条若隐若现的线索。现在活口变死人，一下子断了线索，所以他才那么愤怒。不要说死一个维持会会长，就是松本和小岛的死，除了令他震惊外，他一点也不难过。

小野的仁丹胡子翘了几翘，勉强压下怒火。他鼓着眼珠子，用刀尖挑着锦袍，下颌傲慢地抬起，目光罩住那个麻秆中分头，问，锦袍，你的知道？

声音似冰，目光如铁，仿佛魔鬼的黑暗兜头砸下来。本来就体如筛糠的狗腿子朱三，差点跪下来。他白着脸，上下牙打着架，哆哆嗦嗦说，昨天中午，大哥，跟、跟踪小伙计，在他采、采药的树下，挖张纸条，大哥赶忙送给松本太君，太君赏、赏酒。我们直喝到天、天黑。一个穿锦袍的美女飘、飘来了。大哥，眼都直、直了。兄弟们知道大哥好这一口，识趣地离开。谁知一大早，美女不见了，大哥疯、疯了。被……

朱三的目光偷偷瞄向曹长，小野用手势制止他说下去，思绪飞转：

宋猫盯梢青云医馆的小伙计，发现那张纸条，屁颠屁颠地送给松本。松本自诩中国通，早就垂涎中国的宝贝，一定是青囊书吊起他的胃口，他让小岛化装成逃难的教书先生，把郎中和小伙计骗入密室。门口哨兵说，郎中和小伙计仅背一个行医药箱，两个赤手空拳的人能杀死两个荷枪的军官和六个武士？哨兵还说，小伙计进去再没出来，是一位穿锦袍的美女和郎中一同出来的。小伙计去哪儿？谁是老K？真有青囊书？不过郎中和小伙计定是冲A计划来。

一个月前，小岛建议松本实施细菌战，投放霍乱菌和伤寒菌。时值六月，谯城人刚摆脱青黄不接的饥荒，又迎来可怕的瘟疫。十户九户有呻吟声，苦不堪言。青云路北，空置两年的青云医馆突然开馆，一位清瘦的郎中和纤弱的小伙计夜以继日

第六辑 烽火情 | 435

地发药丸和汤剂。不几天就遏止了已暴发的霍乱,伤寒仅有几人感染,根本没流行起来。这让松本和小岛异常恼怒,怀疑郎中是抗日分子,便派人盯梢。而小野要宪兵马上抓捕郎中和小伙计,说他们绝对是抗日分子。无奈松本器重小岛,为了不暴露投放细菌的恶行,只悄悄盯梢。

结果呢？小野讥讽地想。

小野不知道,两年前,日军狂炸青云路时,一直觊觎青云医馆馆主女儿美色的宋猫趁乱摸入医馆,一下把女孩按入花丛,正撕扯女孩的衣衫,腰间一疼,昏厥过去,醒来后医馆空荡荡的,已人去楼空。而宋猫从此落下腰疼的毛病,且下体不举。当宋猫听说青云医馆重新开张,是又惊又恨,便疯狗一样叮咬不放。宋猫想不到小伙计是那女孩,更想不到她是一名抗日战士。她灵机一动,想起蒋干盗书,在采药时悄悄埋下纸条。

从宋猫家回来时,小野拐到青云医馆。

"但愿世间人无病,何惜架上药生尘。"古色古香的匾额下,一副对联道尽医者仁心。小野却嘲讽地扫了一眼,大步跨进医馆。果然人去楼空,药架上也是空的。定是有备而来,找不到有价值的线索。

又无功而返,小野气闷地钻入屋内,一遍遍用放大镜查看锦袍和纸条。

夜色渐深,小野独对锦袍和纸条,了无睡意。仍在想：两个人是怎么干掉六个武士和两个军官的。宋猫又怎会神志不清？老K是谁？芍药花开？六月,芍药花期已过,难道是锦袍上的芍药花？想至此,小野忙放下茶杯,手一抖,水泼出一些,恰洒在那芍药花上,湿了半朵,怪,那半朵竟缓缓怒放。小野索性全泼下去,整朵花渐渐绽放,小野凑上前,瞳孔渐渐地放大。

临死,他知道松本他们是咋死的了！

此刻城外的新四军正开表彰大会：小伙计已变回美丽的女军医,政委正给她戴一朵大红花。

鬼　脸

余显斌(陕西)

1

朱小毛埋伏在草木间,静悄悄的。

月色惨白,不,是莹白色,很美,不过,在朱小毛看来是惨白色,据说书的吴先生说,此时经常会有鬼出现。鬼惨白着脸,吐着滴血的舌头喊"还我头来"。吴先生还有一只小猴,叫机灵,有时他也让机灵爬杆,竖蜻蜓,舞棒,很有趣。

朱小毛经常去听说书,看猴戏。

这会儿,他无端想到鬼的故事,浑身凉飕飕的,头顶仿佛有点动静,忙抬头,顿时瞪大眼睛:一张鬼脸在树上露出,隐隐约约的,不是惨白,是绿色的。

朱小毛啊一声惊叫,鬼脸嗖一声不见了。

他再也镇静不了了,爬起来就跑,感觉身后有脚步声呼呼追来。他吓坏了,几步跑进小巷,衣领被抓住,忙大叫:"饶命啊。"

一个声音道:"咋啦?"

他回头一看,是爹,浑身一软,瘫坐地上,事后觉得,自己当时的表现很丢份,不怪别人,都怪老爹朱神捕,于是白着眼睛说:"草木皆兵。"

朱神捕道:"小家伙,说谁啊?"

朱小毛心说,当然是你了,连自己儿子都不认识了,竟然当间谍追。平日里,爹总会轻轻揪他的耳朵道:"对神捕得尊敬,懂吗?"说着,爹很神气地哼着歌走了。朱小毛很羡慕,很嫉妒。不过,那是以前,现在,他没那种感觉了,甚至产生了想接替爹做神捕的野心。

原因嘛,很简单,间谍进入明月楼盗走情报,爹傻乎乎的,竟然一无所知。

这神捕做得,忒掉价。

2

明月楼被誉为"天下第一机密楼",一道大铁门,仄仄的,只容一人侧身进去。然后是楼梯,仄仄的,只容一人上去。沿途设有机关,有毒箭、毒镖。

然后,是二楼。

情报就放在二楼。

这儿除了一个气窗,比拳头略大点,透气用的,其余全封闭。

可是,情报被盗走了。

谁能进去？除非神，或者鬼。有防守士兵说，是鬼盗走的。那晚，他去解手，看见一张脸，惨白色，带着一道血淋淋的伤口，对自己笑着。那个士兵顿时呆住，等缓过神，那张脸不见了。

因此，明军计划暴露，倭寇没上当。

朱神捕很不解，挠着后脑勺说："怎么可能？本神捕在一楼一直候着。"因为这，古城军民一致认为，朱神捕浪得虚名，不配"神捕"称号。

朱小毛问："爹，真是鬼吗？"

朱神捕喝口茶，没好气道："是间谍小野一郎装扮的。"

朱小毛决定，一定要抓住小野一郎。

朱神捕听了，险些将一口茶喷出，看着朱小毛道："不会吧？那可是来无影去无踪的高手，爹都不行哦。"面对爹怀疑的脸色，朱小毛很不舒服，于是那晚去埋伏，去抓小野一郎，结果遇着鬼。

也因此，鬼盗情报的消息，迅速传遍市井。

3

就在朱小毛遇鬼的第三天，一个喜讯传开，倭寇进攻古城，落入明军埋伏，全军覆没。百姓听了，歌乐声声，鞭炮噼啪。

朱神捕得意地品着茶说，自己也有功劳。

"凭啥？"朱小毛不服气地问。

朱神捕说，这是自己和守城将领一起想出的计策，即再次制定一个计划，藏在明月楼上，让小野一郎盗取。计划中，明军准备去偷袭倭寇老巢。这当然是虚的，他们就埋伏在古城城外。倭寇得到情报，以为古城空虚，悄悄来攻，进入了伏击圈。

这叫什么？引蛇出洞。

朱小毛赞叹："爹，你真诡计多端。"

朱神捕气坏了："小家伙，怎么读书的？用错成语了，是智谋出众。"朱神捕说，这次朱小毛也有功劳，如果不是他去埋伏，遇鬼，吓得屁滚尿流，小野一郎也不会那么容易上当，以为情报是真的。

说到这儿，朱神捕叹息："小野一郎在哪儿呢？"

他说，直觉告诉他，小野一郎就在城里，一直在活动，可自己就是找不到那家伙。

朱小毛眨巴着眼睛，想了一会儿，说自己知道小野一郎藏在哪儿。

"在哪儿？"朱神捕问。

朱小毛当然保密，他得亲自出手，抓住小野一郎，到时自己不也成神捕了吗？著名的小神捕。

4

吴先生收拾东西，准备离开古城。他说，倭寇被消灭了，老家安定了，自己要回去，自己老家小桥流水，花色一片，养心。

可是，还没出门，他就被堵住，面前站着朱神捕。

吴先生问："干吗？"

朱神捕说："你是间谍。"

吴先生笑了，说自己是说书的，咋可能是间谍？就算是的，咋进明月楼啊？难不成从气窗进去，那么小的气窗，自己这么大个儿，能行吗？朱神捕说，吴先生进不去，可有帮手能进去。吴先生问："谁？"朱神捕缓缓道："小猴机灵。"他说，吴先生将机灵训练着，专门盗窃情报，为了引开人们注意力，每次机灵出现，都戴着鬼面具。

吴先生一笑："拿证据。"

朱神捕张张嘴，拿不出。此时，一个小孩跑进来，高兴地道："爹，间谍已经抓住了，是另一个人。"

朱神捕再次张张嘴，沮丧地对吴先生道："你可以走了。"

吴先生一笑，带着机灵，背着木箱朝外走去，身后，突然传来一声清脆的喊声："小野一郎！"

吴先生"哎"地答应一声，站在那儿，脑门儿上慢慢流出汗珠。他知道，自己上当了：朱小毛故意说间谍被抓，让他放松，离开，然后出其不意一喊，他无意识答应一声，身份已经暴露。

小野一郎木箱底层，赫然藏着几张鬼脸面具，有惨白的、蓝的，还有那张绿色的……

夜壶情

胡　明（内蒙古）

　　后窑是大青山脚下阳县的一个小村庄，总共只有 15 户人家，因人口少公社暂不考虑给架电。这不，周围村里都已点上电灯了，后窑还是一片黑，村里人着急，队长就派金贵出山求王司令帮忙。

　　1977 年某日，队长请金贵去城里找王司令。金贵领下架电任务时拍着胸脯说："你还真会找人，没问题，王占是咱生死弟兄！"

　　金贵兴冲冲地进城，动身那天队长送他到村口，还煮了鸡蛋让他捎给王司令。

　　"王占，架电这事，你说能不能办？给个痛快话！白天一整天连你面也见不上，就安排两个兵陪我转悠，我都腻歪了。"

　　"香的吃了，辣的喝了，住了好几天了，还有甚好住的？"金贵心急火燎地逼问王占。

　　"生下就是个庄户人，每天在城里有甚闲逛的了！"这天起，金贵坚决不让人陪他，自己到郊外弄些柳条编柳筐。

　　"老哥，不急，咱哥俩今晚再好好喝两盅。"俩人边喝酒边东拉西扯聊起家里的事、村里的事、游击队当年的事，一直唠到深夜俩人才挨着头睡。

　　半夜金贵口渴，"咕噜噜"一口气喝光茶壶里的水。

　　金贵有点尿急，想都没想拎起茶壶就往里尿，尿完了倒头便睡。

　　王占一早醒来，就给茶壶烧开了水，给金贵先倒了一碗，自己也倒了一碗。

　　王占端起碗刚要喝，金贵赶忙拦住说："咦，原来这是茶壶呀？夜里尿急当夜壶尿里了。老了，不中用了，连个茶壶夜壶也分不清了！"

　　金贵又说："能不能办，给个话，当了司令有甚了不起的，早知道还不登门呢！"金贵边说边看着王占，他想王占一定为尿到茶壶生气。

　　王占一下子明白过来，笑眯眯地说："老哥，这茶壶夜壶一样的，小口口、大肚肚、背锅锅，不好分，尿就尿里了！"

　　王占看似不经意地说着，心里却泛起一阵波澜，想起没有金贵就没有他今天的命。

　　1939 年 10 月一天，日军酒井太郎率机械化兵团沿平绥铁路侵犯至阳县城下，阳县沦陷，王占受党指派回到阳县秘密发动群众抗日。临行前党组织负责人嘱咐他：一定不能暴露身份，要做好穷苦人的工作，要和老百姓打成一片，把老百姓当亲人。

　　日本人在阳县成立了警察署，为了强化统治，日本人拉拢了由汉奸三毛仁掌控的自卫团。三毛仁知道王占懂日语,就让王占给他当助手。

一日,日军得到大青山游击队首领在红嘴崖的可靠情报,迅速集合大队人马,要在第二天拂晓前进山扫荡。

王占获悉后连夜上山报告,下山途中不巧碰见从张寡妇家刚出来的三毛仁。一个心虚,一个心急,两人打了个照面谁也没多问对方什么。

第二天日军进山扫荡扑了空,三毛仁猜测是王占泄的密,便密报给了日本人,王占暴露了身份。

日军在红嘴崖周边村布置了岗哨,每一个过往路人都要仔细盘查,发誓捉拿王占。

金贵家是大户人家,屋顶有"暗层"。此时王占正躲在金贵家,金贵让王占藏到暗层里面,吃喝拉撒就在暗层里,夜壶也由金贵每天端上接下。

"老哥,没事,尿到茶壶就尿进去了,我的尿还浇过你头顶呢!"王占动情地说。

"你是说那次你从暗层往下递夜壶时浇了我一头?"金贵说罢不由得露出几天来难得的笑声。

"我知道你不想住了,已安排好明天送你回家,你把这封信拿好,回去交给公社干部。"王占说。

金贵是又急又有点怕王占为难,不知该说什么好,拿出编好的七个柳筐说:"这是我这几天编的,你看能放点什么东西。"

王占顿时反应过来。当年在金贵家藏身的七天里,金贵每天弄些柳条递到暗层上让他编柳条框,为的是让王占动一动身,活动一下筋骨。

金贵回到了公社。公社干部打开信封,信上写道:

"后窑架电是好事,我拿出个人积蓄1万元,找当年在后窑战斗过的战友又筹集了1万元,已一并转到阳县供电局,这几天找有关部门论证说2万元够了,请帮助后窑架电,越快越好!"

金贵回到村里时,架电工程已经开始。

架好了电,村里人在金贵家喝酒庆贺,队长告诉了金贵架电以及资金来源情况。

金贵高兴地多喝了几杯,拍着胸脯说:"我就相信王占能办成!"

电灯光照着,金贵的脸红扑扑的。

第七辑 ｜ 旧事录

沈万均收租

赵 斌（江苏）

沈老爷家有良田千顷,城里又开一家商号,富甲一方。生有二女一子,两个女儿嫁人了,儿子沈万均在省城的一个中学教书。这次沈老爷专门到省城来,是为劝儿子学做生意,以后好继承他的财产,把沈家的家业做大。可儿子却不上心,大半年了,整天在外东奔西跑。他知道自己的儿子为人正派,不会乱来,但不明白总在外面忙什么。

眼看秋凉了,乡下到了颗粒归仓的时候了。这天,他把儿子叫到身边,交给他一个任务:到老家乡下去收租子。老爷子一来是想收住儿子的心,二来是想看看儿子究竟能不能干点实事,日后能不能派上大用场。万均手头有事,本不想去的,后略加思索,眼前一亮,便满口答应。对父亲说:"我又不知道哪家租种的田亩多少,该收多少租子,怎么收?"老爷说:"地契在家里的地窖里,账本在账房先生那里,你回家去取就行了。"临走时老爷又特别交代:"回来时看家里缺点什么,从乡下带点回来。"

这沈万均小时候不叫万均,叫富贵,当然是他父亲给起的名。小富贵天资聪颖,几岁时就伶牙俐齿,熟读诗书,私塾先生和学堂老师都夸他吃得进书。考上省城的大学后,受到进步思想的熏陶,参加各种进步活动。他觉得"富贵"这个名字,不仅俗气,还与他的志向相悖。在孙中山"平均地权"思想的影响下,他正式改名为"万均",取"万户千家均贫富"之意。父亲哪里知道,他在大学即将毕业时,就已秘密加入了共产党的组织。

再说沈万均回乡后,果然在自家的地窖里找到了地契,在账房先生那里要到了账本。谁知他没有挨家挨户地收租,而是做出了一个让乡人意外的举动,他在志同道合的乡友们的赞同和协助下,敲锣打鼓地召开了一个"收租会"。会上,他以老爷子的名义,把所有的地契和欠债的账本放入事先挖好的土坑里,一把火烧成了灰,用土埋了。这意味着租子不收了,所欠的债务也一笔勾销,自家的命根子都无偿给了租种土地的农民。乡民们个个感恩不尽,高呼:"沈老爷子英明!"消息传到沈老爷耳朵里,直气得跺脚捶胸:不肖子胆大包天,未经许可,做出如此荒唐的事!

沈万均回到家中,说:"父亲大人,你交代我的任务,我完成了。"沈老爷大怒:"我叫你收租,你把地契账本烧了,把欠债都免了,你这是做了些什么?"万均答:"父亲息怒,你交代我'家里缺点什么,从乡下带点回来',我看家里不缺钱粮,不缺物,什么也不缺,就把租债免了,把地还给了农人。"老爷子说:"那你带回了什么?""家里什么也不缺,就缺一样东西,我把家里缺的东西带回来了。""一样什么东西?""仁义,人心,我替你做了仁义之举,把乡民的人心给带回来了。"

沈万均用自己的能言善辩,回答父亲的问题,更阐明了"得民心者得天下"的道理表明了自己的心志。以此为契机,在自家的土地上,把"平均地权"的理想付诸实践。让星星之火从自家烧起,是信仰,让他做出这一破天荒的义举。沈老爷也是个有良知的开明士绅,事已至此,也就原谅了儿子。沈万均一发不可收拾,回乡闹革命。在他的发动下,成立了农会,十里八乡的小地主们也纷纷把土地分给了穷苦百姓。县乡相继建立了农民武装和红色政权,农民革命运动如火如荼地开展起来。

1927年,蒋介石叛变革命,到处捕杀共产党人。由于叛徒告密,沈万均被国民党反动派抓捕,后被处以绞刑。白色恐怖笼罩着苦难的中国,沈老爷在省城也处境艰难,十分危险。乡人记挂着沈老爷子的安危,暗地里把他接回到家乡。百姓个个记得他的恩德,家家拱手相迎,待为上宾。四时八节,嘘寒问暖。每当黄皮、黑狗来搜查,有人通风报信,有人暗中掩护。岁月更替,时势变迁,当地再度建立民主政权后,沈老爷子被公选为副参议长,受到群众的拥戴。建国后担任市政协副主席,一直活到八十九岁。乡人每每说起沈万均当年的壮举,都会发出由衷的感叹。他坚定的信念和为劳苦大众奉献一切的精神,感动着一代又一代人。

枯井女尸

唐张新(江苏)

"千朵秾芳倚槛斜,一枝枝缀乱云霞。凭君莫厌临风看,占断春光是此花。"此首《桃花》诗,乃宋真宗时名相向敏中所作。其人不只文才武略,断案亦富神机。

话说北宋时有四京,汴京即今之河南开封,又称东京,南京今之河南商丘,北京今之河北大名,而西京即洛阳。河南府府治亦是设在洛阳。宋真宗景德二年,即公元1005年,向敏中出任河南府兼西京留守。其间敏中智断一枯井女尸案,被大史学家司马光记于《涑水记闻》(卷7)之中。

某日,有某僧行路失宿,遂向一村民家求住。主人不肯,云家有女眷,不便留宿。某僧云:"贫僧即在门外车厢里过一宿即可。"主人不忍再拒。夜深之时,忽有盗贼入主人家。未几,自墙上挟一妇人并一包裹衣物而出。某僧听得动静,探头一见,大惊。自念,某不为主人所纳而强行求宿,主人失其妇人及财物,必疑吾所为,天明必将我捉到县衙,到时某何得自明?遂趁夜逃去,其时慌不择路,撞入深山,不意坠入枯井。惊魂尚未得定,竟见井中有一女尸,颇似随盗之妇。某僧心神俱灭,顿觉在劫难逃。

次日,主人率乡人搜访,竟于枯井中获某僧及妇人之尸。一众将某僧执拿到县,主人指告某僧不满拒其入屋住宿,竟奸杀自己儿媳妇,并掠走财物,某僧连天叫屈。知县以为人尸并获,意图侥幸逃脱,喝令上刑。某僧吃打不起,自诬云:"素与主人儿媳通奸,诱其一起私奔,途中又恐为人发觉,于是杀之投井中,自己亦失足坠入井中。赃物当在井边,今不知为何人所取。"狱成,呈送河南府。一府皆不以为疑,向敏中却以未获赃物为疑。

此日,敏中提审某僧,诘问再三,某僧心灰意冷,但云:"某前生定负主人家死罪,惟愿偿之,以赎前业。"敏中不信,某僧终以实对,期求知府大人为自己洗去冤屈。

当下,敏中沉思良久,呼一干吏,附耳嘱之,如此这般,又令四下扬言,某僧已杖毙。再说这干吏奉令,即往案发地附近寻访。一日,干吏于路边村店午餐。店妪闻听干吏由河南府而来,未知其为吏人,问曰:"某僧之狱呈到府中,听闻已决,未知果真如此?"干吏骗店妪曰:"前日已当街杖毙。"店妪叹息曰:"今若获贼,则当如何?"干吏曰:"某僧即贼,何来今又获贼之说?"店妪微叹曰:"只是又多一冤魂屈鬼。此僧之冤竟无法洗雪,而令奸贼逍遥法外乎?"干吏曰:"如此,府中若是误判,虽知真贼所在,亦不敢再拿问也。"店妪曰:"如此,说说也没有什么妨害。只是官府枉杀某僧也。此女实乃吾村少年某甲所杀,女与某甲久有奸情,众人只怕惹事,不肯告知主家。昨日某甲于店中以钗换酒,醉饮之际余诈其钗之由来,某甲遂云实得于此女,甚是无惧,想来亦知某僧已成替死之鬼。"干吏故作不信,店妪遂指某舍云:"某甲即居此。"干吏出,召随从至村,一举捕获某甲。案问,此女因丈夫久出,为某甲所惑,竟生奸情,本约私奔外地,奈何此女意有犹豫,某甲恐事败露,遂杀而弃于枯井。干吏押其指证枯井,并于其家中起得赃物。敏中审明此案,某甲问斩,某僧开释,知县罚俸,店妪、干吏各得其赏。

此案一府惊为神明。或问敏中:"虽未获赃物,何得疑某僧所言?"敏中曰:"某僧本为外地游僧,初至其地,人生地不熟,何遽得与此家子妇相通?此一疑也。若果欲携子妇私奔,自当隐秘行之,何至再三强欲留宿?此二疑也。此僧若地形不熟,如何知晓有此枯井,若地形既熟,何至自己亦落井中?此三疑也。有此数疑,自当细问,亦可知某僧所言,未必皆为谎言。"

或又问:"然而何以知贼在某村?"敏中曰:"此何以得之,只是天意如此。不过,余细析某僧之言,亦有得焉。此贼入室而能挟妇而出,且携包裹而出,却不闻争喧,则可知贼与此女实当共谋;女子非远行之辈,既行而女子又被杀弃于村中荒井,则此贼又必熟知地形,故知此贼必在近村。断案不难,要在得其实情,而得其实情,却又正其所难也。县衙求得口供,却又未曾追得奸情与赃物,拿奸不在床,拿盗不见赃,但知用刑,其与实情遂远。"

或又问:"为何扬言某僧已经杖毙?"敏中曰:"此贼挟人子妇,又掠其财物,若是匪徒劫掠,自会惊动四邻,而此贼竟能悄然行事,自是村中光棍穷汉。此案县中虽判,终未了结,送呈至府,贼人仍甚警觉。余扬言某僧已毙,此贼必懈怠无备,而遽得财物亦未知珍惜,必露疑处。是时,令干吏四村查访,自能寻得蛛丝马迹,那时再探访奸情,自可定夺。未料,天诛其奸,竟得店妪神助,亦余之所料未及也。"

正所谓:万恶从来淫为首,机关算尽奈何天。诛求奸贼惟细辨,名相妙思若等闲。

不翼而飞的货款

薛培政（河南）

民国十五年七月底，鲁中茹冈镇苏家油坊发生了一起蹊跷的货款失窃案。

这起案子本不该发生，既然发生了，就得从头说起。

油坊掌柜苏文顺是鲁南郯城人，在茹冈镇租借胡家临街店铺做油品生意已经多年。一溜五间的店铺，东边套间，是苏掌柜的寝室兼做账房；西边套间是伙计苏鑫、刘金的宿舍，中间三间为门店。

油坊日常经营的豆油、花生油、蓖麻油，都是由张店油厂定期供货，货款按月结算。

忽一日，苏掌柜收到胞兄来信，说老母病重，要他务必回乡一趟。眼看就到了送货的日子，他想等把货款结了再走。

那天一大早，他就去钱庄将货款取出。谁料，早饭后，天上下起瓢泼大雨。这雨下了一天一夜，送货的马车被耽搁在路上，直到次日中午才到，苏掌柜打算陪客人吃过午饭，结清货款就走，他早已等得心急火燎了。

有道是事多心急则生乱。苏掌柜隔窗瞧见送油的马车进院子后，竟鬼使神差地拉开抽屉，又看了一眼货款，就听见来人在外边喊："掌柜的，货到了！"他一边答应，一边急慌慌迎出门去，却忘了锁上抽屉。

刚卸罢货，恰好饭庄送来预订的饭菜，主客便在院内树下的石桌边坐下，边吃喝边聊开了。

"看你往哪儿跑……"这时一个清脆的童音传来，只见房东家不满五岁的儿子小宝，光着身子，一手拿着煎饼，一手拿根树条，撵着那只贪吃的狸猫跑了过来，那猫被他撵得无处躲藏，哧溜一下逃进店里，小宝也跟着撵了过去。

小宝爱调皮，平时没少在店里淘气，苏掌柜也常逗他开心，被惯得不成样。见小宝跑进店内，他也没拿当回事。不一会儿，小宝又撵着那只猫跑了出来。苏掌柜喊他，他连头也没回跑远了。

这中间，有人来打油，刘金起身去店里应酬。

眼看桌上那瓶酒要见底了，苏鑫又回店里取来一瓶酒。

等吃喝罢，苏掌柜让两个伙计陪客人喝茶，他回屋取款时，忽然看见放有货款的抽屉半开着，心里不由得咯噔一下，慌忙拿起货款查看，发现那几张大额钞票不见了，瞬间惊出一头冷汗。

他毕竟是生意场上的老手，在定了定神后，快步走出门去，匆匆去了趟钱庄。

苏掌柜回来后，依然谈笑自如，在结清货款、送走客人后，他却陷入了沉思。

究竟是谁拿走了货款？要盗取货款，为何只拿走几张大额钞票？

苏掌柜躺在藤椅上，闭着眼睛，把刚才进店的几个人，像过电影一样，反反复复过了几遍。

难道是小宝拿走了钱？他一个乳臭未干的娃儿，虽说整日淘气，却还不辨认钱。再说，这娃儿出来进去都光着身子，也无法将钱带出店铺。

可否是刘金趁给人打油的空隙，拿走了钱？这孩子来店里五年了，是自己收留的孤儿。尽管他脑子活泛，平时爱耍小聪明，但为人正派，手脚也干净，平时派他出去办事，剩下的分分毛毛都交柜上。再说，店里这两个伙计都守规矩，从没进过自己住的房间。

莫不是苏鑫进店取酒时，将钱拿走了？这个妻侄是个闷葫芦，看上去敦厚老实，少言寡语，心里却有数。他把店铺进出的账目，打理得丁是丁卯是卯，顾客都将他当成二掌柜，他会为这笔钱犯糊涂吗？

也不像外人进店作案。不营业时，开向临街的门窗都关上了，顾客只能进到院子里来打油。

就这样，几个熟悉的身影，在他的脑海里折腾来折腾去，看谁都不像拿走钱的人，可这钱却偏偏不见了。他想来想去想破了脑袋，也没想出个辙来。

无奈，他只好求助同乡周二爷帮忙。周二爷早年曾在县衙当过捕头，有办案经验，现赋闲在家。

趁着月色，苏掌柜敲开了周二爷家的门。寒暄过后，就把中午发生的事，一五一十地说了。只见周二爷眉头立马皱成了一个川字，经过一番缜密的推理之后，紧锁的眉头舒展了。他对着苏掌柜耳语了一小会儿，苏掌柜笑逐颜开道："妙计，真是妙计！"说完，便起身离去。

苏掌柜回到店铺时，天还不晚，又适逢秋燥，房东和几个邻居都在店外树下乘凉拉呱。

小宝见他从外边回来，又皮猴子似的搂住他的腿撒娇耍浑，被他抱起逗笑着进了店内。

走进里间，苏掌柜低声问小宝："乖啊，叔叔抽屉里，有几张花花纸不见了，你知道去哪儿了吗？"

小宝扮个鬼脸，嘿嘿一笑道："知道也不告诉你！"

"你和叔叔说了，俺明儿给你买个又甜又香的大麻花。"苏掌柜心里已经明白几分，便哄他往下说。

"真的？"小宝小眼珠一转，瞅着苏掌柜不动了。

"真的，叔叔啥时候骗过俺小宝！"苏掌柜笑着对他道。

"好，拉钩！"小宝伸出小指头与苏掌柜拉钩后，说了声："你等着！"便跑出门去。不一会儿，小宝就将几张大额钞票交到他手上，竟一张不少。

"你爹娘知道吗？"苏掌柜忙问他。

小宝摇摇头说道："俺才不和他们说哩！"

"嗯,小宝真乖!"苏掌柜心里总算一块石头落地了。

他擦了擦头上的汗,又望了一眼这个小不点,心里不由得有些纳闷,满腹疑惑地问道:"你是咋把这花花纸拿出店的?"

"俺卷到煎饼里面呗!"小宝炫耀般地回答道。

苏掌柜不听便罢,一听嘴巴都惊得合不上了:"哎呀,乖乖孩,你长大了肯定不得了啊!"

将错就错

周德新(江苏)

清末,安东县有个张家,是个财主,女儿许配给涟水的李家,李家也是富户,可以说门当户对。孩子很快长大,择个吉日,准备结婚。张家爱女心切,手中又不缺钱,一心要讲究个排场,特地到淮城为女儿购置丰厚的嫁妆。李家给的彩礼当然也不会少,并忙着布置新房,通知亲朋,双方都忙得不亦乐乎。

谁知天有不测风云,就在催妆那天,张女突然得病,昏迷不醒,医生说这个病一天两天还不会好,这真难坏了张家,改日期吧,不作兴,如期举行吧,又不能去,左右为难,无法可想。忽然,张翁突发奇想:佃户老朱家有个闺女,年龄长相与女儿相仿,何不请他家闺女替女儿一行,待到六朝回门,再换回,岂不两全其美?张翁觉得此计甚妙!遂将佃户老朱唤来,告诉他借女出嫁的想法。老朱一听,犹如晴天霹雳,老半天才说出话来:"东家,东家!世间各样可借,哪有借人家女儿出嫁的道理,老汉断难从命!"

张翁见朱老汉不肯,眼一翻,生气起来道:"老爷实是抬举你们,穷人家的女儿充当小姐,穿好衣,吃好饭,呼奴使婢,过上几天好日子,转脸就回家,有什么关系?实话告诉你吧,你肯也罢,不肯也罢,就这样定了,谅你也跑不上天!"

老朱见张翁来气,不敢得罪,想来个缓兵之计,换个笑脸说:"您不要着急,此事非同小可,切莫声张,就是我同意,还得回家问问女儿,她不同意,哭叫起来,事情败露,你我都不好看!待我回去问问再说。"

张翁觉得老朱言在理中,便转怒为喜道:"这还差不多!好!你先回家商议商议吧!"

老朱回家将此事告诉老妻,夫妻俩急得无法,抱头痛哭。女儿在外边回来,不知何事,再三追问。朱妻哭着告诉了女儿这件事,女儿倒很沉着,反问:"那你们看到底怎么办呢?"

老朱说:"我们想不出好办法,穷人斗不过富人,有道是,三十六计走为上计,斗不过还躲不过吗?明日就是正日,他们就要带人,不如今夜,我们赶快逃往他乡吧!"

女儿沉思一会儿道:"逃走也不是办法!外边世道很乱,如再遇上歹人,岂不雪上加霜?再说,张家能善罢甘休吗,如果被他查获,二老性命不保,女儿的终身无靠,我看不如将计就计,随机应变,说不定还能逢凶化吉!"

老朱道:"女儿说得在理,我们穷人哪有好果子吃?只有听天由命了!"

女儿道:"我只是少读书,以才而论,也许不及张小姐,以貌而论,她未必及我,塞翁失马,焉知祸福?"

老朱无奈,见女儿同意,心中稍宽慰,便到张家告知同意借嫁一事。张翁听了自然高兴,遂将朱女偷偷接来,换上女儿的衣服首饰。果然光彩照人,倒比女儿更胜一筹。第二天正日,李家一顶花轿将朱女抬走,外人一概不知。

朱女到了李家,亲戚朋友看了都赞不绝口,称赞李家有福气,娶了这么个漂亮媳妇。当晚送入洞房,一宿无话。

过去按照风俗第二天新娘子要"开脸",也叫"扯脸"。即请一位熟练妇人,用一根线绕起来贴在新娘子脸上"拉扯",将脸上的汗毛扯掉,如同现在的剃头刀刮脸一般。旧时结过婚的女人和没结婚的姑娘从脸上看就可以区别,婆娘是光脸,姑娘是毛脸。第二天早上,李家请来一位嫂子为朱女"开脸",谁知朱女就是不从,嫂子道:"这是风俗,不开不行!"朱女此时竟大哭起来。

公婆闻讯赶来,甚觉奇怪,便问朱女:"乖乖!喜事大日哭什么?是不是我家不如你家?有什么委屈说出来,爹娘替你做主!"朱女先是不作声,在再三追问下,才说出了代嫁的原委……

公婆听了气得发昏,大骂张家不仁。李父将儿子找来告知此事,问如何处置?

李子倒很镇定道:"事已至此,错照错办,我与朱姑娘夫妇之仪已定,绝无他说!他张家之女即使是天仙与我何干?请她另择高门!"

李家父母和儿子意见一致,又问朱女有何想法,朱女道:"既然你们没有意见,我还能说什么,不过我家赤贫,为人佃户,你们以后不懊悔就是了!"

李子道:"既成夫妇,患难与共,钱财原身外之物,贫富乃世俗偏见。我读书多年,亦懂礼仪,誓与姑娘永结同心,白头偕老,如有异心,天打五雷轰!"朱姑娘见张公子信誓旦旦,深受感动,动情道:"公子所言,我定铭记,今后我会好好操持家务,孝顺公婆,做个好媳妇!"全家皆大欢喜。

六朝那天,张翁以为天衣无缝,以亲家的身份带着佃户老朱一起来接姑娘回门,只见李子走到老朱跟前作揖道:"岳父大人在上,请受小婿一拜!"张翁以为搞错了,连忙道:"贤婿搞错!岳父在此!"李子怒目而视道:"不知谁搞错了,自己做的事自己知道,你还有脸到我家来?"张翁这时方知事情败露,脸一下红到耳朵根子。李父乘机插上前,指责张家所为太不应该。张翁理屈词穷,无言以对,直骂老朱家没良心,坏了他家的美事。愤然而返。

恶人先告状,不想张翁将此事诉至县衙,状告李家毁坏婚姻、诈骗嫁妆。县衙受理,调查清楚,将三家传至公堂,县令做出判决,其判云:"借女出嫁,千古笑话,若不严惩,有伤风化。错在张翁,事由根发,陪送嫁妆,白送李家,另罚千文,三日送衙。张女无辜,择配由她,息事宁人,滋事重罚。李朱姻缘,人见人夸,夫妻恩爱,明年抱娃。"

泓阳十二做知县

李立泰（山东）

王泓阳大名府元城县上任才几日，一天，大堂外有人喊冤："大老爷，小人冤枉啊！"喊了两番。书办告知王泓阳："老爷，有人喊冤。"

王泓阳命左右："升堂。"

王泓阳十二岁做知县，小小年纪，考虑自己怎样坐大堂，他已命衙役订做了特制的椅子，椅子面抬高八寸，下部设计了台阶，他坐上椅子不被公案淹没。

来打官司俩人，一人面露惊讶之色，这人是抬王泓阳上任的轿夫的兄弟。轿夫从东昌府王楼抬王泓阳走了百里，轿里装二十四块坯，压得他腰眼骨折，歇了好几天，怀恨在心。王泓阳十二岁的毛孩，咋会断官司？真是天大的笑话。万岁爷找不到人了！几天来他思忖怎样戏弄王泓阳断官司。他戳兄弟想法偷东西，并告诉兄弟，县官儿十几岁的毛孩，不会断官司破不了案，没事。有哥哥我在县衙混事，给你听着。

轿夫兄弟惊讶的是，十几岁的县官咋坐到大堂不显小呀？他以为县官的头也露不出半个来。

他听了哥的话，下夜行窃。不专业，做贼不妙，业务不熟，被抓了现行。他还嘴硬，说自己买的布。卖布的说，这是俺的布，你偷的。各说各的理，地保断不清此案，地保已知一方是县衙轿夫的兄弟，属于"上边有人"的，不敢得罪。就推了："你去县衙告去吧。"

这就出现了开篇轿夫兄弟抱布和卖布的到县衙喊冤的一幕。

王泓阳冷静片刻，问话："堂下跪着何人？家住哪里？姓甚名谁？一一道来。"

抱布的说："回老爷，小人冤枉，我叫杨会乐，元城县胡拐村人。"

王泓阳问："你喊冤，状告何人？"

"回老爷，小人状告他诬赖。"杨会乐抬手一指跪着的卖布人。

老爷您明察，他恶人先告状，偷了小人的布，被我抓住。我真真的冤枉。

王泓阳命他说清原委。

老爷，小人叫柳玉山，本县胡拐村人。俺小本生意卖布，前天夜里，他撬开小人的门偷走一卷布，被我发觉，追到他家门口，他说赶集买的。

王泓阳略思忖，说："你俩是一个村的，乡里乡亲，低头不见抬头见，多不好意思。杨会乐你为啥偷庄乡的布啊？"

杨会乐眼珠一转，说："回老爷，我不是偷的，是集上买的。"

柳玉山急了:"青天大老爷呀!您明察啊!真是他偷了小人的布。"

王泓阳年龄虽小,但脑子快,在老家有神童的赞誉。他说:"你俩都说是自己的布,谁有记号?"

他俩都说没记号。

王泓阳瞧他俩表情,不一样,一个急躁、刚正,一个恐惧、担心。王泓阳有"点儿"了。佯装"糊涂官糊涂做",说:"既然这样,你俩都没记号,我把布给你们平分了,一人一半。你们是庄乡,别把关系弄僵,日子还得过。咋样?也别在乎这丈八儿布。"

衙役把布铰开,分他俩,拿着回家吧。

杨会乐谢过老爷,拿布急匆匆,赶紧离开大堂走人。

柳玉山很不情愿,噘嘴,嘟嘟囔囔:"老爷是真不明断,还是假不明断,糊里糊涂坐大堂。"

王泓阳推断,真相很快浮出水面。对俩衙役说:"你俩悄悄尾随,仔细看他两家什么表现,注意,难过的是苦主,高兴的是小偷,把小偷抓来。"

俩衙役得令而去。

衙役暗中查看,杨会乐开心,跟媳妇说:"嘻嘻,县官小毛孩,布是县太爷分的。"

另一人难过,回家连饭都没吃,家人劝他只当掉了,想开点:"我是觉得县太爷昏官呀,还传他神童,啥神童?不会断案。"

衙役把高兴的杨会乐抓来县衙。

王泓阳再审,他还嘴硬,刚说打二十大板,他就招了。老爷您别打也别罚,看在俺哥给老爷抬轿的面上放我一马。他一说抬轿的哥在县衙,王泓阳警觉起来,里边是否还有案情?

"你哥是你哥,你是你,桥归桥路归路。你为啥偷庄乡的布,从实招来!"

杨会乐眼珠恍恍惚惚,害怕起来,心想如果供出哥哥指使可能会从轻发落,县太爷还不看点面子吗?他跪着不言语。

"看来不来真的,你是不说话。二十大板!"

王泓阳把签子投下堂来。衙役一五一十打得他"哎哟、哎哟"叫唤。

"我说、我说。老爷,我说我说,俺哥、俺哥叫我偷的。"

"停!你哥为啥叫你偷?"

"俺哥没说为啥。"

"看来不打你是不说实话,再来二十!"

"老爷老爷,我说我说。俺哥、俺哥,想报他们抬轿挨压受罪之仇,出您不会断案之丑。"

哦,是这样。那日抬轿接我上任,老爷我年少体飘,衙役遂晃轿,吾眩晕,路遇打坯汉,买坯二十四块,老爷爱睡土炕,装轿抬之。衙役走一二里,大汗淋漓,叫苦不迭,下跪求饶:小人有眼不识泰山,老爷高抬贵手,饶命。好!卸两块儿。百里路

第七辑 旧事录 | 455

到元城,坯也卸完。至今有"早晚二十四个坯"之说。

王泓阳说:"你把布还给人家,罚小米十五斤!"

一家伙把杨会乐吓瘫地上:"老爷饶命、老爷饶命,小的再也不敢了。"

"罢,看你认罪态度,罚五斤。给柳玉山赔礼道歉,回家去吧。"

"谢老爷开恩,谢老爷开恩!"他磕头谢过老爷,去办罚米手续。

他哥哥被班头开除。

捕快鲁一

揭方晓(江西)

捕快鲁一是全衙门最糊涂的人。

这话不是无聊的人说的,而是县太爷说的。威严的捕头、精明的师爷也赞同。唯独同为捕快的鲁达志不敢附和。鲁达志是鲁一的远房侄子,无论从道德、伦理还是纲常的角度,他都不敢吱声。

鲁一糊涂到什么程度呢?最基本的就是记不住时间。隔几更就得问别人,问了不久又忘了,忘了又问。还有,就是记不住道。经常去的地方,总是迷路,都得别人千寻万找,才回得来。

这不算最糊涂的。最糊涂的是,鲁一老婆鲁婶耐不住寂寞,偷了无数男人,全镇的人都知道,也在他面前挑明了说、暗示着说,他都没醒悟过来,以为别人另有所指,笑得清澈无邪。

正因为鲁一如此糊涂,正经的差事,捕头是绝不会交给他的。最多让他跟在众人后面,充充人头,显得人多势众。

夜里不太平,捕快们经常三更半夜巡逻,口干舌燥时,就来城西二马豆腐铺喝碗水豆腐,解渴充饥。水豆腐,亦称豆腐脑,色白软嫩,鲜香可口。二马豆腐铺主人姓冯,一位花甲老汉,妻子早年去世,膝下仅一女,年方二八,正是待嫁之年。父女二人守着这豆腐铺,温饱有余,富裕谈不上。

每回捕快们进这豆腐铺,冯老汉父女总是忙不迭地热情招呼,转身在粗陶大碗里舀上水豆腐,佐以糖水,撒上葱花,利索地端上桌来。鲁一好这一口,鲁达志好这一口,捕快们都好这一口。

这天一大早,有人来衙门报案,说是大事不好,杀人了。原来,这人去二马豆腐铺买豆腐,铺子门却迟迟未开。这人等不及,试着敲了敲门,门应声而开,却是没锁。进去一看,冯老汉父女皆匍卧在地,地上血水直流,顿时脸色煞白,夺门而出,跑衙门报案来了。

这可是小城好多年都没遇上的杀人大案,县太爷不敢怠慢,带着捕头、师爷、仵作,以及一众捕快浩荡而去。鲁一自然也在其中。

来到二马豆腐铺,验尸的验尸,勘验的勘验,询问的询问,大家都忙碌开了。鲁一没啥事,就看热闹呗,东望望、西瞅瞅。二马豆腐铺靠近厨房的一张桌子上,半碗吃剩的水豆腐还在,汤清豆白,并无杂色,也凉得没有一丝烟火气。鲁一突然心中一动,脸上抽搐不止,露出恐惧与痛苦的神色。

验尸的仵作报告说,经现场初步检验,冯老汉父女死于昨日子时。按现在的话来说,就是死于昨夜23点至今日凌晨1点。皆是刀伤,凶器就是铺子厨房的菜刀。勘验现场的捕快报告说,现场比较杂乱,显示昨夜来这里喝水豆腐的人比较多,暂时没有什么有价值的线索。负责询问的捕快报告说,经走访左邻右舍,也没啥大的发现,只是前门罗瞎子说,昨天半夜他出恭时,隐约听到冯老汉说了句什么话,内容听不太清,似有"差爷"二字。

当然,"差爷"二字说明不了什么,捕快们常在这里喝水豆腐,冯老汉每回都迎来送往,皆"差爷、差爷"地叫着,再寻常不过了。可惜的是,昨夜罗瞎子喝了几口浑酒,醉得厉害,记不得听这话的具体时辰,也不能确定自己听到的是否真实。

可鲁一却愈发恐惧与痛苦了。

一天过去了,两天过去了,三天过去了,这案子没有丝毫进展,县太爷急得直跺脚,捕头急得拿脑袋撞墙,这么重大的案件,若不能及时侦破,上面怪罪下来,可是吃罪不起。县太爷、捕头都急了,下面的捕快自然也轻松不起来,每天被捕头支使得团团转。

当然,没人支使鲁一,都知他糊涂,不堪大用。可鲁一却并不心安,一直活在恐惧与痛苦之中。

这天,县太爷与捕头坐在衙门里,一筹莫展。鲁一战战兢兢地溜了进来,贴着捕头耳朵说了"鲁达志"三个字。

捕头呵斥道:"当真?"

鲁一泪流满面:"当真!"

鲁达志到案后,没等到动刑,竹筒倒豆子般,就把自己行凶之事交代得明明白白。原来,那天晚上他和众捕快照例来到二马豆腐铺喝水豆腐,见冯老汉女儿出落得愈发水灵,心神激荡。回家后,忍不住灌了一肚子酒,一时胆壮,又回二马豆腐铺。本已收拾整齐的冯老汉见他来,以为他没喝饱,又盛了一碗水豆腐给他。可他边喝,边挟着酒气调戏冯老汉女儿,冯老汉忍气吞声,说:"差爷,喝也喝了,早早歇去吧。"鲁达志见冯老汉下逐客令,大怒,就要强行搂抱冯老汉女儿。冯老汉见状,从厨房里提着菜刀冲了出来,反被精壮的鲁达志夺过,一顿砍杀,父女二人双双丢了性命。鲁达志见出了人命,慌乱中夺门而逃,以为人皆不知。

案件破了后,捕快们以为神了,对鲁一肃然起敬。

捕头问他:"你怎知鲁达志就是凶手?"

鲁一道:"鲁达志从不吃葱,故他吃完水豆腐后,碗里若有剩余,定然汤清豆白,并无杂色。"

捕头说:"天下不吃葱的人多了,何以确认就是鲁达志?"

鲁一道:"那晚罗瞎子隐约听到冯老汉说了'差爷'二字。"

捕头说:"那不也只是隐约吗,况且并不确定。"

鲁一道:"为了能跟冯老汉女儿亲近,鲁达志每回都是猴急火燎地坐靠近厨房的那张桌子。"

捕头说:"铺子人来人往,坐那桌子的人海了去了。"

鲁一厉声道:"一件事是碰巧,三件事都会是碰巧吗?"

众人皆叹服。

经此一事,衙门里人都说鲁一其实并不糊涂。唯鲁一照样没心没肺,与老婆鲁婶生活得有滋有味。

消失的凶器

刘　峰（河南）

1

明朝后期，社会越来越动荡不安。这天傍晚，顺天府发生了一件杀人案件。卖酒的郭老板在自己家门口被人杀死。

捕头邢天彪赶到的时候，现场还保持着原来的样子。郭老板脸朝下趴在地上，后脑勺不知道被什么钝器打击，当场毙命。尸体上洒落了很多铜钱。

报案人是死者的妻子马氏。马氏说，郭老板下午出门收账，刚刚到家就听到有人敲门。郭老板去开门，她听到门开之后，就传来郭老板的惨叫声。马氏慌忙跑出，看到丈夫已经毙命。邻居们听到声音也都赶了出来。但为时已晚，凶手已经逃之夭夭。

邢天彪感到奇怪，按照街坊邻居的证词，凶手是没有时间逃脱的。但他在现场不但找不到凶手，甚至连凶器都没有找到。

邢天彪问马氏当时在做什么。马氏回道，她在后厨为郭老板煮羊肉汤。

邢天彪问马氏："郭夫人，你刚才说，你听到郭老板开门的声音，紧接着就听到他被敲击的声音，对吗？"

马氏点点头说："是的。"

邢天彪说道："这就奇怪了，按照你的说法，凶手看到郭老板出来就杀了他的话，伤口应该在额头才对。可是，郭老板的伤势却是在后脑勺。"

邢天彪又说："而且，按照你的说法，凶手没有时间离开现场，凶器又去了哪里？"

邢天彪推断，马氏早有杀害郭老板的心，郭老板要债回来，她趁郭老板不备，从后面将他杀死。然后把凶器藏了起来。再伪装成刚刚发现尸体的样子。证据就是郭老板遇害，马氏居然一点都不伤心，他已经派捕快调查过了，马氏是被郭老板强抢来的。而且马氏背着郭老板与酒坊一个后生有私情。

马氏顿时脸色都变了。不过，她很快又恢复平静，问邢天彪："邢捕头，如果凶手是我，那么凶器呢？"

邢天彪说："凶器就在你家厨房。"

众人不解。

邢天彪说道："凶器就是劈柴。你用劈柴在门口杀了郭老板之后，再把劈柴放回去烧，现在凶器已经烧毁了。而且你煮羊肉汤的膻味把凶器上的血腥味盖住。"

2

马氏沉默了半响,最后说道:"当年郭老板是设计陷害我父亲赌博,把我骗来的,我之前有过杀他的心,但他不是我杀的。"

邢天彪冷笑一声:"有什么话你去和知府大人说吧!"说完,就示意捕快把马氏抓起来。

这时候,从人群里走出来一个少年说道:"邢捕头,马夫人不是凶手,凶手另有其人。"

邢天彪一看,来人是住在附近的一个书生,名叫沈厚。正在附近苦读准备参加第二年的考试。邢天彪知道此人素来有文化,也不敢轻视他。

沈厚说道:"邢捕头你看,死者遭到重击,连骨头都裂开了,可以肯定凶手是个力气大的人。马夫人弱不禁风,她不是凶手。死者在遭到重击的时候,身子站不稳后退几步也是常理之中。"

邢天彪反驳说道:"可是,郭老板伤势在后脑勺啊!"

沈厚说道:"凶手可以敲开门,然后藏在墙边,从郭老板身后袭击他。"

邢天彪想了想,觉得这也不是没可能。

沈厚又说道:"真正让人怀疑的地方是郭老板身上的铜钱。如果郭老板身上的铜钱是从怀里掉出来的,那么只能是掉落到尸体下方,不可能有这么多铜钱在尸体上方。"

邢天彪再看,铜钱还有滚得很远的。邢天彪意识到,铜钱是凶手在杀了郭老板之后撒在他身上的。

邢天彪对沈厚刮目相看,赶紧虚心请教:"沈公子既然说马夫人不是凶手,那么凶手会是谁?"

沈厚说道:"天色都晚了,马上就是宵禁的时间了,谁本来不该在这里,谁就是凶手。"

邢天彪觉得有道理,他向人群中一看,基本上都是附近住的人,只有一个醉鬼张三住得比较远。

邢天彪把张三拉了出来,问:"你为什么会在这里?"

醉鬼张三吓坏了,赶紧说:"邢捕头,我出来打酒,经过这里,看到有凶案发生,就过来看热闹。"

邢天彪不信。其中一个手下回道,张三家贫好酒,并且欠了郭老板五十两银子的酒钱。下午还有捕快看到郭老板去张三家要账。

张三急忙解释:"郭老板是问我要债的,但他看到我很困难就发了善心,让我以后再还。"

邢天彪知道张三有嫌疑,但他找不到半点证据,如果凶手不是马氏,凶器又藏在了什么地方?

沈厚却说道:"凶器就在大家眼前。"

围观的人嘲笑,如果凶器在大家眼前,为什么会看不到呢?

沈厚笑了笑,从身上掏出一串铜钱,他把铜钱的绳子解开,然后一个个扣紧,再用绳子勒紧。很快,铜钱被串起来,像一个短短的铁棍。

沈厚说道:"张三就是用这个杀了郭老板。"说完,用力一扯,铜钱散落一地。凶器就这样在人们面前消失了。而且就算铜钱上沾上血迹也不会被怀疑。

围观的人顿时目瞪口呆。

邢天彪点头,这个办法可以实施,但还是缺少关键证据。

沈厚说道:"凶手要是用力把绳子扯开,手上一定还留下伤痕。"

邢天彪上前抓住张三,打开他的手掌一看,两只手上果然都有新鲜的血红口子。

张三见隐瞒不住大哭起来。

原来,张三家贫好酒,只有郭老板愿意赊酒给他。但郭老板也不是出于善心。郭老板等张三的酒钱欠得还不上了,就提出要用张三的女儿抵债。张三这才知道上当受骗,他痛恨郭老板的无耻,也痛恨自己。张三为了保护女儿,赶来杀了郭老板,但他没想到会把马氏也牵扯进去。更没想到,完美的计划会被沈厚看穿。

郭老板自恃聪明,害了马氏还想害张三的女儿,最终却把自己害了。

旅店奇情

王　峰（湖北）

全城最好的酒楼"聚春来"里，人声鼎沸，一片欢腾。

忽然，一位素衣女子款款走了进来。女子似一缕微风，倏忽间就把大厅里的喧闹声给拂散了。女子一路牵着众多酒客的眼眸，径直来到角落一位棕衣汉子面前，道了个万福："铁捕头，你让我找得好苦啊！"

铁捕头只顾喝着他的酒，他知道，他人虽然不在江湖，但江湖却一直有他的传说。总有人在找他，也总有人能找到他。铁捕头说："姑娘，抱歉，我已经解职还乡，只想过清闲自在的日子，不再过问江湖之事了。"

女子听了这话，怔了一怔，轻咬银牙，两行细碎的珠泪挂上红腮。她泣道："难道这世间无处寻公道了吗？"哭罢，女子扬起右手，手掌中多了一柄小刀，猛然划向脖子。一个黑影闪过，女子只觉右手手掌一麻，手中已是空空如也。只见铁捕头手中多了一柄小刀，他缓缓踱出酒楼，径自离去。女子见此情形，也跟着出门消失在夜色里。不知过了多久，铁捕头停下脚步，叹了一口气，道："我觉得姑娘真有冤屈，但凡有人有了真冤屈，我铁捕头忽然间就又有了管闲事的兴致。"

女子闻言立时泪如雨下，哭诉着：她原名小燕，京城人氏，因家道中落，和娘亲两人来此地投奔做买卖的舅父。可不承想，千辛万苦来到这儿，才得知舅父一家已经随着生意搬到别的城市里去了。小燕的娘一路奔波，加上急火攻心，病倒在旅店。小燕请来城里的郎中，按郎中开的方子抓药回来，发现娘亲连人带所有的随身物品都不见了。小燕找旅店老板要人，旅店里的人却说从没见过她所说的那个人，反诬陷小燕为无赖，羁押了几天，被赶出了旅店。

"朗朗乾坤，会有这等事？"铁捕头吃惊不已，"走，我们立刻去查探个究竟。"

铁捕头带着小燕趁着夜色潜到那家旅店外面，向小燕详细询问了她当初所住的房间情况。铁捕头叮嘱小燕藏好勿动，自己纵身跃上屋顶，他观察了一番，并没发现旅店里的老板伙计和住在店里的人有什么异常。于是，铁捕头决计先去小燕所说的旅店房间里面看个究竟。他悄悄摸到房间门口，发现门已上锁。铁捕头轻轻扭断门锁，悄无声息地溜了进去。

铁捕头很快回到屋顶，对小燕冷冷地说："我们走吧。"

"为什么啊？不找我娘了？"

铁捕头道："我不想跟一个骗子在一起。"

小燕张大了嘴巴，看着铁捕头，不明白他的话是什么意思。铁捕头说："我刚刚去了你说的房间，里面和你所说的完全不一样。"

小燕闻言眼泪又如断线的珠子,急得对天发誓,如有一句不实,天打雷劈。最后,小燕非缠着铁捕头带自己到那间房去看个究竟。铁捕头为了让她死心,托着小燕纵身来到那间房里。一进屋,小燕不由得惊叫出声:"这房子变了,什么都变了!连所用的器具,墙壁地板的着色,都不一样了!"

铁捕头瞅了瞅小燕,不置可否,在房间转了几圈,抠了抠墙壁,面色凝重地说:"小燕,我相信你说的是真的,因为这墙壁是重新刷过的。但为什么会这样呢?为了你娘亲的钱财?不像。为了你娘这个人?更没道理啊?"铁捕头纳闷了。

"有贼啊,有贼啊!"旅店里忽然喊声四起,立时,旅店老板和几十号人都围拢了过来。

"来者何人?意欲何为?"旅店老板暴喝。

铁捕头道:"来得正好,免得我们去想答案。"说完掉头指着小燕对旅店老板道:"在下铁捕头,请问你可认识她?"

旅店老板显得非常不耐烦地说:"我不管你是铁捕头还是铜捕头,我只知道这位姑娘是个疯子无赖。"

铁捕头冷冷道:"看来你真的是不认识一直最爱管闲事的铁捕头了,所以你是只肯对剑说实话。"

旅店老板划拉了一把手中的铁算盘,面无表情地道:"请便!"

铁捕头的长剑疾风一样地卷向老板。老板抢起算盘,挥出了一堵密不透风的墙。可惜再好的墙也会有缝隙,风也会钻进去。只听老板一声惊叫,算盘飞出老远,铁捕头的剑光卷向他的手,再卷向他的头。但一把刀却突然间横在了风幕间,老板耷拉着血手趁机退出了风幕。

这个刀的主人,铁捕头认识,是大侠雷振子。

"铁捕头,借一步说话。"大侠雷振子欲言又止。

铁捕头疑惑地跟着他走到角落,不一会儿,铁捕头慢慢走回来。

"咱们走吧!"铁捕头招呼小燕。

"可是,我们还没有找到我娘呢?"

铁捕头说:"不找了,我们先走。"说完不由分说,拉着小燕就出去了。

来到街上,铁捕头郑重其事地说:"你首先要答应我,想知道你娘的下落必须要坚强。小燕,你的娘亲染上了麻风,在你外出买药时,你娘就已经过世了。为了避免传染,不引发全城恐慌,旅店老板和郎中上报了官府,然后联手火化深埋了你娘亲。他们还将房间消毒处理,将你抓了起来,隔离观察确认没传染,便把这一切对外都封锁了消息。"

果然不出所料,听到这番话的小燕晕了过去。铁捕头呆呆地望着晕倒的小燕,重重地叹了口气,这该如何是好呢?唉,真是个难题啊!

破 译

李 富（内蒙古）

我在睡梦中，被电话铃声叫醒：你给我的那些摩崖石刻上的契丹字，被我破译了！

天丞的电话就像一个闪电，紧接着就是霹雳：真的？我嗖地坐起来。

当然是真的！电话那头传来了肯定的答复。

前不久，一位朋友在距离辽都三百公里的山崖上发现了摩崖石刻。这些石刻文字有竖排两行20余字，虽经千年风雨，大部分字笔画清楚，有类似汉字的偏旁结构。

我知道，在辽代的北方兴安岭原野中，用石刻记事很难得，这处契丹大字摩崖石刻是目前唯一发现的一处崖壁石刻，因此更显此处史料的珍贵。

是契丹字，还是西夏字，或者是其他？摩崖石刻令人百思不得其解。

对此，我查阅了大量的资料。因为我们所在的地区是契丹辽文化的发祥地，辽代遗存很多。

契丹文字分大字和小字两种，契丹大字创制于公元920年，由辽太祖耶律阿保机下令参照汉字创制，应有3000余字。目前发现的契丹大字资料以石刻为主要内容，但由于笔画繁复、难以辨认，目前释读出来的内容很少。

这些摩崖石刻，经过仔细鉴别确为契丹大字。但到底写的是什么内容，我好像在看天书。

我把摩崖石刻上面的字拍摄下来，并拓下来，交给天丞。天丞大学毕业，在一家工厂上班，他最大的爱好就是辽契丹文化。这些年，他没少买书，尤其是契丹大字和契丹小字的研究书籍。

天丞告诉我，他把摩崖石刻上面的字分成了22个词组，他根据契丹小字原字组字规则反推契丹大字，在22个词组里，有些字能够找到，剩下的字则根据已有的考古发掘材料和研究成果进行推演：1——家，乡。2——赐，得，获。3——日昼，被动。4——日，昼。5——静词。6——山岗。7——皇弟或者皇叔。8——使动词。9——职，置。10——重，复。11——其，该，此，是。12——又阿，推测为感叹词：啊，呼，哉。13——？未知。14——上为祖，阿不，下为动词被动。15——上为附加成分，下为禄，阴德，推测二者连个加重语气。16——以。17——罪人。18——上为家乡，下为归。19——？未知。20——重。21——此，是。22——天啊。

"这些词语，连缀出来是什么内容呢？"我问天丞。

天丞告诉我："摩崖石刻契丹大字经查证对译成汉字是：得赦归乡日，日暮山岗,得王爷(皇弟或者皇叔),赐予官复原职,是承蒙祖宗的荫德啊！以罪人之身重归家乡,是天佑啊！"

"我推测摩崖石刻即为这个历史事件中被平反赦免的某一个大臣或者契丹贵族,从北流放地回账途中,行至傍晚,路遇一石壁便停下歇脚,想起这些年的起复生涯,感慨万千,便在岩壁上刻出几句感慨,没留名字。大概怕日后又会留下把柄,再遭陷害。"天丞的言语里,露出了几丝惆怅。

"该石刻应刻于辽道宗,大康七年(1081年)至辽天祚帝乾统初年。据《辽史》记载,辽道宗耶律洪基在位时,信用佞臣耶律乙辛。大康元年(1075年),耶律乙辛为了篡权,诬告懿德皇后萧观音和伶人赵惟一私通,耶律洪基却又不加查实,就逼令皇后自杀,并将伶人赵惟一、高长命等人诛杀,史称十香词冤案。"天丞深深地吸了一口烟,然后,眼闭上了,好像回忆着什么。

大康三年(1077年),耶律乙辛又诬告太子耶律浚图谋篡位,耶律洪基又不顾太子百般申辩,将他囚禁了起来。不久,耶律乙辛派人暗杀了太子,谎报太子是病死的。耶律洪基要召见太子之妻,耶律乙辛又杀死太子妻子以灭口。后来,一位姓李的妇女向道宗进"挟谷歌",辽道宗才把皇太子的儿女接进宫。大康五年(1079年)七月,耶律乙辛乘辽道宗游猎的时候谋害皇孙耶律延禧,辽道宗接纳大臣的劝谏,命皇孙一同秋猎,才化解了乙辛的阴谋。

大康七年(1081年),耶律洪基察觉上了当,便废黜了耶律乙辛及其党羽。大康九年(1083年),辽道宗追封故太子耶律浚为昭怀太子,以天子礼改葬。同年十月,耶律乙辛企图带私藏武器到宋朝避难,事泄被诛。

寿昌七年(1101年)正月十三日,辽道宗去世,耶律延禧奉遗诏即位,群臣上尊号为"天祚皇帝"。同年二月初一日,改年号为乾统,大赦天下。

十月十七日,追谥父亲昭怀太子耶律浚为大孝顺圣皇帝,庙号顺宗,母亲萧氏为贞顺皇后。祖母宣懿皇后萧观音和父亲耶律浚得到昭雪,受耶律乙辛陷害的大臣也得以平反,耶律乙辛的党羽被诛杀。

被流放者究竟是谁？

五十年不遇的大雪,覆盖了辽都故地。

我们深一脚浅一脚地走在冰雪路上。

我们都没有说话。因为在一个山岗上,有一座砖拱的辽墓,前不久被一个牧羊人发现。

或许,这座辽墓能进一步佐证摩崖石刻的内容。

凄厉的哨音响起,我们仰望天空：迅捷,犹如闪电；孤傲,像是要劈开白茫茫的天空。

这是一只什么样的鸟？

草原鹰,雕鸮,还是辽代的海东青？

大师的背影

王伟峰（河南）

画师梅山石从一场纷纷扬扬的雪梦中猛然醒来，推窗望去，触目皆白。冬日寒凉，唯有墙角那株蜡梅透出几丝暖意。

遂披衣下床，缓步踱过去。

凝寒锁香，黄灿灿的花朵在冰雪素裹之下，愈加晶莹剔透。

仿若一盏盏倒挂的金钟。

梅山石用力抽了抽鼻子，于清冽的空气中，捕捉到了淡淡的清香。平日，花香馥郁，恍若因了这一场浩大的雪事，花香竟躲藏在了蕊里，不肯轻易地发散出来。不过，即便是这似有若无的清淡之气，亦令人无端地陶醉了。

梅山石不禁合了双目，将整个身心，沐浴在了这个晨光熹微的冬日。

蜡梅是梅山石的最爱。这株蜡梅，还是当初学画的时候，师父特意赠送并移栽于他院中的。而今，光阴漫漶，师父已逝去经年。师父在的时候，名满天下，因擅画雪中蜡梅，而被人称为"雪梅大师"。师父对世人敬赠的尊号并不看重，每每告诫于他，画画的就是画画的，什么大师、什么名家，人家借重的不过是你的名，而真正能够存世的是你的画。画师还得靠一支画笔兼济天下，靠自身实力和画功、画作立世。名啊利呀的，都是虚妄。一旦画笔沾染上了名利之心，那画笔流淌着的，就会是滞浊之气。

那样的话，画作也就毁了。

画作毁了，画师也就跟着完了。

偏是那时候，梅山石年轻，不服气。那次，江南一位富商重金求师父画作而不得，转而求其次，约梅山石画一幅雪梅图，定金是两块沉甸甸的银锭。梅山石想，一幅画而已，何妨？况有重金作酬，师父真是越老越糊涂了。遂瞒了师父，用心作了画出来。

过后，梅山石才知道，富商竟将此画作了伪，冒名是师父之作送进宫廷，官府不仅改判他家逼死人命无罪，更为可气的是，反而将那姓竹的苦主，送进牢房监押了起来。

为此，师父盛怒，将他逐出师门，声明断绝师徒关系。

往事，不胜唏嘘。一念及此，梅山石禁不住老泪纵横，悔恨之情凝结成两粒硕大的泪珠，洒落雪地。后来，师父病重，弥留之际，将他找去。待他急慌慌远路赶到，师父已口不能言，只是指着院中苍劲古朴的蜡梅，用力向他摇了摇手。他已然明白了师父的良苦用心，遂用力点了点头。

一场哑谜,看得众人莫名其妙。

回来,梅山石一把火烧了以往的画作。

自此后,闭门思过,潜心作画,誓要将师父的衣钵传承下去。师父赶他走之后,似有转悔之心,后来暗暗收了一关门弟子,方作罢。可惜,梅山石和师弟从未有缘谋面。

梅山石收住心,缓缓回到书房,铺开案头纸张,一番凝神沉思之后,勾画、点染,一幅雪中蜡梅图,很快便跃然纸上,挥洒着淡淡的墨香。

新来的知县嘱他多次,作一幅梅雪图,参加县里的书画雅集,画好了,就将首届雪梅大师的牌匾赐于他。梅山石本不想参与,奈何心里又着实放之不下。百般思之,觉得自己沉寂多年,是该东山再起了。

梅山石仔细端详,这幅不满意,置之一旁。又接连画了数幅,看过,仍是不满意。今天这是怎么了?梅山石发觉,自己捉笔的手居然在微微颤抖。他叹一口气,重重地将画笔搁置下来。

书童忽然来报,说是大门口一个樵夫模样的人前来乞讨。

奇怪的是,给吃的不要,给银钱不接,偏要讨一枝墙角盛开的蜡梅。

书童知道,那株蜡梅是梅山石的最爱,宁可自己折胳膊断腿,也休想折断他一枝蜡梅。

喔!梅山石不禁愣住,思忖片刻,亲自迎了出去。

那樵夫衣着破旧,不过,观其容貌言谈,倒也眉眼斯文,举止洒脱。樵夫深施一礼,听闻梅画师以雪梅名动天下,在下斗胆,想与梅画师切磋一二。

大胆,就凭你!书童出言斥责。

梅山石止住,吩咐书童,将樵夫请进书房。

樵夫倒也不客气,昂然前行,在书房的案头,将一枝画笔舞弄得酣畅淋漓。

说也奇怪,那支画笔到了樵夫的手里,就好像全然变了样,不再滞浊凝咽,而是挥洒自如,纵情快意,无比畅达。那画上的朵朵寒梅,好像是在纸上立了起来似的,一朵朵傲立枝头,似乎还散发着若有若无的淡淡幽香。

樵夫画罢,掷笔,大笑而去。

梅山石捧着画作,心里波涛汹涌。

这樵夫的笔墨,深得师父真味啊,分明就是师父再世。不,跳出了师父的框架,更胜一筹!

他想起了师父的关门弟子。除了师父,只有他知道,那弟子名叫竹一叟。

莫非?梅山石不敢再想下去。

他立时追出门,哪里还有樵夫的影子。

门前曲曲折折的冰雪小道上,唯有一行竹叶样的瘦脚印,指引着樵夫远去的方向。于是,书童惊讶地看到,梅山石立住踉踉跄跄的步子,默然肃立,冲着樵夫远去的方向,深深地弯下腰去。

许久,没有直起身来。

一乘棉布小轿停在门前的雪路上。

新知县一眼就相中了樵夫的那幅蜡梅画作。

转天,将雪梅大师的牌匾敲锣打鼓地送了过来,却发现梅画师早已人去院空了。唯有墙角抖落冰雪裹挟的蜡梅,自在地散发着清洌扑鼻的幽香。

新知县不明白,梅画师不肯接受雪梅大师的牌匾也就罢了,他很想当面问一问,为何要在画上落款为竹一叟。

莫非,梅画师志趣转移,躲进山里改画竹子去了?

隐形之凶

何煜梅(广西)

戌时三刻。垂拱殿。

皇城司余斯年刚向宋徽宗呈递最后一份情报。突然,一名太监连滚带爬地跑进殿内。

宋徽宗不悦地说:"慌慌张张,成何体统!"

来人哆哆嗦嗦说:"皇上,不好啦!刘贵妃……刘贵妃刚刚薨了!"

"什么?!"宋徽宗颤抖的声音在空旷的大殿内回响,所幸他还有几分理智,稳住了心神,"余卿,随朕去咸福宫。"

余斯年跟在宋徽宗身后,一路上只有虫子的鸣叫和翅膀扇动发出的嗡嗡声,显得十分孤寂。咸福宫门口早已有大批侍卫包围,两名侍女神情慌张地站在门口。

余斯年踏进屋内,只见刘贵妃身着一件单衣,披头散发地倒在一张桌子上,桌上只有一盏烛台和一幅绣了一半的绣图。地上有一只摔碎的瓷碗和一些残液。余斯年凑近一看,尸体面部发黑,嘴角有白沫,典型的中毒症状。宋徽宗见此惨景,只觉得脑中一片眩晕,摇摇欲坠,梁公公赶紧将他扶住。宋徽宗命余斯年务必要查出真相,以肃法纪。

余斯年差人取来银针,用银针沾取少量地上的残液,银针变黑。随即,他叫来当晚值守的侍卫和侍女,一一询问情况。

侍卫张乾:"今夜我与张坤一同守在门外,小厨房为娘娘送来小食后便离开了。过了大约两刻钟,突然听到一阵东西摔碎的声音,然后就听到侍女发出尖叫,我和张坤立马冲了进去。"

小厨房倩娘:"今夜奴婢照例在戌时刚过便给贵妃娘娘送百花蜜水,因百花蜜水有滋养容颜的效果,所以娘娘这段时间每晚入睡前都吩咐奴婢准备。奴婢送回蜜水后便离开了。"

贴身侍女桃红:"倩娘送完蜜水后就离开了。奴婢和柳绿守在花罩外面,过了一会儿,突然听到东西摔碎的声音,奴婢和柳绿冲进去,看到娘娘倒在桌上,已经断气了!"

最后一个询问的是侍女柳绿,柳绿向余斯年行了一个礼,不卑不亢地说:"奴婢受命于皇帝,乃是皇帝安插在娘娘身边的人,负责保护娘娘的安全。"

余斯年大吃一惊,没想到柳绿竟然还有这层身份,不过他想到刘贵妃正得圣宠,然其出身低微,便能想通皇帝此举的用意。既然如此,那么柳绿的证词便是整个案子的关键。余斯年将其余几人的证词复述一遍。没想到柳绿皱起眉头说:"事实的确如此。小厨房送来蜜水后,我亲自取银针试毒,但是银针没有变色,随后我与桃红退守花罩外,没想到不久便发现娘娘中毒身亡。"

余斯年问:"其间有没有人再进来过?"

柳绿回答:"没有。"

余斯年来到屋内的落地花罩旁,发现花罩两边的帷帐放下了一截,如果人站在外面,视线会受到阻挡,无法看见花罩里面的情形。

余斯年又问:"是否有一种可能,有人偷偷进入屋内而你们并没有发觉?"

柳绿思索了一下,说:"应该没有这种可能。我从小习武,屋中若是多了一个人的呼吸声,我定能发现。且守在门口的张乾、张坤武功也不低,断不可能让凶手来去自如。"

没有外来的凶手,其余人的证词又毫无破绽,难道凶手会隐形? 不,不会,一定还有什么地方没有注意到。余斯年又一次来到刘贵妃死时趴伏的桌子,他拿起那面绣图,似乎想到了什么。他问柳绿:"为何此桌上会有绣图?"

柳绿脑中想起一个片段,急忙说:"今夜尤为燥热,而小厨房送来的蜜水是温的,所以娘娘说先把蜜水放一旁,待她绣上一会儿绣图再喝。"

"原来如此。"余斯年的手指轻轻在桌上抚过,上面有一些细微的粉末,他闭上眼睛,脑海中一一闪过方才从垂拱殿到咸福宫看到的所有画面。倏地,他睁开眼睛:"我已经知道凶手是谁了。"

张乾、张坤、倩娘、桃红、柳绿都被集中到屋内。余斯年清了清嗓子,向众人阐述他的推理。

"这个案子十分离奇,首先,所有人彼此都能相互做证,这就让我打消了有人串供的想法。然后,根据证词串联出整个事件,那就是小厨房起初送来的百花蜜水无毒,之后却变成了有毒的,其间并没有人靠近或者进入咸福宫。在这里就产生了两个疑问,凶手是怎么下毒的? 下毒之后又是怎么离开的?"

余斯年走到其中一个人面前,说:"起初我一直想不明白,凶手为何会消失得无影无踪,后来我仔细回想了一切,终于明白,凶手其实根本不是人!"余斯年突然伸出手,抓住桃红的手腕,将其手部暴露在众人目光下,"你用洋金花的汁液药倒了数只飞蛾,洋金花是麻沸散的主要原料,可使人畜陷入麻痹昏迷状态,然后你将毒粉混少许水后涂于飞蛾翅膀之上,待药效一过,飞蛾醒来,被光源和花蜜双重吸引,全部朝桌子飞去,毒粉纷纷从飞蛾扇动的翅膀落下,于是,一杯无毒的蜜水顷刻之间变成了一杯毒水! 贵妃死后,大门打开,飞蛾飞出,这便是我在门外看到不少飞蛾的原因。你手上的红肿应该是涂毒粉时碰到飞蛾翅膀上的鳞片所致。只要让验尸官一验便知!"

柳绿还有一点想不明白,问:"若是娘娘在蜜水送来之后马上就喝了,桃红的毒计不就不能实施了吗?"

"今夜酷热恰好正中桃红下怀,不过我想,即使贵妃想立刻喝蜜水,桃红也一定会想办法打断她,只有等飞蛾飞舞之时,才是'凶手'行凶之际!"

桃红面如死灰,余斯年厉声问:"说,你受何人指使?!"

"是……是郑贵、啊……"一枚银针突然划破空气。余斯年来不及施救,桃红便死了。他最后看见的是柳绿脸上浮现的那一丝居高临下的冷笑。

离奇盗案

刘剑飞（安徽）

谯城富庶，盛产药材，自古即是闻名全国的药都。故此，这里虽为县郡，但向来都是地方官争抢接任的宝地。

清道光二十五年，谯城新来了一位知县，姓贾，名斐，长得短小精悍、干净利落。

都说新官上任三把火。这贾知县到任后，微服私访，体察民情，减轻赋税，鼓励农商，在谯城百姓间留下了很好的口碑。

孰料，在贾知县到任后的三个月，谯城虽是物阜民丰，却接连出了数起盗案。名震城关的蒋、李、顾、方几大药商家先后被盗，损失金银细软无数。勘查现场，既无砸门撬锁的痕迹，亦无穿墙打洞的迹象，诸般财物就像瞬间蒸发了一样，丢得无影无踪。

一时间，谯城商户人心惶惶，谈贼色变。

案件报到县里，贾知县甚是恼火，发下飞签火票，传来三班捕头张千，限其二十日内破案，务必抓住盗贼。否则，严惩不贷。

接到任务后，张千召集手下弟兄，迅速布防设卡，加强戒备，日夜巡查。

然而，到了第十五日时，非但没有找到盗贼的半点踪影，城东的几家富商又再次被盗。

这下，可把张千急坏了。连日来长吁短叹，夜不能寐。

这天夜晚回家，张千心力交瘁，急得实在没辙了，就想着好好喝顿酒，挨到期限，老老实实接受惩罚。

见张千急成这样，妻子就劝他，既然难以破案，何不请你的师父洪老爷子出来帮忙？

对呀！张千一拍大腿，自己真是急糊涂了，出了这么棘手的事，怎么就忘了请自己的师父出山帮忙呢？

次日一早，张千备齐礼物，骑上快马，直奔城西十五里的洪家庄。

张千的师父姓洪，叫洪振，早年间，曾是名震谯城的神捕。此人武功高强，经验丰富，擅打一手飞蝗石，百步之内，指哪儿打哪儿，百发百中。在洪振任捕头期间，曾捕盗捉贼无数，破获过多起重大案件。现如今，年纪大了，就干脆辞去公务，在家收徒传艺，颐养天年。

赶到洪家庄时，洪老爷子正在打拳练功。师徒相见，自然十分欢喜。喝茶叙旧间，张千说明来意，请求师父一定要出山帮忙。

听完张千的叙述，洪振颇为踌躇，按说自己现已辞去公务，本不想再卷入公门。

但见徒弟遇上了麻烦,又不忍心推辞不管。

捋须沉吟良久,洪振最终决定重出江湖,查一查这棘手的案子。

一路无话,等到了张千家中,洪振又详详细细地问了张千查案的经过。

张千告诉师父,这些天来,谯城的十条大街、七十二条小巷全都巡查数次,重要关口也都设点盘查,可就是查不出一点蛛丝马迹,夜里还照样丢东西。

洪振装上一袋烟,耷拉着眼皮,边听边默默抽烟。

抽完两袋烟,洪振蓦然睁眼,眼睛里精光四射。而后,站起身,冲张千道:今晚,让其他兄弟继续巡查;而你,就不要再参与了,养足精神,陪我去县衙。

去县衙?张千瞪大了眼睛,你是说县衙可能有内鬼?

洪振磕掉烟灰,点头不语。

当夜晚间,师徒俩收拾利落,换上夜行衣,直奔县衙。

到了县衙后墙外,洪振一打手势,俩人爬上旁边的一棵大树,静坐树上,查看动静。

这一夜毫无收获,除去几个打更的更夫路过外,再没发现可疑之人。

次日夜晚,洪振仍带张千去县衙外的大树上蹲守。张千心中纳闷:师父是不是老糊涂了?紧急关头,不好好巡查,到这县衙后能查出什么?

可再看洪振,依然不急不躁,屏息静守。

夜已深沉,四下里一片寂静。约莫三更天时,忽见县衙后墙上人影一晃,有一黑衣人悄无声息地从大墙上跳下。

那黑衣人前后张望一下,见四周无人,便一矮身子,快步向东而去。

洪振打个手势,俩人跳下大树,施展夜行术,悄悄尾随在黑衣人身后。

但见黑衣人一路向东,来至一高宅墙外,快跑几步,飞身跃入院中。

张千欲再追赶,洪振低声喝止,先放他进去!岂不闻捉贼抓赃?

约莫三盏茶工夫,黑衣人果然又从高墙内跃出。

动手!说话间,洪振右手一晃,三枚飞蝗石快速打出。

但听"哎哟"一声,黑衣人应声而倒。张千抖动铁链,飞身上前,将黑衣人套个正着。

待到点亮灯笼,揭去面纱,细看那黑衣人时,两人不禁大吃一惊——这人竟是新来的贾知县!

消息传出,满城皆惊。

由于案情重大,三日后,州城知府亲临谯城,审讯贾知县。

审讯得知,贾知县早年习武,出身绿林,后受父教诲,弃武从文,花钱捐了个地方官职。来谯城接任后,他见本地富商较多,不觉技痒,便黑纱蒙面,施展盗术,做起了夜半偷盗的勾当。

盗案告破,贾知县被收监羁押,等候朝廷判决。

身陷牢中,贾知县百思不得其解——自己身份特殊,作案行踪又如此隐蔽,按说最不易引起怀疑,可这洪振是如何看出破绽的呢?

一日,洪振师徒前来探监,贾知县便道出心中的疑惑。

　　洪振捋捋颔下短须,笑道:老爷岂不闻民间有句俗语叫"灯下黑"？这案子本就离奇,往往最让人想不到的地方,才最有作案的可能。张千捕盗多年,在盗贼最易出没的窝点,均设置了关卡,可他却偏偏忽略了一个地方,那就是办案的县衙。其二,我观老爷眼眸如炬,精光内敛,举步投足迅捷轻快,显然曾是练家子。综合以上两点,我最终才会怀疑到你。

　　听完洪振的分析,贾知县惨然一笑:果真是人老成精,我自以为贼喊捉贼,手段高明,没承想还是栽到了你的手里!

梅花图

秦　悦（陕西）

　　知县凝视着《梅花图》，自言自语：谁送的呢？
　　那年，知县到奉天县上任，下车伊始，翻开尘封的卷宗，义愤填膺，拍案而起：是件积案，一方，逍遥法外的恶霸；另一方，平头百姓，孤苦无依。因强占土地，致一死一伤。当日，雷厉风行，秉公执法，百姓闻之，拍手称快。
　　回到县衙，知县品茶休憩。下人送来一卷轴，打开，傲立雪霜铮铮铁骨的梅花，仿佛散发着幽香，瞬间，照亮了知县疲惫的心。
　　何处来的？知县欣喜万分。
　　一布衣送的。问姓名，不答，说小小薄礼，聊表心意，不必挂齿。人已走了。
　　知县内心波澜起伏，声音颤颤的："如此精品，受之有愧。务必找到送画人。"
　　下人诺诺，退了出去。
　　梅花图拨动了他的情感的琴弦，心中，漫开了一曲雅致、曼妙的《高山流水》。
　　自小，他酷爱梅花，十年寒窗，以"梅花香自苦寒来"鞭策；松竹梅岁寒三友他钟情，尤以梅花为首为知音；步入仕途，以梅的高洁、梅的脱俗为参照，日省其身，一身正气，两袖清风。渐渐地，梅的趣、雅、神，与他相得益彰，水乳交融了。
　　《梅花图》令他爱不释手，挂在客厅。闲暇品味，心旷神怡。
　　接着，知县兴修水利，整顿市场，打击欺行霸市的行径，多次剿匪，消除匪患，铺路架桥，重视基础教育。不久，县境路不拾遗，夜不闭户，百姓安居乐业。
　　可《梅花图》是谁送的，一直没有消息。
　　日子，平平静静，流水一样。淡中有味，有乐，若一杯清茶。
　　一晃，《梅花图》伴他度过五载春秋。
　　五年中，他虽爱民如子政绩卓著，可因种种原因，原地踏步，依旧是一方父母官。五年中，他一直寻找《梅花图》的作者，但茫茫人海，何处寻觅？五年中，日日读画，时时欣赏，精巧的梅花，艳艳如火，摄人魂魄，仿佛噼噼啪啪燃烧。五年中，他觉得自己成了行走在尘世的梅花，任尔东西南北风，不废江河万古流。
　　近日，知县有些烦。一同窗，三天两头找他，想办一件事。
　　第一次来，他冰冷地拒绝了。但很执拗，有两次，还带来价值不菲的礼品。
　　他如铜墙铁壁，不给一点回旋余地。
　　又一次，他冷若冰霜，对同窗，视而不见，十分绝情。但同窗仿佛没看见，笑容可掬……
　　这天，又来了，远行辞别的。

"送拙作一张,留作念想。"同窗情真意切。

书法,知县的酷爱,何况同窗的,收下了。作为馈赠,他挥毫泼墨,一枝枝梅花,暗香浮动,熠熠生辉。多年来,他的灵魂也与梅花息息相通了,画梅,总一帆风顺,而且造诣颇高。

抱着画,同窗高高兴兴,走了。

晚上,知县展条幅欣赏时,一下子愣住了。

一封同窗的亲笔信,一张耀眼的银票,赫然并排躺着,阴森、恐怖,刺痛了他的双眼。

那件事,同窗想办的那件事,毒蛇似的,向他蜿蜒而来……

不知同窗什么时候放进去的,他竟一点也没察觉。

夫人说,收下吧。天不知地不知。凭微薄的薪水,日子过得紧紧巴巴的。

就一次,就一次。行吗?夫人小心翼翼说着。

住嘴!滚开!知县大声呵斥。

立即追去,幸好同窗还未走,正收拾行装。知县义正词严,抛去了信和银票。同窗却满面春风。

这些年,我一直关注你,担心你一步不慎走上不归路。幸好,你做得很好。送银票,再一次考验你。恭喜你,过关了。

惊得知县一愣一愣的。

同窗笑了笑,别叫人找了,那张《梅花图》是我送的。闲暇专画梅花,送你一张,希望你为官清廉。

一时,意外扑面而来,让知县目不暇接。

知县想起了昔日的点点滴滴,他们曾豪情万丈,指点江山,酣畅淋漓。他怎会忘?

当年同窗学画梅花,虽稚嫩,热情不减。他们最喜欢的一句诗——雪却输梅一段香。他们都喜欢梅花独一无二的清香!

一布衣送的,怎么回事?

我不会乔装打扮?

难怪。一直找不见送画的人。用心良苦呀。

两人喜极而拥,不约而同,好!好!好!

黄雀在后

刘 桐(辽宁)

"啪"的一声,桌上茶杯一震。

丞相陈侯一只手拍在桌上,怒道:"荒唐!本阁与大理寺卿无冤无仇,本阁有何理由杀他?"

刑部尚书白子充不急不缓道:"这就要问丞相自己了。"他又隐晦提道:"听说大理寺卿在皇帝跟前没少奏丞相在外的种种不是。"

大理寺少卿孟鸢此时也开口说道:"昨夜去过大理寺卿府邸的人只有我们三个,而且丞相前脚从府邸出来,后脚便传出大理寺卿被毒杀的消息……"他微微眯起眼睛,看着陈侯疑惑道:"这是不是有点太巧了?"

陈侯自知百口莫辩,可他也不能任由眼前两个小人诬陷:"最想杀了大理寺卿的不应该是你大理寺少卿孟鸢吗?"他看向孟鸢。

孟鸢反问:"丞相有何证据证明是我杀了他?"

"污蔑可是大罪。"

陈侯冷笑道:"若不是他,今日大理寺卿一职便是你的,你敢说你不恨他?"

孟鸢道:"他是我师父,他这么做就一定有他的道理,倒是你,挑拨我与师父之间的关系为何居心?"

陈侯回忆道:"你这大理寺少卿之位也做了四五年吧?其间你破获几十起大案要案,可就是等不到皇帝提拔你的圣旨,后来你偶然间听到大理寺卿与旁人说你破获多起大案要案其实都是他在背后扶持你,要不然以你的才智断然不可能有今日之功,他还得意扬扬地对那人说,自己年岁大了,许多事情也要逐渐交给晚辈,自己好享天伦之乐。"他瞥了一眼孟鸢,又说:"这些年你与大理寺卿面和心不和,那些大案要案明明是你自己破获的,可在皇帝面前功劳都被他占尽,如若是我得知此事,必然恨他入骨,寻个时机杀了他。"

陈侯说罢,拿起面前茶香袅袅的茶碗,细品一口,放回桌上。

孟鸢拍案而起。"一派胡言!"他指着丞相的鼻子怒道,"一定是你杀了我师父,还想要嫁祸给我!"

"大理寺少卿别冲动。"白子充起身将孟鸢扶回座位,又拿出一块白帕子递给他。

孟鸢擦着方才落进陈侯茶碗里的衣袖,神色愤愤。

白子充看向陈侯,道:"丞相昨夜去大理寺卿府邸可是有什么事?"

陈侯坦然："本阁昨夜从皇宫出来时路过大理寺卿的府邸，想起大理寺卿近日害了咳疾，便停下马车登府探望，不过本阁并未见到大理寺卿本人，府上的侍婢说大理寺卿已经歇下了，本阁就没再打扰。"

话音刚落，陈侯忽然想起什么似的，抬眼看向白子充，问道："听说尚书与大理寺卿一直都是明争暗斗，也不知此乃捕风捉影还是恩怨已久啊？"

白子充浅笑着回答："自然是世人捕风捉影以讹传讹，我刑部素来与大理寺交好。"

陈侯拿起茶碗细品了一口，狐疑道："哦？是吗？"

陈侯刚要放下茶碗，忽然喉咙一紧，手中茶碗落地摔成碎片，他一手捏着喉咙，一手颤颤巍巍地指向一处，瞳孔紧缩："是你……"

话未说完，陈侯仰翻在地，嘴角鼻孔流出黑血。

孟鸢瞪圆了眼睛，盯着那两盏茶碗，惊恐道："这茶有毒。"

孟鸢看向白子充，一字一顿道："这茶是尚书你准备的。"

白子充连连摆手道："不是我不是我，我有何理由毒杀他二人啊？！"

孟鸢冷冷道："刑部与大理寺一直明争暗斗，你为何要对丞相撒谎？"

白子充连忙道："昨夜我与大理寺卿讨论案子时起了争执，大理寺卿犯了咳疾一口气没上来晕倒在地，我一气之下挥袖离去，今日得知大理寺卿昨夜死亡，心慌不已……"他忽然想到了什么，眉心一挑，语气也冷静下来："其实毒杀大理寺卿的人是你吧？"

孟鸢眯起眼睛，道："怎么？尚书大人毒杀二人后要嫁祸给我吗？"

白子充神色从容："你在大理寺卿手下屈尊这么多年，你敢说你对他没有半分怨恨？丞相先前所言也不无道理，若换作我，也会寻个时机杀了他，所以你一直在等这个机会，直到昨夜。"

"大理寺卿多疑，担心隔墙有耳，所以他商议案子的时候屋子内外都不得有人靠近，而你却是他为数不多的亲信，可以自由出入府上。我心虚从后门溜走没多久你便来了，你发现微微敞开的后门，走进屋里看见躺在地上的大理寺卿，想起从前的恩怨，你一气之下毒杀大理寺卿，将他抬回内殿榻上放下床帘，收拾好残局后，你装作若无其事的样子出去唤来府中侍婢，你从她口中得知我来过，当她好奇我何时离去的时候，你骗她说我有事从后门离开了。侍婢自然不会质疑你的话，你还对她说大理寺卿已经歇下了，今夜若无要事不见客。"

"等到侍婢发现大理寺卿已死时，你再对皇帝说是我杀了大理寺卿，你入门便被我所挟持，为了保住性命日后替大理寺卿报仇雪恨，迫不得已做了伪证，皇帝定会被你的忠心感动。"

孟鸢低着头，不作言语。

"你再趁此机会表现一番，让皇帝知道你的能力并非如大理寺卿所言那般不堪，如此大理寺卿一职便名正言顺落到了你的头上。"

忽然,白子充眉头一紧,转头看向孟鸢。
"你……"
孟鸢将一根银针从他腿上拔出。
白子充双眼圆睁倒在孟鸢面前,嘴角流出黑血。
孟鸢抬起一张狠戾的脸,端起面前的茶碗,细品一口,赞道:"好茶。"
墙角处,一道黑影闪过。

后 记

裴彦贵

在当代中国，推理小说大赛，有人搞过；小小说大赛，也有人搞过。可是推理小小说大赛，好像没听说有谁搞过。当我们把这一想法征求市内几位知名作家意见时，得到了他们的热烈赞同，盐城市作家协会也欣然同意和我们联合主办这个面向全国颇有创意的赛事。

在落实了指导单位、冠名单位、协办单位之后，大赛启事于今年2月中旬在全国、江苏省逻辑学会网站，《小小说选刊》《盐阜大众报》，《我们爱逻辑》《盐城文学》微信公众号等各类媒体平台广而告之，正式鸣锣开赛。令我们感到惊喜的是，这次历时100多天的征文比赛，在文学界、逻辑学界刮起了一股推理小小说的旋风，参与者之多，影响之大，前所未有，对推动逻辑知识在我国的普及应用，促进推理小说创作繁荣，提升广大爱好者文学欣赏水平和逻辑思维能力起到了积极的作用。

据统计，从2月中旬到5月31日截止，大赛共收到稿件1144篇，其中在《我们爱逻辑》公众号展示178篇作品。从地域分布看，除西藏外，全国所有省、直辖市、自治区都有来稿。其中来稿较多的有河南、山东、重庆等地。来稿最多的是江苏，有111篇；江苏来稿最多的是盐城，有67篇；盐城来稿最多的是响水，有45篇。此外，还有北美、德国等海外来稿。从作者身份看，有小说界老将高手，有逻辑专业博士教授，有各行各业的业余爱好者，有公安检察纪委一线办案人员；有年仅15岁的高一学生，也有83岁高龄的退休老同志。从作品题材看，涉及社会各个方面，多姿多彩。除传统的刑侦破案、扫黑反腐等等外，还有不少婚姻家庭、抗击疫情等方面的作品，主题积极向上，体现社会主义核心价值观。

大赛截止后，主办方聘请外省评委4名、本省评委3名，组成评委会。初审选出612篇入围作品；匿名二审，产生283篇进入匿名三审；根据评委意见，推荐15篇作品在《我们爱逻辑》公众号进行投票。从6月28日到7月4日晚10点，公众号访问量达4.3万多人，参与投票网友达3233人。结合投票结果和评委意见，最终确定11名得奖者及优秀奖若干名，7月9日在盐城市新闻发布厅举行了大赛结果公布和颁奖仪式。至此，这次全国推理小小说有奖大赛划上圆满的句号。

为兑现大赛启事中的承诺,现在我们将获奖作品190余篇汇编成书、公开出版。江苏今世缘酒业有限公司冠名赞助,江苏中兆工程咨询有限公司、响水湖海艺文社协办支持,各位评委冒着高温酷暑认真评审作品,杨晓敏评委应邀撰写序言,邓洪卫评委对11篇获奖作品精彩点评,江苏凤凰文艺出版社精心编辑出版,在此一并表示衷心的感谢!由于我们的水平有限,收入作品难免有遗珠之憾,各种错讹也在所难免,欢迎广大读者批评指正。

2022年9月6日

(裴彦贵,中国逻辑学会理事、江苏省逻辑学会常务理事、盐城市逻辑学会会长,盐城师范学院兼职教授。)